RALF PETER PAUL

Die Kontaktanzeige

Erotikdrama

FRIELING

Weitere Publikationen von Ralf Peter Paul:

Die letzte gute Tat
Thriller

ISBN 978-3991078944
Ausgabe 2021
13,50 EUR

Bibliografische Information der Deutschen Nationalbibliothek
Die Deutsche Nationalbibliothek verzeichnet diese Publikation in der Deutschen Nationalbibliografie; detaillierte bibliografische Daten sind im Internet über http://dnb.d-nb.de abrufbar.

Rheinstraße 46, 12161 Berlin
Telefon: 0 30 / 76 69 99-0
www.frieling.de
ISBN (Print): 978-3-8280-3884-4
Auch als E-Book verfügbar (978-3-8280-3885-1)
1. Auflage 2024
Lektorat: Julia Siebert
Bildquelle/Gestaltung: Jens Ochmann (Coverbild)

Ralf Peter Paul • Die Kontaktanzeige

„Wenn die Wahrnehmung uns die Wahrheit vermittelt
und unsere Einstellung das Handeln bestimmt,
dann braucht es Träume,
die den Raum zwischen Realität und Fantasie füllen.“

Ralf Peter Paul

Hombres

Es war kurz nach zweiundzwanzig Uhr, als der Auftrag von der Funkzentrale hereinkam.

„Gentleman-Eck, wer übernimmt das Gentleman-Eck?"

Olaf Morgenstern, der mit seinem Taxi gerade in Höhe des Bismarckplatzes fuhr, meldete sich sofort.

„Taxe 2009 am Bismarckplatz in Fahrt."

„2009, übernehmen Sie das Eck", bestätigte die Dame aus der Funkzentrale.

Das Gentleman-Eck war eine prachtvolle im Jugendstil erbaute Grunewald-Villa mit dezenter Außenbeleuchtung und einem parkähnlichen Eingangsbereich. Morgenstern wusste, welche Anschrift hinter diesem Pseudonym stand. Es handelte sich um Berlins exklusivste Adresse, wenn es um zu bezahlende Liebesdienste ging. Hier verkehrten in der Regel nur Menschen mit entsprechenden Bankkonten. Allein für den Eintritt wurde ein unterer dreistelliger Betrag fällig. Kundendiskretion stand an oberster Stelle, was auch den ein oder anderen Promi veranlasste, diesem besonderen Ort gelegentlich einen Besuch abzustatten und die außergewöhnlichen Talente der Damen in Anspruch zu nehmen. Der Betreiber hatte vor Jahren mit einer Klage gedroht, falls die Zentrale sein Etablissement weiterhin über Funk als Bordell ausrufen würde. Um ihn nicht als Kunden zu verlieren, gaben die Verantwortlichen nach und suchten nach einer für alle Beteiligten adäquaten Lösung.

Als die beiden Männer, sichtlich beschwingt, den Kieselsteinweg entlang in Richtung Straße gingen, wartete Morgenstern bereits im Taxi auf seine Fahrgäste. Diese öffneten mit Schwung die hinteren Türen und nahmen auf der Rückbank Platz. Nach kurzer Angabe des Fahrziels – „Palace-Hotel" – tauschten sie sich ungeniert über das gerade Erlebte aus.

„Ottmar, wo bist du eigentlich geblieben?", fragte einer der Männer mit starkem bayerischen Dialekt. „Du wolltest doch nur zum Klo gehen, kamst aber nicht zurück."

„Das sind nicht solche Klos wie bei uns. Ich war kaum drin, da wurde mir alles abgenommen, nur pinkeln musste ich alleine. Der reine Wahnsinn, sage ich dir“, antwortete Ottmar immer noch hochgestimmt. „Du warst kaum weg, da setzte sich so eine karibische Schönheit direkt neben mich auf den Barhocker. Ruck, zuck war ihr Oberteil unten und meine Hände klebten an ihren Brüsten. Ich dachte, wenn jetzt ein anderer Gast dazukommt …“

„Selbst wenn, lass doch jemanden dazukommen. Was sollte schon passieren? Eine Nummer zu dritt ist hier Standard“, erklärte Ottmar und ergänzte, „wobei ich eine weitere Dame einem Kerl vorziehen würde.“ Ottmar schüttete sich fast aus vor Lachen.

„Kostet das nicht extra?“

„Sei nicht naiv, Albert. Hier kostet eigentlich alles extra. Außer du begnügst dich mit dem einfachen Herrengedeck und einer Handentspannung im Videoraum.“

„Ich fand das Zimmer recht geschmackvoll eingerichtet, und das Bier hat auch geschmeckt“, gestand Albert kleinlaut.

„Ich habe mir noch mal das ganze Programm gegönnt“, tönte Ottmar. „Wer weiß, ob ich jemals wieder hierherkomme? Ende des Jahres ist Schicht im Schacht, da ziehen meine Frau und ich nach Moreira an die Costa Blanca und führen ein solides Leben als glückliches Rentnerehepaar.“

Albert wirkte überrascht. „Bist du wirklich schon so alt? Das hätte ich nicht gedacht.“

„Bin ich auch nicht, aber verhandeln kann ich gut“, antwortete Ottmar und erwartete, dass Albert sogleich nachfragen würde. Tat er aber nicht. Es war offensichtlich, dass Ottmar die Geschichte loswerden wollte. Er begann zu erzählen.

„Wenn du es unbedingt wissen willst, meinetwegen. Für uns wird es ohnehin das letzte gemeinsame Seminar gewesen sein. So gesehen kommt es darauf jetzt auch nicht mehr an.“ Ottmar lehnte sich selbstzufrieden in seinem Sitz zurück und genoss die angestrebte Aufmerksamkeit seines Gegenübers. „Ich habe mit der Sekretärin des Personalchefs gevögelt, geradewegs in seinem Arbeitszimmer.

Das kam bei ihm nicht gut an, doch eine große Sache konnte er daraus nicht machen, weil er vor einem Jahr selbst ein Verhältnis mit ihr hatte. Zuerst wollte er mich von Hannover in unser Werk nach Göttingen versetzen. Doch das wären für mich jeden Tag über dreihundert Kilometer Autobahn gewesen, oder ich hätte mit der Bahn fahren müssen."

„Immer noch besser, als wenn du zu uns nach Regensburg hättest kommen müssen", unterbrach Albert.

„Nix da Regensburg. Ich habe ihm das Angebot gemacht, mich unter Beibehaltung meiner Grundbezüge in den Vorruhestand zu entlassen. Auf die jährlichen Boni-Zahlungen konnte ich verzichten. Das muss ihn überzeugt haben."

„Dass du klug bist, war mir schon auf unseren Veranstaltungen nicht entgangen, aber deine Abgebrühtheit schlägt alles."

Ottmar ließ seinem Kollegen ein großtuerisches Grinsen zukommen.

„Dann bin ich mir sicher, dass du da, wo wir eben waren, auch nicht den vollen Preis bezahlt hast."

„Albert, da irrst du dich gewaltig. Mit dem Tod und den Nutten wird nicht verhandelt. Da wird nach deren Regeln gespielt und bezahlt, was gefordert ist." Ottmars Statement war eindeutig und vollkommen humorfrei. Für einen Moment war Ruhe im Taxi.

„Ich habe jetzt nur noch eine Frage an dich", kam es verschüchtert von Albert. „Wie kannst du diese Ausgabe zu Hause erklären? Allein für den Eintritt ging fast mein gesamtes Bargeld drauf, und wenn ich jetzt etwas von unserem gemeinsamen Konto abheben würde, müsste ich meiner Frau eine Erklärung abgeben."

Ottmar blieb seiner souveränen Art treu.

„Ich habe heute ganz einfach mit meiner Kreditkarte bezahlt und morgen kaufe ich meiner Liebsten ein Geschenk, welches ich ebenfalls mit Karte begleiche. Die Sollbuchungen kommen erst Wochen später. Und sollte sie wirklich einmal nachfragen, was sie noch nie getan hat, dann präsentiere ich einen Kontoauszug mit einer Abbuchung und zwar den für ihr Geschenk." Das Taxi erreichte den Eingang des Palace-Hotels.

„Das sind dann fünfzehn Euro und vierzig Cent", sagte Morgenstern und schaute das erste Mal nach hinten.

„Einen Augenblick, bitte", bat Ottmar und wandte sich noch mal an Albert.

„Du musst dir ein zweites Konto anlegen, für deine ganz persönlichen Spesen, sonst bist du irgendwann einmal in den Arsch gekniffen." Albert hatte verstanden und bedankte sich artig bei seinem Kollegen. Ottmar überreichte Morgenstern zwanzig Euro und konnte sich einen Schlusssatz nicht verkneifen.

„Stimmt so! Vielleicht war auch etwas für Sie dabei. Man lernt ja nie aus, selbst wenn man in der Hauptstadt Taxifahrer ist." Ottmars Nase triefte nur so vor Überheblichkeit. Für Morgenstern stellte das kein Problem dar. Er blieb gelassen und schaute auf das Trinkgeld. Zu sehr ähnelten sich die Erlebnisberichte von Männern, die aus Freudenhäusern kamen und ihre Taten begeistert feierten. Nur kurze Zeit später würden sie wieder am heimischen Herd als brave Spießer jeden Eid schwören, und dass ihnen ihre Familie das Allerwichtigste auf der Welt sei. Morgenstern verurteilte niemanden für sein Handeln, er hatte nur aufgehört, weiter darüber nachzudenken.

Elvira

Das Palace-Hotel verfügte vor dem Haupteingang über einen großzügigen An- und Abfahrtsbereich. Morgenstern suchte sich einen Platz, an dem er andere Fahrzeuge nicht behinderte, um eine kleine Fahrpause einzulegen. Sein Taxischild ließ er eingeschaltet. Er war gerade dabei, es sich auf seinem Sitz bequem zu machen, als er durch eine lautstarke Diskussion zwischen einer Frau und einem Mann aufgeschreckt wurde. Die Frau rief dem Mann noch etwas zu, bevor sie geradewegs in Morgensterns Taxi stieg. Als Fahrziel gab sie Halker Zeile 14 in Lichtenrade an.

„Entschuldigung", sagte die Frau auf dem Rücksitz mit schwachem ausländischen Akzent und beugte sich so weit vor, wie es der Sicherheitsgurt zuließ. „Es ist nicht meine Art, Fremde anzusprechen, doch Sie sind Taxifahrer und höchstwahrscheinlich werden wir uns auch nie wiedersehen. Deshalb frage ich Sie und bitte um eine ehrliche Antwort: Glaubt ihr Männer immer noch, ein Promi-Restaurant und eine Schickimicki-Hotelbar reichen aus, um eine Dame mit Niveau gleich beim ersten Date ins Bett zu kriegen? Das war vielleicht früher einmal so, doch diese Zeiten sind längst vorbei." Morgenstern kannte diese Art von Gesprächen, insbesondere wenn Alkohol im Spiel war, und das war hier der Fall. Es genügte ein winziger Moment zum Luftholen, und der Fahrgast würde dort weitermachen, wo er aufgehört hatte, ohne eine Antwort abzuwarten. Und so kam es auch.

„Der Herr Vorstand hat doch glatt geglaubt, dass ich nicht merke, wie er mein Glas jedes Mal nachfüllte, wenn ich zur Toilette ging. Doch nicht mit mir. Ich habe nur an meinem Cocktail genippt und ließ ihn trinken, bis er in dem Zustand war, in dem er mich gerne gehabt hätte." Die Frau sank zurück in ihren Sitz. Für einen Augenblick hatte es den Anschein, dass sich das letzte Getränk und die Müdigkeit bei ihr durchsetzen und sie für den Rest der Fahrt schweigen würde; doch weit gefehlt. Es dauerte keine Minute, bis sie den Sicherheitsgurt löste und ihren Mantel auszog. „Sie haben es hier mächtig warm im Auto“, waren dabei ihre erklärenden Worte. Ein hellblauer Blazer und ein tief ausgeschnittenes weißes Shirt kamen zum Vorschein. Bevor Morgenstern seinen Fahrgast auf die Anschnallpflicht hinweisen konnte, war der Gurt wieder geschlossen und das Warngeräusch verstummt. Durch den abgelegten Mantel war es der Frau möglich, noch etwas näher an den Fahrersitz zu rücken. Für Morgenstern genügte nur ein kurzer Blick nach hinten, um bei ihr ein prächtiges Dekolleté auszumachen. Na klar, machte er sich bewusst, sie hat sich mit einem Mann getroffen, um ihm zu gefallen. Hat nur nicht so geklappt, wie erhofft. Auf jeden Fall schade für ihn. Ein kurzes Grinsen breitete sich über sein Gesicht aus. Ihm blieb allerdings keine Gelegenheit, weiter darüber nachzudenken.

„Doch das Allerbeste“, fuhr die Dame fort, „geradezu der Klassiker, war seine Frage, ob er mich nach Hause fahren könnte. Worauf ich ihm sagte, dass ich in Lichtenrade wohne und auf dem Weg dorthin jede Menge Polizeikontrollen sein könnten. Ich riet ihm, sich das Ganze noch einmal zu überlegen. Danach blieb dem feinen Herrn erst einmal die Spucke weg. Mit so viel Schlagfertigkeit hatte er wohl doch nicht gerechnet.“ Ihre Empörung steigerte sich. „Er ließ nicht locker, und beim Verabschieden vor dem Hotel kam ihm dann die Megaidee. *Ich bringe Sie mit dem Taxi nach Hause und nehme noch einen Absacker bei Ihnen. Danach können wir entscheiden, wie es mit uns weitergehen soll*“, zitierte sie ihren Begleiter. Die Frau atmete tief durch. „Können Sie sich vorstellen, was ich dem Möchtegern-Casanova daraufhin gesagt habe?“ Morgenstern blieb ihr wieder die Antwort schuldig. „Wissen Sie, ich hatte mich wirklich auf den Abend gefreut und gehofft, dass es diesmal anders werden würde als die letzten Male. In den vorangegangenen Telefonaten hatte er sich mir als charmanten Mann dargestellt, mit guten Manieren und Format. Davon war heute nichts mehr übrig. Wann werden die Männer es endlich verstehen? Eine Frau will erobert werden und nicht überfallen! Dann habe ich dem Herrn noch eine gute Nacht gewünscht und bin zu meinem Retter ins Taxi gestiegen. Sie sind doch mein Retter, oder?“ Dabei berührte sie Morgenstern leicht am rechten

Oberarm. Er registrierte die Berührung und fühlte sich veranlasst, ihr Antwort zu geben.

„Retter gibt es viele. Ich denke da besonders an unsere Polizei und Feuerwehr. Aber natürlich auch wir Taxifahrer sind hilfsbereite Menschen. Was meine Kollegen mir da schon alles berichtet haben, von der Babygeburt bis zur Schlichtung von Ehestreitigkeiten. Gerade letzte Woche, es stand auch in der Zeitung, hat ein Kollege aus seinem Taxi ein brennendes Haus entdeckt und sofort die Feuerwehr alarmiert. Dadurch wurde womöglich eine Frau mit ihrem kleinen Kind vor dem sicheren Tod gerettet."

„Kannten Sie den Kollegen?"

„Nein, nur seine Funknummer. Die war mir schon früher aufgefallen, weil er sie immer mit einer besonders tiefen Stimme spricht: *Hier ist die blanke Vier!*"

„Sie sind so süß," unterbrach ihn die Frau. „Ich will Ihnen ein Kompliment machen, und Sie merken das nicht einmal, sondern erzählen so selbstlos von anderen. Wie alt sind Sie? Oh, ich vergesse meine gute Erziehung, aber ich kann Sie nur von der Seite sehen."

„Sechsunddreißig, ich bin sechsunddreißig Jahre alt", antwortete er trocken. Olaf Morgenstern war ein mittelgroßer Mann mit leichtem Bauchansatz und dünnem Haar. Kein Typ für den ersten Blick. Jemand, der Eitelkeit bei Männern für affig hielt und Markenklamotten nur trug, wenn sie ihm von seiner Lieblingstante Ursula geschenkt worden waren. Ursula war die Stiefschwester seines Vaters und führte ein ausschweifendes Singleleben. Bei ihren seltenen Besuchen im Hause Morgenstern schwärmte sie regelmäßig von Woodstock und spielte dabei auf ihrem alten Kassettenrecorder den Song *Summer of '69* von Bryan Adams ab. Sie hatte fast immer gute Laune, außer, wenn sie mit ihrem Vornamen angesprochen wurde, den sie nicht leiden mochte. Morgenstern genoss ihre Anwesenheit. Seine Eltern, der Vater in Berlin, die Mutter in der Nähe von Danzig geboren, missbilligten ihren Lebensstil und legten eher Wert auf eine konservative Erziehung ihres Sohnes. Morgenstern schwärmte für James-Bond-Filme und vermied Fremdwörter, deren Gebrauch er in Gesprächen als hinderlich empfand. Seine Freundlichkeit und zurückhaltende Art kamen bei den Fahrgästen gut an. Wann immer es ging, überließ er das Reden den anderen. Wofür er sich nicht begeistern konnte, war aktiver Sport.

„Meine Tochter wird in zwei Monaten dreißig. Nun können Sie sich ungefähr vorstellen, mit was für einer alten Frau Sie es zu tun haben, wobei ich Mel in einem jungen Alter bekommen habe." Ihr Handgriff an seinem Oberarm wurde fester. Das Erreichen der Wohnadresse in der Halker Zeile kam Morgenstern wie ein Befreiungsschlag vor. Es war eine ruhige Seitenstraße mit Kopfsteinpflaster, die mit Ein- und kleineren Mehrfamilienhäusern bebaut war sowie einer Reihenhausanlage, an der er vor der Nummer 14 hielt. Er blickte auf sein Taxameter.

„So, das müsste es sein; zweiunddreißig Euro sechzig bitte." Die Frau öffnete ihre Handtasche, um das Portemonnaie herauszunehmen. Sie reichte Morgenstern einen Fünfzig-Euroschein. „Geben Sie mir fünfzehn Euro wieder. Es war ein angenehmes Gespräch mit Ihnen. Darf ich Ihnen vielleicht noch eine Frage stellen?" Morgenstern hatte den Blick nach unten auf seine Geldbörse gerichtet, um das Wechselgeld herauszugeben und antwortete gleichgültig mit „Na klar".

„Dann komme ich aber kurz zu Ihnen nach vorne. Ist das okay für Sie?"

Keine Chance für Morgenstern zu reagieren. Blitzartig stieg die Frau aus dem Auto, öffnete die Beifahrertür und setzte sich mit Schwung neben ihn. Dabei rutschte ihr der zum Kostüm gehörende Rock weit nach oben. Olaf Morgenstern sah sich einer sehr attraktiven Erscheinung gegenüber. Irritiert hielt er ihr das Geld entgegen.

„Hier Ihre fünfzehn Euro. Was wollten Sie mich noch fragen?", kam es stockend aus ihm heraus. Sie nahm die beiden Scheine, behielt allerdings seine Hand in ihrer.

„Übrigens, mein Name ist Elvira. Doch außer meiner Mutter sagen alle Elfi zu mir. Sind Sie der hier?" Sie zeigte auf das Emaille-

Schild über dem Handschuhfach, auf dem Morgensterns Name und Adresse standen.

„Ja, das ist mein Taxi", antwortete er stolz.

„Sie wohnen also in der Kantstraße. Das ist in Charlottenburg, nicht weit entfernt von meinem Friseur am Adenauerplatz. Vielleicht sind wir uns dort schon begegnet und haben es nicht einmal gemerkt", witzelte Elvira und lächelte ihn dabei an. Obwohl sie inzwischen seine Hand losgelassen hatte, spürte Morgenstern eine Erregung in der Lendengegend. Sein Blick streifte über ihre makellosen Oberschenkel. Sie schien seine Aufmerksamkeit zu genießen. Dennoch rückte sie den Rock wieder gerade und bedeckte ihre Beine zusätzlich mit dem Mantel. Gleichzeitig öffnete sie die beiden oberen Knöpfe des Blazers und streckte sich, wodurch die wohlgeformten Konturen ihres Busens besonders zur Geltung kamen.

„Sie sind noch recht jung und eine andere Generation als meine Verabredung von eben. Wie haben Sie Ihrer Frau oder Freundin den Hof gemacht? Sicher nicht, wie ich es heute erleben musste, oder?" Morgenstern blieb stumm und schaute verstohlen zur Seite. Elvira bemerkte die Verunsicherung ihres Gegenübers und sprach zu ihm wie eine Mutter zu ihrem pubertierenden Kind.

„Ich habe Sie jetzt verlegen gemacht. Das war nicht meine Absicht. Natürlich sind Mann und Frau füreinander bestimmt, und ich möchte nicht leugnen, dass es mir gefällt, von einem Mann begehrt und geliebt zu werden." Dabei schloss sie ihre Augen und ließ sich rücklings in den Sitz gleiten. Welch eine Schönheit, ging es Morgenstern durch den Kopf. In diesem Moment stellte er sich vor, näher an sie heranzurücken, um sie zu berühren. Doch die Angst, zurückgewiesen oder beschimpft zu werden, ließ es nicht zu. Stattdessen verdrängte er den Gedanken, erinnerte sich an Elviras Frage und antwortete so nüchtern, wie es nur ging.

„Ehrlich gesagt, es ist schon eine Weile her, dass ich mich in einer solchen Situation befunden habe. Beim Kennenlernen kommt es doch nur darauf an, dass beide das Gleiche wollen. Dann wird es meistens auch gut." Tatsächlich lebte Olaf Morgenstern seit Jahren als Single ohne nennenswerte Liebesbeziehung. Lediglich eine Urlaubsbekanntschaft mit Doris, einem zwölf Jahre jüngeren Mädchen aus Bad Brückenau in Unterfranken, konnte er in jüngster Zeit vorweisen. Er hatte sie auf dem Markt von Benalmádena, einem Ferienort an der Costa del Sol, kennengelernt. Es war die sprichwörtliche Liebe auf den ersten Blick gewesen und fortan hatten die beiden jede Minute miteinander verbracht. In der ersten Woche wohnten sie noch getrennt, danach zog Doris zu ihm in das Haus seiner Eltern, die bereits seit Jahren in Spanien lebten und dort ihren Altersruhesitz gefunden hatten. Am Tag des Abschieds versprachen sie, den Kontakt aufrecht zu erhalten und sich baldmöglichst zu besuchen. In den ersten Wochen schrieben und telefonierten sie noch fast täglich miteinander. Wenige Tage bevor Morgenstern Doris in Bayern besuchen wollte, sagte sie ihm, dass sie jemanden kennengelernt hatte und er mit dem Besuch besser noch warten solle, sie würde ihm Bescheid geben. Es kam kein Bescheid und der Besuch fand nie statt. Als Folge dieses Erlebnisses versteifte Morgenstern sich auf den Gedanken, dass es ohnehin schwierig wäre, wenn nicht sogar unmöglich, einer jungen und noch unerfahrenen Frau den Wert wahrer Liebe nahezubringen. Er begründete seine These mit der Vielzahl von Versuchungen, denen junge Menschen täglich ausgesetzt waren, verbunden mit der Neugier, sich sexuell auszuprobieren. Dabei unterstellte er den Menschen über dreißig, dass sie diese Phase bereits überwunden hätten. Fortan galt seine Aufmerksamkeit nur Frauen, die mindestens so alt waren wie er, besser sogar noch älter. Als er dann im Fernsehen den Thriller *Solo für Klarinette* mit Corinna Harfouch sah, war seine Idealfrau gefunden. Morgenstern informierte sich mit Hilfe von Wikipedia über ihren Lebenslauf, schaute sämtliche Filme, in denen sie mitspielte und träumte davon, ihr irgendwann in Berlin zu begegnen.

„Natürlich erlebe ich jeden Tag Paare in meinem Taxi. Manche sind so sehr ineinander verliebt, dass sie es kaum bis nach Hause aushalten können. Dann geht es hier auf der Rückbank schon heftig ab. Das können Sie sich bestimmt nicht vorstellen“, sprudelte es auf einmal aus Morgenstern heraus. Für Elvira schienen die Worte ein Hallo-Wach-Signal gewesen zu sein. Sie rückte wieder näher an ihn heran, umfasste mit ihrer linken Hand seinen rechten Arm und sprach mit leiser Stimme.

„Das muss doch schrecklich für Sie sein. Immer nur zusehen, wenn Liebe und Leidenschaft gelebt werden.“ Ihre Hand rutschte auf seinen rechten Oberschenkel. Beide schauten sich auf eine sinnliche Art und Weise an, wie es nur Liebende tun, die kurz vor dem Ausbruch ihrer Gefühle stehen. Plötzlich begann Elvira ein heftiger Schluckauf zu quälen.

„*Maiko mila*. So ein Mist. Ich muss jetzt unbedingt ein Glas Wasser trinken und dabei die Luft anhalten. Ein altes Hausmittel, welches mir schon meine Großmutter in Bulgarien verabreicht hat. Sie haben nicht zufällig Wasser in Ihrem Taxi?“ Morgenstern schüttelte entschuldigend seinen Kopf. „Tut mir leid. Cola und ein, zwei Büchsen Bier müssten noch im Kofferraum sein.“

„Damit ist mir leider nicht geholfen. Dann werde ich wohl meinen Abendretter verlassen müssen und in mein kleines Heim zurückkehren.“ Sie stieg aus dem Wagen, ließ die Tür offen und zog ihren Mantel über. Danach beugte sie sich noch mal ins Taxi und stützte sich dabei mit den Armen auf dem Beifahrersitz ab. Morgenstern konnte seine Augen kaum von den ihm entgegenwippenden Brüsten lassen. Sie schienen jeden Moment aus dem Shirt zu rutschen.

„Bitte geben Sie mir eine Quittung. Vielleicht ist sie noch für irgendetwas zu gebrauchen. Finanzamt oder so; man weiß ja nie. In meiner Heimat gibt es ein Sprichwort: *Wenn du überlegst, ob du es probieren sollst oder nicht, dann probiere es, ein Nein hast du jetzt schon.*“

Mit zittriger Hand stellte Morgenstern die Quittung aus und gab sie ihr. Dabei schaute er genierlich auf den Sitz. Elvira fühlte sich geschmeichelt und lächelte ihn auffordernd an.

„Ich habe Sie schon wieder verlegen gemacht. Doch diesmal nicht ganz unbeabsichtigt. Sollten wir uns noch einmal wiedersehen, darf ich dann Olaf zu Ihnen sagen?“ Morgenstern hob den Kopf, lächelte zurück und nickte. „Sicher dürfen Sie das, gerne.“

„Ich werde jetzt gehen und später noch einen Rakia auf unsere Begegnung trinken. Weiterhin eine gute Fahrt und wenn Sie später Feierabend haben, träumen Sie schön, vielleicht auch von unserer Begegnung.“ Sie drehte sich um und ging. Er schaltete den Motor ab und verfolgte jede ihrer Bewegungen, bis sie hinter der Eingangstür verschwunden war. Überwältigt von dem Eindruck, den diese Frau bei ihm hinterlassen hatte, blieb er noch einige Minuten vor ihrem Haus stehen. Kurz schoss ihm der verwegene Gedanke durch den Kopf, dass sich Elvira noch einmal zeigen würde, um ihn zu sich zu bitten, doch es blieb ein unerfüllter Gedanke.

Ein Blick auf die Uhr und die sinkende Temperatur in seinem Wagen holten Morgenstern in die kalte Dienstagnacht zurück. Es war ein Uhr morgens. Eine Zeit, die für ihn in der Woche oftmals das Schichtende bedeutete. Die Tour zum südlichen Stadtrand Berlins hatte zwar fünfunddreißig Euro in die Kasse gespült, doch befand er sich in einem Außenbezirk, wo die Straßen wie leergefegt waren und es kaum eine Aussicht gab, mit Fahrgästen wieder Richtung City zu kommen. Eine Leerfahrt kostet Sprit, den mir keiner bezahlt. Und selbst wenn mich jemand anhält, kann es passieren, dass ich umkehren muss und wieder in dieser gottverlassenen Gegend lande. Ach was soll's, ich bleibe hier und warte auf meinen Heimatschuss, waren Morgensterns Überlegungen. Er startete den Motor und fuhr in die Bahnhofstraße zum Halteplatz. Es stand kein Taxi vor ihm. Glück gehabt, dachte er. Rufsäule und Funkauftrag gehören mir. Morgenstern holte ein Kissen aus dem Kofferraum, stellte die Rückenlehne herunter und verriegelte die Türen. Den Motor ließ er wegen der Heizung noch laufen. Er drehte sich zur Seite und kuschelte mit seinem Kissen, wie es Kinder mit ihrem Lieblingsschmusetier tun. Dabei kreisten seine Gedanken um Elvira. Würde sie gleich zu Bett gehen oder, wie angekündigt, noch etwas trinken und dabei an den jungen Taxifahrer denken? Ein wohliges Gefühl durchzog seinen Körper. Realität und Fantasie begannen ihre Plätze zu tauschen.

Morgenstern erschrak. Ein heftiges Klopfen ließ ihn aus seinem Sitz hochschnellen.

„Hallo, sind Sie frei? Hier draußen ist es ziemlich ungemütlich." Die Umrisse eines Mannes wurden durch die beschlagende Seitenscheibe sichtbar. Morgenstern betätigte die Zentralverriegelung und rief: „Es ist offen!" Sogleich wurde die hintere rechte Tür geöffnet und eine Frau mit langen dunklen Haaren stieg bibbernd ein.

„Rutsch ein Stück herüber, Tessa", bat der Mann. Tessa schwieg und rückte nicht einen Zentimeter von der Stelle. Sie schien steif gefroren. Der Mann schlug die Tür zu, ging um das Taxi herum und setzte sich hinter den Fahrersitz. „Könnten Sie ein wenig vorrücken?", fragte er in höflichem Ton. „Kein Thema", antwortete Morgenstern. „Wo soll es denn hingehen?"

„Nach Schöneberg, in die Welserstraße. Das Haus neben der Schauspielerin."

„Die Straße kenne ich, aber welche Schauspielerin?", fragte Morgenstern interessiert nach.

„Ich komme gerade nicht auf den Namen. Ihr Sohn ist wohl auch im Filmgeschäft." Morgenstern gab sich mit der Antwort zufrieden und fuhr los. Die Frau hatte sich zur Türseite gelegt und begann leise zu schnaufen. „Sehr viel weiter wäre ich mit ihr nicht gekommen. Welch ein Glück, dass Sie hier waren." Inzwischen hatte sich Tessas Schnaufen zu einem echten Schnarchen entwickelt. „Hey, Tessa, was soll nur der gute Taxifahrer von dir denken?", bemerkte der Mann und rüttelte an ihrer Jacke. Sie reagierte nicht. „Es ist immer das Gleiche mit den Mädels", spottete der Mann. „Trinken wie die Großen und vertragen wie, na, Sie wissen schon." Der Fahrgast schien auch nicht ganz nüchtern zu sein und so vermutete Morgenstern, einen endlosen Monolog über Frauen und den Rest der Welt ertragen zu müssen. Doch dieses Mal sollte er sich irren.

„Wie lange haben Sie schon am Halteplatz gestanden? Sicher erst seit kurzem, denn wir hatten bereits mehrfach die Nummer der Rufsäule gewählt. Hat aber niemand abgenommen."

Morgenstern schaute auf die Uhr und stutzte. Es war kurz vor vier.

Ich muss wirklich tief eingeschlafen sein, ging es ihm durch den Kopf, fast drei Stunden. Doch das werde ich dem Typen nicht erzählen. Womöglich ist er so ein Grüner, der sich noch wegen des laufenden Motors und der geschädigten Umwelt aufregt. Diesen Vortrag kann ich jetzt zum Feierabend nicht gebrauchen.

„Sie haben recht. Ich bin vor ein paar Minuten angekommen und wollte mich nur kurz zur Seite legen", schwindelte er. Da der Fahrgast direkt hinter ihm saß, konnte dieser seine sich sofort einstellende Farbe im Gesicht nicht sehen. Das Lügen lag Morgenstern noch nie.

„Ich war auf einem Junggesellinnenabschied. Eigentlich sind dort nur Frauen zugelassen. Doch Tessa, meine Freundin, hatte die tolle Idee, mich als Chauffeur zu engagieren. Gegen Mitternacht rief sie mich an. Ich Idiot fuhr hierher, um sie abzuholen, anstatt ihr das Taxi zu bezahlen, was ich nun sowieso machen muss."

„Soll das heißen", mischte sich Morgenstern ein, „Ihr Wagen steht noch in Lichtenrade?"

„Richtig. Es ist unmöglich, als Einziger bei den Feierbiestern nicht mitzutrinken. Beim ersten und zweiten Versuch, mir etwas anzubieten, war ich noch standhaft. Ganz eisern und habe jegliches Getränk abgelehnt. Aber als mich dann die Braut in ihr ehemaliges Kinderzimmer lotste, gab es kein Halten mehr. Erst der Sekt und dann …"

„Sie haben doch nicht etwa mit ihr –", Morgenstern unterbrach sich und vermied es, den Satz zu beenden.

„Nein, habe ich nicht. Nur geknutscht was ging. Vielleicht noch ein wenig gefummelt. Es wird ohnehin für eine gewisse Zeit das letzte Mal gewesen sein, dass sie mit einem fremden Mann rummachen konnte", rechtfertigte sich der Mann, ohne echte Schuldgefühle zu zeigen. Tessa war fest eingeschlafen und bekam von alledem nichts mit. Morgenstern wollte sich nicht als Moralapostel aufspielen, zumal ihm die direkte Art der Erzählung seines Fahrgastes gefiel. Gleichzeitig machte er sich bewusst, dass es schon eine Ewigkeit her war, ausgelassen gefeiert und geküsst zu haben. Das letzte Mal wohl mit Doris in Spanien. Wehmütig erinnerte er sich an diese Zeit. Für einige Minuten wurde es still im Taxi.

Morgenstern fuhr mit leicht überhöhter Geschwindigkeit die gut beleuchteten Straßen entlang. Es war eine einfache Route. Den Tempelhofer Damm geradeaus und am alten Flughafen links ab. Wo sich sonst die Autos in endlosen Staus Meter für Meter voranquälten, gab es nun freie Fahrt mit durchgehend grüner Welle. Der Mann beugte sich vorsichtig zu Tessa herüber und streichelte ihr zärtlich die Wange. Dabei berührte er auch ihre Lippen, aus denen es immer noch vernehmbar herausprustete.

„Sie hören sicherlich oft allerlei Geschichten. Wahrscheinlich könnten Sie ein ganzes Buch damit füllen."

„Sie haben recht. Vielleicht tue ich das auch einmal", antwortete Morgenstern, ohne jemals darüber nachgedacht zu haben.

„Meine Freundin ist betrunken, und ich habe drei Achten im Turm. Gibt es eigentlich auch nüchterne Menschen, die nachts in Ihr Taxi steigen?", wollte der Mann noch wissen.

„Gibt es. Wenn Sie nicht gekommen wären, hätte ich die Vorbestellung um halb fünf zum Flughafen Tegel genommen. Aber so ist es auch in Ordnung."

„Noch eine Frage: Fahren Sie auch tagsüber?"

„Selten. Der Verkehr ist inzwischen so dicht, dass man trotz Busspur kaum von der Stelle kommt. Außerdem lassen wir Nachtfahrer die Tagesschicht den Familienvätern und Kolleginnen", erklärte Morgenstern mit einem Hauch von Großmut.

„Dann gehören Sie nicht zu den Familienvätern, wo Frau und Kind zu Hause warten. Habe ich das richtig verstanden?" Das war Morgenstern nun doch zu persönlich. Er vermied es zu antworten, zumal das Fahrziel nur noch wenige hundert Meter entfernt war.

„Wir sind gleich da, welche Hausnummer sagten Sie noch?"

„Gleich hinter dem kleinen Bäckerladen können Sie halten. Es ist das Haus mit dem imposanten Eingangsportal."

Tatsächlich standen in der gesamten Straße überwiegend im Jugendstil gebaute Wohnhäuser aus dem neunzehnten Jahrhundert mit herrlichen Stuckfassaden. Morgenstern hielt mit seinem Taxi, wegen der belegten Parkplätze, in der zweiten Reihe. Der Mann versuchte, seine Freundin mit Worten und leichtem Zerren an der Jacke zum Aufwachen zu bewegen. Als Tessa nicht reagierte, ging er um den Wagen herum und öffnete ihre Tür. Er hob sie aus dem Sitz, nahm sie fest in den Arm und platzierte sie auf die untere Stufe des Hauseinganges, wo sie sich am Geländer anlehnen konnte. Eilig kehrte er zum Taxi zurück, um die Fahrt zu bezahlen. Dabei setzte er sich auf den hinteren Sitz, auf dem seine Freundin gesessen hatte.

„Was bin ich Ihnen schuldig?"

„Genau sechsundzwanzig Euro."

Der Mann griff in seine Brieftasche. „Hier sind dreißig; stimmt so! War nicht so einfach mit uns. Und, wie lange geht Ihre Schicht noch, oder war's das für heute Nacht?"

Morgenstern drehte sich zur Seite, um seinem Fahrgast das Geld abnehmen zu können. „Ende der Schicht, *terminado*!", war seine kernige Antwort. Als die beiden Männer sich ansahen, fielen sie in einen Zustand starrer Bewegungslosigkeit. Es dauerte einen Moment, bis der Fahrgast als Erster seine Verblüffung überwunden hatte.

„Ich kenne nur einen Menschen, der seine Sätze mit *terminado* beendet. Bist du es wirklich, Sternchen?"

Morgenstern strahlte über das ganze Gesicht. Es war Eddie. Immer noch so stattlich und verdammt gutaussehend.

„Oh Gott, wie lange ist es her, dass mich jemand Sternchen genannt hat. Eddie, wo bist du gewesen? Ich dachte, du wärst tot!" Die Aufregung der Männer über die unverhoffte Begegnung war ihnen deutlich anzumerken. Sie fassten sich an beiden Händen und pressten ihre Oberkörper zwischen den Sitzen zu einer Umarmung zusammen.

„Eddie, ich friere!" Tessas schrille Stimme tönte durch die ruhige Nacht.

„Vorschlag, Sternchen: Ich bringe sie schnell ins Bett, und wir feiern unser Wiedersehen. Du kennst sicher den richtigen Laden dafür." Morgenstern brauchte keine Sekunde zu überlegen.

„*Claro*, so machen wir das!"

Eddie eilte mit großen Schritten zu seiner Freundin, packte sie gekonnt unter die Arme und bugsierte sie durch die große Eingangstür. Das Haus hatte keinen Aufzug, und die Wohnung lag im zweiten Stock. Tessas Zustand ließ kein zügiges Vorankommen zu. Jede Treppenstufe musste mit gutem Zureden gemeinsam genommen werden. Spätestens jetzt wurde Eddie klar, dass es noch etwas dauern würde, bis er sie schlafen legen konnte. Unterdessen war Morgenstern in die Vergangenheit abgetaucht. Er erinnerte sich genau an den Tag der ersten Begegnung mit Eddie.

Es war nach den großen Ferien und zu Beginn des dreizehnten Schuljahres. In schon vier Monaten sollten die schriftlichen Prüfungen zum Abitur beginnen. Morgenstern war eher ein Einzelgänger ohne nennenswerten Freundeskreis, wenn man einmal von Patrick, einem gleichaltrigen Schüler aus der Nebenklasse absah, mit dem er gelegentlich etwas Zeit an dessen Computer verbrachte. Beim Lernen für die Schule war er allerdings auf sich alleine gestellt. Ihm fehlte angesichts seiner aktuellen Punktezahl in den relevanten Fächern Mathematik, Physik und Englisch die Überzeugung, das angestrebte Ziel zu erreichen. Lediglich in Deutsch konnte er eine gute Note vorweisen, was auch an seiner Lehrerin, Frau Heike Mar, lag, die er gerne einmal außerhalb der Schule getroffen hätte. Unglücklicherweise war sie, wenn man dem Schul-Buschfunk glauben konnte, mit einem Afrikaner verheiratet und somit für Morgenstern, selbst für ein zwangloses Date, chancenlos ausgeschieden.

Der Klassenlehrer stellte der Klasse den neuen Mitschüler, Eddie, vor und bot ihm an, sich seinen Platz selbst auszusuchen. Obwohl zwei Tische im hinteren Bereich unbesetzt waren, wählte Eddie den

Tisch in der ersten Reihe direkt neben Morgenstern, der ihn kurz mit „Ich heiße Olaf" begrüßte. Eddie war bereits ein ausgewachsener Mann mit breiten Schultern und diesem verschmitzten Lächeln, welches Robert Redford in seinen Filmen so unwiderstehlich macht. Ohne Zweifel ein Frauentyp, jemand, der nicht zweimal für eine Verabredung fragen musste. Schon in der ersten großen Pause sprach Eddie seinen Tischnachbarn an.

„Sag mal, können wir uns nicht gleich nach der Schule treffen? Ich würde gerne wissen, was so abgeht. Bist du hier der Streber, weil du ganz alleine vorne sitzt? Und noch viel wichtiger: Warum gibt es keine Mädels bei euch?" Tatsächlich war die Klasse ab dem elften Schuljahr nur mit Jungs besetzt worden. Von den anfänglich neunzehn Schülern waren aktuell nur noch fünfzehn dabei. Olaf fühlte sich mit der Fülle der Fragen leicht überfordert und wich aus, zumal ihm das nahe Pausenende bewusst war.

„Hör zu, wir können uns treffen, kein Problem. Nur nicht gleich. Ich habe heute noch echt viel zu tun. Was hältst du vom Wochenende?" Eddie war sichtlich genervt von Morgensterns vertröstender Antwort, was er ihn auch sofort spüren ließ.

„Geht mir genauso. Meine Streifenhörnchen müssen noch gefüttert werden und die Spendensammlung für die Johanniter steht auch noch an. Also dann am Wochenende oder vielleicht doch besser zum Anfang der Herbstferien!"

Das hatte gesessen. Morgenstern fühlte sich missverstanden, und bevor er etwas entgegnen konnte, ertönte das erwartete Pausensignal. Die nächsten vier Unterrichtsstunden und die zweite große Pause verliefen ohne jegliche Kommunikation zwischen den beiden jungen Männern. Erst nach Schulschluss beendete Morgenstern das gegenseitige Schweigen.

„Eddie, wenn du immer noch willst, dann sehen wir uns heute Nachmittag und quatschen über all die Dinge, die dich interessieren." Eddie zögerte nur kurz, bevor er dem Vorschlag zustimmte. Es wurde ein langer Nachmittag, der bis tief in den Abend hineinreichte. Die Themen schienen den beiden nicht auszugehen. Eddies Fragen drehten sich im Wesentlichen um die Schule und darum, welche Lehrer wie tickten. Morgenstern gab sich die größte Mühe, nichts auszulassen. Ihm war es wichtig, dass Eddie die nächsten Wochen gut vorbereitet zur Schule gehen konnte. Natürlich ging es auch um Mädchen. Bei diesem Thema musste Morgenstern passen. Außer zwei, drei Küssen während des diesjährigen Schulfestes mit der Schwester eines Klassenkameraden, konnte er nichts berichten.

Bei Eddie sah die Sache anders aus. Er erzählte, dass er in den Sommerferien, wie auch in den vergangenen drei Jahren, im Süden von England gewesen war. Tagsüber wurde in der Schule gelernt und am Abend der Strand von Bournemouth zur Partyzone erklärt. Eddie war mit sechzehn Jahren das erste Mal von seinen Eltern zum Sprachunterricht nach England verschickt worden. Als einer der jüngeren Reiseteilnehmer war es ihm noch nicht erlaubt gewesen, bei den abendlichen Feiern der älteren Kursteilnehmer mitzumachen. Wenige Tage vor Beendigung seines Aufenthalts schlich er sich nach dem Abendessen aus dem Haus seiner englischen Gastfamilie, um aus sicherer Entfernung das Treiben am Strand zu beobachten. Er sah den Gruppenleiter, Ende zwanzig, Gitarre spielen. Um ihn herum saßen Jungen und Mädchen aus seinem Kurs. Sie sangen und klatschen nach irgendwelchen Folksongs wie *Blowin' in the Wind.* Dabei machte eine Flasche nach der anderen die Runde. Eddie war klar, dass es sich hier nicht um Traubensaft handeln würde. Nach knapp zwei Stunden verstummten die Lieder. Pärchen hatten sich weitläufig am Strand verteilt und unter Decken zurückgezogen. Er konnte rhythmische Bewegungen und deutlich vernehmbare Geräusche ausmachen. Neben einem Deckenlager lag die Gitarre des Gruppenleiters. Es war kühl geworden. Eddie machte sich auf den Heimweg. Er hatte genug gesehen und einen Entschluss gefasst. Im nächsten Jahr würde er der Typ mit der Gitarre sein und nicht mehr außen vor, sondern mittendrin, mit einem hübschen Mädchen an seiner Seite. Als Eddie wieder zu Hause war, lernte er tatsächlich Gitarre spielen. Der Musiklehrer aus seiner Grundschule gab ihm für zehn Mark die Stunde Privatunterricht. Sein Motiv ließ ihn schnell lernen.

Nach fünf Wochen intensiven Übens konnte er sein erstes Lied – *Lady in Black* – mit zwei Akkorden spielen. Lediglich beim Lernen des Textes tat er sich schwer. Die nächsten Sommerferien verbrachte er, wie im Jahr zuvor, in Südengland. Es war die gleiche Organisation und die Abläufe hatten sich nicht geändert, außer für Eddie. Er nahm zwar immer noch am Sprachunterricht teil, doch war der inzwischen zur Pflichtaufgabe und lästiger Nebensache geworden. Sein Hauptaugenmerk lag bei den Gruppentreffen mit Lagerfeuer und seiner Musik. Er spielte fast jeden Abend am Strand. Zu seinem Repertoire gehörten Cat Stevens, CCR und natürlich Bob Dylan. Die mitgereisten jungen Leute hörten ihm begeistert zu. Das erhoffte Liebesglück ließ auch nicht lange auf sich warten. Mit jeder neuen Eroberung wuchs Eddies Erfahrung im Umgang mit dem anderen Geschlecht. Nach kurzer Zeit genügte ihm die allabendliche Knutscherei nicht mehr. Er sprach tagsüber Mitschülerinnen an und verabredete sich zum Lernen, um letztendlich mit ihnen zu schlafen oder zumindest Petting zu haben. Nicht immer waren seine Versuche von Erfolg gekrönt, doch wenn eines der Mädchen mitmachte, konnte er die Strandparty umso entspannter besuchen. Als der Englandaufenthalt nach vier Wochen endete, war Eddie entschlossen, sein begonnenes Sexualleben auch in der Heimat fortzuführen. Er verspürte eine unbändige Lust, sich weiter auszuprobieren. *Mutig und direkt sein*, war seine Devise, sowie *Starten statt warten*. Bei seinen Verabredungen zum Kino kam es vor, dass er und das Mädchen es nicht zum Film schafften, sondern in einem offenen Hausflur oder einer Parkgarage landeten. Wiederholungstreffen waren selten. Gelegentlich passierte es, dass Eddies Bekanntschaft eine feste Beziehung anstrebte und sich nicht nur mit der schnellen Nummer abfinden wollte. In diesem Fall musste er in die Trickkiste greifen und sich Geschichten ausdenken. Er erzählte zum Beispiel, dass seine Eltern mit ihm in eine andere Stadt umziehen würden oder die Gefahr bestünde, in der Schule sitzen zu bleiben und er deshalb seine Zeit fürs Lernen bräuchte. Eddie war um keine Ausrede verlegen. Ihm fiel immer etwas ein, und er rechtfertigte seine Notlügen damit, dass er niemandem wehtun wollte und letztendlich jeder seinen Spaß bekam.

Eddie war gerade dabei, weitere pikante Details seiner Bekanntschaften preiszugeben, da bemerkte er eine seltsame Stille bei seinem Gegenüber und unterbrach die Ausführungen. „Was ist mit dir? Wie sind deine Erfahrungen mit den Mädels? Oder gehörst du zu denen, die genießen und dann darüber schweigen?“

„Nein, auf keinen Fall. Ich würde schon gerne etwas erzählen. Aber da gibt es nicht viel, außer du interessierst dich für meine diversen Pornohefte. Doch ich glaube, das ist nicht dein Niveau. Du magst es wohl lieber live zum Anfassen“, antwortete Morgenstern wehmütig.

„Wo warst du in den Ferien?“, begann Eddie mit einem anderen Thema und entspannte damit die Situation.

„Spanien, wir fahren immer nach Spanien. Meine Eltern mögen die Costa del Sol und wollen sich dort ein Haus kaufen. Deshalb bereisen wir die Küste und suchen ein geeignetes Objekt. Ich denke nur, hoffentlich ist bald Schluss damit, *terminado*“, gab Morgenstern zur Antwort.

„Gefällt es dir dort nicht?“, wollte Eddie noch wissen.

„Doch, schon. Es ist nur elendig heiß, sehr heiß, zumindest in den Sommerferien.“

„Was ist mit deinen Träumen? Gibt es Momente, in denen du abtauchst, um jemand ganz anderes zu sein und Dinge zu tun, die dir unmöglich erscheinen?“ Eddie gab sich große Mühe, mehr von seinem neuen Freund zu erfahren, und mit jeder weiteren Frage steigerte sich bei Morgenstern die Zuversicht, dass es doch noch einen Menschen gab, der sich ernsthaft für ihn interessierte. Als Folge davon öffnete er sich und ließ Eddie in sein inneres Ich blicken.

„Immer wenn ich im Kino bin und mir einen fetten Blockbuster mit bekannten Schauspielern ansehe, stelle ich mir vor, dort mitzuwirken. Seltsamerweise sind es nicht die guten Figuren, die Helden, die am Ende gewinnen, deren Rolle ich übernehmen würde, sondern oftmals die Gangstertypen, die häufig sehr raffiniert vorgehen und deren Frauen hübscher, verruchter und unanständiger sind, als die braven Damen der Gesetzeshüter. Selbst wenn ich für meine Taten ins Gefängnis gehen müsste oder angeschossen würde, so hätte ich dennoch meinen Spaß dabei. Aber spätestens nach der Vorstellung lande ich wieder auf dem Boden des alltäglichen Lebens, den ich gelernt habe, zu akzeptieren. Ich bin eben kein Ernst Stavro Blofeld oder Al Capone."

Die Jungs hätten sicher noch den Rest der Nacht miteinander verbracht, doch morgen standen mit Mathe und Physik nicht gerade die Glanzfächer der beiden auf dem Stundenplan. Als Morgenstern am nächsten Tag die Stufen des Bertha-von-Suttner Gymnasiums hinaufging, sah er Eddie aus einem roten Cabriolet steigen. Zur Verabschiedung beugte dieser sich zu seiner dunkelhaarigen Fahrerin herunter und küsste sie. Das kann unmöglich seine Mutter sein. So küsst man nicht seine Mutter, war sich Morgenstern sicher. Er fing Eddie noch vor dem Klassenraum ab, um ihn nach der Unbekannten im Auto zu befragen. Dieser schmunzelte nur und hauchte: „Später, mein Freund." Morgenstern musste bis zur ersten Pause warten, bis Eddie das Geheimnis lüftete.

„Das war Jutta, eine Steuerbevollmächtigte, bei der ich zurzeit wohne. Nichts auf Dauer, aber im Augenblick alternativlos. Es sei denn, du hast für mich ein ansprechendes Appartement mit Blick auf den Tegeler See. Mit ohne Miete versteht sich", frotzelte Eddie. Morgenstern fragte nach.

„Wenn sie schon voll im Beruf ist, muss sie doch wesentlich älter sein als du, ich meine, als wir. Wo lernt man so Eine kennen?"

„Du bist ziemlich neugierig, mein Freund. Aber weil du es bist." Eddie machte eine kleine Kunstpause. „Wir sind beide bei Rot-Weiss im Tennisverein. Sie hat mich mal gesehen, wie ich ein paar Leuten Trainerstunden gegeben habe. Da hat sie mich angesprochen."

„Soll das heißen, du bringst ihr Tennisspielen bei und darfst dafür bei ihr wohnen? Das kann nicht alles sein, oder?"

„Nein, gelegentlich fährt sie mich auch zur Schule, wenn unsere *Morgenandacht* wieder etwas länger gedauert hat“, antwortete Eddie und konnte sich dabei ein Schmunzeln nicht verkneifen.

Ein kurzes lautes Hupen eines vorbeifahrenden Autos erinnerte Morgenstern daran, dass er mit seinem Taxi immer noch in der zweiten Reihe stand und holte ihn wieder in die Gegenwart zurück. Das war vor achtzehn Jahren, und heute haben wir bereits 2014. Wo ist nur die Zeit geblieben, und wo bleibt eigentlich Eddie?, fragte sich Morgenstern, der inzwischen fröstelnd in seinem Taxi auf die Rückkehr des Jugendfreundes wartete. Nach gut fünfundzwanzig Minuten erschien er dann endlich und setzte sich gehetzt auf den Beifahrersitz.

„Sorry, mein Lieber. Doch Tessa hat sich derart zugeschüttet, dass ich sie dauernd zum Klo begleiten musste. Jetzt liegt sie schnarchend im Bett. Keine Ahnung, wie sie später zur Arbeit kommen will.“

„Was ist mit dir? Musst du nicht schaffen?“, fragte Morgenstern.

„Ich habe heute Nachtdienst.“

„Bist du beim Wachschutz?“

„Nein, bei der Polizei. Das erzähle ich dir aber nachher. Hast du schon überlegt, welcher Laden noch aufhat?“

„Keine Ahnung. Wir können zu mir gehen. Ist nicht weit von hier. Dann kann ich auch etwas trinken. Das ist bestimmt in deinem Sinne, als Bulle sozusagen“, schlug Morgenstern vor und legte ein breites Grinsen für seinen Freund auf. Eddie lächelte zurück und nickte.

Eine halbe Stunde später saßen sich die beiden Männer am Küchentisch gegenüber. Sie tranken Dosenbier und knabberten Nüsse. Morgenstern bot noch das Aufwärmen von Wiener Würstchen an, was Eddie allerdings ablehnte.

„Ich achte schon auf meine Ernährung und da gehört fettes Schweinefleisch nach Mitternacht nicht dazu. Eine Sünde reicht mir.“

„Meinst du den Alkohol?“, fragte Morgenstern.

„Richtig! Das rächt sich immer gleich am nächsten Tag. Ich muss dann doppelt so viele Einheiten machen wie sonst“, sagte Eddie.

„Was für Einheiten?“

„Zirkeltraining, laufen und Gewichte stemmen. Wie sieht es da bei dir aus? Du sitzt doch Stunden in deinem Taxi. Welchen Sport treibst du eigentlich zum Ausgleich?"

Kurzfristig drohte die Stimmung zu kippen. Morgenstern fühlte sich ertappt. Er schaute verlegen an seinem Oberkörper hinunter und betrachtete die mittelgroße Wölbung, die sich unter seinem Sweatshirt abzeichnete. Sport hatte noch nie auf seinem Tagesplan gestanden. Mit dem Weg zum Briefkasten im Erdgeschoss war sein Anspruch auf zusätzliche Bewegung erfüllt. Ansonsten wurden auch die kürzesten Wege mit dem Taxi erledigt. Eddie erkannte, dass er eine empfindliche Stelle seines Freundes getroffen hatte und war sofort um Schadensbegrenzung bemüht.

„Hey Sternchen, nichts für ungut. Ich war auch kein Schwertkämpfer, bevor ich bei der Polizei anfing. Doch nun bin ich in dem Verein und muss lernen, damit umzugehen." Die Erklärung hatte Morgenstern gefallen und richtete ihn wieder auf, sodass er gleich nachfragte.

„Wie lange bist du denn schon dabei?"

„Es gab vom Berliner Senat eine besondere Ausbildungsinitiative für lebensältere Dienstanwärter. In dieser Zeit bin ich gerade wieder nach Berlin gezogen und wollte sehen, ob ich mich auch für etwas Ordentliches eigne. Das ist jetzt zwei Jahre her, und in vier Monaten bin ich damit fertig."

„Wie geht's weiter? Wirst du dann Kommissar?"

Eddie musste kurz lachen. „Nein, kein silberner Stern, nur Polizeimeister. Wahrscheinlich komme ich zum Abschnitt. Das ist der normale Weg und okay für mich."

Morgenstern nickte und wechselte das Thema. „Spielst du eigentlich noch Gitarre?"

„Ich kann dir nicht einmal sagen, wo ich sie gelassen habe. Es war ohnehin nur eine einfache Wanderklampfe und mehr als fünf bis sechs Lieder konnte ich eh nicht", gestand Eddie.

„Schade, ich hätte so gerne mein Lieblingslied gehört. *Morning Has Broken* von Cat Stevens. Das kennst du sicher."

„Na klar kenne ich das“, bestätigte Eddie. Beide Männer gönnten sich eine kleine Redepause, nippten an ihrem Bier und steckten sich Nüsse in den Mund. Ohne jeden Übergang, als wenn Eddie von seinem Job ablenken wollte, lobte er den ordentlichen Zustand des Kücheninventars, und bemerkte dabei anerkennend, dass kein schmutziges Geschirr herumstand und darüber hinaus die Farbe der Servietten mit dem Stoffbezug der Stühle korrespondierte.

„Beim Reinkommen in die Wohnung habe ich drei oder sogar vier Zimmer gezählt. Wie kommt man zu einem solchen Quartier und das mitten in der City? Vor allem, wie hält man das alles nur so sauber? Hast du eine Freundin dafür?“ Die Frage nach der Freundin hörte Morgenstern nicht das erste Mal, und sie nervte ihn.

„Ich lebe hier schon mein halbes Leben. Als meine Eltern vor Jahren nach Spanien gezogen sind, habe ich die Wohnung von ihnen einfach übernommen. Und nein, ich habe keine Freundin. Doch wenn ich eine hätte, müsste sie hier nicht putzen. Das kann ich auch selbst, wie du siehst. Ich würde sie nur die Dinge machen lassen, die zu ihrer und meiner Freude sind.“ Schöner Spruch, doch so leicht kommst du mir nicht davon, dachte Eddie.

„Jemand wie du, der direkt an der Quelle sitzt, müsste doch in jedem Bezirk mindestens ein Mädel haben, das ihm Frühstück macht. Andere bemühen sich um ein Date und dir wird es fast täglich auf dem Silbertablett serviert.“ Morgenstern stand das fehlende Verständnis für Eddies Vortrag im Gesicht geschrieben. Doch bevor er ihn dazu fragen konnte, klärte dieser seine Worte auf.

„Du hast sie doch alle am Wochenende auf deinem Rücksitz. Die Teenies, wenn sie aufgebrezelt mit ihren viel zu kurzen Röckchen in die Disco strömen oder die reiferen Damen, die es ins Café Keese treibt, um junge Gigolos aufzureißen.“

Morgenstern fuhr dazwischen. „Ja, und was tue ich dabei? Soll ich sie fragen, ob ich mitkommen darf?“ Die Frage war nicht zur Beantwortung gedacht, sondern nur die Einleitung für die Sicht der Dinge, wie er sie bisher erlebt hatte. „Du hast recht damit, dass die Frauen mit teilweise großen Erwartungen zu den Veranstaltungen fahren. Gerade wenn sie zu zweit oder gar zu dritt bei mir einsteigen, geizen sie nicht mit Intimitäten, die der normale Mann nie zu hören bekommt. Nicht selten werden die Erlebnisse der letzten Woche untereinander ausgetauscht. Du kannst dir nicht vorstellen, nach welchen Kriterien wir Männer bewertet werden. Gespräche über Verhütungsmethoden, blaue Pillen und Sex zu dritt gehören inzwischen zum Standard. Ich sitze nur einen Meter von denen entfernt. Doch nicht eine kommt auf den Gedanken, dass ich nicht nur der Fahrer, sondern auch ein Mann bin. Nein, ich gehöre zum Taxi wie Motorblock und Schaltung. Meine Aufgabe besteht lediglich darin, die Damen von A nach B zu kutschieren. Und übrigens: Das Café Keese gibt es schon lange nicht mehr." Während Morgenstern seinen ganzen Frust herausließ, grinste Eddie schelmisch und parierte umgehend.

„Und was passiert am Ende des Abends, wenn sich die Träume der Ladies in Luft aufgelöst haben und der Prinz nicht gefunden wurde?"

Morgenstern antwortete sofort. „Sie sind traurig, fahren nach Hause und versuchen es nächste Woche wieder."

„*Du* fährst sie nach Hause und bist der letzte Rettungsring, bevor sie in ihren Betten in die Kissen heulen. Da genügt schon ein verständnisvolles Wort, ein einfühlsamer Satz und die Einladung auf den berühmten Kaffee ist dir sicher", sprach Eddie, lehnte sich gelassen zurück und nahm einen Schluck aus der Bierdose. Morgensterns Reaktion ließ nicht lange auf sich warten.

„So, wie du das beschrieben hast, stand vor vierzehn Tagen erst in der Zeitung, ist es einem Kollegen von mir ergangen. Allerdings mit dem Unterschied, dass der Ehemann unverhofft früher von der Reise kam. Außer, dass mein Kollege von ihm einen auf die Nase bekommen hat, behauptete die Frau noch, dass sie zum Beischlaf gezwungen worden sei. Jetzt darf der gute Taxifahrer bis zum Ende der Ermittlungen kein Taxi mehr fahren und hat natürlich auch den Ärger bei sich zu Hause. Darauf kann ich wirklich verzichten."

„Dumm gelaufen. So ist das manchmal im Großstadtdschungel. Auch die besten Dompteure dürfen nicht vergessen, dass sie es mit Wildkatzen zu tun haben. Wenn du also das Risiko scheust, gibt es noch die Möglichkeit, über Partnerportale Frauen kennenzulernen. Auf diesem Weg ist mir Tessa begegnet“, outete sich Eddie.

„Meinst du damit Parship?“

„Ja, zum Beispiel, aber es gibt noch einige andere. Was hältst du davon?“

„Irgendwie habe ich zu der gesamten EDV keinen Zugang. Ich bin schon froh, wenn ich auf E-Mails antworten kann.“ Auch für diesen Fall hatte Eddie eine Lösung parat, wie er scheinbar für alles eine passende Antwort aus dem Ärmel schütteln konnte.

„Du kannst eine Kontaktanzeige in der Zeitung aufgeben. Alt, aber bewährt. Schon die Generation vor uns hat sich, wenn nichts anderes lief, darüber kennengelernt.“ Gegen diesen Vorschlag hatte Morgenstern nichts einzuwenden. Er wollte die Sache allerdings auch nicht weiter vertiefen und nickte nur zustimmend, um einen Deckel darauf zu haben. Eddie bemerkte die Abneigung seines Freundes, über Beziehungskram zu reden, und änderte das Thema.

„Bist du eigentlich Fußballfan?“

„Nicht wirklich“, war Morgensterns schlichte Antwort.

„In ein paar Wochen beginnt die Weltmeisterschaft in Brasilien.“

„Oh ja, da sind die Straßen wieder menschenleer und niemand fährt Taxi“, wusste Morgenstern sofort zu berichten. Eddie ergab sich dieser knallharten Analyse und rekelte sich im Küchenstuhl.

Schleichend ereilte beide die Müdigkeit. Die Nachtabsenkung der Heizung ließ sie ins Wohnzimmer wechseln, wo Eddie es sich auf der Couch bequem machte. Morgenstern reichte ihm eine Decke, die er sich kommentarlos überlegte und dabei sofort einschlief. Die lange Nacht und der Alkohol konnten bei ihm nicht mehr geleugnet werden. Morgenstern akzeptierte das abrupte Ende und ging mit dem guten Gefühl, seinen Freund wiedergetroffen zu haben, auch ins Bett. Als er kurz vor elf Uhr aufwachte und ins Wohnzimmer kam, war Eddie schon nicht mehr da. Die Decke war zusammengelegt und auf dem Tisch lag ein Zettel.

Guten Morgen Sternchen,
dieses Mal wird es keine Jahre dauern, bis wir uns wiedersehen. Ich glaube, ich kann dir bei der ein oder anderen Sache behilflich sein. Es war kurz vor acht, als ich mich von dir verabschieden wollte, doch du hast laut geschlafen. Da habe ich es lieber sein gelassen. Ich muss mich jetzt um Tessa kümmern und lege mich danach noch ein wenig hin, um für meine Schicht gut gerüstet zu sein. Du weißt ja, die bösen Jungs schlafen nie.
Wir können uns gerne morgen gegen 18 Uhr im Momo treffen. Das ist eine Kneipe in der Motzstraße. Wenn du sie nicht kennst oder verhindert bist, melde dich.
Freue mich auf dich, alter Freund.
Gruß, Eddie
P.S.: Die nächsten zwei Tage habe ich frei. Also mach dich auf ein sehr, sehr langes Gespräch gefasst.

Morgenstern hielt das Papier noch für einige Momente in der Hand, bevor er es in seine Jackentasche steckte. Er sollte pure Vorfreude auf die bevorstehende Zusammenkunft verspüren, doch das tat er nicht. Etwas störte! Es war der Treffpunkt, das Momo, welches er und natürlich auch jeder andere Taxifahrer in Berlin kannte. Eine alteingesessene Lokalität mit Kultstatus, die für Einheimische und Touristen oft die letzte Station nach einer durchlebten Nacht bedeutete. Hier gab es warmes Essen bis fünf Uhr morgens. Gegen sechs machte es zu und überließ das Frühstücksgeschäft anderen. Morgenstern hatte sich nach den Ereignissen von 2001 vorgenommen, das Momo, mit dem er so viele schmerzliche Erinnerungen verband, nie wieder zu betreten. Doch es war ihm unmöglich, sich dem Rückblick in die Vergangenheit zu entziehen.

Morgenstern war dreiundzwanzig und im letzten Ausbildungsjahr zum Verwaltungsfachangestellten beim Bezirksamt Wedding, als er die Ortskundeprüfung für den Taxischein bestand. Sein Arbeitgeber, der Senat von Berlin, hatte ihm die notwendige Ausnahmegenehmigung zur Ausübung dieser Nebentätigkeit erteilt. Er fuhr nur am Wochenende und konnte sich den Wagen immer freitags ab siebzehn Uhr im Taxidepot abholen.

Morgenstern war noch keine drei Stunden mit dem Taxi unterwegs, als ihn ein Fahrgast, der am Momo abgesetzt werden wollte, zu einem Pausenkaffee einlud. Die Theater und Kinos hatten gerade mit ihren Vorstellungen begonnen und auch die Abholfahrten der Wochenendbesuche bei Freunden und Verwandten würden erst nach zweiundzwanzig Uhr einsetzen. Obwohl Morgenstern noch nicht lange dabei war, hatte er die Erfahrung gemacht, dass für die nächsten zwei Stunden eine „tote Zeit“ anbrechen würde. Die charmante Art seines Gastes und ein freier Parkplatz direkt vor dem Momo ließen ihm keine Chance, der Einladung zu widersprechen.

Der Mann, gut gekleidet mit einem hellen Anzug und blauem Hemd, jedoch ohne Krawatte, ging Morgenstern voraus und grüßte mit einem Handzeichen den Wachmann, der ihm sofort die schwere mit Metall verkleidete Tür öffnete. Der Laden war dunkel, fast schwarz, und ohne erkennbare Fenster. Es brauchte eine kurze Zeit bis man Tische sah, die mit kleinen roten Schirmlampen besetzt waren. Lediglich der Tresen des großzügigen Barbereichs, hinter dem sich männliches und weibliches Personal bewegte, war gut ausgeleuchtet.

„Die haben wohl ihre Stromrechnung nicht bezahlt. Man muss ja aufpassen, wohin man tritt“, monierte Morgenstern. Der Mann ignorierte seine Bemerkung und führte ihn stattdessen durch das Lokal an einen der runden Tische.

„Ich glaube, ich habe mich noch nicht vorgestellt: Mein Name ist Mitri. Ich bin hier der Geschäftsführer.“ Mitri machte eine Pause, um seinem Gast die Gelegenheit zu geben, etwas zu sagen. Doch Morgenstern wusste um seinen Fauxpas und blieb stumm.

„Ich habe noch die Chez-elle-Bar in der Fasanenstraße. Sicher kennst du sie auch“, schob Mitri nach. Morgenstern erkannte, dass er nun etwas sagen musste.

„Ganz ehrlich, ich kenne sie nicht und auch das Momo war mir vorher nicht bekannt, was aber nur daran liegt, dass ich Aushilfsfahrer bin und das erst seit ein paar Wochen.“ Für einen Moment war Mitri unentschlossen, wie er mit seinem Gegenüber umgehen sollte. Einerseits erschien ihm Morgenstern einfältig und unbedarft, andererseits sah er auch gerade darin die Gelegenheit, ihn für seine Zwecke zu nutzen.

„Wie heißt du eigentlich?“, wollte Mitri wissen.

„Mein Name ist Olaf Morgenstern.“

„Hör zu, Olaf – ich darf doch Olaf sagen, oder?“ Dieses Mal ließ Mitri keine Pause zum Antworten, sondern sprach ohne Unterbrechung weiter. „Siehst du die beiden Männer dort, in deren Mitte die reizende Dame sitzt?“, fragte er und zeigte mit dem Arm in Richtung eines Tisches, der sich im hinteren Bereich befand. „Kannst du ihre entspannten Gesichter sehen?“ Morgenstern sah angestrengt hinüber, konnte jedoch nichts Auffälliges erkennen und zuckte mit den Achseln.

„Das sind zwei Kollegen von dir. Die haben sich gerade ihre Nachspeise von meiner Mitarbeiterin servieren lassen“, feixte Mitri mit einem Grienen im Gesicht.

„Und dabei setzen sich die Kellnerinnen immer zu den Gästen?“, fragte Morgenstern nichtsahnend. Mitri musste sich beherrschen, um nicht gleich loszulachen.

„Du amüsierst mich. Und ich dachte, ich kenne euch Typen alle. Aber so einen wie dich habe ich noch nie getroffen. Bleib hier sitzen. Ich schicke dir Marlene. Sie wird sich um alles Weitere kümmern“, waren seine letzten Worte, bevor er im dunklen Raum hinter einer Tür verschwand. Morgenstern war die Situation undurchsichtig geworden, und er überlegte zu gehen. Er war gerade am Aufstehen, da erblickte er eine Engelsgestalt, die direkt auf ihn zukam. Sie trug ein langes, bordeauxfarbenes Kleid, welches sich wie eine zweite Haut an ihren schlanken Körper schmiegte. „Sie wollen uns doch nicht schon verlassen?“, hauchte sie Morgenstern dicht gegenüberstehend leise ins Ohr. Es traf Morgenstern wie ein Blitz ohne Donnerschlag. Seine Knie wurden weich und ließen ihn zurück in den Sessel gleiten. „Nein“, kam es stockend aus ihm heraus. „Ich wollte nur kurz zur Toilette. Aber das kann noch warten. Sind Sie Marlene?“

„Ja, und Sie sind Olaf. Der neue Freund meines Chefs,“ antwortete sie und setzte sich neben ihn.

„Nachdem ich die Lichtverhältnisse in seinem Laden kritisiert und das Verhalten seiner Kellnerinnen hinterfragt habe, würde mich das sehr wundern“, warf Morgenstern ein. Marlene ließ einige Sekunden vergehen.

„Wissen Sie, Olaf“, sagte sie mit samtiger Stimme und schlug dabei ihre Beine so übereinander, dass diese durch den langen Schlitz im Kleid fast vollständig freigelegt wurden. „Die meisten Gäste, die zu uns kommen, benötigen nicht viel Licht und Aufmerksamkeit. Es sind Gastronomen, Hoteliers und andere Geschäftsleute, die einen langen und anstrengenden Arbeitstag hinter sich haben. Sie genießen die Stille und das gute Essen. Unsere Steaks sind stadtbekannt. Darf ich Ihnen etwas bringen lassen? Was möchten Sie dazu trinken? Vielleicht ein Bier? Mitri lädt Sie ein.“ Immer noch fasziniert von dieser jungen Frau, würde Morgenstern sogar den Boden putzen, nur um weiter ihre Anwesenheit genießen zu können.

„Gerne, ich nehme Ihre Einladung an. Bitte nur keinen Alkohol, ich bin noch im Dienst. Doch ein kleines Hüftsteak mit Folienkartoffel und Kräuterbutter wäre schon gut, wenn das nicht zu viel verlangt ist.“

„Solange Sie nicht eine Etagere mit japanischen Köstlichkeiten oder seltenen Schalentieren bestellen, kriegen wir das hin“, versicherte Marlene und schickte dabei ihrem Gast ein Lächeln herüber, welches jeden Eisberg in Sekundenschnelle zum Schmelzen gebracht und die Titanic vor dem Sinken bewahrt hätte. Als sie aufstand, um die Bestellung in Auftrag zu geben, drehte sie sich noch einmal zu Morgenstern um. „Ich bin auch im Dienst und gerade deshalb werde ich mir ein Glas Sekt mitbringen. Und noch etwas: Wir beide sind wohl in einem ähnlichen Alter. Du scheinst ein netter Junge zu sein. Lass uns Du zueinander sagen." Sie ging in Richtung Tresen und ließ ihren Gast mit einem Schmunzeln zurück. Morgenstern kannte dieses Wort mit E nicht und von japanischem Essen wusste er nur, dass es roh war und man davon sterben konnte. Ansonsten aß er nichts, was aus dem Wasser kam. Das alles interessierte ihn jetzt ohnehin nicht. Sein Augenmerk lag nur bei Marlene, die ihm das Du und damit den ersten Schritt in eine persönliche Beziehung angeboten hatte. So deutete er zumindest ihre Äußerung. Nun drängte sich bei ihm die Frage auf, wieso eine solche Schönheit nachts in diesem düsteren Laden arbeitete. Doch sie gleich danach zu fragen, hielt er für keine gute Idee. Wenn es etwas Dauerhaftes mit Marlene werden soll, dann braucht es Geduld und vor allem Toleranz. Nur nicht mit der Tür ins Haus fallen; das haben sicher schon andere vor mir versucht. Diesen Fehler werde ich nicht begehen. Wir werden uns viel Zeit lassen, um uns richtig kennenzulernen, fantasierte Morgenstern in seinen Gedanken und bemerkte ihre Rückkehr erst, als sie wieder vor ihm stand.

„Einen schönen Gruß aus der Küche von Mr. Spock, unserem Koch. Der muss wohl schon als Baby hier abgegeben worden sein, denn er hat bisher alle Inhaber und Geschäftsführer überlebt und außerdem ist er so etwas wie mein Berliner Vater. Allerdings sieht er nicht aus wie ein Berliner." Morgenstern blickte entgeistert.

„Wie sieht denn ein typischer Berliner aus? Heißt er wirklich Mr. Spock, wie *der* von der *Enterprise*?"

„Das wirst du verstehen, wenn du ihn einmal zu Gesicht bekommst. Und nein, er heißt nicht wirklich so, aber seine Ohren … Das Essen braucht circa fünfzehn Minuten, solange kann ich noch bei dir bleiben. Worüber möchtest du reden?"

Morgenstern gefiel die direkte Art von Marlene, auch wenn sie ihn kurz vor das Problem gestellt hatte, ein geeignetes Gesprächsthema zu finden.

„Dein Chef hat mir die beiden Taxifahrer gezeigt. Kommen viele meiner Kollegen hierher?“

„Einige schon. Was die Herren dort drüben angeht, das ist speziell. Sie sind schon seit Jahren so etwas wie Freunde von Mitri, die ihm Kundschaft heranschaffen. Das Mädchen in der Mitte heißt Babs, und sie arbeitet normalerweise als Animationsdame im Chez-elle.“ Marlene registrierte den fragenden Blick ihres Gegenübers und fuhr fort. „Soll heißen, wenn ein Tourist etwas Besonderes erleben möchte, bringen ihn deine Kollegen ins Chez-elle. Dort kriegt er alles, was sein Männerherz begehrt, und wir bekommen seine Kreditkarte.“ Morgenstern wollte nicht glauben, was er gerade von Marlene hörte. Ihre Worte klangen auf einmal so nüchtern und emotionslos. Die Vorstellung, ahnungslose Gäste in die Nachtbar zu locken, wo sie nach Strich und Faden ausgenommen werden, war für ihn ein abstoßender Gedanke. „Hat mich deshalb dein Chef mit in den Laden genommen, damit ich ihm auch Kundschaft besorge?“, stellte er sie mit ernster Miene zur Rede. Marlene nahm Morgensterns veränderte Stimmungslage wahr und rückte mit ihrem Sessel dichter an ihn heran. „Das glaube ich eher nicht. Mitri hält dich wohl für zu grün hinter den Ohren. Er hat mir erzählt, dass du noch nicht so lange dabei bist und es nur ein Nebenjob für dich ist. Was arbeitest du eigentlich, wenn du kein Taxi fährst?“ Morgenstern erkannte Marlenes Ablenkungsversuch. Obwohl ihm das vorherige Thema noch im Kopf herumschwirrte, machte er sich glauben, dass sie ein ehrliches Interesse an seiner beruflichen Tätigkeit hatte. Er benötigte einen Augenblick, um zu antworten. „Ich mache eine Ausbildung im öffentlichen Dienst“, kam es kurz und trocken aus ihm heraus.

„Das ist doch solide mit einer sicheren Zukunft, oder?“, fragte sie und hatte bei ihm ungewollt einen wunden Punkt getroffen.

„Ja, das stimmt schon. Das haben meine Eltern gesagt und auch alle anderen. Doch bin ich mir nicht im Klaren darüber, ob die sichere Zukunft das ist, was ich wirklich will. Jeden Tag der gleiche Trott und kaum Abwechslung in der täglichen Arbeit. Dazu noch die Damen auf dem Büroflur, die sich so lange an ihrem Kaffee festhalten, bis um neun Uhr die Sprechzeiten beginnen. Die Bürger werden als Störenfriede betrachtet, wenn sie ihre Fragen oder Anträge stellen. Dabei wird zuerst die Zuständigkeit geprüft. Ist diese geklärt, hängt die weitere Bearbeitung von der Vollständigkeit der Unterlagen ab. Fehlt ein winziger Nachweis oder ist die Unterschrift an der falschen Stelle gemacht, werden die Leute nach Hause geschickt und der Sachbearbeiter kann sich wieder der Speisekarte für die Mittagspause widmen. Das nennt man dann Dienst nach Vorschrift. Doch das bin nicht ich und werde es auch niemals sein." Morgenstern holte kurz Luft, um Marlene auf seine Gedankenreise in eine menschenbejahende Welt mitzunehmen.

„Jeder Tag ist neu und einzigartig, wie ein bunter Blumenstrauß, gepflückt auf einer Sommerwiese. Ich mag die Menschen in all ihrer Vielfalt. Ihre Gefühle und Ansichten, wie unterschiedlich sie auch sein mögen. Die Klugen und die weniger Klugen. Jeder kann eine Geschichte erzählen und jede Geschichte hat es verdient, gehört zu werden. Wenn ich das Taxifahren am Wochenende nicht hätte, würde ich die Zeit im Amt nicht überstehen. Hier draußen auf der Straße begegnen mir Dinge, um die es wirklich geht. Das ist mein Ausgleich."

Marlene war beeindruckt von diesen Worten und Morgensterns Aufrichtigkeit. So hatte schon lange niemand mehr mit ihr gesprochen. Sie fühlte sich auf seltsame Weise mit ihm verbunden. Ein junger Taxifahrer, der über das Leben philosophiert und dazu noch mit dem Herzen am rechten Fleck. Man muss ihn einfach mögen, schwirrte es ihr durch den Kopf. Beide schwiegen und schauten verlegen aneinander vorbei. Ein großer Mann kam an den Tisch und stellte zwei Teller darauf. „Das Essen für den Herrn", sagte er in frostigem Ton. Dabei ließ er einen strengen Blick bei Marlene und verschwand so plötzlich, wie er gekommen war.

„Das war Pavel, unser Security-Mann und Mitris rechte Hand. Wenn er das Essen serviert, heißt es für mich, dass ich anderswo gebraucht werde."

„Dem möchte ich nicht ohne Personenschutz im Dunkeln begegnen. Schade, dass du gehen musst. Ich hoffe, ich habe dich mit meinen Reden nicht verschreckt. Kommst du wenigstens noch einmal, um das Geschirr abzuräumen?", bettelte Morgenstern.

„Natürlich, ich muss doch meinem Boss berichten, wie es dem Premierengast bei uns gefallen hat", flachste Marlene mit einem Augenzwinkern und verließ den Tisch. Während Morgenstern stocksteif sitzend die Momente mit ihr noch einmal an sich vorbeiziehen ließ, wobei sich für ihn jede Geste und jedes Wort als ein einzigartiges Erlebnis darstellten, führte sie ihr Weg direkt in Mitris Büro.

„Ist er nun so ein Einfaltspinsel oder nicht?", wollte Mitri von Marlene wissen und kam damit gleich auf den Punkt.

„Eher ein Klosterschüler, doch ein ganz Lieber und herzensgut. Das, was er sagt, klingt poetisch, und dumm ist er auch nicht, jedenfalls klüger als die meisten anderen Fahrer", antwortete Marlene mit einem Hauch von Bewunderung. Mitri passte das Schmeicheln und die freundliche Klangfarbe in ihrer Stimme nicht.

„Dann lass ihn noch seinen Teller leermachen und halte dich ansonsten von ihm fern. Du weißt ja vom letzten Mal, wo das enden kann", rügte er sie wie ein Schulmeister aus der Zeit, in der Stockhiebe noch zur Bestrafung gehörten. Marlene wusste genau, wovon Mitri sprach und erinnerte sich sofort an die schrecklichen Konsequenzen, die einst ein früheres Handeln von ihr verursacht hatte. Nicht noch einmal sollte jemand zu Schaden kommen, nur weil sie ihre Gefühle nicht kontrollieren konnte.

Mitri hat recht. Er ist nur einer von vielen, die hier auftauchen und morgen schon Geschichte sind. Ich werde es beenden, bevor es angefangen hat, nahm sich Marlene vor und schlich mit gesenktem Kopf aus dem Büro. Als sie an Morgensterns Tisch zurückkam, war das Essen so gut wie noch nicht angerührt.

„Was ist los, Olaf? Schmeckt dir unser Steak nicht?", fragte Marlene mit vorwurfsvollem Blick. Morgenstern suchte nach einer Ausrede, weil er ihr den wahren Grund nicht nennen wollte.

„Ich habe das Fleisch probiert, es ist großartig. Doch irgendetwas blockiert meinen Magen. Vielleicht hat es auch mit dir zu tun", kam es scheu aus ihm heraus. Marlene hatte verstanden. Es war nicht das erste Mal, dass sich ein Mann nach nur kurzer Zeit in sie verguckte. Normalerweise war das kein Problem, denn sie war Profi, und es gehörte auch zu ihrem Job, den Gästen ein angenehmes Gefühl zu geben. Die eigenen Empfindungen blieben dabei immer außen vor und durften in diesem Rollenspiel zu keinem Moment auch nur ansatzweise sichtbar werden. Einmal war ihr dies jedoch nicht gelungen, und auch bei Morgenstern liefen ihre Vorsätze Gefahr, butterweich zu werden. Die Anziehungskraft, die von ihm ausging, war nicht die eines besonders attraktiven Mannes, denn das war Morgenstern sicherlich nicht. Es waren seine Frische und Unbedarftheit, die Marlene an ihm faszinierten und die ein vertrautes Gefühl in ihr auslösten. So, als wenn sie ihn schon lange kennen würde. Dennoch beschloss sie aus gutem Grund, der Vernunft den Vortritt zu lassen.

„Das tut mir natürlich leid. Ich könnte dir eine Tablette geben oder einfach ein Glas Wasser," bot sie ihm betont nüchtern an.

„Nein, das wird schon. Vielleicht kannst du dich noch kurz zu mir setzen?"

„Leider nein. Ich war schon länger hier als sonst üblich. Du kannst natürlich gerne noch bleiben und dein Steak kalt essen, oder wir packen es dir zum Frühstück ein." Marlene konnte sich ein breites Grinsen nicht verkneifen.

„Zum Frühstück hätte ich lieber etwas Lebendiges mit zwei Beinen." Morgenstern erschrak über seinen Satz, der ihm die Röte ins Gesicht trieb. Marlene haderte mit sich. Wie sollte sie jetzt reagieren? Beleidigt sein, sich wortlos umdrehen und gehen oder die Aussage ignorieren, wie sie es bei sonstigen Anzüglichkeiten der männlichen Gäste tat? Nichts von alledem. Mit einem Mal machte sich in ihr die

Vorstellung breit, dass ein Wiedersehen nicht unmöglich wäre. Warum auch nicht?, überlegte sie.

Plötzlich stand Mitri neben ihr. Er legte seinen rechten Arm um ihre Schulter, drückte sie fest an sich und zeigte mit dem Zeigefinger der linken Hand auf Morgenstern.

„Hör zu, Olaf. Wie ich höre, bist du ein netter Junge. Doch verwechsle bei mir nie Freundlichkeit mit Dämlichkeit. Sofern du mir Gäste ins Chez-elle bringst, kann alles so bleiben wie heute. Du bekommst hier dein Steak, hältst einen Plausch mit Marlene und alle sind zufrieden. Für den Fall, dass du ablehnst, war es das für dich im Momo. Die Entscheidung liegt bei dir."

Morgenstern erhob sich aus seinem Sessel. In diesem Moment trat Pavel aus dem dunklen Raum hervor und stellte sich dicht hinter Marlene. Eine gespenstische Ruhe umgab die vier Personen, die jegliche Nebengeräusche um sie herum ausblendete. Es war Morgenstern, der die Flucht nach vorne antrat und die Stille brach.

„So gut war das Steak nun auch wieder nicht, dass ich hier Stammgast werde. Also meine Herren, ich wünsche noch gute Geschäfte und möchte mich jetzt nur noch von Marlene verabschieden." Überrascht von Morgensterns Ansage, ließen es die beiden Männer zu, dass er Marlenes Hand nahm, um sie in Richtung Ausgang zu führen.

„Das war knapp. Du solltest jetzt wirklich gehen", flüsterte Marlene eindringlich.

„Ich möchte dich wiedersehen. Nur das zählt. Gib uns eine Chance!", flehte Morgenstern.

„Es gibt keine Chance. Das musst du begreifen. Wir machen uns beide unglücklich. Bitte geh jetzt", forderte sie ihn beschwörend auf, als sie sah, wie Pavel sich ihnen näherte. Morgenstern konnte in ihren Augen sehen, dass sie log, um ihn zu schützen. Es waren Worte der Sorge um ihn, die ihn bestärkten, nicht aufzugeben.

„Wann hast du hier Schluss?", erkundigte er sich eiligst.

„Du kennst die Öffnungszeiten; doch jetzt geh endlich." Dabei drängte sie ihn mit beiden Händen zur Ausgangstür. Schweren Herzens, doch mit der festen Überzeugung, sie wiederzusehen, verließ Morgenstern das Momo.

Marlene spürte Pavels kräftigen Griff an ihrem Oberarm. „Das war nicht besonders clever von dir. Was willst du überhaupt mit diesem Patienten? Komm schon, Mitri will dich sehen“, befahl er.

„Lass mich gefälligst los, oder soll ich morgen mit blauen Flecken zur Arbeit kommen? Das würde dem Boss sicher nicht gefallen“, konterte sie und schritt voran in Richtung Büro. Mitri empfing sie mit ausgebreiteten Armen.

„Was soll ich nur mit dir machen? Du kannst nicht jedem Mann den Kopf verdrehen und ihm dabei das Herz brechen. Und der von eben ist nicht einmal dein Niveau. Was willst du mit so einem Jüngling überhaupt?“ Marlene blieb ihm die Antwort schuldig. Ihr war klar, egal was sie sagte, die Stimmung würde dadurch nur noch weiter angeheizt. Also ließ sie seine Lobhudelei und Sprüche über sich ergehen. Dabei schaute sie ihm in Schulmädchenmanier brav in die Augen.

„Du bist ein hübsches Ding und alle mögen dich hier“, fuhr Mitri fort. „Wir sind deine Familie, und Familienmitglieder beschützen einander. Vorschlag: Pavel bringt dich jetzt mit meinem Wagen nach Hause, und du nimmst dir den nächsten Tag frei. Montag ist eh geschlossen, so hast du ein schönes langes Wochenende und kannst über alles noch einmal nachdenken. Nicht, dass unser Romeo die ganze Nacht vor der Tür auf dich wartet.“ Mitri war ein schlauer Geschäftsmann, der gutes Personal zu schätzen wusste, denn das gab es nicht an jeder Ecke. Und Marlene war eine der Besten, was auch ihr bewusst war. Sie benötigte keine zwei Sekunden, um das Angebot anzunehmen, wohl wissend, dass es eher einem Befehl glich.

„Einverstanden und danke“, erwiderte sie und zwang sich zu einem kurzen Lächeln. Pavel nahm den Hinterausgang zum hauseigenen Parkplatz, um in dem schwarzen 5er BMW auf sie zu warten. Mitri ließ sich mit einem Seufzer in seinen bequemen Chefsessel nieder. Er telefonierte mit den Leuten hinterm Tresen und erkundigte sich nach Babs. Kurze Zeit später stand sie in seinem Büro.

„Chef, Sie wollten mich sprechen."

„Du siehst ja heute wieder umwerfend aus. Weshalb warst du eigentlich mit den beiden Männern hier? Ihr habt doch drüben im Chez-elle viel bessere Möglichkeiten und separate Zimmer." Babs wurde leicht verlegen, kam dann aber schnell auf den Punkt.

„Chef, es ist so. Die beiden haben schon zur Monatsmitte ihre Quote erfüllt und wollten einmal etwas Ausgefallenes erleben."

„Und das im Momo?". Hier servieren wir unseren Kunden nur Essen und Trinken, doch keinen Sex. Das bekommen sie bei euch, aber nicht hier", unterbrach Mitri in scharfem Ton.

„Es war kein richtiger Sex, nur ein Handjob unter dem Tisch, unbeobachtet inmitten der anderen Gäste. Gerade das hat sie so angemacht. Hätte ich Nein sagen sollen? Es sind unsere zwei besten Zuträger. In der Woche drei bis vier Freier und am Wochenende noch mal so viel, von jedem!", rechtfertigte sich Babs und blickte ihren Boss ehrfürchtig an.

„Wenn ich es sehe, können es auch andere beobachten. Verstehst du das?" Babs senkte ihren Kopf und flüsterte demütig: „Ja, Chef."

„Ich kann die beiden Jungs auch gut leiden. Aber es muss eine Ausnahme bleiben. Sag ihnen, dass es von mir kommt. Ruf dir jetzt ein Taxi und fahre wieder rüber. Die Angelegenheit ist damit erledigt", bestimmte Mitri gönnerhaft.

„Da bin ich aber froh, dass Sie das so sehen. Mein früherer Arbeitgeber hätte daraus sicher eine große Nummer gemacht. Chef, meine Schicht beginnt erst in anderthalb Stunden. Es ist also noch genügend Zeit, um mich bei Ihnen für Ihre Großzügigkeit erkenntlich zu zeigen. Ich habe mir natürlich auch inzwischen die Hände gewaschen", bot sie Mitri ergeben ihre Dienste an. Babs war gerade im Begriff einen Schritt auf ihn zuzugehen und den Knopf ihrer Bluse zu öffnen, da erhob er seinen rechten Arm.

„Halt! Du bist noch nicht lange bei uns, deshalb mache ich auch daraus keine große Sache. Nur merke dir: Ich fange niemals etwas mit meinen Angestellten an. Denn wenn ich das tue, dann entstehen Eifersucht und Zwietracht untereinander. Das ist Gift für das Geschäft, und letztendlich dreht sich alles ums Geschäft.“ Das war eine klare Ansage, die deutlicher nicht hätte sein können. Babs verabschiedete sich artig, dankte für die aufklärenden Worte und wollte sich gerade auf den Weg ins Chez-elle machen, als Mitri sie noch einmal ansprach. „Hast du heute schon deine Pillen genommen?“ Babs konnte wieder strahlen, antwortete mit „Na klar, Chef!“, und verließ den Laden.

Morgenstern hatte seine Taxibeleuchtung ausgeschaltet und fuhr ziellos durch die Stadt. Als er beinahe eine rote Ampel übersah, stellte er sich auf einen Aldi-Parkplatz in der Nähe des Hauptbahnhofs. Seine Gedanken klebten an der Begegnung mit Marlene. Ganz gleich aus welchem Blickwinkel er die Ereignisse auch bewertete, es endete immer damit, dass er sie wiedersehen musste. Dabei redete er sich ein, dass das Interesse nicht nur auf seiner Seite bestand, sonst hätte sie ihm wohl kaum den Hinweis auf die Öffnungszeiten gegeben. Morgenstern fasste einen Plan. Er wollte ab halb sechs Uhr mit seinem Taxi vor dem Momo auf sie warten. Sollte dann ein Wagen über die Funkzentrale dorthin bestellt werden, stünde er bereits davor und bekäme den Auftrag. Dass Marlene mit dem eigenen Auto fuhr, schloss er wegen ihres dienstlichen Alkoholgenusses aus. Jetzt musste er nur noch die Nachtschicht überstehen, um sie Samstagfrüh abzufangen.

Es war viertel nach fünf Uhr morgens, als Morgenstern direkt gegenüber dem Momo einen Parkplatz fand. Die Anzahl der Funkaufträge war deutlich zurückgegangen, wie auch die Fahrer der Nachtschicht. Wenn jetzt das Momo von der Funkzentrale ausgerufen werden würde, wäre er der Mann zur rechten Zeit am richtigen Ort und könnte seine Auserwählte in Empfang nehmen.

Es kam kein Taxiruf für das Momo. Stattdessen erlosch kurz vor sechs Uhr die Außenbeleuchtung der Bar. Plötzlich sah Morgenstern Pavel, der die letzten Gäste bis vor die Tür begleitete und dann den

Laden von außen abschloss. Vermutlich war seine Wohnung nicht weit entfernt, oder er ging irgendwo frühstücken, um von der Schicht herunterzukommen, wie es so viele aus der Nachtszene taten. Morgenstern wollte nicht sofort losfahren, sondern hoffte, dass Marlene gleich noch durch einen Seitenausgang erscheinen würde. Als gegen sieben Uhr zwei Frauen mit Putzeimern vor dem Momo standen, war auch diese Hoffnung dahin. Irgendetwas musste passiert sein. Vielleicht hatte sie meinetwegen Streit mit ihrem Chef bekommen. Mitri ist kein sanftmütiger Typ. Wenn er sie geschlagen hat, wird sie gekündigt haben und ist einfach gegangen. Meine Marlene hat einen starken Charakter und lässt sich so etwas nicht gefallen. Das wäre auch die Erklärung, weshalb ich sie heute Morgen nicht treffen konnte, baute sich Morgenstern sein eigenes Wahrheitsgerüst auf. Doch er wollte ganz sichergehen und Sonntagmorgen wieder zur gleichen Zeit vor dem Momo auf sie warten.

Möglicherweise war doch alles ganz anders. Ein kleiner Schnupfen oder eine Unpässlichkeit. Frauen bekommen so etwas von Zeit zu Zeit. Jedenfalls auch ein triftiger Grund, die Arbeit vorzeitig zu verlassen. Ich muss mir um sie keine Sorgen machen, versuchte er sich einzureden. Für den Moment enttäuscht, doch voller Zuversicht, Marlene am nächsten Morgen wiederzusehen, fuhr Morgenstern nach Hause, um sich schlafen zu legen. Er wohnte noch bei seinen Eltern, die sich momentan auf einer Andalusien-Rundreise befanden. Mit ihrer Rückkehr war nicht vor drei Wochen zu rechnen.

Als Morgenstern aufwachte, war es kurz vor vierzehn Uhr. Er machte sich ein Omelett mit Prosciutto-Schinken und begann, in der Berliner Morgenpost zu lesen, die seine Eltern seit Jahresbeginn abonniert hatten. Da Morgenstern am Wochenende frei über das Taxi verfügen konnte, wollte er heute seine Schicht früher anfangen und in der „toten Zeit“ ins Kino gehen. Ein Vergnügen, welches er sich zu Schulzeiten fast wöchentlich gegönnt hatte, das jedoch seit einiger Zeit ins Vergessen geraten war. Er holte sich aus dem Zeitungsstapel die Donnerstagsausgabe, in der der Spielplan aller Filme abgedruckt war. Nach kurzem Durchstöbern fiel seine Wahl auf den

Actionstreifen *Lara Croft: Tomb Raider* mit Angelina Jolie in der Hauptrolle. Der Film lief im Zoo-Palast, Beginn zwanzig Uhr dreißig. Bevor er losfuhr, schmierte er sich ein paar Brote, die er während der Standzeiten an der Rufsäule essen wollte. Nach dem Kinobesuch setzte er seine Schicht fort, die ohne besondere Vorkommnisse verlief. Gegen vier Uhr morgens wurde er müde. Vielleicht zu wenig geschlafen oder das Sitzen im Kino ist schuld, erklärte er sich sein häufiges Gähnen. Morgenstern fuhr direkt zur Motzstraße, suchte sich einen Parkplatz, von dem er den Eingang des Momo gut sehen konnte, und stellte den Handywecker auf halb sechs. Sein Taxi stand jetzt zwar im Halteverbot, doch um diese Uhrzeit würden weder Polizei noch Ordnungsamt kontrollieren. Er drehte den Fahrersitz herunter, legte sich zur Seite und schlief sofort ein.

Laute Stimmen holten Morgenstern aus dem Schlaf. Zwei Männer stritten heftig mit Pavel, der ihnen wohl den Einlass ins Momo verweigerte. Als einer der Männer zum Schlag ausholte, sprühte ihm Pavel etwas ins Gesicht, was den Mann mit einem Aufschrei auf die Knie fallen ließ. Pavel baute sich in Kampfhaltung vor dem anderen Kerl auf und schrie ihn an.

„Hau ab und nimm deinen Kumpel mit! Lasst euch hier nie wieder blicken."

Beide Männer waren wohl alkoholisiert, zumindest taumelten sie ineinander eingehakt die Straße herunter. Dabei wurden dem Security-Mann, der schon hinter der schweren Metalltür verschwunden war, alle möglichen Kraftausdrücke und das schmutzige F-Wort nachgerufen.

Morgenstern musste bis kurz nach sechs Uhr warten, bis endlich ein Wagen für das Momo bestellt wurde. Er meldete sich sofort und bekam den Auftrag. Flugs wendete er sein Taxi auf die andere Straßenseite, um in zweiter Reihe direkt vor dem Eingang zu stehen. Seine Vorfreude, Marlene endlich wiederzusehen, war riesengroß und sein Puls schnellte in die Höhe. Die Person, die aus dem Momo kam und in sein Taxi stieg, brachte all seine Hoffnungen zum Einstürzen: Es war Pavel.

„Morgen, zum Chez-elle, Fasanenstraße bitte", sagte er trocken.

Eine kurze Strecke, doch viel zu lang für Morgenstern. Aus Angst erkannt zu werden, wagte er es nicht, in den Rückspiegel zu schauen. Nach nicht einmal fünf Minuten Fahrzeit standen sie vor der Nachtbar, deren Beleuchtung bereits erloschen war. Pavel reichte einen Zehn-Euro-Schein nach vorne und grummelte: „Stimmt so", bevor er ausstieg. Morgenstern stand der Schweiß auf der Stirn. Er katapultierte seinen Mercedes Benz die Einbahnstraße in Richtung Lietzenburger hoch und nahm die nächstmögliche Haltebucht. Wo ist Marlene?, fragte er sich. Stattdessen steigt dieser Schläger ein. Gut nur, dass er mich nicht erkannt hat.

Doch da irrte sich Morgenstern. Pavel hatte ihn bereits am vorigen Morgen auf der anderen Straßenseite stehen sehen. Die Fähigkeit, sein Umfeld genau zu beobachten und mögliche Gefahrenstellen zu lokalisieren, hatte er sich in vielen Jahren als Bodyguard antrainiert.

Es war Sonntagfrüh und die Gegend rund um den Ku'damm glich einer Geisterstadt. Selbst die sonst viel befahrene Prachtstraße der City-West war wie leergefegt. Vereinzelt sah man Doppeldeckerbusse, die nur spärlich besetzt waren. Die wenigen Taxis der Frühschicht standen vor den großen Hotels und hofften auf eine Fahrt zum Flughafen Tegel. Morgenstern wollte nur noch nach Hause. Ihm war bewusst geworden, dass es nun sechs Nächte dauern würde, bis er wieder die Gelegenheit bekam, Marlene treffen zu können. Als er in seine Wohnung kam, legte er sich, ohne sich auszuziehen, aufs Bett und weinte. Die Enttäuschung war groß, die Liebe seines Lebens nicht getroffen zu haben.

Das Klingeln des Handys weckte ihn. Es war Simone Behrenthal, eine Klassenkameradin aus der Berufsschule, die ihn an das heutige Treffen der Lerngruppe erinnerte.

„Kannst du mir sagen, wo es stattfindet?", fragte Morgenstern noch im Halbschlaf.

„Es war wohl eine lange Nacht für dich? Wir treffen uns, wo wir uns immer treffen", pikste Simone. Sie hatte von ihren wohlhabenden Eltern für ihr Einser-Abitur im feudalen Westend eine Zweizimmereigentumswohnung gekauft bekommen und war damit in der Klasse die Einzige mit eigenem Hausstand.

„Ich habe gearbeitet. Die Miete ist bald fällig“, knurrte Morgenstern zurück.

„Soweit ich weiß, wohnst du noch bei Mama und Papa. Na, wie auch immer, wir sind bei mir. Angie und Nobbi kommen auch. Und bitte sei diesmal pünktlich. Wir fangen um fünfzehn Uhr an.“

„Wie spät ist es überhaupt?“, fragte Morgenstern und schaute dabei auf seine Armbanduhr.

„Das geht ja wieder gut los mit dir. Raus aus dem Bett, oder brauchst du jemanden, der dir dabei behilflich ist? Hattest du wenigstens angenehme Träume, vielleicht von einer jungen Auszubildenden mit weiblichen Formen?“, kam es süffisant vom anderen Ende der Leitung.

Das hätte sie wohl gern, aber nicht mit mir, dachte Morgenstern und beendete das Gespräch mit: „Bis später.“

Es war ihm nicht verborgen geblieben, dass Simone ihn mochte. Schon seit Beginn der Berufsschule hatte sie seine Nähe gesucht. Ob bei Projektarbeiten oder im Lernzirkel, immer war sie im gleichen Team wie er. Vom Lerntechnischen her war ihre Mitarbeit von Vorteil, denn sie war klug, vielleicht die Klügste des Jahrgangs. Doch sie war klein und rundlich, hatte einen üppigen Busen und trug die Kleider ihrer Mutter. Beim Schulsport presste sie ihren dicken Hintern in eine hautenge Leggings. Für Morgenstern waren diese Zusammenkünfte eine reine Pflichtübung, der er am Anfang seiner Ausbildung zugestimmt hatte, als Taxifahren am Wochenende für ihn noch kein Thema war. Seit einiger Zeit hatte er jedoch Zweifel an dem Mehrwert dieser Treffen, die alle vierzehn Tage stattfanden und drei Stunden dauerten. Bereits vor Wochen wollte er der Gruppe seinen Ausstieg mitteilen, doch fehlte ihm bisher der Schneid dazu. Auch diesen Sonntag arbeitete er bemüht mit und ließ sich von seiner Verdrossenheit nichts anmerken. Simone fragte ihn, wie nach fast jedem Treffen, ob er mit ihr noch etwas trinken gehen wolle. Er lehnte mit der Begründung ab, noch Taxi fahren zu wollen. Simone hörte diese Aussage nicht das erste Mal und würde dennoch in zwei Wochen wieder fragen. Diese Vorgehensweise hatte sie bei ihrem älteren Bruder beobachtet, der damit bei den Mädchen nicht ohne Erfolg blieb.

In der Vergangenheit musste Morgenstern nicht einmal schwindeln, wenn er Simone einen Korb gab. Er mochte den Sonntagabend mit wenig Verkehr auf den Straßen und kaum Konkurrenz, da die meisten Fahrer die Woche bei ihren Familien oder Freunden ausklingen ließen. Da das für ihn nicht zutraf, fuhr er seine Spätschicht bis Mitternacht, um erst danach sein Taxi abzustellen. Nicht dieses Mal. Dieses Mal nahm er den direkten Weg zum Depot, rechnete mit der Kassenaufsicht seine Wochenendeinnahmen ab und ging nach Hause. Fünfundzwanzig Minuten später saß er am Küchentisch und versuchte, seine Zeit mit Marlene wieder aufleben zu lassen. Traurigkeit und Verzweiflung über das verpasste Wiedersehen machten sich in ihm breit. Er bediente sich an dem reichhaltigen Vorrat seiner Eltern an spanischem Brandy, ließ das Zähneputzen aus und schlief schließlich auf der Couch ein.

Nach dem Ruhetag öffnete das Momo am Dienstag zur gewohnten Zeit. Pavels Arbeit begann um zweiundzwanzig Uhr. Sein erster Weg führte ihn gleich zu Mitri ins Büro.

„Mitri, wir müssen reden."

„Geht es um diesen Clown vom Freitag?", wollte Mitri wissen.

„Der Clown hat Samstag- und Sonntagmorgen auf unser Mädchen gewartet. Ich wollte ganz sicher sein, dass er es auch ist und habe mir nach Feierabend ein Taxi gerufen. Und tatsächlich stand er morgens um kurz nach sechs vor unserem Laden. Er hatte wohl gehofft, Marlene würde einsteigen. Ich habe mich dann zum Chez-elle fahren lassen."

„Auch das noch! Jetzt wiederholt sich die Geschichte, wie vor einem Jahr. Wir können den nicht auch in die Uniklinik einliefern lassen und erzählen, dass er hier randaliert und dich angegriffen hat. Das glaubt uns die Richterin kein zweites Mal", gab Mitri zu bedenken.

„Dann solltest du ernsthaft mit deiner Angestellten reden", empfahl Pavel eindringlich. „Vielleicht fällt ihr eine Lösung für das kleine Ärgernis ein."

Mitri beorderte Marlene zu sich.

„Hör zu, Liebes, ich will gleich zur Sache kommen: Der Typ vom Freitag nervt. Bevor ich ihn Pavel überlasse, sollst du die Gelegenheit haben, ihn davor zu bewahren."

Marlene wusste sofort, von wem die Rede war. Dennoch war sie überrascht, noch etwas von Morgenstern zu hören. Sie hatte während ihres langen Wochenendes nicht mehr an ihn gedacht und fühlte sich deshalb plötzlich schuldig.

„Worum geht es denn? Ihr habt ihm doch klar und deutlich gesagt, dass er sich hier nicht mehr blicken lassen soll. Jeder Trottel würde das verstehen."

„Jeder, außer deinem! Der wartet mit seinem Taxi vor dem Eingang bis du rauskommst, um dich dann nach Hause fahren zu können. Pavel hat ihn vor dem Laden gesehen", klärte Mitri auf. Auf einmal empfand Marlene so etwas wie Bewunderung für den jungen und mutigen Taxifahrer mit Namen Olaf. Sie war bemüht, sich nichts davon anmerken zu lassen und spielte die unbeeindruckte und coole Bardame.

„Der kann alt werden wie Methusalem, ich werde nie in sein Auto steigen. Macht doch mit ihm, was ihr wollt." Diese Worte taten Marlene besonders weh, und es bedurfte großer Schauspielkunst, um sie glaubhaft herüberzubringen.

„Wir können nicht jeden Mann, der sich in dich verknallt, im Beton begraben. Wir sind schließlich Geschäftsleute und keine Gangster. Es muss eine andere Lösung geben", trumpfte Mitri auf und zeigte gleichzeitig eine Spur von Ratlosigkeit. Marlene war erst einmal beruhigt, dass sie dieses Mal nicht vorhatten, Olaf, wie ihren letzten Verehrer, krankenhausreif zu schlagen. Ihr war klar, dass jetzt eine brauchbare Idee hermusste, sonst würde Mitri es sich möglicherweise noch einmal anders überlegen.

„Wie wäre es, wenn ich meine Schicht bereits um zwanzig Uhr beginne und um vier Schluss mache? Er wird ja nicht die ganze Nacht vor der Tür warten“, kam es ihr spontan in den Sinn.

„Lass mich darüber nachdenken.“ Mitri schob seinen Oberkörper über den Schreibtisch nach vorne, stützte das Kinn auf seine rechte Hand und blickte zur Decke. „Er fährt nur zur Aushilfe, hat er gesagt, also am Wochenende. Das heißt, an diesen beiden Tagen machen wir es so, wie du vorgeschlagen hast. In der restlichen Zeit bleibt alles wie bisher. Ist das in Ordnung für dich?“ Marlene war mit der Regelung zufrieden, zeigte jedoch weiterhin keine Emotionen, sondern antworte in einem gelangweilten Ton: „Von mir aus.“ Mitri schien Marlenes Gleichgültigkeit nicht zu gefallen und er polterte nach.

„Wenn der Affe sich hier nur noch einmal sehen lässt oder dich draußen nach Feierabend abfängt, dann lass ich Pavel von der Leine. Nur, dass dann hinterher niemand überrascht ist.“ Marlene wusste sofort, wer mit „niemand“ gemeint war und nahm die Drohung ernst. Ihr persönlich würde kein Leid geschehen, aber vielleicht dem Menschen, der ihr lieb war. Das wollte sie unbedingt vermeiden.

Enttäuschung, Zorn und Hoffnung

An den nächsten drei Wochenenden wartete Morgenstern in seinem Taxi wie bestellt gegen fünf Uhr dreißig vor dem Momo. Der Ablauf war immer der gleiche: Pavel begleitete die letzten Gäste vor die Tür und schloss dann den Laden ab. Von Marlene keine Spur. Langsam verdichtete sich bei Morgenstern der Gedanke, dass sie nach der Begegnung mit ihm tatsächlich ihren Job im Momo gekündigt hatte. Doch wie sollte er sie in einer Stadt wie Berlin nun finden? Die Vorstellung, sie nie wiederzusehen, ließ ihn an den guten Dingen des Lebens zweifeln. Morgenstern begann, nicht mehr an die Weltgerechtigkeit zu glauben, wie auch an seinen Vorsatz, den Menschen gegenüber sozial und aufgeschlossen zu begegnen. Ein vorher nie gekannter Egoismus stellte sich bei ihm ein. Im Amt ließ er sich gehen. Tat nur noch die Dinge, die ihm direkt aufgegeben wurden. Jegliche Eigeninitiative hatte er eingestellt und passte sich zusehends dem Arbeitsstil seiner Kollegen an. Selbst bei seiner mit Leidenschaft ausgeübten Nebentätigkeit kehrte eine bisher unbekannte Gleichgültigkeit ein. Zwar fuhr er die Leute weiterhin von A nach B, doch hörte er ihren Geschichten nicht mehr aktiv zu. Wenn ihm das Gerede eines Fahrgastes zu viel wurde, drehte er das Autoradio auf. Im Umgang mit Kunden gesellte sich nun noch eine Portion Schlitzohrigkeit hinzu. Was bisher undenkbar schien – einem Touristen eine Fahrt vom Flughafen zum Hotel mit einer Extraschleife zu versehen und somit den Fahrpreis um drei, vier Euro zu erhöhen – war zur Normalität geworden. Die Enttäuschung über das gescheiterte Liebesglück wurde zum Alibi für seinen Sinneswandel.

Dieser Sinneswandel zeigte sich auch anlässlich eines Treffens der Lerngruppe bei Simone. Nach Beendigung verließen alle Mitschüler die Wohnung, außer Morgenstern, der sich beim Zusammenräumen seiner Unterlagen auffallend viel Zeit ließ.

„Du hast mich heute noch gar nicht gefragt, ob ich mit dir etwas trinken gehe. Gibt es etwa einen Freund?“, fragte er Simone hämisch.

„Irgendwann ist auch meine Energie erschöpft. Nein, einen Freund habe ich nicht. Wieso fragst du? Fährst du kein Taxi mehr?“

„Doch, tue ich immer noch. Ich dachte nur, wir kürzen das Ganze ab und sparen uns das Trinkengehen und Gequatsche. Lass uns gleich ficken. Natürlich nur, wenn du Lust dazu hast.“ Simone ging zwei Schritte zurück und war sichtlich entsetzt.

„Nun tu mal nicht so erschrocken. Letztendlich läuft doch alles darauf hinaus, egal, was man vorher miteinander macht. Ob Segelfliegen oder Rendezvous bei Kerzenschein, immer endet es im Bett. Was ist nun, soll ich mich jetzt ausziehen oder willst du das übernehmen?“ Immer noch sprachlos, doch getrieben von ihrer Begierde mit Morgenstern zu schlafen und seinen Körper zu spüren, ließ sie den bereits verworfenen Gedanken, sich ihm hinzugeben, wieder aufleben, und streifte die Träger ihres Lollipop-Kleides herunter. Nach wenigen Sekunden stand sie merkbar verschüchtert nur noch in Unterwäsche vor ihm. Die Ausmaße ihrer sehr fraulichen Figur waren erst jetzt durch das Ablegen der Kleidung vollends zu erkennen. Was Morgenstern früher an ihr missfallen hatte, war in diesem Moment vergessen. In seinem Kopf regierte einzig und allein der Wille, sich an der Frau zu befriedigen.

Simone ging vor ins Schlafzimmer, zog ihren Slip aus und legte sich aufs Bett. Morgenstern folgte ihr mit bereits heruntergelassenen Hosen, behielt jedoch sein Shirt an. Er legte sich auf sie, spreizte ihre Beine und drang in sie ein. Nach wenigen Stößen hielt er inne und sah sie fragend an.

„Nimmst du die Pille?“

„Nein, aber ich kann dir ein Präservativ geben. Ich müsste nur noch mal an meine Tasche“, antwortete sie schuldbewusst. Morgenstern ließ von ihr ab und setzte sich in den Sessel neben dem Bett. „Ich kann die Dinger nicht leiden. Das fühlt sich so unecht an. Lassen wir's. War vielleicht keine gute Idee von mir.“ Simone wollte das nicht akzeptieren. Sie fühlte sich immer noch beglückt und nichts sollte daran etwas ändern. Mit Schwung entstieg sie dem Bett, kniete sich vor ihn hin und öffnete ihren BH. „Ich kann es dir mit dem Mund machen“, bot sie ihm demütig an.

In diesem Moment kamen Morgenstern die Geschehnisse und seine Handlungen der letzten Wochen in den Sinn. Ihm wurde bewusst, wie sehr er sich von seinen bisherigen Werten entfernt hatte und schämte sich für alles. Er zog seine Hose hoch, drehte sich um und verließ ohne ein weiteres Wort die Wohnung. Vor Angst, man würde ihm im Gesicht sein schlechtes Gewissen ansehen, ließ er sich krankschreiben und fuhr in dieser Zeit auch kein Taxi. Zu Hause versuchte er sich nichts anmerken zu lassen und erzählte seinen Eltern etwas von Magenschmerzen und Unwohlsein.

Es dauerte fast zwei Wochen, bis er sich allmählich aus seinem seelischen Tief befreien und in sein altes Leben zurückzukehren konnte. Erst jetzt fühlte er sich in der Lage, Simone in angemessener Form um Entschuldigung zu bitten. Die Lerngruppe war schon längst kein Thema mehr. Nach knapp vier Wochen war der Spuk vorbei. Morgenstern fuhr am Wochenende wieder Taxi und Marlene war vergessen … bis eines Samstags, kurz nach zwanzig Uhr, ein Fahrgast zum Momo gefahren werden wollte.

„Kennen Sie den Laden?“, fragte der Mann. „Ich bin Schwabe und komme aus Esslingen. Wir Schwaben verstehen etwas von gutem Essen und nicht nur von Spätzle. Was die dort servieren, ist schon eine Klasse für sich. Das beste Steak, was ich je außerhalb meiner Region gegessen habe.“

Morgenstern hörte nur „Momo“ und Erinnerungen wurden geweckt.

„Dazu kommt noch die Bedienung“, fuhr der Mann fort. „Was für ein Hammerweib. Die könnte glatt in Las Vegas auftreten. Eine Schönheit vor dem Herrn, affengeil, aber unnahbar, wie die Jungfrau Maria.“ Der Fahrgast hatte nun Morgensterns volle Aufmerksamkeit.

„Kennen Sie vielleicht auch den Namen der Dame?“

„Na klar, sie hat sich gleich bei unserer ersten Begegnung vorgestellt und mir das Du angeboten. Aber ich warne Sie, heute Abend gehört sie mir, zumindest während meines Essens. Ein paar Minütchen darf sie dabeisitzen, wenn ich ihr einen Piccolo ausgebe. Mehr ist nicht drin. Darauf wird vom Chef geachtet, hat Marlene mir jedenfalls gesagt." In dieser Sekunde überkam Morgenstern ein Anflug von Glückseligkeit. Ein Hochgefühl, welches schon fast in Vergessenheit geraten war, kehrte in ihn zurück. Sie arbeitet also immer noch dort. Ich kann, nein, ich *werde* sie wiedersehen und dieses Mal bringt uns nichts auseinander, legte er sich voller Zuversicht fest und übersah dabei das Momo.

„Sie sind gerade am Momo vorbeigefahren", reklamierte der Fahrgast.

„Tut mir leid. Ich war wohl so beeindruckt von Ihrer Erzählung", entschuldigte sich Morgenstern und wendete das Taxi. Er ließ den Mann aussteigen, stellte den Funk ab und hielt ein paar Meter weiter, um sich die weitere Vorgehensweise zu überlegen. Er kam schnell darauf, dass Marlene ihre Arbeitszeiten geändert haben musste, und er sie deshalb nicht um sechs Uhr morgens abholen konnte. Da lag sie sicher schon im Bett. Dann probiere ich es gleich nach der heutigen Schicht, nur zwei Stunden früher, kombinierte er und wollte zudem auch hinsichtlich des Abholens vorsichtiger sein.

Gegen halb vier parkte er seinen Wagen in sicherer Entfernung zum Momo zwischen zwei Autos und schaltete das Taxischild aus. Eine halbe Stunde später kam von der Funkzentrale der Ausruf für die Bar. Morgenstern meldete sich nicht, sondern wollte erst sehen, für wen das Taxi bestimmt war. Ein Kollege vom Nollendorfplatz nahm den Auftrag an und stand zwei Minuten später mit seinem Mercedes Kombi vor der Tür. Zwei Personen verließen das Momo, doch nur eine stieg in den Wagen. Die andere kehrte wieder in den Laden zurück. Im Wagen sitzt Marlene, war sich Morgenstern sicher und fuhr dem Taxi hinterher. Sollte er den Anschluss verlieren, so hätte er immer noch die Funknummer und könnte beim Kollegen nach dem Fahrziel fragen. Dazu kam es aber nicht. Die Straßen waren kaum befahren und fast jede Ampel stand auf grün. Nach knapp zehn Minuten war die Fahrt beendet. Das Taxi hielt in der Franklinstraße vor der Nummer 21. Morgenstern stellte seinen Wagen in eine Toreinfahrt ab und beeilte sich, Marlene vor dem Hauseingang abzufangen.

„Marlene, keine Angst. Ich bin es, Olaf. Bitte warte kurz!“, klang es schrill durch den frühen Morgen. Marlene erschrak und blieb auf der Stelle stehen. Sekunden später erkannte sie Morgenstern, der mit großen Schritten auf sie zukam.

„Es tut mir leid, ich wollte dir keine Angst einjagen. Ich bin überglücklich, dich wiederzusehen und hoffe, dass es dir gut geht“, stammelte er noch etwas außer Atem. Marlene huschte ein Lächeln übers Gesicht. Was für ein verrückter Typ, dachte sie schmunzelnd.

„So, so, du willst also wissen, ob es mir gut geht und passt mich deshalb zu dieser unchristlichen Zeit vor meiner Haustür ab. Manch einer könnte dies als nächtlichen Überfall bewerten oder zumindest als Stalking auslegen. Dafür kann es bis zu zwei Jahre ohne Bewährung geben. Ist dir das wirklich die Sache wert?“

„Von mir aus kann es auch lebenslänglich sein. Hauptsache, du bist an meiner Seite“, erwiderte Morgenstern und stellte sich mit ausgebreiteten Armen vor die Haustür.

„Nun mal langsam, Olaf. Nach meiner Schicht brauche ich erst einmal Schlaf. Zur weiteren Familienplanung kommen wir später. Und damit du keine Bekanntschaft mit Pavels schwarzem Gürtel machen musst, schlage ich vor, dass du mich heute gegen fünfzehn Uhr abholst.“ Morgenstern strahlte und seine Mundwinkel reichten bis zu den Ohren. „Aber nur, wenn du jetzt brav aus dem Weg gehst, damit ich schnell in mein Bett komme“, fügte sie noch hinzu. Morgenstern reagierte sofort und sprang zur Seite. Marlene nahm den Schlüssel aus ihrer Tasche und öffnete die Tür. Bevor sie im Hausflur verschwand, drehte sie sich noch einmal um. „Die dritte Klingel von oben, bei Weidmann zweimal läuten, dann komme ich runter.“ Morgenstern nickte zustimmend und brachte nur ein leises „Gute Nacht“ heraus. Erst als die Tür wieder ins Schloss gefallen war und Marlene schon längst vor ihrer Wohnungstür stehen musste, kam noch der Satz „Ich werde pünktlich sein“ hinterher.

Als Morgenstern eine halbe Stunde später an seinem Küchentisch saß, wusste er nicht mehr, wie er nach Hause gekommen war. Obwohl er schon über zwanzig Stunden wach war, spürte er keinerlei

Müdigkeit. Im Gegenteil. Voller Vorfreude auf das Wiedersehen mit Marlene, kam er auf die absonderliche Idee, sich bis dahin nicht mehr schlafen zu legen. Wie sollte er auch? Ein wohliges Kribbeln durchfuhr seinen Körper bei dem Gedanken, Hand in Hand mit ihr am Salzufer spazieren zu gehen, und sein Bauch drohte wegen der vielen Schmetterlinge darin zu platzen.

Morgenstern begann, seine Tankbelege zu sortieren, herumliegende Lernunterlagen für die Berufsschule abzuheften und sich Wiener Würstchen aufzuwärmen. Letztere gehörten zu seinen Grundnahrungsmitteln und waren zu jeder Zeit vorrätig vorhanden. Die dazu von ihm getrunkenen Kindl-Bockbiere verfehlten ihre Wirkung nicht. Gegen sechs Uhr dreißig ließ er sein Vorhaben fallen und ergab sich seinem Schlafbedürfnis. Kurz nach elf klingelte sein Handy, welches er normalerweise nachts ausschaltete. Es war seine Mutter.

„Hallo Olaf, wir hatten gestern gar keine Gelegenheit mehr, uns richtig voneinander zu verabschieden. Unser Flug ging ja bereits am Vormittag, weil wir doch schon am Abend die Hausbesichtigung hatten. Ein tolles Anwesen in einem kleinen Küstenort. Mir ist schon wieder der Name entfallen. Jedenfalls nahe am Flughafen von Malaga. Der Makler hat gesagt, dass er uns das Haus eine Woche reservieren kann, damit wir genügend Zeit haben, die Finanzierung zu klären. Bis dahin wohnen wir schon mal kostenfrei die sieben Tage auf Probe hier." Seine Mutter machte eine kleine Sprechpause, die Morgenstern sofort nutzte, um seinen Unmut über das frühe Wecken herauszulassen.

„Mama, es ist Samstagmorgen, und ich bin die ganze Nacht Taxi gefahren. Es ist ja nicht das erste Haus, das euch gefällt. Gebt Bescheid, wenn ihr unterschrieben habt. Bis dahin werde ich weiter Geld verdienen, um euch im Alter unterstützen zu können. Ansonsten noch eine angenehme Zeit."

„Sei nicht so hart zu deinen lieben Eltern. Wir machen das in gewisser Weise auch für dich. Du hast dann immer einen Ort, an dem du preiswert Urlaub machen kannst. Im Küchenschrank stehen noch zwei Dosen Wiener. Nun leg dich wieder hin und träume etwas

Schönes“, entgegnete seine Mutter in einem friedfertigen Ton. Morgenstern war weit entfernt davon, sich wieder hinzulegen. Wie ein Blitz schoss ihm die Verabredung mit Marlene durch den Kopf. Er beendete das Gespräch gerade noch mit „Hab euch lieb“ und sortierte seine Gedanken. Auf einmal hatte der frühe Anruf seiner Mutter auch sein Gutes. So war genügend Zeit, um sich auf das Treffen vorzubereiten. Dabei wurde Morgenstern ein oft zitierter Satz seines Vaters wieder gegenwärtig: *Nichts ist so schlecht, als dass es nicht für etwas anderes gut sein kann.*

Welche Sorte Duschgel sollte er nehmen? Rasiert oder Dreitagebart? Sportliches Outfit oder eher konservativ mit Sakko? Welche Aktivitäten würden ihr gefallen? Vielleicht wollte sie auch sehen, wie er wohnt, dann wäre jetzt Aufräumen angesagt. Nach kurzem Nachdenken schloss er allerdings diese Möglichkeit aus und begann, sich um sein Outfit zu kümmern.

Nach gut zwei Stunden stand Morgenstern in vorzeigbarer Manier und mit zufriedener Miene vor dem Spiegel im Flur. Die Zeit reichte aus, um vorab den Weg am Salzufer entlangzugehen. Er wollte die Strecke kennen, um auf mögliche Überraschungen vorbereitet zu sein, wie eine Sperrung des Ufers oder eine Gruppe von Obdachlosen, die dort eventuell ihr Lager aufgeschlagen hatten. Auch die Gelegenheit, sich fernab des lauten Straßenverkehrs auf eine Bank zu setzen, wollte er prüfen. Es sollte eben beim ersten Mal alles passen.

Seit fünfundzwanzig Minuten wartete Morgenstern in seinem Taxi unweit Marlenes Haustür. Seine Aufregung war so groß, dass man den Herzschlag bis auf die andere Straßenseite hören konnte. Endlich bewegte sich der große Zeiger seiner Armbanduhr auf die zwölf. Exakt eine Minute vor fünfzehn Uhr stand Morgenstern vor den Namensschildern und drückte den dritten Klingelknopf von oben, auf dem „R. Weidmann“ stand. Er runzelte die Stirn und sein Hirn arbeitete. Was macht das R vor ihrem Nachnamen? Wohnt sie vielleicht mit jemanden zusammen? Aber der müsste dann so heißen wie sie. Also die Schwester, Bruder, oder … Morgenstern wollte nicht zu Ende spekulieren und ging einige Meter rückwärts, um bis zum letzten Stockwerk des Alt-Berliner Wohnhauses hinaufsehen zu können.

Fast unbemerkt von Morgenstern stand plötzlich Marlene in der Hauseingangstür. Sie trug Jeans, ein hellblaues weites Sweatshirt und weiße Turnschuhe. Ihre langen Haare hatte sie zu einem Pferdeschwanz zusammengebunden. Das Make-up war unauffällig und kein Vergleich zu dem, was sie während ihrer Arbeitszeit auftrug. Als wären die beiden langjährige Freunde, ging sie lächelnd und mit großen Schritten auf Morgenstern zu, umarmte ihn kurz und plapperte los.

„Reife Leistung, du hast gleich einen Parkplatz gefunden. Lass uns rüber ins Café Einstein gehen. Im Moment ist es dort noch recht ruhig und man kann sich ungestört unterhalten. Ach so, ich freue mich, dass du gekommen bist. Das ist mein erstes Date in diesem Jahr, und wir haben schon März. In drei Monaten ist mein Geburtstag. Wann hast du Geburtstag?“

Morgenstern hatte fast aufgehört zu atmen. Wieder einmal faszinierte ihn diese junge Frau, nur dieses Mal auf eine ganz andere Weise. Ihre Unbekümmertheit und ihr Frohsinn irritierten ihn. Nichts ließ vermuten, dass sie sich nur kurz kannten und über Wochen nicht gesehen hatten. Sie nahm seine Hand und gab ihm einen leichten Kuss auf die Wange. In jeder Beziehung verunsichert, folgte er ihr auf die andere Straßenseite.

Der Laden hatte erst vor einer Stunde aufgemacht und war nur sehr dürftig besucht. Dies würde sich allerdings mit voranschreitender Uhrzeit ändern, sodass man ab neunzehn Uhr reservieren musste, um einen Platz zu bekommen. Marlene war hinlänglich bekannt und wurde von dem Personal freundlich per Handzeichen begrüßt. Die beiden nahmen sich einen Fensterplatz.

„Bist du öfters hier?“, fragte Morgenstern behutsam.

„Ab und zu in der Woche, wenn bei uns nichts mehr los ist und ich früher nach Hause darf. Ansonsten immer montags, an meinem freien Tag. Das Essen ist lecker. Ich kenne den Koch vom Momo. Der war einmal bei uns. Irgendwann gab's Ärger zwischen ihm und Pavel, unserem Chef, dann ist er abgehauen.“

„Hast du gesagt, Pavel ist der Chef? Ich dachte Mitri, der Typ, den ich gefahren habe, ist der Boss im Momo“, wunderte sich Morgenstern.

„Das ist kompliziert und eigentlich auch geheim. Im Übrigen: Pavel hast du auch schon gefahren.“

„Ja, zur Fasanenstraße in euren sündigen Laden. Ich habe mich erkundigt und weiß inzwischen, was ihr dort alles treibt. Dieser Rausschmeißer hat mich aber nicht erkannt“, gab Morgenstern stolz an.

„Da irrst du dich. Das ist auch die Ursache dafür, dass meine Arbeitszeiten geändert worden sind. Er hat dich gesehen, wie du in deinem Taxi auf mich gewartet hast. Doch ich möchte jetzt nicht mehr darüber reden.“ Mit einem Mal war Marlenes Lockerheit verschwunden. Sie schien genervt. Morgenstern suchte krampfhaft nach einem anderen Thema.

„Du wohnst in einem sehr schönen Haus. Es war sicher nicht einfach, sich gegen die anderen Bewerber durchzusetzen. Bestimmt nicht billig.“

„Ich musste mich nicht durchsetzen. Der Vermieter ist ein Freund von mir, und die Miete kann ich leicht stemmen.“ Das Stimmungstief war noch nicht überwunden und Morgenstern musste ein anderes Thema finden.

„Parkplatz finden war bei mir noch nie ein Problem. Manche Menschen, wie meine Tante, fahren erst gar nicht los, weil sie Angst haben, keinen Parkplatz zu bekommen. Dann bestellen sie ihre Sachen lieber bei Quelle, nur damit sie nicht ins Auto steigen müssen. Ist doch verrückt, oder?“ Marlene nickte und die Stimmung entspannte sich.

„Kann ich dich etwas fragen?“

„Na klar, wenn es nicht gerade wieder von meiner Arbeit ist.“

Morgenstern zögerte noch einen Moment, weil er nicht sicher war, die Antwort wirklich hören zu wollen. Sollte sie ausfallen, wie er vermutete, hätten sich alle seine Träume zerschlagen. Schließlich rang er sich durch, die Zweifel durch Gewissheit zu ersetzen.

„Der Buchstabe R vor deinem Nachnamen, für wen steht der?“

„Für wen soll der wohl stehen? Natürlich für den, der dort wohnt; und das bin immer noch ich, Regine Weidmann“, gab sie mit aller Selbstverständlichkeit zur Antwort. Verblüfft und gleichzeitig erleichtert über des Rätsels Lösung schnaufte Morgenstern erst einmal kräftig durch.

„Dann heißt du gar nicht Marlene, sondern benutzt diesen Namen nur im Momo?“

„Richtig! Das machen alle so. Zum einen sind manche Namen, wie zum Beispiel Gisela oder Waltraud, für den Barbetrieb nicht besonders geeignet, und zum anderen schützt das Pseudonym vor aufdringlichen Gästen, die dir nachspionieren und unbedingt wissen wollen, wer man ist und wo man wohnt.“ Dabei überzog ein Grinsen ihr Gesicht. Morgenstern hatte das Wort mit P noch nicht gehört, verstand jedoch, worum es dabei ging.

„War das der Grund, weshalb mich beide Chefs bei unserer ersten Begegnung fast rausgeworfen hatten?“

„Ach, Olaf, du stellst immer so schwierige Fragen. Erzähl mir lieber, weshalb du mich wiedersehen wolltest“, bat sie ihn inständig.

„Gut, dann nenne ich dich von jetzt an nur noch Regine. Ist das okay für dich?“ Regine nickte und hauchte ein leises „Hm“.

„Du bist die außergewöhnlichste Frau, der ich je begegnet bin. Schon als wir uns im Momo das erste Mal sahen, hat mich deine ganze Erscheinung fasziniert. Dein Aussehen, deine Sprache, einfach alles. Bereits dort habe ich mir nichts sehnlicher gewünscht, als dich wieder zu treffen. Und heute sitzt du neben mir, als wenn wir uns schon seit Jahren kennen würden. Nur wir beide, wie ein echtes Liebespaar. Allerdings wirkst du nicht mehr so geschäftlich und distanziert, sondern natürlich und unbeschwert. Ich mag beide Seiten an dir“, schwärmte er.

„Da habe ich ja noch mal Glück gehabt“, erwiderte sie mit Ironie in der Stimme und fuhr fort: „Doch was soll das werden? Eine Bardame, die nachts arbeitet und ein Auszubildender, der tagsüber seinem Dienst nachgeht und gelegentlich Taxi fährt? Ich sag dir etwas, Olaf: Du bist ein wirklich netter Junge, und ich mag dich auch. Wir zwei leben zwar in der gleichen Stadt, aber dennoch auf verschiedenen Planeten. Dein Planet ist hell und beleuchtet, wie für die vielen braven Bürger, die täglich fleißig ihrer Arbeit nachgehen, um ihr geordnetes Leben bis zum Ende aller Tage weiterführen zu können. Sie sind freundlich und helfen einander. Dabei respektieren sie Regeln und Gesetze. Mein Planet dagegen ist düster und bewohnt von Menschen, die das Tageslicht scheuen. Sie tarnen sich als seriöse Geschäftsleute und sind doch so viel mehr. Egal ob Kneipenbesitzer oder Bordellbetreiber, keiner von ihnen könnte jemals wieder zurück in die normale Gesellschaft. Sie alle sind verdorben durch ihr lasterhaftes Leben, die Gier nach Geld und dem süßen Duft von … Und ich gehöre dazu! Verstehst du jetzt, was uns trennt und uns niemals zusammenkommen lässt?“ Regines Worte klangen für Morgenstern wie ein Hilfeschrei. Er wusste sofort eine Antwort.

„Tag- oder Nachtdienst, was macht das schon, wenn man sich liebt? Wir nehmen uns die Zeit füreinander, und wenn man sie uns nicht gibt, dann stehlen wir sie uns. Wir sind jung und niemand kann uns aufhalten!" Regine hielt ihre zwei Finger auf Morgensterns Mund und stoppte seine euphorische Rede.

„Doch, Olaf, es gibt jemanden, der uns aufhalten kann." Morgenstern schob Regines Finger zur Seite.

„Vielleicht dieser Türsteher oder der Kosovo-Albaner Mitri? Ja, ich habe mich bei meinen Kollegen über die zwei erkundigt. Und ja, sie sind in der Szene als Schläger und Zuhälter bekannt. Aber was hast du damit zu tun? Du servierst den Gästen doch nur ihr Essen und setzt dich ab und an mal mit an den Tisch dazu. Da ist nichts dabei, und niemand kann etwas dagegen sagen. Du könntest jederzeit woanders arbeiten; hier zum Beispiel. Gehst nur über die Straße und sparst dir das Taxigeld", sprudelte es aus Morgenstern heraus.

„Olaf, so einfach ist das nicht. Ich habe einen Vertrag unterschrieben. Aber das sollte heute überhaupt kein Thema werden. Nichts davon gehört hierher. Ich wollte nett sein und habe dem Treffen zugestimmt, damit du aufhörst, mich zu suchen. Mein Plan war ein Date mit einem bedeutungslosen Gespräch ohne Tiefgang. Danach würden wir uns nie wiedersehen", redete sie eindringlich auf ihn ein und vergrub dabei den Kopf in ihren Händen. Morgenstern sah, wie sie litt und streichelte ihr sacht über das Haar. Als sie den Kopf wieder hob, kullerten ihr Tränen die Wange hinunter.

„Ich hatte mir fest vorgenommen, dass so etwas nicht noch einmal passiert", schluchzte Regine.

„Bedeutet das, du willst mich wiedersehen, und wir treffen uns ein weiteres Mal?" Morgensterns Augen leuchteten wie Weihnachtskerzen. Regine nahm seine Hände, zog ihn dabei so weit über den Tisch, wie es nur ging und sprach mit leiser Stimme: „Wenn wir das tun, müssen wir sehr, sehr vorsichtig sein." Dann küsste sie ihn mit geschlossenen Lippen auf den Mund. Beide strahlten und schienen in diesem Moment glücklich zu sein. Sie tauschten sich über Dinge wie Urlaube, Hobbys und ihre Lieblingsschauspieler aus. Plötzlich stand Morgenstern auf, um sich auf die gleiche Tischseite wie Regine zu setzen. Er nahm sie in den Arm und liebkoste verhalten ihr Gesicht. Sie erwiderte seine Zärtlichkeiten und presste sich dicht an ihn heran. Dabei krallten sich ihre Hände an seinem Hinterkopf fest, als wollte sie ihn nicht mehr loslassen. Die Zeit verging rasend schnell. Um halb sieben sagte Regine zu Morgenstern, dass sich auch am Sonntag ihre Schicht verändert hatte und sie in neunzig Minuten im Momo sein müsse.

„Ich gebe heute das Taxi bis Mitternacht ab. Soll ich dich mit dem Wagen meiner Eltern morgen früh abholen? Ich könnte um die Ecke in der Martin-Luther-Straße auf dich warten", bot Morgenstern an.

„Genau das werden wir nicht tun, wenn unser kleines Pflänzchen nicht gleich wieder zertrampelt werden soll. Es wäre zu riskant, und du musst montags zur Arbeit, schon vergessen? Ich hingegen habe den ganzen Tag bis Dienstagabend frei und könnte Herrenbesuch empfangen. Soll ich uns etwas Leckeres kochen? Vielleicht Verliebtentoast mit Knutschflecken …", kicherte Regine ausgelassen. Morgenstern kicherte mit und beide verließen das Café. Er brachte sie auf die gegenüberliegende Straßenseite bis vor ihre Haustür.

„Die Frage, ob ich noch mit hochkommen kann, lass ich stecken. Es war toll, so wie es war, und so will ich es auch bis morgen in Erinnerung behalten", sagte Morgenstern. Sie umarmten sich und verharrten noch einen längeren Moment in dieser Stellung, bis Regine durch die große Eingangstür im halbdunklen Hausflur verschwand.

Morgenstern setzte sich in sein Taxi und fuhr seine Schicht. Wenn er nur in die Nähe des Momo kam, kreisten seine Gedanken sofort um Regine. Was hat sie heute wohl angezogen und womit bezaubert sie die Männer? Zu wem muss sie sich setzen, nur weil der Typ ihr ein Getränk spendiert hat?, ging es ihm durch den Kopf und so etwas wie Eifersucht stieg in ihm auf. Auch die Frage, ob Mitri oder Pavel ihr etwas angemerkt haben oder ob sie ihr neues Glück vor den beiden verbergen konnte, beschäftigte ihn und ließ ihn nur zu einem Schluss kommen: Sie musste den Laden verlassen! Gleich morgen wollte er mit ihr darüber reden.

Als Morgenstern das Taxi gegen dreiundzwanzig Uhr im Depot abgab, waren noch nicht all seine Bedenken verschwunden, doch wirkte er deutlich entspannter als noch vor wenigen Stunden. Auf dem kurzen Fußweg nach Hause holte er sich im Späti zwei Flaschen Kindl-Bock. Eine davon trank er in seiner Küche und spülte damit das Paar Wiener Würstchen hinunter.

Als er seinen Wecker auf sieben Uhr dreißig stellte, fiel ihm ein, dass, hinsichtlich des bevorstehenden Treffens mit Regine, keine genaue Uhrzeit vereinbart worden war. Auch war ihm ihre Telefonnummer nicht bekannt. Obwohl er diesen Tatsachen bewusst keinerlei Bedeutung zukommen lassen wollte, registrierte er bei sich ein gewisses Unbehagen. Daraufhin gönnte er sich noch die zweite Flasche Bock und hoffte, jeder Verunsicherung zum Trotz, schneller einschlafen zu können, was ihm auch nach wenigen Minuten gelang.

Sein Arbeitstag im Amt begann wie die letzten zweihundert Tage davor. Die Damen und auch manche Herren trafen sich in der Teeküche, um über ihre Wochenenderlebnisse zu berichten. Meistens war es eine Aneinanderreihung von kleinen Begebenheiten, die niemanden außer den Erzählenden selbst interessierten. Hatte sich dieser genügend über alles Wissenswerte ausgelassen, war es nun an ihm, wohlwollend und gutgesinnt die Geschichten des Gegenübers zu ertragen. Morgenstern hatte sich an diesem Ritual noch nie beteiligt. Vorzutragen hätte er genug. Allein seine vorangegangenen zwei Taxinächte würden ausreichend Erzählstoff für den Rest der Woche hergeben. Doch er missbilligte die Verschwendung dieser Arbeitszeit und war sich sicher, dass es so etwas nur im öffentlichen Dienst gab. Dazu kamen noch die Raucher, die sich mehrfach am Tag im Innenhof zum Plaudern trafen und deren Themen sich, je älter der Tag wurde, mehr und mehr um die inzwischen gelesenen Zeitungsartikel aus der Welt des Sports und der Politik drehten. Morgenstern war überzeugt, würde man diese „Fehlzeiten" zusammenziehen, so hätte jeder der Beteiligten nur noch eine Dreißigstundenwoche vorzuweisen. Doch heute war ihm dies alles egal. Im Moment zählte nur das Wiedersehen mit Regine, dem er sehnlichst entgegenfieberte. Er konnte sich nicht erinnern, jemals so häufig auf die Uhr geschaut zu haben. Die Kernzeit im Amt ging am Montag bis sechzehn Uhr. Bis dahin musste er noch in der Registratur ausharren, bevor er sich auf den Weg zur Franklinstraße machen konnte.

Endlich war es soweit, und er stieg in den Wagen seiner Eltern, die immer noch in Südspanien nach einem geeigneten Haus suchten. Unterwegs kaufte er einen Blumenstrauß und stand gegen siebzehn Uhr mit Herzklopfen vor der großen Eingangstür. Er drückte den ihm inzwischen bekannten dritten Klingelknopf von oben und wartete hoffnungsvoll auf das Surren an der Tür. Sekunden, die ihm wie Stunden vorkamen, vergingen. Er wartete kurz und betätigte die Klingel ein weiteres Mal. Das Surren blieb aus. Ohne eine Telefonnummer und ohne jegliche Idee, wie es nun weitergehen sollte, trat Morgenstern einige Schritte zurück und blickte die Hauswand hinauf. Er gab sich der Hoffnung hin, dass Regine gerade in diesem Moment aus dem Fenster sehen oder sich über ihre Balkonbrüstung lehnen würde. Den Gedanken, dass sie die Verabredung vergessen haben oder ihn bewusst nicht hineinlassen könnte, verdrängte er.

Plötzlich öffnete sich die Eingangstür und eine ältere Frau kam aus dem Haus. Morgenstern reagierte sofort und sprintete nach vorne. Mit einem großen Schritt stellte er seinen Fuß in den Türrahmen und verhinderte so das Zuschlagen der Tür. Die ältere Frau, sichtlich erschrocken, schimpfte über das dreiste Vorgehen und monierte, dass hier nicht jeder reindürfe. Ihre Frage, zu wem er denn überhaupt wolle, kam bei Morgenstern schon nicht mehr an. Er war bereits im Hausflur verschwunden und begann, die Namensschilder zu lesen. Im vierten Stock wurde er fündig. Wegen des Treppensteigens außer Atem, wollte er noch ein bis zwei Minuten vergehen lassen, bevor er sich bemerkbar machen würde. Er strich sich über die Haare und vergewisserte sich mit einem Blick auf seine Kleidung, dass alles so lag, wie es sollte. Letztendlich siegte seine innere Gespanntheit, und er drückte ungeduldig den Klingelknopf. Weil er immer noch schwer prustete, ging er ganz dicht an die Wohnungstür heran, um mögliche Geräusche wahrnehmen zu können. Tatsächlich hörte er ein leises Rauschen, das er nicht sofort zuordnen konnte. Vielleicht ein Ventilator oder sonstiges elektrisches Gerät, vermutete er und klopfte kräftig an die Holztür. Das Geräusch verstummte und Morgenstern klopfte noch einmal merklich verhaltener an. Wenige Momente später wurde ein Schlüssel im Schloss gedreht und die Tür mit Schwung geöffnet. Regine stand nur mit einem Bademantel bekleidet und barfuß vor ihm.

„Hallo Olaf, ich hatte dich erst gegen achtzehn Uhr erwartet. Hatten wir nicht achtzehn Uhr gesagt? Die Pommes sind auch noch nicht im Backofen“, sagte sie entschuldigend mit dem Lächeln eines Schulmädchens.

„Wir hatten überhaupt keine Zeit ausgemacht und anrufen konnte ich dich auch nicht, sonst hätte ich mich vorher bei dir angemeldet. Pommes habe ich schon eine Ewigkeit nicht gegessen. Tolle Idee! Gibt es noch etwas dazu?“

„Ja, Ketchup oder Mayo. Doch jetzt komm erst einmal herein. Die Nachbarn hier sind sehr aufmerksam.“ Morgenstern folgte der Aufforderung und betrat den Korridor.

„Eine von denen ist mir vor ein paar Minuten begegnet. Doch ich muss der alten Dame dankbar sein, sonst stünde ich womöglich immer noch auf der Straße. Ich dachte schon, die Klingel ist defekt.“

„Das tut mir leid. Der Fön war schuld. Ich bin erst um kurz vor neun nach Hause gekommen. Mitri hat heute Geburtstag und einige von uns noch ins Chez-elle eingeladen. Alle Frauen, die dort arbeiten, haben ihm zu Ehren einen Strip hingelegt. Zum Abschluss musste der Arme aus jedem Bauchnabel Schampus schlürfen. Du kannst dir nicht vorstellen, was dort los war“, berichtete Regine freiheraus. Morgenstern schluckte und blieb stumm. Er hatte wohl wegen der eigenen Euphorie über das Wiedersehen mit Regine verdrängt, in welchem Metier sie arbeitete.

„Eigentlich wollte ich noch einkaufen gehen, aber ich war so platt, dass ich gleich eingeschlafen bin. Geh schon mal ins Wohnzimmer. Ich ziehe mir nur kurz etwas über. Ist es für ein Glas Sekt zu früh für dich?“ Bevor Morgenstern antworten konnte, war sie bereits schwungvollen Schrittes im Schlafzimmer verschwunden.

Morgenstern stand in der Mitte des Raumes und fühlte sich in seine Jugend versetzt, zumindest, was den Ordnungszustand anging. So oder so ähnlich, erinnerte er sich, muss es in meinem Kinderzimmer ausgesehen haben. Die Klamotten über Stühle und Couch verteilt, Platten und CDs verstreut auf dem Boden und überall leere Gläser. In einem kleinen Bücherregal neben dem Fernseher standen Ausgaben des BGB und des STGB. Er fragte er sich, was sie damit wollte. Es dauerte nur wenige Minuten, bis Regine zurückkehrte. Sie trug immer noch den viel zu großen Bademantel und ihre nassen Haare waren in ein Handtuch gewickelt.

„Wie geht es dir? Wie war deine Arbeit? Sicher bist du schon hungrig, und ich texte dich mit Fragen zu", sagte sie und ließ sich rücklings auf das kleine Sofa fallen.

„Wir können es uns auch zuerst hier gemütlich machen und später ins Einstein gehen", schlug sie vor. „Ich hab dort Montagabend immer einen Tisch reserviert." Sie streckte ihm ihren Arm entgegen. Keine Chance, dem Angebot zu widerstehen, sank Morgenstern auf die Knie und öffnete ihren Bademantel. Regine rutschte das Sofa ein Stück hinunter, legte ihren Kopf mit geschlossenen Augen zurück und genoss die anfänglichen Liebkosungen.

Jetzt machte sich Morgensterns jahrelanger Konsum von Pornomaterial verschiedenster Art bezahlt. Er ließ seinen leicht geöffneten Mund über ihren Körper gleiten. An den Stellen, wo er bei ihr eine besondere Erregung bemerkte, verblieb seine Zunge so lange, bis sie ihn in den Haaren packte und vor Lust aufschrie. Morgenstern war inzwischen selbst von Geilheit befallen und mühte sich mit einer Hand, seine Kleidung abzustreifen.

„Komm jetzt, Olaf. Ich will dich in mir spüren", stöhnte Regine und tastete nach seinem Schwanz. Für Morgenstern war es nach langer Zeit, die Kurznummer mit Simone ausgenommen, der erste leidenschaftliche Sex mit Stellungen, die er sonst nur aus Magazinen oder Pornofilmen kannte.

Doch auch Regine konnte man ihre sexuelle Lust nach einem Jahr Enthaltsamkeit anmerken. Der berauschende Unterschied zu dem fast täglichen Spiel mit dem Dildo war für sie selbst mit einem so unerfahrenen Mann wie Morgenstern deutlich zu spüren. Kein Wunder also, dass beide schnell zum Höhepunkt kamen.

Nachdem sie sich im Bad etwas frisch gemacht hatten, schlugen sie ihr Lager in der Küche auf, um die Pommes in den Backofen zu bringen. Regine tauschte den Bademantel gegen eine schlabbrige Jogginghose und ein weißes Ellesse-Shirt ein.

„Worüber wollen wir reden?", fragte sie.

„Über uns. Ich weiß noch so wenig von dir und möchte alles über dich erfahren. Regine, ich habe mich in dich verliebt und daran wird sich auch nichts ändern", antwortete er wie aus der Pistole geschossen. Erwartungsvoll erhoffte sich Morgenstern eine positive Reaktion, musste sogleich feststellen, dass er sie nichts gefragt hatte, und wurde konkreter.

„Kannst du dir vorstellen, mit mir zusammen zu leben?" Diese explizite Frage konnte und wollte Regine nicht im Raum stehen lassen.

„Es ist schwierig. Das habe ich dir schon einmal gesagt. Ich arbeite nachts und du am Tag. Wir hätten kaum Zeit füreinander", entgegnete sie.

„Darüber habe ich schon nachgedacht und eine Lösung gefunden: Du musst dort aufhören. Mit deiner Erfahrung wirst du überall sofort mit Kusshand genommen. Es muss ja nicht unbedingt in der Gastronomie sein. So wie du aussiehst, kann ich mir dich auch gut als Vorzimmerdame oder Direktionsassistentin vorstellen. Hauptsache, wir lieben uns und sind vereint. Meinst du nicht auch?"

Regine rang verlegen um Worte. Da kam ihr das Klingeln des Backofenweckers gerade recht. „Holst du mal Ketchup und Mayo aus dem Kühlschrank?", bat sie Morgenstern, der, noch vertieft in seinen Kurzvortrag, auf eine Erwiderung von ihr wartete. Die blieb allerdings aus, und weil er sich nicht vom Fleck rührte, erledigte sie die Essensvorbereitungen alleine.

Regine gab jedem eine ordentliche Portion auf den Teller und holte eine angebrochene Flasche Weißwein aus dem Kühlschrank. Sie aßen die Pommes mit den Fingern und tranken den spärlichen Rest des Weines. Mittendrin versuchte Morgenstern seinen Vorschlag wieder aufleben zu lassen.

„Regine, was sagst du zu meiner Idee? Wie wäre es für dich, tagsüber zu arbeiten?“

Ihr war bewusst, dass Morgenstern so lange fragen würde, bis sie ihm eine abschließende Antwort gab. Und genau das konnte sie ihm zu diesem Zeitpunkt nicht antun. Sie entschloss sich, damit noch zu warten und die Angelegenheit zu verschieben.

„Olaf, wir können gerne über alles reden. Nur bitte lass es uns langsam angehen. Das war doch heute ein guter Start. Findest du nicht?“

Morgenstern erkannte die ausweichenden Worte. Eine klare Aussage von ihr wäre ihm lieber gewesen. Doch wohl wissend, dass diese auch eine Absage hätte beinhalten können, bohrte er nicht weiter nach. „Du hast recht, ein sensationeller Beginn mit uns“, bestätigte er überzeugt. Regine war erleichtert und zwinkerte Morgenstern zu.

„Was hältst du davon, wenn ich mich jetzt ein wenig zurechtmache und wir noch ins Einstein einkehren? Ich fürchte, die Pommes halten nicht lange vor, und zu trinken haben wir auch nichts mehr.“ Dabei stand sie auf und strich ihm mit der Hand über den Kopf, den Rücken hinunter bis an seinen Po. Morgenstern ergab sich dieser Zärtlichkeit und erwiderte sie durch intensives Berühren ihrer Brüste. Sie küssten sich leidenschaftlich und vollendeten ihren plötzlichen Liebestrieb im Schlafzimmer.

Nackt und erschöpft lagen sie eng umschlungen im Bett. Bei Morgenstern meldete sich sein knurrender Magen, und er erinnerte sich an Regines Vorschlag. „Liebe macht süchtig und hungrig macht sie auch. Lass uns noch auf die andere Straßenseite gehen.“ Regine stimmte zu und ging als Erste ins Bad. Sie brauchte keine halbe Stunde, bis sie stilvoll gekleidet in engen Jeans und weißer Bluse vor Morgenstern stand.

„Du siehst großartig aus“, schmeichelte er ihr.

„Und du bist ein echter Gentleman, der mir die ganze Zeit das Bad überlässt und selbst darauf verzichtet“, machte sich Regine über ihn lustig. Beide verließen die Wohnung und gingen ins Einstein. Sie saßen dicht aneinander gekuschelt und teilten sich einen Flammkuchen. Regine trank Weißen Burgunder und Morgenstern ein Kindl-Pils.

„Olaf, es geht mich vielleicht nichts an, aber du musst heute noch Auto fahren. Ich möchte dich auch nicht bevormunden, doch habe ich meine Lektion mit Alkohol am Steuer hinter mir. Und die war prägend!“ Morgenstern fühlte sich ertappt, ging er doch selbstverständlich davon aus, dass er bei ihr übernachten würde, ohne vorher mit ihr darüber gesprochen zu haben. Zudem konnte er beobachten, dass sie mit Alkohol nicht geizte und offensichtlich auch einiges vertragen konnte.

„Du hast natürlich recht. Das ist auch mein letztes Bier, dann steige ich auf Krombacher alkoholfrei um. Auch sehr lecker, wenn man die Reihenfolge beachtet“, gab er kleinlaut zu verstehen.

„Was heißt: Wenn man die Reihenfolge beachtet?“, fragte Regine nach.

„Wenn man schon alkoholfreies Bier trinken muss, dann immer als Erstes, bevor das richtige kommt. Machst du es umgekehrt, ist der Geschmack einfach nur schrecklich, zum Abgewöhnen.“

„Na dann prost“, sagte sie belustigt. Morgenstern war unwohl bei dem Gedanken, ihr etwas vorzuspielen und gestand seine Absichten.

„Ich wollte bei dir übernachten, ohne dich vorher zu fragen. Das war falsch und tut mir leid.“

„Nichts passiert, bleib locker. Wir hatten eine geile Zeit. Es war unser erstes Date und wird sicher nicht das letzte gewesen sein, versprochen“, beruhigte sie ihn auf ihre ganz individuelle charmante Art.

„War sowieso eine Schnapsidee. Ich habe morgen Berufsschule und meine Unterlagen sind zu Hause. Außerdem muss ich noch den Wagen meiner Eltern bis acht Uhr in die Werkstatt bringen. Das hätte ich normalerweise heute erledigt, aber …“

„Deine Sehnsucht war so groß, dass du es nicht erwarten konntest, mich wiederzusehen“, fiel sie ihm ins Wort und küsste dabei seine Hände.

„Na bitte, so gut kennst du mich schon. Jetzt muss ich dich nur noch besser kennenlernen. Dazu nehmen wir uns eine Wohnung, erzählen alles voneinander, gehen abends gemeinsam schlafen und wachen morgens zusammen auf. Was für ein wunderbarer Gedanke. Meinst du nicht auch?“ Als er sie dabei fest an sich drückte, konnte er ihren zweifelnden Gesichtsausdruck nicht sehen. Zwar genoss sie jeden Moment ihres Zusammenseins, doch war ihr klar, dass dies nicht auf Dauer sein würde. Jedenfalls nicht so, wie er es sich vorstellte.

„Ich habe die nächsten Tage Frühschicht. Das heißt, ich fange bereits um zwanzig Uhr im Momo an. Gegen vier Uhr morgens werde ich zu Hause sein und brauche höchstens sechs bis sieben Stunden Schlaf. Du kannst gerne nach deiner Arbeit zu mir kommen“, schlug sie ihm vor, ohne auf seine Frage einzugehen. „Wir hätten dann etwas Zeit für uns, bevor ich losmuss“.

„Und was ist mit den Wochenenden? Freitag- und Samstagnacht sind wir beide arbeiten. Ich könnte wieder vor deiner Haustür warten und über Nacht bleiben.“ Regine lächelte Morgenstern vielsagend an, der gespannt auf eine Aussage wartete. Während sie nach einer passenden Formulierung suchte, streichelte sie ihm behutsam das Gesicht.

„Olaf, es ist schon spät, zumindest für jemanden, der morgen früh rausmuss.“ Tatsächlich hatte der neue Tag bereits begonnen und Morgenstern orderte die Rechnung. Wenige Minuten später standen beide vor Regines großer Hauseingangstür, um sich zu verabschieden.

„Wenn du möchtest, können wir uns am Mittwochnachmittag sehen. Vielleicht gelingt es mir, uns außer Pommes noch etwas anderes zu servieren“, scherzte sie.

„Wenn es zu den Pommes wieder die gleiche Nachspeise gibt, dann sollten wir dabei bleiben“, konterte Morgenstern zurück.

„Ich überlege es mir“, entgegnete Regine und nahm ihren Schlüssel aus der Tasche. Bevor sie im Hausflur verschwand, reichte sie Morgenstern einen Bierdeckel, den sie während seines Toilettengangs beschriftet hatte.

„Bitte erst lesen, wenn du im Bett bist, und über das Wochenende reden wir am Mittwoch. Schlaf gut und träume süß.“

Regine strahlte eine fesselnde Anziehungskraft auf Morgenstern aus, und es war ihm kaum möglich, seinem Verlangen nach ihr zu widerstehen. Hinsichtlich des Bierdeckels wollte er allerdings ihrer Anweisung nicht folgen und las den Text bereits im Auto: *Mein lieber Olaf, es ist sehr schön mit dir, und ich wünschte, es könnte so bleiben. Deine Regine.*

Tief berührt von den Worten, hielt Morgenstern den Deckel noch ein paar Minuten in der Hand, bevor er den Wagen startete. Als er zu Hause ankam, war an Schlaf nicht zu denken. Zu sehr beschäftigten ihn die verschiedenen Gemütszustände, in denen er Regine bisher erlebt hatte. Seine Beobachtungen reichten von geschäftlich, verspielt und frei über zweifelnd, gar ängstlich, bis blumig und sexhungrig. Ist es möglich, fragte er sich, dass eine Person all diese Eigenschaften gleichzeitig in sich trägt? Und welche dominiert bei meiner Regine?

Morgenstern akzeptierte, dass es für eine endgültige Festlegung noch zu früh war. Er wollte weitere Zusammenkünfte abwarten, um eine fundierte Aussage treffen zu können. Was jedoch ohne weitere Prüfung feststand, war, dass er sie liebte. Mit dem Deckel unter dem Kopfkissen schlief er mit einem behaglichen Gefühl ein.

Die Berufsschule und der darauffolgende Arbeitstag waren für Morgenstern nur lästiges Beiwerk. Zu jeder Zeit die Verabredung mit Regine im Kopf, ließ er alles andere, wie in Trance, an sich vorüberziehen. Seine Eltern waren noch in Spanien, und so konnte er den Wagen am Mittwoch aus der Werkstatt holen. Die Aktion nahm mehr Zeit in Anspruch als erwartet. Sein Besuch verspätete sich, und erst kurz vor sechs Uhr stand er vor ihrem Haus. Dieses Mal musste er nicht auf einen glücklichen Zufall hoffen, dass ihm jemand die Tür öffnete. Das erlösende Surren kam unmittelbar nach seinem Klingeln. Sie muss wohl schon sehnsüchtig im Flur gewartet haben, bildete sich Morgenstern ein und nahm gleich zwei Stufen auf einmal, um rasch in den vierten Stock zu gelangen. Als er keuchend vor ihrer Wohnungstür stand, war diese einen Spalt geöffnet. Er betrat den Flur und begann, sich zu entschuldigen. „Es tut mir leid, Regine. Die in der Werkstatt hatten noch nicht die Rechnung fertig und wollten zudem, dass ich gleich bezahle, obwohl mein Vater dort ein –“ Morgenstern stockte der Atem. Er erreichte das Wohnzimmer und sah Regine in Seitenlage zusammengekauert auf der kleinen Couch liegen. Neben ihr stand ein Beistelltisch, auf dem sich Gläser, eine Flasche Schnaps und Tabletten befanden.

„Tut mir auch leid. Das solltest du gar nicht sehen. Es ist auch nicht so schlimm, wie es aussieht“, nuschelte sie undeutlich, ohne ihn dabei anzuschauen. Nachdem die ersten zwei Schockminuten vergangen waren, besann sich Morgenstern darauf, seine Hilfe anzubieten. Er kniete sich zu Regine herunter und redete auf sie ein.

„Was ist passiert? Soll ich einen Arzt holen? Bitte sprich doch mit mir.“ Hilflosigkeit schwang in seinen Worten mit.

„Nein, kein Arzt!“ Sie richtete sich, mit beiden Händen sich stützend, zum Sitzen auf. Morgenstern fuhr zusammen, als er ihr Gesicht sah. Wimperntusche und Lidschatten waren verwischt und die rote Farbe auf ihren Lippen hatte auch schon bessere Tage gesehen. Keine Frage, sie hatte geweint.

„Regine, sag doch, was geschehen ist. Hat dich jemand geschlagen? Wie kann ich dir helfen?“, klang es verzweifelt aus seinem Mund.

„Geh bitte zum Kühlschrank. Dort müsste noch eine Flasche Wein stehen. Lass unser Wiedersehen feiern. Gläser sind hier genug“, lallte sie. Widerwillig ging Morgenstern zum Kühlschrank, wo tatsächlich eine noch nicht geöffnete Flasche Weißwein stand. Er nahm sie und ging zurück ins Wohnzimmer.

„Regine, wollen wir das wirklich tun? Ich will dir keine Vorschriften machen, doch meinst du nicht, dass du genug getrunken hast?“ Es schien, als überlegte sie einen Moment.

„Mein lieber Olaf, was bist du nur für ein guter Mensch. Wenn es doch mehr davon geben würde. Gibt es aber nicht. Ich kenne fast nur Scheißkerle, aber die müssen auch sein, sonst würde ich kein

Geld verdienen." Das waren ihre letzten Worte, bevor sie zusammensank, sich auf die Seite drehte und einschlief. Für einen Augenblick erschrocken, vergewisserte Morgenstern sich, dass sie noch atmete.

Ihm war klar, dass er sie in diesem Zustand nicht allein lassen durfte und machte sich daran, zuerst Gläser und Flaschen in die Küche zu bringen und danach das schmutzige Geschirr zu spülen. Er hätte gerne noch den überquellenden Mülleimer entsorgt, doch fehlte ihm dazu der Wohnungsschlüssel, um nicht aus Versehen ausgesperrt zu werden. Morgenstern begann, der Situation auch etwas Positives abzugewinnen und richtete sich auf einen längeren Verbleib in ihrer Wohnung ein.

Da er davon ausgegangen war, dass Regine etwas zum Essen vorbereiten würde, hatte er auf den üblichen Mittagskantinengang verzichtet. Er durchsuchte den Kühlschrank und die Küchenschränke nach etwas Essbarem, jedoch ohne Erfolg. Auch ein Behälter, in dem sich Brot aufbewahren ließe, war leergefegt. Es stellte sich ihm die Frage, wovon seine Regine eigentlich lebte und ertappte sich dabei, wie er gedanklich mit ihr gemeinsam für die nächsten Tage einen Einkaufszettel schrieb. Doch dazu musste sie erst wieder nüchtern werden.

Beim Wegstellen der sauberen Gläser in den Vitrinenschrank im Wohnzimmer fand Morgenstern eine Packung Salzstangen, die er begierig an sich nahm. Die beiden Wohnzimmerstühle stellte er so, dass er auf dem einen sitzen und auf den anderen seine Füße legen konnte. Er schenkte sich ein Glas Weißwein ein und schlug sein Lager unmittelbar gegenüber der inzwischen schnarchenden Liebsten auf. Zu seinem Glück fehlte nur noch die Berliner Abendschau, die zu dieser Zeit startete und einen festen Platz in Morgensterns Tagesablauf einnahm. Er entschied, auf die Sendung nicht verzichten zu wollen und sah sich nach der Fernbedienung um. Es dauerte gut fünf Minuten, bis er sie unter einem Stapel Modezeitschriften gefunden hatte. Jetzt noch den richtigen Sender finden, den Ton leise gestellt, und Morgenstern fühlte sich schon wie zu Hause. Er verlängerte seine Fernsehsitzung bis nach der Tagesschau und schaltete dann den Apparat aus.

In dieser Sekunde klingelte ein Handy, welches nicht seines war. Morgenstern konnte das Telefon mit wenigen Schritten lokalisieren. Es lag auf der Flurkommode, und der aufleuchtende Name im Display war deutlich zu erkennen: Pavel. Morgenstern musste kein Hellseher sein, um zu ahnen, weshalb der Türsteher anrief. Wenn sich Regine keinen Urlaubstag genommen hatte, wurde sie im Momo vermisst. Augenblicklich hielt er es für möglich, dass sie für Notfälle, zum Beispiel wenn sie sich aussperrte, einen Wohnungsschlüssel an ihrer Arbeitsstelle hinterlegt hatte. Sofern dieser für Mitri oder Pavel zugänglich wäre, traute er den beiden Kontrollfreaks zu, dass einer von ihnen hier auftauchen würde, um zu sehen, was mit ihrer wertvollen Leibeigenen war. Ein Wortgefecht oder gar eine tätliche Auseinandersetzung mit denen kam für Morgenstern nicht in Frage. Er überlegte ernsthaft, Regine eine Nachricht zu schreiben und die Wohnung zu verlassen.

In diesem Moment hörte er aus dem Wohnzimmer seinen Namen rufen. Regine breitete auf dem Rücken liegend ihre Arme nach ihm aus. Erleichtert über ihre Rückkehr aus dem Reich der Halbtoten, nahm er ihre Einladung bereitwillig an und legte sich neben sie auf die viel zu schmale Couch. Sie umklammerten sich dicht gepresst eine gefühlte Ewigkeit, bis Regines Magen rebellierte und schnell gehandelt werden musste. Morgenstern half ihr aufzustehen und stützte sie bis zum Klo, wo sie sich sofort übergab. Ein Teil des frisch Erbrochenen hatte die Schüssel verfehlt und hinterließ auch Spuren auf ihrer Kleidung. Immer noch benommen, torkelte sie vom Klo über den Flur und verschwand im Bad. Der guten Ordnung halber bot Morgenstern ihr seine Hilfe an, er war sich jedoch sicher, dass das Gröbste nun überstanden sei und sie den Rest alleine schaffen würde. Lediglich die Angst vor dem möglichen ungebetenen Besuch spukte noch in seinem Kopf herum. Er ging wieder ins Wohnzimmer und versuchte sich mit einem weiteren Glas Wein abzulenken. Eine Viertelstunde später kam Regine ungeschminkt und mit nassen Haaren aus dem Bad. Sie hatte sich ein großes Handtuch umgelegt und setzte sich neben Morgenstern auf die Couch.

„Mich heute so zu erleben, muss sicher ein Schock für dich sein. Ich könnte es dir nicht verübeln, wenn du jetzt nichts mehr mit mir zu tun haben möchtest. Wer steht schon auf eine tablettensüchtige Trinkerin?“, gestand sich Regine mit einer Prise von Selbstmitleid ein.

„Ich stehe auf diese wunderbare Frau, die gerade neben mir sitzt und alles andere ist, als tablettensüchtig. Bist du doch nicht, oder?“, fragte er vorsichtig nach.

„Nein, bin ich auch nicht“, bestätige sie und lehnte behutsam den Kopf an seine Schulter. Morgenstern konnte ihre Annäherung nicht voll genießen, war doch noch eine wichtige Frage zu klären.

„Gibt es für die Wohnung einen Zweitschlüssel, der womöglich an deinem Arbeitsplatz deponiert ist? Nur für den Fall, dass du den Hauptschlüssel verlegst oder dich aussperrst?“ Während Morgenstern mit gespannter Miene auf eine Antwort wartete, irritierte Regine die Frage.

„Weshalb interessiert dich, wo ich meine Schlüssel aufbewahre? Wolltest du einen für dich haben? Ich denke, dafür kennen wir uns noch nicht lange genug“, machte sie deutlich klar und schien dabei ihr Delirium überwunden zu haben. Morgenstern fühlte sich missverstanden, ging es ihm doch lediglich darum, das Zusammentreffen mit einem ihrer Bosse zu verhindern.

„Nein, das wollte ich nicht. Ich habe mich nur gefragt, ob vielleicht dieser Pavel Zugang zur Wohnung haben könnte. Schließlich bist du nicht auf der Arbeit erschienen, und das Handy hat geklingelt.“

„Und du musstest nachschauen, wer anruft“, unterbrach Regine Morgenstern vorwurfsvoll.

„Der Name auf dem Display war nicht zu übersehen. Du warst so tief eingeschlafen und hast von alledem nichts mitbekommen. Ich konnte dich doch in diesem Zustand nicht alleine lassen. Und übrigens: Die Reste deiner Haselnussschlacht von eben habe ich auch beseitigt“, rechtfertigte er sich.

„Welche Haselnussschlacht?“, wunderte sie sich und schaute ihn ungläubig an.

„Das ist nur eine Redensart, die für eine große Unordnung steht. Nein, es waren keine harmlosen Strauchfrüchte, eher kleine gelbe Pillen und russisches Mundwasser“, flachste Morgenstern und fragte nach. „Wozu nimmt man diese Dinger? Gibt es die auf Rezept oder werden sie mit der Gehaltsabrechnung mitgeliefert?“ Regine wollte darauf nicht antworten und stand auf, um sich aus der Küche ein Glas Wasser zu holen. Sie trank es, ohne abzusetzen, in einem Zug aus und setzte sich Morgenstern gegenüber auf einen Stuhl.

„Niemand hat einen Schlüssel von meiner Wohnung. Der Zweitschlüssel liegt hier in der Flurkommode. Das ist vielleicht nicht besonders clever, aber ich hatte bisher keinen Menschen, dem ich den Schlüssel anvertrauen konnte. Mag sein, dass du dieses Vertrauen verdienst. Wenn du möchtest, kannst du ihn heute mitnehmen.“ Mit diesen Worten hatte sie alle anderen offenen Fragen, die sich bei Morgenstern aufgestaut hatten, vergessen gemacht. Wieder war es ihr gelungen, ihn zu paralysieren und den Fortgang der Dinge so zu gestalten, dass sie weiterhin alle Fäden in den Händen hielt und die anstehenden Entscheidungen ausschließlich von ihr getroffen würden.

Die vergangene Nacht hatte in ihr eine neue Sichtweise geweckt. War die rote Linie einmal überschritten, gab es kein Zurück mehr. Sie war sich nur nicht sicher, ob ihre mentale Stärke dazu ausreichte und sie diese Veränderungen unbeschadet überstehen würde. Der Schmerz über das Geschehene saß immer noch tief und ließ sich auch mit Hilfe von Betäubung nicht mindern. Für Regine, ausgestattet mit einem venusgleichen Körper, lockte die Versuchung, ein Leben mit den Annehmlichkeiten eines Luxusgirls zu führen. Doch welche Rolle konnte Olaf dabei einnehmen? Sie entschied, dieses Thema so lange wie möglich aufzuschieben und bot Morgenstern an, diese Nacht bei ihr zu bleiben. Nach all seiner Mühe nahm er dieses Angebot mit Genugtuung an. Sie schmusten noch eine Zeit miteinander, ohne dabei Sex zu haben, und schliefen kurz nach Mitternacht ein.

Als Morgenstern aufwachte, war es viertel vor sechs. Vorsichtig verließ er das Bett, zog seine Sachen an und schlich auf leisen Sohlen den Flur entlang. Den Wohnungstürgriff in der Hand haltend, hörte er Regines Stimme aus dem Schlafzimmer.

„Olaf, nimm dir den Schlüssel mit. Er liegt in der oberen Schublade.“ Morgenstern zögerte keinen Moment und tat wie geheißen. Bei bester Laune hechtete er fröhlich pfeifend die Treppen hinunter. Die große Eingangstür war noch abgeschlossen und so konnte er seinen neuen Erwerb gleich auf Tauglichkeit testen. Die Tür ließ sich problemlos öffnen, und Morgenstern eilte mit großen Schritten seinem Auto entgegen. Zu Hause angekommen, ging er erst einmal unter die Dusche und machte sich für das gestern ausgefallene Abendessen noch schnell zwei Wiener Würstchen warm.

An den nächsten zwei Tagen gingen beide ihrer Arbeit nach und telefonierten nur nachmittags miteinander. Sie verabredeten sich für den Samstagmorgen bei ihr zum gemeinsamen Frühstück.

Morgenstern hatte seine Freitagnachtschicht früher als sonst beendet, um gut ausgeschlafen bei Regine erscheinen zu können. Als der Supermarkt um acht Uhr öffnete, war er einer der ersten Kunden. In seinem Einkaufswagen befanden sich verschiedene Sorten Wurst und Käse sowie frisches Obst. Zur weiteren Grundausstattung für Regines Kühlschrank gehörten natürlich noch Butter, Kirsch- und Erdbeermarmelade, Kaffeesahne und Joghurt sowie eine Packung Eier. In einem der Kühlregale entdeckte Morgenstern *Flan de Huevo* von Danone. Morgenstern hatte diesen kleinen gelben Pudding mit der leckeren Karamellsoße während seiner früheren Aufenthalte in Spanien kennen- und lieben gelernt. Da er seine Eltern schon lange nicht mehr an die Costa del Sol begleitete, brachten sie ihm diese köstliche Nachspeise regelmäßig von der Reise mit. Er war sicher, Regine damit überraschen zu können und nahm einen Flan mit. Die Brötchen und zwei Schnecken kaufte er beim Bäcker, der in den Supermarkt integriert war.

Gegen zehn Uhr stand Morgenstern vor ihrer Hauseingangstür. Obwohl er einen Schlüssel besaß, wollte er auf keinen Fall ohne

Vorwarnung in ihrer Wohnung erscheinen und klingelte. Das Summen des Türöffners ließ nicht lange auf sich warten und Morgenstern betrat den Hausflur. Seine beiden prall gefüllten Plastiktüten hinderten ihn daran, die vier Stockwerke zügig hinaufzuspurten. Als nur noch eine halbe Treppe vor ihm lag, sah er Regine mit einem luftigen Sommerkleid bekleidet im Türrahmen stehen. Augenblicklich waren alle Sorgen verflogen. Mit drei großen Schritten erreichte er das Podest und umarmte sie, ohne dabei die Tüten abzustellen.

„Da ist ja mein Held. Ist das alles für mich? Hätte ich das gewusst, wäre ich heute nicht schon einkaufen gewesen. Komm erst einmal herein, der Kaffee wartet schon", begrüßte sie ihn glückstrahlend und küsste seinen Mund. Morgenstern genoss den herzlichen Empfang schweigend, wenngleich ihn Regines Auftreten verunsicherte. Was für eine Frau und welche Wandlung. Vor drei Tagen noch ein Häufchen Elend und jetzt unbeschwert mit bester Laune, als wenn es den vergangenen Mittwoch nicht gegeben hätte, rätselte Morgenstern. Er folgte ihr in die Küche, wo sie die Lebensmittel aus den Tüten im Kühlschrank und in einem Regal unterbrachte.

„Ich sehe, du hast unterschiedliche Sorten Marmelade mitgebracht. Mit meiner Blaubeerkonfitüre stehen uns nun drei zum Testen zur Verfügung." Morgenstern sah sie fragend an. „Du willst doch nicht alle Gläser öffnen, oder?"

„Man muss sie öffnen, sonst kann man nicht probieren. Das verstehst du sicher", erklärte Regine schlicht mit der ernsten Miene eines U-Boot-Kommandanten. Morgenstern brachte nur ein gequältes Lächeln zustande, was seine Zustimmung signalisieren sollte.

„Gut, du bist also einverstanden. Jetzt brauchen wir nur noch einen Naturboden, auf dem wir die Sorten auftragen. Der Geschmack darf durch keine künstlichen Zusätze oder Unreinheiten verfälscht werden. Hast du dich heute schon gewaschen oder geduscht?"

„Ja, natürlich!", kam wie aus der Pistole geschossen Morgensterns Antwort. „Was denkst du denn von mir?" Regine ging nicht auf seine Frage ein, sondern beorderte ihn ins Schlafzimmer. „Zieh deine Sachen aus und leg dich aufs Bett. Ich komme gleich nach." Während er tat, was Regine von ihm wollte, entkleidete sie sich schon in der Küche und folgte ihm mit drei Marmeladengläsern sowie einem Löffel. Morgenstern lag wie erstarrt im Bett, die Decke bis unter die Achseln gezogen.

„So geht das aber nicht. Ich kann doch die Marmelade nicht auf der Decke verteilen. Wir brauchen einen Naturboden, habe ich gesagt, und der bist du. Mehr Natur als den menschlichen Körper gibt es nicht.“ Endlich hatte Morgenstern verstanden. Sofort erinnerte er sich an einen seiner Pornofilme, in dem die Frau den Penis des Mannes mit Nutella bestrich. In Vorfreude auf dieses Szenario schlug er augenblicklich die Decke zur Seite und entledigte sich seiner Unterhose, die er, abwartend was passieren würde, anbehalten hatte. Ein erwartungsfreudiges Grinsen breitete sich über seinem Gesicht aus.

Regine fing sofort an, die verschiedenen Sorten Marmelade mit der Löffelspitze auf Morgensterns unbehaarten Oberkörper aufzutragen. Dabei kam keiner der leckeren Brotaufstriche auch nur in die Nähe seines Schambereiches, wie er ernüchtert zur Kenntnis nahm. Sie setzte sich breitbeinig auf seine Oberschenkel, beugte sich zu den bunten Flecken herunter und züngelte jede einzelne Marmelade genussvoll, bis die klebrige Masse vollständig aufgesaugt war. Ihre Liebkosungen blieben nicht ohne Folgen. Morgensterns Körper begann zu zittern und seine Erregung war für Regine deutlich zu spüren. Mit jeder Sekunde wuchs auch bei ihr das Verlangen, sich mit ihm zu vereinigen. Gekonnt umfasste sie sein steifes Glied und ließ es behutsam in ihre Vagina gleiten. Was dann folgte, war pure Leidenschaft, verbunden mit dem Willen, den jeweils anderen zum Höhepunkt zu bringen. Erschöpft und bedingt durch den wenigen Schlaf der vergangenen Nacht, harrten beide in der Löffelstellung aus, bis sie einschliefen.

Als Regine aufwachte, war es bereits viertel nach eins. Sie stupste Morgenstern in die Seite, was ihn kurz zusammenzucken ließ, und stieg dann aus dem Bett.

„Olaf, mein babbisch Gutzel, steh jetzt auf und geh besser duschen. Ich mache uns in der Zwischenzeit Rühreier. Du magst doch Rühreier, oder?“, fragte sie und lieferte die Antwort gleich hinterher. „Natürlich magst du Rühreier. Jeder Mann mag Rühreier.“ Noch leicht dösig, folgte Morgenstern der Aufforderung und rappelte sich aus dem Bett. Bevor er ins Bad ging, drehte er sich noch einmal zu Regine um.

„Wie hast du mich eben genannt?“

„Das ist pfälzisch und bedeutet klebriges Bonbon.“ Nun wusste er auch das und konnte beruhigt den Gang zur Säuberung antreten. Nur mit einem Handtuch um die Hüften gewickelt, betrat er nach gut zehn Minuten das Wohnzimmer. Regine hatte dort eine Tischdecke auf dem Boden ausgebreitet und Teller und Besteck sowie alle möglichen Zutaten für ein ausgedehntes Frühstück darauf verteilt. „Mach es dir bequem. Der Kaffee und die Rühreier kommen in einer Minute“, kam es aus der Küche. Morgenstern staunte über die Menge an Esswaren. Von aufgeschnittenem Apfel über Obstsalat bis hin zu kleinen Zuckerstangen war alles dabei. Selbst sein Flan war aufgetischt. Regine erschien, die Kaffeekanne in der rechten Hand haltend, in einer lachsfarbenen Satinbluse und einem dazu passenden Slip.

„Olaf, nimm mir bitte die Kanne ab.“ Während Morgenstern den Kaffee in beide Tassen einschenkte, kehrte sie mit zwei voll belegten Tellern Rührei ins Wohnzimmer zurück. „Lass es dir schmecken“, hauchte sie ihm zu.

„Bekommen wir heute noch Gäste, oder für wen ist das alles hier?“ Regine antwortete mit einem Lächeln und warf ihm einen Handkuss zu. Sie probierten von allem, tranken Kaffee, später auch Sekt, und erzählten sich Geschichten aus der Jugendzeit. Zwischendurch machten sie eine Pause, alberten herum, küssten sich und setzten dann die kleine Fressorgie fort. Mit einem Mal stand Morgenstern, immer noch das Badehandtuch umgewickelt, auf.

„Du hast mir noch gar nicht erzählt, wie die Chefs auf dein Fehlen am Mittwoch reagiert haben.“

„Da gibt es auch nichts weiter zu erzählen. Ich habe denen gesagt, wie es war, dass ich mich weggeschossen habe“, gab Regine in einem trotzigen Unterton zur Antwort. Morgenstern schluckte.

„Darf ich dich noch etwas zu deiner Arbeit fragen? Du musst nicht antworten, wenn du nicht willst. Es interessiert mich halt.“

„Na bitte, nur zu. Die Stimmung ist jetzt ohnehin schon verdorben.“ Morgenstern überlegte kurz, ob er die Frage stecken lassen sollte, entschied sich jedoch dagegen und fuhr fort.

„Warum bestimmen eure Chefs, mit wem ihr euch treffen dürft, gerade so, als wenn ihr ihnen gehören würdet? In welcher Abhängigkeit steht ihr zu ihnen? Es geht dabei doch sicher auch um Drogen und viel Geld.“ Nun stand auch Regine auf und ging langsam auf Morgenstern zu.

„Mein lieber Olaf, du solltest nicht alles glauben, was in der Zeitung steht oder die Leute so erzählen. Mitri und Pavel sind zwei wunderbare Chefs, die sehr fürsorglich mit ihren Angestellten umgehen. Hier wird niemand zu irgendetwas gezwungen. Keines der Mädchen muss bei uns etwas leisten, was es nicht selbst möchte. Ihnen steht es frei, jederzeit zu gehen. Doch jede von uns hat ihre eigene Geschichte und vielleicht auch einen Grund, warum sie das tut, was sie tut.“

„Und wie lautet deine Geschichte?“ Morgenstern wollte mehr wissen. Mehr, als Regine in diesem Moment bereit war preiszugeben.

„Die werde ich dir heute nicht erzählen. Vielleicht ein anderes Mal. Und wenn du mich wirklich liebst, dann akzeptierst du das.“ Natürlich liebte er sie und zwar stärker, als er es sich jemals hätte vorstellen können, einen Menschen zu lieben. Augenblicklich wurde ihm bewusst, dass er Regine mit dieser Art von Fragen in Bedrängnis brachte und sie sich deshalb von ihm zurückziehen könnte. Das wollte er auf keinen Fall und entschied daher, das Thema Arbeit vorerst nicht mehr anzusprechen. Da die Gemütslage etwas gelitten hatte, schlug Regine vor, einen Spaziergang zu unternehmen. Morgenstern stimmte dem sofort zu und hatte gleich eine Idee.

„Kennst du den Neuen See im Tiergarten? Es gibt auf der Straße des 17. Juni genügend Parkplätze und im Park ein Café zum Einkehren sowie einen Bootsverleih. Wie würde dir das gefallen?“

„Wenn einer weiß, wo es in der Stadt gut ist, dann wohl du. Ich vertraue meinem persönlichen Ortsführer.“ Regine nahm den Vorschlag begeistert an und hüpfte froh gestimmt über die ausgebreitete Decke. „Ach so, bitte räume die Sachen wieder in die Küche, die Lady braucht etwas Zeit, um sich entsprechend zu stylen.“

„Wird erledigt, Boss“, erwiderte Morgenstern mit einem Augenzwinkern. Beide lachten laut los. Eine Stunde später spazierten sie im großen Tiergarten, machten einen Abstecher zum Brandenburger Tor und landeten schließlich im Café am Neuen See.

„Regine, du hast mir erzählt, dass du bald Geburtstag hast. Wie sieht es da mit ein paar freien Tagen aus? Ich könnte uns eine Kurzreise buchen. Ein kluger Kopf hat einmal gesagt, willst du jemanden richtig kennenlernen, so spiele ein Spiel oder mach eine Reise mit ihm.“ Regine schwieg und senkte den Kopf.

„Habe ich etwas Falsches gesagt? Bitte sprich mit mir“, bat Morgenstern eindringlich um eine Antwort.

„Nein, hast du nicht. Es war bisher so, dass wir von der Firma aus gemeinsam zweimal im Jahr verreist waren. Das sollte den Teamgeist stärken. Die Kosten haben die Geschäftsführer übernommen. In dieser Zeit waren auch die Läden komplett geschlossen.“ Auf Morgenstern wirkte das alles sehr befremdlich. Er konnte sich ein Stirnrunzeln nicht verkneifen und fragte spöttisch nach.

„Ist das dann so etwas wie moderner Sklavenhandel mit Zuckerbrot und Peitsche? In einem Harem soll es ähnlich sein. Du tust, was der Herr gebietet und erhältst dafür allerlei Annehmlichkeiten wie freie Kost und Logis sowie jeden Tag eine Stunde Ausgang.“ Morgenstern hatte mit seinem Vergleich wohl übertrieben und Regine verletzt. Sie wandte sich von ihm ab und Tränen flossen über ihr Gesicht. Diese Reaktion kam für ihn unerwartet und war so nicht gewollt. Wie ein kleiner Junge, der das Spielzeug eines anderen kaputtgemacht hatte, saß er nun schuldbewusst neben ihr. Es brauchte eine Zeit, bis Regine bereit war, sich Morgenstern zu öffnen.

„Was weißt du schon von unserem Geschäft? Du siehst doch wie alle anderen nur das, was sich an der Oberfläche bewegt, den Glanz und Glimmer und all die freundlichen Gesichter, die dir jeden Wunsch von den Augen ablesen. Doch die Gesichter gehören zu Menschen, über deren Erlebnisse und Schicksale du nichts wissen willst. Und dann kommen so Leute wie Mitri und Pavel ins Spiel. Sicher keine Heiligen, doch in der Lage, diese verlorenen Seelen aufzufangen und ihnen ein neues Zuhause zu geben. Und das nennt man dann Familie." Morgenstern war beeindruckt und fühlte sich jetzt noch schlechter als zuvor. Er hätte sonst etwas dafür gegeben, dieses Thema nicht angesprochen zu haben.

„Jetzt verstehst du vielleicht besser, was ich damit meinte, dass wir in zwei verschiedenen Welten leben. Lass uns nicht mehr darüber reden und versuchen, unser kleines Glück so lange festzuhalten, wie es nur geht", flehte Regine Morgenstern an. Dabei rückte sie wieder dichter an ihn heran und strich ihm sanft über sein Haar. Er genoss jede ihrer Berührungen, als wäre es das letzte Mal. Vorsichtig legte er seinen Arm um sie und nahm sich fest vor, niemals mehr einen Streit mit seiner Liebsten zu haben. Versöhnlich, Hand in Hand und ohne viel miteinander zu sprechen, gingen sie zurück zum Wagen.

In zweieinhalb Stunden begann Regines Dienst. Morgenstern bot an, noch bei ihr zu bleiben und sie dann pünktlich zur Arbeit zu fahren. Sie lehnte ab.

„Ich brauche jetzt einfach noch etwas Zeit für mich, bevor es wieder in die Sklavenhöhle geht." Morgenstern fand die Aussage nicht witzig, verkniff sich aber jeglichen Kommentar.

„Vielleicht sollten wir eine kleine Pause einlegen und uns erst am Montag wiedersehen. Dann haben wir auch den ganzen Abend und können noch einmal über alles sprechen", schlug Regine vor. Morgenstern akzeptierte und redete sich ein, dass es auch etwas Gutes hätte. So könnte er wieder ohne Einschränkungen seinem Nebenjob nachgehen und Geld verdienen.

„Das passt mir ganz gut. Ich muss noch einiges für die Schule lernen. Vor den großen Ferien werden jede Menge Arbeiten geschrieben.“ Regine grinste in sich hinein, wusste sie doch, dass es bis zu den Ferien noch mehr als sechs Wochen hin waren.

„Komm gleich nach der Arbeit, sofern du nicht noch büffeln musst. Ich überlege mir etwas.“

„Prima, da bin ich ja gespannt“, erwiderte Morgenstern und stieg mit ihr aus dem Wagen, um sie mit einer innigen Umarmung und einem Kuss zu verabschieden.

Claudia

Als Morgenstern am Montag kurz vor siebzehn Uhr seinen Wagen dicht vor Regines Haustür parkte, stand sie bereits davor.

„Was für ein Empfang. Wartest du schon lange hier unten?“, begrüßte Morgenstern seine Liebe.

„Ich wollte doch mal sehen, ob du wirklich so ein Parkplatzkönig bist, wie du immer sagst“, entgegnete Regine und ging mit ausgebreiteten Armen auf ihn zu.

„Die Wahrheit ist, ich wollte dir den Weg nach oben ersparen, und Wahrheit ist auch das heutige Thema. Ich lade dich in mein Lieblingslokal gegenüber ein und bis das Essen kommt, kannst du mich alles fragen. Spätestens seit unserem letzten Treffen ist mir bewusst geworden, dass es hinsichtlich meiner Arbeit einige Fragezeichen in deinem Kopf gibt. Solange die nicht aufgelöst sind, werden wir uns, was eine gemeinsame Zukunft angeht, nicht frei entscheiden können. Ist das für dich okay?“

„Wow, damit habe ich nicht gerechnet. Dann lass uns keine Zeit verlieren.“ Sie überquerten die Straße, gingen in das Lokal und suchten sich einen abgelegenen Tisch. Morgenstern stellte ohne zu zögern seine erste Frage.

„Wie bist du überhaupt ins Momo gekommen?“

„Das ist wirklich eine längere Geschichte. Die zu erzählen, würde dir die anderen Fragen blockieren. Also jetzt nur die absolute Kurzform.“ Der Kellner brachte die Speisekarte. Beide bestellten ihre Getränke. Regine räusperte sich und begann zu erzählen.

„Ich stamme gebürtig aus Obrigheim, einer Dreitausend-Seelen-Gemeinde in der Vorderpfalz. Gleich nach dem Abitur wollten meine damalige Schulfreundin Claudia und ich uns für die gelungene Reifeprüfung belohnen und uns eine Reise in Richtung Süden gönnen. Claudia hatte in der Schule eine Ehrenrunde gedreht und war seit der elften Klasse meine beste Freundin. Zuerst bis München mit der Bahn und dann getrampt. Unterwegs haben wir Karlo getroffen, der uns mit nach Kroatien auf die Insel Krk nahm. Er hatte ein

Haus und bot uns an, bei ihm zu wohnen. Ein riesiges Anwesen direkt am Meer. Fast täglich kamen Leute, die mit Karlo irgendwelche Geschäfte machten. Claudia und ich mussten dann immer das Haus verlassen. Einmal in der Woche machte er mit uns einen Bootsausflug zu einem größeren Boot, wo ihm zwei Taschen übergeben wurden. Erst sehr viel später wurde uns klar, dass sich in den Taschen Rauschgift befand. Wie sich herausstellte, dienten wir nur zur Tarnung für die kroatische Polizei als feiernde Touristinnen auf einem Bootsausflug.“ Regines Erzählung wurde abrupt vom Kellner unterbrochen, der die Getränke brachte. Sie nahm einen Schluck von ihrer Cola und fuhr fort.

„Anlässlich einer Party in Karlos Haus wurde uns Pavel, ein attraktiver Mann, Mitte vierzig, vorgestellt. Claudia war sofort hin und weg. Von diesem Moment an hingen die beiden den ganzen Abend zusammen. Pavel erzählte ihr, dass er Ausbilder beim Militär und seit zwei Jahren Personenschützer für einen hochrangigen Politiker aus Mazedonien wäre. Er plane jedoch, sich zu verändern. Durch seine Auslandsaufenthalte konnte er gut Englisch und etwas Deutsch sprechen. Um es kurz zu machen: Er lud Claudia in sein Hotel ein, und ich habe sie zwei Tage lang nicht mehr gesehen.“ Regine pausierte und blickte in Gedanken vertieft zur Seite, bevor sie weitersprach.

„Lediglich einen Anruf am folgenden Mittag, dass es ihr gut geht, habe ich bekommen. Am Morgen des dritten Tages, ich wollte mich gerade auf den Weg ins Hotel machen, erschien sie neu eingekleidet und machte mir den Vorschlag, mit ihr und Pavel nach Berlin zu fahren. Er hätte dort ein Restaurant und müsse verschiedene Dinge erledigen, was einige Zeit in Anspruch nehmen könne. Das einzige Mal, dass ich in Berlin gewesen war, war mit der Schule in der neunten Klasse.“ Nun schaute Regine wieder Morgenstern an, der bis dahin gespannt zugehört hatte.

„Und, hat es dir damals gefallen?“, fragte Morgenstern neugierig und wischte sich den Bierschaum vom Mund.

„Berlin war schon cool. Besonders, wenn man aus einem Ort wie dem meinen kommt. Das war es aber nicht. Ich wollte meine Freundin, auch wenn sie mega verliebt war, nicht alleine lassen und fuhr mit. Pavel war so fair und informierte uns, dass sich im Wagen eine wertvolle Fracht befand, die ihm das Leben in Berlin erleichtern würde."

„Das waren bestimmt Drogen. Ihr wurdet als Drogenkuriere benutzt!", fiel Morgenstern Regine erhitzt ins Wort. Sie reagierte nicht darauf, sondern widmete sich der Speisekarte, da der Kellner bereits zum zweiten Mal am Tisch stand, um die Bestellung aufzunehmen. Morgenstern entschied sich für Leberkäse, Bratkartoffeln und Spiegelei zu seinem Fassbier. Regine nahm Chili con Carne mit Stangenbrot.

„Ich bin nur vier Tage in Berlin geblieben und dann zurück in die Pfalz gefahren. Claudia sagte, dass sie in Berlin bleiben wollte und wohnte weiter bei Pavel. Wir vereinbarten, dass sie sich einmal am Tag melden sollte. Bei jedem Telefonat schwärmte sie von der Stadt und deren Sehenswürdigkeiten. Pavel wäre so großzügig und würde ihr eine eigene Wohnung anmieten und einrichten. Nach fünf Wochen war es tatsächlich soweit, und sie lud mich zur Einweihungsfeier ein. Es war ein Appartement mit allem Komfort im zwölften Stock eines ehemaligen Bürogebäudes, nur wenige Gehminuten vom Ku'damm entfernt. Ich konnte bei ihr schlafen, und wir quatschten die halbe Nacht. Ihre Beziehung mit Pavel lief immer noch gut. Sie erzählte mir, dass sie aushilfsweise im Chez-elle hinter dem Tresen arbeitete und überlegen würde, dort fest anzufangen. Sie sagte mir, dass sie von der Atmosphäre und vor allem von den großzügigen Trinkgeldern beeindruckt war. Da kamen an manchen Abenden mehr als hundert Mark zusammen, zusätzlich zum Lohn. Pavel war allerdings dagegen. Er bot ihr stattdessen eine Stellung in der Buchhaltung an. Doch Zahlen waren noch nie Claudias Ding."

„Hattest du mir nicht von deinen Schwierigkeiten in Mathe erzählt?", plapperte Morgenstern dazwischen. Regine fand die Bemerkung nicht passend und reagierte entsprechend.

„Das mag schon sein, doch es geht hier nicht um mich. Willst du nun die Geschichte hören oder nicht?“ Morgenstern signalisierte Reue, indem er den Kopf senkte und schwieg.

„Eine Woche nach meiner Abreise hatte sie sich durchgesetzt und wurde von den Kollegen zum ersten weiblichen Barkeeper im Chez-elle angelernt.“ Regine nahm einen weiteren Schluck von ihrer Cola, bevor sie weiterredete. „Die Lobgesänge auf ihre Arbeit und das famose Leben wurden immer lauter, sodass auch ich mich nicht mehr dem Gedanken entziehen konnte, nach Berlin zu gehen. Allerdings mit der festen Absicht, nicht in der Bar zu arbeiten, sondern um zu studieren. Pavel und Claudia waren mir bei der Suche nach einer Wohnung behilflich, und ich schrieb mich für das Wintersemester an der Uni in den Fächern Jura und Latein ein. Das war vor fast fünf Jahren.“ Morgenstern sah Regine an und fragte interessiert nach.

„Am Anfang meintest du, Pavel hätte in Berlin ein Restaurant gehabt, ich denke, damit war das Momo gemeint. Doch woher stammt auf einmal der zweite Laden?“ Regine nickte.

„Das Chez-elle wurde schon einige Jahre von Mitri geführt. Er und Pavel waren Geschäftspartner und so etwas wie Waffenbrüder im Balkankrieg. Eine komplizierte Geschichte, die mit nicht ganz legalen Geschäften zu tun hat. Die beiden würden selbst mich vierteilen, wenn sie wüssten, dass ich mit jemanden darüber spreche.“ Morgenstern schluckte.

„Wie ging es mit dir und deinem Studium weiter?“

Regine stieß einen langen Seufzer aus.

„Während des Studiums arbeitete ich zunächst nur Freitagnacht und später das ganze Wochenende im Momo. Nach zwei Semestern war Schluss mit Latein und ein halbes Jahr danach auch mit Jura. Das ist nichts, worauf ich stolz bin. Meinen Eltern habe ich mein Versagen noch nicht gestanden. Immer wenn sie kommen, lege ich ein paar Gesetzesbücher auf den Tisch oder zitiere lateinische Sprüche.“ Regines Blick ging nach unten und man konnte sehen, wie sehr sie sich dafür schämte. Morgenstern nahm ihre beiden Hände, beugte sich leicht über den Tisch und küsste ihre Handrücken. Wie gerufen, und um die Stimmung aufzulockern, brachte der Kellner die von Regine bestellte Flasche Grauburgunder. Die Cola und das Bier waren längst ausgetrunken.

„Jeder von uns hat schon einmal eine Entscheidung getroffen, die er später bedauert hat. Doch sieh es einmal so: Als Anwältin wärst du mir vielleicht nie begegnet. Trinken wir auf uns und unsere Liebe!“, versuchte Morgenstern sie aufzumuntern und füllte beide Gläser. Nachdem sie angestoßen hatten, erinnerte Regine Morgenstern an die noch verbleibende Zeit.

„Das Essen wird gleich auf dem Tisch stehen. Wenn du also noch etwas wissen willst, komm zügig damit rüber.“ Eine Frage, die Morgenstern von Anfang an beschäftigte, war tatsächlich noch nicht beantwortet.

„Eines verstehe ich immer noch nicht. Warum gehen Mitri und Pavel so aggressiv gegen jeden Mann vor, der euch zu nahekommt? Keiner von denen will euch etwas Böses antun, eher das Gegenteil. Womöglich ist unter den Kerlen mal einer, der euch gefällt.“ Regine reagierte sofort.

„Und genau das ist passiert! Nach einem Jahr war Claudia als Barfrau der Star im Chez-elle. Sie hatte sich in dieser Zeit verändert. Die Aufmerksamkeit, die ihr entgegengebracht wurde und die vielen Komplimente ließen sie von mehr träumen, als nur hinter dem Tresen zu stehen. Es gab genügend Männer, die ausschließlich ihretwegen den hohen Eintritt zahlten, ohne die Dienste der anderen Damen in Anspruch zu nehmen. Das konnte den Professionellen nicht gefallen, und sie beschwerten sich bei Mitri, da Pavel nach Kroatien gefahren war, um Geschäfte abzuwickeln. Als die Stimmung zu eskalieren drohte, bot Claudia Mitri an, ebenfalls mit Kunden aufs Zimmer zu gehen und somit keine Sonderstellung mehr einzunehmen. Obwohl Mitri dabei kein gutes Gefühl hatte, gestattete er ihr es auf Probe. Spätestens nach Pavels Rückkehr sollte darüber endgültig entschieden werden. Doch was niemand zu diesem Zeitpunkt wusste, war, dass Pavel bereits bei seinem ersten Treffen mit Karlo von der kroatischen Polizei festgenommen worden war. Sie beschuldigten ihn des Drogen- und Menschenhandels, ohne jedoch verwertbare Beweise vorzulegen zu können. Die Verhöre dauerten Wochen. Letztendlich verhalfen ihm gute Beziehungen und seine Verdienste beim Militär zur Entlassung aus der Untersuchungshaft."

Morgenstern sah den Kellner mit dem Essen auf sie zukommen und erhob vorsorglich Protest. „Das ist nicht fair. Die Küche ist um diese Uhrzeit nicht ausgelastet. Du musst mir die Geschichte weitererzählen." Regine konnte sich ein Schmunzeln nicht verkneifen und signalisierte Entgegenkommen. „Na gut, wenn du so interessiert bist. Doch ich warne dich, das Ende wird dir nicht gefallen." Morgenstern schlang seinen Leberkäse im Handwerkerstil herunter. Nach zwanzig Minuten war der Tisch von den Tellern geräumt.

„Möchtest du noch eine Nachspeise?", neckte sie ihn. Morgenstern gestikulierte Unverständnis für diese Frage und winkte ab. Regine fuhr mit ihrer Erzählung fort.

„Nach fast drei Monaten erschien Pavel deutlich gezeichnet im Chez-elle. Zuerst machte er Mitri große Vorwürfe, danach nahm er sich Claudia vor. Sie stritten so laut, dass Gäste den Laden verließen. Doch das war Pavel egal. Er schrie, dass Gläser zu Bruch gingen. Claudia hielt voll dagegen und argumentierte, dass es nur rein geschäftlich wäre und nichts Persönliches. Doch wenn er so weitermachen würde, drohte sie ihm, könne es persönlich werden. Das war zu viel für Pavel. Er verließ die Bar und kam ins Momo, wo er sich volllaufen ließ. Die beiden sprachen wochenlang nicht miteinander. In dieser Zeit kam sie auch nicht mehr zur Arbeit. Pavel bestand darauf, dass Claudia den ersten Schritt machen müsse, was sie dann auch tat. Allerdings anders, als vermutet. Da ihr ein neutraler Ort wichtig war, schlug sie ihm vor, die Aussprache im Hotel Schweizer Hof stattfinden zu lassen. Als Pavel die Empfangshalle betrat, wartete sie bereits in einem der bequemen Sessel. Direkt neben ihr saß ein etwa fünfunddreißig Jahre junger Mann. Er war angezogen wie frisch aus der Herrenboutique und hielt demonstrativ Claudias Hand. Dicht hinter den beiden standen zwei große Männer, die vermutlich keine Bürotätigkeiten zu leisten hatten. Pavel ging geraden Schrittes auf die vier zu und baute sich breitbeinig, die Hände in die Hüften gestützt, vor Claudia auf."

„Was soll das hier werden? Du bringst also zu unserem Treffen deinen Freier mit, und was bedeuten die beiden Pappnasen? Sollen die mir vielleicht Angst machen?", donnerte Pavel gleich los.

„Das ist Tobias Heinzelmann. Seiner Familie gehören die Modehäuser *Trend und Royal* und einige andere Unternehmungen. Und was die beiden Herren angeht, sie begleiten Tobias' Vater, wenn er die firmeneigenen Spielhallen besucht. Aber diese Tätigkeit und die dazugehörigen Fähigkeiten kennst du ja zur Genüge", antwortete Claudia so trocken, dass es schon staubte. Sie spielte damit auf Pavels Zeit als Personenschützer an.

Pavel benötigte einige Sekunden, um sich die plötzlich in ihm aufsteigende Wut nicht anmerken zu lassen. Er war gut trainiert, aber wollte auf keinen Fall überreagieren, sondern zielorientiert handeln. Allerdings stellte sich für ihn die Frage, was sein Ziel überhaupt war. Sie zurückholen um jeden Preis oder einknicken und wie ein nasser Pudel den Ort verlassen? Es blieb ihm keine Zeit mehr, weiter darüber nachzudenken. Er wählte eine Option, für die er nicht bekannt war.

„Sag deinem Heinzelmännchen, er soll seine beiden Fleischberge wieder mitnehmen."

Kurze Pause.

„Claudia, du gehörst zu mir. Unser Streit tut mir aufrichtig leid. Komm bitte mit nach Hause. Ich liebe dich!", kam es weinerlich aus Pavel heraus. Dabei senkte er den Kopf, sodass man die Tränen in seinem Gesicht nicht sofort sehen konnte. Diese Reaktion hatte Claudia nicht erwartet. Berührt von Pavels plötzlichem Gemütswandel, verzichtete sie darauf, ihm all die zornigen Worte zu sagen, die sie sich ursprünglich bereitgelegt hatte. Ihre Entscheidung, ihn zu verlassen, stellte sie jedoch nicht in Frage.

„Pavel, du warst einmal mein Held. Aus Respekt vor unserer guten Zeit habe ich mich heute mit dir getroffen, um dir persönlich Lebewohl zu sagen. Die Schlüssel für das Appartement liegen beim Hausmeister. Ich habe nichts mitgenommen. Auch nicht die Sachen, die du mir geschenkt hast. Das wollte ich meinem Freund nicht antun." Ohne Pavels mögliche Reaktion abzuwarten, war Claudia bereits während ihres letzten Satzes aufgestanden und verließ, umringt von den drei Männern, das Hotel. Pavel war diesem Maß an Kaltschnäuzigkeit noch nie begegnet, und er brauchte eine Zeit, um zu verstehen, was hier gerade passiert war. Er setzte sich in den Sessel, in dem Claudia gesessen hatte, und bestellte eine Flasche Cognac. Nachdem er die Flasche geleert hatte, rief er im Chez-elle an und beauftragte ein Mädchen, ihm Geld ins Hotel zu bringen. Pavel wollte weder nach Hause noch zurück ins Geschäft. Er nahm sich ein Zimmer, orderte eine weitere Flasche Cognac und sagte an der Rezeption Bescheid, dass bald eine junge Frau im Foyer auftauchen und nach ihm Ausschau halten würde. Sie sollte direkt zu ihm aufs Zimmer kommen.

Als Zuzanna, eine Polin, im Hotel erschien, wurde sie vom Personal über die Lage informiert. Ein Liftboy bot ihr an, sie direkt zum Zimmer zu begleiten. Sie lehnte dankend ab, fuhr in den dritten Stock und klopfte an der Tür mit der Nummer 332. Pavel, nur mit einem Bademantel bekleidet und leicht schwankend, öffnete nach wenigen Sekunden.

„Sag mir nicht deinen Namen. Natalia, richtig? Nein, warte … Maja. Dein Name ist Maja", nuschelte er und hielt sich dabei am Türrahmen fest. Zuzanna betrat das Zimmer und legte unaufgefordert das Geld auf den Tisch.

„Chef, jetzt arbeite ich schon fast ein Jahr bei Ihnen und Sie kennen immer noch nicht meinen Namen. Was muss ich nur tun, damit er in Ihrem Gedächtnis bleibt?", sprach sie in gebrochenem Deutsch. Dabei musterte sie ihn verschmitzt von unten nach oben und legte ihre Jeansjacke ab.

Inzwischen war die erste Flasche Wein ausgetrunken und eine zweite geordert.

„Was ist mit Claudia? Seid ihr noch befreundet?“, erkundigte sich Morgenstern.

„Ich traf sie nur noch einmal im KaDeWe. Wir haben oben in der Lebensmittelabteilung ein Glas Sekt getrunken. Dabei hat sie mir erzählt, dass dieser Tobias tatsächlich ein Kunde von ihr war, doch im Geschäft nie Sex mit ihr gehabt hätte. Das wollte er nicht. Erst, wenn sie nicht mehr dort arbeiten würde. Bereits nach zwei Wochen lernte sie seine Eltern kennen, richtig reiche Leute, die natürlich nichts von ihrer Vergangenheit wissen durften. Sie ist zu ihm in eine Villa in der Nähe des Grunewaldsees gezogen. Die genaue Adresse hat sie mir nicht verraten. Vielleicht befürchtete sie, dass ich eines Tages dort unangemeldet auftauchen würde. Sie gehört nicht mehr zu mir.“

Morgenstern empfand die Aussage als gefühllos und fragte nach. „Kann man jemanden, der einem so nahestand, einfach aus seinem Leben streichen?“ Regine antwortete nicht, sondern goss Morgenstern Wein in sein Glas.

„Darf ich dir noch eine letzte Frage stellen?“ Morgenstern wirkte konzentriert, fast steif.

„Ich bezweifle zwar, dass es die letzte Frage bleiben wird, aber nur los, mein beschwipster Olaf.“

„Liebst du mich?“

„*Ad infinitum!*“, schoss es aus ihr heraus. „Ich liebe dich grenzenlos. Lass uns den Rest der Flasche mitnehmen und zu mir gehen … und noch ein wenig kuscheln.“

Im Nu verflog Morgensterns Trübsal. Er nahm den Vorschlag begeistert an und beglich umgehend die Rechnung. Der Alkohol hatte auch Regine zugesetzt und ließ sie schwankend das Lokal verlassen. Die vier Stockwerke konnte sie nur mit Morgensterns Unterstützung bewältigen. In der Wohnung angekommen, steuerte sie direkt auf das Schlafzimmer zu.

„Gib mir ein paar Minuten zum Ausruhen und mach es dir im Wohnzimmer gemütlich oder schau die Tagesschau, du Spießer“, waren ihre letzten Worte, bevor sie die Tür hinter sich zuschlug. Gegen zweiundzwanzig Uhr erschien Regine im Wohnzimmer, wo Morgenstern bei laufendem Fernseher und mit einem Kissen unter dem Kopf auf dem Boden schlief. Von der mitgenommenen Flasche Wein war nichts mehr übrig. Regine schaltete den Fernseher aus und setzte sich zu Morgenstern auf den Boden.

„Hey du, aufwachen! Eine Dame hat den Raum betreten. Ich habe über meinen Geburtstag ein paar Tage frei. Wir können etwas unternehmen.“ Morgenstern kam langsam zu sich und ergriff sofort Regines Hand.

„Was hast du gesagt? Ich habe frei?“

„Nein, du doch nicht. Das heißt, wenn ich frei habe, hast du auch frei. Sonst wird es nichts mit gemeinsam verreisen.“ Das Wort „verreisen“ ließ Morgenstern schlagartig hellwach werden.

„Warum hast du das nicht schon früher gesagt? Dann hätte ich mir die vielen Fragen beim Essen sparen können“, beklagte er sich und brachte sie damit zum Lachen.

Die nächsten anderthalb Stunden kampierten sie auf dem Fußboden, holten sich Getränke und Knabberzeug aus der Küche und machten Reisepläne. Kurz vor Mitternacht erinnerte Regine Morgenstern an seine morgige Pflichtübung, woraufhin beide ihre Session ohne ein konkretes Ergebnis abbrachen. Als um halb sieben Morgensterns Handywecker klingelte, stand Regine wie eine fürsorgliche Ehefrau mit auf und machte ihm ein Sandwich.

„Haben wir heute Nacht geheiratet oder ich eine Erbschaft gemacht, von der ich noch nichts weiß?“, fragte er und schaute sie verdutzt an.

„Sei nicht so gemein. Jeden Tag eine gute Tat, hat schon der Pastor in unserem kleinen Dorf gemahnt. Und das ist meine hier, damit du beim Lernen in der Schule an mich denkst“, konterte sie.

„Mach ich sowieso, auch ohne Pausenbrot. Doch mit ist besser. Daran könnte ich mich gewöhnen.“ Beim Verabschieden schauten sie sich an wie zwei Königskinder, die nun endlich zueinandergefunden hatten.

Morgenstern fuhr nicht direkt zur Berufsschule, sondern hielt kurz zu Hause an, um schnell noch Unterrichtsmaterial aus der Wohnung zu holen. Als er vor dem großen Bücherregal stand, um seine Hefter herauszunehmen, befiel ihn, wie in den Tagen zuvor, der immer gleiche Zweifel hinsichtlich seiner Ausbildung. Ein Zweifel, der durch Regines und seine unterschiedlichen Arbeitszeiten nun noch mehr befeuert wurde. Wie sollte es mit ihnen weitergehen, fragte er sich, wenn sie nicht bereit wäre, sich eine andere Tätigkeit zu suchen? Zwei oder drei Nachmittage für ein paar Stunden zusammen zu sein und lediglich ihr freier Montag würden für ein junges Paar nicht ausreichen, um ihre Liebe auszuleben und möglicherweise eine Familie zu gründen.

Morgensterns Auto war in der zweiten Reihe geparkt und versperrte einem anderen Wagen die Ausfahrt. Heftiges Hupen erstickte seine weiteren Gedanken und ließ ihn auf die Straße zurückkehren, um den Weg zur Schule fortzusetzen. Am Abend rief Regine an und unterbreitete ihm ihre Idee für die gemeinsame Reise.

„Wir können nach Heidesheim zu meinen Eltern fahren und sicher dort auch übernachten. Damit sparen wir die Hotelkosten."

„Ich hatte mal einen Fahrgast, der kam aus Heidesheim. Ist noch nicht so lange her. Ich weiß Bescheid, das liegt am Rhein", fuhr Morgenstern dazwischen.

„Schön wär's. Mein Heidesheim ist ein Ortsteil von Obrigheim, dem Dreitausend-Seelen-Dorf, von dem ich dir erzählt habe. Mitten in der Pfalz und wunderschön umgeben von Weinreben. Weißt du, wie die älteste Stadt Deutschlands heißt? Die befindet sich nämlich auch in Rheinland-Pfalz." Morgenstern wollte nicht schon wieder danebenliegen und schwieg.

„Macht nichts. Berliner sind vielleicht auch nicht so klug. Ich werde dir all unsere Schätze zeigen", frotzelte Regine und unterdrückte ihr Kichern, so gut es ging. Morgenstern machte diese kleine Stichelei nichts aus, Hauptsache, gemeinsame Zeit verleben, egal wo, nur das war ihm wichtig.

„Das hört sich gut an. Wann können wir das persönlich besprechen? Ich meine, wann sehen wir uns wieder?" Regine zögerte mit der Antwort. Gelegenheit für Morgenstern, ihr seinen spontanen Vorschlag zu unterbreiten.

„Vielleicht willst du mal zu mir kommen und sehen, wie ich wohne. Am Freitag habe ich wieder Schule und könnte die letzten beiden Stunden ausfallen lassen."

„Das musst du nicht extra machen. Vor fünfzehn Uhr könnte ich eh nicht. Ein wenig Schlaf brauche selbst ich", gab sie zu bedenken. „Doch die Idee ist prima. Lerne ich dann deine Eltern kennen? Dann ziehe ich mir auch mein Sonntagskleid mit Rüschen an."

„Ich wusste nicht, dass du so etwas besitzt. Nein, die kommen erst nächste Woche zurück", beruhigte er sie.

Morgenstern verließ am Freitag mittels einer billigen Ausrede die Schule nach der vierten Stunde. Die Wohnung lag im zweiten Stock. Bereits die Tage zuvor hatte er die Zimmer nach seinen Möglichkeiten aufgeräumt und gesäubert. Im Bad hingen frische Handtücher und das Toilettenpapier war aufgefüllt. Zwei Dosen Chili con Carne mussten nur noch im Topf warmgemacht werden. Auch Wiener Würstchen lagen als Reserve im Kühlschrank bereit. Ab viertel vor drei stand er auf dem Balkon und beobachtete den regen Verkehr der Kantstraße. Als er sich fragte, ob sie mit dem Taxi kommen oder aus einem der Busse steigen würde, klingelte es an seiner Wohnungstür; es war Regine. Ihre reizvolle Ausstrahlung faszinierte ihn. So hatte er sie schon lange nicht mehr gesehen. Verzaubert von ihrer Attraktivität, starrte er sie an.

„Schau nicht so. Dein Taxikollege hat mich schon angebaggert. Jetzt bleib du wenigstens cool. Das ist mein normales Outfit für die Arbeit. Du wirst dich doch noch daran erinnern?“ Regine ging damit gleich in die Offensive, um lästige Fragen gar nicht erst aufkommen zu lassen. Morgenstern fragte auch nichts, sondern spürte nur die anziehende Wirkung, die sie in ihm auslöste. Dennoch war es ihm nicht möglich, sich ihr zu nähern oder gar einen Kuss zu geben. „Komm rein. Darf ich dir etwas anbieten?“, fragte er gehemmt. Regine bemerkte die Unsicherheit ihres Freundes.

„Was ist los, Olaf? Nur weil ich so einen Glitzerfummel anhabe, hat sich doch nichts geändert. Nun zeig mir mal dein Domizil. Gibt es bei dir auch etwas zu essen? Ich habe heute noch nicht gefrühstückt.“ Regine hatte es wieder geschafft, Morgenstern in den Normalzustand zu versetzen. Nachdem er ihr alle vier Zimmer gezeigt hatte, landeten sie in der großen Essküche und begannen, sich das Chili zuzubereiten.

„Was sind eigentlich deine Eltern von Beruf?“, wollte sie wissen. „Immer wenn ich dich nach ihnen frage, sind sie auf Reisen. Hat das etwas mit dem Job zu tun?“

„Grundsätzlich schon. Doch dieses Mal sind sie privat auf Haussuche in Spanien. Meine Mutter ist Hausfrau. Schon immer. Zumindest, so lange ich auf der Welt bin. Mein Vater arbeitet als Elektroingenieur bei Siemens und nimmt sie gelegentlich zu den Auslandsaufenthalten mit. Er besitzt einige Patente, die ihn finanziell unabhängig machen. Irgendwann wird er aufhören zu arbeiten und nur noch davon leben. Deshalb auch die Haussuche."

„Patente, hört sich ja spannend an. Worum geht es denn da?"

Morgenstern ging an den Schreibtisch seines Vaters und holte eine Visitenkarte von ihm. „Das ist nur ein Fachbereich, in dem er tätig ist. Vielleicht kannst du damit etwas anfangen." Er reichte ihr die Karte, und sie las die Überschrift: *Abisolierlösungen für die hochpräzise Kabelbearbeitung sowie von Härtemessgeräten.* Regine schaute Morgenstern fragend an. „Was ist das denn? Noch nie davon gehört."

„Das wird zum Beispiel für Kabelstränge in Flugzeugen gebraucht. Vielleicht gibt es doch einige kluge Berliner …", fügte er süffisant hinzu.

„Nachtragend bist du wohl gar nicht. Wie weit ist das Chili? Hast du Baguette dazu?" Wohl wissend, dass er keines im Hause hatte, schaute Morgenstern zum Schein im Brotkasten nach. „Ich hätte schwören können, dass ich gestern welches frisch gekauft habe." Regine glaubte ihm kein Wort und lehnte sich genüsslich auf dem Küchenstuhl zurück.

„Ich werde dir also neben unseren wunderbaren Sehenswürdigkeiten, historischen Stätten und Gebäuden, die kulinarische Vielfalt der Pfalz zeigen müssen. Dabei gehören Wein und Brot zu den Grundnahrungsmitteln, die bei keinem Essen fehlen dürfen." Morgenstern verspürte Reiselust und seine Augen strahlten.

„Hast du dir schon ein genaues Datum überlegt? Ich müsste einen Urlaubsantrag stellen oder …" Da war er wieder. Der Gedanke, der sich bei ihm festgesetzt hatte.

„Ich habe mit meinen Eltern telefoniert. Sie freuen sich, dich kennenzulernen. Wir könnten einen Tag vor meinem Geburtstag, also in knapp zwei Wochen, fahren und …" Regine unterbrach ihren Satz und stürmte in ihrem engen Kleid zur Toilette. Nach wenigen Minuten kam sie, ohne ein Wort darüber zu verlieren, zurück und beendete ihren Satz. „…gerne so lange bleiben, wie es uns gefällt.“ Morgenstern war nicht bereit, die Unterbrechung einfach unter den Tisch fallen zu lassen und fragte sorgenvoll nach.

„Was war mit dir? Kreislaufschwäche, Herzrasen? Bitte sprich mit mir.“

„Es ist nichts, was dich beunruhigen sollte. Ein kleiner Genfehler, den ich schon als Kind hatte. Kurze Aussetzer mit einem Schwindelgefühl. Kommt alle paar Monate vor.“ Beide sahen sich an und schwiegen. Regine merkte, dass sie etwas zur Auflockerung beitragen musste.

„Wie läuft es eigentlich bei dir auf Arbeit und in der Schule? Bist du Klassenbester oder zumindest Zweiter? Du erzählst mir so gut wie nie etwas davon.“

„Weil es nichts zu erzählen gibt. Wir hatten das Thema schon einmal. Daran hat sich auch kaum etwas geändert. Außer, dass ich vor den großen Ferien die schriftlichen Prüfungen habe und keine Ahnung, wie ich die bestehen soll.“ Regine überkam ein schlechtes Gewissen.

„Liegt es an mir, an unseren Treffen, dass du nicht zum Lernen kommst?“ Morgenstern senkte den Kopf wie ein kleiner Junge, der etwas ausgefressen hatte und sagte mit gedämpfter Stimme: „Ich will das alles nicht mehr. Ich will nur mit dir zusammen sein und nicht nur alle drei Tage für ein paar Stunden.“ Regine erkannte den emotionellen Tiefpunkt ihres Freundes. Sie nahm seine Hand und führte ihn in sein Zimmer. Beide setzten sich aufs Bett.

„Weißt du noch, als du mir das erste Mal im Momo gegenübergesessen hast?“ Morgenstern nickte, während sie in der gleichen Weise wie damals ihre Beine übereinanderschlug.

„Was ging dir dabei durch den Kopf? Fandest du mich sexy oder nur hübsch? Was hättest du gerne getan mit dieser verruchten Barfrau, die nur darauf wartet, dass man ihr zwischen die Beine fasst?“ Diese Worte stimulierten Morgenstern und lösten ein Verlangen in ihm aus. Er begann, begierig ihren Körper abzutasten, während sie damit beschäftigt war, seine Hose zu öffnen.

„Lehn dich zurück und lass mich machen", hauchte sie ihm zu und streckte dabei seine Arme nach hinten. Er lag rücklings auf dem Bett und genoss mit geschlossenen Augen, wie Regine sein Glied massierte. Als sein Atem immer intensiver wurde und er kurz vor dem Kommen war, beugte sie sich herunter, um den Erguss in ihrem Mund aufzunehmen. Plötzlich richtete er sich auf und nahm ihren Kopf in seine Hände.

„Nein, tu das nicht. Du bist meine Königin. Die muss das nicht tun!" Regine schaute ihn nur kurz an, befreite sich von seinen Händen und brachte es zu Ende. Es vergingen nur wenige Sekunden, bis sie vom Bett aufstand und ins Bad ging. Als sie wieder ins Zimmer kam, hatte sie einen Waschlappen in der Hand, mit dem sie seinen Genitalbereich abwusch.

„Ich hätte sehr gerne mit dir geschlafen, aber du warst drauf und dran, mir das Kleid zu ruinieren. Außerdem habe ich nicht genügend Kosmetik dabei, um mich für das Geschäft wieder herzurichten. So war es auch gut, weil ich mir geholt habe, was ich wollte. Fährst du heute noch Taxi?" Morgenstern staunte nicht schlecht. War er bisher der Meinung gewesen, dass lediglich Männer nach dem Sex gleich zur Tagesordnung übergehen würden, so erlebte er gerade das weibliche Gegenstück. Auch wenn Regine nicht zum Höhepunkt gekommen war, so konnte Morgenstern bei ihr einen zufriedenen Gesichtsausdruck ausmachen.

„Ja, habe ich jedenfalls vor. Es sei denn, du schwänzt die Arbeit."

„Nein, das habe ich die Woche schon einmal gemacht. Es ging mir nicht so gut, Migräne oder so."

„Das hast du mir gar nicht erzählt", beklagte Morgenstern. „Ich hätte zu dir kommen können." Regine ging darauf nicht ein.

„Kannst du mich zur Arbeit fahren?"

„Na klar. Ich kann dich auch wieder abholen. Ein kurzer Anruf genügt." Regine ignorierte sein Angebot und ging in die Küche.

„Hast du etwas Hochprozentiges zu trinken für mich? Ich habe immer noch so einen faden Geschmack im Mund." Ihr Grinsen dabei war unübersehbar. Morgenstern eilte sofort ins Wohnzimmer, um aus der Vitrine zwei Sorten Brandy zu holen.

„Der Terry ist mild mit dreißig Prozent und der Castillo Del Sol, ein eher unbekannter Brandy, hat achtunddreißig Prozent."

„Irgendwie liegen mir Außenseiter. Gib mir den mit mehr Prozenten. Es wird heute sicher wieder eine lange Nacht." Morgenstern schenkte ihr ein halbes Wasserglas ein und spürte, wie sich ihre Gemütslage von einem Moment auf den anderen veränderte. Vorbei waren die Lockerheit und heiteren Sprüche. Regine schien sich nur noch auf die vor ihr liegenden Stunden zu fokussieren. Morgenstern besaß nicht den Mut, sie darauf anzusprechen, fürchtete er doch, sie damit zu verärgern und möglicherweise die gemeinsame Reise zu gefährden.

„Ich glaube, es ist Zeit, dass wir fahren", stellte sie nüchtern fest. Gesagt, getan. Das Taxi stand nur unweit des Hauseingangs. „Also doch Parkplatzkönig", ließ sie sich zu einem Kompliment hinreißen. Die Fahrt endete in sicherer Entfernung zum Momo, um nicht Gefahr zu laufen, entdeckt zu werden.

„Wann sehen wir uns wieder?", fragte Morgenstern, als Regine ihre Tür zum Aussteigen öffnete.

„Ich würde mir große Vorwürfe machen, wenn du meinetwegen deine Prüfungen verhaust. Wir haben hier schon eine gescheiterte Existenz. Einer muss schließlich auf seriöse Weise das Geld verdienen, meinst du nicht auch?" Sie lehnte sich noch mal zu ihm herüber und streichelte über seine Wange. „Du bist ein Guter. Ich rufe dich morgen Nachmittag an." Dann stieg sie aus dem Wagen und drehte sich nicht noch mal um.

Morgenstern beschlich ein komisches Gefühl. So sehr er sich auch dagegen wehrte, die Angst, sie heute das letzte Mal gesehen zu haben, begleitete ihn durch die Nacht. Seine Schicht verlief ohne besondere Vorkommnisse, und er zog bis zu den ersten Vorbestellungen zum Flughafen durch. Als er gegen sechs Uhr morgens zu Hause war, machte er sich noch ein paar Wiener warm und versuchte, nicht fortwährend an sie zu denken.

Ein wildes Hupkonzert, direkt vor seinem Haus, holte ihn gegen Mittag aus dem Schlaf. Irgendein Blödmann hatte mit seinem Auto den Mittelpoller gerammt und blockierte den Verkehr. Morgenstern war nun wach und überlegte, was er so früh am Tag tun könnte. Für die Schule lernen wäre eine Möglichkeit, doch die schob er gleich nach hinten. Dabei fiel ihm sofort Regine ein, die ihn anrufen wollte. Darauf musste er vorbereitet sein. Wenn sie sich treffen würden, wären Waschen und saubere Klamotten eine gute Idee. Wie frisch aus dem Ei gepellt, stand Morgenstern im Wohnzimmer und wusste nichts mit sich anzufangen. Schließlich machte er es sich auf der elterlichen Couch gemütlich und träumte sich mit Regine in die zukünftige Zeit. Obwohl noch nie dagewesen, sah er sich mit ihr durch die Weinberge wandern, in eine Berghütte einkehren und abends würde ein Kamin sie wärmen. Sie sprachen über eine gemeinsame Wohnung und Hochzeit. Sie bestand darauf, seinen Namen anzunehmen. Den Job in der Bar würde sie gleich nach der Reise aufgeben und er seine Ausbildung im Amt.

Das Telefon klingelte. Es war Regine, früher als erwartet.

„Hallo meine Liebe, du bist schon wach?“, fragte Morgenstern noch im Flug seiner Gedanken.

„So halbwegs. Ich wollte dich nicht länger warten lassen. Du hast doch gewartet, oder?“

„Um ganz ehrlich zu sein, anders als du denkst. Ich habe unsere Zukunft vor Augen gehabt. Doch das werde ich dir nicht jetzt, sondern bei unserem nächsten Treffen erzählen. Sehen wir uns später?“

„Heute nicht. Mir ist kotzübel. Ich bin auch früher von der Arbeit weg.“

„Ich könnte doch zu dir kommen und etwas Leckeres zu essen machen oder vom Einstein Chili holen.“

Regine unterbrach ihn.

„Bitte nicht vom Essen reden. Ich fühle mich einfach nur schlapp und möchte alleine sein. Lass uns daraus keine große Sache machen. Vielleicht geht es mir Montag schon wieder besser. Da habe ich, wie du weißt, frei.“

Sekunden der Stille am Telefon.

„Okay, dann bis Montag. Du wirst wissen, was jetzt gut für dich ist." Morgensterns Zugeständnis war löchrig wie ein Schweizer Käse.

„*Carpe diem*, und lern für die Schule", gab sie ihm noch mit auf den Weg und legte auf. Morgenstern akzeptierte den unerwarteten Verlauf und beruhigte sich damit, dass er solche Unpässlichkeiten auch von seiner Mutter kannte. An solchen Tagen waren er und sein Vater gut beraten, sie einfach nur in Ruhe zu lassen. „Mädchenkram" nannte sein Vater es.

Am frühen Montagnachmittag rief Regine an und teilte Morgenstern mit, dass es ihr wieder besser ginge und sie sich um achtzehn Uhr treffen könnten. Als er zur verabredeten Zeit in ihre Straße einbog, sah er sie schon von weitem vor ihrer Tür stehen. Er hielt den Wagen an und ließ sie einsteigen. Mehr als ein kurzer Begrüßungskuss war wegen des laufenden Verkehrs nicht möglich.

„Wo soll es denn hingehen?", fragte Morgenstern neugierig.

„Ich würde so gerne in den Tiergarten, wo wir schon einmal spazieren gegangen und danach ins Café eingekehrt sind."

„*Claro, mucho gusto*. Das ist spanisch", brüstete er sich. Regine quittierte seine kleine Angabe mit einem Lächeln.

„Apropos Spanien, wann kommen deine Eltern aus dem Urlaub zurück?"

„Am Mittwoch. Warum fragst du?"

„Wir brauchen doch ein Auto für die Reise. Und dieses hier gehört deinen Eltern." Morgenstern hielt am Seitenstreifen an und lehnte sich im Fahrersitz zurück, als wenn er eine Rede halten wollte.

„Entspann dich. Mein Vater hat ein Dienstfahrzeug und meine Mutter kann bei Bedarf auch mal den Bus oder die U-Bahn nehmen. Beides direkt vor der Tür", erklärte er gelassen. Die nächsten zwei Stunden verbrachten sie mit Herumlaufen in den Grünanlagen und rund um den Neuen See. Als Appetit aufkam, statteten sie dem Bahnhof Zoo einen Besuch ab, um sich an den unterschiedlichen Imbissständen mit Fingerfood zu versorgen.

Gegen halb acht stiegen sie wieder ins Auto und fuhren zu Regines Wohnung. Sie fragte Morgenstern, ob er bei ihr übernachten wollte, schränkte allerdings gleichzeitig ein, dass ihr nach dem Essen wieder mulmig im Magen geworden war und größere Aktivitäten deshalb nicht stattfinden könnten. Er verstand den Hinweis und befolgte ihren Wunsch. Sie kuschelten auf der kleinen Couch und schalteten die Fernsehprogramme durch, ohne etwas Sehenswertes zu finden. Kurz nach zweiundzwanzig Uhr wechselten sie das Zimmer und gingen ins Bett. Der Umstand, dass Regine gesundheitliche Probleme hatte, trübte ihre Aufmerksamkeit und ließ sie nicht erkennen, dass ihr Freund ein dickes Päckchen mit sich herumtrug. Morgenstern war drauf und dran, ihr sein morgiges Vorhaben zu offerieren, hatte jedoch Bedenken, dass sie versuchen würde, es ihm auszureden.

„Regine, es ist morgen früh nicht notwendig, dass du wieder mit aufstehst. Ich habe genügend Zeit und fahre von hier aus direkt zur Schule. Mittwochabend muss ich meine Eltern vom Flughafen abholen, und Donnerstag lege ich bei ihnen meine Beichte ab."

Regine schnellte aus dem Liegen hoch.

„Was für eine Beichte?"

Morgenstern musste sich auf die Zunge beißen, um nichts zu verraten.

„Komm, sag schon. Es hat doch sicher etwas mit uns zu tun, richtig? Bevor du irgendeine Dummheit machst, sprich erst mit mir", appellierte sie an ihn.

„Ich habe mir alles lange genug überlegt. Meine Entscheidung steht fest. Mehr möchte ich allerdings jetzt nicht sagen. Bitte frage nicht mehr nach und vertraue mir." Regine respektierte seine Bitte und legte sich ohne ein weiteres Wort dicht neben ihm hin. Dabei umfasste sie seine Hand. Beide schwiegen und schliefen erst spät ein.

Morgenstern stand um halb sieben auf und schmierte sich in der Küche noch ein Brot. Er hätte viel dafür gegeben, heute Morgen noch einmal mit Regine über sein Vorhaben zu sprechen. Doch mit jeder Minute schwand seine Hoffnung, dass sie doch noch aufstehen und ihm einen Guten-Morgen-Kuss geben würde. Auch gegen eine winzige Streicheleinheit hätte er an diesem bedeutenden Tag nichts einzuwenden gehabt. Als er den Flur entlangging, sah er einen Zettel an der Wohnungstür kleben: *Lieber Olaf, egal, was du vorhast, warte damit bitte bis zum Wochenende. Gruß Regine.* Er drehte sich noch einmal um, steckte den Zettel in die Tasche und verließ die Wohnung. Die Nachricht hatte seine Unsicherheit verstärkt. Unmittelbar nachdem die Tür ins Schloss gefallen war, stand Regine im Flur. Sie war schon vor Morgenstern wach gewesen und hatte sich nur schlafend gestellt. Ebenso wie er, hatte sie heute früh Wichtiges zu erledigen und wollte keine Zeit verlieren.

Kurz vor acht erreichte Morgenstern das Schulgebäude. Er stellte sich auf einen der Lehrerparkplätze und ging direkt ins Sekretariat.

„Guten Morgen, ich möchte gerne mit Herrn Direktor Michael sprechen", sagte er zu der Dame hinter dem Schreibtisch.

„Herr Michael hat selbst gleich eine Stunde zu geben. Können wir das nicht auf die erste große Pause legen? Natürlich nur, wenn es sich um eine Kleinigkeit handelt. Ansonsten machen wir lieber gleich einen Termin. Wie ist denn bitte Ihr Name?"

„Mein Name ist Olaf Morgenstern, und ich verspreche Ihnen, es wird schnell gehen."

Die vollschlanke Dame zwängte sich in ihrem hellgrauen, viel zu engen Kostüm hinter dem Schreibtisch vor und klopfte an die Tür des Direktors. Sie wartete ein deutlich zu vernehmendes „Herein!" ab und trug ihrem Chef Morgensterns Bitte vor. Einen kurzen Moment später kam sie wieder aus dem Zimmer.

„Sie können eintreten."

Morgenstern folgte der Anweisung und redete gleich los. Seine Nervosität stand ihm im Gesicht geschrieben. „Ich danke Ihnen, dass Sie so kurzfristig Zeit für mich haben und möchte es auch kurz machen: Ich verlasse die Schule und wollte nur Bescheid geben, damit sich niemand unnötig Sorgen macht.“ Morgenstern stand vor dem Direktor wie ein Zinnsoldat.

„Es macht mir immer Sorgen, wenn ein Berufsschüler die Schule ohne Abschluss verlässt. Ist Ihr Arbeitgeber schon informiert?“

„Nein, das wollte ich gleich im Anschluss erledigen.“

„Im wievielten Lehrjahr sind Sie denn, Herr Morgenstern?“

Morgenstern schaute verlegen nach unten und antwortete leise: „Im dritten Lehrjahr.“

„Was ist passiert? Darf ich raten, finanzielle Probleme oder die Liebe?“

Morgenstern war über die Einschätzung des Direktors erstaunt, wollte jedoch keine weiteren Details nennen und behielt seinen Blick in Richtung Fußboden.

„Wir benötigen den Abbruch noch schriftlich von Ihnen und eine Bestätigung vom Arbeitgeber. Ansonsten gutes Gelingen für die Zukunft.“

Morgenstern verabschiedete sich artig und stieg in seinen Wagen, um anschließend zum Bezirksamt zu fahren. Er nahm sich vor, nicht wieder mit gesenktem Kopf vor der Obrigkeit stehen zu wollen, sondern seinen Entschluss selbstbewusst und mit Überzeugung vorzutragen.

Es war viertel vor neun und das Gebäude für den Publikumsverkehr noch geschlossen. Morgenstern ging die drei Etagen hoch zum Vorzimmer des Geschäftsstellenleiters, der auch gleichzeitig Personalchef war. Ihm übergeordnet war lediglich der Vorsteher des Amtes.

„Guten Morgen, ist Herr Dangschat da?“, fragte er die Sekretärin, die bildhübsch war und kaum älter als er.

„Ja, seit halb acht. Was gibt es denn so früh am Morgen? Vielleicht eine kleine Krankmeldung?“ In diesem Moment öffnete sich die Tür des Geschäftsstellenleiters.

„Hallo, Herr Morgenstern. Wollten Sie zu mir?“, begrüßte Dangschat seinen Mitarbeiter.

„Herr Morgenstern möchte sich sicher krankmelden“, kam es vorlaut von der Sekretärin.

Morgenstern erhob sofort Protest. „Stimmt gar nicht! Das heißt, krankschreiben ist gar nicht so schlecht. Allerdings für immer."

Nachdem sich alle drei einige Sekunden fragend angeschaut hatten, bat Dangschat Morgenstern in sein Zimmer und setzte sich hinter seinen Schreibtisch.

„Nehmen Sie Platz und erklären Sie mir bitte, worum es hier geht."

Morgenstern räusperte sich. „Ich kann diese Tätigkeit nicht länger ausüben. Die ganze Ausbildung war ein Missverständnis. Nichts für mich. Ich muss raus auf die Straße und das wirkliche Leben spüren", bekannte Morgenstern.

„Sie meinen, sie müssen Taxi fahren. Leute vom Flughafen ins Hotel bringen. Wollen Sie mir tatsächlich weismachen, dass man dabei das Leben spürt?"

Stille legte sich über den Raum. Doch Dangschats Munition war noch nicht verschossen.

„Sie sind kurz vor Beendigung Ihrer Lehre. Machen Sie die gefälligst noch zu Ende, dann haben Sie wenigstens etwas in der Hand."

Morgenstern ging in die Offensive und argumentierte beherzt. „Diese Ausbildung nützt mir nur etwas im öffentlichen Dienst, kein bisschen in der freien Wirtschaft. Das hat mir auch mein Vater gesagt, und der kennt sich dort gut aus."

„Wollen Sie mir sagen, dass Ihr Vater Ihnen zum Ausstieg geraten hat? Das kann ich mir kaum vorstellen."

Morgenstern schwieg.

„Verstehe, Sie haben überhaupt noch nicht mit ihm darüber gesprochen. Dann tun Sie das. Und wenn Sie dann immer noch der Meinung sind, Ihre Lehre kurz vor Schluss zu schmeißen, dann kommen Sie wieder."

Morgenstern war von den Worten des Geschäftsstellenleiters beeindruckt, zumal nichts Unvernünftiges in ihnen zu finden war. Sie machten ihn nachdenklich. Dangschat registrierte die Verunsicherung seines Schützlings und legte nach. „Es sind nur noch wenige Monate bis zum Abschluss, dann gehören Sie zu uns und Sie können Ihren Nebenjob an den Nagel hängen." Dieser Satz machte alles vorher Gesagte zunichte. Morgenstern wollte nicht zu denen gehören, und ans Aufhören mit dem Taxi hatte er nie gedacht.

„Ich gehe jetzt in mein Dienstzimmer und hole meine persönlichen Sachen.“ Morgenstern vermied jeglichen Blickkontakt zu seinem Vorgesetzten, drehte sich auf der Stelle um und verließ den Raum. Als er an seinen Arbeitsplatz kam, arbeitete gerade ein Kollege am PC.

„Hallo Olaf, was machst du heute hier? Ist die Schule ausgefallen?“

„Hör zu, Hans Günter, ich nehme mir nur meine Sachen und bin dann weg.“

„Weg für heute oder wie?“, erkundigte sich der Kollege und runzelte dabei die Stirn.

„Ich habe gekündigt. Der Chef weiß schon Bescheid.“

Diese Neuigkeit ließ Hans Günter, der Anfang des Jahres sein fünfundzwanzigjähriges Dienstjubiläum gefeiert hatte, erstarren. Er verfolgte bewegungslos, wie Morgenstern seine Schubladen durchsuchte. Aus einer nahm er eine Plastiktüte, die er mit persönlichen Gegenständen füllte. Nach drei Minuten war der Schreibtisch leergeräumt und Morgenstern reichte seinem Kollegen die Hand, um sich zu verabschieden.

„Hast du dir das alles wirklich gut überlegt? In dieser Zeit verlässt man nicht einfach solch sicheren Arbeitsplatz“, gab Hans Günter zu bedenken.

„Ist schon gut so. Ich komme euch bei Gelegenheit mal besuchen.“ Morgenstern hatte kein Interesse daran, in eine weitere Diskussion zu gehen oder sich zu erklären. Befreit, wie nach dem letzten Schultag vor den Sommerferien, hüpfte er gut gelaunt den kurzen Weg aus dem Gebäude zu seinem Wagen entlang.

Der nächste Schritt führte ihn zur Taxi-Innung, wo er sich nach den Voraussetzungen zum Erhalt einer Konzession erkundigte. Nach einem einstündigen Informationsgespräch wusste er, was zu tun war, um ein eigenes Taxigewerbe zu beantragen. Die Bedingungen erschienen ihm leicht zu erfüllen. Polizeiliches Führungszeugnis und steuerliche Unbedenklichkeitserklärung sollten glatt durchlaufen. Lediglich der Eigenkapitalnachweis machte ihm Kopfzerbrechen. Wo sollte er in kürzester Zeit dreißigtausend D-Mark herbekommen? Diese Summe musste er bei der Innung zur Beantragung nachweisen. Sparguthaben und das Geld auf seinem Girokonto ergäben höchstens achtzehntausend D-Mark. Woher also die Differenz nehmen? Seine Eltern anpumpen kam vorerst nicht in Frage. Ihm musste eine andere Lösung einfallen. Zwischendurch dachte er an Regine und überlegte, sie anzurufen. Doch dann verwarf er die Idee und beschäftige sich weiter mit seinem Überraschungsplan, den er seiner Liebsten am Ende der Woche präsentieren wollte.

Morgenstern hatte nun den Rest des Tages frei und besuchte das Taxi-Depot, um nachzufragen, ob ein gebrauchter Wagen zu verkaufen wäre. War es aber nicht. Des Weiteren stattete er verschiedenen Autohäusern einen Besuch ab und erkundigte sich nach den Lieferfristen für einen Neuwagen mit besonderer Taxiausstattung. Er hätte auch kein Problem damit gehabt, vorerst weiter als Angestellter zu fahren, nur eben als Vollzeitjob, bis er sein eigenes Taxi besaß.

Gegen vierzehn Uhr war Morgenstern wieder zu Hause. Er machte sich ein Paar Wiener warm und genehmigte sich ein Kindl-Bock. Die besonderen Ereignisse von heute verdienten eine Ausnahme von der sonst streng befolgten Regel *Kein Bier vor Vier*, die ihm sein Vater vor Jahren aufgegeben hatte. Nach dem zweiten Bier entspannte sich Morgenstern auf der Couch, schloss die Augen und verlor sich gedankenversunken in die Hoffnung, dass alles so werden würde, wie er es sich ausgemalt hatte. Selbst wenn Regine noch für eine gewisse Zeit an ihrem Job festhalten sollte, so könnte er seine Schicht parallel dazu fahren, und sie hätten, wie jedes andere Paar auch, genügend Zeit füreinander. Spätestens mit dem Wunsch nach einem Kind müsste sie die Branche wechseln oder ganz zu Hause bleiben, wie es auch seine Mutter getan hatte. Diese Vorstellung erweckte bei ihm ein wohliges Gefühl und ließ ihn im Einklang mit der Welt einschlafen.

Die Eltern

Kurz vor sieben weckte ihn sein Handy. Es war seine Mutter.

„Hallo Olaf, wir landen morgen schon um die Mittagszeit und nehmen uns dann ein Taxi. Du musst uns also nicht abholen. Geht es dir sonst gut?"

„Warum schon so früh?", murmelte er noch im Halbschlaf.

„Der Flug wurde vorverlegt. Habe ich dich geweckt?"

„Nein, nein, ich war nur in Gedanken. Sag mir die genaue Uhrzeit, ich kann euch abholen."

„Musst du nicht zur Arbeit? Bist du krank?", fragte sie besorgt.

„Nein, ich bin nicht krank. Gib mir nur die Ankunftszeit. Wir reden morgen weiter." Morgenstern erhielt von seiner Mutter die Uhrzeit und legte auf. Spätestens jetzt war ihm bewusst geworden, dass der morgige Tag der schwerste werden würde, seit er der Sohn seiner Eltern war. Seine Mutter hatte den Hang, auf komplexe Dinge leicht cholerisch zu reagieren und würde dem Vater eine lange Nacht voll von Spekulationen und jeder Art von Bedenken bescheren.

Morgenstern schaute noch die Tagesschau und versuchte sich mit dem Dienstagskrimi *Die letzte gute Tat* und einem weiteren Kindl-Bier abzulenken. Als das alles nicht half und seine Gedanken zwischen Regine, Taxi-Innung und dem zu beschaffenden Eigenkapital hin und her schwankten, nahm er eine halbe Tablette Limovan, Schlaftabletten, die seine Eltern aus Spanien mitgebracht hatten. Die kleine Dosis verfehlte ihre Wirkung nicht und ließ ihn unmittelbar danach einschlafen und erst gegen halb neun am nächsten Morgen aufwachen. Die Strecke zum Flughafen Tegel war in weniger als dreißig Minuten zu schaffen, so hatte er noch genügend Zeit, etwas Ordnung in die Wohnung und speziell in den Küchenbereich zu bringen.

Die Maschine aus Malaga war pünktlich und die Begrüßung zwischen Kind und Eltern herzlich. Doch bereits beim Koffereinladen kamen die ersten Fragen seitens der Mutter.

„Bist du krankgeschrieben oder schwänzt du etwa die Arbeit? Doch nicht wegen uns, oder? Wir hätten ein Taxi nehmen können."

„Nein, Mama, nichts von alledem. Wenn wir zu Hause sind, kann ich alles aufklären. Doch jetzt muss ich mich auf den Verkehr konzentrieren und euch sicher heimfahren."

„Sag mir doch wenigstens, ob es etwas Illegales ist und du Schwierigkeiten mit der Polizei hast", bohrte sie hartnäckig nach. Sein Vater setzte sich auf den Beifahrersitz und schaute leicht genervt zu seinem Sohn herüber. Die letzte Nacht musste wohl so gewesen sein, wie Morgenstern vermutet hatte.

„Deine Mutter macht sich halt Sorgen um dich und nicht erst seit eben", rechtfertigte der Vater die Fragerei. Morgenstern blieb seiner Linie treu und gab keine weiteren Antworten mehr. Seine Mutter brabbelte auf dem Rücksitz etwas von *„so stur wie sein Vater"* und gab nach der Hälfte des Weges endlich Ruhe. Nach einer guten halben Stunde waren die Koffer in die Wohnung gebracht und die Eltern saßen erwartungsvoll auf der Couch in ihrem Wohnzimmer. Morgenstern machte es sich in dem gegenüberstehenden Sessel bequem und legte los.

„Als Erstes möchte ich euch bitten, mich nicht zwischendurch zu unterbrechen. Was ich euch zu sagen habe, sind zwei Dinge, die eng miteinander zusammenhängen und erst, wenn ihr beide gehört habt, könnt ihr mich besser verstehen." Morgenstern nahm einen tiefen Atemzug. „Ich habe mich verliebt!"

„Das ist doch großartig. Kenne ich sie?", redete seine Mutter dazwischen.

„Mama, so geht das nicht", ermahnte Morgenstern sie und fuhr fort. „Sie arbeitet nachts in einer Bar, zumindest noch. Mir macht meine Arbeit im Amt keinen Spaß. Hat sie noch nie gemacht. Mit Papa habe ich darüber schon einmal gesprochen, und er hatte Verständnis dafür. Das stimmt doch, oder?" Sein Vater nickte zustimmend.

„Gestern habe ich daraus meine Konsequenzen gezogen und gekündigt."

Seine Mutter erschrak und stieß einen kurzen Schrei hervor.

„Mama, du musst dir um mich keine Gedanken machen. Ich habe handfeste Pläne, wie es weitergehen soll."

„Das würde mich nun auch sehr interessieren", mischte sich jetzt sein Vater mit ein. Die Mutter vergrub ihr Gesicht in den Händen, so, als wenn sie weinen würde.

„Ich werde selbstständiger Taxiunternehmer", präsentierte Morgenstern selbstbewusst seine Idee. Seine Eltern sahen sich hilfesuchend an, als wenn sie den jeweils anderen auffordern wollten, etwas dagegen zu sagen. Morgensterns Mutter besann sich zuerst und appellierte an das Verantwortungsbewusstsein ihres Sohnes.

„Und dafür bist du dreizehn Jahre zur Schule gegangen und hast Abitur gemacht? Weißt du nicht mehr, wie stolz du über diese Ausbildungsstelle warst? Ist das heute gar nichts mehr wert?" Die Mutter wartete einen Moment ab. Nachdem kein Widerspruch gegen ihre Worte kam, fühlte sie sich aufgefordert, ihre Rede fortzusetzen. „Denk nur an deinen Onkel Kurt, dem das Taxifahren seine Ehe gekostet hat und der jetzt Hartz-Vier-Empfänger ist."

Onkel Kurt war der ältere Bruder seines Vaters, der in den neunziger Jahren seinen Lebensunterhalt als angestellter Taxifahrer verdiente und dessen Vorliebe für das Roulette-Spiel ihm die Scheidung eingebracht hatte. Später kamen dann noch Alkohol und der Verlust des Führerscheins dazu. Seitdem lebte er zurückgezogen in einer Sozialwohnung im Bezirk Marzahn. Morgenstern tat sein Onkel leid, doch Ähnlichkeiten mit ihm konnte er nicht erkennen. Und irgendwie war er auch auf diese Einwände vorbereitet, denn sie ließen bei ihm kein schlechtes Gewissen aufkommen. Er hatte sich festgelegt und wollte das auch mit aller Deutlichkeit zum Ausdruck bringen.

„Ich bin euch für alles dankbar, was ihr für mich getan habt, doch Menschen entwickeln sich und entscheiden mitunter anders als erwartet. Deshalb sind sie nicht schlechter als vorher." Morgenstern hatte wohl die richtigen Worte gewählt, jedenfalls verstummte zumindest der laute Protest seiner Mutter. Sein Vater, anders als sein Sohn ein Fußballfreund, war ansonsten eher ein Kopfmensch, der gern bewiesene Fakten zur Entscheidungsfindung heranzog und weniger den spekulativen Dingen vertraute. Ein Typ Mensch, der Gürtel und Hosenträger gleichzeitig trug, was in manchen Situationen von Vorteil sein konnte und womit auch das Berufsbild des Ingenieurs ausreichend beschrieben war. Mit diesen Eigenschaften unterschied er sich wesentlich von seiner jüngeren Halbschwester Walburga. Eine 68er Frau, die immer noch als Single ein ungehemmtes Leben führte. Morgenstern, der von ihr liebevoll *Mein Hübscher* genannt wurde, genoss ihre Besuche, insbesondere, wenn sie versuchte, ihm – bereits im zarten Alter von vierzehn Jahren – die Vorzüge freier Liebe näherzubringen.

Zur Abwechslung berichteten die Eltern nun von ihrem Urlaub und verkündeten, dass sie sich für die Costa del Sol als ihren Altersruhesitz entschieden hätten. Der genaue Standort würde noch nicht feststehen, dazu müssten sie weitere Orte erkunden. Das Klima an der Südküste Spaniens mit den milden Temperaturen im Winter wäre genau das Richtige für Körper und Seele, so ihre Entscheidung.

Der Vater lud seine kleine Familie in ihre Lieblings-Pizzeria *Da Ermano* ein. Der Wirt war ein echter Italiener, der aus gutem Grund nur hinter der Theke die Getränke vorbereitete und jeglichen Kontakt mit den Gästen seiner aus Griechenland stammenden Frau überließ. Beim Essen wurde Morgenstern von den Eltern natürlich zu seiner Freundin befragt. Die Antworten fielen spärlich aus. Er verwies auf die bevorstehende Reise mit ihr und versprach, dass er sie ihnen danach gerne vorstellen werde. Nach zwei Flaschen Primitivo di Manduria wurde die Stimmung deutlich lockerer und die Geschichten, die insbesondere Morgensterns Mutter zu erzählen hatte, spielten sich ausschließlich in der Vergangenheit ab. Erinnerungen wurden wieder aufgelebt und die Gesprächsthemen reichten von gemeinsamen Urlauben über Morgensterns frühe Schwimmversuche im Heiligen See bis zu seiner ersten Schulfreundin Christina, die er immer auf dem halben Weg zur Schule abgefangen hatte, um mit ihr die Reststrecke gemeinsam gehen zu können.

Der Vater übernahm die Rechnung und gab der charmanten Wirtin ein großzügiges Trinkgeld, was sie mit einem Lächeln in Richtung Morgenstern quittierte. Dem Vater blieb diese kleine Geste nicht verborgen.

„Was sollte das denn? Ich gebe das Trinkgeld und du bekommst den Applaus dafür."

„Werner", raunte Morgensterns Mutter, „du wirst doch auf deinen Sohn nicht eifersüchtig sein?"

„Sag jetzt nur nicht, dass du es nicht bemerkt hast, wie sie ihn angesehen hat", verteidigte sich der Vater. Mutter und Sohn konnten darüber nur schmunzeln.

„Sie mag dich! Doch bilde dir darauf nicht allzu viel ein, denn wahrscheinlich mag sie die Hälfte aller männlichen Gäste, was man ihr bei dem Griesgram von Ehemann nicht verdenken kann." Jetzt hatte auch Morgenstern verstanden, dass sein Vater die Geschichte nicht ganz ernst gemeint hatte, sondern ihn damit nur ein wenig aufziehen wollte.

Nach drei Ramazzotti vom Haus verließen sie die Pizzeria und schlenderten angeheitert heimwärts. Um zweiundzwanzig Uhr lag Morgenstern im Bett und dachte an Regine. Er fragte sich, wen sie jetzt gerade bediente oder wessen Bestellung sie aufnahm. Wie gerne würde er, wie einst Kevin Bacon in *Hollow Man*, unsichtbar sein und sie bei ihrer Arbeit beobachten.

Morgensterns Eltern machten es sich noch länger im Wohnzimmer bequem, um die vielschichtigen Ereignisse des Tages noch einmal aufzuarbeiten. Dabei standen die Neuigkeiten und die Pläne ihres Sohnes im Mittelpunkt. Seine Mutter war wegen der Kündigung beim Amt und der geplanten Selbstständigkeit immer noch besorgt.

„Liebes, du kennst doch unseren Sohn und was für ein Träumer er manchmal sein kann. Erinnerst du dich noch, als er aus England zurückkam und unbedingt Gitarre lernen wollte? Nach drei Wochen hatte sich dieses Vorhaben in Luft aufgelöst. Geben wir ihm einfach noch ein wenig Zeit. Vielleicht wacht er morgen auf und der ganze Spuk ist vorbei", versuchte Morgensterns Vater seine Frau zu beruhigen. Letztendlich gab sie klein bei, begrub für den Moment ihre Vorbehalte und servierte zwei gut gefüllte Gläser mit Brandy aus Jerez. Beide stießen an und ließen die wunderbare Zeit in Spanien Revue passieren.

Am nächsten Morgen sprach Morgenstern wegen des Eigenkapitals mit seinem Vater. Er wollte es nicht von ihm geliehen oder gar geschenkt haben, sondern suchte nur eine Idee zur Lösung des Problems.

„Wir hatten gehofft, dass du von deiner Idee noch ablässt. Aber wenn nicht, dann ist es so." Der Vater stoppte kurz, um sich neu zu orientieren. „In welcher Form wollen die Damen und Herren das Geld nachgewiesen haben?", fragte er.

„Sie meinten bar oder einen Kontoauszug."

„Oder beides", kam es blitzschnell vom Vater. „Wie viel Geld besitzt du insgesamt?"

Morgenstern brauchte nicht zu überlegen. „Ungefähr achtzehntausend D-Mark, das meiste auf der Bank. Warum fragst du?" Sein Vater schaute ihn über die Brille hinweg an und schmunzelte.

„Dann hast du ja alles zusammen, was du brauchst. Ich halte mich jedenfalls raus. So bin ich nicht mitschuldig und kann dich im Gefängnis besuchen", gab der Vater zur Antwort und dem Schmunzeln folgte ein breites Grinsen. Man konnte Morgenstern ansehen, wie sich seine grauen Zellen im Kopf überschlugen. Er hatte verstanden.

„Danke, Papa. Der nächste Primitivo geht auf mich." Als Morgenstern gerade dabei war, seinen Plan gedanklich auszuarbeiten, klingelte das Handy.

„Hallo Olaf, wie geht es dir? Störe ich auf Arbeit?" Wie sehr er sich nach dieser vertrauten Stimme gesehnt hatte!

„Hallo Regine, ich vermisse dich. Wann sehen wir uns?"

„Heute muss ich noch einmal arbeiten und morgen brauche ich Zeit zum Packen. Passt es dir, wenn du am Samstag gegen neun Uhr bei mir bist?"

„Na klar passt das. Was bringen wir eigentlich deinen Eltern mit? Ich könnte Currywürste besorgen. Zehn Stück eingeschweißt. Was hältst du davon?“

„Nicht notwendig. Du wolltest doch gestern Abend deine Eltern vom Flughafen abholen. Haben sie sich gefreut, dich wiederzusehen?“

„Ja, und wie. Ich habe ihnen von dir erzählt. Sie wollen dich unbedingt kennenlernen. Doch das wird erst nach dem Urlaub passieren, habe ich ihnen gesagt. Eine gute Schwiegertochter zu finden braucht Geduld und Zeit.“ Morgenstern fand seine Bemerkung gelungen und witzig und erwartete eine entsprechende Reaktion von seiner Freundin. Die aber blieb aus. „Regine, bist du noch dran?“

„Olaf, mach dir keine Sorgen, und denk immer daran: Es geht mir gut. Sei bitte am Samstag pünktlich“, waren ihre letzten Worte, bevor sie auflegte.

Morgenstern fand ihre Sätze seltsam. Am liebsten hätte er sie gleich noch einmal angerufen und gefragt, worüber er sich keine Sorgen machen sollte. Es war doch alles in Ordnung, oder hatte er etwas verpasst? Und warum der besondere Hinweis, er solle pünktlich sein? Wenn einer pünktlich war, dann doch er, das müsste sie inzwischen wissen. Er spekulierte, ob sie womöglich schon etwas von den beruflichen Veränderungen und seinen neuen Plänen ahnen könnte. Dabei fiel ihm ein, dass sie seine Büronummer hatte. Doch selbst wenn sie dort angerufen und man ihr von seiner Kündigung erzählt hätte, wäre dies kein Anlass zur Sorge, im Gegenteil.

Morgenstern nahm sich eine kurze Auszeit, um das geführte Telefonat nicht überzubewerten, bevor er weiter an seinem Plan für die Taxi-Innung tüftelte. Der nächste Weg führte ihn zur Sparkasse, wo er sich den aktuellen Kontoauszug ausdruckte. Dieser zeigte einen Habensaldo von sechzehntausend und vierhundert D-Mark. Am Schalter hob er sich davon fünfzehntausend D-Mark ab. Jetzt hatte er den erforderlichen Eigenkapitalnachweis. Morgenstern entschied sich, diesen erst am Freitag kurz vor Feierabend vorzulegen und hoffte, dass sich die Damen und Herren bei der Innung, genau wie seine Ex-Kollegen im Amt, schon im Wochenendmodus befinden und deshalb weniger genau hinsehen und keine Nachfragen stellen würden.

Heute war Donnerstag und die meisten Behörden hatten bis achtzehn Uhr geöffnet. Eine gute Gelegenheit, Polizei und das Finanzamt aufzusuchen, um die entsprechenden Anträge zu stellen. Am Ende des Tages hatte Morgenstern alle erforderlichen Aufgaben erledigt. Nun galt es, morgen der kleinen Trickserei die Krone aufzusetzen. Ihm war klar, dass es dazu nur einen Versuch gab. Würde der Schwindel auffliegen, könnte er seinen Traum von der Selbstständigkeit für lange Zeit vergessen.

Der Freitag begann mit einem gemeinsamen Frühstück der kleinen Familie. Obwohl der Vater noch im Urlaub war, wollte er kurz in der Firma vorbeischauen, während die Mutter sich anschickte, die Wohnung auf Vordermann zu bringen. Morgenstern stattete seiner Lieblingscurrybude einen Besuch ab, um doch noch ein Gastgeschenk für Regines Eltern zu besorgen.

Kurz vor zwölf Uhr betrat er das Gebäude der Taxi-Innung. In einer halben Stunde würden die Türen für Besucher und Antragsteller schließen. Morgenstern meldete sich im Sekretariat an und wurde in einen Warteraum geschickt. Obwohl sich dort niemand weiter befand, dauerte es noch eine Viertelstunde, bis ein Mann kam und ihn mit in sein Büro nahm. Es war offensichtlich, dass der Mann in diesem Moment nur noch widerwillig Publikum empfing.

„Etwas früher wäre wohl nicht möglich gewesen?“, nörgelte er im reinsten Berlinerisch.

„Ich hatte Nachtschicht und ein wenig Schlaf braucht jeder. Das kennst du sicher, Kollege.“

„Ich bin kein Droschkenkutscher und somit auch nicht Ihr Kollege!“ Rums, das hatte gesessen. Morgenstern sah sein Vorhaben, noch bevor er richtig angefangen hatte, auf verlorenem Posten untergehen. Der Mann schaute auffällig auf seine Uhr. „Was haben wir denn für ein Problem?“ Der Ton wurde freundlicher.

„Ich war vor Tagen schon einmal hier und habe mir die Unterlagen zur Beantragung einer Konzession geholt“, antwortete Morgenstern und reichte seinem Gegenüber einen Hefter mit ausgefüllten Blättern. „Jetzt geht es noch um den Eigenkapitalnachweis.“

„Ist der Kontoauszug auch mit abgeheftet und aktuell?“, wollte der Mann wissen. Morgenstern legte den Kontoauszug auf den Tisch und das Bargeld daneben.

„Ich lasse nie so viel Geld auf der Bank. Zinsen bekommt man kaum noch dafür. Meinen kleinen Safe in der Wohnung findet keiner. Da ist alles sicher, was ich reintue. Wussten Sie, dass weltweit alle fünfzig Minuten eine Bank überfallen wird? Hier sehen Sie, auf dem Konto sind über sechzehntausend D-Mark und dazu fünfzehntausend D-Mark aus meinem Safe in bar. Die nehme ich aber wieder mit“, versuchte Morgenstern einen Scherz zu platzieren und begann das Geld vorzuzählen.

Dem Mann war Morgensterns Gerede von der Bank und dem sicheren Safe zu blöd, als dass er etwas dagegen sagen wollte. Dies würde nur in einer fruchtlosen Diskussion enden und den ersehnten Feierabend verzögern. Er bestätigte den vorhandenen Eigenkapitalnachweis und wies Morgenstern darauf hin, dass zur abschließenden Prüfung zur Konzessionsvergabe die Papiere von Polizei und Finanzamt vorliegen müssten. Morgenstern bedankte sich für die zügige Bearbeitung und machte sich so schnell wie möglich freudestrahlend auf den Heimweg. Zu Hause angekommen, berichtete er sehr detailliert von seinem Besuch bei der Taxi-Innung und der kleinen List. Mit einer Flasche Sekt wurde das Ereignis gefeiert. Nachdem sich Morgenstern noch mal für die Überlassung des Wagens bedankt hatte, suchte er die Sachen für die morgige Fahrt zusammen. Er stellte sich den Wecker auf sieben Uhr, verabschiedete sich mit einer herzlichen Umarmung von seinen Eltern und ging ungewöhnlich früh schlafen. Zur Absicherung, und um seine Nervosität vor der gemeinsamen Reise mit Regine in den Griff zu bekommen, nahm er wieder eine dieser kleinen spanischen Schlaftabletten, die ihn auch umgehend in das Land der Träume versetzte.

Als Morgenstern am nächsten Morgen die Wohnung verließ, schliefen die Eltern noch, sie würden jedoch einen lieben Gruß ihres Sohnes auf dem Küchentisch vorfinden. Die Fahrt zu Regine dauerte keine halbe Stunde. Die Parkplätze in unmittelbarer Nähe ihres Hauseinganges waren alle belegt. Er konnte sich nicht erinnern, dass dies jemals zuvor der Fall gewesen war, und musste den Wagen in einer Nebenstraße abstellen. Zum Beladen des Koffers würde er in zweiter Reihe vor der Tür halten, so wie er es vom Taxi her gewohnt war. Wenige Minuten später stand Morgenstern vor Regines Wohnhaus und drückte ihre Klingel. Das Signal kam postwendend. Als er ihr Stockwerk erreichte, war die Wohnungstür weit geöffnet. Mit dem ersten Schritt in den Flur rief er ihren Namen.

„Regine, ich bin es, Olaf!"

Keine Antwort. Morgenstern ging langsam voran und gab der nur angelehnten Küchentür einen Schubs. Doch auch hier keine Spur von ihr.

„Regine, wo bist du?", wiederholte er ihren Namen mit steigender Anspannung. Plötzlich vernahm er aus dem Wohnzimmer eine tiefe Stimme.

„Sie ist nicht hier. Komm her und setz dich, Patient."

Morgenstern erkannte die Stimme sofort. Sie gehörte Pavel, der auf einem Stuhl direkt am Fenster saß und eine Zigarette rauchte. Morgenstern war erschrocken und wütend zugleich und fragte sich, was dieser Fiesling in Regines Wohnung zu suchen hatte. Blitzschnell schaute er noch im Schlafzimmer nach, ob sie sich nicht dort aufhielt oder gar von Pavel gefangen gehalten wurde.

„Spiel jetzt nicht verrückt. Ich habe eine lange Nacht hinter mir und dringend darum gebeten, dass du pünktlich bist. Hat sie dir das nicht ausgerichtet?", kam es wieder mit starkem Akzent von nebenan. Morgenstern hielt inne. Er erinnerte sich, dass sie tatsächlich von Pünktlichkeit gesprochen hatte. Schließlich nahm er allen Mut zusammen und trat Pavel entschlossen gegenüber.

„Ich möchte sofort wissen, wo sich Regine befindet, und warum Sie hier in ihrer Wohnung sind“, trumpfte er auf und stellte sich dabei breitbeinig in die Mitte des Raumes.

„Nun hol dir erst einmal einen Stuhl aus der Küche. Männer sollten sitzen, wenn sie etwas zu besprechen haben“, war Pavels nüchterne Antwort. Morgensterns Puls war am Limit, und am liebsten wäre er mit beiden Fäusten auf ihn losgegangen, doch die Vernunft riet ihm, es bleiben zu lassen. Er holte den Stuhl, nahm gegenüber von Pavel Platz und wartete gespannt auf dessen Erklärung.

„Hör zu, Patient, ich bin nicht dein Freund, aber auch nicht dein Feind. Ich bin nur hier, um jemandem einen Gefallen zu tun. Wir kennen beide diesen Jemand, vielleicht ich ein wenig besser als du.“ Morgenstern wusste genau, wen Pavel mit „Jemand“ meinte. Seine Aufregung steigerte sich, sodass er ihn unterbrach.

„Warum sagen Sie *Patient* zu mir? Mein Name ist Olaf Morgenstern. Was wissen Sie schon von Regine und mir und unseren Plänen? Wir sind schon seit Monaten ein Paar, und ihr dachtet, mich würde es nicht mehr geben. Doch wir lieben uns und bleiben zusammen. Sie sind doch nur verbittert und neidisch, weil die Freundin von Regine Sie verlassen hat.“

„Diesen Quatsch von der Freundin hat der Andere auch erzählt. Es gab überhaupt keine Freundin, als ich Regine kennenlernte“, widersprach Pavel. Morgenstern war verwirrt und doch überzeugt, dass Regine keine Lügnerin war. Pavel gab ihm Zeit, sich wieder zu fangen und nahm eine neue Zigarette aus der Schachtel.

„In dieser Wohnung ist Rauchverbot. Regine hasst Zigarettenqualm“, funkte Morgenstern beherzt dazwischen.

„Das gilt dann nur für Regine und nicht für Marlene, denn die nutzte jede freie Minute im Geschäft, um eine durchzuziehen. Und im Übrigen: Die Wohnung gehört immer noch mir.“ Morgenstern stutzte erneut.

„Sie sprachen von dem Anderen. Wen meinen Sie damit?“, fragte er und versuchte, sich dabei seine Verwirrung nicht anmerken zu lassen.

„Da war vor über einem Jahr dieser Lackaffe, den sie meinte zu lieben und mit ihm durchbrennen zu müssen." Morgenstern begleitete Pavels Ausführungen mit einem mitleidvollen Lächeln und unterbrach ihn.

„Ich kenne die Geschichte in allen Einzelheiten. Der Typ mit dem reichen Vater und den zwei Bodyguards. Claudia ist dann zu ihm gezogen und hat Sie sitzen lassen. Nehmen Sie es nicht zu schwer. Das kann schon mal passieren."

Pavel war kurz davor, die Fassung zu verlieren. „Ich kann es gerne noch einmal sagen: Es gab und gibt keine Claudia. Das ist ein Hirngespinst von der Frau, die wir beide als Geliebte hatten. Sie hat dich belogen und sicher nicht nur an dieser Stelle. Hat sie dir auch erzählt, dass ich wegen Rauschgiftschmuggel in einem kroatischen Gefängnis bleiben musste?"

Morgenstern konnte nur noch verstört zuhören und fühlte einen großen Schmerz auf sich zukommen. Es war nur noch eine Frage der Zeit, wann sich seine Emotionen entladen würden.

„Ich war in einem Gefängnis, das stimmt. Nur nicht als Gefangener, sondern als *Povjerenik*, was dem deutschen Kommissar gleichkommt. Sie hatte sich mit Karlo, einem Drogendealer, bei dem sie auch wohnte, eingelassen und wurde bei der Übergabe von acht Kilo Marihuana festgenommen. Das ist die Wahrheit", beteuerte Pavel. Morgenstern war von der Geschichte wie benommen und fragte mit dünner Stimme nach: „Und wie kam es dazu, dass Regine für Sie arbeitete?"

„Sie hat nicht für mich gearbeitet. Beide Läden gehören seit Jahren Mitri. Ich habe damals bei unserer Freundin die Vernehmungen geführt und schnell erkannt, dass sie nur benutzt wurde und für die Polizei ermittlungstaktisch keinen Wert hatte. Als wir sie aus der Haft entließen, war sie mittellos. Also habe ich ihr aus Mitleid eine Fahrkarte gekauft und die Adresse in Berlin von meinem alten Freund Mitri mitgegeben. Nach Hause wollte sie nicht mehr, wahrscheinlich aus Scham. Ich selbst bin erst vor drei Jahren nach Berlin gezogen und habe bei Mitri angefangen zu arbeiten. Mein Job in

Kroatien war gut, aber schlecht bezahlt. Manchmal wusste ich auch nicht, ob ich zu den Guten oder Bösen gehöre. Sie verstehen, was ich meine." Morgenstern verstand nicht, was Pavel meinte und hörte weiter angespannt zu.

„Hier habe ich sie wiedergesehen und mich in sie verliebt. Von diesem Moment an gefiel es mir nicht mehr, dass sie abwechselnd in beiden Läden tätig war. Ich bestand darauf, dass sie nur noch im Momo im Service eingesetzt wurde. Das wollte sie aber nicht. Darüber haben wir Streit bekommen."

Morgenstern sank kraftlos in sich zusammen. Pavel erkannte, in welch jammervollem Zustand sich sein Gegenüber befand und suchte nach tröstenden Worten. Doch was sollte er diesem jungen Mann sagen, dessen Herz gerade ohne Vorwarnung aus der Brust gerissen wurde? Beide Männer verharrten für einen Moment regungslos auf ihren Stühlen, bis Pavel die Stille brach.

„Olaf –, ich darf doch Olaf sagen?" Morgenstern nickte, ohne Pavel dabei anzusehen.

„Ich muss jetzt gleich gehen. Doch eine Sache will ich noch erwähnen. Du warst so weit gekommen wie kein Mann zuvor. Sie hat dich wirklich geliebt. Wenn sie zur Schicht kam, schwärmte sie von der gemeinsamen Zeit, die ihr gerade miteinander verbracht hattet. Ob im Einstein, bei ihr zu Hause oder beim Spazieren im Tiergarten, immer war sie gut drauf. Zumindest, bis der erste Gast kam." Dieser Halbsatz ließ Morgenstern aufhorchen.

„Was soll das heißen: Bis der erste Gast kam? War dann alles vergessen? Und warum hat sie so offen über unsere intimen Sachen gesprochen?"

Pavel bemerkte sofort den aggressiven Unterton in Morgensterns Stimme und wollte keinen Sturm im Wasserglas. Andererseits, dumm sterben, so Pavels Einstellung, sollte Morgenstern auch nicht. Das hatte er nicht verdient.

„Sie war Marlene, ein echter Profi. Spätestens im Chez-elle musste sie alle persönlichen Dinge hinter sich lassen. Dort verdiente sie das sechs- bis achtfache gegenüber einer Schicht im Momo. Die Kunden bezahlen viel Geld für eine gut aufgelegte Animationsdame. Sie wollen von keinen Problemen hören, die haben sie schon genug daheim. Sie wollen sich amüsieren und das erlaubt bekommen, was sie sich bei der eigenen Frau nicht trauen."

Morgenstern hatte sich aufgerappelt und wollte mehr wissen. „Pavel, wenn ich Sie jetzt etwas frage, bitte reden Sie nicht drum herum, sondern so wie es ist, auch wenn es wehtun könnte. Hat sie mit den Männern geschlafen?"

„Sicher nicht mit allen. Mitri hat das den Frauen selbst überlassen. Aus meiner Erfahrung gefällt es den Kerlen umgarnt zu werden, Komplimente zu bekommen, die sie sonst nirgends erhalten. Wenn sie dann noch zum Abschluss eine Handentspannung kriegen, sind die meisten zufrieden und schlafen gleich neben den beiden Flaschen Schampus ein."

Langsam begriff Morgenstern, mit welcher Abgebrühtheit in dieser Branche vorgegangen wurde und machte sich bewusst, dass Regine im Endeffekt ein funktionierender Teil dieses Systems war. Pavel machte Anstalten zu gehen.

„Olaf, hast du noch eine Frage oder kann ich nun endlich in mein Bett?" Natürlich hatte Morgenstern noch eine Frage. Die Wichtigste überhaupt.

„Wo ist Regine?"

„Das wird dir nicht gefallen. Sie ist nach Holland gefahren."

„Was hat sie denn mit Holland? Darüber haben wir noch nie geredet. Sie hat uns doch bei ihren Eltern angemeldet. Vielleicht ist sie nur dorthin vorgefahren." Pavel rollte mit den Augen und spitzte die Lippen. Morgenstern schaute ihn erwartungsvoll an. Schließlich entschied Pavel, auch das zu sagen, was ihm nicht aufgetragen wurde.

„Ihre Mutter ist mit einem anderen Mann weg, da war Regine neun. Der Vater ist danach durchgedreht und musste weggesperrt werden. Sie ist bei guten Pflegeeltern aufgewachsen, mit denen sie allerdings auch seit Jahren keinen Kontakt mehr hatte. Lediglich mit ihrem sehr viel älteren Bruder, der in einem kleinen Kaff in der Pfalz wohnt, hat sie sich ab und an geschrieben. Und Holland. Was will man wohl in Holland? Denk selber nach.“ Pavel stand auf und wollte das Wohnzimmer verlassen. Plötzlich blieb er in der Tür stehen und drehte sich noch einmal um. „Beinahe hätte ich vergessen, dir diesen Brief von ihr zu geben. Wäre aber nicht schlimm gewesen, dann hätte ich dich in der Kantstraße besucht.“

Wieder einmal hatte Pavel es geschafft, Morgenstern zu verblüffen. Er fragte sich, woher er seine Adresse kannte. „Mach's gut, Olaf. Du scheinst in Ordnung zu sein. Und leg die Schlüssel im Flur auf die Kommode; ein altes Erbstück meiner Großmutter.“

„Können wir uns vielleicht noch einmal treffen, falls ich noch eine Frage habe?“

„Es wird kein Treffen mehr geben können“, antwortete Pavel wehmütig und übergab Morgenstern den Brief.

Das Geständnis

Als die Tür ins Schloss gefallen und Morgenstern alleine in der Wohnung zurückgeblieben war, brachte er die beiden Stühle zurück in die Küche. Mit einem Messer öffnete er den Briefumschlag, nahm die beiden A4-Blätter heraus und ging damit ins Schlafzimmer. Er legte sich aufs Bett, packte zwei Kopfkissen übereinander und begann, die handschriftlichen Zeilen zu lesen.

Mein lieber Olaf,
wenn du jetzt meinen Brief in den Händen hältst, hat Pavel dir schon einiges über mich erzählt. Ich habe ihn gebeten, mich dabei nicht zu verschonen. Das hätte ich nicht verdient.
Mir ist klar, dass ich meine schrecklichen Lügen nicht ungeschehen machen kann, doch möchte ich zumindest versuchen, dir manches zu erklären. Und du sollst wissen, dass ich an einer Stelle nie gelogen habe, und zwar, wenn ich gesagt habe, dass ich dich liebe. Das musst du mir glauben.
Mein erfundene Freundin Claudia begleitet mich schon mein halbes Leben. Sie war schuld und musste den Kopf hinhalten, wenn bei mir etwas schiefgegangen war. Ob von der Disco zu spät nach Hause oder von den Bullen mit Haschisch auf dem Parkdeck erwischt. Immer war sie es, die schuld war und mich überredet hatte. Genau wie kurz vor dem Abi, als sie mit dem Mathelehrer geschlafen hat, damit meine Note auf Vier hochgesetzt wurde. Der Typ wollte dann noch einige Wiederholungen und bot Geld an. Damit haben Claudia und ich den Trip nach Kroatien finanziert. Von diesem Zeitpunkt an wurde mir bewusst, welche Macht das sogenannte schwache Geschlecht über die Krönung der Schöpfung besitzt. Das hört sich jetzt so an, als ob ich deswegen alle Männer verachte. Tu ich aber nicht. Du bist anders und auch Pavel habe ich sehr viel zu verdanken. Ohne ihn wäre ich vielleicht in dem Rattenloch bei Zadar verreckt. Regine hat ihn dafür geliebt und Claudia ihn betrogen. Das war dann auch mir zu viel. Ich ließ sie sterben und Marlene trat an ihre Stelle.
Lieber Olaf, es gab Momente, in denen ich mich in deiner Gegenwart so wohl und ungezwungen gefühlt habe, dass ich daran glauben wollte, mit dir all die

Dinge zu erleben, die wir uns vorstellten. Deine Schilderungen von einer gemeinsamen Zukunft und einer kleinen Familie ließen bei mir die Hoffnung wachsen, im Leben angekommen zu sein. Leider hielt das nie lange an und Marlene erinnerte mich daran, wie spießig und langweilig Heim und Herd sein können. Wenn ich Zweifel bekam, brauchte ich nur an Papa und Mama denken, die für mich alles andere als Vorbilder waren. Das half dann, zumindest für eine kurze Zeit.
Doch so kann es nicht weitergehen. Auch Marlene muss aus meinem Leben verschwinden. Doch dafür brauche ich Abstand von allem und jedem. Ich kann nicht mehr zurück, weil ich mit dir die rote Linie überschritten habe. So weit hätte es nicht kommen dürfen. Jetzt muss ich den Preis dafür zahlen. Vielleicht wirst du irgendwann verstehen, was ich meine. Schuld bin alleine ich. Ich hätte aufpassen müssen.
Die Wohnung übernimmt nächste Woche ein Mädchen von Mitri. Vom Inventar gehörte mir ohnehin nichts, auch nicht die Bücher. Es tut mir leid, Olaf. Bitte suche nicht nach mir. Du wirst darüber hinwegkommen und die Richtige finden.
Lebe wohl,
Regine

Morgenstern las den Brief ein zweites und drittes Mal. Er wollte begreifen, was Regine dazu getrieben hatte, ihrem Entschluss diese Endgültigkeit zu geben. Doch je mehr er sich auch bemühte, in dem Ganzen einen Sinn zu sehen, desto weiter entfernte er sich von dem Bild, welches er von ihr hatte. Statt Verständnis machte sich Enttäuschung breit. Aus Begreifen wurde Zorn. Morgenstern fühlte sich als Opfer und fing an, hinter jeder Begebenheit mit ihr, mochte sie noch so harmonisch gewesen sein, nur ein abgekartetes Spiel zu sehen. Seine Wut entlud sich, indem er den Brief in zwei Teile zerriss, an dem Kopfkissen herumzerrte, bis der Schaumstoff sichtbar wurde und das Nachttischmobiliar mit einem Handschlag abräumte. Ihm fehlte allerdings die Energie, weiteren Schaden anzurichten. Zu schnell kehrte nun wieder die Trauer über das Geschehene in sein

Bewusstsein zurück. Er vergrub sich zusammengekauert in Embryostellung unter der aufgewühlten Zudecke und weinte bitterlich.

Nach einer ganzen Weile kroch Morgenstern aus seiner Bettenburg hervor und wechselte in die Küche. Er hatte Hunger bekommen und suchte nach etwas Essbarem. Irgendwie kam ihm diese Szene bekannt vor und ein müdes Grinsen huschte über sein Gesicht. Regine hatte die Wohnung allerdings besenrein verlassen und sämtliche Lebensmittel entsorgt. So blieb Morgenstern nur der hoffnungsvolle Gedanke, später den vorbereiteten Fresskorb mit den geliebten Wiener Würstchen im Wagen zu leeren.

Er setzte sich auf einen Küchenstuhl und überlegte, wie es nun weitergehen sollte. Jetzt nach Hause zu fahren und alles einzugestehen kam für ihn nicht in Frage, dafür war die Scham zu groß. Seine Eltern vermuteten das junge Paar für die nächsten Tage auf Reisen, und das musste auch so bleiben. Die Eigenversorgung würde kein Problem darstellen, lediglich die Unterkunft müsste er sich noch besorgen. Dabei fiel ihm nur eine Mitschülerin mit eigener Wohnung ein, bei der er unterkommen könnte. Allerdings hinderte ihn sein Stolz daran, bei ihr nachzufragen, und er schloss diese Möglichkeit umgehend aus.

Bliebe noch ein Hotel. Doch der Gedanke, in seiner Stadt Geld für eine Fremdübernachtung ausgeben zu müssen, kam ihm befremdlich vor und ließ eine Rückkehr ins elterliche Nest nicht mehr ausschließen. Nun doch bereit, seinen Schicksalsschlag zu beichten, verließ Morgenstern die Wohnung und schlurfte die vier Stockwerke ein letztes Mal hinunter.

Im Wagen seines Vaters angekommen, den gut gefüllten Reiseproviant auf dem Beifahrersitz, hatte sich sein Gemütszustand zum Positiven gewandelt. Er verspürte seit Stunden das erste Mal wieder das angenehme Gefühl, sich auf vertrautem Boden zu bewegen. Wie aus dem Nichts kam ihm die Lösung seines Problems.

Morgensterns Weg führte zum Taxi-Depot, wo er den Wagen seines Vaters abstellte und sich ein Taxi geben ließ, welches er die nächsten Tage nutzen konnte. Er fuhr bei Tag und Nacht. Wenn ihn die Müdigkeit überkam, parkte er in einer ruhigen Seitenstraße und legte sich auf die Rückbank seines Taxis. Tagsüber gönnte er sich bei den sommerlichen Temperaturen fast tägliche Besuche im Freibad, womit die Körperhygiene auch zu ihrem Recht kam. In einigen Vier-Sterne-Hotels gab es im rückwärtigen Bereich, wo sich auch der Personaleingang befand, die Möglichkeit, preiswert zu frühstücken.

Das Fahren konnte Morgenstern zwar vorübergehend ablenken, den großen Schmerz jedoch nicht vergessen machen. Er behielt das Taxi fünf Tage, bevor er in die Wohnung zurückkehrte. Seinen Eltern erzählte er nur eine Kurzversion der Ereignisse und trug den Rest der Geschichte noch monatelang mit sich herum. Drei Wochen nach der Begegnung mit Pavel bekam er die Konzession mit der Nummer 2009. Unmittelbar danach eröffnete er sein Gewerbe und kaufte sich ein gebrauchtes Taxi, welches im Depot angeboten worden war.

Noch immer in Gedanken in die Geschehnisse von vor dreizehn Jahren versunken, kehrte Morgenstern nur langsam wieder in die Gegenwart zurück. Sie hatten doch tiefe Einschnitte in seinem Seelenleben verursacht. Es war für ihn unmöglich, das Momo noch einmal zu betreten, und so musste er seinem Freund eine Erklärung liefern, weshalb ihr Treffen dort nicht stattfinden konnte. Allerdings wollte er damit noch bis zum Nachmittag warten, um sich eine passende Ausrede auszudenken. In der Zwischenzeit versuchte er sich mit lästigen Buchhaltungsaufgaben zum Monatsabschluss abzulenken. Als ihm dies nicht gelang und Regine weiter in seinem Kopf herumspukte, packte er seine Sachen und stieg ins Taxi. Der Verkehr war dicht und die Halteplätze gut belegt. Morgenstern stellte sich nirgends an, sondern fuhr planlos die Hauptstraßen entlang. Der plötzlich einsetzende Regen bescherte ihm den ersten Fahrgast. Die Tour ging vom Charlottenburger Schloss zum Hilton und brachte ihm elf Euro ein, inklusive Trinkgeld. Nach fünf Stunden Tagesschicht hatte Morgenstern hundertfünf Euro in der Kasse. Als er gegen sechzehn Uhr nach Hause kam, rief er Eddie an.

„Wer stört?“

„Ich bin es, Olaf. Wobei störe ich dich?“

„War nur ein Spruch. Kann ja keiner wissen, dass ich in der Muckibude bin. Hallo Olaf, was gibt es?“

„Es geht um morgen.“

Eddie unterbrach. „Willst du etwa absagen?“

„Nein, auf keinen Fall. Nur der Treffpunkt funktioniert nicht. Der Laden macht erst um zwanzig Uhr auf.“ Morgenstern hatte seine Lösung gefunden, auch wenn er dabei schwindeln musste und die Röte in sein Gesicht stieg.

„Wo könnten wir uns sonst treffen?“

„Komm erst einmal zu mir nach Hause“, schlug Morgenstern vor. „Unten im Haus ist eine Pizzeria, direkt neben dem Eingang“.

„Von mir aus. Also morgen um sechs“, bestätigte Eddie und legte auf.

Morgenstern war mit dem Ausgang des Gesprächs zufrieden und ging in die Küche, um vor der anstehenden Nachtschicht etwas zu essen. Beim Anblick seiner geliebten Wiener Würstchen erinnerte er sich an Eddies Warnung vor zu fettem Schweinefleisch. Er betrachtete wieder seine Figur und beschloss, heute noch ein letztes Mal zu sündigen und danach eine Pause einzulegen.

Die Kontaktanzeige

Wie aus heiterem Himmel katapultierte sich Eddies Vorschlag, eine Kontaktanzeige aufzugeben, in Morgensterns Gedächtnis. Er begann, Vor- und Nachteile gegeneinander abzuwägen. Doch so sehr er auch nach möglichen Risiken suchte, es offenbarten sich ihm lediglich Chancen, seinem Leben eine vielversprechende Veränderung zu geben. Mit einer Frau an seiner Seite würden sich unter Umständen eingefahrene Arbeitsabläufe, wie das ständige Nachtfahren, ändern. Natürlich, machte er sich bewusst, kämen auch gewisse Annehmlichkeiten dazu, die ausschließlich von einer Weiblichkeit erbracht werden könnten. Der Gedanke, die freie Zeit nicht mehr allein verbringen zu müssen und jemanden zu Hause zu wissen, der sehnlichst auf seine Rückkehr wartete, beflügelte Morgenstern derart, dass er das Essen vergaß und die Würstchen im Topf platzten.

Gegenüber seinen sonstigen Gewohnheiten recherchierte er im Internet nach geeigneten Formulierungen für die Anzeige. Selbst Goethes *Werther*, eines der wenigen Bücher, die ihm noch aus der Schulzeit verblieben waren, wurde für seine Suche nach den richtigen Worten herangezogen. Der Text musste sich deutlich abheben von dem sonst üblich Geschriebenen. Dieser sollte warmherzig, doch auf keinen Fall zu weichlich klingen. Sein Verlangen und seine Sehnsüchte, die ihn zu diesem Schritt trieben, müssten darin klar erkennbar werden.

Nach zahlreichen Sätzen, die erst korrigiert und dann wieder gestrichen wurden, hatte er eine halbe DIN-A4-Seite mit der Endversion gefüllt. Seine Begeisterung über das Geschaffte, welches Kreativität und Einfühlungsvermögen von ihm abverlangt hatte und im krassen Gegensatz zu seiner bisherigen Tätigkeit stand, war riesengroß. Er feierte seinen Textentwurf mit Brandy und der noch verbliebenen Dose Bier. Auch die geplatzten Würstchen kamen noch zu ihrem Recht. Ans Taxifahren war nun nicht mehr zu denken. Zum einen wegen des Alkohols und zum anderen gönnte sich der Dichter und Denker eine Freischicht.

Morgenstern überlegte, wie er mit der unverhofften Freizeit umgehen sollte und besann sich einer alten Leidenschaft: Kinofilme sehen. Hochgestimmt von seinem Vorhaben, welches er gleich morgen umsetzen wollte, verließ er die Wohnung und nahm sich ein Taxi zum Zoo-Palast. Die Auswahl hier war bekanntermaßen groß. Er musste sich zwischen dem Science-Fiction-Drama *Interstellar* mit Matthew McConaughey und dem Actionfilm *John Wick* mit Keanu Reeves entscheiden. Beide Hauptdarsteller waren Morgenstern aus anderen großartigen Streifen bekannt. Nach kurzer Überlegung fiel seine Wahl auf den Star der *Matrix*-Filmreihe.

Zufrieden mit Cola und Popcorn im Bauch, machte er sich nach zwei Stunden Kinovergnügen zu Fuß auf den Heimweg, so konnte er die wilden Verfolgungsfahrten und zahlreichen Schlägereien noch einmal an sich vorüberziehen lassen und verarbeiten. Vom Späti an der Wilmersdorfer Straße nahm er ein Sixpack Kindl-Bock mit. Zurück in seiner Wohnung drehte sich wieder alles um die geplante Kontaktanzeige, die er zum wiederholten Male las und weiter für gut befand. Morgensterns Körper zeigte noch keine Anzeichen von Müdigkeit, was auch daran lag, dass er üblicherweise zu dieser Zeit hellwach im Taxi saß. Er wollte schlafen, um für den morgigen Tag fit zu sein und probierte es mit Fernsehen. Nachdem er zwei der mitgebrachten Biere getrunken hatte und immer noch keine Bettschwere verspürte, nahm er eine ganze Schlaftablette. Die Wirkung zeigte sich nach kurzer Zeit.

Am nächsten Morgen, vom Medikament noch etwas mitgenommen, musste Morgenstern wieder das ungeliebte Internet benutzen, um die nächstliegende Anzeigenannahmestelle der Berliner Tageszeitung ausfindig zu machen. Er vergewisserte sich, dass sie heute geöffnet hatte und fuhr zum Kaiserdamm, wo er seinen Wagen im hinteren Bereich des Taxihalteplatzes abstellte. Die Annahmestelle befand sich nur wenige hundert Meter entfernt in der Reichsstraße. Obwohl es nur darum ging, eine Anzeige aufzugeben, wurden ihm beim Betreten des Ladens die Knie weich. Er versuchte, die plötzlich aufgetretene Unsicherheit mit leisem Pfeifen zu überspielen. Prompt wurde er daraufhin von einer jungen Frau, die hinter dem Tresen stand, angesprochen.

„Da hat jemand schon am frühen Morgen gute Laune. Kann ich Ihnen weiterhelfen?“, fragte sie und strahlte ihn an, als wenn ihr Traumprinz erschienen wäre und sie mit der Kutsche abholen wollte. Morgenstern konnte sich dieser Freundlichkeit nicht entziehen und nickte wohlwollend.

„Ja, ich möchte eine Anzeige aufgeben.“

„Gerne, um was für eine Art von Anzeige handelt es sich?“

Morgenstern nahm das gefaltete DIN-A4-Blatt aus seiner Jackentasche und übergab es der jungen Frau. Diese las nur die Überschrift *Kontaktanzeige* und fragte nach.

„Wir haben dafür zwei Rubriken, Bekanntschaften und Heiraten. In welcher soll die Anzeige erscheinen?“

„Bekanntschaften“, schoss es gleich aus Morgenstern heraus.

„Gut, dann füllen Sie bitte noch das Formular mit Ihren Daten aus und ganz wichtig, Ihre Bankverbindung.“

Während Morgenstern Namen und Kontonummer aufschrieb, schaute sie ihm auf seine gepflegten Hände, was er auch bemerkte und ihm ein Stück peinlich war.

„Bitte schreiben Sie noch Ihre Telefonnummer dazu“, ergänzte sie.

Eilig tat er, worum er gebeten wurde und legte das Formular auf den Tresen. Dabei blickte er in das Gesicht der jungen Frau, die ihn weiterhin anlächelte. Aus Höflichkeit erwiderte er das Lächeln und fragte sie, ob noch etwas zu tun sei. Der jungen Frau gefiel Morgensterns sachte Art, und sie schaute ihn weiterhin hingebungsvoll an. Sie war nicht gerade der Hingucker für das männliche Geschlecht. Selbst mit flachen Schuhen überragte sie ihren aktuellen Kunden um eine halbe Kopflänge. Die Figur konnte mit keinerlei Rundungen punkten und der Haarschnitt erinnerte an den von Mireille Mathieu.

„Nein, alles erledigt. Der Erscheinungstermin ist kommenden Freitag. Die Antworten werden Ihnen mit Chiffre per Post zugesandt“, klärte sie auf. Morgenstern bedankte sich brav, auch wenn er mit dem Wort *Chiffre* nichts anfangen konnte und ging in Richtung Ausgang.

„Und viel Erfolg", gab sie ihm, eher der guten Ordnung halber als aufrichtig gemeint, mit auf den Weg. Wie gerne hätte sie noch mit ihm geplaudert und sich später auf ein Getränk verabredet, dann wäre die Anzeige möglicherweise überflüssig geworden, ging es ihr durch den Kopf. Sie nahm das DIN-A4-Blatt noch einmal zur Hand. Nach dem Lesen des vollständigen Textes war sie hin- und hergerissen. Jede Zeile eine Liebeserklärung. Da werden sich ganze Heerscharen von Weibern melden. Der Mann bleibt nicht lange alleine, war ihre erste Einschätzung.

Morgenstern lag nur wenige Meter von seinem Wagen entfernt auf dem Boden. Der Taxifahrer in der ersten Reihe des Halteplatzes hatte ihn zuerst entdeckt. Er beugte sich hinunter und versuchte mit ihm zu reden. Als seine Ansprechversuche ohne Erfolg blieben, rief er per Handy den Notarzt. Schnell hatte sich eine Menschentraube um den am Boden liegenden Mann gebildet. Einer der Passanten legte seinen Mantel unter Morgensterns Kopf. Feuerwehr und Notarzt sowie die Polizei trafen fast gleichzeitig am Unglücksort ein. Mit ein paar gekonnten Handgriffen wurde Morgenstern von den Sanitätern auf eine Trage gelegt und in den Notarztwagen gebracht, der dann unter Sirenengeheul den Ort des Geschehens verließ. Der Taxifahrer musste noch eine Aussage bei der Polizei machen.

Die junge Frau in der Anzeigenannahmestelle bekam Besuch von einer Kollegin, die heute ihren freien Tag hatte.

„Das ist ja eine schöne Überraschung. Hast du nichts Besseres zu tun, oder war die Sehnsucht nach deiner Lieblingskollegin so groß?"

„Weißt du, Ulrike, ich würde gerne Ja sagen, aber dann müsste ich schwindeln. Nein, die Wahrheit ist, mein Mann hat unserem Sohn versprochen, mit ihm das Olympiastadion zu besichtigen. Vielleicht schauen sie noch beim Training von Hertha zu, und darauf hatte ich überhaupt keine Lust. Sie haben mich am Theo abgesetzt, und hier bin ich“, erklärte die Besucherin. Als wenn Ulrike das alles nicht interessierte, ging sie kommentarlos ins hintere Büro und kam mit Morgensterns Kontaktanzeige wieder. Sie wedelte mit der DIN-A4-Seite, als ob sie den Lottoschein mit den sechs richtigen Zahlen in den Händen halten würde.

„Das musst du unbedingt lesen. Zum Hinschmelzen hoch zehn, sei gewarnt“, verkündete Ulrike entzückt. Die Besucherin kannte ihre Kollegin bisher als sachlich und kopfgesteuert. Einen solchen Überschwang hatte sie bei ihr noch nie erlebt. Gespannt nahm sie das Blatt und setzte sich auf einen der Kundenwarteplätze. Just als sie mit dem Lesen beginnen wollte, ertönte direkt vor dem Laden ein lautes Sirenengeräusch. Es war der Notarztwagen, in dem sich Morgenstern befand.

„Der kommt sicher vom Theo. Als ich dort aus dem Auto stieg, war schon alles wegen der gaffenden Leute abgesperrt. So, jetzt fange ich aber an zu lesen.“

Gefühlsbestimmter Berliner mit normaler Figur und guter Erziehung möchte wieder Charme und Liebreiz spüren, wie es nur eine Frau geben kann. Ich würde Sie begleiten, kennenlernen und in die Arme nehmen. Sie gestatten mir die erste zärtliche Berührung und einen verhaltenen Kuss. Wünschen Sie, herzerfüllende Liebe und verbotene Träume zu erleben, dann könnte diese Anzeige Ihre Suche möglicherweise beenden. Ich bin 36 Jahre, ein wenig klug und vorzeigbar. Auf Sie wartet ein humorvoller und lebensbejahender sowie freundlicher Mann. Zuhören und die erste Runde ausgeben mache ich gerne. Bitte trauen Sie sich und geben uns eine Chance.

„Wie sah er denn aus? Stimmt seine Beschreibung von ihm? Du weißt doch selbst, wie bei Anzeigen gelogen wird“, fragte die Besucherin misstrauisch nach.

„Ich hätte ihn genommen. Also, wie findest du den Text?“

Die Besucherin schnaufte einmal kräftig durch. Sie wollte auf keinen Fall in die gleiche Euphorie verfallen wie ihre Kollegin, zumal sie sich gut mit einem Mann versorgt sah.

„Ja, kann man so lassen. Wie heißt er denn? Gib mir einmal das Formular."

Ulrike reichte das Papier mit den Daten herüber. Die Besucherin runzelte die Stirn.

„Ist das alles?", fragte sie verblüfft. Beide Frauen schauten sich staunend an. Ulrike nahm das Formular zurück und entdeckte die kleine Katastrophe. „Ich werde ihn gleich anrufen." Sie nahm ihr Handy und wählte seine Nummer. Es läutete nur kurz und der Anrufbeantworter sprang an. Nach einem Moment des Zögerns sprach Ulrike Morgenstern eine Nachricht aufs Band und bat dabei um einen schnellen Rückruf.

Eddie, der noch seine Polizeiuniform trug, saß seit einer Stunde im Wartebereich des Klinikum Westend, als ihn eine Schwester ansprach.

„Guten Tag, ich bin Schwester Hannah. Sind Sie der Verwandte von Herrn Olaf Morgenstern?" Eddie checkte mit seinem geschulten Polizeiblick sofort ihr Namensschild.

„Hannah mit H am Anfang und am Ende. Kommt nur bei ganz besonderen Menschen vor." Er wollte ihr damit schmeicheln, was allerdings mächtig nach hinten losging. Sie empfand die Bemerkung als unpassend und ließ sie als Unrat kommentarlos an ihr vorbeischwimmen. Eddie, der von seinem Abschnitt für den Krankenhausbesuch freigestellt wurde, akzeptierte ihr Schweigen.

„Ich wurde vom Krankenhaus angerufen. Wie geht es meinem Freund?" Die Schwester forderte ihn auf, ihr zu folgen. Dabei wirkte sie immer noch verärgert. Dazu passte, dass sie Eddies Fragen zu Morgensterns Zustand unbeantwortet ließ. Sie fuhren mit dem Aufzug in den dritten Stock und gingen einen langen Flur entlang. Eddie blieb immer einen halben Meter hinter ihr und sah, wie sich ihr Hintern hin- und herbewegte. Er konnte nicht verhindern, sich diese hübsche Frau in einem eng taillierten kurzen Kleid vorzustellen. Vor einer Tür, auf dessen Schild „Morgenstern" stand, stoppte sie.

„Die Visite ist vorbei. Sie können jetzt zu Ihrem Freund." Obwohl sie Eddies verstohlene Blicke registriert hatte, blieb sie ihrer nüchternen Art treu und machte sich, ohne ein weiteres Wort zu verlieren, wieder auf den Weg ins Erdgeschoss.

Eddie klopfte zaghaft an die Tür und betrat mit aller Vorsicht das Krankenzimmer. Morgenstern lag wach und mit einem Kopfverband im Bett. An seinem linken Unterarm war der Zugang für eine Infusion gelegt worden, um die Flüssigkeitsversorgung oder Verabreichung von Medikamenten zu gewährleisten. Als sich die Männer sahen, strahlten sie um die Wette. Eddie ging gleich auf die andere Seite des Bettes, um Morgensterns Hand zu drücken.

„Mensch, Sternchen, was machst du denn für Sachen? Ich habe mir echte Sorgen gemacht. Pünktlich um sechs Uhr stand ich vor deiner Tür, aber du hast nicht aufgemacht. Das war vor zehn Tagen.“ Von Schmerzmitteln und anderen Pharmazeutika noch beeinträchtigt, war Morgensterns Stimme leise.

„Das muss ich wohl verschlafen haben. Tut mir leid.“

Eddie betrachte seinen Freund mitleidig, doch die Neugier zwang ihn, weiterzufragen.

„Sternchen, was ist passiert? Warum bist du hier? Mir sagt ja niemand etwas.“

Morgenstern versuchte sich mit Eddies Hilfe aufzurichten.

„Ich bin aus der Wohnung und zum Theodor-Heuss-Platz gefahren. Dort habe ich mein Taxi abgestellt und wollte etwas erledigen. Nur Athene könnte sagen, was.“

Eddie schaute verdutzt. „Wer ist bitte Athene?“

„Griechische Mythologie. Sie ist die Göttin der Weisheit und Hüterin des Wissens.“ Morgenstern machte eine kleine Pause, bevor er auf Eddies Frage einging. „Das Nächste, woran ich mich erinnere, ist, dass ich hier aufgewacht bin und einige Weißkittel um mich herumstanden.“

„Die müssen dir doch etwas zu deiner Krankheit gesagt haben“, drängte Eddie ungeduldig auf eine Erklärung.

„Sie haben von einem Schädel-Hirn-Trauma gesprochen und einer stationären Überwachung mit gegebenenfalls weiterführender Diagnostik.“

Eddie wollte nicht glauben, was er gerade von seinem Freund in medizinischer Fachsprache gehört hatte. „Da hast du wohl bei der Visite sehr gut aufgepasst. Ich muss mich wundern“, staunte er. Plötzlich, ohne anzuklopfen, wurde die Tür von einem Mann geöffnet, der keine weiße Kleidung trug. „Sind Sie der Verwandte?“, fragte der Mann.

„Das hat mich die Schwester auch schon gefragt. Nein, bin ich nicht. Und wer sind Sie?“, kam es in Polizeimanier aus Eddie heraus.

„Entschuldigung, mein Name ist Dr. Benz, der behandelnde Arzt von Herrn Morgenstern. Ich wollte nur noch einmal nach ihm sehen, bevor ich die Klinik verlasse."

„Dann können Sie mir sicher sagen, was mein Freund hat." Eddies Ton war unverändert direkt.

„Wenn Sie kein Verwandter sind, dann darf ich Ihnen auch keine Auskünfte geben. Es sei denn, Herr Morgenstern erlaubt es uns", konterte der Arzt und fuhr fort. „Doch für heute ist Ihre Besuchszeit vorbei. Der Patient wird in wenigen Minuten zur Untersuchung gebracht." Eddie akzeptierte die Retourkutsche, verabschiedete sich herzlich von seinem Freund und versprach, in den nächsten Tagen wiederzukommen.

In der Woche darauf hatte für Eddie wieder der Unterricht in der Akademie begonnen. Die praktischen Teile seiner Ausbildung, wie die Einsätze auf den Abschnitten, hatte er alle mit guter Benotung absolviert. Am Nachmittag seines ersten Schultages ging er ins Klinikum und meldete sich beim Empfang an. Vor ihm saß Schwester Hannah, die ihn in Zivil nicht gleich wiedererkannte.

„Zu wem möchten Sie bitte?"

„Welch ein Zufall. Sie können ja richtig nett fragen." Schwester Hannah war für einen Moment irritiert, und bevor sie etwas sagen konnte, löste Eddie das kleine Rätsel auf. „Ich möchte meinen Freund Olaf Morgenstern besuchen, genau wie vor ein paar Tagen." Sie erinnerte sich und vermochte sogar ein wenig zu lächeln. „Richtig. Sie hatten eine Polizeiuniform an." Dabei blätterte sie in der Patientenliste nach und fand eine Notiz. „Wenn es Ihnen nichts ausmacht, Dr. Benz würde Sie vorher sprechen. Ich bringe Sie gerne zu ihm." Eddie kam ihre auffallende Höflichkeit ungewöhnlich vor. Er fragte sich scherzhaft, ob es vielleicht die Zwillingsschwester gewesen war, mit der er beim ersten Mal zu tun gehabt hatte. „Ich folge Ihnen, wohin Sie wollen", konnte er sich nicht verkneifen. Die Schwester telefonierte kurz mit dem Doktor und kündigte Eddies kurzfristigen Besuch an. Sie verließ ihren Arbeitsplatz und ging voraus. Das Büro des Arztes befand sich ebenfalls im Erdgeschoss, nur wenige Schritte von der Anmeldung entfernt.

„Den kurzen Weg hätte ich auch alleine geschafft", stichelte Eddie.

„Und ich dachte, Sie wollten mich noch einmal bei sich haben und mir auf den Hintern schauen", schoss die Schwester zurück. Eddie fühlte sich ertappt.

„Übrigens, die Jeans und das blaue Hemd stehen Ihnen besser als die Uniform. Bitte zweimal klopfen beim Doc." Die Schwester drehte sich auf dem Absatz um und stolzierte den Flur hinunter. Eddie war kurz davor, ihr etwas nachzurufen, da hörte er ein lautes „Herein!". Er öffnete die Tür und sah den Arzt hinter seinem imposanten Schreibtisch sitzen.

„Danke, dass Sie sich die Zeit genommen haben. Ich will es auch kurz machen. Nachdem ich mit Herrn Morgenstern gesprochen habe – er hat sie mehrfach als Bruder bezeichnet, deshalb unsere Frage, ob Sie der Verwandte sind – kann ich Ihnen Folgendes zu seinem Gesundheitszustand sagen. Doch eine Frage zuvor: Sind Sie medizinisch vorgebildet?"

„Ich habe eine Grundausbildung in Erster Hilfe und weiß, dass Aspirin gut gegen Kopfschmerzen ist. Warum fragen Sie?" Der Arzt rückte seinen Drehstuhl etwas nach hinten und schlug die Beine übereinander.

„Dann werde ich es Ihnen so einfach wie nur möglich erklären. Es handelt sich um ein akutes Ereignis, was sich im Kopf abgespielt haben muss, zum Beispiel eine Blutung. Wir haben eine umfangreiche Diagnostik durchgeführt, doch für eine endgültige Aussage ist es noch zu früh. Nach seiner Einlieferung vor über einer Woche mussten wir seine Körpertemperatur senken. Bis letzte Woche befand er sich in einem künstlichen Koma."

„Und der Verband am Kopf?", wollte Eddie wissen.

„Stellen Sie sich einen elektrischen Rasierapparat vor, dem man den Stecker zieht. Der stoppt sofort all seine Funktionen. So war das auch bei Ihrem Freund. Er ist ungebremst zu Boden gefallen und mit dem Kopf auf dem Asphalt aufgeschlagen. Daher die Verletzung." Eddie war sich nicht sicher, ob er noch mehr medizinische Details vertragen konnte und beließ es bei der alles entscheidenden Abschlussfrage.

„Wird Olaf wieder gesund werden?"

„Den Kopfverband nehmen wir morgen ab. Da bleibt nur noch eine kleine Narbe zu sehen. Die anderen Dinge sind schwer einzuschätzen. Einen Schlaganfall kann jeder von uns bekommen. Wir werden Ihren Freund noch einige Tage zur Beobachtung hierbehalten und können froh sein, wenn er keine neurologischen Schäden davongetragen hat. Sie sollten, wenn möglich, eine Zeit bei ihm in der Nähe sein und auf mögliche Erinnerungsdefizite achten."

„Danke, Doktor", hauchte Eddie und hatte große Mühe, nicht gleich loszuheulen. Er schlich aus dem Zimmer wie ein Verurteilter in seine Zelle. Als er am Besucherempfang vorbeikam, wurde er bereits von Schwester Hannah erwartet.

„War es so schlimm?", fragte sie besorgt. Eddie nickte nur stumm, ohne sie dabei anzusehen.

„Ihr Freund ist gestern verlegt worden. Ich bringe Sie zu ihm." Beide gingen wortlos dicht nebeneinander den Flur entlang bis zum Aufzug, der sie in den dritten Stock brachte.

„Waren wir nicht vor zwei Tagen auch schon hier?"

„Richtig, doch das Zimmer, in dem Ihr Freund lag, musste wegen eines technischen Defekts geschlossen werden. Er liegt jetzt ein Zimmer weiter." Eddie sah die Schwester verwundert an. Doch bevor er etwas sagen konnte, ergriff sie die Offensive.

„Ich weiß, was Ihnen durch den Kopf geht, und Sie haben recht. Den Weg hätten Sie auch ohne mich gefunden, doch ich wollte mein schroffes Verhalten wiedergutmachen. Außerdem sehen Sie so aus, als ob Sie etwas Beistand gebrauchen könnten. Also Kopf hoch und mit guter Laune zu ihm. Das schaffen Sie schon. Er liegt im Zimmer 314."

Eddie bedankte sich für die aufmunternden Worte, gab ihr die Hand und ging erleichtert den Flur alleine weiter. Als er das Krankenzimmer betrat, war die Freude auf beiden Seiten wieder riesengroß. Morgensterns Zustand hatte sich in den zwei Tagen merklich verbessert. Eddie setzte sich auf die Bettkante und berichtete von seinem Gespräch mit dem Arzt. Dabei verzichtete er auf detaillierte medizinische Aspekte, zumal er diese nur unvollständig hätte wiedergeben können. Er sagte, dass Dr. Benz eine baldige Entlassung in Aussicht gestellt hatte.

„Na endlich, *terminado*", war Morgensterns spontane Reaktion.

„Der Kopfverband steht dir wirklich gut. Vielleicht solltest du ihn noch eine Zeit lang dran lassen. Mädchen stehen auf verwundete Typen, die sie dann bemuttern können", scherzte Eddie. Ohne jeden Übergang wechselte Morgenstern das Thema.

„Eddie, bitte schau einmal in den Spind. Dort liegen persönliche Gegenstände von mir. Ich weiß nicht, wo mein Handy ist."

Trotz intensiver Suche war das Handy nicht auffindbar. „Hier sind Haustür- und Autoschlüssel, Brieftasche und Taschentücher, aber kein Handy. Du musst es beim Sturz verloren haben."

„Das wäre ärgerlich, nein, scheiße", fluchte Morgenstern. Eddie versuchte erst gar nicht, ihn zu beschwichtigen, denn er hatte damit recht. Ohne die vielen Telefonnummern würde es sehr mühsam werden, die Kontakte wiederherzustellen.

„Kann ich sonst noch etwas für dich tun?"

Morgenstern war mit der Beantwortung der Frage abgelenkt und dachte kurz nach.

„Na klar", fiel ihm schlagartig ein. „Was ist mit meinem Taxi? Bitte kümmere dich, ob es noch am Halteplatz steht oder deine Kollegen es bereits abgeschleppt haben. Bei der Gelegenheit könntest du auch bei mir zu Hause vorbeigehen und den Briefkasten leeren. Nimm einfach alle Schlüssel mit."

„Wie sieht es mit Blumengießen aus?", witzelte Eddie und verstaute die Sachen aus dem Spind in seine Taschen. Die Männer unterhielten sich noch eine Weile über die Zeit nach dem Krankenhausaufenthalt. Sie überlegten, in welchem Rhythmus sie sich treffen wollten und schmiedeten Pläne für einen gemeinsamen Urlaub. Nach fast zwei Stunden verabschiedete sich Eddie mit dem Versprechen, Morgenstern baldmöglichst über den Verbleib seines Wagens zu informieren.

Der Weg führte ihn direkt zum Theodor-Heuss-Platz, wo er nach dem abgestellten Taxi sehen wollte. Es stand, wie von Morgenstern befürchtet, nicht mehr dort. Jetzt erwiesen sich Eddies Kenntnisse aus dem Polizeidienst als nützlich. Er wusste, was nun zu tun war und sprach mit den verantwortlichen Kollegen des zuständigen Abschnitts. Ein Abschleppunternehmen hatte das Taxi auf Anordnung der Polizei an einen Platz ohne Park- oder Halteverbot gebracht. Die drohende Anzeige wurde angesichts der besonderen Umstände zurückgenommen und der neue Standort des Wagens mitgeteilt. Lediglich die Kosten für den Abschleppdienst würden bestehen bleiben.

Morgenstern wurde in der laufenden Woche noch zweimal untersucht. Dr. Benz ließ es sich nicht nehmen, seinem Patienten die Ergebnisse im Rahmen eines Abschlussgesprächs persönlich mitzuteilen.

„Herr Morgenstern, nachdem sich Ihre Werte weiter stabilisiert haben und keine Auffälligkeiten erkennbar sind, können Sie das Klinikum am Dienstag verlassen. Ich empfehle Ihnen, bei dem kleinsten Ausfall Ihres Gedächtnisses sofort einen Arzt aufzusuchen oder direkt zu uns zu kommen. Beginnen Sie nicht gleich mit der Arbeit, sondern gönnen Sie sich noch eine Ruhezeit. Das Hirn ist ein sehr kompliziertes Ding und man weiß nie, was es mit einem vorhat. Können wir sonst etwas für Sie tun?“, fragte Dr. Benz der guten Ordnung halber.

„Ja, bitte schicken Sie mir die Schwester. Ich hätte da noch eine Frage.“ Dr. Benz antwortete kurz mit „Ja“, reichte Morgenstern die Hand und verließ das Krankenzimmer. Wenige Minuten später erschien Schwester Hannah.

„Was haben wir denn für eine Frage?“

„Dr. Benz hat gesagt, dass ich Dienstag entlassen werde. Da ich meine Hausschlüssel meinem Freund Eddie gegeben habe, müsste er über diesen Termin informiert werden. Könnten Sie das für mich übernehmen, da ich außerdem kein Handy mehr besitze?“

„Ohne Wohnung und Kommunikation, das Leben hat Sie ja voll erwischt." Die Schwester musste sich von Morgenstern abwenden, um nicht gleich loszukichern.

„Machen Sie sich gerade über mich lustig?"

„Ganz ehrlich? Ein wenig. Doch den Anruf kann ich erledigen. Wir hatten die Telefonnummer Ihres Freundes in Ihrer Jackentasche gefunden. Alles wieder gut?" Morgenstern nickte versöhnlich.

Eddie ließ sich von der Schule befreien und holte seinen Freund am Vormittag aus dem Krankenhaus mit dem Wagen ab.

„Sieht aus wie mein Taxi, aber irgendetwas fehlt", bemerkte Morgenstern, als er einstieg.

„Die Versuchung war schon groß, die Leute ahnungslos durch die Stadt zu fahren oder die Mädels nachts von der Disco abzuholen. Doch so kurz vor der Prüfung wollte ich mir keinen Ärger mehr einfangen und habe das Schild abmontiert", gestand Eddie mit einem verschmitzten Lächeln im Gesicht.

Nach über drei Wochen stand Morgenstern wieder im Flur seiner Wohnung. Alles war ihm vertraut, als wäre er nie weg gewesen, außer als er ins Wohnzimmer kam und einen Berg mit Post auf dem Tisch liegen sah. Er traute seinen Augen nicht und blieb auf der Stelle stehen.

„Da hat wohl jemand die Fanpost von Bradley Cooper an dich umgeleitet?", blödelte Eddie. Morgenstern stand immer noch wie angewurzelt und kam aus dem Staunen nicht heraus. „Das sind die Antworten auf deine Kontaktanzeige. All diese Frauen wollen dich kennenlernen. Die beiden großen Umschläge, in denen sich die Briefe befanden, waren schon eingerissen, als ich sie aus dem Briefkasten genommen habe. Nicht, dass du denkst, ich hätte sie geöffnet." Morgenstern blickte ungläubig, als ob er nicht wüsste, wovon sein Freund sprach. Eddie startete einen Erklärungsversuch. „Du musst in dem Zeitungsladen gewesen sein, um die Anzeige aufzugeben. Kurz danach bist du gestürzt und ohnmächtig geworden." Morgenstern nickte, ohne sich jedoch daran zu erinnern. Er zog seine Schuhe aus und setzte sich im Wohnzimmer auf die Couch. In seinem Kopf türmten sich Fragen zu den Gegebenheiten auf, deren Antworten nur einer geben konnte. „Woher willst du das alles wissen?" Eddie nahm ein Schreiben, welches oberhalb des Briefstapels lag und las vor: „*Sehr geehrter Herr Morgenstern, wir danken für die Auftragserteilung vom 18. Mai 2014 …* Das war genau der Tag deines Zusammenbruchs. Die Zeitungsleute haben sogar noch den Text der Anzeige aufgeklebt. Respekt, das hätte ich dir nicht zugetraut. Wenn ich Frau wäre, läge mein Brief auch in dem Stapel." Eddies süffisanter Unterton war nicht zu überhören. Doch Morgenstern schaute darüber hinweg und bat darum, ihm das Schreiben zu geben. „Dann lass mich doch einmal sehen, mit welchen exorbitanten Worten ich diese Briefflut losgetreten habe." Wieder so eine Formulierung, die nicht zu seinem Wortschatz passte, dachte Eddie und ging in die Küche, um zwei Paar Wiener Würstchen warmzumachen. Dazu servierte er Kartoffelsalat und Büchsenbier. Als Morgenstern, noch beeindruckt von seinem eigenen Text, Eddie am Herd stehen sah, ereilte ihn eine Idee. „Ich werde mit dir heute noch einmal dieses wunderbare ungesunde Menü genießen. Doch dann ist Schluss damit. Kein fettes Fleisch und keine Süßigkeiten mehr. Das Bockbier wird auch rationiert. Zu meinen Verabredungen will ich nicht aussehen wie ein Klops." Eddie amüsierte sich über Morgensterns überraschende Vorsätze. „Es kommt doch auf die inneren Werte an, und manche Frauen mögen Klopstypen."

„Nein, Eddie. Du hast gut reden. Ein Blick, zwei Sätze und schon hast du die Damen im Bett. Nicht, dass ich das so wollte. Mir genügt die Eine. Aber auch die will keinen Enddreißiger mit Schmerbauch und Hüftspeck. Ich werde einiges an mir ändern." Erst jetzt erkannte Eddie die Verzweiflung und Ernsthaftigkeit in den Worten seines Freundes und beschloss, ihn bei der Umsetzung seines Vorhabens zu unterstützen. Er öffnete beide Dosen und prostete Morgenstern zu. „So soll es geschehen, und ich werde dich sporttechnisch auf den rechten Pfad führen", versprach er. Nachdem die Würstchen aufgegessen und die Dosen leergetrunken waren, stand Morgenstern auf, um die Sachen aus dem Krankenhaus in die Waschmaschine zu geben.

„So, Eddie, ich werde ein wenig aufräumen und mich dann aufs Ohr legen. Vielleicht schaue ich mir den ein oder anderen Brief an. Laut Dr. Benz soll ich mit dem Taxifahren noch ein paar Tage warten. Ich danke dir für deine Besuche und die Regelung mit dem Wagen sowie für alles andere." Morgenstern unterbrach seine kleine

Ansprache, um Eddie die Gelegenheit zu geben, etwas zu sagen. Doch der sagte nichts, sondern presste die Lippen zusammen und tänzelte leicht hin und her, als müsse er zur Toilette. Ohne dem Ganzen eine Bedeutung zuzuschreiben, ging Morgenstern in den Flur, um Eddie zu verabschieden. „Nochmals vielen Dank, dass du mich abgeholt hast. Und was steht heute bei dir noch an?“ Eddies Blick richtete sich nach unten. „Olaf, ich muss dir etwas zeigen“, druckste er herum und stellte sich vor das Gästezimmer, welches ursprünglich das Schlafzimmer der Eltern war. Er öffnete die Tür. Seine Kleidung lag überall im Zimmer verteilt und auf dem Bett grüßte sein Schlafanzug. Augenblicklich begann Eddie zu erklären. „Es ist tatsächlich so, wie es aussieht. Ich bin bei dir eingezogen und schäme mich, dich nicht vorher gefragt zu haben. Doch als ich am Montag aus dem Krankenhaus nach Hause gekommen bin, hatte Tessa schon meine Tasche gepackt und alles auf den Balkon gestellt. Sie hat sich wahnsinnig aufgeregt, weil ihre Freundin, die Hochzeitsbraut vom Junggesellinenabschied, ihr nach vier Aperol Spritz von unserem Kuscheln in ihrem Kinderzimmer erzählt hat. Gewissensbereinigung nannte sie das.“ Morgenstern hakte ein. „Nur wegen kuscheln? Kann ich mir nicht vorstellen.“ Eddie hatte kein Verständnis für Tessas Handeln und ärgerte sich über die Geschwätzigkeit ihrer Freundin. „Die blöde Kuh musste ja unbedingt alles bis ins kleinste Detail berichten; selbst die Marke meiner Unterhose hat sie noch gewusst.“ Nach einem kurzen Moment, in dem sich Morgenstern vor Lachen kringelte, versicherte er seinem Freund, dass dieser hier bis auf Weiteres wohnen bleiben könnte. „Weißt du Eddie, in den letzten drei Jahren habe ich nicht solch unterhaltsame Gespräche geführt, und es hat sich niemand, meine Eltern ausgenommen, für mich so interessiert, wie du. Und ganz uneigennützig ist die Sache auch nicht: Du trägst etwas zur Miete bei, und die Polizei im Hause zu wissen, ist kein schlechter Gedanke.“ Jetzt musste auch Eddie lachen, der Morgenstern dabei in die Arme nahm und auf den Rücken klopfte. Er fühlte sich erleichtert und wollte sogleich seine Dankbarkeit unter Beweis stellen. „Wenn es für dich in Ordnung ist, dann sorge ich für unsere Fressalien und achte auf eine ausgewogene Kost. Des Weiteren kann ich ein- bis zweimal die Woche staubsaugen. Zuerst mein Zimmer und dann die anderen Räume. Was hältst du davon?"

„Das mit dem Einkaufen ist eine gute Idee. Davon verstehst du wohl mehr als ich, der sich bisher von Würsten und Backwaren jeglicher Art ernährt hat. Die Wohnung in Ordnung halten habe ich ganz gut hingekriegt. Doch jetzt, wo wir zu zweit sind, sollten wir über eine Putzfee nachdenken." Eddie musste nicht lange überlegen und stimmte der Anregung sofort zu. Er schlug vor, gleich jetzt zum Supermarkt zu fahren, um den Kühlschrank mit nahrhaften Lebensmitteln zu füllen. Bei der Gelegenheit wollte er das gesamte Leergut wegbringen und Wasser mit und ohne Sprudel besorgen. Morgenstern bestärkte ihn in seinem Vorhaben und empfahl ihm, sich bei der Auswahl des Essens viel Zeit zu nehmen. Es sollte ja eine regelrechte Ernährungswende für ihn werden. Eddie ahnte genau, warum er sich Zeit lassen sollte. Doch er ging darauf nicht ein und versprach, sich gegebenenfalls auch die Verpackung mit den Inhaltsstoffen durchzulesen. Grinsend verließ er die Wohnung.

Im nächsten Augenblick hockte Morgenstern vor dem Tisch mit den Briefen. Er fragte sich, wo er anfangen sollte. Manche Umschläge waren mit Stickern beklebt, andere farbig oder ganz schlicht, mit und ohne Fenster. Einige wenige dufteten nach Parfüm. Er öffnete einen weißen DIN-A6-Umschlag und nahm das von Hand beschriebene Papier heraus.

Hallo, das hört sich ja nett an. Wer hat dir dabei geholfen? Sollte es deine Schwester gewesen sein, so habe ich kein Problem damit. Nur nicht anlügen. Das ist für mich ein No-Go! Nun zu mir:
Ich bin 32 Jahre und alleinerziehende Mutter von einem 13-jährigen Sohn. Rotblond mit fraulicher Figur und Raucherin. Den Rest gibt es, wenn wir uns treffen (ich komme aber nicht gleich mit auf deine Bude).
Gruß Britta

Morgenstern steckte den Brief wieder in den Umschlag und legte ihn ganz rechts außen zur Seite. Das war nicht die Antwort, die er sich vorgestellt hatte. Nur gleich wegwerfen wollte er ihn aber auch nicht. Auf dem Tisch mussten mehr als vierzig Umschläge liegen. Wieder stand er vor der Frage, welchen er sich nehmen sollte. Er schloss seine Augen und griff einfach zu. Im Handumdrehen hatte er einen Brief aus dem Stapel gezogen. Das Papier war bläulich gefärbt.

Sehr geehrter Unbekannter,
ich lese Ihre Zeilen nun schon zum dritten Mal und glaube nicht, solche schönen Worte jemals von einem Mann gehört zu haben. Sicher sitzen Sie vor einem Berg von Liebesbriefen, in denen Sie um eine Verabredung gebeten werden. Ich gehöre auch dazu. Damit Sie sich ein ungefähres Bild von mir machen können, habe ich ein aktuelles Foto von mir in meinen WhatsApp-Status geteilt. Was Sie nicht sehen können: Ich bin Ende zwanzig, 163 cm groß

und arbeite in einer Zoohandlung. Meine Hobbys sind Reisen, Tanzen und Tiere natürlich.

Es würde mich sehr freuen, wenn Sie mich anrufen würden. Es grüßt herzlich Sandra Schäfer.

Morgenstern war begeistert und strahlte übers ganze Gesicht. Obwohl er sich immer noch nicht an die Anzeigenaufgabe erinnern konnte, gefiel ihm diese Art des Kennenlernens total. Er musste nur seine Herzensdame auswählen und anrufen. Ganz bequem, ohne auf die Straße zu gehen und nach ihr zu suchen sowie keiner Gefahr ausgesetzt zu sein, sich gleich beim ersten Ansprechen eine Abfuhr einzuhandeln. Er fühlte sich so stark wie nie zuvor gegenüber dem weiblichen Geschlecht, doch wollte er diesen vermeintlichen Rollentausch nicht so missbrauchen, wie es etliche Frauen gerne praktizierten. Fair bleiben und nicht überschnappen, auch wenn man sich in einer überlegenen Position sieht, unter diesem Motto wollte er den Frauen begegnen. Nachdem sich Morgenstern ausführlich über seine aktuelle Situation klar geworden war, ging es nun darum, den Gedanken Taten folgen zu lassen. Er setzte sich in den behaglichen Sessel seines Vaters und las den Brief von Sandra noch einmal durch. Vergebens tastete er die Taschen nach seinem Handy ab, um sie gleich anzurufen. Danach schaute er hektisch unter dem Stapel der Briefe und später in der Küche nach. Er durchsuchte die im Flur hängenden Jacken und Taschen, ohne Erfolg. Eddie kam mit zwei vollen Tüten vom Einkaufen wieder und fand seinen Freund im Wohnzimmer auf dem Boden sitzen.

„Na, schau mal einer an. Du hast also bereits mit der Liebespost begonnen. Und ich dachte, du würdest auf den Experten warten. War denn die Richtige schon dabei?“ Morgenstern konnte darüber nicht lachen, sondern blickte wie ein enttäuschtes Kind drein, dessen Lieblingsspielzeug verschwunden war. „Ich kann mein Handy nicht finden. Ob es noch im Krankenhaus liegt?“ Dabei sah er Eddie fragend von unten an.

„Dort haben wir es nicht gefunden und bereits darüber gesprochen. Kannst du dich daran nicht mehr erinnern?“ Eddie war von dieser Gedächtnislücke seines Freundes sichtlich irritiert. Er vermied es jedoch, diese Beeinträchtigung weiter zu thematisieren. Stattdessen hatte er sogleich eine Lösung für das Handy-Problem parat. „Komm, Sternchen. Wir gehen in die Stadt und kaufen dir ein neues Telefon.“ Morgenstern zögerte keine Sekunde und sprang freudestrahlend auf. Im Nu stand er startbereit im Flur und trieb Eddie an, dass er sich doch beeilen solle, da die Geschäfte bald schließen würden.

„Olaf, es ist nicht einmal sechzehn Uhr. Du wirst heute noch so viele Telefonate führen, dass dir dein Ohr danach wehtut“, versuchte Eddie ihn zu beruhigen. Morgenstern erkannte die gut gemeinten Worte an und hakte sich bei Eddie ein. Froh gelaunt verließen sie das Haus und marschierten in die nahe gelegene Fußgängerzone der Wilmersdorfer Straße. Nach wenigen Minuten entdeckten Sie Morgensterns Telefonanbieter und betraten einen Vodafone-Shop. Die Beratung durch den Fachverkäufer war ausführlich und kompetent. Der Preis des Handys erschien beiden Männern akzeptabel. Nur die Freischaltung der neuen SIM-Karte würde vierundzwanzig Stunden in Anspruch nehmen. Für Morgensterns war es wichtig, dass er die alte Nummer behielt. Unglücklicherweise waren seine Kontakte durch den Handyverlust verloren gegangen. Er war nun darauf angewiesen, dass ihn Freunde und Bekannte anriefen, um sie dann auf der neuen Karte zu speichern. Als er nach Hause kam, stöberte er in einem alten Telefonregister, in dem einige Personen mit Anschrift und Telefonnummer standen. Darunter war auch die seines Vaters, die er gleich in sein neues Handy eingab. Eddie, der in der Küche zwei Äpfel in mundgerechte Stücke schnitt, bot ihm an, Sandra von seinem Handy aus anzurufen. Morgenstern lehnte jedoch ab. „Ich müsste ihr gleich im ersten Gespräch gestehen, dass ich mein Telefon verloren habe. Sie wird denken, was für ein Chaot. Nein, das will ich nicht, aber danke für das Angebot, ich möchte autark bleiben. Jetzt kommt es auf einen Tag auch nicht mehr an. Ich werde mir lieber noch einen Brief gönnen." Die Vorfreude auf das mögliche Lesevergnügen war Morgenstern deutlich anzumerken. Ihm schien es nichts mehr auszumachen, sein Handy erst morgen Nachmittag benutzen zu können, konnte er sich doch bis dahin mit einer anregenden Beschäftigung die Zeit vertreiben. Er nahm wieder in dem Sessel Platz und begann, den dritten Brief zu lesen.

Guten Tag junger Mann,
Sie haben es vielleicht schon an meiner Anrede gemerkt: Ich bin um einiges älter als Sie. Auf Kontaktanzeigen zu antworten gehört nicht zu meinen Alltäglichkeiten, doch Ihre hat mich neugierig gemacht. Wer so schreibt, muss auch anderswo besondere Qualitäten haben … vermute ich zumindest. Ob ich damit falsch liege, können wir nur herausbekommen, wenn wir uns treffen. Es steht Ihnen natürlich frei, zuerst die jungen Dinger auszuprobieren. Ich habe Zeit und keine Not. Gelegentlich bekomme ich auch Herrenbesuch und keiner davon hat graue Haare. Übrigens: Ich telefoniere auch sehr gerne. Sie verstehen, was ich damit meine. Unten steht meine Nummer.
Ein Kuss auf Verdacht von Walburga Beck

Was für eine Lady, ging es Morgenstern durch den Kopf. Kann sein, dass sie meine erste Gesprächspartnerin wird. Ich werde mich einmal bei dem sogenannten Experten erkundigen, was in solchen Fällen zu tun ist.

„Hallo, Experte!", rief er Eddie zu, der immer noch in der Küche werkelte. „Kennst du dich mit älteren Frauen aus?" Eddie reagierte sofort, kam aus der Küche und nickte bejahend. „Wie alt?"

„Ich weiß nicht, vielleicht doppelt so alt."

Eddie schüttelte den Kopf. „Unsinn, dann wäre sie zweiundsiebzig. In dem Alter antwortest du nicht mehr auf Kontaktanzeigen, sondern sortierst deine wöchentlichen Krankentermine, und der einzige Mann, der dich außer dem Arzt noch interessiert, ist der Taxifahrer, der dich dort hinbringt."

„Na gut, dann bin ich gespannt, mit welchem Jahrgang du es zu tun hattest. Lass mich an deinen Erlebnissen teilhaben. Ich bin hier, um zu lernen, mein Held", forderte Morgenstern seinen Freund auf.

Eddie vernahm den ironischen Unterton in Morgensterns letztem Satz. Doch heute und wahrscheinlich auch für die nächsten fünfzig Jahre konnte er ihm nichts übelnehmen. Sein Freund besaß, nicht nur wegen des Unfalls, in der Beziehung einen Freifahrtschein.

„Wenn ich dir die Geschichte erzähle, werde ich vielleicht nicht mehr dein Held sein, und manches, was du an mir gut fandest, wirst du dann an mir hassen. Also überlege es dir gründlich, ob du mit mir in das düstere Kellergewölbe der Vergangenheit hinabsteigen willst. Bedenke: Unwissenheit ist mitunter ein Segen." Obwohl Eddie bei seinen Worten das Gesicht verzog und der Spaßfaktor nicht zu überhören war, hatten sie ihre Wirkung nicht verfehlt. Morgenstern, eben noch in Hochstimmung, machte sich auf dem Sessel krumm und beugte sich nach unten. Er überlegte ernsthaft, nicht weiter nachzufragen und den Rest des Abends noch einige Briefe zu lesen. Es war nicht seine Absicht, Eddie in irgendeiner Weise in Verlegenheit zu bringen. Andererseits wurde Morgenstern bewusst, dass er so gut wie nichts von ihm wusste. Da war die kurze gemeinsame Schulzeit, in der Eddie sein treuer Wegbegleiter und Ratgeber gewesen war. Doch gleich nach dem Abitur folgte das abrupte Ende der Freundschaft, was ihm ein ungelöstes Rätsel war. Nein, er wollte diese Chance, mehr aus dem Leben seines Freundes zu erfahren, nicht ungenutzt lassen.

„Mich würden deine Abgründe, mögen sie noch so tief und geheimnisvoll sein, interessieren." Eddie erkannte, dass es keinen Weg gab, aus der Nummer herauszukommen, ohne als unglaubwürdig und Sprücheklopfer vor Morgenstern dazustehen. Er schlug vor, dass sie es sich auf Sessel und Couch gemütlich machen, das letzte, wirklich letzte Bier für heute trinken sollten, und begann zu erzählen.

„Nachdem ich die letzte Abiprüfung hinter mich gebracht hatte, spendierte mir meine damalige Freundin Jutta, die Steuerbevollmächtigte mit dem Cabrio, einen Urlaub auf Sylt. Eine Mandantin von ihr besaß dort ein Haus in einer guten Wohnlage."

Morgenstern redete dazwischen. „Die meisten Häuser auf Sylt sind teuer. Würdest du sagen, dass es sich dabei um eine besonders exponierte Lage handelte?" Eddie schaute verdattert herüber. „Es war tatsächlich eine exponierte Lage", antwortete er artig. Morgenstern signalisierte durch Daumen hoch, dass er verstanden hatte.

„Geplant waren zwanzig Tage, aber bereits nach einer Woche gab es Stress. Sie war dort wohl seit Jahren Stammgast und führte mich jeden Abend in eine andere Location. An manchen Tagen besuchten wir die erste Cocktailbar noch vor dem Mittagessen. Überall stellte sie mich als ihren neuen Begleiter vor und lobte meine sportliche Fitness sowie mein junges Alter. Ich kam mir vor wie ein Zirkushündchen in der Manege. Als alle Gespräche nicht halfen, bin ich vorzeitig alleine abgereist."

„War das die ältere Frau, von der du erzählen wolltest? Nur weil du sie sitzengelassen hast, werde ich dich nicht hassen. Ich wäre wahrscheinlich geblieben und hätte das angenehme Leben genossen", mischte sich Morgenstern ein. Eddie stand von der Couch auf und hob die Arme. „Nein, um Gottes Willen! Das war nur der Übergang von der Schule ins wirkliche Leben. Jutta konnte man nicht so schnell wehtun. Sie war eine äußerst gewiefte Geschäftsfrau, die ihre Talente auch gerne im Privatleben anwendete. Seit ihrem zehnten Lebensjahr hatte sie versucht, immer die Beste zu sein. Sie sagte mir, wenn sie damit aufhören würde, hätte sie das Gefühl, nicht gelebt zu haben. Um diese Frau brauchte ich mir keine Gedanken machen." Morgenstern ging nachdenklich in die Küche und nahm einen Schluck aus der Bierdose.

„Eddie, wenn du nicht weiter an die alte Zeit erinnert werden möchtest, dann lassen wir das heute sein. Ich werde schon mit der reifen Generation zurechtkommen, und wenn es ganz schlimm wird, sende ich SOS." Morgenstern glaubte, seinem Freund mit dem Angebot einen Gefallen getan zu haben. Doch da irrte er sich. Eddie war nun fest entschlossen, seine Geschichte zu erzählen. Viel zu lange hatte er die Ereignisse verdrängt, als wären sie nie ein Teil von ihm gewesen.

„Ist schon gut, Olaf. Ich glaube, ich brauche das jetzt mehr als du." Morgenstern kehrte wieder zurück ins Wohnzimmer und nahm im Sessel Platz.

„Wo war ich gerade stehengeblieben?", fragte Eddie, ohne eine Antwort abzuwarten. „Jutta erzählte mir nach ihrer Rückkehr aus Sylt, dass sie noch in derselben Woche einen Mann kennengelernt hätte, mit dem sie den Rest der Zeit zusammen war und der sie in zwei Wochen besuchen würde. Damit war mein Rausschmiss gemeint. Ich fackelte nicht lange und buchte einen Flug nach Klagenfurt in Österreich. In unseren letzten Herbstferien hatte ich in einem Tenniscamp in der Nähe vom Wörthersee Unterricht erhalten. Der Cheftrainer meinte, ich hätte das Zeug, anderen das Spielen beizubringen und bot mir an, in seinem Team mitzuarbeiten."

Morgenstern hob den Finger zum Zeichen, dass er etwas sagen wollte. Eddie zog seine Augenbrauen zusammen. „Wir sind nicht in der Schule, sondern bei dir zu Hause. Hier wird sich nicht gemeldet, Olaf."

„*Claro*", erwiderte Morgenstern. „Ich weiß noch, wie traurig ich gewesen war. Wir hatten uns gerade angefreundet und mein Rucksack war voll mit Ideen für zwei Wochen Ferien, zumal es mich bei meinen Eltern sehr viel Überredungskunst gekostet hatte, nicht mit ihnen nach Malaga zu fliegen."

„Das tut mir echt leid. Auch, dass ich mich bei dir nach dem Schulabschluss nicht mehr gemeldet habe. Irgendwie steckt es tief in mir. Dieses plötzliche Abtauchen, ohne darüber nachzudenken, ob ich Menschen damit enttäusche." Eddie senkte den Kopf, als wollte er ihn nie wieder anheben.

„Schwamm drüber. Das ist hundert Jahre her. Wir leben im Hier und Jetzt, und du erzählst die Geschichte weiter", bestimmte Morgenstern, ohne dabei streng zu wirken. Eddie folgte der klaren Ansage seines Freundes.

„In den ersten drei Monaten durfte ich noch keinen Unterricht geben, sondern musste zuerst den Übungsleiterschein machen. Zu Beginn der Wintersaison bekam ich meine ersten Urlaubsgäste und vor allem Kindergruppen zugewiesen.“ Eddie stand auf und gestikulierte mit seinen Händen. „Da waren vielleicht Typen dabei! Zum Teil kugelrund und vollkommen talentfrei. Für die Eltern, die ihre Sprösslinge zum Unterricht schickten, war es vor allem wichtig, dass von ihrem Nachwuchs die neueste Tenniskollektion getragen wurde. Mit der Zeit ließ man mich auch Jugendliche trainieren, die wirklich etwas draufhatten. Meine bisherigen Schüler bekam dann ein anderer Neuling. Zur Sommersaison gehörte ich zum festen Stamm und durfte bei Abwesenheit des Cheftrainers dessen Kunden trainieren.“ Eddie setzte sich wieder, atmete tief durch und legte eine kurze Pause ein, bevor er weitersprach.

„Da begegnete ich Rebecca. Sie war Mitte dreißig und die Schönheit in Person. Jedes zwanzigjährige Modell hätte sich ihre Figur gewünscht. Doch das war bei Weitem nicht alles. Die Stimme, so sanft wie eine Kuscheldecke. Ihr Blick wie der eines Rehkitzes, den man nicht länger als fünf Sekunden aushalten konnte, ohne ihm zu verfallen. Es hatte mich voll erwischt, vom ersten Moment an. Nach der zweiten Tennisstunde traute ich mich, sie auf ein Getränk einzuladen.“

Morgenstern lauschte Eddies gefühlvoller Erzählung mit Spannung.

„Weil es uns Trainern nicht erlaubt war, mit Gästen privat Kontakt zu haben, trafen wir uns außerhalb der Tennisanlage. Gleich beim ersten Zusammenkommen beichtete ich ihr meine Gefühle für sie. Rebecca war anfangs sehr zurückhaltend, weil sie davon ausgegangen war, dass sie nur eine von vielen Urlauberinnen sein würde, die ich meiner Sammlung hinzufügen wollte. In den kommenden zwei Wochen sahen wir uns fast jeden Tag. Sie sprach von ihrer vierjährigen Tochter Ester, und dass sie seit einem halben Jahr von ihrem Mann getrennt leben würde. Mehr wollte sie von sich nicht preisgeben. Ich akzeptierte den Wunsch, genauso, dass es keinen Sex zwischen uns gab. Am Abend vor der Abreise drückte sie mir ein Blatt mit ihrer Adresse in die Hand und lud mich zu sich nach Stade in Niedersachsen ein. Ich solle nur vorher anrufen, damit sie auch genügend Zeit für mich hätte." Eine erkennbare Unruhe trieb Eddie in die Küche, um an seiner Büchse Bier zu trinken. Morgenstern, der immer noch angespannt wie ein Flitzbogen im bequemen Sessel saß, rührte sich nicht von der Stelle, sondern wartete auf die Fortsetzung der Geschichte. Wenige Momente später kam Eddie mit dem Bier in der Hand wieder zurück auf die Couch.

„Im Tenniscamp war Hochsaison. Das hieß für mich eine Sieben-Tage-Woche und keinen Urlaub bis zum Herbst. Ich gebe zu, den einen oder anderen Flirt gehabt zu haben. Doch nach Abreise waren die Mädels wieder raus aus meinem Kopf. Ganz anders als bei Rebecca, mit der ich regelmäßig telefonierte. Im Oktober flog ich nach Hamburg, wo sie mich mit einem schicken BMW vom Flughafen abholte. Wir fuhren zu ihrem Haus, in dem, zu meiner Überraschung, nicht nur das Kind, sondern auch ihr Mann auf uns warteten. Er war deutlich älter als Rebecca und hätte Esters Großvater sein können." Eddie nahm einen Schluck von seinem Bier, bevor er mit seiner Erzählung fortfuhr.

„*Sie sind also der gutaussehende Tennistrainer meiner Frau. Und besonders jung sind Sie auch*, begrüßte er mich in freundlich schmalziger Art. Immer noch irritiert von seiner Anwesenheit, blieb ich sehr ruhig für meine Verhältnisse, fast stumm ihm gegenüber. Rebecca erkannte meine Unsicherheit und klärte mich auf. Sie erzählte mir, dass sie und ihr Mann – Frederic – keine Geheimnisse voreinander hätten und zivilisiert mit ihrer Trennung umgehen würden. Wenn sie geschäftlich unterwegs oder aus anderen Gründen nicht zu Hause sei, bliebe er bei der Tochter. Heute würde man sagen, sie haben sich arrangiert. Ich hatte mir zehn Tage Urlaub genommen, in denen ein Abstecher nach Berlin fest eingeplant war. Doch dazu ist es nie gekommen. Ich wohnte in ihrem Haus und schlief im ehemaligen Ehebett. Bereits in der ersten Nacht holten wir alles nach, was wir in Österreich versäumt hatten. Ihre Leidenschaft und ihr Hunger nach Sex schienen grenzenlos. Ich hatte so etwas vorher noch nie erlebt.

Darauf angesprochen, gestand sie mir, seit der Geburt ihres Kindes nicht mehr mit ihrem Mann geschlafen zu haben. Sie sagte mir weiter, dass Frederics Probleme mit seiner Potenz ihn stark belasteten und er ihr bereits vor Jahren angeboten hätte, sich zum Zweck ihrer sexuellen Befriedigung mit anderen Männern zu treffen. Seine einzige Bedingung bestand darin, dass sie ihn nicht verlassen und immer wieder nach Hause kommen sollte. Sie lehnte seinen Vorschlag ab und hielt über die Jahre ihre Enthaltsamkeit durch. Erst vor sieben Monaten bestand sie auf eine Trennung von Tisch und Bett, um ihr Leben neu ordnen zu können."

Morgenstern fiel Eddie ins Wort. „Dann hast du sie ja im richtigen Augenblick kennengelernt. Schwein gehabt, mein Lieber."

Eddie schmunzelte in sich hinein, ohne darauf einzugehen.

„Hat deine Schöne gearbeitet oder war sie nur Hausfrau und Mutter?"

Eddie gefiel die Art der Frage nicht, und er fühlte sich von Morgenstern provoziert. „Dir scheint es ja wieder besser zu gehen. Doch um deine Frage zu beantworten: Sie war Unternehmerin. Gemeinsam mit ihrem Mann besaßen sie mehrere Kinos in Stade und Umgebung. Das war Arbeit fast rund um die Uhr. Für den Haushalt beschäftigte sie eine Kraft, anders wäre die Aufgabe nicht zu bewältigen gewesen. Rebecca war eine Powerfrau *par excellence.*"

Gefühlte zehn Minuten schwiegen sich die Männer an. Eddie verlor sich in seinen Erinnerungen und Morgenstern wurde klar, dass diese Frau eine ganz besondere Bedeutung für seinen Freund gehabt haben musste, und das auch noch nach Jahren. Es erstaunte ihn, Eddie so gedankenversunken zu sehen. Er vermutete, dass noch mehr dahinterstecken musste, und wagte nachzufragen.

„Das hört sich doch bisher ganz prima an oder kommt das dicke Ende noch?"

Eddie ignorierte Morgensterns flapsige Art und blieb seiner nüchternen Erzählweise treu. „Wir hatten eine sensationelle Zeit. Ihr Mann übernahm weitgehend die geschäftlichen Termine, sodass wir eine Vielzahl von Aktivitäten hatten, um uns besser kennenzulernen.

Selbst mit der kleinen Ester habe ich mich gut verstanden. Der Abschied nach neun Tagen fiel uns sehr schwer. Auf dem Weg zum Flughafen versprach Rebecca mir, mich baldmöglichst in Österreich zu besuchen. Obwohl ich sie für alles andere als oberflächlich hielt, konnte ich mir eine gemeinsame Zukunft nicht vorstellen und war sicher, dass ihre Besuchsankündigung nur dahingesprochen war."

„Und, hat sie Wort gehalten?", fragte Morgenstern neugierig dazwischen.

„Nach vier Tagen kam ihr Anruf, dass sie den Flug am nächsten Morgen nehmen und am Abend wieder zurückfliegen würde."

„Für einen Tennisurlaub deutlich zu kurz", versuchte Morgenstern zu witzeln. Eddie überhörte auch diese unpassende Bemerkung und sprach konzentriert weiter.

„Ich mietete mir einen geräumigen Mercedes-SUV und fuhr zum Flughafen. Als ich sie, attraktiv und begehrenswert, aus dem Zollbereich kommen sah, wurde ich fast ohnmächtig vor Begehren. Wir begrüßten uns, wie man sich nur begrüßt, wenn das Verlangen kaum noch auszuhalten ist. Mein Mietwagen stand inmitten des gut gefüllten Flughafenparkplatzes. Ohne ein weiteres Wort zu verlieren, nahmen wir auf der Rückbank Platz und lebten unsere Leidenschaft aus. Eine Stunde später fuhr ich mit ihr nach Pörtschach am Wörthersee. Wir spazierten am Wasser entlang und der frische Herbstwind kühlte unsere erhitzten Körper. Wenn es ein Bild für echte Verliebtheit geben würde, dann wären wir das geeignete Motiv dafür gewesen. Zur Mittagszeit gingen wir in ein Restaurant und hielten uns beide Hände, als wollten wir uns nie wieder loslassen. Plötzlich meinte ich einen Stimmungswandel, einen Anflug von Traurigkeit und Abschied, bei ihr zu verspüren." Eddie trank den letzten Schluck Bier in seiner Dose in einem Zug aus und wechselte den Sitzplatz. Morgenstern verfolgte jede seiner Bewegungen und hörte weiterhin aufmerksam zu.

„Ich fragte sie direkt, ob sie gekommen sei, um mit mir Schluss zu machen, worauf sie mich entgeistert anschaute." Eddie verstellte seine Stimme, als er Rebecca zitierte. *Nein, wie kannst du so etwas von mir denken! Ich liebe dich doch und möchte, dass du bei mir bleibst.* Das würde jedoch nur in Stade gehen, bei ihrem Kind. Sie bat mich, mit ihr zu kommen." Eddie räusperte sich. „Ich war total durcheinander und wusste nicht, was ich sagen sollte. Erst als ich sah, dass eine Träne über ihr Gesicht lief, konnte ich meine Sprachlosigkeit überwinden."

Morgenstern war wie gefesselt von der Geschichte seines Freundes und beeindruckt, wie tief er mit ihm in die Vergangenheit abtauchte.

„Rebecca, auch ich liebe dich, aber wie soll das gehen?", sagte Eddie ihr. „Nicht nur, dass ich hier angestellt bin, ich habe keine Ausbildung und müsste als Ungelernter arbeiten, denn solch ein Tenniscamp wird es in Stade nicht geben."

Rebeccas Antwort kam prompt, als wäre sie auf Eddies Einwände vorbereitet. „Da hast du recht. Eine Arbeit als Tennistrainer, so wie hier, gibt es bei uns nicht. Dazu fehlen die Touristen und für die Einheimischen ist genug Personal vorhanden. Zumindest nach Aussage unserer Tennisschule, bei der ich gleich nach deiner Abreise angefragt habe."

„Dann ist die Idee, mich mit zu dir zu nehmen, nicht neu. Wann hast du das erste Mal daran gedacht?", wollte Eddie wissen. Rebecca blickte verlegen zur Seite. „Eigentlich nach unserer ersten Trainingsstunde. Doch dann sagte ich mir, dass alleine der Altersunterschied es unmöglichen machen würde und genoss einfach nur die gemeinsame Zeit."

„Und jetzt? Was hat sich geändert?"

„Durch deinen Besuch in Stade hat sich alles verändert. Ich habe auch inzwischen mit meinem Mann gesprochen. Er hat nichts dagegen, wenn du mit in das Geschäft einsteigst."

Nun war Eddie hellwach und fragte nach. „Was würde das bedeuten? Wie sähen meine Tätigkeiten aus? Ich möchte auf keinen Fall von dir ausgehalten werden oder abhängig sein."

Rebecca wies Eddies Befürchtungen zurück und erklärte, dass die Verantwortlichkeiten und Aufgaben analog zu seinen Kenntnissen immer weiter zunehmen würden. In ein bis zwei Jahren könne er Mitglied der Geschäftsführung werden, gleichberechtigt mit ihr und ihrem Mann.

Nach all diesen sachbezogenen Ausführungen herrschte eine fast sterile Atmosphäre zwischen den beiden. Zu rational waren die besprochenen Themen. Dementsprechend kühl waren die Rückfahrt zum Flughafen und die Verabschiedung voneinander.

In diesem Moment glaubte Eddie nicht an ein Wiedersehen und auch nicht an die Fähigkeit, noch einmal so lieben zu können wie damals. Doch bereits am nächsten Morgen fühlte er eine Leere in sich. Es machte sich das beklemmende Gefühl in ihm breit, etwas falsch gemacht zu haben. Zweifel kamen auf. Er fragte sich, ob er eine Chance verpasst hatte und noch mal mit Rebecca reden sollte, doch das Tagesgeschäft und die Vorbereitungen auf die Wintersaison hinderten ihn daran, sich weiter mit dem Thema zu quälen. Einen Tag, bevor sich das Trainerteam des Tenniscamps zu den abschließenden Einsatzplanungen traf, rief Rebecca ihn an. Sie berichtete Eddie von ihren Gesprächen mit Tennisschulen in Buxtehude und Pinneberg, die noch freie Trainerstellen zu besetzen hätten. Er fühlte sich wegen ihres Bemühens geschmeichelt und bat bis zum nächsten Tag um Bedenkzeit. Bereits am späten Abend telefonierte er mit ihr, nur um ihre Stimme zu hören. Sie sprachen über ihre gemeinsamen Erlebnisse und erinnerten sich an die kleinste Kleinigkeit, sei es die Farbe ihrer Bluse, die sie beim Eintreffen am Flughafen Klagenfurt getragen hatte, den Namen des Kellners in Pörtschach, oder das Lieblingsessen von Ester. Alles war sofort wieder gegenwärtig, als wäre es gestern gewesen. Beim Verabschieden schaute Eddie auf seine Uhr und sah, dass es fünfzehn Minuten nach Mitternacht war.

„Rebecca, ich hatte dir zugesagt, morgen Bescheid zu geben. Jetzt ist morgen!“, tönte er heraus. „Meine Entscheidung: Ich ziehe um nach Stade. In knapp acht Stunden informiere ich den Cheftrainer, dass er einen seiner besten Männer verliert."

Voller Freude über das eben Gehörte wollte Rebecca sich trotz der späten Uhrzeit noch ein Glas Sekt gönnen. Aber auch Eddie ging es mit dieser Entscheidung besser. Er war seinem Herzen gefolgt und hatte alle sonstigen Bedenken hintenangestellt. Ihm war bewusst, dass er in keine arme Familie kam. Das Auto und Haus samt Einrichtung sowie die Kinohäuser waren für ihn Beweis genug, auf Wohlstand zu treffen, den es nicht an jeder Ecke gab.

Morgenstern unterbrach Eddie mit seiner finalen Frage. „Waren es nun finanzielle Interessen oder wirkliche Liebe, die dich nach Stade umziehen ließen?"

„Olaf, du stellst immer Fragen. Das eine kann sein, das andere auch. Und vergiss bitte nicht: Ich war erst einundzwanzig. Wer hat da schon den totalen Durchblick?"

„Da hast du allerdings recht. Den habe ich selbst mit sechsunddreißig noch nicht", steuerte Morgenstern bei.

Eddie beschrieb seine ersten Wochen in der Familie, in denen er es ruhig angehen ließ. Bei Rebeccas Abwesenheit kümmerte er sich um Ester. Er brachte sie morgens zum Kindergarten und holte sie bei Bedarf auch dort wieder ab. Seine Gespräche in den beiden Tennisschulen verliefen ohne konkrete Ergebnisse. Zum einen erschien ihm das Verhältnis zwischen Aufwand und Ertrag, insbesondere aufgrund der langen Wegstrecke, als nicht angemessen, und zum anderen geriet er gleich beim ersten Treffen mit dem stellvertretenden Leiter wegen der vorgegebenen Trainingsmethoden aneinander.

„Nach einigen Wochen fing ich an, Interesse für das Kinogeschäft zu zeigen. Rebecca nahm mich zu den Verleihern mit und zeigte mir die Abläufe. Sie ging mit mir Klamotten kaufen und stellte mich den Geschäftspartnern als Direktionsassistenten vor. Zwischendurch liebten wir uns, wo immer es ging. Vorzugsweise in einem ihrer Kinosäle und im firmeneigenen Kleintransporter oder auf der Segelyacht, die im Bootshafen bei Wedel ihren Liegeplatz hatte."

Morgenstern registrierte in Eddies Augen einen gewissen Glanz, als dieser von seinen Liebesabenteuern mit Rebecca erzählte.

„Der Grund für diese Ausweichorte war, dass Ester immer öfter bei uns im Bett schlief. Den Kindergartenjob hatte Frederic übernommen, der sich, je selbstständiger ich wurde, immer weiter aus dem Geschäft zurückzog und das Unternehmen nur noch bei großen Veranstaltungen repräsentierte. Er war in der Branche anerkannt und eine Institution. Rebecca wusste um die Wichtigkeit dieser Aufgabe und was sie für ihn bedeutete. Ansonsten lebten wir vier in Eintracht und Harmonie, gut bürgerlich, ohne besondere Vorkommnisse."

Morgenstern fuhr dazwischen. „Und wurdest du für deine Arbeit auch bezahlt?"

„Gute Frage, Olaf. Nicht offiziell. Rebecca wollte damit noch warten, bis ich vollkommen eingearbeitet war. In diesem Punkt konnte man bei ihr eine typische Geschäftsfrau erkennen, die zwischen Privatleben und Arbeit zu unterscheiden wusste. Ich hatte Essen und Trinken frei sowie alle sonstigen Ausgaben, die mit dem Job zu tun hatten. Also Spesen zum Beispiel. Sie gab mir jeden Monat einen ordentlichen Betrag bar auf die Hand, von dem ich meine persönlichen Dinge bestreiten und etwas zur Seite legen konnte. Auch in dieser Hinsicht war die Welt für mich in Ordnung."

Morgenstern nickte zustimmend, als Eddie sich eine Sprechpause gönnte und eine kleine Runde im Wohnzimmer drehte.

„*El paraiso* für meinen Freund."

„Ich weiß, was das heißt, und es wurde noch besser. Nach achtzehn Monaten, die kleine Ester würde bald sechs Jahre alt und im Herbst eingeschult werden, lud Rebecca mich übers Wochenende ins Hotel Hafen Hamburg ein. Sie teilte mir mit, dass ich, auch nach Rücksprache mit ihrem Mann, nun in die Geschäftsführung aufgenommen werden würde. Mein anfängliches Jahresgehalt sollte sechzigtausend Mark zuzüglich Erfolgsboni betragen. Obwohl schon lange vorher angekündigt, war die Überraschung gelungen und die Freude riesig. In der luxuriösen Junior-Suite erlebten wir die Nacht der Nächte. Doch es sollte auch unsere letzte sein." Eddie unterbrach seine Erzählung, stand von der Couch auf und steckte beide Hände in die Hosentaschen. Er ging zum großen Wohnzimmerfenster und starrte auf die inzwischen beleuchtete Kantstraße, ohne ein bestimmtes Ziel auszumachen. Als er sich wieder umdrehte, bemerkte Morgenstern Tränen auf seinem Gesicht.

„Eddie, wenn es dir jetzt schwerfällt, weiterzuerzählen, dann lass es sein. Ich wollte ohnehin noch ein paar Antwortbriefe lesen." Er ging in die Küche, um sich noch ein kaltes Dosenbier zu holen und brachte Eddie eins mit. Eddie nahm das Bier dankbar entgegen und wischte sich mit einem Taschentuch die Tränen weg. Halbwegs gefasst, setzte er sich wieder auf die Couch.

„Das, was ich dir nun sage, habe ich in all den Jahren noch niemandem erzählt." Mit leiser Stimme fuhr Eddie mit seiner Geschichte fort.

Am nächsten Morgen, die durchlebte Nacht war nicht zu leugnen, ließen Eddie und Rebecca sich das Frühstück aufs Zimmer bringen und stießen gleich wieder mit Sekt an.

„Mein lieber Eddie“, hauchte Rebecca. „Da gibt es noch etwas, was ich dir sagen möchte: Wir bekommen ein Kind.“

Es traf Eddie wie ein Hammerschlag. Er fühlte sich, als wäre ein Bulldozer über ihn gerollt. Im ersten Moment dachte er, sie machte einen Scherz. Das konnte nicht sein. Doch als er in ihre Augen sah, wusste er, dass sie es ernst meinte. Nicht einmal aus Höflichkeit war er in der Lage, ihr Strahlen im Gesicht zu erwidern. Als sie registrierte, dass er ihre Begeisterung nicht teilte, fing sie an, auf ihn einzureden. Während sie von einem Wunschkind und kompletter Familie sprach, machte sich in Eddies Kopf eine bisher nie gekannte Panik breit. Er argumentierte mit seinem jungen Alter und dass er noch nicht so weit wäre, ein Kind großzuziehen. Außerdem hätte sie vorher mit ihm darüber sprechen müssen, anstatt ihn vor vollendete Tatsachen zu stellen. Seine Aussagen waren deutlich und als Vorwurf an sie gemeint.

Die Rückfahrt nach Stade wurde zur Belastungsprobe für ihre Beziehung. Keiner sprach mit dem anderen. In den folgenden zwei Tagen, Eddie war ins Gästezimmer umgezogen, klärten sie nur die dringendsten geschäftlichen Termine ab und gingen sich ansonsten aus dem Weg. Ab und zu hörte Eddie Rebecca weinen.

Am Abend des dritten Tages, Ester schlief bereits, kam Rebecca auf Eddie zu.

„Eddie, es war ein Fehler, nicht vorher mit dir gesprochen zu haben. Es bestand immer schon die Möglichkeit, dass ich schwanger werde. Ich nehme schon seit Jahren keine Pille mehr und dachte, wenn es passiert, sind alle glücklich. Du warst immer so bemüht um Ester, und ich machte mir vor, du hättest gerne ein eigenes Kind.“

„Das mag vielleicht sein, aber doch nicht mit knapp dreiundzwanzig!“, wetterte Eddie zurück.

Rebecca fing an, bitterlich zu weinen, und anstatt Verständnis für sie zu haben, steigerte sich Eddies Verärgerung nur. Er unterstellte ihr, ihn mit dem Kind an sie binden, gar erpressen zu wollen. Nichts war mehr übrig von dem Zauber, den sie in ihm allein durch ihre Anwesenheit entfachen konnte. Ihn überkam ein Gefühl der Ablehnung gegenüber allem, was mit ihr zu tun hatte. Schluchzend und unter Tränen verließ sie das Zimmer.

Morgenstern war Eddies Erzählung mitleidvoll gefolgt.

„Ich hätte nicht gedacht, dass du so hart sein kannst. Vor allem nicht gegenüber Menschen, die du liebst“, bewertete Morgenstern das Verhalten seines Freundes. Eddie vergrub das Gesicht in seinen Händen.

„Es kam noch schlimmer. Nachdem am nächsten Morgen Frederic Ester abgeholt hatte, um sie zum Kindergarten zu bringen, kam Rebecca wieder auf mich zu. Sie hätte eine Entscheidung getroffen, die sie mir am Nachmittag mitteilen würde. Vorher wollte sie nur noch zu einer Freundin nach Hamburg fahren.“

Morgenstern unterbrach Eddie. „Sie brauchte sicher Zuspruch oder zumindest einen guten Rat in dieser schwierigen Situation. Wie ist das Gespräch ausgegangen?“

„Ich habe es dir ja angekündigt, dass du mich dafür hassen wirst. Nicht immer geschehen die Dinge so, wie man will. Es hätte alles problemlos weiterlaufen können. Meine Idee war es jedenfalls nicht gewesen, die Pille wegzulassen“, begründete Eddie und versuchte damit, jegliche Schuld von sich zu weisen.

„Wie lautete nun ihre Entscheidung?“, war die einzige Frage, die Morgenstern interessierte. Wieder senkte sich Eddies Kopf so tief, dass er mit der Nase fast den Boden berührte.

„Das habe ich nie erfahren. Als sie zurückkam, war ich nicht mehr da. Ich habe, gleich nachdem sie das Haus verlassen hatte, meine Sachen gepackt und bin in den Zug nach Berlin gestiegen. Ich rief Jutta an und fragte, ob ich für ein paar Tage bei ihr wohnen könnte.

Sie war mal wieder Single und hatte nichts dagegen. Nach Stade bin ich nie wieder gekommen."

Morgenstern hakte nach.

„Hat Rebecca nicht versucht, dich anzurufen? Spätestens, als sie nach Hause kam und du nicht da warst, wird sie sich große Sorgen um dich gemacht haben."

„Hat sie nicht. Ich habe ihr einen Brief dagelassen, in dem die Beweggründe für meinen Fortgang standen und dass sie mich nicht anrufen soll. Ich würde meine Handynummer ändern, was ich auch gleich nach der Ankunft in Berlin getan habe."

Nun war Morgenstern das erste Mal so richtig angefressen, was er Eddie auch ungefiltert spüren ließ. Er sah seinen Freund verständnislos an.

„*Perfecto*. Du bist wirklich eine Klasse für sich. Nicht nur, dass du die Liebe deines Lebens mit Baby im Bauch sitzen lässt, du verschleierst auch noch deinen Aufenthalt. Damit entgehst du jeglichem schlechten Gewissen, löschst die Taten der Vergangenheit und bleibst unauffindbar. Das ist filmreif, bravo."

Urplötzlich durchzog ein Lächeln Eddies Gesicht. „Ich habe mein Kind gesehen. Es ist ein Junge. Er heißt Simon."

Eddies Worte ließen für einen Augenblick alles vorher Gesagte vergessen. Morgenstern blickte ungläubig drein und fragte nach. „Wann und wo hast du ihn gesehen? Und wie kannst du sicher sein, dass es dein Sohn war?"

„Vor circa fünf Wochen während meiner letzten Praktikumszeit auf dem Abschnitt hatten wir am Schäfersee eine VSK, eine Verkehrssonderkontrolle, durchgeführt. Du würdest dazu *Mausefalle* sagen. Mein Kollege prüfte die Fahrzeug- und Ausweispapiere eines 3er BMW, der von einer jungen Frau gefahren wurde und das Autokennzeichen STD, also Stade, besaß. Da hat bei mir noch nichts geklingelt. Erst als ich die Papiere zur Überprüfung bekam, war klar, in dem Auto saß Ester, die inzwischen einundzwanzigjährige Tochter von Rebecca. Daraufhin ließ ich mir noch den Ausweis des Beifahrers geben. Es war der vierzehn Jahre alte Bruder Simon mit derselben Wohnadresse."

Morgenstern rutschte aufgewühlt in seinem Sessel hin und her. Eddies Überraschung war gelungen und stimmte Morgenstern milde. Die Verfehlungen im Umgang mit Rebecca traten in den Hintergrund. Mit einem Mal interessierte er sich nur noch dafür, wie sein Freund mit der neuen Situation umgehen würde.

„Hast du dich zu erkennen gegeben oder deine Telefonnummer hinterlassen?"

Eddie reagierte gelassen.

„Nein, nichts von alledem. Ich war im Dienst und alles andere hätte mich in Schwierigkeiten bringen können. Stell dir vor, ich sage Ester und ihrem Bruder, wer ich bin. Meinst du, sie begrüßen mich mit: *Hallo Papa, schön, dass es dich noch gibt? Lass uns bei Gelegenheit mal treffen und über die alten Zeiten sprechen*? Von wegen. Sie würden mich beschimpfen und mir schwere Vorwürfe machen."

„Gut, Eddie, da magst du recht haben. Aber interessiert es dich denn gar nicht, was damals passiert ist?" Eddie wirkte weiterhin abgeklärt, als wenn ihn die Begegnung nicht sonderlich berührt hätte.

„Ich weiß nur eines: Sie hat das Kind bekommen, und es ist von mir."

„Wie kannst du da so sicher sein?"

Eddies Antwort kam blitzschnell. „Das Alter passt, und sie hatte zu dieser Zeit keinen anderen Mann. Außerdem ist es wieder ein biblischer Name. Der dritte in der Familie."

„Zur Bibel hatte ich noch nie einen Bezug", gestand Morgenstern. Er überlegte, auf welche Weise er seinem Freund näherkommen konnte und hatte eine Idee.

„Du hast mir einmal gesagt, dass du die Polizeiausbildung angefangen hast, um zu sehen, ob du dich noch für etwas Ordentliches eignest. Jedenfalls, so ungefähr. Hier hättest du die beste Gelegenheit dazu. Sich seiner Vaterschaft zu stellen, gehört bestimmt zu den guten Tugenden, die ein Mann zeigen sollte. Ausprobieren könntest du es schon. Wenn man dich nicht will und ablehnt, hast du es zumindest versucht. Was hältst du davon, mein Freund?"

Eddie nickte anerkennend und klatschte dabei in die Hände. „Respekt, Respekt. Was du nicht alles auf einmal weißt. Deiner Meinung nach sollte ich mich nächstes Wochenende ins Auto setzen und Rebecca in Stade besuchen, einfach so, nach über vierzehn Jahren und ohne Ankündigung."

„Ja, solltest du. Dann hätte ich genügend Zeit, meine Telefongespräche zu führen und die Termine mit den Damen abzuarbeiten."

Morgensterns Direktheit imponierte Eddie. Krampfhaft suchte er nach einem Vorwand, den Vorschlag seines Freundes abzulehnen. „Ich glaube kaum, dass sie alleine lebt. Solch eine Frau bleibt nicht lange ohne Mann. Auch wenn sie zwei Kinder hat."

„Und ich glaube, meinem taffen Freund fehlt es an Mumm. Des Nachts auf Verbrecherjagd gehen, aber sich scheuen, eine alte Freundin zu besuchen …", provozierte Morgenstern. Eddie wollte dem nichts mehr entgegensetzen und sagte, dass es Zeit für ihn wäre, ins Bett zu gehen. Morgenstern tat es ihm nach.

Sandra

Als Morgenstern gegen acht Uhr morgens in seinem bunt karierten Pyjama ins Bad ging, fand er ein großes Blatt Papier im Waschbecken.

Guten Morgen Sternchen,
es hat mich gestern viel Überwindung gekostet, dir die Geschichte zu erzählen, zumal ich sie schon vollständig aus meinem Kopf gestrichen hatte. Ich habe die halbe Nacht über deine letzten Sätze nachgedacht. Und du hattest recht damit: Ein Mann sollte sich seinen Taten stellen.
Wenn ich von der Schule zurückkomme, machen wir ein wenig Sport und essen etwas Gesundes.
Gruß Eddie.

Morgenstern überkam das positive Gefühl, mit seinen Worten etwas Gutes bewirkt zu haben. Lediglich der Beweis fehlte noch. Und es freute ihn umso mehr, dass es sich dabei um seinen Freund handelte, der ansonsten kaum auf fremde Hilfe angewiesen war, außer wenn es darum ging, sich in den Wohnungen anderer einzumieten.

Da die vierundzwanzig Stunden bis zur Freischaltung des Handys noch nicht vergangen waren, öffnete Morgenstern den nächsten Brief.

Lieber Inserent,
ich schreibe Ihnen, weil ich schon recht lange nach einem Partner suche und Ihre Anzeige mir gut gefallen hat. Mein Name ist Julia, 38 Jahre alt, 168 cm groß und mit braunem schulterlangem Haar. Ich bin geschieden ohne Kinder. Bitte melden Sie sich nur, wenn Sie ernsthaftes Interesse haben. Das Bild können Sie behalten; ich habe genug davon machen lassen.
Gruß Julia

Morgenstern sah sich das Bild nur kurz an und legte es zusammen mit dem Brief in die äußere Ecke des Tisches. Nachdem er noch zwei weitere Briefe gelesen hatte, die sich inhaltlich nicht sehr von

Julias unterschieden und ebenfalls auf dem gleichen Haufen landeten, nahm er die beiden Umschläge von Sandra und Walburga zur Hand. Er überflog deren Texte ein weiteres Mal und entschied, zuerst Walburga anzurufen. Obwohl es bis zur Freischaltung noch drei Stunden hin war, wählte er ihre Nummer. Sein Bemühen blieb ohne Erfolg. Das Telefon war noch nicht aktiviert.

In den nächsten zwei Stunden wollte er sich mit keinem weiteren Brief von seinem Vorhaben ablenken lassen und verbrachte die Zeit mit Putz- und Aufräumarbeiten in der Wohnung. Er lüftete die Betten, erledigte den Abwasch und säuberte die Dusche mit dem Gummiwischer. Als die Ungeduld zu übermächtig wurde, startete er einen erneuten Versuch und betätigte die Wahlwiederholung auf seinem Handy. Nach wenigen Sekunden sprang Walburgas Anrufbeantworter an: *Hallo Leute, ich bin mächtig im Stress und kann nicht ans Telefon gehen. Sagt, wer ihr seid und mein Rückruf ist euch sicher.* Den ersten Kontakt über einen Anrufbeantworter, nein, das wollte er nicht und legte ohne etwas zu sagen auf.

Mit einem Griff hielt er Sandras Brief in der Hand. Bevor er ihre Nummer wählte, schaute er sich ihr Profilbild an. Ganz nett, dachte er und rief sie an. Dabei glättete er das DIN-A4-Blatt, um den Text als Ganzes gut lesen zu können.

„Hallo", meldete sich eine weibliche Stimme.

„Guten Tag, mein Name ist Olaf Morgenstern, der Unbekannte, dem Sie geschrieben haben. Natürlich nur, wenn Sie Sandra Schäfer sind."

„Ja, das bin ich. Schön, von Ihnen zu hören. Es war für mich erst das zweite Mal, dass ich auf eine Anzeige geantwortet habe, und ich kann mich noch gut an Ihre erinnern", kam es freundlich und mit ruhiger Stimme vom anderen Ende der Leitung.

„Wie meinen Sie das?"

„Der Text war ganz anders als die sonst üblichen Formulierungen wie Größe, Gewicht und Hobbys. Wenn ich mich recht entsinne, waren Ihre Sätze sehr gefühlsbetont und treffsicher ins weibliche Herz gezielt."

„Das klingt wie ein Kompliment, doch irgendwie auch nicht?"

„Wir werden sehen, oder auch nicht."

„Ein gutes Stichwort: Wobei störe ich gerade, und wann können wir uns treffen?"

„Ich arbeite in einer Zoohandlung. Hatte ich Ihnen das nicht geschrieben?"

„Doch, hatten Sie. Ihr Brief liegt direkt vor mir. Dann störe ich Sie also jetzt an Ihrem Arbeitsplatz. Das war nicht meine Absicht …"

„Und Sie konnten es auch nicht wissen", unterbrach ihn Sandra. „Im Moment bin ich hier ohnehin alleine. In einer Zoohandlung wird nicht so häufig eingekauft wie im Supermarkt oder einem Beauty-Shop."

„Sie haben Humor, das gefällt mir", lobte Morgenstern die spontane Antwort. „Trotzdem möchte ich Sie nicht in Verlegenheit bringen, wenn zum Beispiel Ihr Chef …"

„Oder Chefin", redete Sandra wieder dazwischen.

„Natürlich auch Chefin, auftaucht. Deshalb noch mal meine Frage: Wann können wir uns treffen?"

„Ich gebe zu, dass ich auf den Poeten, der so wunderbare Sätze bilden kann, gespannt bin. Wie sieht es mit Ihrer Zeit aus? Könnten Sie mich nach Feierabend gegen achtzehn Uhr hier abholen?"

Hochgestimmt vernahm Morgenstern Sandras Frage und bemühte sich bei der Beantwortung, so cool zu bleiben wie nur möglich. „*No problemo*. Das bekomme ich hin. Sagen Sie mir einfach nur die Adresse."

„Wo kommen Sie her? Ich meine, wo wohnen Sie?", wollte sie noch wissen.

„Ich wohne in der Kantstraße, parallel zum Ku'damm."

„Gut, der Laden ist in der Revaler Straße 23. Die Nummer liegt direkt an der Ecke Simon-Dach-Straße. Ich betone das, weil die Gegend nicht so bekannt ist, außer eben die Simon-Dach-Straße. Die hat inzwischen Touristenstatus."

„Auch das bekomme ich hin und freue mich, Sie kennenzulernen. *Hasta luego.*"

Bevor Sandra nach der Bedeutung der beiden Wörter fragen konnte, hatte Morgenstern vor Überschwang aufgelegt. Er stand auf, riss die Arme nach oben und feierte sich und sein erstes Date seit Jahren. Angesichts seiner Euphorie war er kurzzeitig versucht, noch mal Walburga anzurufen. Doch er ließ es sein, genauso, wie er keinen weiteren Brief mehr öffnete. Er empfand es sogar als eine Art des Hintergehens, andere Frauen zu kontaktieren, obwohl er bereits verabredet war. Monogamie, sagte er sich, wäre die einzige Lebensform, die für ihn in Frage kommen würde.

Eddie kam gegen halb vier von der Polizeischule.

„Na mein Lieber, wie viele Körbe hast du dir heute eingefangen?"

Morgenstern, immer noch auf dem Pfad der Glückseligen, ließ die kleine Anmache an sich abprallen, stellte sich breitbeinig vor Eddie und gestikulierte wie ein Gebieter zu seinem Volk. „Ich werde am heutigen Abend mit Sandra eine Sause durch Friedrichshain machen. Essen gehen in einem Gourmetrestaurant mit vorzüglichen Weinen und dezenter Atmosphäre. Zu später Stunde werden wir unser Kennenlernen angemessen ausklingen lassen. Wie klingt das?" Eddie konnte dem nur ein müdes Lächeln abgewinnen und ging in das Bürozimmer, um die Turnmatte in Position zu bringen. Morgenstern wusste, dass er überzogen hatte, ärgerte sich dennoch, dass sich sein Freund nicht mit ihm freute und stellte ihn zur Rede. „Eddie, was ist los mit dir? Ich habe eine Verabredung, die erste seit langer Zeit, und du willst nichts davon wissen."

„Tschuldigung, unser Gespräch von gestern über Rebecca und deine Ansprache haben mich heute den ganzen Tag beschäftigt. Natürlich freue ich mich über dein Date und wünsche dir maximalen Erfolg. Sandra, war das nicht die, die von deinem Text so begeistert war und in einer Zoohandlung arbeitet?"

„Genau, das hast du dir gut gemerkt. Beinahe verdächtig. Du wolltest nicht zufällig bei ihr meinen Platz einnehmen …?" Beide Männer lachten.

„Übrigens, das mit dem Gourmetrestaurant wird in der Gegend eine echte Herausforderung werden. Ich würde mich eher auf Thai oder Sushi einstellen. Im besten Fall findest du einen Türken, der eine Pizzeria betreibt", spottete Eddie.

„Du bist mir ein prima Freund, immer optimistisch vorausschauend. So, wie man es sich wünscht", gab Morgenstern ironisch zurück.

„Und damit du zumindest eine gute Figur abgibst, quäle ich dich jetzt noch ein wenig auf der Matte", konterte Eddie und begann die ersten Übungen vorzumachen. Nach einer knappen halben Stunde lag Morgenstern erschöpft am Boden und bat um Gnade. „Wir müssen heute nicht alles nachholen, was in den letzten zwanzig Jahren liegen geblieben ist. Nächste Woche ist dazu auch noch Zeit."

„Von wegen nächste Woche. Einen Tag Regeneration und am Wochenende gehen wir laufen. Für den Anfang ganz gemütlich zwei bis drei Runden um den Lietzensee."

Als Morgenstern von der Warschauer in die Revaler Straße einbog, konnte er bereits die Fensterreklame der Zoohandlung sehen. Die Parkplatzsuche war für ihn wie gewohnt kein Problem. Beim Betreten des Ladengeschäfts läutete eine Glocke, die den Besucher beim Verkaufspersonal ankündigte. Hinter Kisten und Käfigen nahm Morgenstern eine Stimme wahr.

„Sind Sie es, Olaf? Nur keine Bange. Die meisten Tiere sind gut gefüttert und verstaut, bis auf …"

„Was heißt *die meisten*?", unterbrach Morgenstern verunsichert. Sandra hechtete mit Krallenhänden aus einer Ecke auf Morgenstern zu, um ihn zu erschrecken. Dabei stieß sie einen lauten Urschrei aus. „*Brrrr*, ich bin ein großes Krokodil!" Morgenstern erschrak tatsächlich und wich einen Meter zurück.

„Vorsicht, anderenfalls machen Sie noch Bekanntschaft mit meinen Reptilien und Insekten. Ansonsten freue ich mich, den Poeten kennenzulernen."

„Ich freue mich auch, nur hatte ich mir die Begrüßung bei unserem ersten Treffen anders vorgestellt."

„Das mag sein. Doch jetzt kennen Sie einen wesentlichen Teil meines Lebens und das bereits nach wenigen Minuten.“ Es schien, als hätte Sandra immer eine passende Antwort parat. Beide gingen zum Verkaufstresen und musterten sich gegenseitig. Für einen Moment waren nur noch diverse Tiergeräusche zu hören. Morgenstern löste die Stille zwischen ihnen auf.

„Nur Poet oder auch vorzeigbar?“

„Der Hübscheste im ganzen Laden, außer vielleicht den Zwergkaninchen“, zog Sandra Morgenstern auf und reichte ihm lächelnd die Hand.

„Dass du Humor hast, habe ich ja schon am Telefon gemerkt. Prima, ich mag das“, entgegnete er und musterte sie in ihrer hellgrünen Latzhose. Sandra bemerkte natürlich seine prüfenden Blicke und ging zur Attacke über.

„Gefällt dir, was du siehst? Falls nicht, so war der Weg umsonst, denn ändern ist sehr schwer. Ich würde gerne Olaf zu dir sagen.“

Morgenstern war dieser Schlagfertigkeit nicht gewachsen und musste sich erst sortieren, um eine angemessene Antwort zu geben. „Alles in Ordnung. Das mit dem Du wollte ich auch gerade vorschlagen.“ Der Schwindel bei diesem Satz war Morgenstern im Gesicht abzulesen. Sandra sah darüber hinweg und nahm einen Schlüsselbund aus der Schublade.

„Ich schließe jetzt nur noch den Laden ab, dann können wir gehen. Da du aus dem feinen Westteil dieser Stadt kommst und dich in dieser Gegend sicher nicht auskennst, werde wohl ich den Ort für unser Gespräch auswählen müssen.“

Auf einmal eröffnete sich für Morgenstern die Chance, ihr die kleine Überheblichkeit zurückzahlen zu können. Er grinste in sich hinein und reagierte nicht sofort, sondern wollte den richtigen Augenblick abwarten. „Was immer du willst. Es ist deine Veranstaltung“, war sein trockener Kommentar, bei dem er beide Arme hob.

„In der nächsten Querstraße gibt es eine Teestube, die leckere Mittagsgerichte anbietet, denen ich selten widerstehen kann. Oft bleibt noch etwas übrig, was sie dann zum Feierabend günstiger abgeben.“

„Nur zu. Gehen wir zum Resteverwerten“, machte sich Morgenstern darüber lustig. Sandra, die seine Bemerkung nicht spaßig fand, marschierte schnellen Schrittes voran. Fünf Minuten später saßen sie zurückgezogen an einem der hinteren Tische in der beschriebenen Teestube. Die Speisekarte strotzte nur so von Teesorten, was auch niemand verwundern durfte. Das Essensangebot dagegen war übersichtlich. „Tofu-Burger, als hätte ich es mir gedacht“, lästerte Morgenstern.

„Das ist auch nicht mein Fall. Wie wäre es mit gedecktem Apfelkuchen? Ich würde sogar in die Küche gehen und für dich Sahne schlagen.“ Dabei schaute sie ihn mit ihren großen braunen Augen liebevoll an. Morgenstern machte dieser Blick verlegen, und so vergrub er sich in die Speisekarte. Als die Bedienung kam, fragte er, ob sie noch etwas anderes hätten, als in der Karte stand, wie zum Beispiel Buletten oder Würstchen. Die Antwort überraschte beide.

„Ich kann euch ein Hamburger Schnitzel mit Mischgemüse machen. Das ist unser Tagesgericht für morgen. Doch für Sandra und ihre Begleitung machen wir heute eine Ausnahme.“ Sandra reagierte sofort. „Für mich ist das okay. Wie sieht es bei dir aus, Olaf?“

„*Bueno*, auch okay.“ Alle drei strahlten, als hätten sie das Geheimnis von Loch Ness gelöst.

„Was ist das eigentlich mit deinen spanischen Wörtern, die du gelegentlich einstreust? Hast du beruflich damit zu tun?“

„Wir haben oft Urlaub in Spanien gemacht. Da bleibt zwangsläufig etwas hängen. Außerdem leben meine Eltern seit einigen Jahren an der Costa del Sol. Doch beruflich, nein, gar nicht. Ganz weit davon entfernt.“ Nach Morgensterns besonderer Betonung der letzten beiden Sätze war Sandras Frage nach seiner beruflichen Tätigkeit unvermeidbar.

„Willst du mir sagen, womit du dir tagsüber die Zeit vertreibst?“

„Gerne, doch weniger am Tag. Ich fahre nachts Taxi, seit über vierzehn Jahren.“ Die Überraschung war gelungen. Sie schaute verblüfft, wieder mit großen Augen.

„Dann warst du vielleicht doch schon einmal in dieser Gegend?“

„Ganz häufig, denn ich bin in dieser Straße aufgewachsen. Die Revaler und Warschauer Brücke waren meine Lieblingswege mit dem Roller. Nur ein paar Häuser weiter, Dirschauer Straße 2, da haben meine Eltern und ich gewohnt. Bis zur Wende bin ich in die Polytechnische Oberschule Wilhelm Pieck gegangen. Erst kurz danach sind wir in die Kantstraße gezogen." Morgenstern lehnte sich genüsslich in seinem Stuhl zurück, als hätte er die 125-Tausend-Euro-Frage bei *Wer wird Millionär?* geknackt. Sandra senkte den Blick und dachte nach.

„Autsch, also doch kein feiner Westberliner. Da lag ich komplett falsch. Die Runde geht wohl eindeutig an dich."

„Oder an dich. Ich hätte nichts gegen eine Einladung. Quasi als Wiedergutmachung", schlug Morgenstern vor. Der Fingerzeig, wegen ihrer kleinen Fehleinschätzung die Rechnung zu übernehmen, ging Sandra dann doch zu weit.

„Du kannst mir gerne etwas aus deiner Jugendzeit in Friedrichshain erzählen, doch beim ersten Date sollte entweder der Mann bezahlen oder man teilt sich das Ganze. Was meinst du dazu?" Morgenstern erkannte, dass er jetzt dringend ein paar versöhnliche Worte finden musste, damit das Treffen nicht vorzeitig zu Ende ging.

„Das mit der Rechnung bekommen wir schon hin. Ich bin streng konservativ erzogen. Meine Mutter würde mir die Ohren langziehen, wenn du bezahlen müsstest. Was ist mit dir, wo bist du groß geworden?"

„In Itzehoe. Das ist eine Kreisstadt im Südwesten Schleswig-Holsteins mit ungefähr dreißigtausend Einwohnern."

„Und was trieb dich nach Berlin?", fragte Morgenstern nach.

„Ich wollte Theologie studieren, was ich auch letztendlich tat, nur nicht zu Ende."

„Was ist passiert?"

„Nach vier Semestern brauchte ich wegen bestimmter Geschehnisse in der Kirche eine Auszeit. Die sollte eigentlich nur sechs Monate dauern, doch nun bin ich schon seit fast elf Jahren in der Zoohandlung."

„Dann hat sich das mit der Kirche und Jesus für dich erledigt?“

Sandra schmunzelte. „Kirchenmitgliedschaft und Glaube sind nicht immer das Gleiche. Wenn jemand aus der Kirche austritt, bedeutet das nicht, dass er sich weniger für den christlichen Glauben interessiert. Wenn du es genau wissen willst: Ich glaube an Gott und Jesus Christus.“ Weil Morgenstern beinahe das Atmen vergaß, setzte Sandra ihre Rede fort. „In der Gesellschaft existiert eine große Nachfrage nach Seelsorgeangeboten, die nicht in dem Maße gestillt werden kann, wie es notwendig wäre. Deshalb habe ich mich entschlossen, einen kleinen Beitrag dafür zu leisten. Zweimal in der Woche bin ich in einem Kinderheim und lese aus der Bibel vor. Außerdem gehöre ich zum Team der Telefonseelsorge in Marzahn.“

Morgenstern schnaufte über den Tisch. „Und dann noch die vielen kleinen Tiere! Nicht wenig für eine einzelne Person.“

„Hör zu, Olaf.“ Sandras Ton wurde streng und bestimmend. „Ich will ganz ehrlich zu dir sein. Du bist natürlich nicht der erste Mann, mit dem ich mich getroffen habe. Zuerst war alles ganz nett, so wie bei uns. Manchmal sind wir auch schon nach dem zweiten oder dritten Treffen im Bett gelandet. Doch spätestens wenn ich den Typen von meiner Berufung erzählt habe, verschwanden sie von der Bildfläche. Danach ging es mir jedes Mal schlecht, und das will ich nicht mehr.“ Für einen Moment sah es so aus, als wenn sich bei ihr eine Träne aus den großen Augen lösen würde. Der Kellner brachte das Essen. Ohne etwas zu sagen, stocherten beide auf ihren Tellern herum und ließen, zum Missfallen des Kellners, die Hälfte der Speisen darauf liegen. Sandra brach als Erste das Schweigen.

„Also Olaf, jetzt weißt du Bescheid. Es liegt nun an dir, ob wir unser Kennenlernen fortsetzen. Denn wie bereits gesagt: Ändern ist ganz schwer.“

Morgenstern fühlte sich in die Ecke gedrängt und wäre am liebsten wie eine Maus durch einen kleinen Schlitz verschwunden. Doch nun saß er ratlos dieser jungen Frau mit großen braunen Augen und einer grünen Latzhose gegenüber und sollte auch noch Farbe bekennen. Ihm war klar, dass hinauszögern und hinhalten bei ihr nicht funktionieren würde, also suchte er nach einer Formulierung, die nicht gleichbedeutend mit einer Absage wäre.

„Das Gute ist, dass du nicht zu den Zeugen Jehovas gehörst, die, so ist es mir zumindest erzählt worden, keinen Sex vor der Ehe haben dürfen und außerdem Bluttransfusionen ablehnen. Was ist das für ein Unsinn, kein Sex vor der Ehe. Man muss doch wissen, mit wem man das restliche Leben abends ins Bett geht." In diesem Augenblick war Morgenstern überzeugt, etwas Vernünftiges von positiver Strahlkraft gesagt zu haben. Seine Sätze sollten Sandra beruhigen und die Hoffnung auf ein weiteres Treffen bestehen lassen. Doch Sandra war inzwischen im Umgang mit Männern erfahren genug, um die Schmeicheleien und werbenden Worte einordnen zu können. Nicht, dass sie Morgenstern zu den Gerissenen zählte, die jeden ihrer Schritte im Voraus planten, um das bestmögliche Ergebnis für sie selbst zu erzielen, nein, denn dazu erschien er ihr nicht clever genug. Sie erkannte aber sein Dilemma, ihr nicht seine Wahrheit mitzuteilen zu können, die, so vermutete sie, ein Zusammenkommen nicht zulassen würde. Doch ganz so leicht wollte sie ihm die Sache nun auch nicht machen, zumal er ihr gefiel.

„Olaf, mal abgesehen von den Zeugen Jehovas sind wir Christen ganz normale Menschen, die alles das lieben, was Freude macht und verurteilen, was verletzt. So, wie es in den zehn Geboten steht." Kaum hatte sie die Worte ausgesprochen, fiel bei Morgenstern die Klappe. Leben nach Regeln, von denen er keine drei kannte, nein, das wollte er nicht. Er nahm allen Mut zusammen und sprach endlich Klartext.

„Sandra, ich habe heute eine bemerkenswerte Frau kennengelernt, die sich sehr für andere Menschen engagiert. In mir bestehen große Zweifel, ob da noch genug Platz für mich übrigbleibt. Ich bin nicht so stark, wie es vielleicht scheint und brauche eine Partnerin, die sich voll und ganz auf mich einstimmt. Die Dinge regelt, für die ich zu dämlich bin." Auf einmal war er da. Der Poet, nach dem Sandra Ausschau gehalten hatte, steckte kurz den Kopf um die Ecke.

„Olaf, du bist nicht zu dämlich. Denk so etwas nie. Vielleicht ein wenig naiv und nicht so abgezockt wie die anderen Typen. Doch das macht dich umso sympathischer. Jeder zahlt seine Rechnung selbst, und wenn du mit deinem Taxi wieder in der Gegend bist …“ Sie verabschiedeten sich mit einem leichten Kuss auf die Wange und drehten sich noch mehrmals um, bis sie sich aus den Augen verloren.

Morgenstern saß schon eine halbe Stunde immer noch in der Revaler Straße in seinem Taxi und versuchte, die letzten zwei Stunden mit Sandra möglichst schnell abzuhaken. Keine seiner Erwartungen waren erfüllt worden, stattdessen gab es Gespräche über im Käfig gehaltenen Tieren und eine Lektion Bibelkunde. Auf einmal konnte er dem Treffen nichts Verwertbares mehr abgewinnen. Nur verlorene Zeit, die er besser mit einer anderen Frau verbracht hätte. Bei diesem Gedanken kam in ihm Verlangen auf. Er überlegte, das Taxischild auf dem Dach zu installieren und dem Zufall eine Chance zu geben. Eventuell gäbe es eine Begegnung mit erotischem Verlauf. Plötzlich fiel ihm Walburga ein, die er bisher telefonisch nicht hatte erreichen können. Ihre Nummer war auf seinem Handy gespeichert. Er drückte die Wahlwiederholungstaste.

„Hallo“, meldete sich eine raue Stimme.

„Auch hallo. Ich bin Olaf, Sie haben auf meine Kontaktanzeige geantwortet.“

„Ja, mein Schatz. Und du hast schon versucht mich anzurufen. Ich gebe jeder Nummer einen Buchstaben, dann kann ich den Anrufer besser zuordnen. Natürlich nur so lange, bis ich seinen Namen kenne. So wird jetzt aus einem S wie Sex ein Olaf. Gefällt dir das, wenn ich so rede?“

Morgenstern hielt einen Moment inne.

„Eine feine Methode, wenn Sie, ich meine, wenn du meinst.“ Morgensterns Aufregung war bis in die Telefonzentrale spürbar.

„Wie viele Püppchen hast du denn schon vernascht? Na, ich denke, wenn du zufrieden wärst, würdest du mich nicht anrufen, oder?“

„Die Wahrheit ist, ich hatte einen Unfall und konnte die Post erst sehr spät öffnen. Dein Brief war gleich obenauf und hat mir sehr gefallen."

Walburga fragte gezielt nach. „Was hat dir gefallen? Dass ich älter bin oder die Dinge so sage, wie sie die meisten denken?" Jetzt kam bei Morgenstern noch Verlegenheit dazu, und er begann, stockend zu sprechen.

„Wahrscheinlich beides. Ich habe gerade nichts weiter vor und bin mit dem Auto unterwegs. Es ist erst kurz nach acht; vielleicht könnten wir uns treffen."

„Ich kann die Uhr auch gut lesen. Es ist gleich viertel vor neun. Kann es sein, dass du geil bist?" Morgenstern fühlte sich erwischt und überlegte aufzulegen.

„Komm schon Olaf, das ist keine Krankheit. Die meisten Menschen, nicht nur Männer, denken andauernd an das Eine. Immer wenn einem Kerl eine Braut mit dicken Titten über den Weg läuft, stellt er sich vor, wie er mit ihr rummachen könnte. Das ist normal und Standard, selbst bei Schwulen und Lesben. Wer das Gegenteil behauptet, lügt oder ist bereits tot."

„Ich würde dich wirklich gerne treffen, jetzt noch mehr als vorher. Egal wo, ich kenne mich sehr gut in der Stadt aus", drängelte Morgenstern.

„Deine Art gefällt mir. Ich mag devote Männer und bin sicher, wir könnten einiges miteinander ausprobieren. Nur heute geht es nicht. Ich hatte bis vor einer Stunde Besuch. Das volle Programm."

„Schade", kam es wehleidig und leise aus Morgensterns Mund.

„Nun heule mal nicht. Ich habe dir doch geschrieben, dass ich gerne telefoniere. Na, wie wär's? Soll ich dich von deinem Druck befreien? Dann parke dein Auto in einer ruhigen Seitenstraße, wo nicht so viele Passanten an dir vorübergehen und ruf mich dann noch mal an."

„Hier ist kaum jemand", antwortete er prompt.

„Gut, dann öffne deine Hose und nimm dein bestes Stück in die Hand."

Morgenstern schaute sich mehrfach um, um sicherzugehen, dass auch wirklich niemand in der Nähe war, und tat wie von Walburga vorgegeben.

„Hör zu, mein Hübscher, weil ich dich nicht kenne, gibt es heute nur die Softversion. Die müsste allerdings reichen. Ich schicke dir ein Foto von mir, an dem du dich aufgeilen kannst. Mehr ist dieses Mal nicht drin. Ruf mich in den nächsten Tagen an, dann machen wir etwas aus."

Das Foto kam über WhatsApp. Morgenstern öffnetet es umgehend und sah eine wohlgeformte Frau in weißer Reizwäsche.

„Nun stell dir vor, dass diese begierigen Hände und meine vollen Lippen schon bald das tun werden, was du heute noch selber erledigen musst. Du wirst erweckte Sehnsüchte erleben", hauchte sie in das Telefon und legte auf. Morgenstern war auf der Stelle angemacht und fing, das Handy in der linken Hand haltend, sofort an zu onanieren. Der Erguss ließ nicht lange auf sich warten und verteilte sich auf Hand und Hose. Entspannt und gleichzeitig verärgert über die kleine Sauerei, machte er sich auf den Heimweg. Als er nach Hause kam, wartete bereits Eddie, dem er einen Zettel hinterlassen hatte, im Wohnzimmer auf ihn.

„Na, Sternchen, wie ist es gelaufen?"

Morgenstern winkte ab und stürmte ins Bad, um sich zu säubern. Nach wenigen Minuten kam er wieder heraus, wechselte in eine bequeme Trainingshose und setzte sich zu seinem Freund auf die Couch.

„Die Kurzfassung, und nur die gibt es heute, lautet: Engagierte Christin in grüner Latzhose mit Charme, doch ohne Chic, und die Lady mit Telefonsex."

„Und das alles an einem Tag! Mein lieber Alter, das schafft nicht jeder", war Eddies trockener Kommentar.

„Morgen ist Freitag. Ich werde wohl wieder meine erste Nachtschicht fahren."

„Solltest du laut Arzt nicht noch ein paar Tage Pause einlegen?", mahnte Eddie seinen Freund.

„Ich wusste nicht, dass Verabredungen so anstrengend sein können, da steige ich doch lieber in mein Auto und verdiene Geld.“

„Apropos Verabredung, ich bin morgen nach der Schule mit einer Dame verabredet, die dir sogar bekannt ist.“

Morgenstern hatte keine Lust zu rätseln und ließ Eddie mit seinem Geheimnis alleine. „Ich gehe jetzt ins Bett und nehme mir noch etwas Nachtlektüre mit. Wenn es die Dame in zwei Wochen noch gibt, werde ich sie bestimmt auch kennenlernen.“ Die Spitze saß. Das letzte Wort blieb jedoch Eddie vorbehalten.

„Übrigens, ich habe dir zwei leichte Hanteln auf die Turnmatte im Elternschlafzimmer gelegt. Für den Fall, dass du auch ohne meine Anleitung etwas gegen deinen Bauchspeck unternehmen willst.“

Gleichstand, eins zu eins.

Morgenstern nahm sich drei Briefe vom Stapel und ging damit wortlos in sein Zimmer.

Hallo Mr. Unbekannt,
ich schreibe mit PC, damit die Zeilen lesbar sind. Selbst bin ich 39 Jahre jung, 1,73 m groß und suche jemanden, mit dem ich das Leben mit allen Sinnen genießen kann. Lieben, lachen, glücklich sein, ankommen, aufgefangen werden, das wünsche ich mir.
Ich bin attraktiv, im Herzen und Wesen, gepflegt, vorzeigbar, tageslichttauglich, schlank, sinnlich, romantisch, scharfsinnig, nicht oberflächlich, habe blaue Augen, dunkelblonde lange Haare, meistens hochgesteckt, bin sportlich, modern, aber nicht flippig, locker und entspannt, wahrheitsliebend, herzlich, offen, empathisch, temperamentvoll, tanze und lache sehr gerne, am besten mit dir? Bin immer zuverlässig, finanziell unabhängig, lebe und arbeite in Berlin.
Eigentlich bin ich ganz zufrieden mit mir, außer, dass mir „ETWAS" fehlt.
Aktuelle Fotos gibt es auf dem Handy. Sie werden dir gefallen.
WhatsApp: 0173-637 45 37, bei Interesse.

Herzliche Grüße
A.

Morgenstern war begeistert und versucht, sofort die angegebene Nummer zu wählen. Mit Blick zur Uhr erteilte er seinem Vorhaben eine Abfuhr und begnügte sich mit dem Lesen des zweiten Briefes.

Hallo!
Ich bin eine echte Berlinerin mit sportlicher Figur, meine Erziehung lässt auch nicht zu wünschen übrig. Ich denke, meinerseits viel Charme und Liebreiz zu haben und es einem lieben Mann gerne zukommen zu lassen. Meine Hobbys sind Serien schauen und vom Balkon die Leute beobachten. Außerdem fahre ich gerne U-Bahn. Da kann man die schrägsten Typen erleben. Bin noch unter 40 Jahre, 1,68 m und 71 kg und für fast alles offen.

Alles Weitere am Telefon.
Liebe Grüße
Sandy

Auch wenn er Sandys Nummer nie wählen würde, so wertete Morgenstern auch diesen Text als sehr aufschlussreich und betrachtete die doch sehr unterschiedlichen Antworten als eine Art Studium. Er machte sich bewusst, dass jede dieser Frauen mit der Absicht geschrieben hatte, ein Treffen zu vereinbaren oder zumindest ein Telefonat zu führen. Wie vielfältig die Briefe auch waren, sie verfolgten alle das gleiche Ziel. Keiner war wie der andere und jede Verfasserin gab ihr Bestes.

Plötzlich suchte er nicht mehr nach der einen Frau, die passen könnte, sondern interessierte sich für die Variationsbreite, die das weibliche Geschlecht für ihn bereithielt. Seine bisherigen Wertevorstellungen und Kriterien wie Haarfarbe, Größe, Alter und Figur, sollten auf einmal keine Rolle mehr spielen. Morgenstern näherte sich der Auffassung, dass Aussehen, klug oder nicht klug sowie Vermögensstände keine Garanten für eine aphrodisierende und aufrichtige Partnerin waren. Wie oft war er schon attraktiven Frauen begegnet, in deren Schoß er sich gewünscht hätte! Doch keine dieser Prachtweiber hatte ein Auge für ihn gehabt. Warum also dem Unerreichbaren erfolglos nachjagen und trauern, wenn eine Schar märchenhafter Wesen an seine Tür klopfte und um Einlass bat? Es gab nur noch ein Kriterium, nach dem er seine Auswahl treffen wollte: Wer begehrte am stärksten? Bei wem war die Lust nach Liebe auf Anhieb erkennbar? Diese Frau sollte ihn besitzen dürfen. Morgenstern war klar, dass es dabei nicht nur bei einer Dame bleiben würde und stellte Überlegungen an, nach welchem System er eine gerechte Reihenfolge der Treffen bestimmen könnte. Da sich eine sofortige Lösung des Problems nicht abzeichnete, entschied er, die Angelegenheit zu verschieben und weiter Briefe zu lesen.

Guten Tag,
ich habe Ihren Anzeigentext mit großem Interesse gelesen und deshalb auch beschlossen zu antworten. Ich heiße Christina, bin 34 Jahre, 1,69 m, ein gepflegter, gut gekleideter sympathischer NR-Typ. Ich bin u.a. unkompliziert, offen, tolerant, bodenständig u. humorvoll mit vielseitigen Interessen. Außerdem gehe ich gerne den Ku'damm entlang und stöbere in den Geschäften, obwohl ich mir dort sowieso nichts kaufen kann. Was Sie noch wissen sollten: Geboren bin ich in Stendal. Das liegt in Sachsen-Anhalt. Meine Eltern sind Anfang der 90er Jahre nach Spandau gezogen. Als Jung-Pionier ist es mir sehr schwergefallen, mit den West-Kindern klarzukommen. Deshalb musste ich auch die Schule wechseln. Inzwischen habe ich mich gut eingelebt.
Geben Sie uns eine Chance u. lernen mich kennen. Rufen Sie mich doch einfach an.
Über eine Antwort würde ich mich sehr freuen.
Freundliche Grüße – und vielleicht bis bald?

Ohne sich weiter mit dem Inhalt zu beschäftigen, legte Morgenstern das Blatt zur Seite und ging noch mal ins Wohnzimmer, um sich vom Stapel mit einer Handvoll Briefen zu versorgen. Eddie saß noch immer auf der Couch und beendete gerade ein Telefonat, bei dem es wohl um die morgige Verabredung ging.

„Es soll dich schön grüßen."

„Eddie, ich war noch nie besonders neugierig und werde dich auch jetzt nicht nach dem Namen deines Mädchens fragen." Morgenstern lächelte und wollte wieder zurück ins Zimmer gehen. Plötzlich stoppte er ab und drehte sich um.

„Eine Frage habe ich noch an dich. Ist dir schon einmal ein Traum so realistisch vorgekommen, dass du meintest, es passiert wirklich?"

Eddie blickte ratlos drein und fragte nach. „Wie meinst du das?"

„Ich habe letzte Nacht Stimmen und eines meiner Lieblingslieder, *Morning Has Broken*, gehört."

„Was haben diese Stimmen denn gesagt?", wollte Eddie wissen.

„*No sé*, keine Ahnung. Ich wollte mitsummen, konnte es aber nicht."

„Meine Träume sind am Morgen weg, und ich kann mich an nichts mehr erinnern. Bis auf das eine Mal. Da hatte ich mir hintereinander zwei Teile von *Star Wars* angeschaut und später geträumt, ich wäre ein Jedi. Beim Kampf wurde ich getötet und bin sofort schweißgebadet aufgewacht. Das war alles." Eddies Beitrag zum Thema Träume war für Morgenstern nicht hilfreich, woraufhin er in sein Zimmer zurückkehrte und sich den nächsten Brief vornahm.

Hallo mein Herr,
ich bin Unternehmerin und beschäftige mich mit dem Verkauf von Immobilien. Sie suchen eine unwiderstehlich charmante Dame mit atemberaubender Figur, mit langen, schlanken Beinen und heiterem, warmherzigen Wesen? Dann haben Sie einen Volltreffer gelandet. Was mir zu meinem Glück fehlt, ist eine starke Schulter zum Anlehnen. Sie bekommen dafür eine sinnliche Partnerin, zärtliche Geliebte und gleichberechtigte Frau auf Augenhöhe. Der Vollständigkeit halber sollte ich noch erwähnen, dass ich unwesentlich älter bin als Sie. Ich erwarte Ihren.
Liebe Grüße
Patricia, auch Patty genannt

Womöglich eine Superfrau, fragte sich Morgenstern, doch welche Superfrau würde sich schon mit mir zusammentun? Der Brief landete abseits. Das nächste Kuvert, welches Morgenstern öffnete, war bläulich. Darin befand sich ein handbeschriebenes weißes Papier.

Sehr geehrter Unbekannter,
ich traue mich und hoffe, dass Sie mich anrufen werden. Mein Name ist Sonja, 33 Jahre jung und leider schon Witwe ohne Kinder. Ich wünsche mir wieder einen Mann, der mich liebt und den ich verwöhnen kann, nicht nur mit kochen, was ich sehr gut beherrsche. Mit Modelmaßen kann ich leider nicht dienen, dafür aber mit Warmherzigkeit und Treue. Ich möchte so gerne wieder lachen und gemütliche Abende auf der Couch verbringen, denn zu Hause ist es doch am schönsten.

Morgensterns Konzentration ließ nach, und er hatte Mühe, seine Augen offen zu behalten. Er legte den Rest des Stapels neben das Bett und löschte das Licht im Zimmer.

Am Vormittag des nächsten Tages tankte er sein Taxi und unterzog es einer gründlichen Innen- und Außenreinigung. Da er davon ausging, dass Eddie wegen seiner Verabredung kaum Zeit haben würde, Lebensmittel einzukaufen, durchstöberte Morgenstern den Supermarkt nach gesundem Essen. Beim Auspacken in der Küche kamen, außer einem Sixpack Bier und zwei Flaschen Kindl-Bock, ein Netz mit Tomaten, vier Äpfel, Toastbrot, Prosciutto Cotto, Gouda-Käse und sechs Bioeier sowie drei verschiedene Sorten Nüsse zum Vorschein.

Nachdem Morgenstern die Betten der beiden Schlafräume wieder in eine ordentliche Form gebracht hatte, nahm er den Rest der noch ungeöffneten Briefe und setzte sich damit auf die Couch. Während er wahllos ein Kuvert öffnete, entschied er, die Briefschreiberin sofort anzurufen.

Hallo Unbekannter,
was für eine Annonce, den Mann musst du unbedingt kennenlernen. Das war mein erster Gedanke. Ich bin der gleiche Jahrgang, dunkelhaarig und vorzeigbar. Gerne würde ich mit dir etwas unternehmen. Wie wäre es mit Joggen im Grunewald, Currywurstessen auf der Halenseebrücke (über der Autobahn) oder die Filmfestspiele in Cannes besuchen?
Ich komme mir jetzt vor wie ein Teenager, der am Telefon sitzt und auf die Einladung zum Schulabschlussball wartet. Hoffentlich nicht zu lange.
Liebe Grüße
Mareike

P.S.: Mich umgibt noch ein kleines süßes Geheimnis …

Morgenstern wählte die Nummer. Eine Mädchenstimme meldete sich.

„Hallo, wer möchte mich sprechen?“

„Wen haben wir denn da?“

„Erst du und dann ich.“

Morgenstern gab nach. „Na gut, ich bin Olaf.“

„Bevor ich dir meinen Namen sage, möchte ich aber erst wissen, ob du mich oder jemand anderen sprechen willst. Wir sind hier nämlich zwei Mädchen.“

„Ich vermute, dass ich das andere Mädchen sprechen möchte, wenn sie denn Mareike heißt.“

Das Mädchen nahm den Telefonhörer vom Ohr und rief laut durch die Wohnung: „Mama, Olaf möchte dich sprechen.“ Die Mutter antwortete kurz mit „Gleich!“.

„Mama ist im Bad und macht sich bestimmt noch die Haare schön. Ich heiße übrigens Finia, ohne J bitte. Willst du mir schon verraten, was du von Mama willst?“

Morgenstern war perplex und bevor er überlegen konnte, etwas Passendes zu antworten, hatte Mareike den Hörer übernommen.

„Hallo, Zimmermann am Apparat.“

„Hier ist Olaf, der Unbekannte, auf dessen Anruf du wie ein Teenager gewartet hast.“

Sekunden der Stille und ein breites Lächeln auf Mareikes Gesicht.

„Der Mann, der die nicht alltägliche Annonce aufgegeben hat. Mit deinem Anruf hatte ich nicht mehr gerechnet. Das Ganze muss auch schon einige Zeit her sein.“

„Stimmt, doch deinen Brief habe ich erst heute Morgen gelesen und dachte, wer so nett schreibt, den rufe ich sofort an.“

„Dann hast du auch gleich mein süßes Geheimnis kennengelernt. Wie sieht es bei dir mit Kindern aus? Bist du schon Papa?“

„Nein, bin ich nicht.“

„Olaf, ich muss dich das jetzt fragen.“ Ihr Ton wurde ruhig und kontrolliert. „Kannst du dir vorstellen, eine Frau mit einem siebenjährigen Kind in dein Leben zu lassen? Wenn nicht, dann sollten wir erst gar nicht anfangen, uns aneinander zu gewöhnen.“

Morgenstern schwieg. Sie wartete gefühlte fünf Minuten ab und wollte gerade auflegen.

„Dass ich keine Kinder habe, bedeutet nicht, dass ich sie nicht mag. Es braucht für Kinder jemanden, der sie auf die Welt bringt. Und dieser Jemand ist mir womöglich noch nicht begegnet. Doch, ich mag Kinder, vor allem, wenn sie so gut telefonieren können und neugierig sind."

Mareike unterbrach ihn mit einem lauten Lachen. „Da hast du gerade noch einmal die Kurve gekriegt. Die Erklärung ist akzeptiert und dem Fortgang der möglichen Liaison steht somit nichts im Wege. Oder wie siehst du das?"

Wieder so ein überflüssiges Fremdwort, dass Morgenstern in Verlegenheit brachte. Doch er wollte auf keinen Fall noch einmal schweigen und erinnerte sich an Gespräche mit Fahrgästen, in denen oftmals nur belangloses Zeug geredet wurde.

„Was arbeitest du?" Sie war für einen Moment irritiert, schüttelte sich kurz und ging dann darauf ein.

„Ich bin Lehrerin. Doch wollen wir das und noch vieles andere nicht lieber bei einem persönlichen Treffen besprechen? Ich würde mir dafür gerne nächste Woche Zeit nehmen. Olaf, wie sieht es da bei dir aus?"

Der einfachen Frage folgte eine schnelle Antwort. „Nächste Woche ist prima. Ich soll sowieso noch mit der Arbeit etwas kürzertreten. Was schlägst du vor?"

„Dienstag habe ich meinen Studienleitertag zur Vorbereitung von Seminaren, und Finia wird von meiner Mutter aus der Schule abgeholt. Da bin ich mit meiner Zeiteinteilung recht flexibel. Jetzt muss ich aber noch einmal nachfragen, was es mit dem Kürzertreten auf sich hat. Warst du krank?"

Blöd, jetzt habe ich mich verplappert. Wer will sich schon mit einem treffen, der frisch aus dem Koma erwacht ist?, machte sich Morgenstern bewusst und versuchte, sich aus der Nummer herauszuwinden. „Nein, reine Vorsichtsmaßnahme. Du weißt ja, wie Ärzte sind. Es gibt keine weiteren Nachwirkungen, die du zu befürchten hast, versprochen." Sie begnügte sich damit und wurde konkret. „Also Dienstag! Da du zum Joggen vielleicht noch nicht fit genug bist und das Flugpersonal in Frankreich streikt, kommt Cannes auch nicht in Frage. Bleibt nur noch das Currywurstessen in Halensee. Sagen wir um dreizehn Uhr?“ Morgenstern gefiel ihre Ausdrucksweise und wie sie die Dinge anging. Vertieft in ihre Worte, nickte er zustimmend. Da sie sein Nicken nicht sehen konnte, fragte sie nach: „Hallo, bist du noch dran?“

„Entschuldigung. Ich war wohl schon beim Bestellen des Currymenüs. Gerne, können wir so machen. Ich freue mich“, kam es, wie aus dem Schlaf geholt, von ihm. Mareike sagte, dass sie sich jetzt wieder mit ihrer Tochter beschäftigen wollte, deren leichte Erkältung auch der Grund war, dass beide heute zu Hause geblieben waren. Morgenstern zeigte Verständnis, zumal der Termin nun feststand, wünschte gute Besserung und beendete das Gespräch. Er blieb noch auf der Couch sitzen, um das Telefonat für sich auszuwerten. Sie scheint eine kluge Frau zu sein, und Humor ist auch vorhanden. Ganz anders als die Lehrerinnen, mit denen ich es bisher zu tun hatte. Und sie weiß, was sie will. Dass sie einen Mann sucht, ist offensichtlich. Die Frage ist nur, ob für sich oder als Vater für ihr Kind?

Der Spieler

Wie so oft verlegte Morgenstern die ungelösten Fälle erst einmal auf später. Statt weiter darüber nachzudenken, packte er Papiere und Geldbörse zusammen, um nach Wochen des Stillstandes endlich wieder seinem geliebten Taxifahren nachzugehen. Es war kurz nach vier, als er in seinen Wagen stieg. Nach zwei Stunden Dauerregen winkte ein Mann mit Schirm in der Landsberger Allee nach seinem Taxi. Morgenstern fuhr vorsichtig an den Bordstein heran, um keine Wasserspritzer zu verursachen. Noch während des Einsteigens gab der Mann sein Fahrziel an. „Bringen Sie mich zum Flughafen. Doch vorher halten Sie am Potsdamer Platz; ich möchte noch kurz in die Spielbank." Kein „Guten Tag", „Bitte" oder sonstiges Grüßen vonseiten des Mannes. Morgenstern quittierte diese Unhöflichkeit mit einem schlichten „Ja". Als sie sich dem Leipziger Platz näherten, meldete Morgenstern Bedenken hinsichtlich des Parkens vor der Spielbank an. „Wenn Sie nur etwas abgeben oder abholen wollen, dann kann ich für zwei, drei Minuten auf dem Seitenstreifen halten. Ansonsten möchte ich Sie bitten, später ein anderes Taxi zu nehmen." Der Fahrgast reagierte schroff und ablehnend. „Wie kommen Sie darauf, dass ich etwas abhole? Sehe ich aus wie ein Bote oder Briefträger?" Nein, so sah er tatsächlich nicht aus. Unter dem beigefarbenen Trenchcoat waren ein dunkelblaues Sakko, ein weißes Hemd und eine passende Krawatte zu erkennen. Der Mann trug eine auffällige Brille mit roten Bügeln und weißem Steg. An seinem linken Ohr befand sich ein kleiner Ring mit Glitzerstein. Bevor Morgenstern etwas antworten konnte, wetterte der Mann weiter. „Ich möchte spielen, ganz kurz, und habe es danach eilig. Der Taxistand ist in diesem Moment nur mit einem Wagen besetzt. Was, wenn dieser nicht mehr da ist? Bei dem Regen stehe ich in demselbigen. Nein, lassen Sie bitte die Uhr laufen." Mit dem letzten Satz wurde der Ton des Mannes versöhnlicher, was Morgenstern dazu bewog, Kompromissbereitschaft zu zeigen. „Ich war noch nie in einer Spielbank, doch aus Filmen weiß ich, dass die Menschen sehr lange an den Tischen sitzen, weil sie ihr verlorenes Geld zurückgewinnen wollen, was ihnen allerdings selten gelingt." Der Mann ließ keine Zeit verstreichen, um ungefragt zu antworten. „Das sind Touristen oder Anfänger. Die armen Teufel gewinnen wirklich sehr, sehr selten. Ich dagegen gewinne immer!", kam es selbstbewusst aus ihm heraus. Morgenstern war unentschlossen, ob er voller Bewunderung Beifall klatschen oder seinen Fahrgast als angebenden Aufschneider abhaken sollte.

„Sie sagen, dass Sie noch nie in einer Spielbank waren. Das kann ich nicht glauben. Würde ich hier wohnen, ich wäre fünf Tage in der Woche in dem Laden. Einfacher kann man sein Geld nicht verdienen. Doch in meinem kleinen Dorf gibt es eine Pension mit Bauernstube, einen Kindergarten, zwei Sportplätze, von denen einer im Sommer mit Biergarten betrieben wird, sowie das obligatorische Haus Gottes." Jetzt war die Stimmung ins Positive gekippt und der Mann lächelte. Morgenstern fühlte sich berufen, ebenfalls etwas zur guten Laune beizutragen. „Darf ich wissen, wo sich dieser magische Ort befindet?"

„Sie dürfen und dürfen ihn auch gleich wieder vergessen: Greifenstein, Ortsteil Holzhausen. Das liegt in Hessen, mitten in der Pampa." Nach kurzer Schmunzelpause kam Morgenstern wieder auf das eigentliche Thema zurück. „Ich muss noch einmal nachfragen. Sie sagen, dass Sie nur kurz in der Spielbank sind und gewinnen. Was macht Sie da so sicher?"

„Stellen Sie Ihr Taxi ab und schauen Sie selbst. Ich lade Sie ein. Eine zweite Krawatte habe ich als Reserve immer dabei. Doch ich glaube nicht, dass Sie eine brauchen. Das war früher einmal so. Wenn ich mich recht erinnere, laufen hier die meisten Spieler in Räuberzivil herum. Ich kann das nicht. Ohne Krawatte fühle ich mich nackt. Kommen Sie und nehmen Ihren Ausweis mit. Sie werden es nicht bereuen." Morgenstern konnte sich dieser direkten Aufforderung nicht entziehen. Er parkte den Wagen am Ende des Taxihalteplatzes und folgte dem Mann in die Spielbank. Als sie das Foyer betraten, nahm der Mann Morgenstern zur Seite.

„Mein Name ist Bernd Broszeit. Sie können Herr Broszeit oder Bernd zu mir sagen, nur bitte nicht duzen." Morgenstern erwiderte sofort: „Dann sagen Sie, Bernd, Olaf zu mir."

„Gut, Olaf, jetzt noch ein paar einfache Hinweise. Ich gehe gleich zur Kasse und kaufe uns zwei Eintrittskarten. Sie müssen Ihren Ausweis vorzeigen und werden registriert. Danach wechsle ich genau tausenddreihundertfünfundsiebzig Euro in Jetons, die von mir in nur einem Spiel am Roulettetisch gesetzt werden." Morgenstern machte große Augen und unterbrach. „So viel Geld auf einmal, ist das nicht zu gewagt?"

„Sie sollten wissen, Roulette ist das ehrlichste Glücksspiel der Welt. Die Gewinnmöglichkeiten für den Spieler stehen fast so gut wie für die Bank. Lediglich die Null macht den kleinen Unterschied."

„Und warum gewinnt dann meistens die Bank?", wollte Morgenstern wissen.

„Das zeige ich Ihnen gleich, wenn wir hineingehen", versprach Broszeit. Als Morgenstern den großen Spielsaal betrat, staunte er wie ein Kind, welches das erste Mal einen beleuchteten Weihnachtsbaum zu Gesicht bekommt. Die Fläche war bestückt mit mehreren Tischen, an denen Roulette, Black Jack, Poker oder Baccarat gespielt wurde. Eine Kleiderordnung gab es tatsächlich nicht und die überwiegende Menge der Anwesenden, vornehmlich Männer, trug Freizeitkleidung. Broszeit steuerte direkt auf einen Roulettetisch zu und beobachtete für einige Minuten die Spieler und deren Einsätze.

„Olaf, sehen Sie den Mann gegenüber mit dem grauen Rollkragenpullover und den krausen Haaren, der je einen Zehn-Euro-Jeton auf die 9 und 15 gesetzt hat?", fragte Broszeit leise mit vorgehaltener Hand. Morgenstern nickte.

„Wahrscheinlich sein Geburtsdatum, fünfzehnter September. Die Chance, dass eine der beiden Zahlen kommt, ist sehr gering. Sollte jedoch eine der beiden fallen, so erhält der Mann den fünfunddreißigfachen Gewinn von seinem Einsatz", erklärte Broszeit und führte Morgenstern in eine weniger belebte Stelle des Raumes. Von dort aus beobachteten sie auf der Anzeigentafel über dem Roulettetisch, welche Zahl als Nächstes erschien. Es war die schwarze 22.

„Pech für unseren Wuschelkopf. Doch so geht es vielen, die meinen, mit kleinen Einsätzen den großen Gewinn abschöpfen zu können. Mein System besteht darin, genau das Gegenteil zu tun, also die Bank zu kopieren." Broszeit war nun voll in seinem Element, und seine Weisheiten sprudelten nur so aus ihm heraus. „Ich decke mit meinem Einsatz nahezu das gesamte Zahlenfeld ab und erhöhe meine Gewinnchancen um ein Vielfaches." Es war für Broszeit offensichtlich, dass Morgenstern von alledem noch nichts verstanden hatte. Da es ihm jedoch wichtig war, seinem jungen Begleiter die Vorzüge seines erfolgreichen Spielsystems aufzuzeigen, erklärte er geduldig jeden einzelnen Schritt.

„Ich gehe gleich an den Tisch und setze je fünfhundert Euro auf die ersten beiden Dutzend, zweihundertfünfzig Euro auf die nächsten sechs Zahlen und hundertfünfundzwanzig Euro auf die vorletzten drei. Damit sind dreiunddreißig Felder mit meinen eingetauschten Jetons abgedeckt. Sollte die Kugel auf eine dieser Zahlen fallen, erhalte ich in jedem Fall tausendfünfhundert Euro. Somit beträgt die Differenz zu meinem Einsatz immer hundertfünfundzwanzig Euro; mein Gewinn und steuerfrei." Morgenstern hatte konzentriert aufgepasst und Klärungsbedarf. „Was ist mit den letzten drei Zahlen 34 bis 36? Die sind nicht abgedeckt." Broszeit presste die Lippen aufeinander. „Sie haben noch die Null vergessen", ergänzte er und ließ sich etwas Zeit, bevor er weitersprach. „Zugegeben, mein Einsatz ist unverhältnismäßig hoch, doch das Risiko, dass es eine der vier Zahlen trifft, eher klein, zumal ich nur ein einziges Mal setze. Und das werde ich jetzt tun, sonst verpasse ich noch meinen Flieger." Forschen Schrittes ging Broszeit an den Tisch und tat, was er sich vorgenommen hatte. Der Croupier ließ die weiße Kugel im Roulettekessel kreisen. Sekunden später fiel sie auf die schwarze Elf, also im ersten Dutzend. Broszeit bekam zu seinem gesetzten Fünfhundert-Euro-Jeton noch zwei in gleicher Höhe dazu. Er räumte die drei Jetons sofort ab und ging damit zur Kasse. Morgenstern folgte ihm. In wenigen Minuten saßen beide wieder im Taxi und fuhren, immer noch im strömenden Regen, Richtung Tegeler Flughafen.

„Nun denken Sie bloß nicht, dass ich jetzt wegen des Gewinns verschwenderisch mit dem Geld umgehen würde und Sie auf ein monströses Trinkgeld hoffen können. Objektiv gesehen, müssten Sie mir etwas zahlen oder zumindest den Fahrpreis erlassen. Schließlich habe ich Ihnen in kürzester Zeit eine weitere, sehr lukrative Einnahmequelle beigebracht. Da wäre ein Rabatt mehr als gerechtfertigt. Was meinen Sie dazu, Olaf?“ Broszeit lehnte sich selbstgefällig auf der Rückbank zurück und erwartete ein entsprechendes Entgegenkommen. Morgenstern glaubte seinen Ohren nicht zu trauen. Jetzt gewinnt der Typ auf die Schnelle über hundert Euro und will, dass ich ihn umsonst zum Flughafen fahre, war sein erster Gedanke, den er jedoch, der guten Erziehung wegen, so nicht aussprechen wollte. Er entschied sich für eine Soft-Version.

„Es war tatsächlich eine bemerkenswerte Erfahrung, mit Ihnen in der Spielbank gewesen zu sein. Allerdings habe ich meine größten Zweifel daran, dies jemals ohne Sie zu wiederholen. Sollten sich jedoch unsere Wege noch einmal kreuzen und wir dann gemeinsam auf Beutezug gehen, so sage ich Ihnen bereits heute einen Anteil in Höhe von zwanzig Prozent meines Gewinns zu. Gewissermaßen als Ausbildungsgeld oder Schutzgebühr, wie man in Mafiakreisen sagt. Doch bis dahin bleibt alles wie üblich. Sie nehmen meine Dienstleistung in Anspruch und bezahlen mich dafür. Ansonsten müsste ich Sie gleich hier im Tiergarten an einen Baum binden oder die Gendarmerie rufen. In jedem Fall würden Sie heute nicht mehr nach Hause kommen. Was meinen Sie dazu, Bernd?“

Morgensterns wahnwitziger Vorschlag hatte seinen Zweck erfüllt. Broszeits Körper versteifte sich und sein Mund blieb geschlossen. Auch wenn er die Androhung, die Fahrt zu unterbrechen, nicht für voll nahm, so gefiel ihm die Art der Antwort, und er lächelte in sich hinein. In dieser Weise war ihm schon lange niemand mehr begegnet. Nach fünfzehn Minuten des gegenseitigen Schweigens hielt

Morgenstern direkt vor dem Gate 12, von dem aus Lufthansa die Passagiere nach Frankfurt abfertigte.

„Das sind dann neunundvierzig Euro und sechzig Cent. Möchten Sie eine Quittung?“ Broszeit hielt bereits einen Fünfzig-Euroschein in der Hand. „Keine Quittung. Hier, stimmt so“, antwortete er und reichte den Schein nach vorne. Broszeit war gerade dabei, das Taxi mit Schirm und kleinem Koffer zu verlassen, da drehte er sich noch einmal um. „Sie haben Humor, Olaf. Den sollten Sie beibehalten.“, sagte er ganz sachlich und verschwand unter dem Schirm auf dem Weg zum Terminal. Morgenstern, den Geldschein noch in der Hand haltend, war konsterniert und ärgerte sich, nichts entgegnet zu haben, sondern blubberte nur vor sich hin: „Du hast auch Humor. Den solltest du schnellstens überprüfen.“ Er bedauerte, dass er Broszeit keinen Regenzuschlag berechnet hatte oder mit ihm nicht einmal mehr um die Kirche gefahren war, dann wäre sein blöder Schein nicht ausreichend gewesen, und er hätte bei einem krummen Betrag vielleicht doch ein angemessenes Trinkgeld gegeben.

Während Morgenstern noch seinen Gedanken nachhing, wurde die hintere rechte Tür seines Taxis von einer Dame geöffnet, die sich auch sofort auf den Rücksitz fallen ließ. In der einen Hand hielt sie ein Handy, mit dem sie lauthals telefonierte und in der anderen einen kleinen Reisekoffer sowie eine Einkaufstüte mit der Aufschrift *Galeries Lafayette Paris*. Sie unterbrach ihr Telefonat nur kurz, um Morgenstern das Fahrziel „InterConti, Budapester Straße" zu nennen. Dann sprach sie unüberhörbar weiter. Als sie nach wenigen Momenten registrierte, dass sich das Taxi nicht von der Stelle bewegte, wütete sie gegen ihren Taxifahrer.

„Warum fahren Sie nicht? Ich habe Ihnen doch gesagt, dass ich zum Hotel InterContinental möchte. Wenn Sie nicht wissen, wo das ist, dann fragen Sie einen Kollegen. Nur fahren Sie endlich." Morgenstern, immer noch unter dem Eindruck seines letzten Fahrgastes, ließ sich nicht beirren und zitierte die Vorschriften.

„Es ist mir unter Strafe verboten, Sie am Flugsteig aufzunehmen. Hier steigen Fahrgäste aus, nicht ein. Sehen Sie die Reihe wartender Taxen am Flugsteig sechs bis acht? Dort können Sie einsteigen."

Die Dame ließ ihrer Empörung freien Lauf. „Wer denkt sich denn so etwas Dämliches aus? Das ist ja wie früher im Osten. Ich stell mich doch nicht in eine Schlange, schon gar nicht, wenn es wie aus Kübeln gießt. Erst der verspätete Abflug, dann jede Menge Turbulenzen mit Blitz und Donner, dass einem das Essen des Vortages hochkommt, und jetzt noch ein Paragrafenreiter. Nein, Herr Taxifahrer, wer zuerst kommt, mahlt zuerst, basta. Ich bleibe hier sitzen. Entweder Sie fahren mich und erhalten ein sattes Trinkgeld, oder …" Die Luft blieb ihr weg. Das Handy war auf laut gestellt und eine Stimme meldete sich.

„Bonny, ist bei dir alles in Ordnung?"

Morgenstern wägte ab. Weiter im Streit und die Möglichkeit, dass sich die Situation zu einem medizinischen Notfall entwickelte oder das Risiko in Kauf nehmen, von einem Kollegen angezeigt zu werden. Erst jetzt drehte er sich um und sah sich einer elegant gekleideten, reiferen Dame gegenüber.

„Hören Sie! Sie müssen sich nicht mehr aufregen. Ich fahre Sie zu Ihrem Hotel. Doch wenn wir dort angekommen sind, benötige ich von Ihnen eine kurze schriftliche Bestätigung, dass Sie darauf bestanden, von mir gefahren zu werden. Können Sie mir das versprechen?“ Die Dame schaute Morgenstern mit den treuen Augen eines Golden-Retriever-Weibchens an und nickte. „Alles, was Sie wollen. Doch bitte bringen Sie mich hier weg.“ Morgenstern fuhr los. Die Stimme aus dem Telefon meldete sich wieder.

„Bonny, ist wirklich alles in Ordnung? Sag doch etwas.“

Die Dame beruhigte sich und setzte ihr Gespräch fort. „Nur eine kleine Unstimmigkeit. Wo war ich noch stehengeblieben?“ Keine Antwort von der anderen Seite. „Ach ja, ich weiß wieder. Du hattest gefragt, was es gab. Es war *Die Zauberflöte* von Mozart. Die wahrscheinlich am häufigsten gespielte Oper der Welt. Ein Klassiker, den ich bestimmt schon zum vierten Mal gesehen habe. Doch immer wieder großartig.“ Die Stimme am anderen Ende des Telefons unterbrach Morgensteins Fahrgast. „Hat er dich danach noch zum Essen eingeladen?“

„Violetta Walewski, du willst es mal wieder ganz genau wissen.“

„Bonny, du weißt doch, wie neugierig ich bin. Außerdem erzählen wir uns auch sonst immer alles.“ Inzwischen hatte sich die Dame erholt und ihr Stimmvolumen den ursprünglichen Zustand wieder erreicht. Morgenstern konnte nicht verhindern, das Telefonat mitanzuhören.

„Nein, essen waren wir vorher. Nach der Oper gaukelte er mir vor, noch wichtige Papiere aus dem Konsulat holen zu müssen. Also nahm er mich mit in sein Arbeitszimmer, wo auf einmal keine Rede mehr von den Papieren war. Er machte mir Komplimente und gestand, seit unserer ersten Begegnung auf dem Botschaftsempfang an mich denken zu müssen. Nach dem zweiten Glas Cognac begann er, sich an meiner Bluse zu versuchen. Ich ließ ihn machen.“ Violetta unterbrach sie erneut.

„Und ihr habt es auf seinem Schreibtisch getrieben, stimmt's oder habe ich recht?“ Bonny blieb gelassen und gab freigiebig Auskunft.

„Du siehst zu viele Pornos. Ich habe mir alle Mühe gegeben, ihn zu seinem Glück zu verhelfen, denn schließlich hat er meinen 24-Stunden-Ausflug nach Paris gesponsert. Aber dem Herrn ging plötzlich die Puste aus. Das Alter fordert mitunter in den falschen Momenten seinen Tribut.“

„Das nennt man dann wohl Fehlinvestition“, kommentierte Violetta hämisch.

„Das gilt nicht für mich! Auf dem Weg zur Oper kamen wir am Lafayette vorbei. Dort habe ich im Schaufenster ein rattenscharfes Kleid gesehen, total sexy, mit tiefem Ausschnitt und seitlichem Schlitz. Ich bin heute Morgen gleich hin und musste sehen, ob es das Teil auch in Größe 40 gibt.“

„Seit wann passt dir Größe 40?“, stichelte Violetta.

„Wir haben uns schon länger nicht gesehen, und zweimal die Woche gehe ich walken. Auf jeden Fall habe ich es mir gekauft und werde es heute Abend tragen“, antwortete Bonny selbstbewusst.

„Wer ist denn der Auserwählte? Kenne ich ihn?“

„Ja, dein Mann“, kam es ohne zu zögern heraus.

Kurzes Schweigen.

„War ein Scherz“, erklärte Bonny.

„Ich hätte nichts dagegen. Wenn du ertragen kannst, dass Bertram die ganze Woche im Ausland ist und dann noch am Wochenende mit seinen Kumpels eine Städtetour macht. Nur zu.“ Violetta versuchte Gleichgültigkeit vorzugaukeln, doch ihre Stimme hatte jegliche Leichtigkeit verloren. Der Regen hatte aufgehört und ein Stau ließ das Taxi an der Kreuzung Otto-Suhr-Allee Ecke Leibnizstraße halten.

„Du, Violetta, ich muss jetzt auflegen; lass uns später telefonieren. Wir stehen im Stau und die Zeit wird knapp.“ Violetta willigte ein und Bonny wandte sich ihrem Taxifahrer zu. „Können Sie nicht irgendwo abfahren? Ich habe es wirklich eilig.“

„Wie es aussieht, ist direkt auf der Kreuzung etwas passiert. Wir stehen mittendrin. Keine Chance voranzukommen, tut mir leid. Vielleicht sagen Sie besser Ihrer Verabredung Bescheid, dass es später wird." Morgensterns gut gemeinter Rat hatte zur Folge, dass sich die Dame erst jetzt darüber klar wurde, ihr Gespräch in vollem Umfang dem Taxifahrer unterbreitet zu haben. „Sie haben mich belauscht", kam es vorwurfsvoll vom Rücksitz. Morgenstern nahm die Unterstellung gelassen hin und verzichtete auf eine Widerrede. Stattdessen lenkte er ab. „Stimmt es wirklich, dass *Die Zauberflöte* am häufigsten gespielt wird? Ich dachte immer, die italienischen Opern sind die Kassenschlager." Die Frage brachte die Dame aus dem Konzept. Vergessen waren der Stau und das Mithören ihres Telefonats. Ein Taxifahrer, der sich für Opern interessierte, das hatte sie nicht erwartet. Nur allzu gerne sprang sie darauf an und gab bereitwillig Auskunft.

„Ihre Vermutung ist nicht von der Hand zu weisen. *La Traviata*, *Nabucco* oder *Rigoletto* werden auf der ganzen Welt gespielt. Dennoch ist Mozarts Werk das bekannteste. Darf ich fragen, in welchen Aufführungen Sie bisher waren?"

„Ich hatte lediglich einmal Karten für *Tosca* bei den Bregenzer Festspielen. Bin allerdings kurz vorher krank geworden und konnte nicht hingehen." Wieder war es gut, dass Morgenstern nach vorne schaute und sie sein errötetes Gesicht nicht sehen konnte. Sein ganzes Wissen resultierte aus dem James-Bond-Film *Ein Quantum Trost*, der als Schauplatz die Seetribüne in Bregenz und die besagte Oper hatte.

„Da haben Sie ganz großes Pech gehabt. Diese Oper ist eine meiner Favoritinnen. Noch eine Frage, was gefällt Ihnen an den Aufführungen besonders?" Langsam bereute Morgenstern, mit diesem Thema angefangen zu haben. Ein weiteres Schwindeln würde er nicht durchhalten.

„Wenn ich ganz ehrlich bin: Die aufwendigen Kostüme, besonders die der Frauen, haben es mir angetan."

Die Dame nahm die Vorlage gerne an. „Wenn ich Sie recht verstehe, meinen Sie die opulenten Kleider mit den großzügigen Dekolletés!“ Wieder wechselte Morgensterns Gesicht die Farbe. Doch dieses Mal aus Scham. So wollte er es nicht verstanden wissen, auch wenn es von ihm so gemeint war. Noch bevor er sich entlasten konnte, zeigte sie Verständnis für seine Vorliebe.

„Da haben die Männer es deutlich besser als wir Frauen. Diese Freizügigkeit bleibt uns bei den männlichen Darstellern verwehrt. Also genießen Sie den Anblick weiblicher Schönheit. Das ist ganz im Sinne der menschlichen Natur und dem sollte sich niemand widersetzen.“ Morgenstern war sich nicht sicher, wie diese Aussage gemeint war. Er schwankte zwischen einer allgemeingültigen wissenschaftlichen Feststellung und einer versteckten Anmache. Aber egal wie, er hörte ihr gerne zu. Nach dem, was er in dem vorausgegangenen Telefonat mitbekommen hatte, gehörte die Dame keinesfalls zu den Mauerblümchen, die vor Trockenheit eingingen. Das Auflösen des Staus verhinderte ein weiteres Nachdenken oder gar ein Vertiefen des Themas. Als Morgenstern vor dem Eingangsbereich des Hotels anhielt, begann er sofort, nach einem geeigneten Papier zu suchen. Die Dame bemerkte seine Emsigkeit und fragte, was er dort treibe.

„Ich habe Sie am Flughafen aufgenommen, wo ich Sie nicht aufnehmen darf. Das hatte ich Ihnen bereits gesagt. Ich möchte Sie bitten, mir eine kurze Bestätigung zu unterschreiben, um gegen mögliche Schwierigkeiten gewappnet zu sein. Jetzt benötige ich nur noch ein Blatt. Haben Sie vielleicht eins dabei?“

Die Dame wirkte ungehalten. „Ich trage in der Regel keine Blöcke mit mir herum und würde Sie jetzt gerne bezahlen, um endlich in mein Zimmer zu gelangen. Danach können Sie zum Concierge gehen und sich geben lassen, was Sie brauchen. Dann kommen Sie mit dem Schreiben zu mir und alle sind zufrieden. Kriegen Sie das hin?“ Auch wenn Morgenstein ihre Art für eine Spur zu arrogant hielt und sich leicht von oben herab behandelt fühlte, konnte er dem Vorschlag einiges abgewinnen.

„Dann bekomme ich jetzt sechsundzwanzig Euro und vierzig Cent."

Die Dame gab ihm dreißig Euro. „Stimmt so. Zimmer 690. Falls jemand Sie fragt, sagen Sie, Sie möchten zu Señora Babette von Arcacha." Dann stieg sie aus.

Morgenstern war verblüfft und angetan zugleich. Er hatte ja bereits den ein oder anderen B-Promi kutschiert, doch eine spanische Dame des Hochadels noch nie. Seinen Wagen parkte er, wie fast immer, wenn kurze Wege zu erledigen waren, am Ende des Taxihalteplatzes. Beim Betreten der Eingangshalle ging er zielstrebig auf die Rezeption zu. Dort gab man ihm ein DIN-A4-Blatt und ersuchte ihn, zum Schreiben einen der Couchtische aufzusuchen. Bereits beim ersten Satz stockte Morgenstern, weil er sich nicht mehr an den vollständigen Namen der Dame erinnern konnte. Doch der musste gleich am Anfang stehen. So sehr er auch grübelte, es war ihm nur noch der Vorname Babette im Gedächtnis. Nach einigen Minuten des Überlegens entschied er, die Stelle frei zu lassen und nachher, unter Mithilfe der Dame, den Namen einzusetzen. Eine Viertelstunde später waren seine fünf Zeilen fertiggestellt. Gut gelaunt und mit der Gewissheit, das unterzeichnete Absicherungspapier gleich in den Händen zu halten, fuhr Morgenstein mit dem Aufzug in den sechsten Stock. Es brauchte eine kurze Orientierung und einen langen Flur, bis er vor dem Zimmer 690 stand. Seinem Klopfen wurde erst nach einer gefühlten Ewigkeit nachgekommen.

„Kommen Sie rein. Ich habe uns aus der Minibar eine kleine Erfrischung vorbereitet."

Morgenstern machte zwei Schritte und blieb dann wie versteinert stehen. Seine Augen erblickten eine wahrhaftige Göttin. Sie erkannte seinen entgeisterten Gesichtsausdruck, ging auf ihn zu und drückte ihm ein Glas in die Hand. „Ich musste doch wissen, wie das neue Kleid wirkt. Was sagen Sie dazu?" Da Morgenstern immer nur noch starrte, ohne ein Wort herauszubringen, sprach sie weiter. „Nun trinken Sie erst einmal einen Schluck, und wenn Sie wollen, machen Sie mir Komplimente. Das hört jede Frau gerne." Morgenstern trank das halbe Glas aus und stotterte „*mucho gusto*", was so viel wie „sehr erfreut" heißt.

„Oh, Sie können Spanisch. Erst das Interesse für Opern und jetzt diese Fremdsprache. Sie überraschen mich. Vielleicht schlummern noch mehr Talente in Ihnen, als ich annehmen konnte. Obwohl ein *fantastico* mir besser gefallen hätte."

Morgenstern versuchte sich zu sammeln, um etwas halbwegs Gescheites darauf zu antworten. „Das war das Erste, was mir durch den Kopf schoss, weil Sie doch aus Spanien sind, auch wenn es vollkommen daneben war. Das Kleid ist wie für Sie gemacht. Sie sehen darin … mir fehlen einfach die Worte", kam es unvollständig aus ihm heraus. Die Dame nahm ihm das Glas aus der Hand und stellte es auf einen Beistelltisch. „Heißt das Wort vielleicht *geil*, was dir fehlt und das du dich nicht traust auszusprechen?" Morgensterns Gesicht errötete wie eine Tomate kurz vor der Ernte. Sein Blick war nach unten gerichtet.

„Erfüllt dieses Kleid nicht dein Begehren nach einem wohlgeformten Busen, wie ihn die Damen so weit entfernt und unerreichbar auf der Bühne zeigen?" Sie ließ eine kleine Pause, bevor sie ihm den Rücken zuwandte und seine Hände an ihre Hüften drückte. „Nun lass deiner Lust freien Lauf und fürchte dabei nicht meinen Widerstand. Ich bin eine Frau zwischen sexueller Forderung und passiver Hingabe. Mich unterzuordnen und als Objekt behandelt zu werden ist meine Bestimmung. Und wenn es dann noch durch jemanden aus der normalen Bürgerschicht geschieht, verspüre ich ein noch größeres Lustgefühl und Befriedigung auf allen Ebenen." An Morgenstern rauschten die Worte nur so vorbei. Er spürte nur noch seine Erregung, die ihn in einen Zustand versetzt hatte, in dem es ihm nicht mehr möglich war, seine Hände von ihr zu lassen. Er griff in den Ausschnitt, um die nackte Haut ihrer Brüste zu fühlen. Es war kein zärtliches, sanftes Berühren, eher ein grobes Kneten wie das eines Bäckers, der seinen Brotteig formt. Doch je fester er zulangte, desto begieriger bewegte sie ihren Körper und stieß dabei wollüstige Laute aus. Plötzlich fasste sie nach hinten und fühlte sein steifes Glied. „Komm, gib ihn mir! Ich will dich schmecken." Morgenstern, nun im Rausch, wollte mehr. Als er anfing, sein Hemd aufzuknöpfen, legte sie ihre Hände auf seine und stoppte damit sein Tun. „Ich werde nicht mit dir schlafen. Nur das Eine. Sieh zu und genieße es." Die Nüchternheit in ihrer Stimme ließ ihn erschrecken. Während er kurz überlegte, das Ganze abzubrechen, hatte sie den oberen Teil ihres Kleides nach unten gestreift und sich vor ihn hingekniet. Vorsorglich legte sie ein Kissen unter. Beim Anblick ihrer Brüste verwarf Morgenstein seinen absurden Gedanken des Abbruchs und begann hastig, den Gürtel zu öffnen. Es klingelte. Beide schauten zuerst sich und dann das Zimmertelefon an. „Ich ahne Ungemach", kommentierte Babette die Störung flapsig und stand auf, um den Hörer abzunehmen. Am anderen Ende meldete sich die Rezeption.

„Entschuldigen Sie die Störung, Señora von Arcacha. Hier ist ein Herr Bertram Walewski, der zu Ihnen möchte."

„Sagen Sie Herrn Walewski, er möge sich in der Lobby ein wenig gedulden. Ich komme in zwanzig Minuten zu ihm."

Was für ein Weib, staunte Morgenstern, der sich an den Namen aus dem Telefonat im Taxi erinnerte, und brachte seine Kleidung wieder in Ordnung. Die Dame machte keine Anstalten, ihr heruntergelassenes Oberteil zu richten, sondern ging barbusig auf ihren Besucher zu. „Es muss jetzt nicht zu Ende sein. Wir haben noch genügend Zeit, um …" Morgenstern schnitt ihr das Wort ab. „*Terminado.* Das mache ich nicht mit. Vor nicht einmal vierundzwanzig Stunden in Paris auf dem Schreibtisch, jetzt ich, und gleich nach mir der Mann Ihrer Freundin", erhitzte sich Morgenstern.

„Sie ist nicht meine Freundin. Schon lange nicht mehr. Sie weiß es nur noch nicht", rechtfertigte sie sich und fuhr fort. „Bertram und ich kennen uns bereits aus der Schulzeit, genau wie Violetta, die damals noch Edeltraud hieß. Wir drei sind in Erfurt groß geworden und haben alles gemeinsam gemacht, außer Liebe, das war tabu, obwohl ich schon damals in Bertram sehr verliebt gewesen war. Eines Tages kamen die beiden zu mir und gestanden, schon über ein Jahr miteinander zu schlafen und dass sie jetzt die Absicht hätten, zu heiraten. Sie baten mich, ihre Trauzeugin zu sein. Das konnte ich nicht und zog, ohne eine Adresse zu hinterlassen, nach Magdeburg. Anlässlich eines Bürgerempfangs im Rathaus lernte ich dort 1992 meinen späteren Mann kennen. Er war Honorarkonsul für kulturelle Zusammenarbeit und Wirtschaftsförderung in Bolivien."

„Dann sind Sie gar keine Spanierin?"

„Bist du jetzt sehr enttäuscht?", fragte sie und kleidete sich wieder vollständig an.

„Nein, das nicht. Ich habe nur ihre Art zu reden gemocht, auch wenn es mitunter etwas herablassend wirkte. Es kommt nicht häufig vor, eine so gebildete Frau von Welt zu fahren, die sich dann auch noch mit mir unterhält."

Die Dame ging dicht an Morgenstern heran und streichelte seine wieder errötende Wange. „Das klingt als hättest du dich in mich verliebt. Wie süß! Jetzt würde ich mich wirklich gerne bei dir dafür erkenntlich zeigen. Damit du mich nicht heute Abend schon vergessen hast." Dabei ließ sie ihre Hand von seinem Gesicht langsam tiefer gleiten. Doch bevor sie ihr Ziel erreicht hatte, machte Morgenstern einen Schritt zurück.

„Ich möchte Sie in Erinnerung behalten, wie es jetzt ist und male mir ein Wiedersehen so aus, wie ich es mir in meinen Träumen vorstelle. Können Sie das verstehen?" Sie lächelte ihn an, als wollte sie sagen: Du kleiner dummer Junge. Du weißt nicht, was dir entgeht. Doch seine naive Aufrichtigkeit beeindruckte sie und ließ sie andere Worte finden. „Verstehen nicht, doch akzeptieren muss ich es wohl. Ich wünschte, mir wären noch mehr Männer begegnet, wie du einer bist." Morgenstern wollte nicht weiterreden und trat den Rückzug an.

„Sollte ich nicht etwas unterschreiben?"

Im Nu nahm er das gefaltete Blatt aus der Gesäßtasche und reichte es ihr. „Dort, wo die Lücke ist, bitte noch den vollständigen Namen eintragen." Sie tat, worum sie gebeten wurde, und gab das Blatt zurück.

„Mein Mann ist vor sieben Jahren gestorben, und er hat mir nicht nur seinen Namen, sondern auch die finanziellen Möglichkeiten hinterlassen, mein Leben so zu gestalten, wie ich es mag. Dazu gehört, dass ich mir von Zeit zu Zeit eine Sahneschnitte gönne, ob nun gekauft, bestellt oder durch Zufall in die Arme gespült. Ich werde in diesem Jahr achtundfünfzig. Da ist man bei den großen attraktiven Männern nicht mehr die erste Wahl. Die jagen auf einem anderen Beutefeld." Sie senkte demütig ihren Kopf, als wollte sie um Verzeihung bitten. „Das soll keine Entschuldigung sein, nur eine Art Erklärung. Violetta habe ich erst vor zwei Jahren während einer Opernaufführung in Dresden wiedergetroffen. Und das mit Bertram wird eine einmalige Sache sein. Es gibt sicher keine Wiederholung. Er und seine Kumpels haben zufällig ihren Jahresausflug nach Berlin gemacht. Da hat er mich angerufen, weil er wusste, dass ich die ganze Woche in der Stadt bin."

Morgenstern war geneigt, sie für ihre Offenheit zu umarmen. Doch er verkniff es sich und verließ kommentarlos das Zimmer. Beim Vorbeigehen an der Rezeption erblickte er einen Mann, der, wie es schien, ungeduldig zwischen den aufgestellten Veranstaltungstafeln hin- und herlief. Er war großgewachsen, hatte volles, blondes Haar, und trug eine Sonnenbrille.

Morgenstern fand sein Taxi dort, wo er es abgestellt hatte. Er schaute sich noch einmal das mitgenommene Blatt an, um es im Handschuhfach zu verstauen und bemerkte, dass sie außer dem Namen noch ihre Telefonnummer aufgeschrieben hatte. Was für ein Weib, dachte er wieder, und ein wärmender Strom durchfloss seine Adern.

Als Morgenstern nach Hause kam, war es kurz vor eins. Für eine Freitagnachtschicht deutlich zu früh. Doch er wollte den Samstagvormittag nicht ganz verschlafen, um gegebenenfalls noch etwas mit Eddie unternehmen zu können. Mit einem gekühlten Kindl-Bock zum Abschalten versuchte er, die Ereignisse des Tages für sich zusammenzufassen. Er war im Zweifel, welche davon die interessanteste Geschichte war und ob er überhaupt eine davon Eddie erzählen sollte. Die Entscheidung darüber wollte er von der Stimmungslage seines Wohnpartners abhängig machen und davon, ob dieser nicht Wissenswerteres zu berichten hätte. Nach der zweiten Flasche Kindl-Bock legte sich Morgenstern zufrieden und müde schlafen.

Bereits kurz vor acht wurde Morgenstern durch Geschirrklappern und lautes Gekicher geweckt. In seinen Schlafshorts und einem ärmellosen Shirt schlurfte er zur Küche. Dort sah er Eddie, der sich am Kühlschrank zu schaffen machte und eine Frau, die mit dem Rücken zu ihm am Tisch saß.

„Guten Morgen Sternchen, haben wir dich etwa geweckt?", fragte Eddie, als ob es ihm leidtun würde, und stellte gleich seine Begleitung vor. „Hannah kennst du wohl noch. Sie war es, die dir im Krankenhaus die Schnabelente gereicht und dein Bett bezogen hat." Hannah drehte sich um, doch Morgenstern erkannte sie in dem blauen Satinoberteil mit Spaghettiträgern nicht sofort. „Ohne Ihre Tracht, nur mit diesem dünnen Etwas bekleidet …, wenn Eddie es sagt, dann will ich es glauben." Nun meldete sich Hannah zu Wort. „Ich hätte Sie auch nicht gleich wiedererkannt. Irgendwie habe ich Sie etwas beleibter in Erinnerung."

„Stimmt", pflichtete ihr Eddie bei. „Statt Bauchspeck jetzt ein Sixpack. Du musst heimlich trainiert haben oder nichts gegessen."

Es war tatsächlich so, wie beide sagten. Das Schwabbelbäuchlein war verschwunden und Arme und Beine waren mit sichtbaren Muskeln durchzogen. Morgenstern selbst hatte seine körperlichen Veränderungen kaum wahrgenommen. Er konnte und wollte sich auch nicht mehr an die Zeit davor erinnern. Gelassen und mit aufrechtem Gang verließ er die beiden frisch Verliebten, die noch eine Weile in der Küche blieben, um ausgiebig weiterzufrühstücken, bevor sie sich wieder ins Zimmer zurückzogen.

Da Morgenstern gemeinsame Aktivitäten mit seinem Freund Eddie ausschließen konnte und er seine Bemühungen um eine bessere Fitness nicht schleifen lassen wollte, entschied er, alleine um den Lietzensee zu laufen. Der Weg dorthin war nicht weit, so blieb das Taxi stehen und der Lauf begann bereits vor der Tür. Er aktivierte den Schrittzähler in seinem Handy. Sein Ziel war es, nicht unter zehntausend Schritten zu bleiben. Das problemlose Umrunden des

Sees erzeugte bei ihm ein Gefühl der körperlichen Stärke und des klaren geistigen Durchblicks. Wenn er versucht war aufzuhören, dann überredete er sich selbst, den See noch ein weiteres Mal zu umlaufen. Nach knapp zwei Stunden kam er wieder nach Hause und zweiundzwanzigtausend Schritte standen auf seiner Uhr. Morgenstern nahm sich ab sofort vor, möglichst jeden Tag zu laufen.

Eddie und seine neue Flamme waren ausgeflogen, hatten jedoch einen Zettel auf dem Küchentisch hinterlassen.

Hallo Sternchen,
wir gehen in die Stadt und lassen es uns gutgehen. Um 18 Uhr ist ein Tisch im Steakhaus, Ku'damm Ecke Brandenburgische, bestellt. Ruf an, wenn du dazustoßen willst. Hannah könnte eventuell noch eine Freundin mitbringen.
Gruß, dein Freund Eddie
P.S.: Hannah hat morgen Frühdienst. Ich hätte Zeit, mit dir joggen zu gehen.
Noch etwas: Hannah bietet dir das „Du" an.

Ausgestattet mit einem neuen Selbstbewusstsein betrachtete Morgenstern das Angebot „dazuzustoßen" als nicht annehmbar, genauso wie die Möglichkeit, Hannahs Freundin für ihn kommen zu lassen. Die Erfahrungen der letzten Tage mit Frauen waren zwar recht unterschiedlich gewesen, doch eines hatten sie ihm gezeigt: Er war nicht mehr irgendwer, sondern immer das Objekt der Begierde. Kein Betteln um ein Date und keine Almosen von niemandem.

Morgenstern ging ins Bad zum Duschen und nahm seinen Körper in Augenschein, wie er es vorher noch nie getan hatte. Mit Stolz und voller Übermut tänzelte er, nur mit einem Slip bekleidet, vor dem großen Spiegel im Flur herum. Sein Getue erinnerte ihn an eine Szene aus dem Film *Saturday Night Fever* mit John Travolta. Dann gönnte er sich ein paar Momente der Ruhe auf der Couch und spürte das Verlangen nach Sex. Sofort kam ihm die gestrige Begegnung mit Babette in den Sinn. Er dachte an sie, ohne in Reue zu verfallen, ihr Angebot abgelehnt zu haben, auch wenn es ihm schwerfiel, das Bild von ihrem reizvollen Körper aus dem Kopf zu löschen. Einerseits fühlte er sich bereit für eine kurze und heftige sexuelle Episode, andererseits sehnte er sich nach Geborgenheit und wahrer Liebe, wie man sie nur in vertrauter Zweisamkeit finden kann. Morgenstern versuchte sich zu erinnern, ob sie ihm jemals begegnet war. Doch so sehr er sich auch bemühte, es war ihm nicht möglich, in die Vergangenheit abzutauchen, zumindest nicht in die Zeit vor seinem Unfall.

Es entsprach seinem neuen Selbstwertgefühl, auch darüber nicht unnötig lange nachzudenken, sondern optimistisch nach vorne zu blicken und die sich reihenweise bietenden Chancen zu nutzen. Er nahm sich wieder drei Briefe vom Stapel und hoffte auf besondere charakteristische Eigenschaften oder aus dem Rahmen fallende Offerten. Die Enttäuschung folgte nach dem Lesen. Alle drei Frauen begnügten sich mit Standardformulierungen wie Alter, Größe und Haarfarbe. Selbst bei den erwähnten Hobbys gab es keinerlei Überraschungen. Sie mochten Bewegung in der Natur, mit und ohne Fahrrad, Essen gehen, und Kino als kulturellen Höhepunkt. Morgensterns Bedarf an Lesepost war bis auf Weiteres gedeckt. Warum auch?, fragte er sich. Wie Eddie schon einmal sagte, die Dates steigen bei mir ins Taxi. Und dann fiel ihm noch Mareike ein, mit der er am Dienstag eine Verabredung auf der Halenseebrücke hatte.

Die Samstagnachtschicht begann für Morgenstern um achtzehn Uhr am Halteplatz Grolmannstraße Ecke Kurfürstendamm. Als er eine Viertelstunde später mit dem Taxi der Erste war, wurde seine Beifahrertür von einem Mann mittleren Alters mit graumeliertem Haar geöffnet. „Kennen Sie die Galerie van Beuten am Nollendorfplatz?“, fragte dieser.

„Den Nollendorfplatz kenne ich, und die Galerie werden wir schon finden. Sie können gerne vorne einsteigen“, bot Morgenstern an.

„Ich fahre nicht mit, nur meine Frau“, gab der Mann humorlos Bescheid. Die hintere rechte Tür öffnete sich und eine junge Frau stieg ein. „Hier sind zehn Euro. Das müsste reichen. Der Rest gehört Ihnen. Ich verlasse mich auf Sie.“ Während Morgenstern kurz überlegte, etwas zu erwidern, ließ der Mann einen Zehn-Euro-Schein auf den Sitz fallen, schlug die Beifahrertür zu und widmete sich seiner jungen Frau. Er bückte sich tief herunter und küsste sie leidenschaftlich auf den Mund. Dann noch ein kurzes Getuschel und ein letzter Kuss auf die Stirn, bevor der Mann auch die hintere Tür mit dem gleichen Schwung zuschlug. Als Morgenstern links in den Kurfürstendamm einbog, meldete sich die junge Frau zu Wort. „Auf der rechten Seite kommt die Meinekestraße. Dort fahren Sie bitte hinein und halten gleich hinter der Ecke." Morgenstern tat, was ihm gesagt wurde. Im Moment des Haltens wurde die hintere Tür mit einem deutlich zu vernehmenden „Da bist du ja" aufgerissen. Die junge Frau ließ keine Sekunde vergehen und hechtete dem anderen Mann in die Arme. Nach Minuten des Abtastens und Knutschens öffnete auch dieser Mann die Beifahrertür.

„Was steht auf der Uhr?"

„Vier Euro achtzig", antwortete Morgenstern.

„Was hat er Ihnen gegeben?", wollte der andere Mann wissen.

„Einen Zehner."

„Dann machen Sie fünf", diktierte er und hielt, zum Zeichen, dass er das Wechselgeld zurückhaben wollte, die Hand auf. Morgenstern handelte folgsam und übergab die fünf Euro, ohne sich seine Verwunderung über die Dreistigkeit anmerken zu lassen. Erst zwei Stunden später, als die bekannt ruhige Zeit mit geringer Auftragslage angebrochen war und er sich einen kleinen Imbiss gönnte, wurde ihm das ganze Ausmaß dieser Ungeheuerlichkeit bewusst. Als sei es nicht genug, dass der Typ mit der Frau eines anderen ins Bett ging, ließ er sich auch noch den Rest des Taxigeldes herausgeben, welches ihm überhaupt nicht zustand. Morgenstern fragte sich allerdings auch, was eine attraktive junge Frau dazu trieb, sich mit solch einem verdorbenen Charakter abzugeben. Er kam zu dem Schluss, dass, wer so etwas tut, selbst nicht besser sein konnte. Für ihn ein weiterer Riss im Bild der unschuldigen Frauen im Engelsgewand, die sich ausschließlich als Opfer und nicht als Täter sahen.

Gegen zweiundzwanzig Uhr dreißig vermehrten sich die Funkaufträge wieder. Kinos und Theater beendeten ihre Vorstellungen, und es waren zahlreiche Menschen unterwegs, die vom Restaurantbesuch nur noch nach Hause wollten. Nicht so Morgensterns nächster Fahrgast, der ihn an der Urania stoppte und auf der Rückbank Platz nahm.

„Guten Abend, darf ich Sie, bevor wir losfahren, etwas fragen?"

Morgenstern signalisierte durch Kopfnicken seine Zustimmung.

„Sind Sie schon lange Taxifahrer? Ich meine, machen Sie das nur nebenbei oder ist es Ihr Haupterwerb?" Die Sätze waren im feinsten Hochdeutsch gesprochen. Morgenstern ging davon aus, dass der Fahrgast das Gespräch auch ohne seine Antwort weiterführen würde, was er auch tat. „Wissen Sie, ich möchte Ihnen nicht meine Lebensgeschichte erzählen und auch nicht den Grund meines Aufenthalts in Berlin. Ich sage das nur, weil mir ein Kollege von Ihnen in Kaiserslautern erzählt hat, dass viele Fahrgäste sich bei ihm ihr Herz ausschütten. Er meinte, alles was die Frau und der Herr Pfarrer nicht wissen dürfen, bekommt der Taxifahrer serviert. Ich versicherte ihm, dass das bei mir nicht passieren würde. Zwar gibt es auch allerkleinste Dinge, mit der ich meine Frau nicht belästigen möchte, doch er als Beichtvater, das wäre für mich undenkbar. Der Kollege von Ihnen war erfahren und freundlich, doch, wie er mir gestand, nie aus seiner Stadt herausgekommen. Ich dagegen bin schon um die halbe Welt gereist. Das fand er sehr interessant. Vielleicht kamen wir auch deshalb so gut miteinander aus. Er kannte wirklich sämtliche Begebenheiten und Persönlichkeiten, insbesondere die aus der Fußballwelt und jede Lokalität, die selbst nach der Sperrstunde noch geöffnet hatte." Morgenstern ahnte, dass sich die Abfahrt verzögern würde und schaltete vorsorglich schon das Taxameter ein.

„Ich sagte ihm, dass ich eine lange Anreise hinter mir hatte und bis vor einer halben Stunde in den Räumlichkeiten des Fritz-Walter-Stadions vor dreihundertfünfzig Personen über Bankenfusionen und deren globale Bedeutung referiert habe. Er meinte, dass es mir guttun würde, etwas Abwechselung in mein Leben zu lassen und bot mir den Besuch eines Clubs an. Seine Sorge um meine Befindlichkeit beeindruckte mich. Dennoch lehnte ich dankend ab und ließ ihn wissen, dass dies nicht im Einklang mit meinen sonst üblichen Gewohnheiten steht. Des Weiteren zeigte ich ihm Bilder meiner Familie und die zwei Lockenhaare meiner beiden Töchter in meiner Brieftasche. Er war sehr an meinem beruflichen Werdegang interessiert, und es imponierte ihm, dass ich während des Studiums kleinere Nebentätigkeiten wahrgenommen hatte, wie zum Beispiel das Austragen von Zeitungen und Prospekten."

Morgenstern, schon etwas genervt, fragte gezielt nach. „Sind Sie seiner Empfehlung, in den Club zu gehen, gefolgt oder nicht?"

Die Antwort ging dem Mann nicht leicht über die Lippen. „Er versicherte mir, dass dort nur ein ausgewähltes Publikum verkehren, und er mich als Garant begleiten würde. Was hatte ich zu verlieren? Nach dem anstrengenden Tag sollte ein wenig Zerstreuung erlaubt sein." Der Mann legte ein selbstgefälliges Grinsen auf. Morgenstern verzichtete, nach weiteren Details zu fragen, sondern kam schnell auf den Punkt. „Hatten Sie heute auch einen anstrengenden Tag?"

„Sicher, ich war zwar nur Gastredner bei einem Kollegen und meine Vortragszeit lag unter vierzig Minuten, doch vor mehr als sechshundert Menschen in der Urania zu sprechen … das muss man erst einmal bringen", verkündete der Mann stolz. Morgenstern kontrollierte das Gespräch mit Fragen. „Wie sieht es da mit etwas Zerstreuung aus?" Der Mann zierte sich einen Moment, bevor er darauf einging. „Deshalb meine Eingangsfrage, ob Sie ausreichend Erfahrung besitzen oder nur als Aushilfe tätig sind. In diesem Fall könnte ich Ihnen solche Dinge nicht anvertrauen."

„Wenn es um einen behaglichen Abendausklang in reizvoller Umgebung mit charmantem Personal geht, hätte ich eine Topadresse für Sie. Nicht direkt in der City, auch der Preise wegen, sondern nur wenige Minuten von hier entfernt." Morgensterns Worte fanden bei seinem Fahrgast Gefallen.

„Ich vertraue Ihnen. Sie machen auf mich einen seriösen Eindruck. Bringen Sie mich dorthin und gönnen wir uns Zerstreuung.“ Eine schwere Geburt, dachte Morgenstern und fuhr endlich los.

Es waren kaum noch Autos auf der Straße und nach knapp einer Viertelstunde stand das Taxi vor einem Ladengeschäft in der Kaiserin-Augusta-Allee, dessen Schaufensterrollläden heruntergelassen waren. Die Eingangstür, über der das Wort „Kino“ strahlte, war mit einer rot beleuchteten Kette gekennzeichnet. Ein Klotz von einem Mann stand davor. Der Fahrgast machte große Augen und fragte sofort kritisch nach. „Was soll ich in einem Kino? Ist das Ihre Topadresse?“

„Die Filme werden Ihnen gefallen und vor allem die Platzanweiserinnen!“, versuchte Morgenstern ihn zu beschwichtigen.

„Und was ist mit dem Kerl da? An so einem musste ich in Kaiserslautern nicht vorbei“, kam es meckernd von der Rückbank.

„Der sorgt dafür, dass, genau wie in Kaiserslautern, nur ein ausgewähltes Publikum Zutritt hat. Wenn Sie möchten, bringe ich Sie hinein.“ Diese Zusicherung überzeugte den Fahrgast, zumal es ihm auch schwerfallen würde, jetzt einen Rückzieher zu machen. Dafür war sein Verlangen nach einem erotischen Erlebnis schon zu groß. Er nahm Morgensterns Angebot an, und nachdem die Taxifahrt bezahlt war, gingen beide am Türsteher vorbei direkt zur Kasse. Der Eintritt kostete den Fahrgast fünfunddreißig Euro. Sekunden später wurde er von einer leicht bekleideten Dame abgeholt und in die abgeteilten und sichtgeschützten Bereiche geführt. Morgenstern erhielt fünfundzwanzig Euro Provision und verließ schmunzelnd den Puff. Trotz hundertfacher Wiederholung amüsierte es ihn immer wieder, wie vorhersehbar sich Menschen verhielten, wenn es um die Befriedigung ihrer Bedürfnisse ging. Er war weit entfernt davon, absonderliches menschliches Verhalten, wenn es denn niemand verletzte und sich im gesetzlichen Rahmen bewegte, zu verurteilen. Den vielfältigen Erfahrungen mit den Geschöpfen dieser Erde, die bisher in seinem Taxi Platz genommen hatten, verdankte er seine große Aufgeschlossenheit. Und es war genau diese Toleranz, die ihn bis heute vor gewalttätiger Konfrontation, wie sie bei der Ausübung seiner nächtlichen Tätigkeit nicht unüblich war, bewahrte.

Die nächsten drei Stunden verliefen nach gewohntem Samstagnachtmuster. Verwandte und Restaurantbesucher, mitunter leicht angetrunken, wollten nur noch nach Hause. Disco- und Clubtänzer unter achtzehn Jahren, die den Laden verlassen mussten, sowie einsame Bargänger, die enttäuscht in ihr Hotel zurückkehrten, waren die gewohnte Kundschaft. Gegen zwei Uhr wurde es wieder ruhig und Morgenstern machte einen Halt bei Vincenzo in der Schlüterstraße. Obwohl er kein Stammgast war und dort nur gelegentlich eine Kleinigkeit aß, servierte ihm der Wirt zu seiner bestellten Cola Light eine Auswahl an Antipasti bestehend aus Grillgemüse, kleinen Artischockenherzen und Tomatenbrot. Morgenstern bedankte sich herzlich, gab ordentlich Trinkgeld und setzte seine Schicht fort. Gegen halb sechs war diese beendet. Er parkte sein Taxi unmittelbar vor dem Haus und betrat seine Wohnung. Auf dem Küchentisch fand er einen Zettel.

Hallo Sternchen,
wir haben im Steakhaus bis 23 Uhr auf dich gewartet. Und wenn ich sage „wir", dann meine ich Hannah und ihre Freundin, die gleich mitgekommen war. Nachdem ich dich in den höchsten Tönen gelobt habe, hat sie mich gebeten, dir ihre Nummer aufzuschreiben. Was ich hiermit tue. Das ist aber nicht der einzige Grund, warum ich dir schreibe.
Wenn du in „mein" Zimmer gehst, wirst du sehen, dass es aufgeräumt und das Bett gemacht ist. Das war nicht ich, sondern Hannah, zu der ich umziehe. Ich denke, wir beide hatten eine super Zeit miteinander, und ich werde wieder da sein, wenn du mich brauchst. Doch jetzt sei bitte nicht traurig. Die Turnmatte und Gewichte kannst du zum Trainieren behalten. Und du hast recht, ich habe schon etwas getrunken.
Adios, dein Freund Eddie. Nadine

Die unerwarteten Zeilen sorgten bei Morgenstern für Unverständnis. Er fragte sich, wer dieser Typ eigentlich war, der sich als Freund bezeichnete und Knall auf Fall von der Bildfläche verschwand. Am liebsten hätte er ihn gleich angerufen und zur Rede gestellt, doch mit einem Blick zur Uhr riet er sich, damit noch ein bis drei Stunden zu warten. Stattdessen begegnete er dem Ärgernis mit dem Zerreißen des Zettels und dem Genuss der letzten Flasche Kindl-Bock. Als diese noch keine merkbare Besserung seines Gemütszustandes bewirkte, griff er zur ungeöffneten Brandyflasche der Marke Terry und füllte ein kleines Wasserglas mit dem goldgelben Getränk.

Als die ersten Kirchenglocken läuteten, machten sich die Leute auf den Weg, um der Sonntagspredigt beizuwohnen. Morgenstern bekam von alledem nichts mit. Er war mit gekreuzten Armen, die seinen Kopf stützten, auf dem Küchentisch eingeschlafen. Gegen halb elf machte er kurz die Augen auf, schlich zur Toilette und legte sich danach in sein Bett. Kurz vor eins klingelte sein Handy im Wohnzimmer. Morgenstern, immer noch im Delirium, torkelte dem Klingelton entgegen. Eine tiefe Frauenstimme meldete sich.

„Das hat ja mächtig lange gedauert. Ich hoffe nur, dass ich dich nicht von irgendeiner Schnecke heruntergeholt habe, dann wäre deine Manneskraft womöglich schon verbraucht und mein Ansinnen ohne Erfolgsaussicht. Weißt du überhaupt, wer hier spricht?"

Wusste er nicht. Morgenstern befand sich noch im Aufwachstadium und hatte Schwierigkeiten, Tag und Zeit zu bestimmen. Er ging in die Küche, um sich ein Glas Wasser einzugießen. In diesem Moment erblickte er die Ursache für seine Bewusstseinsstörung: eine leere Flasche Brandy. Unterdessen tönte wieder die Frauenstimme aus dem Telefon: „Bring zu Ende, was immer du angefangen hast und ruf mich an, wenn du damit fertig bist." Dann legte sie auf. Morgenstern schaute ungläubig auf die leere Flasche und fragte sich, mit wem er diese ausgetrunken hatte. Da er darauf keine sofortige Antwort fand, ließ er sie in dem Behälter für Altglas verschwinden und kehrte zurück ins Wohnzimmer, um auf der Couch über die Dinge des Lebens und insbesondere über die vergangene Nacht nachzudenken. Er gestand sich ein, keinen einzigen verwertbaren Gedanken entwickeln zu können und verordnete sich daraufhin noch ein paar Ruheminuten im Liegen. Sekunden später schlief er ein. Nach gut einer Stunde klingelte das Telefon erneut. Morgenstern schnellte hoch und nahm das Gespräch an.

„Hallo."

„Das ging ja bedeutend flinker als vorhin. Ist dein Sonntagskätzchen jetzt weg?"

Morgenstern verstand nur Bahnhof und fragte nach. „Ich weiß von keinem Kätzchen und wer sind Sie, bitte?"

„Ich bin's, die dich in deinem Taxi in den siebten Himmel geschossen hat."

Jetzt dämmerte es ihm. Die ältere Lady mit dem Hang zum Telefonsex. „Grüß dich, Walburga. Wie geht es dir? Schön von dir zu hören."

„Hören ist diesmal zu wenig. Fühlen, anfassen und Spaß haben ist angesagt. Bist du dazu breit? Falls nicht, dann würde ich den alten Bock von Professorchen anfunken, und der müsste seiner Alten wieder die Geschichte von den dringend benötigten Unterlagen, die sich leider in den Büroräumen der Uni befinden, erzählen. Wenn ich es mir allerdings aussuchen könnte, wäre mir heute Frischfleisch lieber."

Morgenstern traf das Angebot unvorbereitet, und er rang nach Worten, die ihn die Tür zu dieser außergewöhnlichen Dame nicht für immer verriegeln würden.

„Liebe Walburga …"

Sie unterbrach ihn lauthals. „Liebe Walburga, wenn ich das schon höre, kann nur noch eine Ausrede kommen. Komm, Kleiner, welche ist deine?"

„Ganz ehrlich", stotterte Morgenstern, „ich habe bis heute Morgen gearbeitet und mir danach 'ne Flasche Brandy reingezogen. Keine Ahnung, mit wem und warum. Jedenfalls ist mir kotzübel und ich bin noch voll im Delirium. Autofahren geht gar nicht."

Ein tiefer Seufzer war vom anderen Ende der Leitung zu hören. „Nichts mehr los mit den jungen Kerlen. Dann leg dich wieder hin und schlafe deinen Rausch aus." Noch bevor Morgenstern reagieren konnte, hatte sie das Gespräch beendet.

Gelegenheit vertan. Wenn sie mich bereits nur mit Worten dermaßen erregen kann, dann muss die Begegnung mit dieser durchtriebenen Lady ein Festival der Sinne sein, malte er sich aus. Doch letztendlich musste sich Morgenstern eingestehen, dass sein jetziger Zustand keinen Spielraum für ein Liebesabenteuer gelassen hätte. Noch brummte der Schädel, und die Glieder schmerzten von der unbequemen Lage auf dem Küchentisch. Doch sich wieder ins Bett zu legen kam nicht in Frage. So beschloss er, ins Bad zu gehen. Dabei fiel ihm auf, dass er, abgesehen von den Schuhen, noch die Kleidung der vergangenen Nacht trug. Er konnte sich nicht erinnern, jemals einen solchen Filmriss erlebt zu haben. Nach einer Dreiviertelstunde in der Badewanne und weiteren dreißig Minuten der Körperpflege kehrte er wieder ins Wohnzimmer zurück. Unentschlossen, was er nun tun sollte – ein paar Schritte vor die Tür gehen oder sich doch noch etwas Ruhe auf der Couch gönnen? – fiel ihm der Brief von Mareike, der separat vom übrigen Stapel lag, in die Hände. Mehr aus Langeweile als aus Überzeugung wählte er ihre Nummer.

„Guten Tag, Olaf. Was kann ich für dich tun?“

„Woher weißt du, dass ich es bin? Ich habe noch nichts gesagt“, stutzte Morgenstern.

„Musst du auch nicht. Mein Telefon besitzt so ein Früherkennungswarnsystem, welches mich vor unliebsamen Anrufen schützt. Dein Anruf ging durch. Glück gehabt.“ Den trockenen Worten folgte ein leises Kichern. Sekunden der Stille auf beiden Seiten.

„Olaf, ich habe deinen Namen eingespeichert. Diese Funktion hat jedes Handy. Auch deines.“ Morgenstern blieb jeder Ansatz zum Reden im Hals stecken. Sie überlegte, mit dem Scherz vielleicht übertrieben zu haben, zumal sie sich noch gar nicht kannten, und versuchte Schadensbegrenzung. „Olaf, das sollte nur spaßig sein und meine Freude über deinen Anruf ausdrücken. Bitte sag doch etwas.“ Morgensterns Blockade lockerte sich und mutierte zur Abteilung Attacke. „Mareike, alles gut. Es ist heute nur noch nicht mein Tag. Aber er kann es noch werden, wenn wir uns spontan treffen. Was meinst du dazu?“ Der Vorschlag kam für Mareike völlig unerwartet, und sie benötigte einen Moment, um darauf zu antworten. „Ich habe grundsätzlich nichts gegen Spontanität. In manchen Fällen ist sie sogar unterhaltsamer als geplante Dinge. Nur heute ist Sonntag, und der Sonntag gehört meiner Tochter. Du erwischst uns gerade am Märchenbrunnen im Volkspark Friedrichshain.“ Morgenstern unterbrach übereifrig. „Den kenne ich und könnte in fünfundzwanzig Minuten bei euch sein.“ Postwendend kam ihre nüchterne Zurechtweisung. „Das wirst du bitte bleiben lassen. Wir haben uns noch nicht einmal getroffen, und wir werden uns noch einige Male treffen müssen, bevor ich dich in meine kleine Familie lasse. Ich kann nur hoffen, du hast Verständnis dafür.“

Morgensterns erster Gedanke war, sofort das Gespräch zu beenden. Etwas hinderte ihn daran, und er wartete noch einen Moment ab, ohne etwas zu sagen. Trotz oder gerade wegen ihrer direkten Ansage wollte er sich nicht von dieser bemerkenswerten Frau trennen, noch bevor er sie überhaupt kennengelernt hatte. Ihm kam dabei der Satz „Gib jedem eine zweite Chance“ in den Sinn, von dem Morgenstern nicht mehr wusste, von wem er stammte. Sein Ausharren wurde belohnt, sie ruderte zurück.

„Olaf, du kannst dir sicher vorstellen, dass ich in den letzten vier Jahren mit dem ein oder anderen Mann verabredet war, und wenn ich sie gleich mit nach Hause genommen und zu meiner Tochter jedes Mal gesagt hätte, das ist Mamas Freund …“ Sie brauchte den Satz nicht zu Ende sprechen. Morgenstern hatte begriffen.

„*Claro*, das kann ich gut verstehen. Eigentlich wollte ich mich nur erkundigen, ob es bei Dienstag bleibt. Das ist hiermit geschehen. Somit kann ich mich wieder meinen Balkonblumen widmen“, scherzte er versöhnlich. Ihr freudiges Strahlen über sein Einlenken konnte er ahnen, auch wenn er sie nicht sah. Beide verabschiedeten sich herzlich voneinander und gelobten, pünktlich zur verabredeten Zeit auf der Halenseebrücke zu erscheinen.

Für Morgenstern galt es nun, noch einen langen Sonntagnachmittag zu überstehen, da Taxifahren und seiner Arbeit nachgehen aufgrund des Restalkohols erst wieder ab morgen möglich war. Er besann sich zum wiederholten Male der noch nicht gelesenen Antwortbriefe und öffnete gleich ein halbes Dutzend von ihnen. Seine Leseweise hatte sich insofern geändert, dass, wenn die ersten Textzeilen mit den üblichen Angaben von Größe, Gewicht und Beruf gefüllt wurden, er den Rest nur noch überflog und den Brief schnell zur Seite legte. Erst beim vorletzten Brief war das anders.

Guten Tag Unbekannter,
Ihre ansprechende Anzeige, die schon eine Weile vor mir liegt, inspiriert mich, und ich denke an den Spruch „Wann hast du das letzte Mal etwas zum ersten Mal gemacht?“, denn es ist für mich eine Premiere, auf diese Weise jemanden kennenzulernen. Falls Sie jetzt meinen, ich wäre ein kleines Reh, dass scheut, alleine über die Straße zu gehen, dann habe ich mich falsch ausgedrückt. Das Gegenteil ist eher der Fall. Sorgen und Ängste sind störend, weil sie daran hindern, die Dinge umzusetzen, nach denen man sich schon lange sehnt. Sie haben es also mit einer mutigen Frau zu tun, die nur kurz irritiert war, dass ein junger Mann die modernen Kontaktwege vermeidet und in der Zeitung annonciert.
Ich mag es, wenn man sagt, was man denkt. Doch noch mehr schätze ich Menschen, die auch tun, was sie sagen. Gehören Sie dazu?
Ich bin Ines aus Mahlsdorf und glaube daran, dass jeder das bekommt, was er verursacht. Mein Leben besteht aber nicht nur aus Kalendersprüchen, sondern ist geordnet und doch abwechslungsreich, kultiviert und gelegentlich auch flippig.
Alles Weitere über mich/uns bei gegenseitiger Sympathie.
Sollte ich Ihr Interesse geweckt haben, melden Sie sich..

Erst nach zweimaligem Lesen erkannte Morgenstern, dass die in dem Brief enthaltenen Sätze, egal ob aus einem Kalender oder selbst ausgedacht, auch von ihm hätten sein können. Sie reflektierten sein eigenes zukünftiges Handeln und seinen Umgang mit anderen. Er nahm den Brief in sein Zimmer, um ihn vor dem Schlafengehen noch einmal durchzulesen. Doch anrufen wollte er nicht vor Dienstagabend.

Die nächsten zwei Stunden gammelte Morgenstern vor sich hin. Er zappte im Fernseher die Sender durch, leerte das angebrochene Glas mit Spreewaldgurken und aß die letzten beiden Nussriegel sowie einen großen Becher mit Blaubeerjoghurt, von dem er nicht wusste, wer ihn in den Kühlschrank gestellt hatte. Kurz vor den „heute"-Nachrichten um neunzehn Uhr war sein körperlicher Normalzustand, bis auf ein leichtes Rumoren in der Magengegend, wiederhergestellt. Es war viel zu früh für Morgenstern, um jetzt schon ins Bett zu gehen. Endlich kam ihm die rettende Idee, wie er diesem verkorksten Sonntag doch noch einen vernünftigen Abschluss geben konnte. Er suchte seine Sportsachen heraus, zog die Laufschuhe an und machte sich auf den Weg zum Lietzensee. Nach der ersten Seeumrundung, die ihm noch etwas Schwierigkeiten bereitete, verspürte er dasselbe befreiende Gefühl wie am Tag zuvor. Es mussten wohl die berühmten Glückshormone gewesen sein, die ihn dazu trieben, seine Jubelstimmung in den Berliner Abendhimmel hinauszuschreien. Den aufgeschreckten Passanten, die ihn für einen schrägen Vogel halten mussten, winkte er übermütig zu, zog ihnen eine Grimasse und joggte weiter. Nach anderthalb Stunden beendete Morgenstern das Spektakel und kehrte geschafft, aber glücklich in seine Wohnung zurück. Er verzichtete auf das obligatorische Feierabendbier, trank stattdessen einen halben Liter Leitungswasser, nahm noch eine kurze Dusche und sank danach erschöpft ins Bett. Den Brief von Ines rührte er nicht mehr an.

Der gleiche quälende Traum wie vor Tagen ließ Morgenstern mitten in der Nacht aufwachen. Wieder hörte er Bruchteile des Liedes von Cat Stevens und Getuschel rund um ihn herum. Noch leicht verstört, schaltete er das Licht an, um festzustellen, dass alles noch so war wie gewohnt. Um zu verhindern, an derselben Stelle weiterzuträumen, ging er auf den Balkon, atmete tief durch und blieb noch einige Minuten im Wohnzimmer sitzen. Nur allzu gerne hätte er jetzt jemanden zum Erzählen bei sich gehabt oder zumindest ein

Telefonat geführt. Doch es fiel ihm niemand ein, der zu dieser Zeit dafür Verständnis zeigen würde. So ließ er es sein und begab sich wieder in sein Zimmer. Den Rest der Nacht konnte Morgenstern ohne weitere Unterbrechung durchschlafen.

Der Montagmorgen begann für Morgenstern mit einer intensiven Sporteinheit auf der Turnmatte und den Gewichten. Nachdem er bei seiner ausgedehnten Körperpflege zum wiederholten Male Gefallen an dem fand, was er im Spiegel erblickte, ließ er das Frühstück mit zu vielen Kohlenhydraten und fetter Wurst weg und begnügte sich mit einem Pott Kaffee schwarz ohne Zucker. Dabei nahm er sich die Zeit, einen Zweitagesplan aufzustellen, in dem das Treffen mit Mareike eine zentrale Rolle spielen sollte. Den Vormittag verbuchte Morgenstern für Angelegenheiten, die er seit geraumer Zeit hätte erledigen sollen, doch immer wieder aufgeschoben hatte. Dazu zählten der Gang zum Steuerberater mit den bereits fertig sortierten Unterlagen, der Werkstattbesuch zur Terminierung der längst fälligen Inspektion und das Abgeben von Bettwäsche in die Reinigung. Da Morgenstern sich den Dienstag für Mareike komplett freihalten und heute auch keine Nachtschicht fahren wollte, beschloss er, seinen Arbeitsbeginn in die unbeliebte Berufsverkehrszeit vorzuverlegen. Nach Erledigung seiner Aufgaben kaufte er noch Lebensmittel ein, die bisher nicht zu seinem Sortiment gehört hatten. Dazu zählten Spinat, Mangold, Karotten und Brokkoli sowie grüner Salat jeder Art. Zu Hause angekommen bereitete er sich tiefgefrorenes Pfannengemüse zu. Die Wiener Würstchen blieben unangetastet im Kühlschrank.

Gegen fünfzehn Uhr stieg Morgenstern in sein Taxi. Der dichte Stadtverkehr verlangte einiges von ihm ab. Nicht genug, dass er für die Strecken fast die doppelte Fahrzeit brauchte, auch schien es ihm, dass sich alle Taxen dieser Stadt zum heutigen Nachmittag verabredet hatten. Die Halteplätze waren oft überfüllt, und wenn man endlich Erster in der Reihe war, konnte es passieren, dass die Fahrt keine zehn Euro ausmachte. Dann hieß es, entweder wieder hinten anstehen und gegebenenfalls eine halbe Stunde warten oder auf Greifen durch die Gegend fahren und teures Benzin verbrauchen. Am Halteplatz Mehringdamm stieg ein älterer Mann bei ihm ein.

„Ick bin Kutte und Kollege. Zurzeit allerdings aus dem Dienst jenommen“, sprach er im reinsten Berlinerisch. Da keine Frage an ihn gestellt wurde und er schon beim Einsteigen des Fahrgastes einen leichten Alkoholgeruch wahrgenommen hatte, wartete Morgenstern erst einmal ab. „Jetzt sage ick dir, wohin ick will: Kottbusser Tor. Ick weeß, da fährt ooch die U-Bahn hin; obwohl sie dort gar nicht U-Bahn, sondern Ü-Bahn heißen müsste, weil sie über der Straße fährt.“ Morgenstern startete den Motor und wendete in Richtung Waterloo-Ufer. „Ick bin mehr als dreißig Jahre Droschke jefahren und nicht einmal mit Bus oder Bahn. Da kenne ick mich nicht aus und habe keene Ahnung, wat es kostet. Weeßt du, wat es kostet?“ Morgenstern antwortete prompt. „Zwei Euro sechzig, gleicher Preis für alle Öffentlichen. Soll aber erhöht werden.“

„Und wer erhöht unsere Preise?“, fiel Kutte ins Wort. „Die feinen Herren von der Innung vielleicht? Ick kenne sie alle. Die jeben an, dass sie einer von uns sind und ooch schon mal auf'n Bock jesessen haben. Doch dit ist hundert Jahre her. Die wissen einen Scheiß von uns. Und jeholfen haben die mir ooch nich, bei meiner Angelegenheit.“

Jetzt war Morgenstern neugierig geworden. „Um was für eine Angelegenheit geht es denn?“

„Die Pappe haben sie einbehalten.“

„Die Leute von der Innung?“

„Nee, die Bullen. Und wegjerannt bin ick ooch noch. Abba dit ist nich strafbar, sagt mein Anwalt. Kein Bürger muss stehen bleiben, nur weil der Bulle es so will. Man kann wegloofen, so wie ick. Leider bin ick nur ein paar Meter weit jekommen, dann haben se mich am Schlafittchen jehabt.“

Morgenstern staunte nicht schlecht und fragte nach. „Das wusste ich noch nicht. Doch wie kam es zum Führerscheinentzug? Falls Sie mir das noch erzählen wollen.“

„Nun mach mal nich so uff vornehm. Kannst ruhig Kutte zu mir sagen. Dit Sie kannste stecken lassen für die aus'n Grunewald.“

„Wird gemacht, Kutte. Also wie war das nun mit der entzogenen Pappe?“

„Na siehste, es jeht doch. Schuld an dem janzen Schlamassel is meene Olle. Die meinte, mit ihren sechzig Jahren noch mal in den Verliebtenhimmel zu wollen. Nicht mit mir, versteht sich. Sondern mit ihrem ehemaligen Fahrlehrer, der nun ooch noch fünfzehn Jahre jünger ist. Dit wäre nie rausjekommen, weil ick ja immer nachts jefahren bin, und nie zwischendurch, wie manche der Kollegen, bei Mutti eine Pause einjelegt habe. Doch die blöde Kuh versteckt im Küchenschrank, an den ick sonst ooch nie ranjehe, ein Foto, wo sie und er druff sind. Ick hatte Zahnschmerzen und die halbe Wohnung nach Tabletten abjesucht. Und wat finde ick? Keene Tabletten, dafür dit Scheiß-Foto.“

Morgenstern parkte das Taxi nur wenige Meter vom Kottbusser Tor entfernt am Straßenrand, um der Geschichte entspannt weiter zuhören zu können. Das Taxameter schaltete er aus.

„Ick kannte die Fahrschule und wollte ooch gleich hin. Doch vorher musste ick erst noch die Zahnschmerzen loswerden. Also betäubte ick mir mit 'ner Flasche Persiko. Dit Zeug is zuckersüß und trinkt sich wie Kakao. Ick hab nich weiter nachjedacht und nur meine Olle mit dem Kerl jesehen. Als ick ins Auto stieg, habe ick nüscht vom Alkohol jemerkt. Doch uff einmal wurde ick müde. Da wollte ick mich nur kurz an die Seite hinstellen und grad fünf Minuten die Oogen schließen. Dummerweise stand ick jenau vor einer Einfahrt, und wie es der Zufall so will, kommt dit Bullenauto, um mich zu wecken.“

„Das sind wirklich sehr unglückliche Umstände. So viel Pech hat niemand verdient“, versuchte Morgenstern zu trösten.

„Lass mal jut sein. Mein Alter hat immer jesagt: Nüscht is so schlecht, dass es nich für irjendetwas jut is. Und dit Jute is, dass meine Olle sich entschuldigt hat und nur noch in mich verliebt sein will. Hat sie jedenfalls jesagt.“

Hier wollte Morgensterns Fahrgast aussteigen. „Die paar Schritte tun mir jut. Danke fürs Zuhören. Dit musste ick ooch immer ertragen.“ Beide Männer grinsten sich an. „Wat kriegste denn von mir? Die Uhr haste ja schon ausjestellt.“

„Gib mir 'nen Fünfer für 'ne Curry und ein Bier“, war Morgensterns großzügige Geste.

„Die Firma dankt. Es jibt halt immer noch anständige Kutscher, ooch wenn du ziemlich jung dafür bist. Kommt ma vor, als hätte ick dir schon mal jesehen.“ Kutte holte fünf Euro in Münzen aus seiner Tasche, reichte diese nach vorne und stieg aus dem Taxi. Morgenstern hatte immer noch dieses Grinsen im Gesicht und wusste nicht, ob er seinen Fahrgast bedauern oder sich mit ihm darüber freuen sollte, dass nun mit der Frau alles wieder im Lot war. Die nächsten zwei Stunden kam er aus Kreuzberg und Neukölln nicht raus. Meist waren es kurze Arztfahrten überwiegend mit Rentnern, die selten die Adresse wussten, sondern lediglich den Namen des Arztes, und davon ausgingen, dass der Taxifahrer natürlich ihren Doktor kannte. Keine ganz leichte Übung, die auch zusätzliche Zeit kostete, doch von Morgenstern mit Hilfe eines möglichen Überweisungsscheins oder durch Nachfragen bei den Kollegen souverän gelöst wurde. Gegen neunzehn Uhr hatte sich der dichte Berufsverkehr weitgehend gelegt und die ersten längeren Fahrten zu den Abendveranstaltungen wurden über Funk ausgerufen. Das galt nicht für die Gegend, in der er sich noch immer befand. Morgensterns Gedanken kreisten bereits seit einiger Zeit um seine morgige Verabredung mit Mareike. Er stand an letzter Stelle am Halteplatz Hermannplatz, als er überlegte, sein Taxischild auszuschalten und nach Hause zu fahren. Die Tageseinnahmen waren ohnehin unterirdisch und auf ein paar Euro mehr oder weniger käme es ihm am heutigen Tag auch nicht mehr an. Er musste auch an Kutte denken und fragte sich, wie der sein Leben wohl meisterte, ohne Taxe fahren zu können. Dabei überkam ihn ein kleiner Anfall von Schläfrigkeit, und er drehte seinen Sitz herunter.

Plötzlich belegte eine Gruppe von Asiaten sämtliche Wagen vor ihm. Noch bevor er aufrücken konnte, klopfte ein Mann an seine Seitenscheibe und bat ihn, den Koffer zu verstauen. Während Morgenstern tat, worum er gebeten wurde, setzte sich der Mann auf die Rückbank. Bahnhof Zoo oder Flughafen Tegel, kein so schlechter Abschluss, spekulierte Morgenstern. Doch wie so oft …

„Bitte fahren Sie mich nach Schönefeld“, sagte der Mann in einem höflichen Ton.

Morgensterns erste Überlegung war, den Fahrgast zu bitten, wieder auszusteigen und ein anderes Taxi zu nehmen oder zu behaupten, dass in diesem Moment ein Funkauftrag hereingekommen wäre, den er angenommen hätte. Doch dafür war es jetzt zu spät, da bereits das Gepäckstück im Kofferraum lag und lügen, nach wie vor, ihm die rote Farbe ins Gesicht trieb. Er akzeptierte die Fahrt zum Flughafen und fuhr los.

„Darf ich Sie etwas fragen?“ Der Ton des Mannes war weiterhin höflich. Morgenstern blieb stumm, weil er sicher war, dass der Fahrgast gleich seine Frage stellen würde. Tat er aber nicht. Also reagierte Morgenstern und antwortete mit „Sicher“.

„Erzählen Ihnen die Kunden viel aus ihrem Leben?“ Solch eine Frage hatte bisher niemand gestellt, und sie verwirrte ihn zu sehr, um gleich antworten zu können. Der Mann ließ nicht locker. „Ich probiere es anders: Gibt es eine Geschichte, an die Sie sich besonders erinnern?“ Morgenstern erkannte, dass sein Fahrgast so lange weiterfragen würde, bis er ihm etwas Brauchbares liefern würde.

„Wissen Sie, ich befördere Menschen und jeder hat seine Geschichte und manchmal lassen sie mich daran teilhaben.“

„Können Sie mir ein Beispiel nennen?“

Morgenstern war es lästig darüber nachzudenken, und er wählte Karo einfach. „Gerade eben habe ich einen Mann gefahren, ja sogar einen Kollegen, der seinen Führerschein loswurde, nur weil seine Frau ihn betrogen hatte. Das war nicht gerecht, und ich werde mich noch lange daran erinnern.“

„Was war nicht gerecht, dass sie ihn betrogen hatte oder dass er den Polizisten den Führerschein geben musste? Denken Sie bitte daran, wie gefährlich fahren unter Alkoholkonsum sein kann. Für sich und für andere.“

Morgenstern stutzte. „Ich habe nichts von Polizei und Alkohol gesagt. Wie kommen Sie darauf?"

„Alkohol am Steuer ist der häufigste Grund für den Führerscheinentzug und irgendein guter Geist muss immer die Ordnung überwachen. Das ist im Himmel und bei uns so, und auf Erden macht das die Polizei."

„Sind Sie Pastor? Dann müssten Sie zuerst die Frau verurteilen. Und außerdem ist doch nichts passiert. Niemand ist zu Schaden gekommen. Schließlich hat man nun dem Mann seine Lebensgrundlage genommen." Morgensterns Versuch, die Tat des Kollegen zu rechtfertigen, fiel auf keinen fruchtbaren Boden.

„Einspruch abgelehnt, Herr Verteidiger. Das ist das Prinzip von Ursache und Wirkung mit Folgen. Jeder ist für sich selbst verantwortlich. Das Fingerzeigen auf andere und Schuldzuweisungen waren schon immer die besten Gesellen der Unschuldigen. Doch genützt hat es den Wenigsten."

„Wer so redet, muss mit der Justiz zu tun haben. Ich hab's: Sie sind Richter." Der Mann ging darauf nicht ein und eröffnete ein anderes Thema.

„Was machen Sie, wenn Sie nicht Taxi fahren?" Für Morgenstern eine ungewohnte Rolle. In der Regel war er es, der den Fahrgästen die Fragen stellte. Seltsamerweise erlag er der Ausstrahlung dieses Mannes auf eine sehr wunderliche Art. Es machte ihm nichts aus, nein, es begeisterte ihn sogar, von sich selbst zu erzählen.

„Seit meinem Unfall habe ich Gefallen an Sport gefunden und auch das Interesse an dem anderen Geschlecht ist wieder da. Es fällt mir schwer, mich an die Zeit vor meinem Unfall zu erinnern. Doch ein paar Dinge müssen schon immer dagewesen sein: meine Leidenschaft für Kindl-Bockbier und Wiener Würstchen sowie Kinofilme. Zurzeit mache ich allerdings eine Art Diät und achte mehr auf meine Ernährung."

Der Mann nickte verständnisvoll und fragte weiter: „Welche Art von Filmen?" Das war Morgensterns Thema. In seinen Augen konnte man es funkeln sehen.

„Erst einmal Filme der bedeutenden deutschen Regisseure wie Herzog, Wenders oder Fassbinder. Dann alle großen und aufwendigen Blockbuster. Besonders die James-Bond-Reihe. Egal, wer dabei der Hauptdarsteller ist."

„Gibt es etwa keinen Lieblingsdarsteller? Ich frage das, weil ich mich auch schon lange für die Schauspielerei interessiere." Der Mann rückte etwas näher an Morgenstern heran.

„Aktuell liegen Tom Cruise und Brad Pitt bei mir ganz vorne. Ich kann mich wirklich nicht entscheiden, wer von den beiden der Bessere ist."

„Dann müssten Sie auch *Fight Club* kennen, wo Brad Pitt den imaginären Freund von Edward Norton spielt und die Zuschauer erst ganz zum Schluss die unerwartete Auflösung präsentiert bekommen. Eine tolle Geschichte", lobte der Mann. Morgenstern kannte den Film nicht und fuhr unvermittelt fort.

„Aus den alten Filmen haben mich Paul Newman und Charlton Heston durch ihre Männlichkeit und ihren Mut stark beeindruckt, oft verbunden mit einer Prise Humor. Solche Eigenschaften wünscht sich doch jede Frau bei einem Mann."

„Aber vergessen Sie bitte nicht, dass es sich dabei nur um einen Film handelt", fiel der Mann ins Wort. „Da gibt es Drehbuchautoren, Produzenten und letztendlich einen Regisseur. Sie alle wollen mitreden. Der Hauptdarsteller ist zwar das Aushängeschild, doch oft nicht mehr als eine Marionette."

Morgenstern fühlte sich falsch verstanden, wusste aber nichts dagegenzusetzen außer einer trotzigen Frage. „Und woher wollen Sie das alles wissen? Sind Sie vielleicht auch noch in der Filmbranche tätig?"

Der Mann lehnte sich wieder zurück. „Bin ich nicht. Aber ich habe mal ein kurzes Gespräch, so wie unseres hier, mit Humphrey DeForest Bogart gehabt. Es war im Januar 1957. Sie kennen bestimmt *Casablanca*, in dem er den Cafébesitzer Rick Blaine spielt, cool und unerschrocken gegenüber den Nazis. Ich besuchte ihn zu Hause. Bogart war sehr freundlich, fast schon bescheiden. Einer, den man gerne als Nachbarn hätte. Doch von einem Draufgänger und Helden habe ich nichts bemerkt. Vertrauen Sie mir, so wie im Film sind die alle nicht. Es tut mir wirklich leid, wenn ich vielleicht Ihre Illusionen zerstört habe. Oh, *Pardon*, mit Fremdwörtern haben, beziehungsweise hatten Sie es ja nicht so."

Nun war Morgensterns Verwirrung perfekt. Seine Gedanken überschlugen sich. Was sollte das mit 1957? Der Typ ist doch niemals so alt, überlegte er und schaute sicherheitshalber noch einmal in den Rückspiegel. Und dann die Sache mit den Fremdwörtern … Der Mann unterbrach Morgensterns Gedankenlauf, als würde er ihn lesen können.

„Denken Sie nicht weiter darüber nach. Ich wollte Sie ein wenig kennenlernen. Das ist mitunter wichtig für das, was ich tue. Der Ausgang des Gespräches war mir eigentlich schon vorher klar. Nur noch eine Frage: Kennen Sie das Filmzitat *Haben Sie Erdnussbutter?* Es ist mein Lieblingssatz." Selbst wenn Morgenstern den Titel gewusst hätte, wäre er ihm nicht über die Lippen gegangen. Zu sehr war er von dem Auftreten und den Äußerungen des Mannes blockiert. Er hatte Mühe, sich auf die Straße zu konzentrieren.

„Ich gebe Ihnen einen Tipp: Die beiden Hauptdarsteller heißen Brad Pitt und Anthony Hopkins." Nachdem Morgenstern auch darauf nicht antwortete, ließ der Mann das Thema fallen und bat darum, jetzt aussteigen zu können.

„Wir sind noch ein ganzes Stück vom Flughafen entfernt. Sie werden Ihren Flieger verpassen", gab Morgenstern zu bedenken. Der Mann reagierte kühl und gelassen.

„Ich hatte nichts vom Flughafen gesagt. Soweit ich weiß, verlief genau hier die innerdeutsche Grenzlinie. Eine Linie, die für manche Menschen Tod oder Leben bedeutete. Sie bleiben auf dieser Seite. Das habe ich heute entschieden. Was bin ich Ihnen schuldig?" Plötzlich überkam Morgenstern ein absonderliches Gefühl. Er wollte nicht wahrhaben, was für ein abwegiger Gedanke ihm in diesem Moment in den Sinn kam. Auch fiel ihm wieder der Titel des Films ein – *Rendezvous mit Joe Black* – und natürlich auch die diabolischen Dialoge zwischen den beiden Männern.

„Nichts. Sie schulden mir nichts." Morgensterns Stimme klang dünn, wie beim Aufsagen eines Weihnachtsgedichtes in der Schulaula.

„Ich gebe Ihnen fünf Euro. Der gleiche Betrag, den Ihr Kollege nur zahlen musste." Der Mann hatte den Fünf-Euro-Schein bereits in der Hand und reichte ihn nach vorne. Morgenstern nahm das Geld ohne sich umzudrehen. Eine innere Stimme riet ihm, sich möglichst schnell von seinem Fahrgast zu trennen.

„Dann hole ich jetzt Ihr Gepäck aus dem Kofferraum."

„Sie müssen sich irren. Ich reise immer ohne Gepäck."

Ein lautes Rufen ließ Morgenstern aufwachen. Er stand immer noch am Hermannplatz und die Lücke zum ersten Wagen war deutlich größer geworden.

„Hey Kollege, Doppelschichten sind nicht gesund und verkürzen die Lebensdauer. Penn zu Hause weiter oder fahr jetzt vor", tönte der Fahrer hinter ihm.

Die nächste Fahrt brachte Morgenstern die erhoffte Tour Richtung City West. Zwar nur bis zur Potsdamer Straße, doch von dort war es nach Charlottenburg nur noch ein Katzensprung. Er fuhr die Kurfürstenstraße entlang und wollte gerade sein Taxischild ausschalten, da sah er ein Mädchen zwischen den Autos ihren Arm nach ihm ausstrecken. Sie trug eine kurz abgeschnittene Jeanshose und eine weit aufgeknöpfte Bluse, die über dem Bauchnabel zusammengebunden war. Morgenstern hielt an, und das Mädchen stieg am Beifahrersitz ein.

„Ist doch okay, wenn ich zu dir komme, oder?" Das Mädchen ließ keine Pause zum Antworten und sprach gleich weiter. „Ich muss zur Stromstraße. Da, wo die Brauerei einmal war. Ist nur 'ne kurze Strecke. Kannst die Uhr auslassen. Ich kenne den Preis."

„Meinetwegen. Was machst du noch so spät auf der Straße?" Morgenstern wusste sehr wohl, dass die Kurfürstenstraße einmal als sogenannter Babystrich verschrien war. Doch die Zeit sollte längst vorbei sein.

„Was meinst du wohl, was ich hier mache? Jedenfalls nicht auf den Bus warten. Du bist wohl neu im Gewerbe“, war die kesse Antwort von ihr.

„Und du zu jung, noch keine siebzehn Jahre“, konterte Morgenstern.

„Zu jung gibt es nicht. Hat mir mal ein Freier gesagt, höchstens zu …“

Morgenstern wollte den schmutzigen Rest des Satzes, den er von irgendwoher kannte, nicht hören und schnitt ihr das Wort ab. „Hör auf damit. Und ich meine, nicht nur heute, sondern überhaupt. Wenn du schon nicht die Schule besuchst, dann beginn wenigstens eine Ausbildung.“

„Was du nicht alles weißt. Ich gehe zur Schule, sogar zum Gymnasium. In der letzten Woche vor den Ferien haben wir den Satz von diesem Pythagoras gelernt. Doch wozu dieser Scheiß gut ist, konnte mir bis heute noch keiner sagen.“ Sie griff in ihre linke Hosentasche und holte ein Bündel Geldscheine heraus. „Geld regiert die Welt, hat mal jemand gesagt. Doch ich sage, Sex ist der Ursprung des Lebens und die stärkste Waffe, die wir Menschen besitzen. Das gilt besonders für uns Frauen. Oder willst du mir weismachen, dass dir meine zehn Euro lieber sind, als wenn ich dir nachher einen blase?“ Das Mädchen ließ die Zunge aufreizend zwischen ihren Lippen kreisen und streichelte Morgensterns linken Oberschenkel.

„Zehn Euro werden sicher nicht reichen“, widersprach er mit der Abgeklärtheit eines Buchhalters.

„Du bist ein hübscher Kerl und hast bestimmt eine Freundin zu Hause, die auf dich wartet. Doch das haben sie alle. Neulich war mein Biolehrer hier und hat sich gleich in der nächsten Parklücke von einem Mädchen bedienen lassen.“

„Wie kannst du sicher sein, dass er es war?“, wollte Morgenstern wissen.

„An seinem Wagen. Ein VW Variant mit einem Hundeaufkleber am Heck. Ich bin dann zu der Nutte hin und ließ mir sagen, wie es war. Mit diesen Details kann ich bei Bedarf meine Note aufbessern.“ Das Mädchen strahlte wie ein geschniegeltes Kutschpferd.

„Das wirst du nicht tun. Wenn das rauskommt, ist er vielleicht seinen Job los“, entgegnete Morgenstern.

„Du bist süß und sehr naiv. Wenn jeder, der zu uns kommt, seinen Job verlieren würde, dann hätten wir 25 Millionen Arbeitslose in Deutschland.“ Das Mädchen kam aus dem Grinsen gar nicht mehr heraus. Morgenstern grübelte nach einer passenden Antwort.

„Vielleicht hat der Mann auch eine Frau, die könnte sich scheiden lassen.“

„Hat er auch und drei Söhne sowie einen Vierbeiner. Die Zwillinge kamen gleich ein Jahr nach dem ersten Kind. Hyperaktive Jungs, die alle noch in den Kindergarten gehen. Da treibt es den Vater schon mal aus dem Haus, um frische Luft zu schnappen.“ Das Mädchen legte eine Pause ein und konnte die Fragezeichen von Morgensterns Gesicht ablesen. „Jetzt willst du wissen, woher ich das alles weiß?“

„Ja, das würde mich tatsächlich interessieren.“ Morgensterns Antwort hätte formaler nicht klingen können.

„Die Familie hat er uns anlässlich des Sommerfestes vorgestellt, und das andere Zeug hat mir die Nutte erzählt, bei der er sich ausgeheult hat. Mehr ist da nicht gelaufen. Zufrieden? Und ich werde ihn auch nicht darauf ansprechen. Vielleicht hält er das nächste Mal bei mir an. In meinem Outfit und der Perücke erkennt er mich erst, wenn er in der Muschifalle sitzt und es zu spät ist.“ Dem Grinsen folgte ein unterdrücktes Kichern mit vorgehaltenen Händen, wie es Mädchen gerne tun, wenn sie ihren Freundinnen auf dem Schulhof kleine intime Geheimnisse verraten. Morgenstern hatte in den vielen Jahren mit dem horizontalen Gewerbe schon einiges erlebt, doch die Kaltschnäuzigkeit, mit der dieses junge Ding ausgestattet war, übertraf nun alles. Er fragte sich, was passiert sein musste, dass es so weit kommen konnte.

„Hast du noch Eltern?“

„Na klar. Mein Vater fährt zur See und schaut alle drei Monate bei uns vorbei. Meine Mutter bringt jede zweite Woche einen anderen Kerl mit nach Hause. Das wollte ich nicht mehr mit ansehen und bin in eine WG gezogen. Doch umsonst lassen die mich dort auch nicht wohnen.“ Das Taxi näherte sich Strom-, Ecke Turmstraße und blieb an der Ampel stehen.

„Du kannst mich nach der Kreuzung rauslassen. Ich vermute, dass ich dir Geld geben muss, obwohl mein Angebot noch steht.“ Ein treuherziger Labrador hätte nicht mitleidiger blicken können. Doch Morgenstern blieb standhaft, was ihm allerdings auch angesichts ihres Alters nicht sonderlich schwerfiel.

„Was nichts kostet, ist nichts wert, hat mir einmal jemand gesagt. Also gib mir 'nen Fünfer und dann ab zur WG.“

„Wenn du nicht so uralt wärst, würde ich mir sogar überlegen, beim Anschaffen eine Pause einzulegen, um mit dir meine Zeit zu verbringen. Du müsstest uns allerdings ernähren und meine kleinen Sonderwünsche erfüllen.“ Ihr Kichern war so vehement, dass es für Morgenstern unmöglich war zu erkennen, wie viel Ernsthaftigkeit in ihren Worten lag. Doch spätestens als sie den Fünfer aus dem Geldbündel zog, begriff er, dass sie sich nur lustig über ihn gemacht hatte. So schwungvoll, wie sie eingestiegen war, stieg sie auch wieder aus und verabschiedete sich noch mit einem Handkuss, bevor sie in einem unbeleuchteten Hausflur verschwand.

Mit einer mäßigen Kasse beendete Morgenstern seine Schicht und fuhr nach Hause. Als er den Kühlschrank öffnete, um sich das Feierabendbier herauszunehmen, erinnerte er sich an seinen Diätplan, der dieses Getränk nicht vorsah. Trotz ordentlichen Appetits blieben auch die Wiener Würstchen unangetastet. Dem unbefriedigten Körpergefühl stellte sich eine riesige Portion Stolz gegenüber, den leiblichen Versuchungen widerstanden zu haben. Hungrig, doch zufrieden, das Richtige getan zu haben, ging er ins Bett. Sein letzter Gedanke galt der Verabredung mit Mareike und ließ ihn erfüllt einschlafen.

Morgenstern verzichtete auf ein ausgiebiges Frühstück und trank nur Kaffee. Er beschloss, noch vor dem Gang ins Bad eine Laufeinheit einzulegen, um dann mit einer makellosen Erscheinung glänzen zu können. Die Ungeduld auf das Treffen gestattete nur eine bescheidene Runde um den Lietzensee, der, wie sollte es auch an einem Dienstagvormittag anders sein, kaum bevölkert war. Durch seine Aufgeregtheit reduzierte sich seine Körperpflege auf eine kurze Dusche und den Einsatz von Deospray. Er verzichtete auf die üblichen Jeans und entschied sich für eine leichte, hellblaue Stoffhose. Die Temperaturen waren weiterhin sommerlich und erlaubten ihm das Tragen eines kurzärmligen weißen Poloshirts. Gegen elf Uhr dreißig stand Morgenstern abmarschbereit vor dem Spiegel in seinem Flur. Es war noch genügend Zeit bis zum Treffen. Da er nicht wartend in der Wohnung bleiben mochte, kam ihm die Idee, den Weg zur Halenseebrücke zu gehen. Von der Kantstraße links in die Kaiser-Friedrich-Straße bis zum Adenauer Platz und dann rechts den Ku'damm hinauf. Straßen, die er bereits hundertfach entlanggefahren war, doch niemals zuvor als Fußgänger erlebt hatte. Plötzlich nahm er die verschiedenen Geschäfte wahr und konnte sich für die teilweise sehr aufwendigen Schaufensterdekorationen begeistern. Eine derartige Vielfalt der Waren in den Auslagen war ihm bisher nicht aufgefallen. Natürlich kannte er die großen Autohäuser auf dem westlichen Ku'damm-Abschnitt und die renommierten Restaurants sogar mit Hausnummern. Doch die kleineren Ladengeschäfte wie die Patisserie, vor der die Menschen saßen und ihre kalten und warmen Süßspeisen zu sich nahmen oder die Buchhandlung, bekannt durch ihre große Auswahl an Erstausgaben, sowie die Vinothek, deren wöchentliche Weinproben für jeden Teilnehmer einen besonderen Genuss darstellten, waren Morgenstern bisher verborgen geblieben. Als er viertel vor eins die Halenseebrücke erreichte, suchte er vergeblich nach Franky's Curry-Station. Obwohl er selbst nie dagewesen war, kannte er die Bude aus einem Lied von Gunter

Gabriel und hatte sie schon zigmal beim Vorbeifahren aus dem Augenwinkel gesehen. Und nun war sie einfach weg, staunte Morgenstern. Nachdem der kleine Schock überwunden war, schaute er zur gegenüberliegenden Straßenseite und entdeckte einen Imbiss. Gute zehn Meter entfernt davon stand eine Frau in einem bunten Sommerkleid. Morgenstern wartete, bis die Ampel auf Grün schaltete, und überquerte den Zebrastreifen. In dieser Sekunde wurde ihm klar, dass er für Mareike nichts dabeihatte, weder eine Schachtel Pralinen noch sonst etwas. Er blickte sich um und entdeckte ein Blumengeschäft. Noch hat sie mich nicht erkannt, vermutete er und sprintete dorthin. Nach zwei Minuten kam er mit einer einzelnen Rose aus dem Laden und schlenderte der Frau mit dem Sommerkleid entspannt entgegen. Wie von einer Geisterstimme hörte er seinen Namen rufen.

„Olaf, wo willst du hin? Ich bin hier!“

Morgenstern blickte verdutzt durch die Gegend. Wo ist der Mensch, zu dem die Stimme gehört?, fragte er sich. Die Frau in dem bunten Kleid war es jedenfalls nicht. Sie blieb ungerührt auf der Stelle stehen. Schließlich entdeckte er eine andere Frau direkt am Imbiss, die beide Arme nach oben gestreckt hielt. Das muss Mareike sein, war sich Morgenstern sicher und ging schnellen Schrittes lächelnd auf sie zu. Es war Mareike und sie begrüßte ihn herzlich mit einer leichten Umarmung. „So sieht also mein Poet des Jahres aus. Es hätte mich schlechter treffen können.“ Morgenstern nahm das kleine Kompliment nicht wahr. Seine Aufmerksamkeit galt ab sofort dieser hübschen Frau in ihren engen Blue Jeans und dem marineblauen Sweatshirt mit V-Ausschnitt. Selbst die randlose Klarglasbrille fand er sexy. Ihre dazu passende lebendige Art hatte ihn für den Augenblick aus dem Konzept gebracht. *Bonita*, flüsterte er leise vor sich hin.

„Ist die Rose für mich? Dann müssen wir für sie einen geeigneten Platz finden, wo es ihr gutgeht“, überbrückte sie Morgensterns momentane Sprachlosigkeit. Er hielt noch an der Blume fest, als eine

Stimme aus dem Inneren des Imbisses laut wurde. „Ich kann sie für dich in ein Glas stellen, Mareike."

„Eine prima Idee von dir. Das ist Mansoor Ahmadi, ein ehemaliger Schüler von mir. Er macht den besten Döner der Stadt und natürlich auch die versprochene Currywurst", klärte Mareike auf. Morgenstern hatte sich wieder gefangen und reichte die Rose mit einem „Bitteschön" an den Imbissverkäufer weiter.

„Das freut mich, dass du deine Sprache wiedergefunden hast. Wie wollen wir es machen? Erst essen und dann reden oder umgekehrt? Was meinst du, Olaf?" Ihm war bewusst, dass sie jetzt eine klare Entscheidung vom ihm erwartete und kein „Ist mir egal".

„Lass uns irgendwo hingehen zum Quatschen und uns später um das Essen kümmern."

„Genauso machen wir es", stimmte sie ihm zu und bat Ahmadi, bis zu ihrer Rückkehr gut auf die Blume aufzupassen.

„Noch eine Sache. Ich bin zu Fuß hier. Wir müssten laufen oder mit dem Bus fahren", gab Morgenstern zu bedenken.

„Oder mein Auto nehmen, wenn du nichts gegen eine Frau am Steuer hast." Er hatte natürlich nichts dagegen und stieg in ihren VW Golf 7 ein. Ohne sich weiter mit ihm über das Ziel abzustimmen, fuhr sie Richtung Grunewald und hielt erst Hubertusallee Ecke Delbrückstraße vor einem Szenelokal. „Hier kann man gut sitzen und reden sowie hinterher preiswert essen."

„Wer hat dir denn so etwas erzählt? Preiswert ist hier rein gar nichts. Vielleicht der Gang zur Toilette, wenn du genügend Umsatz gemacht hast. Oder stehen wir gerade vor deiner Stammkneipe?" Morgenstern war kurz verunsichert, ob er vielleicht den ersten Bock geschossen hatte, und wartete gespannt ihre Reaktion ab.

„Oh nein, auf keinen Fall. Ich war noch nie hier, sondern arbeite mich nur langsam durch den Gastronomieführer dieser großen Stadt. Mir fehlen allerdings noch die südwestlichen Bezirke wie Steglitz und Zehlendorf. Wollen wir trotzdem reingehen?", fragte sie in einer ungewohnt zurückhaltenden Art.

„Klar, lass uns die Burg stürmen. Mal sehen, was uns Don Felice heute andrehen will.“ Morgenstern fühlte sich in seinem Element. Es war eines der Lokale, in denen er während seiner Nachtschichten gerne eine längere Pause einlegte. Die Preise auf der Karte galten dabei nicht für ihn, weil er auch immer Touristen, die nach einem gehobenen Ambiente fragten, dort ablud. Der Laden war der einzige, der auch noch das Frühstücksgeschäft mitnahm, bevor er um neun Uhr morgens für drei Stunden schloss. Ohne Zweifel ein Glücksfall und Heimspiel zugleich, dass Mareike ihn gerade hierhergeführt hatte. Sie suchten sich auf der noch dürftig besetzten Terrasse unter einem der zahlreichen Sonnenschirme einen Platz. Die weibliche Bedienung gehörte zur Tagschicht und kannte Morgenstern nicht.

„Was habt ihr heute als Mittagsangebot?“, fragte er, noch bevor sie die Speisekarte aushändigen konnte.

„Nudelauflauf mit einem kleinen Beilagensalat.“

„Das gab es gestern Abend sicherlich auch schon und ist wohl nicht ganz verbraucht worden.“ Seine spitze Bemerkung machte die Bedienung verlegen und Mareike ärgerlich. Sie ging dazwischen.

„Wenn der Herr die Karte zum Bestellen nicht benötigt, ich möchte sie mir trotzdem einmal anschauen.“ Das hatte gesessen. Morgenstern war nach seinem leichten Anflug von Überheblichkeit wieder auf dem Boden gelandet. Zum Zeichen von Reue blätterte er, wenn auch ohne zu lesen, in der Speisekarte herum, und versuchte sich damit wieder anzunähern. „Die Fruchtsäfte sind hausgemacht, nicht einfach so bei Rewe gekauft.“

Mareike musterte ihn über den Brillenrand. „So, so und woher weißt du das alles?“ Nun war er wieder obenauf.

„Hatte ich vergessen zu erwähnen, dass ich in der Beförderungsbranche arbeite?“ Nach einem kurzen Moment des gegenseitigen Anstarrens löste Morgenstern auf. „Ich bin Taxifahrer und kenne somit die Stadt mit ihren Sehenswürdigkeiten, allen Museen und natürlich auch die Kneipenlandschaft.“ Er war erleichtert, dass von ihm aus das Berufsthema damit besprochen war. Nun lag es an ihr, damit umzugehen. Nicht, dass er diesen ehrenwerten Beruf nicht zu schätzen wusste, nur hatte er doch im Laufe der Zeit Kollegen erlebt, die eine Partnerschaft mit studierten Menschen kritisch und wenig erfolgversprechend sahen.

„Fruchtsäfte sind nicht so mein Ding, zu viel Zucker. Ein Wasser mit Blubber, wie meine Tochter immer noch zu sagen pflegt, wäre ausreichend. Essen möchte ich noch nicht. Wir haben uns eine Menge zu erzählen, da stört doch ein voller Mund nur." Spätestens jetzt war Morgenstern klar, dass sich die Gespräche der nächsten zwei Stunden nicht ums Wetter oder die Trinkgewohnheiten der Eskimos handeln würden. Ein kluger Kopf hatte ihm einmal gesagt, dass, wer fragt, auch das Gespräch führt. Also begann er zu fragen.

„Du bist sozusagen Lehrerin."

Der Einwand von Mareike kam sogleich. „Ohne sozusagen!"

Morgenstern atmete kurz durch und fuhr fort. „Was für eine Lehrerin, ich meine, welche Fächer unterrichtest du?"

„Französisch und Englisch, aber in der Hauptsache bilde ich Referendare aus, und das in fast allen Fächern. Ich reise gerne, wann immer möglich, in den Ferien, und kann dabei meine Sprachkenntnisse verbessern."

„Ich finde, Sprachen zu können ist eine nützliche Sache. Seit Jahren versuche ich mich an Spanisch, doch mehr als ein paar Brocken sind nicht drin", gestand Morgenstern.

„Wie kann das sein? Wenn man jede Woche etwas übt, dann kommt der Erfolg wie von selbst."

Typisch Lehrer, dachte Morgenstern. Diesen Satz hatte er während seiner Schulzeit oft genug hören müssen. Geholfen hatte er ihm allerdings auch nicht.

„*No sé*, keine Ahnung. Als Jugendlicher wurde ich von meinen Eltern in den Sommerferien nach Südengland verschickt. Ich wohnte bei einer Gastfamilie, die kein Wort deutsch sprach, was eigentlich von Vorteil sein sollte. Tagsüber gab es noch Unterricht. Es war eine Gruppenreise, die von den Pfadfindern organisiert wurde. Die meisten Teilnehmer müssen sich schon vorher gekannt haben. Jedenfalls fand ich überhaupt keinen Zugang zu denen. Die feierten ihre Strandpartys immer ohne mich. Nach fünf Tagen wollte ich nach Hause trampen, nur das große Wasser hielt mich davon ab."

Mareike zeigte Verständnis und strich ihm vorsichtig über das Haar. „Wie alt warst du da?"

„Dreizehn oder vierzehn und ein Spätzünder in jeder Hinsicht."

„Gab es im nächsten Jahr einen zweiten Versuch?"

„Nein, England wird mich auch nicht wiedersehen. Es sei denn, die Queen lädt mich zu ihrem hundertsten Geburtstag ein." Mareike hatte bei ihm versehentlich einen wunden Punkt getroffen und wollte möglichst schnell und unauffällig wieder aus dieser Sackgasse heraus. „Olaf, deine Kontaktanzeige war sehr gefühlvoll formuliert und deshalb sitzen wir auch heute hier zusammen. Es gibt nicht viele Menschen, die diese Fähigkeit besitzen. Wann hast du das erste Mal gemerkt, dass dir diese Art des Schreibens liegt?" Mit einem Schlag fühlte sich Morgenstern aus seinen schlechten Gedanken zurückgeholt und erinnerte sich an die längst vergessenen Zeilen. „Jetzt, wo du es sagst, fällt mir ein Gedicht ein, welches ich in der Grundschule vorgetragen habe."

„Ich würde es gerne hören", bat sie und strich ihm noch mal über das Haar. Morgenstern streckte seinen Rücken und schob seine Brust nach vorne.

Das Auto
Das Auto fährt hin und her,
auf einmal fährt das Auto nicht mehr.
Im Motor sitzt ein Huhn.
Was ist jetzt zu tun?
Habt ihr so etwas schon gesehen,
vielleicht im Fernsehen?
Die Frau ist aber dagegen,
sie muss nachher den Motor fegen.
Ruft sie ganz empört:
„Hättest du auf mich gehört!

Lass die Karre steh'n,
dann müssen wir zu Fuß geh'n."

Lautes Klatschen von Mareike und dem Nachbartisch sowie ein sichtlich berührter Dichter.

„Wow, es war vollkommen aus meinem Kopf heraus, doch wie aus heiterem Himmel fielen mir gleich wieder alle Worte ein."

„Du hast Talent, und das solltest du auch unbedingt nutzen. Ich kann mir vorstellen, dass du in deinem Beruf eine Menge erlebst. Vielleicht schreibst du irgendwann einmal ein Buch darüber", schmeichelte sie ihm.

„Die Dinge erleben ist das Eine, sie fehlerfrei aufschreiben ist das Andere. Und wen sollten meine Geschichten wohl interessieren?", wiegelte er ab. Mareike ließ die Frage unbeantwortet und widmete sich einem anderen Thema. „Wolltest du schon immer Taxifahrer werden?"

Ihre spontane Frage stellte Morgenstern vor ein Problem. Einerseits sträubte er sich, ihr gleich beim ersten Treffen seine ganze Lebensgeschichte zu beichten, andererseits fühlte er sich bei ihr gut aufgehoben, als wenn sie beide schon einige Zeit miteinander verbracht hätten. Der Umstand, dass sie sich für ihn interessierte, schmeichelte ihm und ließ keine andere Wahl zu, als auf ihre Frage einzugehen.

„Nach der Schule habe ich eine Ausbildung in der Verwaltung begonnen, doch irgendwie war das nicht meine Sache. Die Erinnerung an diese Zeit ist auch verblasst. Jedenfalls fahre ich seit über vierzehn Jahren Taxi und fühle mich dabei wohl."

„Das hört sich gut an. Doch hattest du keinen Kindheitstraum, Lokomotivführer oder Arzt zu werden?", fragte sie nach.

„Den gab es tatsächlich! Ich wollte Polizist werden", kam es sogleich aus ihm heraus.

Mareike blickte erstaunt. „Und warum bist du es nicht geworden?"

„Es ist an der Aufnahmeprüfung gescheitert. Genauer gesagt, am Sporttest. Ich konnte zwar gut Deutsch und ordentlich rechnen, doch meine Fitness hat nicht ausgereicht. Damit war der, wie du so schön formuliert hast, Kindheitstraum ausgeträumt.“ Die Enttäuschung über das längst Vergessene war Morgenstern deutlich anzusehen. Er starrte ins Leere und erinnerte sich nur widerwillig an die gescheiterte Bewerbung. Auch Mareike blieb das erneute Stimmungstief ihres Gegenübers nicht verborgen. Sie war eingeschüchtert und biss sich lieber auf die Lippen, als weiter zu fragen. Beide schwiegen eine gefühlte Unendlichkeit.

Das Bringen der Getränke durch die Bedienung und das gegenseitige Zuprosten lockerten die Atmosphäre auf, sodass sich Morgenstern veranlasst sah, das Frage- und Antwortspiel dann doch fortzusetzen.

„Wie war das bei dir, Mareike? Wann kam dein Entschluss, Lehrerin zu werden?“

„Ich bin ja in Rostock geboren und habe meine ersten Schuljahre noch zu DDR-Zeiten erlebt. Übrigens, warst du schon einmal in Rostock?“

Morgenstern musste achselzuckend passen. „Liegt das an der Ostsee?“

Mareike hielt sich beide Hände vors Gesicht. „Oh Mann, ein echter Wessi. Und das fast fünfundzwanzig Jahre nach dem Mauerfall. Rostock hat sieben Wahrzeichen, und es liegt nicht direkt am Meer. Über die Warnow, die durch die Stadt fließt, kommt man zur Ostsee.“

„Das wirst du mir sicher noch genauer erzählen, doch nun bitte weiter zu deiner Berufswahl“, forderte Morgenstern und versuchte damit von seiner Unwissenheit abzulenken.

„In der fünften Klasse bekamen wir eine neue Lehrerin, Frau Meinecke, für die ich wahnsinnig schwärmte. Sie unterrichtete Russisch und Erdkunde. Englisch kam erst nach der Wende dazu. Auf jeden Fall wollte ich so sein wie sie. Zu Hause schlüpfte ich in die Schuhe meiner Mutter und probierte heimlich ihre viel zu großen Blusen und Röcke an, um zumindest annähernd so auszusehen wie mein großes Vorbild. Viele Jahre später erfuhr ich, dass sie IM der

Stasi war und Kollegen ausspionierte. Doch da war ich schon im dritten Semester."

„Und wie kam es zu deiner Fächerwahl?", wollte Morgenstern wissen.

„Auch ich hatte einen Englandaufenthalt, allerdings für ein ganzes Schuljahr und da war klar, dass ich die Sprache auch studieren werde. Französisch kam dazu, weil mich Afrika schon immer besonders interessierte, und in manchen Ländern dort wird eben französisch gesprochen."

„Warst du ein Strebertyp?"

„Wenn schon, dann Typin", korrigierte sie ihn. „Ja, vielleicht. Ich war nicht besonders begehrt bei den Jungs, hatte dünne Beine, kaum Busen und trug schon immer eine Brille mit großer Sehstärke. Die besten Voraussetzungen, um sein Leben der beruflichen Karriere zu opfern. Ich meine natürlich, zu widmen."

„Ist das dein Ernst?"

„Nein, aber die Ironie lebt von der Übertreibung." Für einen Augenblick hatte sie Morgenstern entgeistert schauen lassen. Ob Wahrheit oder nur vorgegaukelt, war für ihn nicht zu erkennen. Mareike reagierte. „Komm schon. Das war ein Scherz. Auch als Oberschülerin hatte ich schon meine Verehrer … und im Studium sowieso." Beide lachten und berührten sich kurz mit den Händen.

„Wie war das nun mit den sieben Wahrzeichen deiner Stadt?"

„Uff", Mareike atmete tief ein. „Ich bin nicht sicher, ob ich noch alle zusammenbekomme. Also: sieben Stadttore, die ins Land führen, sieben Kaufmannsbrücken, sieben vom Markt ausgehende Straßen und sieben Glocken, die zugleich schlagen. Mehr fällt mir nicht ein. Die restlichen drei liefere ich bei unserem nächsten Treffen nach."

Morgenstern strahlte. „Du hast mir gerade eine vorzeitige Zusage für ein weiteres Treffen gegeben, obwohl unser heutiges noch gar nicht zu Ende ist. Bist du dir wirklich sicher, mich wiedersehen zu wollen?" Mareike blickte ihm direkt in die Augen. „Wenn du damit leben kannst, dass wir es mit uns ganz ruhig angehen und vorerst auch keinen Sex miteinander haben, dann möchte ich dich nächsten Dienstag sehr gerne wiedersehen." Morgenstern beugte sich mit seinem Oberkörper so weit nach vorne, dass sich ihre Nasenspitzen berührten. „Gehört küssen schon zum Sex oder nicht?", fragte Morgenstern spitzbübisch. „Solange wir uns dabei nicht ausziehen, ist küssen okay", war ihre unmittelbare Antwort. Morgenstern fasste dies als Einladung auf, legte beide Arme um ihren Körper und presste seine Lippen auf die ihrigen. Sie hielt ihren Mund jedoch geschlossen, sodass er mit seiner Zunge keinen Zugang fand. Irritiert ließ er von ihr ab und zog sich auf seine ursprüngliche Sitzposition zurück. Ernüchterung machte sich in Morgenstern breit. Er fragte sich, ob er sie vielleicht falsch verstanden hätte und sein Handeln zu forsch gewesen war. Doch er traute sich nicht, sie das zu fragen. Die Kellnerin durchbrach ihre Stille und erkundigte sich nach einer möglichen Essensbestellung. Beide verneinten. Morgenstern orderte die Rechnung und schlug vor, noch ein paar Schritte Richtung Grunewald zu gehen. Mareike begrüßte den Vorschlag. Sie hatte Morgensterns Verunsicherung registriert. Ihr war bewusst, dass es kein Mensch gerne hatte, kurz vor seinem ersehnten Ziel abgewiesen zu werden. Nun war es an ihr, sich zu erklären.

„Bist du sauer auf mich?"

Morgenstern rang noch nach einer Antwort, da sprach sie schon weiter.

„Es ging mir zu schnell und bei dem ersten intensiven Kuss von dir muss nicht halb Berlin zusehen. Manche Dinge gehören einfach nicht in die Öffentlichkeit. Mag sein, dass du mich für verklemmt hältst … bin ich aber nicht! Wirst schon sehen!" Die letzten drei Worte machten Morgenstern wieder Mut und brachten ihn zum Schmunzeln. Sie spazierten Hand in Hand die Delbrückstraße entlang bis zur Königsallee, bevor sie in das Auto stiegen und wieder zur Halenseebrücke zurückkehrten.

„Ich werde mir jetzt die von dir frisch erworbene Rose wiedergeben lassen und mich kurz bei Mansoor für die Aufsicht bedanken. Wartest du bitte noch auf mich?"

„Na klar. Hast du eigentlich beobachtet, wie ich in das Blumengeschäft gegangen bin?“ Mareike lächelte vielsagend und eilte zum Imbissstand. Morgenstern schaute ihr nach. Als Mansoor sie sah, kam er hinter dem Tresen hervor und breitete seine Arme aus. Nach einer kurzen, aber intensiven Umarmung kehrte sie zu Morgenstern zurück und bemerkte seinen fragenden Blick.

„Es ist schon eine Weile her, dass er mein Schüler war. Inzwischen kenne ich auch seine Eltern recht gut.“ Mareikes nicht verlangte Erklärung versprühte einen Hauch von Rechtfertigung.

„Ich habe mich nur kurz an deine strengen Regeln hinsichtlich der Öffentlichkeit erinnert.“ Morgenstern konnte sich diesen Seitenhieb nicht verkneifen und spielte damit auf die Szene im Lokal an. Sie ging darüber hinweg und fragte, ob sie ihn irgendwo hinfahren solle.

„Das wäre nett. Den Ku'damm noch einmal herunterlaufen brauche ich nicht. Es ist auch nicht weit von hier.“ Sie stiegen in ihren, Wagen und fünf Minuten später standen sie in der Kantstraße gegenüber seinem Hauseingang. Obwohl Morgenstern sicher war, einen Korb zu bekommen, traute er sich.

„Dich jetzt zu fragen, ob du noch mit hochkommen willst, kann ich mir wohl sparen, oder?“

„Ich könnte sagen, dass es hier unmöglich ist, einen Parkplatz zu finden, und ich deshalb weiterfahren muss. Aber diesen Unfug lasse ich sein. Die Wahrheit ist, dass es angenehm war, dich kennengelernt zu haben und ich neugierig bin, wie es bei unserem nächsten Rendezvous weitergeht. Was hältst du von Dienstag zur gleichen Zeit, nur an einem anderen Ort?“

„Und welcher Ort?“

„Ich rufe dich an. Deine Nummer ist ja gespeichert, du erinnerst dich sicher“, pikste sie zum Spaß. Morgenstern besann sich des ersten Telefonats mit ihr und ihrer Tochter, in dem er von beiden veralbert worden war.

„Sehe ich dann auch dein Baby?“

Das konnte Mareike so nicht stehen lassen. Sie wechselte ihre Stimmlage. „Das Baby ist kein Baby mehr, sondern ein Kind von sieben Jahren und heißt Finia. Und nein, du wirst es nur mit mir zu tun haben. Die Gründe habe ich dir bereits einmal dargelegt." Es folgte eine kurze Verschnaufpause, in der Morgenstern sich nicht rührte. „Bitte steig jetzt aus, sonst wird der Stau hinter uns noch größer." Ihr Ton war nun schroff und die Mimik eisig. Der Wagen stand in der zweiten Reihe und behinderte tatsächlich den fließenden Verkehr. Die ersten Autos hupten bereits. Morgenstern folgte der Aufforderung und verließ ohne ein weiteres Wort den Wagen. Kurze Zeit später rollte der Verkehr wieder normal über die Kantstraße, und Mareikes Golf war nicht mehr in Sichtweite.

Es war keine Viertelstunde vergangen, da saß Morgenstern, immer noch verunsichert, wie er das Treffen mit Mareike einordnen sollte, auf seiner Couch im Wohnzimmer. Er fragte sich, was eine solch kluge Frau, mit Charme und Witz ausgestattet, dazu brachte, sich von einem zum anderen Moment in diesen fauchenden Drachen zu verwandeln. Ihr müsste doch klar sein, so sein Glaube, dass sie mit dem zuletzt gezeigten Verhalten alle vorherigen schönen Momente auslöschte. Er stellte sich auch die Frage, ob ihre aggressive Art nur beim Thema Kind zum Vorschein kam oder ob sie ein grundsätzliches Problem hatte. Wieder Fragen, deren Beantwortung nur mittels weiterer Treffen mit ihr möglich wäre, sofern es dazu eine realistische Chance gäbe. Diese sah er allerdings zum jetzigen Zeitpunkt nicht. Überzeugt davon, dass sich Mareike nicht mehr melden würde, begann er, negative Merkmale an ihr herauszufiltern, um das abrupte Ende besser verkraften zu können.

Inzwischen wurden für ihn die Folgen der fehlenden Essensaufnahme deutlich spürbar. Morgenstern bekam mächtigen Hunger. Er ging zum Kühlschrank und stand vor der Wahl, sich das TK-Gemüse zuzubereiten oder den bewährten Wiener Würstchen den Vorrang zu geben. Seinem Diätplan zum Trotz entschied er sich für das Schweinefleisch in zarter Haut. Dafür verzichtete er auf das Bockbier, weil sich durch das vorzeitige Ende des Treffens die Möglichkeit aufgetan hatte, die Nachtschicht zu fahren. Noch vor den 19-Uhr-heute-Nachrichten wartete Morgenstern mit seinem Taxi am Kranzler Eck.

Das Geschäft war ruhig und die Haltezeiten an den Rufsäulen kamen ihm ungewöhnlich lang vor. Er überlegte, nach Hause zu fahren und erst, wenn die Theater und Kinos ihre Vorstellungen beendet hatten, wieder neu zu starten. Das Einzige, was ihn davon abhielt, war die Befürchtung, in dieser Zeit andauernd an Mareike denken zu müssen. Er verwarf die Idee und biss sich durch die umsatzschwachen Abendstunden. Gegen dreiundzwanzig Uhr strömten die

Besucher des Musicals *Hinterm Horizont* aus dem Theater am Potsdamer Platz. Zwei Frauen, die bei Morgenstern einstiegen, bescherten ihm die erste längere Tour.

„Kennen Sie den S-Bahnhof Rummelsburg? Dort steigt meine Freundin aus. Ich fahre dann weiter bis nach Köpenick", sagte eine der beiden Frauen. Ohne eine mögliche Reaktion des Taxifahrers abzuwarten, begannen sie, ihre Bewertungen zu dem Musical abzugeben. Diese fielen durchweg positiv aus, auch wenn sie bedauerten, dass die Hauptrolle nicht von Udo Lindenberg selbst gespielt wurde. Morgenstern hörte aufmerksam zu und konnte sich an dieser Stelle ein inneres Schmunzeln nicht verkneifen. Er hätte die Damen allzu gerne darüber aufgeklärt, dass das Stück nun bereits seit über drei Jahren hier lief und es mehr als unwahrscheinlich war, dass sich der große Star jeden Abend persönlich auf die Bühne stellte. Doch so ganz raushalten wollte er sich dann doch nicht, zumal er erst vor kurzem einiges über den Künstler gelesen hatte und mischte sich, ganz entgegen seiner Gewohnheit, ungefragt in das Gespräch ein.

„Man sollte nicht so naiv sein und glauben, dass dies Udos einzige Beschäftigung ist. Er gibt das ganze Jahr über in Deutschland und sonst wo Konzerte und seine Bilder werden inzwischen in den bedeutendsten Galerien ausgestellt."

„Danke für die kleine Lehrstunde über Udo Lindenberg. Erlauben Sie, dass wir uns jetzt weiter unterhalten, auch ohne Ihre ergänzenden Beiträge?" Was für eine blöde Frage, grollte es in ihm. Doch um die Stimmung nicht weiter anzuheizen und letztendlich auch das Trinkgeld zu sichern, nickte er zustimmend, verbunden mit einem deutlichen „*Claro*".

Als die erste Frau ausstieg, ließ es sich die andere nicht nehmen, ihre Freundin noch bis zur Haustür zu begleiten. Morgenstern beobachtete die sich hinziehende Verabschiedungsszene und machte zwei gut gewachsene Damen aus. Bei dem Alter wollte er sich nicht festlegen, sondern dieses mit Hilfe seiner inzwischen erworbenen Fragekünste herausfinden. Ohne konkrete Vorstellungen zu haben, wuchs in ihm der Wunsch, dem bisher trüben Tagesverlauf einen

Höhepunkt hinzuzufügen. Auch schienen Morgenstern die Vorzeichen dazu günstig. Er malte sich aus, dass sie, wenn mit einer Freundin unterwegs, keinen männlichen Partner hatte und begierig aufgeschlossen sein musste, wenn sich ein Mann für sie interessierte. Er könnte sie noch zu einem Glas Wein einladen, und weil in Köpenick kein geeigneter Laden mehr geöffnet hatte, würde sie ihn zu sich in die Wohnung mitnehmen. Zuerst wollte er sie sich jedoch genauer ansehen. Mit kleinen, schnellen Schritten, soweit es ihre hohen Absätze zuließen, kehrte die Frau zum Taxi zurück und setzte sich auf die rechte Seite der Rückbank. Morgenstern drehte sich um. „Wo soll es denn genau hingehen?“, fragte er und musterte sie auffällig lange dabei. Sie schien seine Blicke zu bemerken, schaute kurz aus dem Fenster und richtete ihr Blouson. „Bringen Sie mich einfach in die Altstadt, in die Nähe vom Rathaus“, war ihre knappe Antwort. „Bin schon auf dem Weg“, rief er ihr fast ein wenig übermütig nach hinten zu und fuhr los. Das, was er von ihr sehen konnte, gefiel ihm. Ein Faltenrock, der ihre von Nylon umhüllten, schlanken Beine zu mehr als der Hälfte freigab und ein ansehnliches Gesicht, das geschmackvoll von goldfarbenen Ohrringen umrahmt wurde. Morgenstern war klar, dass er jetzt handeln musste, wenn er zum Ende der Fahrt ein für ihn befriedigendes Ergebnis erzielen wollte.

„Besuchen Sie öfters Theater oder Konzerte?“

Die Antwort ließ einen Moment auf sich warten.

„Ja.“

Scheiße, dachte er, das war eine geschlossene Frage, und versuchte, es gleich besser zu machen. „Gehen Sie immer mit Ihrer Freundin, also der Dame von eben, dorthin, oder auch mit anderen Leuten?“

„Auch mit anderen Leuten. Aber warum fragen Sie mich das?“

Morgenstern ignorierte ihren spröden Tonfall und kam auf den Punkt. „Ich habe nur gedacht, dass, wenn Sie niemanden sonst zum Ausgehen haben … Ich hätte Zeit für Sie. Natürlich können wir uns vorher einfach nur treffen, um die gegenseitigen Geschmäcker kennenzulernen. Nicht, dass Sie Mozart mögen und ich Beethoven.“ Er fand sein Beispiel amüsant und wollte gerade loskichern, da kam es faustdick vom Rücksitz.

„Wie kommen Sie darauf, dass ich niemanden habe? Im Normalfall begleitet mich mein Mann. Nur weil er überraschend nach London fliegen musste, um einen Mandanten zu sprechen, ist meine Freundin eingesprungen. Wer ist jetzt naiv?“ Hätte es ein Mauseloch im Taxi gegeben, so wäre Morgenstern darin verschwunden. Während der restlichen Fahrt wurde nicht mehr gesprochen. Die Frau rundete den Taxipreis auf einen vollen Euro auf und wandte sich noch einmal an ihn. „Wenn Sie das nächste Mal vorhaben, eine Frau anzubaggern, dann sollten sie, bevor Sie sämtliche andere Körperteile checken, zuallererst auf die rechte Hand schauen, ob sich dort am Ringfinger ein Ring befindet. Das muss nicht immer etwas heißen, doch gelegentlich eben doch. Gute Nacht.“ Jetzt, wo sie es sagte, nahm er den goldenen Ehering an ihrem Finger wahr und brachte der Frau beim Aussteigen ein aufgesetztes Lächeln entgegen.

Es war kurz vor Mitternacht und die Altstadt menschenleer. Morgenstern war klar, dass es hier nichts zu holen gab. Er beschloss, zum Bahnhof Köpenick zu fahren, um eventuell Fahrgäste aufzugabeln, die ihren Zug verpasst und einfach keine Lust mehr auf öffentliche Verkehrsmittel hatten. Die Fahrten würden nicht lang sein und ihn voraussichtlich eher nach Süden als zurück in die City führen.

Der Halteplatz am Bahnhof war nicht besetzt. Kein Wagen stand vor ihm, aber auch kein Mensch, der auf ein Taxi wartete. Morgenstern wollte es sich gerade auf dem Fahrersitz gemütlich machen, da kam ein Funkauftrag zur Bölschestraße 40 herein. Drei Minuten später stand er vor der Tür. Ein Paar küsste und drückte sich, als wenn es ein Abschied für immer sein würde. Schließlich torkelte ein großgewachsener Mann auf das Taxi zu. Er öffnete die hintere rechte Tür und ließ sich auf den Rücksitz fallen. Morgenstern waren Betrunkene nicht fremd, doch dieser war ihm, wohl auch wegen seiner stattlichen Figur, nicht ganz geheuer.

„Wo soll's denn hingehen?“, fragte er.

„Hackescher Markt, kannst die Uhr auslassen. Hier sind dreißig Mäuse“, antwortete der Fremde mit rauchiger Stimme und bot Morgenstern das Geld in der Hand haltend an.

„Nee, lass mal gut sein, Kumpel. Wir machen das ordentlich, wie es die Behörde von uns verlangt. Dann sind alle zufrieden.“ Der Fremde wiederholte nur noch mürrisch das Wort *Behörde*, lehnte sich zurück in den Sitz und schlief dann ein. Den Anschnallgurt benutzte er nicht. Nach fünfundzwanzig Minuten hatten sie den Strausberger Platz erreicht, und dreißig Euro standen auf der Uhr. Morgenstern war nicht bereit, den restlichen Weg umsonst zu fahren, für den Fall, dass sein Fahrgast kein weiteres Geld bei sich hatte, und hielt am Straßenrand an.

„Hey Kumpel, die dreißig Euro sind verbraucht. Hast du noch etwas Kleingeld für mich? Sonst war es das bis hier gewesen, und die Fahrt ist zu Ende.“ Morgensterns Worte waren laut und von einer gewissen Strenge begleitet. Der Fremde kam nur langsam zu sich. „Wo sind wir denn?“, fragte er und schaute dabei auf die Hochhäuser. „Das ist nicht Hackescher Markt. Warum hältst du hier?“ Morgenstern blieb seinem strengen Tonfall treu. „Für die Weiterfahrt brauche ich noch Geld von dir. Hast du, außer den dreißig Euro, welches dabei?“ Der Fremde hatte verstanden. Er tat gelangweilt, holte einige Geldscheine aus der Seitentasche seiner Lederjacke und ließ sie auf den Beifahrersitz fallen. „Das sollte reichen und nun fahr weiter.“ Zufrieden, sich behauptet zu haben, setzte Morgenstern die Fahrt fort. „Genau Oranienburger, Ecke Große Hamburger Straße kannst du mich rauslassen. Kriegst du das hin, oder soll ich dir den Weg zeigen?“, grummelte der Fremde. Obwohl Morgenstern die Frage ärgerte, ignorierte er sie und steuerte dem gewünschten Fahrziel unbeirrt entgegen. Jeder halbwegs gute Taxifahrer kannte die nächtliche Touristenmeile, die bei keinem Berlinbesuch ausgelassen werden durfte. Hier befanden sich Restaurantbetriebe verschiedenster Länder und Kulturen, Cocktailbars mit und ohne Rotlichtmilieu sowie Kneipen der übelsten Sorte, um die man besser einen großen Bogen machen sollte. Es war eine düstere Gegend im Bezirk Mitte, und Morgenstern hatte sich bereits während der Fahrt vorgenommen, nach dieser Tour seine Schicht zu beenden, um nach Hause zu fahren. Die Aussicht auf Erfolg, von hier aus mit Fahrgästen in Richtung Westen zu kommen, schätzte er als nicht sehr hoch ein. Wer hier unterwegs war, so seine Erfahrung, blieb auch in diesem Teil der Stadt.

„Neununddreißig Euro zwanzig sind es nun geworden", ließ er den Fremden am Fahrziel wissen. Dieser schien erholt und beugte sich leicht nach vorne. „Gut gemacht!", lobte er Morgenstern, ohne, dass es nach einem Lob klang. „Nimm dir den Fuffi und gib mir die anderen Scheine in die Hand." Einigermaßen verblüfft über das großzügige Trinkgeld tat Morgenstern, worum er gebeten wurde. Der Fremde war gerade dabei, den Wagen zu verlassen, da fiel Morgenstern ein, dass er sich dafür noch nicht bedankt hatte. „Eine gute Nacht und herzlichen Dank, Kumpel." Der Fremde drehte sich kurz um. „Ich bin nicht dein Kumpel, vielleicht dein Kollege", kam es Morgenstern wieder mit rauchiger Stimme entgegen. Er schenkte dem Satz keine Bedeutung, sondern beobachtete den Fremden, wie er, immer noch schwankend, die Straße hochlief. Es schien, als würde er das eigene Auto suchen. Wenn das der Fall wäre, machte sich Morgenstern bewusst, müsse er einschreiten. Für ihn zählte Wegschauen zur unterlassenen Hilfeleistung. Doch wie, ging es ihm gleichzeitig durch den Kopf, sollte er diesem Hünen den Autoschlüssel wegnehmen, wenn der nicht wollte? Morgenstern stand mit seinem Taxi immer noch in zweiter Reihe und würde gegebenenfalls einen Kollegen zu Hilfe rufen, um den Fremden vom Autofahren abzuhalten. Die Polizei zu informieren kam für ihn nicht in Frage. Plötzlich drehte sich der Fremde um, und es sah für einen Moment so aus, als wenn dieser die Suche aufgegeben hätte. Doch er wechselte nur die Straßenseite und steuerte zielstrebig auf einen Mercedes zu. Morgenstern traute seinen Augen nicht. Es war ein Taxi, so wie seins. Noch bevor der Fremde den Schlüssel ins Schloss stecken konnte, stand Morgenstern neben ihm.

„Mit dem Auto zu fahren ist keine gute Idee. Auch wenn du mich jetzt anschreist oder mir Schläge androhst … ich bleibe hier, bis du sie mir gibst, Kollege." Morgenstern atmete tief durch und war auf alles gefasst. Innerlich hatte er sich schon von seiner geraden Nase verabschiedet. Die Reaktion des Fremden fiel allerdings anders aus, als er es erwartet hatte.

„Was soll ich dir geben, meine Autoschlüssel? Bevor ich dir die gebe, kriegst du eher meine Hausschlüssel und kannst damit meine Frau besuchen. Die würde sich freuen, mal wieder einen anständigen Mann bei sich zu haben. Der bin ich nämlich nicht. Doch ich bin auch nicht so bescheuert und fahre besoffen Auto." Morgenstern war von dem resoluten Auftritt des Fremden beeindruckt und wusste nichts entgegenzusetzen. „So, lässt du mich jetzt meine Versicherung aus dem Kofferraum holen, denn da, wo ich jetzt hingehe, kann es ganz schnell ungemütlich werden." Der Fremde öffnete den Kofferraum und nahm einen Revolver an sich. „Hör zu, junger Kollege. Du hast es gut mit mir gemeint, dafür möchte ich dir einen ausgeben. Ich passe auch auf dich auf", bot der Fremde an.

Mit diesem Typen in eine Spelunke gehen und dann noch bewaffnet, nein, das wollte Morgenstern auf keinen Fall. Er hatte schon mehrfach von diesen fragwürdigen Läden gehört, bei denen man nie ganz sicher sein konnte, ob beim Verlassen des ehrwürdigen Etablissements noch alle fünf Finger an der Hand sein würden. Auch die Möglichkeit, sich auf der Toilette einen Tripper einzufangen, durfte nicht unterschätzt werden. Folgerichtig musste er nicht lange über das Angebot nachdenken und suchte nur kurz nach einer passenden Ausrede, denn sein Bedarf an unliebsamen Erlebnissen war in den letzten vierundzwanzig Stunden vollends gedeckt worden.

„Ich danke für die Einladung, doch ich fahre morgen wieder die Frühschicht. Mein Boss ist nicht sehr verständnisvoll, wenn es um das Nichteinhalten von Arbeitszeiten geht. Einen Fehltag kann ich mir nicht leisten. Aber danke noch mal." Die Geschichte war so offensichtlich erfunden, dass es selbst ein Oberschüler gemerkt hätte. Dem Fremden war es letztendlich egal. Er wollte nur etwas angeboten haben, um nichts schuldig zu bleiben. „Das ist okay so. Übrigens, dein Gesicht hat gerade eine ungesunde Farbe angenommen." Diese Bemerkung musste er noch loswerden, bevor er die Straße überquerte.

Morgenstern wusste, dass er beim Lügen ertappt worden war und schämte sich dafür. Instinktiv ging er um das Taxi und entdeckte die Funknummer des Fremden. Es war die Nummer Vier. Also der Mann, der sich immer mit ultra-tiefer Stimme mit den Worten „Hier ist die blanke Vier" meldete und erst vor kurzem in der Zeitung als Held gefeiert worden war. Blitzartig entschied Morgenstern, sich diese Gelegenheit nicht entgehen zu lassen. Ohne auf den nächtlichen Straßenverkehr zu achten, spurtete er dem Kollegen hinterher. Er erwischte ihn noch kurz bevor dieser an dem Türsteher vorbei in die Bar ging.

„Hey, blanke Vier. Steht das Angebot noch? Ich würde gerne mit dir reden", rief Morgenstern durch die dunkle Nacht. Der Kollege blieb stehen und signalisierte mit dem Arm, dass Morgenstern kommen sollte. „Wenn wir da reingehen, solltest du meinen Namen kennen. Es ist besser, die nehmen an, dass ich einen Freund dabeihabe. Ich heiße Herrmann." Für Morgenstern klang das seltsam. Warum den Leuten etwas vorspielen?, fragte er sich.

„Meinetwegen, können wir so machen, doch dann solltest du auch *meinen* Namen kennen."

„Den kenne ich schon. Olaf Morgenstern aus der Kantstraße. Stand auf dem Schild über dem Handschuhfach. Da schaue ich immer als Erstes hin. Und du hast keinen Boss, der dir deine Schicht vorgibt. Du fährst für dich und bist selbstständig. Stimmt's?" Morgenstern nickte stumm. „Nun lass uns reingehen und die Sache hinter uns bringen." Herrmann war ohne Zweifel in dem Laden, der den vielsagenden Namen *Destiny* trug, wohlbekannt. Unaufgefordert wurden ihm eine angefangene Flasche Wild Turkey Bourbon Whisky ohne Eis und eine Cola gebracht. Keine Minute später boten sich zwei leicht bekleidete Damen an, Gesellschaft zu leisten, was Herrmann jedoch mit Abwinken zurückwies.

„Und was hat dich umgestimmt, nun doch mitzukommen?“

„Zum einen warst du für Tage wegen des Feuers und deiner Rettungstat der Held dieser Stadt und zum anderen wollte ich schon immer den Mann kennenlernen, dem die, entschuldige bitte, Reibeisenstimme gehört. Deine Meldung *Hier ist die blanke Vier* ist Kult.“ Herrmann schien wenig beeindruckt und pflegte weiter seine humorfreie Art.

„Das mit der Funkmeldung mag daran liegen, dass sich bereits mein Vater so gemeldet hat. Ich habe es lediglich übernommen. Was das Feuer angeht, so kannst du fast alles aus der Zeitung vergessen. Ich war nicht nur dabei, sondern mittendrin, im Haus, als das Theater losging. Die Wahrheit ist, dass ich gerade mit Thea im Wohnzimmer eine Nummer geschoben habe, als ihr verblödeter Achtjähriger meinte, in seinem Kinderzimmer ein Lagerfeuer machen zu müssen. In dem Moment, wo der Bengel heulend die Treppen herunterkam, stand der erste Stock bereits in Flammen. Wir flüchteten aus dem Haus, und ich rief über Funk die Feuerwehr. Der Polizei erzählten wir, dass ich zufällig beim Vorbeifahren das brennende Haus entdeckt und mich um Frau und Kind gekümmert habe.“

„Und warum diese Heimlichtuerei? Ihr hättet doch sagen können, dass du auf eine Tasse Kaffee zu Besuch gewesen bist.“ Mit der Überzeugung, eine kluge Frage gestellt zu haben, schaute Morgenstern sein Gegenüber mit großen, erwartungsvollen Augen an. Dieser jedoch hatte nur den Ansatz eines Lächelns dafür übrig.

„Weil ihr handelsreisender Ehemann es gar nicht gut gefunden hätte, dass seine Frau um drei Uhr nachts Kaffeebesuch empfängt.“ Herrmann nahm einen kräftigen Schluck aus dem Whiskyglas. „So, nun wollen wir mal zum ungemütlichen Teil des Abends übergehen“, sagte er mit versteinerter Miene, während er vom Tisch aufstand und in Richtung Toilettengang ging. Auf halbem Weg drehte er sich nach Morgenstern um, der zwar auch aufgestanden, jedoch nicht mitgekommen war.

„Olaf, komm her. Du musst nicht den Tisch bewachen.“ Morgenstern folgte der Aufforderung und setzte sich in Bewegung.

„Nimm meine Lederjacke und grinse nicht wie ein Schuljunge vor dem Abschlussball. Da drinnen sitzen böse Jungs, die machen mit braven Bürgern kurzen Prozess.“ Dabei zeigte Herrmann auf eine Tür am Ende des Ganges direkt neben dem Urinal. „Also zieh deine Augenbrauen zusammen und sprich kein Wort, egal, wer von denen dich anquatscht. Das werden sie nämlich tun. Und reich keinem die Hände, auch wenn sie dich so begrüßen wollen, sondern behalte immer eine Hand in der Hosentasche.“ Morgenstern hörte seinen Herzschlag und der Puls schoss in die Höhe. Völlig verunsichert, ob es sich hier um einen verspäteten Geburtstagsscherz handelte oder er sich tatsächlich mitten unter Gaunern und Halunken aufhielt, war er fest entschlossen, Herrmanns Anweisungen Folge zu leisten und ihm nicht einen Schritt von der Seite zu weichen.

Über der Tür befand sich eine Kamera. Herrmann drückte einen Klingelknopf und schaute nach oben. Sekunden später signalisierte ein Surren, dass die Tür zu öffnen sei. Beide Männer betraten eine Art Garderobe, die gerade mit so viel Licht ausgestattet war, wie man brauchte, um einen Kleiderbügel zu finden. Herrmann und Morgenstern nutzten diesen Service nicht, sondern gingen auf die nächste Tür zu, vor der ein stämmiger Mann in einem schwarzen Anzug stand. „Du traust dich was“, war dessen trockene Begrüßung, während er Herrmann abtastete. „Der Typ mit der viel zu großen Jacke kommt hier aber nicht rein“, sagte er und zeigte auf Morgenstern.

„Der Mann gehört zu mir. Entweder beide oder ich gehe wieder, und dein Boss sieht seine Kohle heute nicht wieder. Das musst dann allerdings du ihm erklären“, widersprach Herrmann. Seine Worte waren überzeugend, und der Mann im schwarzen Anzug gab ein Klopfzeichen, sodass die Tür von innen geöffnet wurde. Vor ihnen lag ein großer rechteckiger Raum, in dessen Mitte ein runder Tisch stand. Über dem Tisch hing eine Lampe so tief, dass man von den dort sitzenden Personen nur die Hände und einen kleinen Teil ihres Oberkörpers sehen konnte. Es wurde offensichtlich Poker gespielt und Geldscheine lagen ungeordnet mitten auf dem Tisch.

„Du traust dich was“, kam es giftig aus der Runde.

„Das habe ich eben schon einmal gesagt bekommen", antwortete Herrmann unberührt.

„Dann sage ich dir jetzt etwas, was du noch nicht gehört hast. Doch komm zuerst an den Tisch und setz dich, damit ich deine Hände sehen kann."

Herrmann wusste, wer mit ihm sprach. Es war Richard, der Inhaber dieser und noch zwei weiterer Bars. Kein grundsätzlich gewalttätiger Typ, außer er fühlte sich hintergangen oder betrogen, dann kannte er keine Verwandten mehr und ließ die Angelegenheit von seinen drei Ochsen „in Ordnung" bringen.

„Hör zu, Richard", sagte Herrmann, „Ich lag an dem Tag mit vierzig Grad Fieber im Bett. Von der Razzia habe ich erst zwei Tage später erfahren. Glaube es oder glaube es nicht."

„Das mit dem Glauben ist eine andere Fraktion. Die habe ich schon seit Langem abgewählt. Hast du mir als Beweis für deine Unpässlichkeit ein Attest mitgebracht?", spottete Richard und belustigte damit die Männer am Tisch.

„Du kannst meine Frau fragen. Wenn sie auch sonst für nichts taugt, an die Lauferei in den zweiten Stock, um mir das ganze Zeug zu bringen und fast stündlich den Bezug zu wechseln, wird sie sich bestimmt erinnern." Herrmann sprach weiterhin kontrolliert und deutlich, ohne sich hingesetzt zu haben. Für einen Moment war es still in dem dunklen Raum. Dann übernahm Richard erneut das Wort.

„Ich habe mich gefragt, ob es nur ein beschissener Zufall war, dass, genau eine Woche, nachdem du dich verzockt hast und noch mit zwei Mille Schulden bei mir in der Kreide stehst, die Bullen den Laden hochgenommen haben, oder ob eine Ratte das Maul nicht halten konnte. Du warst der Einzige, der am Freitag nicht da war. Wir mussten unsere Einsätze und alles, was auf dem Tisch lag, dem Fonds zurückgebliebener Witwen und Bullenwaisen spenden. Und mein Laden, die Wundtritze, ist auch seitdem dicht. So, jetzt du, und setz dich verdammt noch mal hin." Herrmann war nun bereit, der

Aufforderung zu folgen und nahm an dem großen Tisch gegenüber von Richard Platz.

„Was soll ich dazu sagen? Wäre ich hier, wenn ich etwas mit der Sache zu tun hätte? Wie lange kennen wir uns schon, und hat es während dieser Zeit irgendwann einen Vorfall oder sonstige Unstimmigkeiten gegeben? Habe ich nicht immer meine Verbindlichkeiten umgehend beglichen? Und nur deshalb bin ich gekommen.“ Herrmann holte eine Rolle mit Geldscheinen aus seiner Hosentasche und ließ sie auf die andere Seite des Tisches rollen. Richard beugte sich vor, sodass man nun sein Gesicht sehen konnte, berührte das Geld jedoch nicht.

„Dann habe ich nur noch eine Frage: Was ist mit dem Kerl, mit dem du hier reingekommen bist?“

„Der ist meine Versicherung. Sollte mir etwas passieren, interessiert das nicht einmal meine Frau, und außerdem ist sie auch leicht zu überzeugen. Doch wenn er nicht nach Hause kommt, brennt hier die Luft. Es kann also nicht so laufen wie bei Bonucci.“ Cool, cooler, Herrmann. Seine Worte wirkten wie in Beton gemeißelt.

„Dann bleibt mir nur noch, dir und deinem Begleiter einen sicheren Heimweg zu wünschen. Es ist dunkel draußen und eine Menge komischer Gestalten treiben sich um diese Zeit hier herum.“ Richards süffisanter Unterton war nicht zu überhören. Herrmann zeigte sich weiterhin unbeeindruckt und stand wortlos vom Tisch auf, um den Raum zu verlassen. Morgenstern klebte wieder dicht hinter ihm. Eine Minute später saßen sie an ihrem Tisch und genehmigten sich den Bourbon. Herrmann klärte auf. „Das war knapp, auch wenn es nicht danach aussah. Deine Anwesenheit hat mir vielleicht viel Ärger erspart. Richard ist nicht leichtgläubig. Es braucht schon gute Argumente, wenn er von seiner Meinung abrücken soll.“ Morgenstern unterbrach ihn. „Was war mit Bonu– …, diesem italienisch klingenden Namen?“

„Das war kein Italiener. Der hieß Franz Fingerle und kam eines Tages mit dem Zug aus Paderborn. Er meinte, sich hier mit ein paar Zuhältern anlegen zu müssen und behauptete, dass seine Vorfahren aus einer Mafiafamilie in Sizilien stammten. Sie würden ihn jederzeit unterstützen, wenn es darum ging, die Geschäfte voranzutreiben. Was immer das heißen sollte, blieb sein Geheimnis. Du kommst nicht einfach von irgendwoher und änderst die bestehenden Strukturen. Hier gibt es klare Hierarchien und Regeln. Allen wurde schnell klar, dass er sein ganzes Wissen über das Mafiageschäft aus diversen Filmen und seine Italienisch-Brocken aus der Volkshochschule hatte. Eines Tages, so erzählt man, wettete er mit einem Luden, dass er beim Pokern so geschickt bescheißen könne, dass es niemand merken würde. Das Ganze sollte ihm dazu dienen, seine Glaubwürdigkeit wiederherzustellen. Sein Unglück war nur, dass er sich dafür Richards Tafelrunde ausgesucht hatte. Um es kurz zu machen: Sein Falschspiel flog auf und Richard beauftragte Tic und Tac, sich darum zu kümmern."

„Wer sind Tic und Tac?"

„Das sind zwei seiner drei Ochsen. Ich kenne ihre richtigen Namen nicht und nenne sie nur so."

„Und was ist aus dem Falschspieler geworden? Haben sie ihn umgebracht?"

„Kann ich nicht sagen. Vielleicht haben sie ihn wieder in den Zug nach Paderborn gesetzt. Jedenfalls wurde er nicht mehr in der Stadt gesehen", so Herrmanns nüchterne Antwort. Die Männer tranken weiter an dem Bourbon, schauten den Mädels auf der Bühne zu und hielten für ein paar Minuten Funkstille. Morgenstern konnte das nackte Treiben nicht wirklich genießen, zu viele Fragen kreisten noch in seinem Kopf herum.

„Weißt du eigentlich, dass dein Name auf Spanisch *Bruder* heißt?" Herrmann blickte befremdet ohne zu antworten. „Wird dein Name mit einem oder mit zwei *R* geschrieben?" Immer noch erstaunt, was ihn sein Tischpartner da überhaupt fragte, quälte er sich zu antworteten. „Mit zwei."

„Gut", kam es wie eine Erleuchtung von Morgenstern, „dann müssen ein *R* und ein *N* weg sowie ein *O* hinten angefügt werden, damit wir das richtige spanische Wort für Bruder haben, nämlich *hermano*, wobei das *H* im Spanischen nicht gesprochen wird. Also hört sich das so an: *ermano*." Herrmann war sichtlich irritiert und schüttelte den Kopf. „Womit sich die Leute so beschäftigen. Du würdest gut zu meiner Frau passen. Die interessiert sich auch für Sprachen und behauptet, dass alles von Latein abgeleitet wurde. So ein Blödsinn, sage ich nur. Amerikanisch ist in Amerika entstanden, da waren keine Römer. Wie sollten die damals auch dahin kommen?" Morgenstern vermied es, zu widersprechen. Eine andere Frage lag ihm auf der Zunge. „Darf ich dir noch eine persönliche Frage stellen, auch wenn es mich wahrscheinlich nichts angeht?"

„Hör zu, Olaf. Du hast mir den Arsch gerettet und wolltest mich vom betrunkenen Autofahren abhalten. Wie könnte ich dir eine Antwort schuldig bleiben? Was willst du wissen?" Morgenstern war erleichtert und legte gleich los. „Ich habe dich heute Nacht aus den Armen einer Frau abgeholt, und dann *die* von letzter Woche mit dem abgebrannten Haus …" Herrmann schnitt Morgenstern das Wort ab. „Ja, ich hure und saufe. Nicht jede Nacht, doch wenn es sich ergibt, bin ich voll dabei." Beide mussten wegen des Wortes „voll" grinsen und nahmen einen Schluck aus ihren Whiskygläsern. Morgenstern wurde mutiger und kam nun zum Kern seiner eigentlichen Frage. „Wie kannst du das Trinken mit dem Job vereinbaren, und wie steht deine Frau zu deinen Frauengeschichten?" Herrmanns Gesicht bekam plötzlich eine Strenge, als wenn er sagen wollte, dass das jetzt schon sehr persönlich sei und ihn nun wirklich nichts angehe. Doch er hielt sich an sein Versprechen, auch wenn es nun mehr als eine Frage geworden war. „Dass ich gelegentlich versacke, das weiß sie. Doch sie weiß auch, dass ich nie betrunken mit Fahrgästen fahre. Eher lege ich mich im Auto aufs Ohr und warte, bis es halb sechs ist. Wenn ich dann meinen Heimathafen ansteuere und immer noch einen sitzen habe, mache ich die Glocke an. Um die Uhrzeit ist es unwahrscheinlich, dass dich ein Bulle anhält, da ist nämlich Schichtwechsel."

„Und das andere?", fragte Morgenstern.

„Meine liebe Barbara ist der Meinung, dass, wer säuft, nicht ficken kann. Vielleicht gilt das sogar für einige Männer, nicht aber für mich." Ein selbstgefälliges Grienen legte sich über Herrmanns Gesicht. So genau wollte es Morgenstern gar nicht wissen, und er bereute, diese Intimität hervorgerufen zu haben. Noch bevor er mit einem anderen Thema ablenken konnte, plapperte sein Taxikollege weitere Details aus. „Ich kann nicht ganz ausschließen, dass sie es manchmal vermutet, dann versucht sie, mich mit der Eierlikörnummer zu überführen." Herrmanns Grienen steigerte sich in ein hämisches Lachen, und Morgensterns Neugier war wieder hergestellt. „Eierlikörnummer? Was bedeutet das?", fragte er.

„Die Nachtschicht beginnt für mich um achtzehn Uhr und endet gegen sechs Uhr morgens. Ich fahre zwischendurch auch nicht nach Hause, so, wie es manche Kollegen tun, die dann bei Mutti den Spätfilm schauen oder schnell noch einen Quickie schieben. Barbara legt großen Wert darauf, dass, bevor ich mich schlafen lege, ich mit ihr frühstücke. Und wenn sie nach dem Kaffee fragt, ob wir noch zusammen einen Eierlikör trinken, will sie Sex mit mir haben. Dann geht sie ins Schlafzimmer und kommt wieder in so einem schwarzen Fummel, wie die Schygulla in dem Fassbinder-Film trug. Den haben wir uns vor Jahren gemeinsam angesehen, und gleich am nächsten Tag hat sie sich das Zeug gekauft. Der Titel des Films fällt mir gerade nicht ein. Jedenfalls ein geiles Weib." Morgenstern unterbrach. „Wer, deine Frau oder Hanna Schygulla? Der Film heißt übrigens *Die Ehe der Maria Braun* und das Wäschestück war ein Negligé."

„Du kennst dich wohl mit Filmen aus? Ist doch gar nicht dein Jahrgang", wunderte sich Herrmann und erzählte weiter von zu Hause. „Sollte ich nun schwächeln, hätte sie einen Grund misstrauisch zu sein und würde annehmen, dass ich mein Pulver schon verschossen hätte." Mehr aus Herrmanns Eheleben wollte Morgenstern nun wirklich nicht wissen und stoppte dessen Offenbarungen mit einer letzten Frage. „Die Polizeirazzia, jetzt mal unter uns: Hattest du etwas damit zu tun?" Herrmann blickte seinen jungen Kollegen nachdenklich an. Man konnte sehen, wie es in ihm arbeitete. Zu gerne hätte er sich damit gebrüstet, die ganze Pokerrunde gesprengt zu haben, andererseits wollte er in den Augen des Mannes, der ihn für einen Helden hielt, keine Ratte sein.

„Die Kneipe in der Wundtstraße war den Bullen schon lange ein Dorn im Auge. Fast jeder im Kiez wusste, dass dort freitags im hinteren Raum gepokert wurde. Und wie bereits gesagt, ich lag krank im Bett. Mehr gibt es auch nicht zu berichten. Und nun gib mir meine Jacke wieder. Du siehst tatsächlich recht verloren darin aus." Es schien, als war Herrmann das Thema Razzia unangenehm, und er wollte Morgenstern auch keine Gelegenheit mehr geben, weiter nachzufragen. Deshalb schlug er vor, sich an dieser Stelle zu trennen. „Ich werde mir jetzt ein ruhiges Plätzchen suchen und mich, bis die ersten Vorbestellungen reinkommen, noch ein wenig zur Seite legen. Nochmals danke für deinen Beistand und gute Fahrt." Herrmann verabschiedete sich mit einem kurzen, kräftigen Händedruck und überquerte zügig die Straße. An seinem Taxi angekommen, drehte er sich noch einmal zu Morgenstern um. „Wenn du mich über Funk hörst, melde dich, dann treffen wir uns bei der *Dicken Wirtin* zum Pausentee."

„Das machen wir", rief Morgenstern ihm zu und lächelte dabei. Herrmann saß schon in seinem Wagen und fuhr los. Das Taxischild ließ er aus.

Für Morgenstern war die Nachtschicht beendet. Bereits auf dem Weg nach Hause beschloss er, seinen Diätplan fallen zu lassen und sich bei Wiener Würstchen und ausreichend Bockbier die Geschehnisse der letzten Stunden nochmals durch den Kopf gehen zu lassen. Die Aufarbeitung dauerte seine Zeit und brachte ihn keinen Schritt weiter. Morgensterns dringendste Fragen, zum Beispiel wie Herrmann von seiner Arbeit leben konnte, wenn er sich so viele „Freizeiten" gönnte und dazu noch Geld beim Spielen verlor, blieben unbeantwortet. Genauso rätselhaft erschien ihm das Verhältnis zu seiner Frau, die angeblich nichts von seinem Fremdgehen wusste. Auch die Polizeirazzia, von der Herrmann erst im Nachhinein erfahren haben wollte, ging ihm nicht aus dem Kopf. Auch wenn die passenden Antworten fehlten, so war sich Morgenstern über eine Sache sicher: Der Mann hatte etwas Besonderes an sich. Sein Draufgängertum und die coole Art, selbst in brenzligen Situationen die Dinge direkt und unerschrocken anzugehen sowie sein Erfolg bei Frauen imponierten ihm. Im Geheimen wünschte er, den ein oder anderen Charakterzug auf sich übertragen zu können.

In den nächsten zwei Tagen erledigte Morgenstern lästige Behördengänge und die längst fällige kleine Inspektion seines Wagens. Gelegentlich griff er sich einen Brief heraus, um festzustellen, dass sich die Textinhalte immer noch ähnelten. Alter, Größe, Hobbys und der Wunsch, lange gemeinsame Spaziergänge zu unternehmen, waren die vordringlichsten Aussagen der Damen. Der Brief seiner Favoritin, die er bisher nur am Telefon erlebt hatte, lag abseits der übrigen Post, separat neben dem Kühlschrank. Die Telefonnummer von Walburga hatte er vorsorglich auf den Umschlag geschrieben, um im Bedarfsfall schnell darauf zurückgreifen zu können, ohne den Brief extra herausnehmen zu müssen. Was den Bedarfsfall verhinderte, war der fehlende Mut sie anzurufen und um ein Treffen zu bitten. Während seiner Nachtschichten verfolgte er den Funkverkehr aufmerksamer als sonst. Selbst bei den Ausrufen für Aufträge, die weit entfernt waren und für ihn keine Rolle spielten, hörte er genau hin. Dabei galt sein alleiniges Interesse der Meldung von Herrmann und seiner „Blanken Vier". Doch trotz Verlängerung seiner üblichen Fahrzeiten konnte Morgenstern ihn bis zum Freitagmorgen kein einziges Mal ausmachen. Er war sich sicher, seinen Helden am Wochenende zu erwischen.

Gegen elf Uhr morgens klingelte es an Morgensterns Tür. Es erforderte noch zusätzliches Klopfen, bis er die Störung wahrnahm. Noch im Halbschlaf ging er zur Wohnungstür. Vor ihm stand Hannah, die Krankenschwester.

„Entschuldigung, habe ich dich geweckt? Oh Gott, du arbeitest ja nachts. Das hatte ich total vergessen." Morgenstern nahm die Worte regungslos zur Kenntnis und hielt sich weiter am Türrahmen fest. Hannah wechselte ihre Stimmlage und begann zu schluchzen. „Ist er vielleicht bei dir? Kann ich einen Moment reinkommen?" Morgenstern machte einen Schritt zur Seite und ließ sie eintreten. Hannah stürmte gleich in Richtung Küche. Morgenstern schloss die Tür und verschwand wortlos im Bad. Als er kurz darauf in die Küche kam, sah er Hannah heulend am Tisch sitzen. Er füllte ein Glas mit Wasser, stellte es vor sie hin und nahm ihr gegenüber Platz. Sie trank das Glas in einem Zug leer, wischte sich mit den Handrücken die Tränen aus dem Gesicht und versuchte zu lächeln. „Das muss für dich total lächerlich aussehen, und das ist es wohl auch. Jeder halbwegs vernünftige Mensch hätte sofort erkannt, dass einem Mann wie Eddie eine Frau nicht ausreicht. Nur ich naives Ding habe noch an den Weihnachtsmann geglaubt und dass der mir diesen Prinzen geschickt hat." Morgenstern war nicht aufgelegt, sich das Gejammere weiter anzuhören und fragte, worum es eigentlich gehen würde.

„Als ich heute Morgen von der Nachtschicht kam, lag ein Zettel auf dem Bett." Hannah konnte ihre Tränen nicht halten.

„Und was stand auf dem Zettel?", fragte Morgenstern gleichgültig. Vor lauter Schluchzen und Weinen war es ihr nicht möglich zu antworten. Morgenstern erinnerte sich indessen an Eddies abrupten Weggang und dass beide ihn, ohne viele Worte zu machen, haben sitzen lassen. Warum also Mitleid zeigen?, fragte er sich und blieb teilnahmslos auf seinem Stuhl sitzen. Erst als sich zu ihrem Tränenfluss eine triefende Nase dazugesellte und das Papiertaschentuch nur noch ein nasser Klumpen war, rückte Morgenstern ein Stück an sie heran, um ihr Trost zu spenden. „Vielleicht nimmt er sich eine kleine Auszeit und steht morgen schon wieder vor der Tür." Hannah schaute ungläubig und reichte ihm ein DIN-A4-Blatt.

Meine liebe Hannah,
es fällt mir schwer, dich zu verlassen. Nun denk keinen Moment, dass es an dir liegt. Meine Gefühle waren echt, und ich habe mich bei dir immer sehr wohlgefühlt. Das, was ich jetzt machen muss, hätte ich schon vor langer Zeit tun müssen. Ich habe es die vielen Jahre aus meinem Kopf verdrängt. Erst ein Freund hat mir meine Verantwortung für das Vergangene aufgezeigt.
Ich möchte nicht versprechen, was ich nicht halten kann. Deshalb sage ich: Mach's gut und nicht auf Wiedersehen,
Eddie

Morgenstern wusste genau, was Eddie vorhatte. Trotz des trauernden Mädchens in seiner Küche freute er sich innerlich über dessen Entschluss. Hannah hatte sich von der Küchenrolle Papier abgerissen und ihr Weinen unterbrochen.

„Weißt du vielleicht, welchen Freund er meint? Dann könnte ich ihn fragen, wohin Eddie gegangen ist." Morgenstern fand die Frage befremdlich, war er doch seines Wissens der einzige Mann, mit dem sie Eddie gesehen hatte, zudem er auch hier wohnte. Wenn sie also nicht selbst darauf kommen sollte, dass nur er der Freund sein konnte, dann hat sie eben Pech gehabt, legte sich Morgenstern fest.

„Ich kenne seine Freunde nicht. Wenn wir uns getroffen haben, waren wir immer nur zu zweit", gab Morgenstern brav Antwort.

„Vor ein paar Tagen hatte er mich nach einen Autoatlas gefragt", berichtete sie. „Ich habe ihm meinen gegeben. Heute Morgen lag dieser mit der Seite von Hamburg aufgeschlagen neben dem Bücherregal. Hat er dir gegenüber mal von Verwandten oder Freunden in Hamburg gesprochen?" Sie hat ja nach Hamburg und nicht nach Schleswig-Holstein oder gar nach Stade gefragt, dachte Morgenstern und antwortete wahrheitsgemäß mit „Nein". Hannahs Stimmung wurde durch die unbefriedigende kurze Antwort nicht besser. Sie stand vom Tisch auf und ging zum Kühlschrank. „Darf ich?", fragte sie, während sie ihre Hand bereits am Kühlschrankgriff hielt. „Ich bin ohne Frühstück aus dem Haus. Erst quer durch die Straßen und dann zu dir." Morgenstern hörte sich nicht jubeln. Wie es aussah, würde ihr Aufenthalt noch etwas dauern. Doch das Letzte, was man ihm nachsagen könnte, wäre, dass er ein schlechter Gastgeber sei. Soll sie sich ruhig bedienen, davon kommt Eddie auch nicht wieder zurück, lästerte es in ihm. „Schau, ob etwas für dich dabei ist. Du weißt ja, so ein Junggesellenhaushalt … Und mach dir auch Kaffee, wenn du magst. Ich gehe noch mal ins Bad."

Während sich Hannah mit Rühreiern, Vollkornbrot, Käse und Tomaten ein schmackhaftes Frühstück zubereitete, ließ Morgenstern seiner Katzenwäsche vom ersten Toilettengang eine gründliche Ganzkörperpflege folgen. Er hatte einfach keine Lust, als Liebesdoktor zu fungieren, und nahm sich extra viel Zeit für Kopf und Beine sowie für alles, was dazwischen lag. Als er nach einer Dreiviertelstunde porentief gereinigt in die Küche gehen wollte, um Hannah noch einen schönen Resttag zu wünschen, lümmelte diese bereits auf der Couch herum.

„Du, Olaf.“ Es war seit ihrem Erscheinen das erste Mal, dass sie ihn mit Namen ansprach. „Auch wenn er ein Schweinehund ist und inzwischen mit einer anderen Braut rummacht, spukt er immer noch in meinem Kopf herum. Ich kann jetzt nicht nach Hause gehen, dort erinnern mich zu viele Dinge an ihn. Bitte lass mich noch ein wenig bei dir bleiben, bitte.“ Damit hatte Morgenstern nicht gerechnet. Für einen Augenblick war er geneigt, seine gute Erziehung zu vergessen und ihr den Weg nach draußen zu zeigen. Doch schließlich beließ er es bei einem Blick, der sagen sollte: *Ich habe keine Ahnung, was du hier noch verloren hast.* Hannah erkannte, dass sie sich mit ihrem Wunsch nach Asyl auf dünnem Eis befand.

„Olaf, wenn du der Meinung bist, dass wir dich damals im Stich gelassen haben, dann kann ich das gut verstehen. Schon deshalb, weil es mir nun genauso ergangen ist. Auf gewisse Weise sind wir Leidensbrüder, ich meine, *Geschwister.* Und außerdem traf Eddie fast alle Entscheidungen alleine.“ Morgenstern empfand ihren Erklärungsversuch als erbärmlich und unglaubwürdig. Jetzt die ganze Schuld auf seinen abwesenden Freund zu schieben, war nicht fair. Doch trotz der kleinen Wut, die in ihm aufkam, brachte er es nicht fertig, sie vor die Tür zu setzen. Plötzlich stand Hannah auf und trat dicht an Morgenstern heran. „Hast du schon einmal von dem Phänomen gehört, dass sich zwei Verlassene, um ihre Trauer zu überwinden, zusammentun und liebhaben?“ Dabei berührte sie seine Schultern mit beiden Händen und ließ sie gefühlvoll nach unten gleiten. Morgenstern wollte das nicht und machte einen Satz nach hinten.

„Hör zu, Hannah. Für mich bist du immer noch die Freundin meines Freundes. Ich kann dir nicht sagen, ob er jemals zurückkommt. Doch ich bin mir sicher, dass sein Fortgang ehrenwerte Gründe hat. Das, was er erledigen will, hat nichts mit einer anderen

Frau zu tun. Mehr werde ich dir darüber nicht erzählen. Also frage erst gar nicht nach.“ Volltreffer. Hannah setzte sich wieder zurück auf die Couch und senkte vor Scham den Kopf. Nach einem Moment des Innehaltens hatte es den Anschein, als wollte sie etwas sagen. Morgenstern kam ihr zuvor und stoppte sie im Ansatz. „Es gibt nichts weiter zu bereden zwischen uns. Ich setze mich jetzt in mein Taxi, und wenn ich heute Nacht wiederkomme, bist du nicht mehr da. Bitte ziehe die Tür richtig zu. Manchmal klemmt sie ein wenig.“ Bereits beim Richten seiner Sachen war er über die Kaltschnäuzigkeit erschrocken, mit der er Hannah gegenübergetreten war. Zweifel stiegen in ihm auf, ob sie nicht mehr Trost verdient gehabt hätte, zumal es sich um die Krankenschwester handelte, die ihn im Tag- und Nachtdienst betreut hatte. Nein, so undankbar wollte er nicht sein, machte sich Morgenstern bewusst und ging noch einmal ins Wohnzimmer, wo sich Hannah zusammengekauert am Kissen festhielt.

„Wenn es dir absolut schwerfällt, nach Hause zu gehen, dann nimm die Decke aus dem anderen Zimmer und bleibe heute Nacht noch hier. Morgen sehen wir dann weiter.“ Seine Abfuhr und deutlichen Worte geisterten wohl immer noch in Hannahs Kopf herum, sodass es nur zu einem kurzen Nicken reichte. Morgenstern sollte es egal sein, würde er doch in fünf Minuten wieder den Lieblingsplatz hinter dem Steuer seines Taxis einnehmen.

Der Verkehr in der Mittagszeit war überschaubar, doch für Morgenstern waren immer noch zu viele Autos auf der Straße unterwegs. Ihm blieb allerdings keine Zeit, weiter darüber nachzudenken, denn bereits Wilmersdorfer, Ecke Kantstraße wurde er von einem Mann mit zwei großen Einkaufstüten gestoppt.

„Fahren Sie mich bitte zur Heerstraße 54." Morgenstern gab ein kurzes „Okay" zurück und wendete bei der nächsten Gelegenheit, um die richtige Fahrtrichtung einzuschlagen.

„Das sind die Weihnachtsgeschenke für meine Lieben", sagte der Mann. „Sie werden mich darauf aufmerksam machen, dass wir uns noch mitten im Sommer befinden. Das haben die Verkäufer auch schon bemerkt. Doch wissen Sie, was ich darauf erwidert habe?" Die Sprechpause war so kurz, dass Morgenstern nicht antworten konnte, selbst wenn er es ausnahmsweise gewollt hätte. „Ein Satz, den mir ein sehr kluger Mensch vor langer Zeit einmal gesagt hat, lautet: Der einunddreißigste Zwölfte kommt immer so plötzlich. Verstehen Sie die Bedeutung? Wie oft ist es Ihnen schon passiert, dass Sie morgens aufwachen, und es trifft Sie der Schlag, weil Sie zu Onkel Kurts siebzigstem Geburtstag noch kein Geschenk haben? Exakt das Gleiche gilt für Weihnachten. Zum Beispiel, wenn ich mit meiner Frau an den Geschäften vorbeischlendere, und sie mir etwas zeigt, was ihr gefällt, dann merke ich mir das, gehe später hin und schon habe ich eine Sorge weniger. Das hier sind Sachen für meine drei Enkel, mit denen ich vor einigen Tagen bei Karstadt war. Nur so zum Schauen, habe ich ihnen vorher gesagt, doch am liebsten hätten sie alles sofort mitgenommen. Wie handhaben Sie es mit dem Kauf von Geschenken?"

Morgenstern hatte den Monolog des Mannes an sich vorbeiziehen lassen, ohne den Inhalt wirklich wahrzunehmen. Umso überraschender war es für ihn, dass er nun kurz vor dem Fahrtende etwas sagen sollte. In Erinnerung waren ihm noch Enkel, Frau und Onkel Kurt, und das nur, weil er auch einen Onkel mit dem Namen hatte.

„Gute Idee. Weiterhin viel Erfolg damit. Die Hausnummern sind schlecht zu erkennen. Sagen Sie mir bitte, welches Haus es ist?“ Der Mann hatte mit den Tüten und dem Heraussuchen der Brieftasche so zu tun, dass er Morgensterns platte Antwort und sein durchsichtiges Ablenkungsmanöver nicht registrierte. Die Hausnummer war auch ohne Fahrgasthilfe leicht gefunden, und der Mann zwängte sich mit seinen Mitbringseln aus dem Taxi.

Die erste Kasse in Höhe von zwölf Euro war gemacht, und Morgenstern steuerte den Steubenplatz im feinen Westend an. Als der Halteplatz in Sichtweite war, zählte er sechs Taxis vor der Rufsäule. Ein Umstand, den es in der Nacht nie geben würde, dachte er und zögerte, sich hinten anzustellen. Beim langsamen Heranfahren an die Warteschlange erkannte er als letztes Taxi die blanke Vier. Nun gab es für Morgenstern einen triftigen Grund, hier zu bleiben. Die Aussicht, Herrmann wiederzusehen, beflügelte ihn. In Sekundenschnelle war ihm nun klar, warum er seinen Taxikollegen während der vergangenen Nachtschichten nicht hören konnte. Herrmann hatte die Schicht gewechselt, warum, das würde er ihm jetzt verraten, war sich Morgenstern sicher und parkte seinen Wagen hinter der blanken Vier. Freudestrahlend stieg er aus und sprintete nach vorne.

„*Hola*, alter Schwerenöter. Hast du Nachtfahrverbot von deiner Alten bekommen?“, rief Morgenstern kurz vor dem geöffneten Fahrerfenster. In dem Augenblick, als er in das Innere des Taxis sah, blieb ihm die Luft im Halse stecken. Am Steuer saß nicht Herrmann, sondern eine Frau, die ihn anlächelte.

„So nennt er mich also. Ist ja interessant. Und Sie sind?“, fragte die Frau. Morgenstern war nicht in der Lage zu antworten. Er stand regungslos wie ein Zinnsoldat und starrte sie an.

„Wenn Sie weiter auf der Straße stehen, werden Sie noch überfahren. Dann würde ich womöglich nie erfahren, was mein lieber Herrmann noch so alles über mich erzählt. Kommen Sie schon rein, es wird eh noch dauern, bis wir dran sind.“ Morgenstern, immer noch sprachlos, bewegte sich, wie unter Hypnose, um das Taxi herum und nahm auf dem Beifahrersitz Platz.

„Ich hätte gleich zu Beginn die Bitte, dass Sie mich mit meinem Namen ansprechen und nicht so, wie er mich Ihnen gegenüber genannt hat. Eine Wiederholung des Unwortes erspare ich uns, Sie wissen, was ich meine.“ Morgenstern wusste, was sie meinte und nickte zustimmend.

„Ich heiße Barbara und bin die Tagesschicht, wie Sie sich nun denken können. Mein Mann fährt, wenn er dann mal fährt, die Nachtstunden, was Ihnen sicher auch nicht fremd sein dürfte. Damit bekommt der Wagen die effizienteste Auslastung, so der Grundgedanke meines Mannes, nicht der meinige. Der Taxiberuf war nie mein Lebensziel. Doch nun zu Ihnen, Tag- oder Nachtschicht?“ Während des kurzen Informationsvortrages von Barbara konnte sich Morgenstern von seinem Schreck erholen und hatte nun nichts dagegen, sich mit ihr auf ein Gespräch einzulassen.

„Unter normalen Umständen fahre ich nur nachts. Tagsüber, zu viele Kollegen, zu viele Autos und an jeder Ecke ein Stau. Nein, das ist nicht mein Ding.“

„Was ist heute anders?“, fragte sie dazwischen.

„Ein ungebetener Gast bei mir zu Hause. Hängt mit 'ner Liebesgeschichte zusammen.“

„Ah, ich verstehe. Die Ex hat wieder um Einlass gebeten“, unterbrach Barbara wiederholt. Morgenstern war nun leicht genervt. „Nein, es handelt sich um die Freundin eines Freundes. Sie sucht Hilfe und greift nach allem, was sie kriegen kann.“

„Ja, das kenne ich. Doch manchmal ist das gar keine schlechte Lösung“, ergänzte sie und ein schelmisches Lächeln huschte über ihr Gesicht. Morgenstern wollte weg von diesem Thema, dabei fiel ihm ein, dass er sich immer noch nicht vorgestellt hatte.

„Übrigens, mein Name ist Olaf Morgenstern aus der Kantstraße.“

„Oh, gleich mit Adresse, fehlt nur noch die Hausnummer. Doch im Augenblick ist die Wohnung besetzt, wenn ich richtig zugehört habe. Dann müssen wir wohl zu mir ausweichen. Aber erst ab achtzehn Uhr, bitte.“ Ihre Aussage kam so überzeugend herüber, dass es Morgenstern von einer Sekunde zur anderen kalt und gleichzeitig heiß den Rücken herunterlief. Hat sie das ernst gemeint? Und wieso habe ich überhaupt meine Straße genannt?, fragte er sich. Barbara ließ zwei, drei Momente vergehen, bevor sie Morgenstern von seiner Ungewissheit befreite und laut loslachte. „Scherz, Olaf, es war nur ein Scherz. Das Wort kennst du doch, oder gehst du zum Lachen in den Keller, wie es mein Alter tut?" Diesen möglichen Vergleich wollte er nicht auf sich sitzen lassen und simulierte einen Lachanfall. Mit einem Mal änderte sich bei Barbara etwas. Sie drehte sich Morgenstern mit ihrem Oberkörper entgegen und blickte ihm bohrend in die Augen.

„Nein, du bist nicht wie Herrmann. Ich weiß noch nicht viel über dich, doch vielleicht war es Schicksal, dass du heute die ungeliebte Tagesschicht fahren musstest. Denn nur dadurch konnten wir uns kennenlernen." Die Reihe rückte drei Wagen vor. Das entspannte die Situation für Morgenstern, der ihre Aussage nicht einzuschätzen wusste. Er verließ Barbara, ohne einen Gruß zu hinterlassen, und kehrte wieder in sein Taxi zurück. Gleichzeitig kam ein Funkauftrag für den Steubenplatz herein, den die blanke Vier annahm. Bevor Barbara jedoch losfuhr, stieg sie aus ihrem Wagen und ging zu Morgenstern.

„Vielleicht hat es das Schicksal doch nicht so gut mit uns gemeint. Für den Fall, dass wir uns ein zweites Mal über den Weg laufen, dann lass uns ein wenig Zeit miteinander verbringen. Meinetwegen mit gruseligen Taxifahrergeschichten."

„Einverstanden", gab Morgenstern zur Antwort und schmiss ihr, nur so aus Spaß, einen Handkuss hinterher. Ein paar Minuten später stiegen zwei ältere Damen, direkt aus dem Café an der Ecke kommend, bei ihm ein. Er machte gute Miene zum bitteren Spiel: fünfundzwanzig Minuten Standzeit und sechs Euro zwanzig auf der Uhr. So etwas gab es in der Nachtschicht nur einmal im Jahr, wenn überhaupt. Doch auch dieser Tag hat nur vierundzwanzig Stunden, tröstete er sich und fuhr zurück zum Steubenplatz. Er stellte sich als fünftes Taxi hinten an und öffnete den Kofferraum, um einen Schluck aus seiner Wasserflasche zu nehmen. Wegen seiner unvorbereiteten Flucht aus der Wohnung hatte er kein Pausenbrot dabei und wollte sich ein Kuchenstück aus dem Café besorgen. Urplötzlich sah er das Taxi von Barbara als zweiten Wagen in der Reihe stehen. Er eilte dorthin, riss die Beifahrertür auf und strahlte über das ganze Gesicht.

„Das nennt man dann wohl Schicksal. Ich wollte mir gerade mein zweites Frühstück holen, und wer steht hier in der Reihe?“ Morgenstern ließ sich in den Sitz fallen und grinste verschmitzt.

„Dann wollen wir auch das Schicksal nicht verärgern und ihm folgen. Allerdings, Frühstück mache ich nur für meinen Mann. Wenn es auch ein Mittagsimbiss sein darf, damit kann ich dienen“, bot Barbara an.

„Ungesehen angenommen. Wann und wo?“

„Sofort, und du fährst mir hinterher.“

So schnell wie er eben bei Barbara eingestiegen war, war Morgenstern auch wieder in sein Taxi zurückgekehrt. Sie verließ die Reihe, und er folgte ihr. Morgensterns Fantasien brannten mit ihm durch. Sofort erinnerte er sich an die Eierlikörgeschichte, die ihm Herrmann von seiner Frau erzählt hatte. Er fragte sich, wohin sie ihn jetzt entführen würde. Richtung Havelchaussee, dort gab es ruhige Ecken mit abgelegenen Parkplätzen, oder weiter südlich nach Kladow, wo kaum Menschen unterwegs waren? In beiden Fällen irrte sich Morgenstern. Die Fahrt war nach nur drei Minuten zu Ende. Barbara hielt auf der S-Bahnbrücke, kurz vor dem Olympiastadion, gegenüber einer Currywurstbude. Sie stieg aus, während er noch verdattert im Wagen sitzen blieb.

„Hier essen selbst die Spieler von Hertha BSC nach dem Training. Also, wo hängt's? Magst du kein Filet im Darm, oder warum steigst du nicht aus?“ Ihre Stimme war laut und hatte den Charme, der gerne auf einem Kasernenhof gepflegt wird. Morgenstern überwand seine Irritation und ging hinüber zum Imbissstand. Beide bestellten ihr Wunschmenü und genossen Curry und Boulette mit Pommes rot-weiß sowie selbstgemachten Kartoffelsalat.

„Die beste Currywurst gibt es eben nur in Berlin. Die ist nicht einfach nur 'ne Bratwurst mit Ketchup, wie sie fast überall in der

Restrepublik angeboten wird, nein, zur Currywurst gehören extra Curry und, ganz wichtig, weil oft vergessen, Worcester-Sauce. Es lebe die Gourmetküche der Hauptstadt", schallte es in den Charlottenburger Mittagshimmel aus Morgensterns Mund. Barbara amüsierte seine Hymne auf die Berliner Kultspeise, die einen Werbespot wert gewesen wäre. Es war schon lange her, dass sich ein Mann in ihrer Gegenwart so unbeschwert, ja fast schon albern, benommen hatte. Und es gefiel ihr.

„Olaf, weißt du noch, was ich dir bei unserem Abschied, vor ungefähr einer Stunde, gesagt habe?" Morgenstern antwortete blitzartig. „Na klar, Zeit miteinander verbringen, doch bitte ohne Gruselgeschichten." Beide lachten und überquerten die Straße. Hatte Morgenstern seine Kollegin bisher nur im Sitzen gesehen, so betrachtete er sie auf dem Weg zu ihrem Taxi etwas genauer. Er sah eine circa ein Meter siebzig große Frau mit grauschwarzen, gewellten Haaren, die ihr bis auf die Schultern reichten. Sie trug schlichte Autofahrer-Jeans, welche nicht zu eng und deshalb bequem saßen, sowie ein weites, dunkelblaues Sweatshirt, unter dem ein mittelgroßer Busen und mögliche Fettpolster mit Hüftspeck zu vermuten waren. Sie war älter als er, doch nachfragen wollte er nicht. Insgesamt eine unauffällige Frau, der man auf den ersten Blick nicht unbedingt nachschauen würde. Barbara fuhr wieder voraus und parkte ein paar hundert Meter weiter mitten auf dem Olympischen Vorplatz. Morgenstern stellte sich direkt daneben. Noch bevor er aussteigen konnte, saß sie auf seinem Beifahrersitz.

„Nun möchte ich aber wissen, bei welcher Gelegenheit du meinen Mustergatten kennengelernt hast." Morgenstern schaute verstört. „Ist er für dich wirklich ein Mustergatte?"

„Ich weiß, wie er ist. Vielleicht kenne ich nicht alle seine Affären, aber wenn er nach einer Zwölf-Stunden-Schicht mit sechzig Euro Kasse auf den Hof fährt, ist der Grund dafür kein großes Geheimnis mehr. Manchmal vergisst er, seine Klamotten mit dem fremden Parfüm selbst in die Wäschetrommel zu geben, dann tue ich das und kann sogar riechen, ob es die von gestern war oder eine Neue." Ein

Anflug von Verbitterung begleitete ihre Worte. Morgenstern berührte diese Unmoral, und er war geneigt, ihr Trost zuzusprechen. Gut, dass er es nicht gleich tat, denn Barbara hatte noch nie viel dafür übrig gehabt, wenn man sie wegen ihres untreuen Mannes bedauerte. Sie favorisierte eher einen alten Bibelspruch, den sie von ihrer Großmutter übernommen hatte: *Auge um Auge* …

„Wie sieht es in deinem Liebesuniversum aus? Alles in geordneten Bahnen, oder steht dein Planet kurz vor der Eruption?“ Von welchem Planeten spricht sie?, fragte sich Morgenstern und fand keine Worte dazu. Barbaras Ungeduld rettete ihn.

„Ich meine, hast du Familie, eine Frau, zumindest eine Freundin, oder bist du auf Dauerdroge?“

„Was ist bitte eine Dauerdroge?“, wollte er von ihr wissen.

„Wir kennen uns noch nicht so lange, deshalb wollte ich nicht gleich *Ständer* sagen.“ Jetzt hatte auch Morgenstern verstanden, wusste allerdings nicht gleich etwas darauf zu sagen. Barbara hingegen bekam Bedenken, zu grob formuliert zu haben und verordnete sich eine Sprechpause. Morgenstern fand ein Thema, von dem er dachte, dass es ein guter Wiedereinstieg in ihre Unterhaltung sein würde.

„Ich war vor zwei, drei Tagen mit Herrmann in dieser Bar *Destiny*, wo auch gepokert wurde. Der Inhaber, kein Sympathikus, hat ihn verdächtigt, für die Razzia in seinem Laden in der Wundtstraße verantwortlich zu sein. Dein Mann hat das bestritten und erzählt, dass er krank im Bett lag und deshalb in der Runde gefehlt hatte. Weiter hat er behauptet, dass du das bestätigen könntest. War es so?“ Barbaras Körperhaltung signalisierte, Abstand zu nehmen. Ihr gefiel diese Befragung gar nicht.

„Ich bin zwar eine betrogene Ehefrau und habe schon hundertfach den Tag verflucht, an dem ich Herrmann kennengelernt habe, doch wenn du von mir erwartest, dass ich ihm in den Rücken falle, dann irrst du dich und jeder, der bei mir auftaucht.“ Das war voll danebengegangen, war Morgenstern augenblicklich klar. Er presste seinen Oberkörper, so fest wie es nur ging, gegen die Innenseite der

Beifahrertür, in der Hoffnung, dass diese aufspringen würde und er aus der peinlichen Lage befreit wäre. Darüber hinaus ließ er seine Augen wild umherkreisen, nur, um ihr nicht ins Gesicht sehen zu müssen.

„Nun schaust du wie mein Sohn mit vierzehn, als ich ihn das erste Mal beim Lesen eines Pornoheftes in seinem Zimmer erwischt habe. Damals ist nicht passiert und jetzt auch nicht. Mach dich also locker, Olaf." Barbaras Worte entkrampften Morgenstern. In diesem Moment wurde ihm bewusst, wie wandlungsfähig diese Frau war. Freundlich verständnisvoll auf der einen Seite und streng konsequent auf der anderen. Er ignorierte die schon mehr als nur frauliche Figur von ihr und begann, Barbara allein ihres Charakters wegen gut zu finden.

„Ich hätte dich dazu nicht befragen sollen. Das war doof von mir, kommt auch nicht mehr vor, *disculpa.*"

„Das klingt jetzt aber auch ziemlich doof", durchkreuzte sie seine Entschuldigung. „Lass uns ein anderes Mal und an einem anderen Ort das Gespräch fortsetzen. Vielleicht gelingt es, uns mit uns beiden zu beschäftigen und weniger mit dem Rest der Welt." Euphorie stieg in Morgenstern auf. Sollte er es wagen, ihr einen baldigen Treff, möglicherweise schon Anfang nächster Woche, vorzuschlagen? Vielleicht in einer Pizzeria und in der Nähe seiner Wohnung, so könnten sie, wenn Barbara zustimmte, das Treffen bei ihm ausklingen lassen. Allerlei Gedanken machten sich in seinem Kopf breit. Nur herauslassen konnte er sie nicht. Das übernahm dann sie für ihn.

„Olaf, willst du heute Abend gegen neunzehn Uhr zu mir kommen? Ich mache uns Wok-Gemüse und einen leckeren Nachtisch. Was meinst du?" Blitzartig befahl er seinem Hirn zu antworten und dabei so cool zu wirken wie einst Clint Eastwood in dem Streifen *Der Texaner.*

„Wok-Gemüse klingt gut." Das Hirn war der Anweisung gefolgt.

„Prima, dann bis später im Rätikonweg 38a. Es ist ein Hammergrundstück mit einem beigefarbenen Bungalow. Doch nun wollen wir noch ein wenig für unseren Unterhalt sorgen." Mit diesen Worten verließ sie Morgensterns Taxi und fuhr davon. Er, mit einem wohltuenden Gefühl im Bauch, lehnte sich in seinem Sitz zurück und genoss den Anblick der fünf olympischen Ringe, die über dem Osttor hingen. Eine Viertelstunde später war er schon wieder in Spandau auf Kundenfang.

Gegen siebzehn Uhr brachte ihn eine Fahrt bis kurz vor seine Haustür. Er überlegte, noch einmal in die Wohnung zu gehen, um sich ein wenig frisch zu machen und andere Sachen anzuziehen. Doch die Möglichkeit, dort Hannah anzutreffen und mit ihr in eine weitere Diskussion zu geraten, ließ ihn den Gedanken schnell fallen. Stattdessen wollte er sich ausgiebig des Deostifts bedienen, den er vorsorglich immer im Handschuhfach zu liegen hatte. Eine Stunde später lieferte er einen Fahrgast an der wohl bekanntesten Döner-Kebab-Bude Berlins am Mehringdamm in Kreuzberg ab. Jetzt noch eine Tour annehmen und womöglich wieder in die entgegengesetzte Richtung fahren zu müssen, war Morgenstern zu riskant. Er schaltete die Glocke aus und beendete vorerst seine Schicht. Der Verkehr auf dem Tempelhofer Damm war immer noch dicht, und er benötigte fast vierzig Minuten bis zur Trabrennbahn Mariendorf. Plötzlich setzten bei ihm moralische Bedenken ein, und sein schlechtes Gewissen meldete sich. Er machte sich bewusst, dass er zu einer Frau ins Haus ging, um mit ihr zu Abend zu essen. Unter normalen Umständen ein Rendezvous, welches dazu geeignet wäre, die gegenseitigen Sympathien auszuloten und sich, je nach Gefühlslage, nach dem Essen entweder freundlich voneinander zu verabschieden oder gemeinsam den nächsten Schritt zu wagen. Doch die Umstände waren alles andere als normal. Barbara war die verheiratete Frau eines Kollegen, der ihn vor Tagen mit zum Teil intimen Informationen über seine Frau und Ehe versorgt hatte. In diesem Moment wuchs in Morgenstern auch die Angst, dass Herrmann, entgegen seiner Gewohnheit, doch noch einmal zurück ins Haus kommen könnte. Die unausweichliche körperliche Auseinandersetzung würde aufgrund des ungleichen Kräfteverhältnisses zugunsten des Hausherren enden. Selbst wenn er von Herrmann krankenhausreif geschlagen würde, malte sich Morgenstern aus, so würde ihm vor keinem Gericht der Welt Recht und Schmerzensgeld zugesprochen werden. Nein, das wollte er nicht, war seine klare Botschaft an ihn selbst. Keine Frau und schon gar nicht diese pummelige Berufskameradin war es wert, den Zorn eines geschätzten Kollegen auf sich zu ziehen. Seine Entscheidung stand fest. Er würde, mit einer Flasche Fürst Metternich, die er immer auf Verdacht im Kofferraum mit sich führte, an ihrer Haustür klingeln, sich höflich für die Einladung bedanken und sagen, dass es ihm unendlich leidtue, doch dass ein Notfall in der Familie es unmöglich machen würde zu bleiben. Morgenstern parkte seinen Wagen in einer Seitenstraße des Rätikonweges. Als zusätzliche Vorsichtsmaßnahme montierte er noch sein Taxischild ab und stand wenige Minuten später vor der angegebenen Adresse. Das Haus 38a stand am Ende einer circa dreißig Meter langen Einfahrt. Auf halbem Weg wurde ihm bereits die Tür geöffnet. Barbara begrüßte ihn von Weitem mit dem Lächeln einer Lottogewinnerin.

„So pünktlich war zuletzt ein Klassenfreund, der mich zum Schulball abgeholt hatte. Herzlich willkommen in meiner bescheidenen Hütte. *Buenas noches en la casa de Barbara*, wie du vielleicht sagen würdest." Der letzte Satz brachte Morgenstern ganz aus dem Konzept. Woher wusste sie von seinem Hang zur spanischen Sprache?, fragte er sich und schaute verdutzt, wie gerade aus dem Schlaf erwacht.

„Du wunderst dich sicher, woher ich das mit dem Spanischen weiß. Herrmann hat es mir an dem Morgen erzählt, nachdem ihr euch nachts kennengelernt hattet. Auch ich habe etwas für Sprachen über. Aber jetzt komm erst einmal herein." Morgenstern sah keine Chance, der Einladung zu widersprechen. Er folgte ihr, wie an der Schnur gezogen, ins Wohnzimmer, welches in einem fließenden Übergang zum Essbereich und zur Küche führte.

„Das Gemüse braucht noch einen Moment. Darf ich dir etwas zu trinken anbieten, natürlich auch ohne Alkohol? Bitte setz dich doch." Ihre Stimme klang so ganz anders als noch vor Stunden im Auto, und auch ihre Kleidung hatte nichts mehr mit den bequemen

Taxifahrersachen zu tun. Sie trug eine Art Cocktailkleid mit kurzen Ärmeln und einem Rundhalsausschnitt, der keinen Einblick auf ihren Busen zuließ. Die angenommenen Fettpolster mussten wohl in einer Blitzoperation entfernt worden sein. Morgenstern nahm Platz und behielt jeden ihrer Schritte im Auge. Da er auf Barbaras Frage die Antwort schuldig geblieben war, ging sie in die Küche und kam mit zwei Gläsern gekühltem Weißwein zurück.

„Wie lange lernst du schon Spanisch?“, fragte sie und setzte sich ihm gegenüber in einen Sessel. Morgensterns Vorsatz, das Haus nicht zu betreten, war zerplatzt wie eine Seifenblase, die mit einer Nadel in Berührung gekommen war. Mit einem Mal erkannte er in Barbara die Frau mittleren Alters, die er sonst nur auf der Leinwand sah und begehrte. Die Erfüllung seiner geheimsten Wünsche schien zum Greifen nah. Ihre Erscheinung erweckte bei ihm sämtliche Sinne zum Leben. Er fühlte warmes Blut durch seine Adern fließen. Es brauchte nur einen winzigen Wink oder eine auffordernde Geste von ihr und Morgenstern würde sie mit Liebesdiensten überschütten. Barbara hingegen war durch das Schweigen ihres Gastes verunsichert. Sie stand wieder auf und ging in die Küche, um das Geschirr auf den Esstisch zu stellen. Indessen nahm Morgenstern einen großen Schluck von dem Wein und versuchte, sich von seinem Wunschtraum wieder einzukriegen.

„Magst du es lieber scharf oder nicht so sehr?“, probierte Barbara erneut, mit ihm in ein Gespräch zu kommen.

„Bitte meinetwegen keine Umstände. So, wie du es gewohnt bist“, kam es zögernd aus dem Wohnzimmer. Barbara war erleichtert, dass er seine Sprache wiedergefunden hatte, und kehrte zu ihm zurück. „Ich dachte schon, du hast ein Schweigegelübde abgelegt. Ich sehe, du trinkst den Wein. Dann lass uns auf den Abend anstoßen.“ Ihre unbekümmerte Art, mit der sie mit der Situation umging, war auch für Morgenstern das Signal, ihr Treffen nicht mehr als anstößig zu betrachten oder den Zorn des Ehemanns zu fürchten, sondern die behagliche Gastlichkeit und den Anblick einer schönen Frau zu genießen. Er prostete ihr zu und trank den Rest des Weines aus seinem Glas.

„Hat dein Mann noch etwas über unsere nächtliche Begegnung oder mich erzählt?"

Barbaras Augen suchten wohl nach Glühwürmchen an der Decke. Sie konnte ihn für den Moment nicht anschauen. Man sah ihr das krampfhafte Bemühen, eine diplomatische Antwort zu finden, auf einen Kilometer Entfernung an.

„Weißt du, Olaf, es gibt wohl außer Henry, seinem Lehrmeister im Schützenverein, keinen Kerl in Herrmanns Umgebung, den er als vollwertig durchgehen lässt. Die meisten Männer bezeichnet er als Pappnasen und Weicheier. Da darf man nichts drauf geben." Der Versuch, ihr Gesagtes herunterzuspielen, misslang.

„War ich eine Pappnase oder ein Weichei, als ich ihn hindern wollte, besoffen Auto zu fahren? Ich konnte schließlich nicht wissen, dass er, wie John Wayne, nie ohne Waffe in die Kneipe geht."

„Er war nicht immer so. Als wir uns kennenlernten, mochte ich sein Durchsetzungsvermögen und seine Dominanz, die aber selten zu Lasten anderer gingen. Man konnte bei ihm sogar soziale Züge erkennen. Sonst hätte ich mich niemals mit ihm eingelassen und ihn schon gar nicht geheiratet."

„Und ein Kind gezeugt", ergänzte Morgenstern und brachte sie damit fast zum Weinen.

„Vielleicht ist auch alles meine Schuld", flüsterte sie kleinlaut und kauerte sich auf dem Sessel zusammen. Morgenstern ließ einige Sekunden vergehen, bevor er nachfragte.

„Möchtest darüber reden? Müssen wir nicht. Nur, wenn es dir damit besser geht."

Barbara hob ihren bisher gesenkten Kopf und begann zu erzählen. „Ich war damals PDL im Altenheim Britz-Süd und hatte ein Verhältnis mit einem jüngeren Physiotherapeuten. Am Anfang ging es nur um kurzen, gelegentlichen Sex während der Arbeitszeit. Nach einigen Wochen genügte uns dies nicht mehr. Wir tricksten mit unseren Dienstplänen, trafen uns in Hotels und schafften es sogar, im

Rahmen einer Fortbildung, ein gemeinsames Wochenende miteinander zu verbringen. So wie alles war, war alles gut, bis plötzlich die Verlobte meines Physiotherapeuten vor unserer Tür stand. Der Gute hatte sein Handy mit einer Textnachricht von mir auf dem Küchentisch liegen lassen. Der Klassiker!" Barbara verzog ihr Gesicht zu einer Miene, die Bedauern ausdrückte. „Herrmann verlangte, dass ich sofort dort kündige, ansonsten drohe er mit Scheidung, und dass er unserem damals zwölfjährigen Sohn sagen würde, was für eine schlimme Lügnerin und untreue Ehefrau seine Mutter wäre. Ich knickte ein und machte auf Drängen meines Mannes den Taxischein. Das ist jetzt acht Jahre her, und seit dieser Zeit ist unsere Ehe nur noch ein einziges Missverständnis." Barbara setzte ihr Glas an und trank es leer. „Ich sehe einmal nach dem Gemüse", sagte sie, weil sie Morgenstern aus Scham nicht in die Augen sehen konnte und verschwand in der Küche.

Die nächsten anderthalb Stunden verbrachten sie mit Essen. Morgenstern sparte dabei nicht mit Komplimenten für die Köchin und mit dem, was Taxifahrer immer tun, wenn sie untereinander sind – Erzählen über ihre seltsamsten Fahrgäste. Beide hatten das Trinken von Alkohol eingestellt, was sie nicht daran hinderte, sich über die zum Teil skurrilen Geschichten des anderen zu amüsieren. Mitten in dieser Hochstimmung wagte Morgenstern noch einmal den Sprung zurück.

„Was hält dich noch hier? Warum machst du nicht Schluss, *terminado*?"

Barbara schaute ihn mit großen Augen an und ließ einen Moment der Stille vergehen. Morgensterns Vorstoß hatte sie kalt erwischt. „Du kannst dir nicht vorstellen, wie oft ich mir diese Frage schon gestellt habe. Einfach gehen, wie in Udos Lied. Ich könnte sicher überall in meinem alten Beruf arbeiten. Vielleicht nicht mehr als Leiterin, doch als ausgebildete Krankenschwester mit zahlreichen weiteren Qualifikationen würde mich jedes Pflegeheim nehmen, ob in Berlin oder anderswo."

Morgenstern registrierte so etwas wie Aufbruchstimmung bei ihr und setzte nach. „Du bist im besten Frauenalter und liebreizend dazu. Mit deinem Charme und Aussehen fliegen dir die Männerherzen nur so zu. Nutze alle Gelegenheiten, die sich dir bieten. Du musst hier nicht eingehen wie eine Primel ohne Wasser."

„Stopp, Olaf, mit dem Frauenalter magst du recht haben, doch beim Rest liegst zu falsch, zumindest was die trockene Pflanze angeht ..." Morgenstern musste zur Kenntnis nehmen, dass es Barbara offensichtlich doch nicht so schlecht ging, wie von ihm angenommen. Anscheinend war er mit seiner Einschätzung zu weit gegangen. Er suchte nach den passenden Worten, um das vorher Gesagte vergessen zu machen. „Wie sieht es mit dem angekündigten leckeren Nachtisch aus, Frau Sterneköchin?" Barbara konterte sofort. „Eigentlich war dieser für die Zeit nach Mitternacht vorgesehen, damit er dem Namen des Liedes von Hoffmann und Hoffmann auch gerecht werden kann. Aber bitte, dann gibt es ihn bereits vor den Spätnachrichten." Morgenstern verstand von alledem nichts, hielt jedoch immer noch an dem Gedanken von Eierlikör fest. Fünf Minuten später war er um eine Erkenntnis reicher. Ein Schälchen Himbeereis stand vor ihm auf dem Tisch. „Lass es dir schmecken und danke für deinen Besuch." Barbaras Worte klangen für ihn nach einem Rausschmiss. Ungläubig löffelte er lustlos in seiner Schale herum. „Es war nobel, dass du mir einen Teil deines umsatzstärksten Tages geopfert hast. Das gilt für heute Nachmittag und natürlich auch für unseren Abend. Die Gespräche mit dir waren für mich sehr angenehm. Ich würde mich freuen, wenn wir das wiederholen könnten. Vielleicht hast du mal keinen störenden Besuch, dann schaue ich mir gerne an, wie es sich in der City wohnt." Auch wenn seine Erwartungen hinsichtlich des Eierlikörs nicht erfüllt worden waren, so schmeichelten ihm Barbaras Worte und ließen ihn auf ein weiteres Treffen hoffen.

„Mir hat es bei dir gut gefallen. Und noch mal danke für die Einladung. Ich hätte dir aber auch beim Abwasch geholfen. Nur noch eine Frage aus Neugier: Was machst du jetzt mit den Essensresten, damit dein Mann keinen Verdacht schöpft?" Morgensterns Hilfsbereitschaft und Fürsorglichkeit amüsierten Barbara. „Bei mir musste noch kein Mann abwaschen, dafür war die Zeit immer zu schade. Und was das andere angeht, heute ist Samstag und meine Freundin Claudia-Sophie war zu Besuch." Sie grinste ihn an, dass es schon fast nach unanständigen Dingen roch. „Ich bringe dich noch zur Tür." Dabei hakte sie sich bei ihm unter und legte ihren Kopf auf seine schmalen Schultern. „Hier ist meine Karte. Ruf mich an, wenn dir danach ist."

„Mache ich, *claro*."

Beim Verabschieden küssten sie sich auf die Wangen und hielten einander fest, als gäbe es kein Wiedersehen. Morgenstern verließ das Hammergrundstück wieder über die lange Zufahrt und sprang von einem Pflasterstein auf den anderen, so, wie es Kinder tun, wenn sie Hopse spielen. Er fuhr nicht gleich los, sondern drehte die Rückenlehne leicht herunter und ließ die letzten Stunden noch einmal wie einen Film an sich vorbeiflimmern. Das Gefühl, endlich angekommen zu sein und die richtige Frau gefunden zu haben, beflügelte ihn so sehr, dass er drauf und dran war, zurück zu ihr ins Haus zu gehen, um sie einfach mit nach Hause zu nehmen. Beseelt von diesem Gedanken, schloss er die Augen und träumte sich in ihr Beisein. Sie tranken, aßen und schliefen miteinander, verließen für Tage die Wohnung nicht und gelobten, sich nie mehr zu trennen.

Als Morgenstern in seinem Taxi aufwachte, war es kurz nach drei Uhr morgens. Der Restalkohol musste inzwischen auch verflogen sein, und so standen für ihn alle Ampeln auf Grün, um seine Samstagnachtschicht fortzusetzen. Auf dem Weg zum Mariendorfer Damm fuhr er noch einmal an Barbaras Haus vorbei und warf ihr symbolisch einen Handkuss zu.

Gegen sechs Uhr dreißig hatte Morgenstern die Schicht beendet und betrat seine Wohnung. Er bewegte sich vorsichtig auf Strümpfen den Flur Richtung Wohnzimmer entlang, um zu sehen, ob sich sein Besuch noch darin aufhielt. Entwarnung, von Hannah war keine Spur. Erleichtert ging Morgenstern weiter in die Küche, wo er sich ein Kindl-Bock aus dem Kühlschrank nahm. Er genoss den kühlen Gerstensaft und stellte sich vor, Barbara mit am Tisch sitzen zu haben. Mehr noch. Sie trug das schwarze, tief ausgeschnittene Negligé und beugte sich zu ihm herüber, um einen Schluck aus seiner Bierflasche zu nehmen. Mit jedem weiteren Moment wurden für ihn die Bilder klarer. Sie stieg von ihrem Stuhl auf und die ganze Pracht ihres Körpers offenbarte sich ihm. Wie eine Katze schlich sie auf Zehenspitzen um Morgenstern herum und begann, seinen Kopf zu massieren. Er fühlte sich von ihr an allen erogenen Zonen gleichzeitig berührt und flehte sie stöhnend an, damit nicht aufzuhören. Seine Erregung ging einher mit dem Aussprechen vulgärer Worte und unkontrollierten Bewegungen seines Oberkörpers. Der herbeigesehnte Höhepunkt stand kurz bevor.

„Olaf, onanierst du?", holte es ihn brutal aus seinem Tagtraum. Hannah stand, wie aus heiterem Himmel, in der Küche. Morgenstern schaute an sich herunter und zog erschrocken seine rechte Hand aus der Hose. „Wie bist du hier hereingekommen?", fragte er noch sichtlich benommen.

„Du hast mir gestern Vormittag die Tür aufgemacht und gesagt, dass ich in der Wohnung bleiben kann. Erinnerst du dich nicht mehr daran?"

„Ja, ja", ging es ihm stockend über die Lippen, „aber ich habe dich nicht bemerkt."

„Ich war so traurig. Da habe ich mich in Eddies Bett gelegt und bin eingeschlafen. Bist du sauer auf mich?" Hannah klang wie ein Teenager, den man beim Rauchen erwischt hatte.

„Nein, ich habe es dir ja erlaubt, noch zu bleiben. Nur, kannst du mich jetzt für einen Moment alleine lassen?“ Sie hatte verstanden und verließ die Küche.

Morgenstern war die ganze Situation peinlich. Auch wenn Hannahs Auftritt nicht länger als dreißig Sekunden gedauert hatte, so konnte er ihre Anwesenheit bei einer sehr intimen Handlung nicht leugnen. Er dachte kurz darüber nach, sie daraufhin noch einmal anzusprechen, erinnerte sich jedoch daran, welchen Beruf sie ausübte und dachte, dass so etwas wohl zum Tagesgeschäft einer Krankenschwester gehören würde. Schließlich widmete er sich wieder dem Kindl-Bock und landete wenige Minuten später, ohne einen Abstecher ins Bad zu nehmen, in seinem Bett.

Irgendwelche Gespräche, die er nicht zuordnen konnte, ließen Morgenstern wach werden. Er schaute auf die Uhr und befand es noch für zu früh zum Aufstehen, zumal die Stimmen verstummt waren. Gegen Mittag war es dann aber endgültig mit dem verdienten Schlaf vorbei. In der Wohnung nebenan beschimpfte die Nachbarin ihren Mann, weil dieser, wie etliche Male zuvor, erst jetzt von seiner Zechtour nach Hause gekommen war. Morgenstern konnte daran nichts Verwerfliches finden. Er hatte bereits genug Männer erlebt, die die Samstagnacht durchmachten und einen gleitenden Übergang zum Frühschoppen am Sonntagmorgen schätzten. Hinsichtlich seiner Nachbarschaft würde sich die Aufregung der Frau nach wenigen Minuten wieder legen und pünktlich um eins das Essen auf dem Tisch stehen. Einen Grund für das immer wiederkehrende Ritual kannte er nicht.

Morgenstern war im Begriff, sich doch noch einmal auf die andere Seite zu legen, um weiterzuschlafen, wäre da nicht eine weibliche Person am südlichen Rand von Berlin mit dem Namen Barbara gewesen. Eilig holte er ihre Karte aus seiner Jacke und war drauf und dran, sie anzurufen, da schoss es ihm durch den Kopf, dass heute der einzige Tag war, an dem sie und Herrmann kein Taxi fuhren. Womöglich saßen sie gerade zusammen, und da würde ein Anruf von ihm Barbara nur unnötig in Erklärungsnot bringen. Das wollte er auf keinen Fall und verwarf daher sein Vorhaben. Morgen würden sich ausreichend Gelegenheiten ergeben, sagte er sich, den begonnenen Gedankenaustausch fortzuführen und die Gefühle füreinander zu vertiefen. Dabei sollte es keine Rolle spielen, wo und wann das Treffen stattfand. Ganz gleich, ob während ihrer Tagesschicht oder nach Feierabend bei ihr zu Hause. Morgenstern würde allem zustimmen, nur um sie wiederzusehen. Zufrieden, nahezu beglückt über die hoffnungsvollen Aussichten, wollte er nun sehen, wie es sich um seinen Besuch verhielt. Als er nach einem kurzem Klopfen Eddies ehemaliges Zimmer betrat, fand er ein ordentlich gemachtes Bett vor, auf dem ein Zettel lag. Er war von Hannah geschrieben und beinhaltete folgende Worte:

Lieber Olaf,
du bist ein feiner Junge mit einem weichen Herz. Vielleicht hätte ich mich besser in dich verlieben sollen, doch es ist nun anders gekommen. Wenn wir uns das nächste Mal begegnen, dann sollte es nicht in der Klinik sein, sondern auf einem Festival oder irgendwo anders, wo getanzt und gefeiert wird.
Ich glaube nicht, dass ich Eddie jemals wiedersehe. Er ist wohl auch für eine feste Beziehung ungeeignet. Doch mögen tue ich ihn immer noch und das bleibt auch so, bis ich wieder einen treffe wie ihn.
Ich war in deinem Zimmer und wollte dir einen Abschiedskuss geben, doch du hast im Schlaf irgendein Lied gesummt. Da bin ich wieder gegangen. Fühle dich hiermit geküsst,
Hannah

Die Zeilen konnten Morgenstern nicht sonderlich berühren. Er hatte sich die Geschichte inzwischen so zurechtgelegt, dass Hannah die Ursache für den Bruch mit seinem Freund war. Ihre Aussage, dass sie hinsichtlich Eddie ein ähnliches Schicksal teilten und nun quasi Leidensgenossen wären, konnte er nicht teilen. Eine Liebesbeziehung, lediglich gehalten durch kurzweilige Befriedigung menschlicher Bedürfnisse, so Morgensterns Auffassung, konnte den hohen Ansprüchen und den reinen Werten einer Männerfreundschaft, die frei von sexuellen Trieben lebte, nicht standhalten. Gleichgültig nahm er das Blatt mit ins Wohnzimmer und ließ es auf den Stapel der Antwortbriefe fallen. In der sicheren Annahme, dass er den zur Seite sortierten Brief von Walburga auch nicht mehr benötigen würde, legte er diesen ebenfalls gleich dazu. Mit der Leichtigkeit eines Paradiesvogels tänzelte er Richtung Bad, um seinem Körper die geschuldete Vollreinigung zukommen zu lassen. Er wollte gerade die Türklinke in die Hand nehmen, da klingelte das Handy. Barbara, war seine erste Eingebung, sie hatte sich weggestohlen oder besser noch, sie hat alles von gestern Abend gestanden und ist ausgezogen. Nach kurzem Blick auf das Display konnte er seine Enttäuschung nicht verbergen. Er überlegte, das Gespräch nicht anzunehmen. Doch Höflichkeit und ein Schuss Neugier verhinderten dies. Es war Mareike, die anrief.

„Ja, bitte", kam es von ihm so trocken wie von einem Automaten.

„Hallo Olaf, ich möchte davon ausgehen, dass du meinen Namen immer noch nicht eingespeichert hast. Ansonsten könnte ich meinen, dass …"

„Mareike, was möchtest du?", unterbrach Morgenstern abweisend.

„Okay." Sie registrierte Morgensterns kühle Stimmungslage und stellte sich sofort darauf ein. „Eigentlich wollte ich dich zuerst fragen, wie es dir geht und ein wenig Smalltalk betreiben, bevor ich mich bei dir für mein Verhalten entschuldige. Doch wenn ich dich so verletzt habe, dass du nun gar nichts mehr von mir wissen willst, dann lege einfach auf, und du hörst nie wieder etwas von mir, versprochen. Es wäre nur sehr schade, weil ich inzwischen eingesehen habe, dass ich ungerecht und grob zu dir war und das bereits am Abend nach unserem Treffen am Dienstag. Seitdem sitze ich vor dem Telefon, wähle deine Nummer und kurz vor der letzten Ziffer lege ich wieder auf." So sehr sich Morgenstern auch bemühte, teilnahmslos zu wirken, Mareikes Eingeständnis ließ seine Coolness schmelzen wie Eis in der Sonne. Nur so ganz einknicken wollte er nun doch nicht, zumal es ja an seinem Liebeshorizont einen neuen leuchtenden Stern gab.

„Hör zu Mareike, ich nehme deine Entschuldigung an. Doch verstanden habe ich bis heute nicht, warum du so empfindlich reagierst, wenn es um dein Kind geht. Niemand will es dir wegnehmen, ich schon gar nicht. Nur kennengelernt hätte ich es schon. Aber das hat sich jetzt wohl erledigt.“ Mareike begriff, dass sich die Situation geändert hatte, wollte jedoch nicht gleich aufgeben.

„Das muss es nicht. Ich habe mit Finia gesprochen und von dir erzählt. Auch sie würde dich gerne kennenlernen. Unseretwegen schon heute; wenn es bei dir passt natürlich.“ Morgenstern fühlte sich auf einmal in die Ecke gedrängt. Er fragte sich, was das noch bringen sollte, wo er doch mit Barbara plane. Außerdem würde ihr das auch nicht gefallen, wenn er sich mit den beiden verabredete. Nein, sein Entschluss stand fest: keine Zweigleisigkeit, auch nicht für einen Tag oder so zum Zeitvertreib, nur weil die Liebste verhindert war. Bis Montag würden sich die Verhältnisse für ihn und Barbara ohnehin zum Guten gewendet haben.

„Dein Angebot klingt verlockend, aber ich habe eine lange Schicht hinter mir und werde mich wohl noch einmal aufs Ohr legen. In letzter Zeit brauche ich mehr Schlaf als sonst. Ich glaube, das Alter macht mir zu schaffen. Lass uns in den nächsten Tagen telefonieren. Am besten, ich melde mich bei dir, wenn ich wieder ganz fit bin.“ Was für eine erbärmliche Ausrede, musste er sich eingestehen und hoffte, dass Mareike die Freundlichkeit besaß, nicht weiter nachzufragen. Mareike war nicht nur freundlich, sondern auch klug genug zu wissen, dass es zu Ende war. „Das machen wir so“, antwortete sie knapp und legte auf. Morgenstern war erleichtert, wenn auch mit einem winzigen schlechten Gewissen gepaart, weil er unnötigerweise gelogen, anstatt ihr zu sagen, dass er sich verliebt hatte und es deshalb kein Treffen mehr geben würde. Doch die Fähigkeit, dem Empfänger unangenehme Mitteilungen direkt bekannt zu geben, lag ihm nicht. Seine Wahrheiten sollten geschmeidig vermittelt werden, ohne dem Gegenüber zu nahe zu treten. Und wenn dann alle unverletzt und zufrieden nach Hause gingen, war auch er mit sich im Reinen. In dieser Hinsicht und was das Mogeln anging, hatte er sich etwas von den Asiaten abgeschaut, die eher eine falsche Auskunft geben als zu gestehen, dass sie etwas nicht wissen. Mit dieser Einstellung waren seine Bedenken wegen der Notlüge gegenüber Mareike schnell verflogen.

Beim erneuten Gang Richtung Bad fiel sein Blick auf die Laufschuhe, die schon einige Zeit ungenutzt im Flur herumstanden. Er erinnerte sich an seinen Vorsatz, mehr Sport zu treiben, um seine inzwischen gut trainierte Figur nicht aufs Spiel zu setzen. Eine Viertelstunde später war er bereits am Lietzensee und absolvierte zwei Runden. Dafür, dass er seine sportlichen Aktivitäten hatte schleifen lassen, fühlte er sich nach dieser Einheit noch so gut, dass er die Treppen bis zu seiner Wohnungstür in einem Zug hochsprintete. Im Wohnzimmer angekommen, gönnte er sich eine Pause und ließ sich rücklings auf die Couch fallen. Er musste kurz eingeschlafen sein, da klingelte wieder sein Handy. Auf dem Display waren weder Name noch Nummer zu sehen. Nur zögernd meldete er sich.

„Morgenstern."

„Ich bin es, Barbara." Ihre Stimme klang wie nach einem Hundertmeterlauf.

„Barbara, wo bist du? Geht es dir gut? Hast du ihm von uns erzählt, hat er dich rausgeschmissen?" Morgensterns Worte überschlugen sich.

„Nein, Olaf, nichts von alledem. Mir geht es gut. Ich habe ihm gesagt, dass ich ein paar Schritte gehen will und habe ganz bewusst mein Handy auf dem Tisch liegen lassen. Der liebe Mann vom Imbiss am Mariendorfer Damm hat mir sein Telefon kurz überlassen."

„Sehen wir uns morgen? Wann kann ich dich anrufen?" Morgensterns Aufregung war offensichtlich.

„Das ist das Problem. Mein guter Herrmann ist mit der Ölwanne über einen sehr hohen Bordstein gefahren und zwei Minuten später hatte der Daimler kein Öl mehr im Getriebe."

„Und wie geht es jetzt weiter?"

„Der Wagen wurde schon abgeschleppt und vor der Werkstatt abgestellt. Morgen wird man weitersehen."

„Ich meinte, wie es mit uns weitergeht." Morgenstern war die Enttäuschung über Barbaras falsche Antwort anzumerken.

„Olaf, der Wagen ist auch meine Existenzgrundlage, und ob hier die Versicherung greift, weiß ich nicht. Wenn mein Mann frühmorgens zur Werkstatt fährt, rufe ich dich an. Ist das okay für dich? Ich muss jetzt dem Verkäufer wieder sein Handy geben. Also bis morgen."

Morgenstern wollte nicht glauben, dass dies am Telefon dieselbe Frau von gestern Abend war. Warum hatte sie auf einmal „mein Mann" gesagt und nicht „Herrmann", wie sie es sonst tat? Was hatte sich seit dem Unfall geändert? Und warum kein einziges liebes Wort, nicht einmal zum Schluss? Auf keine dieser Fragen fiel ihm eine Antwort ein, und das machte ihn ärgerlich.

Der Nachmittag war in der Regel noch zu früh für den Weg zum Kühlschrank. So musste jetzt eine Ausnahme herhalten, damit Morgenstern seinen Frust im Bockbier ertränken konnte. Noch bevor er den ersten Schluck nahm, stellte er sich die beiden Taxilosen vor, wie sie ihren Verlust beklagten und sich gegenseitig auf der Couch trösteten, bis sie im Bett landeten. Seine sexuellen Fantasien überschlugen sich. Er fühlte sich von Barbara getäuscht und betrogen. Nichts vom gestrigen Abend hatte noch Bestand. Bei diesen Gedanken schmeckte Morgenstern auch das Bier nicht mehr. Er ging ins Wohnzimmer, fluchte wie ein Rohrspatz und fegte mit einer Handbewegung sämtliche Briefe vom Tisch. Als ihm keine Schimpfwörter mehr einfielen und sein Wutanfall den Rückzug antrat, setzte er sich in den Sessel, um den bisherigen Tag noch einmal an ihm vorüberziehen zu lassen. Plötzlich erhellte ein Gedanke seine beschädigte Seele. Es stand noch eine Einladung von einer ansehnlichen Dame mit Begleitung aus. Im Nu waren Trübsal und Verbitterung vergessen und der Weg zum Handy wurde tänzelnd überwunden. Freudestrahlend wählte er Mareikes Nummer.

„Olaf, mit dir habe ich am wenigsten gerechnet. Ist etwas passiert oder hast du dich einfach nur verwählt?" In der Eile seines Handelns hatte sich Morgenstern auf diese zu erwartende Frage nicht vorbereitet. Dementsprechend verwunderlich fiel seine Antwort aus.

„Ich wollte mal hören, wie es euch so geht und ob ihr heute noch etwas vorhabt, du und deine kleine Tochter?"

Mareike hätte allen Grund gehabt, ihn nach seinem Geisteszustand zu befragen. Doch der geschulte Verstand einer Pädagogin riet ihr ab, dem Patienten seine Irrungen noch vorzuhalten. Dies würde ihn möglicherweise verunsichern und so verlegen machen, dass er sich vor Scham ganz zurückziehen könnte. Da dies nicht in ihrem Interesse war, wiederholte sie ihr Angebot von vor zwei Stunden.

„Finia würde dich gerne kennenlernen. Es ist zwar schon etwas spät für ein ausgedehntes Treffen, aber gegen ein leckeres Eis am

Alex ist nichts einzuwenden. Kennst du das Firenze? Wann könntest du dort sein?“ Morgenstern jubilierte. Mareikes Fähigkeit, die Dinge direkt anzugehen, hatte er nichts entgegenzusetzen, was in diesem Fall auch nicht notwendig war, denn er stimmte dem Vorschlag begeistert zu. „Schon vergessen, womit ich meine Brötchen verdiene?“, antwortete Morgenstern mit Hinweis auf seine Taxifahrertätigkeit. „Keine zwanzig Minuten, dann wird geschlemmt.“ Bei aller Euphorie hatte er den Autoverkehr, der tagsüber sehr viel dichter war als nachts, nicht berücksichtigt, und es war von vornherein klar, dass er es zu der angegebenen Zeit nicht schaffen würde.

Als Morgenstern in Sichtweite des Eiscafés Firenze kam, konnte er Mareike und ihre kleine Tochter bereits an einem der runden Tische unter den Kolonnaden sitzen sehen. Sie schleckten an ihrem Eis. Das Mädchen hatte nicht die gleiche Hautfarbe wie ihre Mutter. Ihr Teint war südländisch, hellbraun. Automatisch entwickelten sich Fantasien in Morgensterns Kopf, die er nur mit größter Disziplin verdrängen konnte. Er nahm sich fest vor, diesen Umstand auf keinen Fall bei ihrem ersten gemeinsamen Treffen anzusprechen. Mareike und ihre Tochter bemerkten Morgenstern erst, als er direkt vor ihnen stand.

„Hallo, ihr zwei. Da konnten die Damen wohl nicht abwarten und haben mit dem Eisvergnügen schon ohne mich begonnen.“ Morgenstern blickte die beiden mit gespielt ernster Miene an. Mareike ließ Morgensterns Kurzvortrag an sich vorüberziehen. Nicht so die kleine Finia.

„Hey du, Mama hat mir schon gesagt, dass telefonieren nicht so deine Sache ist, aber dass du auch die Uhr nicht lesen kannst, hat sie mir nicht verraten. Vielleicht wusste sie es bis jetzt auch nicht, dann ist es für uns beide neu. Damit wärst du entschuldigt.“ Morgenstern blieb die Spucke weg. So klein und schon so vorlaut, ging es ihm sofort durch den Kopf. Doch wie sollte er darauf reagieren? Bevor ihm die richtige Antwort einfiel, griff Mareike in das Geschehen ein.

„Olaf, nun setz dich doch erst einmal. Kinder plappern manchmal den ganzen Tag solche Dinge. Das sollte man nicht so ernst nehmen." Morgenstern setzte sich und war aber mit dem Thema noch nicht fertig. „Ich möchte trotzdem wissen, was sie damit gemeint hat: Ich kann die Uhr nicht lesen? Natürlich kann ich die Uhr lesen, warum sagt sie so etwas?" Finia musste wohl erkannt haben, dass sie mit ihrer Aussage womöglich etwas zu weit gegangen war und machte sich im Stuhl ganz klein.

„Wenn du es unbedingt wissen willst: Du hattest gesagt *in zwanzig Minuten*, das war vor einer Dreiviertelstunde. Kinder sind nicht gut darin zu warten, wenn es ums Eisessen geht. Also haben wir ohne dich bestellt. Können wir vielleicht noch einmal von vorne anfangen?", bat Mareike und streichelte dabei ihrer Tochter, die inzwischen fast unter den Tisch gerutscht war, über das schwarze Haar. Morgenstern lenkte ein und sprach Finia direkt an.

„Du musst Finia sein, ohne *J* natürlich. Ich bin Olaf und lebe schon mein ganzes Leben in dieser Stadt, doch in diesem Eisladen habe ich noch nie gegessen. Deshalb meine Frage an dich, weil ich denke, dass du hier schon fast wohnst: Welches Eis würdest du mir empfehlen?" Finia legte ihren Löffel zur Seite und verschränkte die Arme vor ihrer Brust.

„Dass du Olaf heißt, das habe ich schon gewusst, und im Eiscafé wohnen keine Menschen, nicht einmal Pinguine. Jetzt zu deiner Frage: Wie du siehst, esse ich gerade Spaghetti-Eis, doch das mögen eigentlich nur Kinder. Frag doch meine Mama, doch sie ist auch ein Mädchen, so wie ich. Am besten du fragst Onkel Mansoor. Der ist ein Mann, so wie du." Mansoor, Mansoor, irgendwo habe ich diesen Namen schon einmal gehört, grübelte Morgenstern und grinste, um seine Unsicherheit zu überspielen. Mareike registrierte Morgensterns fragenden Blick und ging in die Offensive.

„Du hast Mansoor am Dienstag kurz kennengelernt und erinnerst dich bestimmt an den Dönerverkäufer, der auf deine Rose aufgepasst hat. Er ist schon seit langem ein Freund der Familie und geht mit uns gelegentlich hier ein Eis essen." Was von Mareike als Aufklärung gedacht war, beflügelte Morgensterns Fantasiewelt eher noch. Eine Kellnerin kam an den Tisch und bat um Morgensterns Bestellung.

„Ich nehme drei Kugeln mit Sahne. Schoko, Vanille und die dritte Sorte suchen Sie bitte für mich aus, nur kein Fruchteis." Mutter und Tochter schauten erstaunt zu Morgenstern herüber, der sich nun genötigt sah, etwas zu seiner Bestellform zu sagen.

„Ich arbeite schon fast mein ganzes Leben im Dienstleistungsgewerbe, und da bin ich jeden Tag aufs Neue bemüht, meinen Fahrgästen mit größtmöglicher Empathie ihre Wünsche von den Lippen abzulesen. Dabei geht es nicht nur darum, sie von A nach B zu fahren, nein, die Sache verhält sich oft sehr viel komplexer." Eine kleine Atempause genügte, und Morgenstern sah, wie die beiden ihn mit geöffneten Mündern anstarrten. Ein kurzes Schweigen machte sich am Tisch breit, bis Mareike alle davon befreite.

„Was wolltest du uns noch zu deiner Eisbestellung erzählen?" Morgenstern schluckte und erkannte, dass er wohl etwas zu weit ausgeholt hatte.

„Ich meinte damit, dass ich unserer Kellnerin die Chance geben wollte, mir das beste Eis zu servieren, um mich vor einer falschen Entscheidung zu schützen." Wieder beklommene Ruhe am Tisch. Finia erlöste alle drei von diesem kleinen Trauma.

„Auch, wenn du nicht telefonieren kannst, ich höre dir gerne beim Reden zu. Das klingt so ganz anders als bei den Männern, die Mama sonst kennt." Rumms! Röte und Verlegenheit machten sich in Mareikes Gesicht breit. Morgenstern sah sich veranlasst, das Thema zu wechseln.

„Finia, warst du denn schon mit deiner Mama im Urlaub?"

„Natürlich war ich schon mit Mama im Urlaub. Aber wenn du wissen willst, ob wir dieses Jahr schon verreist sind, musst du nur wissen, wann die Ferien beginnen, dann weißt du auch, ob wir schon im Urlaub waren. Mama ist nämlich Lehrerin." Mannomann, so anstrengend habe ich das mir nicht vorgestellt, ging es Morgenstern durch den Kopf. Bei der Kleinen musst du immer hellwach sein, sonst gibt es eine Schelle nach der anderen. Mareike hielt sich indes zurück und hoffte, dass ihre Tochter nicht noch weitere unglückliche Aussagen treffen würde. Unterbrechen oder gar abhalten würde sie Finia allerdings nicht, denn dies sah ihre liberale Erziehung nicht vor.

„Weißt du denn schon, wohin die Reise dieses Jahr geht?", fragte Morgenstern wohlüberlegt.

„Na klar", sprudelte es in Sekundenschnelle heraus, „nach Kühlungsborn. Da waren wir auch letztes Jahr in den Sommerferien."

„Jetzt muss ich dir beichten, dass ich nicht weiß, wo der Ort liegt." Finia verdrehte ihre Augen, als wenn sie sagen wollte „Du weißt ja überhaupt nicht Bescheid".

„Der Ort liegt an der Ostsee. Arne sagt immer: Wer Kühlungsborn nicht kennt, hat die Welt verpennt." Schon wieder ein männlicher Name, den Finia erwähnte. Morgenstern musste sich zwingen, nichts weiter dabei zu denken. Mareike wirkte etwas genervt und mischte sich ein.

„Arne ist unser Vermieter, der dort mit seiner Frau ein Ferienhaus mit vier Wohnungen und einen Kanuverleih betreibt. Sonst noch irgendwelche Fragen, die wir dir beantworten können?" Morgenstern lächelte Mareike an. Er hatte verstanden. Kein Ausfragen mehr des Kindes. Die Kellnerin brachte zur Lockerung von allen das gemischte Eis mit Sahne für Morgenstern.

„Jetzt wollen wir doch einmal sehen, welches das Lieblingseis unserer Bedienung ist. Ihr dürft gerne mal raten", bot er an und verdeckte mit seinen Händen den Eisbecher. Finia preschte vor.

„Haselnuss, ich glaube, ich habe Haselnuss gesehen."

„Wenn das stimmt, wirst du aus der Wertung herausgenommen, bekommst aber einen Ehrenpreis für deine Ehrlichkeit", versprach Morgenstern. Mareikes Gesichtsausdruck hatte sich nun deutlich entspannt. „Ich tippe auf Karamell, das sieht so ähnlich aus." Morgenstern nahm einen Löffel und kostete die noch unbekannte kalte Köstlichkeit. Die Kellnerin blieb am Tisch stehen und beobachtete das Rätselspiel. „Ich meine, deine Mama hat recht", sagte Morgenstern und blickte die Kellnerin fragend an. „Leider falsch. Es ist eine

Sorte, die wir ganz neu im Programm haben und sich sozusagen noch in der Testphase befindet: Latte-Macchiato", verriet die Kellnerin und wollte von Morgenstern gleich noch wissen, wie ihm die neue Sorte schmeckte. Er nahm einen zweiten Löffel, ließ das Eis auf der Zunge zergehen und antwortete wie ein Restauranttester in einem Gourmettempel mit viel Zeit im Gepäck: „Schmeckt nach Kaffee, ohne Milch und Zucker. Nicht mein Fall." Sein resolutes Urteil ließ alle drei Beteiligten für einen Moment innehalten. Morgenstern hingegen lehnte sich selbstgefällig in seinem Stuhl zurück. Mareike wollte seine kompromisslose Aussage so nicht stehenlassen. „Olaf, ich würde gerne einmal probieren, wenn du nichts dagegen hast, natürlich." Morgenstern schob ihr den Becher kommentarlos zu. Mareike nahm ihren Löffel und genehmigte sich die halbe Kugel. Dabei nickte sie und ließ ein zustimmendes „Mhm" verlauten. Nun war auch Finia neugierig geworden und beteiligte sich am Ausprobieren. Im Gegensatz zu ihrer Mama verzog sie bereits beim ersten Schlecken das Gesicht. „Mir schmeckt die neue Sorte sehr gut. Sie ähnelt ein wenig dem Cappuccino-Eis. Ich würde das nächste Mal eine Kugel davon bestellen. Vielleicht auch zwei." Mareikes Worte waren Balsam für die Seele der Eisverkäuferin. Da Kinder noch wenig in der Kunst der Diplomatie geschult sind, kam Finias Meinung direkt und ungefragt hinterher. „Welches Kind will denn schon Kaffee im Eis? Dann doch lieber ein Schlumpfeis für mich." Die Kellnerin hob entschuldigend beide Arme und quälte sich zu einem aufgesetzten Lächeln. „So ist das eben, über Geschmack lässt sich nicht streiten", erklärte sie und wandte sich Morgenstern zu. „Soll ich Ihnen eine andere Kugel bringen? Wir hätten noch Amarena-Kirsche, sehr lecker, oder unseren Favoriten bei Genießern: Eierlikör-Eis." Wie vom Blitz getroffen, musste Morgenstern an Barbara denken und daran, was Herrmann über sie im Zusammenhang mit Eierlikör gesagt hatte. In diesem Moment überkam ihn das Verlangen, laut loszulachen. Doch niemand würde sein Reaktion verstehen, weil niemand diese Geschichte kannte. So besann er sich auf seine gute Erziehung und lobte das vielfältige Angebot der Kellnerin. „Ich finde es sehr kundenfreundlich, dass Sie mir einen Ersatz anbieten, doch bestellt ist bestellt. Lassen Sie es mich noch einmal versuchen." Morgenstern schleckte demonstrativ dreimal kräftig an besagter Eiskugel und war danach bereit, ein zweites Urteil abzugeben. „Es ist ähnlich wie bei uns Homo sapiens. Es gibt Menschen, die gefallen dir auf den ersten Blick, und es gibt Menschen, da musst du zweimal hinschauen, um das Gute in ihnen zu sehen." Morgenstern nahm erstaunte und verblüffte Gesichter um ihn herum wahr. „Was ich sagen wollte: Die neue Sorte hat mich beim zweiten Schlecken überzeugt!" Wie auf Kommando erhielt er dafür Applaus von allen Seiten, denn inzwischen lauschten auch die drei Nachbartische den Ausführungen von Morgenstern. Lediglich Finia wollte sich dem nachgebesserten Urteil nicht anschließen. „Kaffee zum Frühstück und jetzt noch Kaffeegeschmack im Eis, die Welt der Erwachsenen wird immer seltsamer. Ich bleibe jedenfalls bei meinem Spaghetti-Eis, basta." Die Gäste ringsum waren von Finias forschen Worten beeindruckt und brachten ihr ein zustimmendes Lächeln entgegen, wie auch Morgenstern, dem das selbstbewusste Auftreten des kleinen Mädchens imponierte.

„Deine Tochter ist für ihr Alter schon recht wortgewandt", wandte sich Morgenstern anerkennend an Mareike.

„Das solltest du ihr besser selber sagen, nur vermeide Fremdwörter." Umgehend setzte Morgenstern Mareikes Hinweis um und wandte sich an Finia.

„Du bist mit deinen jungen Jahren schon sehr redegewandt und scheinst dich in vielen Dingen gut auszukennen. Sicher mögen dich deshalb auch die anderen Kinder. Es ist nämlich von Vorteil, mindestens einen klugen Kopf in den eigenen Reihen zu haben." Morgenstern war überzeugt, gerade ein Kompliment ausgesprochen und geschmeichelt zu haben. Doch was er nicht wissen konnte, war, dass Finia nur sehr wenige Freundinnen zum Spielen und gegenseitigen Besuchen hatte. Von den Jungs wurde sie ebenfalls gemieden und aufgezogen, insbesondere, weil ihre Mutter Lehrerin war. Finia hörte mit dem Eisessen auf und legte den Kopf an die Schulter ihrer Mutter. Tränen kullerten ihre Wangen herunter. Morgenstern blickte die beiden völlig entgeistert an und war sprachlos.

„Es ist nicht deine Schuld, Olaf, ich erkläre es dir ein anderes Mal“, sagte Mareike und nahm ihre Tochter fest in den Arm. „Es ist ohnehin Zeit für uns zu gehen.“ Mit einem Handzeichen beorderte sie die Kellnerin an den Tisch. „Ich möchte bitte zahlen.“

„Getrennt oder zusammen?“

„Machen Sie bitte alles zusammen“, mischte sich Morgenstern ein.

„Danke“, kam es postwendend von Mareike, die immer noch ihre Tochter an sich drückte.

„Sehen wir uns wieder am Dienstag?“, wollte Morgenstern wissen.

„Dienstag?“ Mareike schaute nachdenklich zur Decke. „Jetzt hätte ich beinahe vergessen, dass ich ab neun Uhr Schöffendienst beim Amtsgericht Charlottenburg habe. Da ist es schwer zu sagen, wann die Verhandlung beendet ist.“

„Kein Problem, ich wohne nur ein paar Meter davon entfernt. Wenn du fertig bist, ruf mich einfach an, und ich komme dir entgegen.“ Morgensterns Lösungsvorschlag kam wie aus der Pistole geschossen und wurde von Mareike ohne weiter darüber nachzudenken akzeptiert. Die Kellnerin kam zurück an den Tisch.

„Das wären dann genau zwölf Euro; die Testkugel habe ich Ihnen nicht berechnet.“ Morgenstern gab fünfzehn und fügte noch hinzu: „Stimmt so!“ Alle drei standen auf und gingen zum Ausgang. Finias Tränen waren getrocknet und ein erstes Lächeln zog wieder in ihr Gesicht ein. „Ich danke noch einmal für die Einladung und freue mich auf unser Treffen am Dienstag“, sagte Mareike und streckte Morgenstern ihre rechte Hand entgegen. Morgenstern hätte sich zur Verabschiedung gerne eine innige Umarmung mit einem Kuss gewünscht. Er war bemüht, sich seine kleine Enttäuschung nicht anmerken zu lassen und lenkte ab. „Ich war noch nie vor Gericht. Du musst mir unbedingt erzählen, was dabei deine Aufgabe ist.“

„Das weiß sogar ich. Mama schickt die bösen Menschen ins Gefängnis“, kam es wieder vorlaut von Finia. Ein gutes Zeichen, dass sie ihre Traurigkeit überwunden hatte, sagte sich Morgenstern und quittierte ihre kesse Bemerkung freundlich mit: „Was für ein kluges Mädchen du bist.“ Sie trennten sich und gingen in entgegengesetzte Richtungen. Plötzlich stoppte Mareike. Sie ließ ihre Tochter mit den Worten „Bleib hier stehen“ von der Hand und rannte Morgenstern, der schon einige Meter entfernt war, hinterher.

„Halt, Olaf!“ Einige Passanten drehten sich um und Olaf suchte nach der dazugehörigen Person. Bevor er sie ausmachen konnte, fand er sich in ihren Armen wieder.

„Ich dachte beim Auseinandergehen, irgendetwas hat gefehlt.“ Dabei küsste sie ihn leidenschaftlich auf den Mund, so wie es Verliebte tun. „Dafür, dass du keine Kinder hast, warst du heute gar nicht übel. Vielleicht liegt es daran, dass du selbst noch ein … nein, ich sag es nicht. Und tschüss, bis Dienstag.“ Mareikes Kuss und ihre Worte ließen Morgenstern wie versteinert auf der Stelle stehen. Das wäre sicherlich noch eine Zeit so geblieben, wäre da nicht die ältere Frau mit den zwei Einkaufstüten gewesen.

„Wenn mir meen Alter nur noch eenmal so knutschen würde, icke würde ohne Latschen zum Papst loofen und all meine Sünden jestehen.“ Morgenstern hatte zwar vom Inhalt des Gesagten nichts mitbekommen, doch war er nun wieder hellwach und fragte sich, warum er den beiden nicht angeboten hatte, sie nach Hause zu fahren. In diesem Moment erinnerte er sich daran, dass Mareike über ein eigenes Auto verfügte.

Gut gelaunt und mit vielen Schmetterlingen im Bauch machte sich Morgenstern auf den Weg zu seinem Wagen, den er am Ende des Taxihalteplatzes in der Karl-Marx-Allee abgestellt hatte. Wie an Sonntagen üblich, war wenig Verkehr auf den Straßen und die Auftragslage dünn. Obwohl deutlich weniger Kollegen als sonst unterwegs waren, brauchte er schon etwas Glück, mit zwei, drei längeren Touren in einer Zehn-Stunden-Schicht auf sein Geld zu kommen. Für Morgenstern spielte dies im Augenblick keine Rolle. Er war verliebt und von Freude erfüllt. Nichts lag ihm ferner, als über monetäre Dinge nachzudenken. Seine Sinne kreisten so sehr um das zurückliegende Treffen, dass er das Klingeln der Rufsäule nicht wahrnahm und erst durch einen Kollegen darauf hingewiesen werden musste. Einmal gab Morgenstern das Wechselgeld zu seinen Ungunsten falsch heraus und hatte es nur dem ehrlichen Fahrgast zu verdanken, keinen Verlust einzubüßen. Als er merkte, dass seine Konzentration auch schon während der Fahrt nachgelassen hatte, beendete er seinen Dienst vorzeitig und parkte das Taxi gegen halb acht in der Kantstraße. Morgenstern versuchte, sich mit Fernsehen abzulenken. Doch weder die Tagesschau noch der Western *El Dorado* mit John Wayne und Robert Mitchum vermochten es, ihn an etwas anderes denken zu lassen als an Mareike. Er schaltete den Fernseher nach fünfzehn Minuten wieder aus und machte es sich auf der Couch gemütlich. Dabei schloss er die Augen und ergab sich seinem Kopfkino. Er träumte sich an Mareikes Seite, eng umschlungen und den Körper der Geliebten hingebungsvoll berührend.

Als Mareikes Anruf kam, hatte Morgenstern erst zwei Stunden im Bett gelegen. Er war erst um sechs Uhr dreißig von der Montagnachtschicht nach Hause gekommen.

„Ja, bitte“, säuselte er ins Telefon. Mareike zog sofort in Betracht, dass er nachts gearbeitet hatte.

„Hallo Olaf, bist du heute Nacht Taxi gefahren? Die Verhandlung ging früher zu Ende, als erwartet. Es tut mir leid, wenn ich dich geweckt habe.“ Morgenstern erkannte Mareikes Stimme und berappelte sich langsam.

„Ist schon gut. Ich freue mich über deinen Anruf. Wir hatten auch etwas ausgemacht …“

„Du wolltest mir entgegenkommen und … mehr hatten wir nicht gesagt.“ Mareikes Hilfestellung war notwendig, weil Morgenstern immer noch die Orientierung fehlte. „Sag mir nur, welche Richtung ich gehen muss.“

Morgenstern stand auf und ging zum Fenster. „Also, du gehst die Kantstraße ungefähr zweihundert Meter links herunter und biegst dann rechts in die Straße am Lietzenseeufer ein. Dort gibt es das Café Lietzensee. Du kannst es gar nicht verfehlen. Ich bin in zehn Minuten da.“ Während Morgenstern sprach, hatte er angefangen, seinen Schlafanzug auszuziehen. Hektik kam in ihm auf, was Mareike nicht verborgen blieb.

„Ich werde es finden, und du mach langsam, ich laufe nicht weg“, beruhigte sie ihn.

Morgenstern hatte nur ein Ziel vor Augen: Er wollte in zehn Minuten pünktlich bei Mareike am Tisch sitzen. Ihm war bewusst, dass diese Herausforderung nur gelingen konnte, wenn er auf eine gründliche Körperpflege und das aufwendige Auswählen von Kleidung verzichten würde. Mit seinem bewährten Jogginganzug, Sportschuhen und einem Basecap bekleidet, war er im Nu die Treppen hinunter, um die ihm sehr bekannte Strecke entlang der Kantstraße in neuer Laufbestzeit zu bewältigen. Morgenstern erreichte das Café noch vor der angesagten Zeit und sah Mareike in einem dunkelblauen Hosenanzug im Außenbereich sitzen. Ihr Anblick war für ihn ganz anders als noch vor zwei Tagen am Alexanderplatz. Sie erschien ihm, trotz der förmlichen Geschäftskleidung, weiblicher und zerbrechlich wie aus Porzellan. Ungläubig, dass dieses zarte Wesen auf *ihn* wartete, schritt er sachte auf sie zu.

„Liebe Mareike, ich bin so glücklich, dich heute wiederzusehen. Du hast mir gefehlt“, begrüßte er sie überschwänglich, als wenn Wochen zwischen ihrem letzten Treffen vergangen wären und sie bereits eine langanhaltende tiefe Beziehung miteinander führten. Mareike hörte zuerst seine Worte und betrachtete dann seine Aufmachung.

„Hallo Olaf, ich freue mich auch, dich wiederzusehen, und wie pünktlich du bist. Obwohl, ein wenig mehr Zeit hättest du dir für dein Outfit nehmen können, dann wären vielleicht, statt der orangefarbenen Turnschuhe, dunkelblaue, passend zu dem Trainingsanzug, herausgekommen.“ Morgenstern erkannte die Ironie in Mareikes Worten nicht sofort und blickte lediglich auf seine Turnschuhe herunter.

„Für diese Feinabstimmungen hatten ich und auch der Rest meiner Familie noch nie viel übrig. Außer wenn meine Tante Ursula zu Besuch kam. Die legte sehr viel Wert auf Äußerlichkeiten und war auch sonst ganz anders als wir.“

„Jetzt nimm erst einmal Platz, und dann erzähle mir von den Absonderlichkeiten deiner Tante. Das klingt ja ganz spannend.“ Morgenstern setzte sich auf einen der gepolsterten Stühle, schlug die Beine übereinander und begann zu erzählen.

„Eigentlich war sie keine richtige Tante, ich meine von der Abstammung her oder so. Doch solange ich mich erinnern kann, wurde sie allen als Stiefschwester meines Vaters vorgestellt.“ Die Kellnerin brachte die Speisekarte und fragte, ob es bereits einen Getränkewunsch gäbe. Beide verneinten.

„Und worin war sie nun so anders?“, bohrte Mareike nach.

Morgenstern nahm sich Zeit für die Antwort. Er wollte der Tante gegenüber, auch wenn er sie schon Jahre nicht mehr gesehen hatte, mit seinen Aussagen gerecht werden. Niemand sollte schlecht über sie denken.

„Sie war deutlich jünger als meine Mutter und trug dementsprechend andere Klamotten.“

„Meinst du modernere?“, wollte Mareike wissen.

Morgenstern suchte nach der korrekten Antwort. „Moderner auch, doch nicht nur, was die Kleidung angeht, die sie trug. Sie war halt aufgeschlossener, manch einer würde sagen *flippiger*. Nicht so konservativ wie meine Eltern.“ Mareike bemerkte, wie Morgensterns Gesicht errötete.

„Du warst doch nicht etwa verliebt in deine Tante?“, fragte sie und sah Morgenstern dabei so strafend an, als wenn er sein Hausaufgabenheft vergessen hätte. Er beugte sich vor und gestikulierte mit den Armen.

„Ich war vierzehn oder fünfzehn und mitten in der Pubertät. Alles, was ich bis dahin über Sex wusste, hatte ich von einem Kumpel aus der Schule und seinem schon sehr gebrauchten Pornoheft erfahren.“ Mareike fiel ihm ins Wort. „Haben dich denn deine Eltern nicht aufgeklärt? Das sollte in diesem Alter schon längst geschehen sein.“ Morgenstern gefiel es nicht, sich zu rechtfertigen. Obwohl es ihm peinlich war, darüber zu reden, wollte er Mareike keine Antwort schuldig bleiben.

„Meine Mutter hatte mir ein Buch gegeben mit dem Titel *Woher kommen die kleinen Jungen und Mädchen?*, da war ich zwölf Jahre alt. Wenn ich Fragen hätte, hat sie gesagt, dann solle ich sie fragen. Doch in unserer Familie wurde nie über so etwas gesprochen. Ich habe auch meinen Vater niemals nackt gesehen.“ Die Kellnerin trat erneut an den Tisch. Mareike bestellte einen Cappuccino und ein Stück Mohnkuchen; Morgenstern nahm Rühreier ohne Speck und eine große Cola light.

„Und an welcher Stelle kommt jetzt deine Tante Ursula ins Spiel?“ Mareike war sich bewusst, dass sie Morgenstern mit dieser Frage in Verlegenheit bringen würde.

„Na gut“, Morgenstern atmete tief durch. „Sie hat sich, schon als ich noch Kind war, als einzige aus der Verwandtschaft mit mir beschäftigt. Egal ob Vorlesen auf der Couch oder mit Legosteinen spielen, sie hat sich immer Zeit für mich genommen. Damals habe ich natürlich noch nicht auf ihre Kleidung geachtet. Erst viel später sind mir ihre kurzen Röcke und Kleider aufgefallen. Auch trug sie helle dünne Blusen, durch die man ihren BH erkennen konnte. Wenn sie zum Essen bei uns war, dann habe ich mich immer so hingesetzt, dass ich ihre Beine sehen konnte. Ich glaube, dass meine Blicke bei ihr nicht unerkannt blieben. Jedenfalls strahlte sie mich auffallend häufig an. Meine Eltern fanden ihren Auftritt einfach nur peinlich. Wegen ihrer wechselnden Männerbekanntschaften bezeichnete meine Mutter sie einmal als Flittchen. Daraufhin gab es Streit und eine Reihe von unschönen Worten, die ich bis dahin noch nicht gehört hatte. Ich war traurig und ging in mein Zimmer. Bevor meine Tante dann die Wohnung verließ, kam sie noch einmal zu mir."

„Hat sie dich dann verführt?"

Morgenstern schüttelte den Kopf. „Nein, so war sie nicht. Sie sagte mir nur, dass sie nicht mehr zu uns kommen würde und dass das nichts mit mir zu tun hätte. Sie versprach, dass wir uns bestimmt wiedersehen oder zumindest miteinander telefonieren würden. Dann ging sie." Die Kellnerin kam für Morgenstern wieder im richtigen Augenblick und brachte die Getränke und den Kuchen. Beide lehnten sich entspannt in ihren Stuhl zurück.

„Du kannst schon anfangen, sonst wird der Mohn noch kalt", flachste Morgenstern.

„Einverstanden, aber ich möchte jetzt noch wissen, wie die Geschichte zu Ende ging. Hast du sie seitdem wiedergesehen?"

Morgenstern nahm einen großen Schluck aus seinem Cola-Glas. „Nein, habe ich nicht. Keiner in der Familie hatte meines Wissens je wieder Kontakt mit ihr. Lediglich mein Onkel Kurt meinte, sie einmal aus seinem Taxi heraus auf der Straße des 17. Juni gesehen zu haben. Doch beschwören wollte er es nicht." Nun kam auch die Portion Rühreier, garniert mit etwas Grünzeug und zwei Scheiben Vollkornbrot. „Na dann, guten Appetit", wünschte Mareike und schlürfte genüsslich an ihrem noch heißen Cappuccino.

Nach zwanzig Minuten war der Tisch vom leeren Geschirr geräumt und Morgenstern verlangte nach der Rechnung. Er suchte nach seinem Portemonnaie und musste feststellen, dass er es in der

Eile nicht eingesteckt hatte. Umgehend beichtete er Mareike sein Missgeschick, die sich sofort bereit erklärte, die Rechnung zu übernehmen.

„Das kann schon mal passieren, wenn man im Trainingsanzug, in dem man ohnehin selten seine Brieftasche befördert, zu einem Date mit einer attraktiven Dame geht.“ Das war von Mareike nun keine Spitze mehr, sondern eher ein Geschoss, welches Morgenstern auch dringend brauchte, um sich seiner unpassenden Garderobe bewusst zu werden.

„*Disculpa*, ich wollte nur nicht zu spät kommen. Aber du hast recht.“

Mareike quittierte seine Entschuldigung mit einem mitleidvollen Blick. „Ich nehme an, das war spanisch und bedeutete so viel wie *Entschuldigung*.“

„*Sí*, ich meine, ja“, bestätigte er. Die Kellnerin brachte die Rechnung und übergab sie Morgenstern, der sie an Mareike weiterreichte. „Stimmt so“, sagte Mareike und gab einen Zwanzig-Euro-Schein. Morgenstern war der erste, der die entscheidende Frage stellte: „Was machen wir jetzt?“ Nach einem kurzen Blick auf den See hatte Mareike die passende Antwort gefunden. „Ich hatte mir den Rest des Tages für dich freigehalten. Wenn du also möchtest, können wir noch etwas gemeinsam unternehmen. Der Wettergott scheint auch gnädig zu sein, so steht uns alles offen.“ Sie standen beide von ihren Stühlen auf und Mareike musterte Morgenstern dabei so auffällig, dass jedes weitere Wort von ihr überflüssig war. „Vielleicht könnten wir zuerst kurz zu mir gehen …“, kam es stockend aus Morgenstern heraus. „Nein, nicht, wie du denkst! Nur, um mich umzuziehen.“ Jetzt wurde er rot. „Gleich neben dem Hauseingang ist ein Italiener, der hat sicher schon geöffnet. Dort kannst du gerne warten, wenn dir das angenehmer ist.“ Mareike hätte jetzt am liebsten laut losgelacht, doch sie riss sich zusammen und antwortete besonnen. „Das ehrt dich, dass du dir solche Gedanken um mich machst, doch ich halte dich nicht für einen zweiten *Jack the Ripper* und außerdem beherrsche ich den fünften Grad im Mikado.“ Morgenstern war über ihre Reaktion erleichtert und lächelte beherzt. Erst jetzt bemerkte er die große Handtasche, die sie über ihrer Schulter trug. „Dass Frauen manchmal den halben Haushalt mit sich führen, wird für uns Männer immer ein Rätsel bleiben." Mareike reagierte darauf nicht. Auch Morgenstern schwieg für die nächsten hundert Meter, bis ihn die Frage, die er bereits im Café hatte stellen wollen, wieder einholte.

„Mareike, darf ich dich etwas fragen? Aber bitte nicht sauer werden."

Mareike nickte.

„Wie hoch war die Rechnung im Café?"

„Neunzehn Euro und vierzig Cent. Warum fragst du?"

Morgenstern blickte verlegen weg. Warum konnte er nicht seine Klappe halten?, fragte er sich. Die Sache konnte gar nicht gut ausgehen. Er biss sich auf die Zunge und improvisierte. „Nur so, mich interessieren grundsätzlich die unterschiedlichen Preise. Auch um den Fahrgästen wertvolle Tipps geben zu können." Mareike merkte sofort, dass dies nicht der wahre Grund für seine Frage war und überlegte, ihn damit zu konfrontieren. Doch bevor sie sich zu einer Entscheidung durchringen konnte, kam Morgenstern ihr zuvor. „Wie war es überhaupt heute auf dem Gericht? Du wolltest mir doch von deiner Tätigkeit als Schöffe berichten." Mit diesem Thema hatte er sie am Haken. Bereitwillig ließ sie sich darauf ein und legte gleich los. „Wusstest du eigentlich, dass nur eine Person im Gericht ungestraft lügen darf?" Morgenstern machte den Eindruck, nicht zu wissen, was sie von ihm wollte und blieb stumm. „Wir hatten heute einen Zeugen, der zur Sache befragt wurde. Bevor das geschieht, wird er vom Richter belehrt, dass er vor Gericht nicht lügen darf. Denn wer unter Eid lügt, begeht eine Straftat, und derjenige muss mit einer Freiheitsstrafe von bis zu fünfzehn Jahren Gefängnis rechnen. Nicht immer wird der Zeuge am Ende seiner Aussage vereidigt, aber auch dann darf er nicht lügen. Tut er dies doch, so nennt man das eine uneidliche Falschaussage, die mit bis zu fünf Jahren Gefängnis oder einer Geldstrafe belegt werden kann." Sie standen an einer Kreuzung und hatten bereits drei Grünphasen vorbeigehen lassen. Morgenstern hörte aufmerksam zu und sah sich veranlasst, Mareikes Frage noch einmal zu wiederholen. „Du behauptest also, dass es eine Person im Gerichtssaal gibt, für die dieses Gesetz nicht gilt. Wer soll das sein?"

„Der Angeklagte natürlich. Der darf lügen, dass sich die Balken biegen. Und unter Umständen sein Anwalt auch", rief Mareike lautstark in den blauen Berliner Himmel. Morgenstern schüttelte ungläubig den Kopf. Sie überquerten die Kreuzung und standen wenige Minuten später vor seiner Wohnungstür. „Ich geh ganz schnell ins Bad und zieh mir dann andere Klamotten an. Du kannst ja schon mal überlegen, was wir danach unternehmen."

„Lass dir Zeit. Ich schaue mich ein wenig um, wenn das erlaubt ist", rief sie ihm nach.

Morgenstern drehte die Dusche voll auf. Kein Stück Haut blieb von der Seife verschont. Er föhnte seine Haare nicht, zog den Bademantel an und war auf dem Weg in sein Zimmer, als er Mareike hörte, die anscheinend mit sich selbst sprach: „Er will mich, er will mich nicht, er will mich …" Morgenstern spitzelte um die Ecke ins Wohnzimmer und traute seinen Augen nicht. Mareike stand in einem transparenten dreiteiligen Negligé aus weißem Netz und gleichfarbigen High Heels am Fenster und zupfte an einer gelben Sonnenblume.

„Wo hast du die Blume her?", stammelte Morgenstern.

„Das ist typisch Mann. Ich werfe mich in Schale und du fragst mich nach der Pflanze." Mareike legte eine kleine Pause ein, bevor sie nachlegte. „Es ist nicht immer der halbe Haushalt, den Frauen bei sich tragen. Unverhofft kommt oft. Und genau für solche Situationen gibt es große Taschen", sagte sie mit einem süffisanten Unterton und drehte sich um ihre eigene Achse. „Gefällt dir, was du siehst?" Gefallen wäre maßlos untertrieben. Morgenstern konnte nicht glauben, was aus der bisher biederen Oberschullehrerin geworden war. Seine Faszination über das Bild, das Mareike abgab, ließ sich nicht in Worte fassen. Er war nicht in der Lage, einen Satz zu sprechen oder sich ihr zu nähern. Mareike schmeichelte Morgensterns Blockade, denn ihr war nun klar, dass sie mit ihrem Auftritt voll ins Schwarze getroffen hatte. Sie ging langsam auf ihn zu, ließ ihr Hemd auf den Boden fallen und öffnete seinen Bademantel.

„Du hast einen gut trainierten Körper, das konnte man durch den Sportanzug nicht sehen und auch deine weiten Sweatshirts verrieten nichts von dem, was darunter steckt.“ Während Morgenstern nun vollständig nackt vor ihr stand, entledigte Mareike sich auch der restlichen Nachtwäsche. „Willst du mit mir Liebe machen?“, hauchte sie ihm ins Ohr. Diese Formulierung hatte Morgenstern so noch nicht gehört, doch wusste er natürlich, was sie damit meinte. Da er immer noch erstarrt war, ergriff sie die Initiative und begann, mit ihrem Mund an ihm herunterzugleiten. Kurze Zeit später wälzten sie sich auf der Couch und hielten es nur wenige Sekunden in ein- und derselben Stellung aus. Besonderes bei Mareike schien die Gier nach ungezügeltem Sex übergroß. Ihre Variationsvielfalt schien unerschöpflich. Nur reden mochte sie dabei nicht. Morgenstern passte sich an. Er genoss den Einfallsreichtum seiner Partnerin, die ihn letztendlich im höchsten Maße befriedigte und nur darum bat, dass er nicht in ihr kommen sollte. Sie gab ihm zu verstehen, dass alles andere ihr recht wäre.

Nach knapp einer Stunde lagen sie entgegengesetzt auf der Couch, sodass sie sich direkt ansehen konnten und nur ihre Beine sich berührten. „Können wir reden oder magst du das nicht?“, fragte Mareike vorsichtig.

„Klar, können wir. Ich dachte nur, du bist nicht so fürs Reden.“

„Nicht beim Akt, das hast du schon richtig erkannt, doch über uns und unsere Gefühle zu reden, halte ich schon für wichtig. Du nicht?“ Morgenstern, immer noch platt von dem Vulkan, der über ihm ausgebrochen war, quälte sich zu einer Aussage.

„Oh doch, Paare sollten miteinander reden, gerade, wenn es das erste Mal war. Das erste Mal ist oft prägend für den weiteren Verlauf der Beziehung. Willst du den Anfang machen?“, fragte er und wollte sich damit noch etwas Entspannung verschaffen. Das wäre wahrscheinlich gar nicht nötig gewesen. Morgenstern hätte auch den 23. Psalm aus der Bibel zitieren können, Mareike war schon so auf das fixiert, was sie ihm sagen wollte, dass sie seine Antwort gar nicht wahrgenommen hatte.

„Weißt du, Olaf", begann sie bedächtig zu formulieren, „es ist schon sehr lange her, dass ich mich einem Mann so hingegeben habe. Doch irgendwie spürte ich bereits bei unserem ersten Treffen, dass du es sein wirst, bei dem es passiert. Ich konnte da nur noch nicht sagen, wann. Und heute Morgen war es dann soweit." Mareike unterbrach und wischte sich eine Träne aus dem Gesicht. „Denk bitte nicht einen Moment, dass ich das hier geplant hatte, so ist es nicht. Nur, wer kann sich schon gegen seine Gefühle wehren?" Es folgten noch mehr Tränen, die sie mit einem Papiertuch trocknete. Morgenstern rutschte zu ihr herüber und nahm sie fest in seinen Arm. Sie verblieben eine kurze Weile in dieser Stellung, bis Mareike das Gespräch wieder aufnahm.

„In diesem Augenblick fühle ich mich bei dir geborgen und sicher. Ich wünschte, wir könnten die Zeit festhalten. Doch ich weiß leider nur allzu gut, wie schnell alles vorbei sein kann."

„Bitte rede nicht davon. Wir haben doch gerade erst begonnen, uns kennenzulernen und tausend schöne Gedanken begleiten uns." Morgensterns Einspruch wollte Mareike nicht gänzlich überzeugen und ihr Ton versachlichte sich.

„Jeder, der mit mir zusammen sein will, und dabei meine ich nicht nur ein, zwei Nächte, muss sich darüber klar sein, dass es mich ausschließlich gemeinsam mit meinem Kind gibt. Aber wenn man so enttäuscht worden ist, braucht es viel Zeit, um wieder Vertrauen zu fassen." Ein Stück Verbitterung schwang in Mareikes Worten mit, und Morgenstern war sich unsicher, ob er seinem Bauchgefühl folgen sollte. Schließlich stellte er die Frage, die ihn seit dem Treffen in der Eisdiele bewegt hatte.

„Hat es mit dem Vater deiner Tochter zu tun?"

Schlagartig, wie bereits bei ihrem ersten Treffen, änderte sich Mareikes Stimmungslage. Sie löste sich aus Morgensterns Arm und wechselte an das andere Ende der Couch. „Wie kommst du darauf, und wer gibt dir das Recht, mich so etwas zu fragen?“ So musste es also klingen, wenn Mareike einen Schüler vor der Klasse aufforderte, die Zahlen von eins bis hundert auf Englisch aufzusagen.

„Nun ja“, kam es stockend aus Morgensterns Mund, „eigentlich bist du immer gut drauf, doch sobald es um dein Kind geht, tickst du regelmäßig aus.“

„Ich ticke also aus, meinst du. Und weiter? Wie ist deine Erklärung dafür?“ Mareikes Strenge hielt unvermindert an, und Morgensterns Verlegenheit ließ ihm keine andere Wahl, als seine Gedanken offenzulegen.

„Weil doch Finia eine dunklere Hautfarbe hat und du diesem afrikanischen Imbissverkäufer so herzlich gegenüber warst, habe ich vermutet …“

„… dass er der Vater meiner Tochter ist“, schnitt Mareike Morgenstern das Wort ab, hob dabei beide Arme in die Höhe und stieß einen kurzen Lacher aus. „Das ist lächerlich, welche Fantasien du hast, und rechnen ist wohl auch nicht deine Stärke. Mansoor ist jetzt zweiundzwanzig Jahre alt. Er müsste Finia mit vierzehn gezeugt haben. Traust du mir das wirklich zu?“

Morgenstern hätte sich ohrfeigen können und fragte sich, warum er überhaupt dieses Thema angeschnitten hatte, wo es doch nicht seine Art war, in der Vergangenheit seiner Partnerinnen herumzustochern, zumindest nicht, wenn es um so gravierende Themen wie dieses hier ging. „Wir müssen darüber auch nicht mehr reden. Es war dumm von mir, dich darauf anzusprechen. Bitte entschuldige.“ Morgensterns Einsicht kam an. Dennoch verging einige Zeit, bis die Stimmung sich wieder beruhigt hatte. Beide verständigten sich, vorerst nur neutrale Gesprächsthemen zu wählen und näherten sich wieder einander an, indem sie über Hobbys redeten und darüber, wohin sie gerne einmal verreisen würden. Morgenstern bot ihr an, seine Dienstagnachtschicht erst später zu starten, um mit ihr den Rest des Abends verbringen zu können.

„Olaf, das ist sehr lieb von dir, und es wird vielleicht noch das ein oder andere Mal vorkommen, dass ich dich darum bitte, mit mir die ganze Nacht zusammen zu bleiben. Nur heute sollten wir noch einmal über die Geschehnisse nachdenken, und das können wir besser, wenn wir getrennt voneinander sind und du nicht andauernd meinen Busen anfasst.“ Beide kicherten. Mareike stand auf und zog sich an. „Ich möchte nicht unhöflich sein, doch wenn ich jetzt gehe, schaffe ich es rechtzeitig zu meiner Mutter und kann Finia noch einen Gute-Nacht-Kuss geben.“

„Schläft sie immer bei deiner Mutter?“

„Nein, nur am Dienstag. Am nächsten Morgen bringt sie die Kleine auch zur Schule. Wir wohnen nicht weit voneinander entfernt.“ Morgenstern schlüpfte in seinen Bademantel, um Mareike im Flur zu verabschieden. „Jetzt haben wir noch gar keinen Tag ausgemacht, an dem wir uns wiedersehen“, monierte er.

„Ich denke, am Sonntag, mit der ganzen Bande, wenn es dir recht ist, mein lieber Olaf.“ Wie zuckersüß sie doch sein kann, dachte Morgenstern in diesem Moment und gab ihr einen Kuss. Sie erwiderte diesen leidenschaftlich und drückte Morgenstern ganz fest an sich. Ohne noch etwas zu sagen, verließ sie die Wohnung.

Die durch den Liebesakt nassgeschwitzte Haut war nun wieder getrocknet. Morgenstern hielt den Aufwand einer Ganzkörperreinigung allerdings nicht für notwendig, zumal es bereits kurz nach halb sieben war, und beließ es beim Waschlappen. Er war gerade dabei, den Autoschlüssel vom Flurschränkchen zu nehmen, als sein Handy klingelte. Ohne in der Eile auf das Display zu sehen, meldete er sich.

„Morgenstern."

„Gut, dass ich dich erreiche und wie schön, deine Stimme zu hören."

Morgenstern wusste sofort, wer am anderen Ende der Leitung war, auch wenn sie nicht ihren Namen genannt hatte. Es war Barbara und sie klang, als hätte man sie nach dreißig Tagen unter der Erde wieder an die Oberfläche gebracht. Mit einem Schlag befand er sich in einem anderen Film. Morgenstern sah sich beim Essen in Barbaras Haus, fühlte noch die zärtlichen Berührungen, entsann sich des morgendlichen Telefonats und ihres Versprechens, ihn am nächsten Tag anzurufen. Dieser Tag war schon längst vorbei, doch die Erinnerungen hatten ihn nun wieder eingeholt.

„Barbara, ich habe mir Gedanken gemacht. Du wolltest mich doch am Montag anrufen." Morgensterns Worte waren nicht als Vorwurf, sondern eher als Ausdruck von Sorge gemeint.

„Nachdem ich dich am Sonntag vom Imbiss aus angerufen hatte, wartete Herrmann schon auf mich im Wohnzimmer. Er muss Samstagnacht eine Tour in unserer Gegend bekommen haben; jedenfalls hat er deine Taxe in der Nebenstraße entdeckt und so lange vor dem Haus gestanden, bis du herauskamst." Barbaras Aufregung steigerte sich und ein heftiges Schluchzen begleitete ihre Versuche, weiterzureden. „Er hat mir Fotos von dir auf seinem Handy gezeigt und gedroht, dass er dich fertigmachen wird. Olaf, nimm dich vor ihm in Acht. Du darfst heute auf keinen Fall die Nachtschicht fahren. Er ist zu allem fähig und trägt immer eine Waffe mit sich herum." Morgenstern hatte die Pistole bei seinem ersten Treffen mit Herrmann schon einmal gesehen. Barbara überfiel ein Weinkrampf. „Ich rufe dich gleich noch mal an“, schaffte sie noch zu sagen und legte dann auf.

Morgenstern war entsetzt. Während er in den vergangenen Stunden erotische und hingebungsvolle Momente mit Mareike erlebt hatte, hatte sich zur gleichen Zeit, nur wenige Kilometer entfernt, ein Drama abgespielt, dessen Auswirkungen auch für ihn noch nicht absehbar waren. Seine Ohnmacht, Barbaras Leiden hilflos gegenüberzustehen, wurde zum Prüfstein seines Verstandes. Er überlegte, was er jetzt in dieser Situation für sie tun konnte. War Herrmann wirklich eine so große Gefahr für ihn, dass er seine Schichten ändern müsste? Morgensterns routinierter Gang zum Kühlschrank und der Griff zum Bockbier waren die zwangsläufigen Folgen dieser unbeantworteten Fragen. Das Telefon klingelte erneut.

„Hallo Barbara, geht es dir besser? Wo bist du? Kann ich irgendetwas für dich tun?“ Die drei Minuten Telefonunterbrechung hatten ihr gutgetan. Sie wirkte wieder gefasst und sprach kontrolliert. „Hör zu, Olaf, er hat sich, solange unsere Taxe in Reparatur ist, ein Auto aus dem Depot gemietet und will Jagd auf dich machen. Ich kann dir nicht einmal seine neue Funknummer sagen. Bitte bleib zu Hause. Versprichst du mir das?“ Morgenstern hätte ihr alles versprochen, nur um sie zu beruhigen. Doch angesichts der fast geleerten Flasche Bier konnte er mit gutem Gewissen bei der Wahrheit bleiben. „Ich fahre morgen tagsüber. Danach werden wir sehen, er wird sich wieder einkriegen.“ Mit einem Mal war es mit Barbaras Besonnenheit vorbei. Ein Angstgefühl ließ sie erzittern. „Du kennst ihn nicht. Er fühlt sich in seiner Ehre verletzt und vergisst nie. Erinnere dich an die Razzia in der Pokerrunde, von der er angeblich nichts wusste. Herrmann hatte dort zwei Wochen zuvor viel Geld verloren und war überzeugt, dass sie ihn betrogen hatten. Als er nach Hause kam, schwor er, den Laden abzufackeln, doch dann wurde er krank.“ Barbara schnappte nach Luft. „Was meinst du, wer bei den Bullen von der Telefonzelle aus angerufen und den Tipp gegeben hat?“ Totenstille in der Leitung. „Ich war es. Eine weibliche Stimme würde jeden

Verdacht von ihm nehmen, meinte er." Barbara weinte bitterlich. In diesem Moment fühlte Morgenstern den Schmerz, der in ihr tobte. Wie gerne hätte er sie jetzt in den Arm genommen und ihr gesagt, dass so etwas nie wieder vorkommen wird. Doch im Grunde wussten beide, dass dies aussichtslos sein würde, solange sich Herrmann an ihrer Seite befand.

„Barbara, können wir uns treffen? Egal wann, ich komme überall hin", fragte Morgenstern liebevoll.

„Er hat mir auch die Wohnungsschlüssel weggenommen. Ich kann nicht einmal mehr einkaufen gehen, ohne die Haustür offen zu lassen", antwortete Barbara eingeschüchtert.

„Wäre jetzt nicht der richtige Zeitpunkt, ihn zu verlassen?" Barbaras Antwort ließ einen Moment auf sich warten.

„Ich habe dir doch von unserem Sohn erzählt. Er ist von Geburt an behindert und pflegebedürftig. Herrmann würde alles daransetzen, mir die Besuche im Heim zu erschweren. Das könnte ich nicht ertragen." Es war Barbara anzumerken, wie schwer es ihr fiel, darüber zu sprechen. „Ich liebe ihn über alles. Mein Sonnenschein an Regentagen. Wenn ich ihn verliere, gibt es für mich nichts mehr, wofür es sich lohnt zu leben." Morgenstern erkannte, dass es aussichtslos schien, Barbara aus dieser brutalen Beziehung mit Herrmann herauszulösen.

„Falls du irgendwann einmal deine Meinung ändern solltest; ich werde für dich da sein, ob als Freund oder Geliebter."

„Lass es gut sein, Olaf. Du bist ein wirklich guter Mann, und wir werden uns bestimmt wiedersehen. Bitte pass auf dich auf." Das waren Barbaras letzten Worte, bevor sie das Gespräch beendete. Morgenstern behielt das Handy in der Hand und wünschte, dass es noch nicht vorbei sein und sie noch einmal zum Telefon greifen würde. Als der erhoffte Anruf ausblieb, akzeptierte er letztendlich die Realität und nahm sich die letzte Flasche Bockbier, von der er wusste, dass sie nicht ausreichen würde, um seine Traurigkeit zu besiegen. Morgenstern überlegte, ob es besser wäre, jetzt gleich zum Späti zu gehen oder damit zu warten, um dann das gesamte Pfandgut abgeben zu können. Doch da er sogar noch seine Schuhe anhatte, war eine Entscheidung schnell getroffen. Er ging die Kantstraße in Richtung Theater des Westens und meinte, im Augenwinkel auf der gegenüberliegenden Seite eine langsam fahrende Taxe zu sehen. Sofort verband er damit Herrmann, der ihn angeblich jagte. Ein mulmiges Gefühl überkam ihn. Im Späti angekommen, fragte er den Verkäufer, ob es noch einen Hinterausgang gäbe, den er ausnahmsweise benutzen dürfte. Wenige Minuten später stand Morgenstern wieder vor seinem Hauseingang, ohne sich auf dem Heimweg auch nur einmal umgedreht zu haben. Er versuchte, sich mit der Berliner Abendschau und dem mitgebrachten Sixpack abzulenken, was ihm allerdings nicht wirklich gelang. In seinen Gedanken wechselten sich verschiedene Szenen ab. Das eine Mal lauerte ihm Herrmann vor der Haustür auf; ein anderes Mal stieg er am Halteplatz in seine Taxe und schlug ihm ins Gesicht, bis er blutete. Doch ganz gleich welche Vorstellungen sich in Morgensterns Kopf auch ausbreiteten, immer gab es zuerst von Herrmann Vorhaltungen für sein unmoralisches Verhalten und danach pure Gewalt, die auf ihn niederging.

Zu Beginn des Spätfilms war das Sixpack Geschichte, und Morgenstern schlief auf dem Sofa ein. Seine Nacht verlief unruhig, was nicht ursächlich mit Herrmanns Drohungen zusammenhing. Da waren wieder Stimmen, die er wahrnahm, und dieses Mal waren sie klarer als zuvor.

Morgensterns Aufwachen war von gehörigen Kopfschmerzen und großen Gedächtnislücken begleitet. Die Ereignisse des gestrigen Abends kamen nur unvollständig zurück. So fehlte ihm die Kenntnis darüber, wie die Ansammlung der leeren Bierflaschen auf den Küchentisch geraten war. Auch erinnerte er sich nur bruchstückhaft an das Gespräch mit Barbara. Die von ihr vorgebrachten Warnungen vor ihrem Mann erschienen ihm in diesem Moment überzogen, sodass er nicht gewillt war, seine gewohnte Arbeitsweise zu ändern. Mit dem Makel, einen schweren Kopf und noch zu viel Alkohol im Blut zu haben, beschloss er, sich mit leichtem Hausputz und Einkäufen die Zeit zu vertreiben. Dabei stand der nahegelegene Supermarkt in der Wilmersdorfer Straße, obwohl er deutlich höhere Preise als ALDI oder LIDL verlangte, an erster Stelle, da dessen Leergutautomat jede Art von Flaschen annahm, was bei den anderen Discountern nicht der Fall war. Nachdem Morgenstern all seine hauswirtschaftlichen Arbeiten erledigt hatte, gönnte er sich eine kleine Mittagspause mit Erbsensuppe und extra warmgemachten Wiener Würstchen. Hülsenfrüchte sollen viele Ballaststoffe in sich haben und gut sättigen, hatte er einmal gesagt bekommen und rechtfertigte damit seine Dosenmahlzeit. Gegen vierzehn Uhr, Morgensterns Zustand hatte sich wieder normalisiert, kam bei ihm Langeweile auf. Alle Menschen, die er jetzt anrufen könnte, waren mit Arbeit beschäftigt und hätten keine Zeit für eine Plauderstunde. Also warum nicht auch auf die Straße und den eben getätigten Ausgaben ein paar Einnahmen gegenüberstellen, ging es ihm durch den Kopf. Morgenstern hatte gerade seine Taxe ausgeparkt, da bescherte ihm ein Kurierauftrag eine Fahrt zum Flughafen Tegel. Entgegen seiner sonstigen Gewohnheit, dort auch gleich wieder zu verschwinden, schloss er sich den wartenden Kollegen an. Nach einer Dreiviertelstunde war er an der Reihe und ein gut gekleideter Mann mit Brille um die sechzig Jahre fragte, ob er auf dem Beifahrersitz Platz nehmen dürfe. Morgenstern stimmte zu.

„Bringen Sie mich bitte ins Penta-Hotel, Nürnberger Straße", sagte der Mann. Morgenstern wusste natürlich auch ohne Straßenangabe, wo sich das Vier-Sterne-Hotel befand und gab nur ein kurzes „Okay" zurück. „Und noch etwas", sprach der Mann, „bitte nehmen Sie die Autobahn bis zur Ausfahrt 12. Ich fahre so gerne den Kurfürstendamm herunter." Morgenstern war über so viel Ortskenntnis seines Fahrgastes, der selbst die Nummern der Autobahnausfahrten kannte, überrascht. „Kann ich machen. Nur Sie wissen schon, dass dies ein ordentlicher Umweg ist", gab er zu bedenken. Der Mann lächelte Morgenstern an und nickte einvernehmlich. In Höhe Kaiserdamm gerieten sie in einen Stau, in dem sich die Fahrt anfänglich nur sehr langsam fortsetzen ließ, bis der Wagen gänzlich zum Stehen kam. Obwohl der Fahrgast neben ihm noch recht gelassen schien, fühlte sich Morgenstern veranlasst, etwas zur Verkehrssituation zu sagen.

„Die Stadtautobahn zu nehmen ist selten eine gute Idee, nur, wenn es unbedingt sein muss. Da genügt bereits ein kleiner Auffahrunfall und alle drei Spuren sind blockiert. Ich hoffe, Sie haben keinen festen Termin."

„Den habe ich schon. Aber meine Lesung beginnt erst in vier Stunden, und das werden wir wohl schaffen. Falls erforderlich, steige ich hier aus und laufe." Beiden Männern war klar, dass dies nicht ernst gemeint war. Morgenstern war froh, dass sein Fahrgast so abgeklärt reagierte. Da hatte er schon Menschen erlebt, die sich in weitaus weniger dramatischen Momenten aufplusterten und sofort nach Polizei und Gewerbeaufsichtsamt schrien.

„Wenn Sie eine Lesung abhalten, lesen Sie nur einfach irgendein Buch vor oder ist es ihr eigenes Werk?", wollte Morgenstern wissen.

„Das Buch, aus dem ich lese, stammt von mir."

Morgenstern war beeindruckt. „Ich hatte noch nie jemanden im Wagen, der Bücher schreibt. Welche Art von Büchern schreiben Sie, sind es Krimis?"

„Vielleicht hatten Sie schon einmal jemanden in Ihrem Taxi, der Bücher schreibt und haben es nur nicht erfahren“, gab der Mann zu bedenken.

Morgenstern wiegelte ab. „Das glaube ich eher nicht. Bei mir erzählen die meisten Fahrgäste, was sie so treiben. Umso mehr, wenn es besonders ist. Und Bücher zu schreiben *ist* besonders.“

„Das mag sein, aber möglicherweise auch nicht. Wer weiß das schon? Und genau davon handelt mein Buch.“ Der Mann erkannte die Fragezeichen, die er bei seinem Fahrer hinterlassen hatte und sprach weiter. „Es ist ein Sachbuch, keine Belletristik, und es beschreibt Umstände, die nicht immer so sind, wie sie einem glaubhaft gemacht werden.“

„Hört sich spannend an. Sagen Sie mir den Titel?“ Das Taxi konnte einige Meter vorrücken, die Morgenstern nutzte, um der Rettungsgasse noch mehr Platz zu geben.

„Der Titel lautet *Alles ist Verkauf ist Alles*.“ Eine kurze Sprachlosigkeit blockierte Morgenstern zu sehr, um etwas zu bemerken. „Auf dem Buch-Cover stehen alle fünf Wörter untereinander und *Verkauf* muss doppelt gelesen beziehungsweise gesprochen werden, dann ist die Bedeutung besser zu verstehen. Soll heißen, es gibt kaum einen Bereich, in dem den Menschen nicht etwas verkauft wird. Das alleine ist auch nichts Schlechtes, sondern es hält uns mit am Leben.“

„Das sehe ich genauso. Woher bekomme ich sonst meine Lebensmittel, wenn nicht jemand hinter dem Tresen steht und sie mir verkauft?“, ergänzte Morgenstern und schaute seinen Fahrgast erwartungsvoll an.

„Ich schreibe nicht über den offensichtlichen Verkauf, der im Grunde nichts mit Verkaufen zu tun hat, sondern nur ein Anbieten von Waren darstellt. Nein, mein Verkauf ist raffiniert, findet unter dem Deckmantel des Seriösen statt und lässt die Leute nicht merken, dass sie an der Nase herumgeführt worden sind.“

Morgenstern runzelte die Stirn und fragte nach. „Wo ist da der Unterschied? Könnten Sie mir ein Beispiel geben?“ Der Mann war schon zu tief in das Thema eingedrungen, als dass er jetzt abrupt damit aufhören könnte, und kam dem Wunsch nach.

„Sie gehen in ein großes Kaufhaus und suchen nach einem Sakko. In der Herrenabteilung im zweiten Stock werden Sie fündig und stöbern zwischen einer Vielzahl von Angeboten. Es dauert einige Zeit, bis eine Verkäuferin an Sie herantritt, denn das Personal dort ist ausgedünnt und schlecht bezahlt. Und was sagt die Dame in der Regel? *Kann ich Ihnen helfen?*, sagt sie."

„Stimmt", pflichtete Morgenstern bei.

„Und was antworten Sie?"

Noch bevor sich Morgenstern die richtigen Sätze zurechtlegen konnte, übernahm der Mann seinen Part. „Sie wiegeln freundlich ab, behaupten, dass sie nur ein wenig schauen wollen und versprechen, sich bei Bedarf wieder an sie zu wenden, was Sie aber erst tun, wenn das gute Stück gefunden ist und Sie nach dem Weg zur Kasse fragen müssen. Bei der Gelegenheit reißt Ihnen die Dame einen bestimmten Teil vom Preisschild ab, um ihrem Arbeitgeber den Tätigkeitsnachweis zu liefern und bedankt sich artig für Ihren Einkauf. Das ist Anbieten oder Liefern, doch kein Verkauf! Anders läuft es bei einer echten Verkäuferin. Sie hätte Sie vom ersten Moment an bei Ihrer Auswahl begleitet und Ihnen bei jedem Teil, dass Sie anprobieren, ein wenig mehr geschmeichelt. Wäre das richtige Stück dabei gewesen, kämen Sie nicht mehr von ihrem Haken los. Zuerst die passende Hose, dann das farblich abgestimmte Oberhemd und zum Schluss die überteuerte Krawatte." Plötzliches Sirenengeheul unterbrach den Vortrag des Mannes. Ein Rettungswagen fuhr an der Fahrzeugkolonne vorbei.

„Das Beispiel habe ich gut verstanden, denn ich kann mich erinnern, auch schon einmal mehr gekauft zu haben, als ich es vorhatte. Dabei ging es allerdings nur um ein paar Scheiben gekochten Schinken", gestand Morgenstern.

„Dies sind tatsächlich die harmlosen Fälle, doch wie sieht es aus, wenn eine Packung mit Schokoriegeln damit beworben wird, dass sich zwei Riegel zusätzlich darin befinden?"

„Ja“, steuerte Morgenstern ungestüm bei, „solche Angebote kenne ich auch. Da sollte man gleich zugreifen.“

Der Fahrgast hatte für diese Aussage nur ein leichtes Kopfschütteln übrig. „Sie sollten dabei auf den 100-Gramm-Preis schauen, dann würden Sie sehen, dass dieser bei der normalen Packung, die gleich nebenan liegt, niedriger ist, als bei dem sogenannten Sonderangebot.“ Ein Abschleppwagen mit Warnlicht passierte das Taxi.

„Zum Glück gibt es für solche und andere Fälle den Verbraucherschutz und unabhängige Preisvergleichsportale, die den Kunden den billigsten Anbieter empfehlen. So bin ich zum Beispiel auf meine Autoversicherung aufmerksam gemacht worden“, erklärte Morgenstern und lobte sich innerlich für seine clevere Entscheidung.

„Aber Sie wissen schon, dass diese Portale nicht nur Dienstleister, sondern auch Makler sind, die für jeden Abschluss Provision kassieren? Unabhängigkeit sieht anders aus.“ Das wusste Morgenstern nicht und dementsprechend ernüchtert fühlte er sich auch in diesem Moment. „So war es auch schon bei den alten Griechen: Der, der die Wahrheit überbrachte, wurde, war sie denn unangenehm oder gar schlecht, umgebracht oder zumindest vom Hof gejagt.“ Die Männer hatten inzwischen eine bequeme Sitzstellung eingenommen, von der sie sich direkt in die Augen sehen konnten.

„Nein, so ist das nicht. Ich bin Ihnen ja für jeden Hinweis dankbar, doch frage ich mich, wem man dann noch vertrauen kann?“ Morgensterns Frage blieb vorerst unbeantwortet. „Was ist mit meinem Bankberater“, fuhr er fort, „der von Zeit zu Zeit anruft und mich über Neuerungen im Finanzgeschäft informiert?“

„Ich wünschte, ich könnte hier Entwarnung geben, aber gerade die Bankenlandschaft hat sich in den letzten fünfzehn Jahren extrem in Richtung Verkauf entwickelt. Vorbei sind die Zeiten des guten alten Sparbuchs. Provisionsgeschäfte sind das Gebot der Stunde. Mitarbeiter erhalten von der Führung Vorgaben oder werden zumindest nachhaltig aufgefordert, bestimmte Produkte an den Kunden zu bringen. Ob Bausparen, Versicherungen oder Aktienverkäufe, bei all diesen Vermittlungen werden saftige Erträge für die Bank generiert und nicht, wie manch einer meint, durch das Girokonto."

Morgenstern hatte aufmerksam zugehört und hegte keinen Zweifel an der Richtigkeit der Worte seines Fahrgastes. „Jetzt ist mir auch klar, weshalb ich mich von meinen SAP-Aktien trennen und das Geld besser in einen neu aufgelegten Immobilien-Fonds investieren sollte."

„Und, haben Sie es getan?"

„Nein, habe ich nicht. Ich habe stattdessen Patrick angerufen, der seit Jahren in Mannheim bei SAP arbeitet und ihn gefragt, wie es um seine Firma steht. Er konnte nur Positives berichten und dass insbesondere das Südamerikageschäft gut läuft." Morgensterns Stolz, dem Verkaufsangebot widerstanden zu haben, stand ihm im Gesicht geschrieben.

„Das haben Sie prima gemacht. Nur ist es leider nicht überall mit einem Anruf getan, der einem bei der richtigen Entscheidung hilft. Häufig befindet man sich in einem Verkaufsprozess, ohne es zu bemerken. Der Kunde, Mandant oder Patient sieht ausschließlich die gute Absicht des Anbieters. Die wahren Beweggründe bleiben oftmals verborgen oder kommen erst dann zutage, wenn es für einen Rücktritt zu spät ist."

Morgenstern konnte sich keinen Reim auf das Gesagte seines Fahrgastes machen. „Können Sie mir das bitte erläutern?"

„Was ist mit den *Göttern in Weiß*, den so hochgeschätzten Ärzten?"

Morgenstern war verblüfft. „Sie legen sich wohl mit allen an. Haben Sie keine Angst, dass Ihnen das einmal um die Ohren fliegt?" Der Mann blieb gelassen und antwortete in aller Ruhe auf Morgensterns provokante Frage.

„Ich verrate damit keine Staatsgeheimnisse. Das Allermeiste von dem, was ich schreibe und vortrage, ist hinlänglich bekannt. Es wird nur nicht in der Tagesschau gesendet oder im Bundestag diskutiert, denn dafür sorgen schon die Lobbyisten." Der Stau schien sich langsam aufzulösen, zumindest rückten die Autos wieder dichter zusammen und nahmen ihre ursprüngliche Spur ein, um die Fahrt fortzusetzen.

„Das Nicht-Geheimnis über meinen Doktor möchte ich aber gerne noch hören, bevor Sie vielleicht doch nicht mehr von ihrer Lesung zurückkehren“, scherzte Morgenstern.

„Sollen Sie, Herr Morgenstern“, sagte der Mann, der inzwischen das Emaille-Schild über dem Handschuhfach gelesen hatte. „Die Ärzteschaft klagt schon seit langem, dass sie an den gewöhnlichen Kassenpatienten kaum etwas verdienend und fordert eine bessere Vergütung. Da die Anzahl von Privatpatienten, deren Behandlung sehr viel höher dotiert wird, regional unterschiedlich ist, bieten Ärzte mitunter sogenannte IGel, also Selbstzahler-Leistungen, an, deren Nutzen und Schaden den Versicherten nur selten ausführlich erklärt werden. Es handelt sich dabei um außervertragliche Behandlungen wie Vorsorge- und Präventionsleistungen, die jedoch selbst bezahlt werden müssen. Um Beispiele zu nennen: bei Schwangeren 3-D-Bilder erstellen, die professionelle Zahnreinigung, oder den Augeninnendruck messen. Es wird die Ansicht vermittelt, dass diese Behandlungen medizinisch anerkannt und Standard sind und die Krankenkassen nur aus Kostengründen die Übernahme verweigern.“ Trotz des nun wieder anlaufenden Verkehrs war Morgenstern den Ausführungen seines Fahrgastes konzentriert gefolgt und fragte nach.

„Ich nehme an, dass diese Beispiele nur die berühmte Spitze des Eisberges sind. Wann sagten Sie, beginnt Ihre Lesung?“

„Um siebzehn Uhr. Doch erwarten Sie nicht zu viel. Ich werde nur fünfzig Minuten sprechen. Wer mehr wissen möchte, muss mein Buch kaufen. Das ist eben alles Verkauf!“ Morgenstern hatte verstanden und hielt den Mund. Auch der Fahrgast schwieg und erfreute sich an dem bunten Treiben auf Berlins bekanntester Prachtstraße. „Was bin ich Ihnen schuldig?“, fragte er, als das Taxi in der Auffahrt des Hotels stehen blieb.

„Ich hatte die Uhr während des Staus ausgeschaltet. Das ist zwar nicht üblich, doch empfand ich es nur als fair, mich irgendwie für

Ihr Wissen zu revanchieren. Allerdings, ganz ohne Gebühr möchte ich Sie auch nicht gehen lassen. Geben Sie mir zehn Euro, denn was nichts kostet, ist nichts wert, hat mir einmal ein kluger Mensch gesagt.“

„Damit hat der Mensch recht gehabt“, bestätigte der Mann und brachte Morgenstern ein herzliches Lächeln entgegen, während er den passenden Geldschein in seiner Brieftasche suchte. „Die Firma dankt. Sollten Sie tatsächlich heute noch zu meiner Lesung kommen wollen, dann sagen Sie der Dame am Empfang, ich hätte Sie eingeladen. Somit wäre der Eintritt für Sie frei.“ Morgenstern quittierte die Einladung mit „Auch recht herzlichen Dank“. Als der Mann gerade im Begriff war, das Taxi zu verlassen, sprach Morgenstern ihn noch einmal an. „Wenn die Dame fragt, wer mich eingeladen hat … Ich kenne Ihren Namen nicht.“

„Sagen Sie, Herr Lehmann hat Sie eingeladen.“ Dabei grinste er, schaute über seine Brille und verschwand im Hotel.

Der Verkehr auf Berlins Straßen hatte zugenommen. Morgenstern entschied sich dafür, den Heimweg anzutreten und sich vor der Nachtschicht noch etwas Entspannung zu gönnen. Kaum zu Hause angekommen, klingelte sein Handy. Es war Mareike, die gleich losplapperte.

„Was für ein wunderbarer Tag. Ein Tag für Verliebte. Na, wie war deine Nachtschicht? Konntest du dich überhaupt auf den Verkehr konzentrieren, nach unserem Verkehr?“ Mit einem kurzen Kichern unterbrach sie sich selbst und sprach dann weiter. „Ich habe kaum geschlafen, weil ich andauernd daran denken musste, wie es das nächste Mal mit uns sein wird. Es wird doch ein nächstes Mal geben, oder?“ Morgenstern fragte sich, in welchem Gemütszustand sich Mareike im Augenblick befand. Zu Beginn des Gesprächs überschwänglich, fast ein wenig frivol und dann das verunsicherte Fragen nach einem Wiedersehen. „Da habe ich keine Zweifel, denn auch ich empfand unser Treffen als sehr angenehm.“ Mareike konnte mit Morgensterns stocksteifer Antwort nichts anfangen. „Begeisterung und Verliebtheit hören sich anders an. Was ist los mit dir? Habe ich dich gerade geweckt?“ Morgenstern war nicht bereit, ihr von der ausgefallenen Dienstagnachtschicht, dem Telefonat mit Barbara und seinem schweren Kopf am nächsten Morgen zu berichten. „Nein, hast du nicht. Ich bin heute sogar schon gefahren. Vielleicht liegt es an meinem letzten Fahrgast, dessen Vortrag ich immer noch verarbeiten muss. Das hat nichts mit dir zu tun. Natürlich war es mit uns etwas ganz Besonderes und so wird es auch am kommenden Sonntag sein, gemeinsam mit deiner Tochter. Darauf freue ich mich schon riesig.“ In diesem Moment war es von Vorteil, dass beide an ihrem Handy keine Bildfunktion eingeschaltet hatten, denn Morgensterns Kopf hatte wieder diese unnatürliche rötliche Farbe angenommen. Er mochte Mareike, war gerne in ihrer Gesellschaft und genoss den gemeinsamen Sex, doch irgendetwas blockierte ihm seine bedingungslose Hingabe zu dieser Frau.

„Deshalb rufe ich dich ja an, Olaf. Bevor wir uns mit Finia treffen, möchte ich mit dir über ihren Vater sprechen. Ich halte das für unsere weitere Beziehung für wesentlich. Du solltest darüber Bescheid wissen, um zu entscheiden, ob wir drei eine Zukunft miteinander haben können." Morgenstern fehlten zunächst die Worte. Er war der Meinung, dass sie sich darauf verständigt hatten, dieses Thema vorerst liegen zu lassen. Warum, fragte er sich, könne es nicht so bleiben wie bisher? Lockere Treffen, bei denen man es sich gutgehen ließ und sich nicht den Kopf über die Vergangenheit zermarterte, die ohnehin nicht mehr zu ändern war. Andererseits schien es offensichtlich, dass für Mareike die Aufarbeitung und Offenlegung der von Finias Vaterschaft so bedeutsam war, dass es ihm schwerfallen würde, sie davon abzubringen. Wenn er also die Verbindung mit ihr halten wollte, so Morgensterns Schlussfolgerung, kam er um das gewünschte Gespräch nicht herum.

„Was schlägst du vor? Wann sollen wir uns treffen?"

„Was hältst du von Samstagmittag? Da könnte ich Finia für ein paar Stunden bei meiner Mutter abgeben." Morgenstern brauchte nicht lange zu überlegen. Ihm wäre auch ein sofortiger Austausch am Telefon recht gewesen. Hauptsache, die Angelegenheit wäre vom Tisch, und sie könnten sich wieder den angenehmen Dingen des Lebens zuwenden.

„Samstagmittag ist prima. Ruf mich nur beizeiten an und sag mir, wo wir uns treffen."

„Das kann ich dir auch gleich mitteilen", kam Mareikes prompte Reaktion. „Ich möchte, dass du zu mir kommst." Morgenstern war überrascht und es dauerte einen kurzen Moment, bevor er etwas sagen konnte. „Gut, dann gib mir später nur noch deine Adresse und die genaue Uhrzeit bekannt."

„Ich freue mich auf dich", hauchte sie ins Telefon und legte auf. Vorbei war es mit der vorgenommenen Entspannung. Morgenstern wälzte sich auf der Couch von der einen auf die andere Seite, aber in keiner Stellung hielt er es länger als ein paar Sekunden aus.

Schließlich kapitulierte er vor seiner inneren Unruhe und tat das, was er am liebsten tat.

Gleich die erste Tour brachte ihn an den äußersten westlichen Stadtrand von Berlin. Der anlaufende Berufsverkehr hatte mächtig Fahrt aufgenommen und dementsprechend langsam ging es vorwärts. Sein Fahrgast, ein Mann in Monteurkleidung, ließ sich davon nicht beeindrucken. Es schien, als gehe ihn das da draußen gar nichts an. Wie sich später durch ein kurzes Gespräch herausstellte, transportierte er ein Ersatzteil für das Wasserwerk in Spandau.

„Können Sie hier auf mich warten?", fragte der Monteur. „Es dauert höchstens fünfzehn Minuten. Ich fahre dann wieder zurück nach Charlottenburg." Morgenstern bejahte die Frage und konnte sich am Ende der Tour auf eine satte erste Einnahme freuen. Lediglich die Aussicht, es noch rechtzeitig zur Lesung zu schaffen, konnte er vergessen. Gegen zwanzig Uhr ließ die Auftragslage erwartungsgemäß nach und Morgenstern machte am Steglitzer Damm an einer der ältesten und kleinsten Currywurstbuden der Stadt einen Stopp. Die Wurst ohne Darm gab es am Spieß mit einer hauseigenen Soße, deren Rezept streng geheim gehalten wurde. Eine Viertelstunde später stieg er wieder ins Taxi, um seine Schicht fortzusetzen. Plötzlich meldete sich über Funk ein Kollege vom Halteplatz Zehlendorf-Mitte mit der Nummer 3423. Morgenstern erkannte Herrmanns Stimme sofort. Das rollende R und die Betonung auf die Vier waren unverkennbar. Morgenstern konnte nicht verhindern, dass sich die Begegnungen und Ereignisse mit Herrmann und Barbara umgehend in seinem Kopf zurückmeldeten. Ihm war bewusst, dass der Kollege ihn ebenfalls bei jeder Meldung über Funk hören konnte und somit auch den aktuellen Standort wissen würde. Sollte wirklich etwas an den Drohungen gegen ihn dran sein, so seine Überlegungen, wäre es besser, sich zumindest für eine gewisse Zeit aus der Annahme von Funkaufträgen herauszuhalten. Morgenstern empfand diese Maßnahme nicht als feige oder gar als Angstgeständnis vor Herrmann, sondern, wie er sich einredete, eher als Vernunftsentscheidung, um beiden Seiten einen möglichen Konflikt zu ersparen. Er ließ also ab sofort, wie auch an den zwei folgenden Nächten, die Finger vom Funk und meldete sich nicht, selbst wenn er in unmittelbarer Nähe des Auftragsortes war. Morgenstern fuhr auf Greifen oder nahm die Aufträge von der Rufsäule entgegen. Die dadurch entgangenen Einnahmen deklarierte er einfach als seinen Beitrag zum Weltfrieden. Ungeachtet dessen hörte Morgenstern in allen drei Nächten Herrmann sich mit seiner vorübergehenden Funknummer melden. Die Wahrscheinlichkeit, dass sich beide Fahrer am selben Halteplatz treffen würden, schätzte er als gering ein, wenn auch nicht unmöglich. Sofern Morgenstern im Bezirk Mitte unterwegs war, konnte er der Versuchung nicht widerstehen, durch die Oranienburger Straße zu fahren, um zu sehen, ob Herrmanns Taxe vor der Bar *Destiny* stand. Ihm war selbst nicht klar, warum er das tat, denn seine erklärte Absicht bestand darin, diesem Mann nicht mehr zu begegnen. Die Chancen dafür standen gut, da an keiner seiner Kontrollfahrten der Wagen des Widersachers ausgemacht werden konnte.

Nach drei intensiven Nachtschichten wollte es Morgenstern am Samstag ruhiger angehen lassen. Dazu gehörte auch der Verzicht auf Hausarbeit jeglicher Art. Selbst wenn in der Nacht zum Sonntag ein erhöhtes Fahrgastaufkommen zu erwarten war, weil die Leute ausgingen oder sich besuchten und am Ende oftmals jemanden brauchten, der sie nach Hause fuhr, so sah er den Moment gekommen, sich für seine Wochenarbeit zu belohnen. Konkrete Pläne dafür hatte er noch nicht. Angesichts des angenehmen Wetters schloss er auch einen abendlichen Bummel entlang des Ku'damms nicht aus. Alles andere würde sich ergeben, war er sich sicher. Mitten in seine Überlegungen platzte der Anruf von Mareike, die er irgendwie nicht mehr auf dem Schirm hatte.

„Hallo Mareike, schön von dir zu hören."

„Wir hatten doch vereinbart, dass ich mich heute melde und dir meine Adresse mitteile, schon vergessen?" Im Nu war Morgenstern wieder im Bilde.

„Nein, natürlich nicht. Ich habe nur noch nicht so früh mit deinem Anruf gerechnet. Dann sag doch, wo du wohnst. Fünf Euro, dass ich die Straße kenne.“ Mareike bemerkte die Ablenkung, wollte aber daraus keine große Sache machen.

„Okay, aber ich spiele nicht um Geld. Du musst dir schon etwas anderes ausdenken, denn du wirst verlieren. *Ella Kay*.“

„Wer oder was ist Ella … wie noch, bitte?“, fragte ein merklich irritierter Morgenstern.

„Ich habe dir doch gesagt, dass du die Straße nicht kennst: Sie heißt *Ella Kay* und befindet sich am Ernst-Thälmann-Park.“

„Noch nie gehört. Die muss neu sein.“

„Dann bin ich es auch, denn ich wohne dort schon seit mehreren Jahren.“ Mareike machte eine Pause, um Morgenstern Gelegenheit zu geben, den kleinen Schock zu verdauen. „Also Olaf, ich bringe meine Tochter in einer halben Stunde zu meiner Mutter und bin um fünfzehn Uhr wieder hier. Passt das für dich?“

„Na klar, ich bin viertel nach drei bei dir. Dann hast du noch genügend Zeit, dich für mich herzurichten“, sprudelte es übermütig aus ihm heraus. Der Satz war noch nicht ausgesprochen, da bereute er ihn und erwartete ein Donnerwetter. Doch Mareike ging nicht weiter darauf ein.

„Komm einfach zur Nummer Zwei und klingel bei Lösche.“ Danach war das Gespräch beendet.

Morgenstern orientierte sich anhand des Stadtplans, wo genau diese für ihn unbekannte Straße lag. Er rechnete bei normalem Verkehr mit nicht mehr als dreißig Minuten Fahrzeit dorthin. Es blieben ihm also zirka zwei Stunden, die er auf irgendeine Weise noch hinter sich bringen musste. Gemäß seinem heutigen Motto, größeren Anstrengungen aus dem Weg zu gehen, legte er sich auf die Couch und fantasierte sich in das bevorstehende Treffen mit Mareike. Dabei stellte er sich vor, dass sie ihn ein weiteres Mal mit einem besonderen Outfit überraschen und nach allen Regeln erotischer Kunst verführen würde. Warum, sagte er sich, sollte sie sonst ihre Tochter wegbringen und ihn in ihre Wohnung einladen? Es kostete ihn Disziplin und ein Stück Selbstbeherrschung, die in ihm aufsteigende Erregung nicht zum Ausbruch kommen zu lassen. Das würden er und auch seine Partnerin im Nachhinein bedauern, so Morgensterns Vorstellung.

Kurz vor fünfzehn Uhr stand er vor dem Haus mit der Nummer Zwei, welches sich direkt an der Ecke Danziger Straße befand. Einen Parkplatz zu finden war für Morgenstern wie gewohnt kein Problem. Um nicht zu früh bei Mareike zu erscheinen, blieb er noch im Wagen sitzen. Mit einem Mal fiel ihm die verlorene Wette ein. „Kein Geld", erinnerte er sich, hatte sie gesagt. Panikartig suchte Morgenstern nach einem Geschäft, wo er Schokolade, eine Flasche Wein oder sonst etwas kaufen könnte. Wie vom Himmel geschickt entdeckte er auf der gegenüberliegenden Straßenseite ein Blumengeschäft. Kurze Zeit später klingelte er, brav wie ein Internatsschüler, mit einem Strauß kleiner Buschrosen an Mareikes Tür. Sie begrüßte ihn zu seiner Verwunderung in Jeans und einem pinkfarbenen T-Shirt ohne Aufdruck.

„Das ist wohl dein Wetteinsatz, schön, dass du daran gedacht hast, wenn auch auf den letzten Drücker." Morgenstern hatte, ungeübt wie er in diesen Dingen nun mal war, die Rosen nicht aus dem Papier genommen, sodass Mareike sofort den Schriftzug des Blumenladens samt Adresse sehen konnte. Kein gelungener Beginn, dachten wohl beide und vermieden jedes weitere Wort darüber. Mareike bot Morgenstern einen Platz im Wohnzimmer an, versorgte die Blumen in der Küche und brachte eine Kanne Tee und etwas Gebäck mit auf den Tisch.

„Das ist Kräutertee. Wenn du ihn nicht magst, ich habe auch alkoholfreies Bier für dich eingekauft." Morgenstern hing die Sache mit den Blumen immer noch ein wenig nach. Und auch, dass die Begrüßung ganz anders ausgefallen war, als er sie sich ausgemalt hatte, verunsicherte ihn.

„In jungen Jahren habe ich fast nur Tee getrunken; ist auch gesünder als der viele Kaffee, den man in sich hineinschüttet." Morgenstern war gut beraten, nicht zu dick aufzutragen, sonst bestand wieder die Gefahr der Gesichtsrötung.

„Die Kekse haben übrigens Finia und ich gebacken. Ein echtes Naturprodukt aus Hafer. Es ist zwar recht kalorienreich, doch ansonsten mit vielen Ballaststoffen, stärkt Muskeln und Nerven“, klärte Mareike auf. Das war Morgensterns Stichwort. Nachdem er erkennen musste, dass es keine Wiederholung des gehabten Liebesrausches geben würde, legte er seine Zurückhaltung ab und kam zum Punkt. „Liebe Mareike, du wolltest mir heute die Geschichte von Finias Vater erzählen …“

„Das stimmt. Ich bin mir allerdings nicht mehr sicher, ob ich das wirklich tun sollte. Die Wahrheit kennt nicht einmal meine Mutter, weil ich mich für meine Naivität so schäme.“ Mareike hielt sich beide Hände vors Gesicht und sank auf dem Sessel in sich zusammen. Morgenstern stand auf und streichelte ihr über Kopf und Rücken.

„Du musst mir nichts erzählen, wenn du nicht willst. Das ist doch sicher schon sehr lange her. Manchmal ist es besser, die Vergangenheit ruhen zu lassen. Sie ist eh nicht mehr zu ändern.“ Morgensterns gut gemeinte Worte flogen an Mareike vorbei. Was sie jetzt nicht brauchte war Trost, sondern jemanden, der ihr zuhörte. Langsam hob sie ihren Kopf und setzte sich wieder gerade hin.

„Vor gut acht Jahren verbrachte ich meinen Sommerurlaub auf der Insel Djerba und lernte im Hotel einen attraktiven Tunesier kennen, der dort ebenfalls Urlaub machte. Er war Lehrer in Tunis und hatte, so wie ich, die Fächer Deutsch und Englisch. Wir unternahmen Ausflüge über die ganze Insel und hatten eine wunderbare Zeit miteinander. Eines Abends fragte er mich, ob wir uns wiedersehen könnten. Ich gab ihm meine Telefonnummer und sagte, dass ich es mir überlegen würde.“ Mareike schenkte sich ihre Tasse mit Tee voll. Morgenstern nutzte die Unterbrechung.

„Warst du denn in ihn verliebt?“

„Ich glaube schon. Er war sehr charmant und höflich.“

„Aber ins Bett gehen wollte er schon mit dir, oder hatte er ein Engelskostüm an?“, polterte Morgenstern dazwischen. Mareike ließ sich nicht aus der Reserve locken und sprach weiterhin in einem ruhigen Ton. „Sicher wollte er das. Welcher Mann will das nicht? Bei

Sonne, Strand und leckeren Cocktails ist es gar nicht so einfach, Nein zu sagen.“

„Das hast du getan?“ Morgenstern blickte Mareike voller Erwartung an, als könnte sie ihm den wahren Attentäter von Kennedy verraten.

„Das war ja das Besondere an ihm. Er akzeptierte meine Entscheidung und blieb trotzdem bis zum Ende des Urlaubs bei mir.“ Morgenstern atmete tief durch.

„Manche Ausländer denken doch tatsächlich, sie hätten einen Freifahrtschein, nur weil ein bisschen dunkle Farbe auf ihrer Haut schimmert.“ Mareike schaute Morgenstern strafend an. „Ich glaube, du bringst da etwas durcheinander. Er war kein Ausländer. Die Ausländerin war ich!“ Verdammt, schoss es Morgenstern durch den Kopf, sie hat recht, und ich liege völlig daneben. „Entschuldigung, es tut mir leid. Jedenfalls bin ich froh, dass du widerstanden hast“, rechtfertigte er seinen Irrtum.

„Habe ich ja nicht, sonst säßen wir heute nicht hier.“ Morgensterns Verwirrung war perfekt. Ihm fiel beinahe die Tasse aus der Hand.

„In den Herbstferien bin ich seiner Einladung gefolgt und nach Hammamet geflogen. Das liegt im Norden Tunesiens und ist ein sehr beliebter Badeort mit kilometerlangen Sandstränden und einem lebendigen Nachtleben. Wir haben uns gegenseitig unsere Liebe gestanden. Er versprach mir, sich um eine Aufenthalts- und Arbeitsgenehmigung in Deutschland zu bemühen. Ich hätte alles für ihn getan, selbst eine Heirat schloss ich nicht aus. Wieder zu Hause telefonierten wir fast täglich. Nach sechs Wochen sagte ich ihm, dass ich schwanger war. Anfangs freute er sich und meinte, dass dies ein zusätzliches Argument bei den Behörden sei, seinen Anträgen zuzustimmen. Kurz darauf konnte ich ihn telefonisch nicht mehr erreichen.“ Mareike stand auf und ging ins Bad. Als sie wieder zurück ins Wohnzimmer kam, war das wenige Make-up abgewaschen und ihre feuchten Augen waren gerötet.

„Du musst nicht weitererzählen, wenn es dir Schmerzen bereitet." Morgensterns Versuch, ihre Geschichte zu stoppen, scheiterte abermals.

„In den Weihnachtsferien bin ich nach Tunis geflogen und wollte ihn zur Rede stellen. Doch wie will man in einer Stadt mit 2,4 Millionen Einwohnern jemanden finden, von dem man nur seinen Namen kennt, doch keine Adresse hat?" Mareike nahm einen Schluck aus ihrer Tasse. „Im Hotel habe ich Mansoor kennengelernt. Er war dort so etwas wie Page und kannte eine Menge Leute. Ohne ihn wäre ich wahrscheinlich nach drei Tagen wieder abgereist. Mansoor nahm sich extra Urlaub, um mit mir die höheren Schulen abzufahren, in denen Deutsch gelehrt wurde. Nach einer Woche sah es so aus, als ob wir ihn gefunden hätten. Doch es waren auch dort Ferien und die Schulen hatten nur den Hausmeister im Dienst und eine Notbesetzung im Sekretariat." Mareike musste Luft holen und quälte sich zu einem Lächeln. „Weißt du, Olaf, mag sein, dass du recht hast. Das ist so lange her und hat heute kaum noch eine Bedeutung für mich." Morgenstern nickte. „Aber vielleicht für dich? Und deshalb erzähle ich dir diese Geschichte." Morgenstern war sich nicht sicher, ob es eine Frage an ihn war und entschied, besser zu schweigen, als falsch zu antworten.

„Zum Ende der Ferien bin ich wieder nach Hause geflogen und habe beschlossen, mein Kind alleine großzuziehen. Nach einem Vierteljahr rief mich Mansoor an und berichtete mir, dass er mit einem Mann gesprochen habe, der Lehrer für Deutsch und Englisch sei. Auch meine Beschreibung und der Name würden passen. Ich dankte Mansoor für seine Bemühungen und sagte ihm, dass ich diesen Mann nicht wiedersehen möchte und auch keine Unterhaltszahlungen einfordern werde." Mareike lehnte sich bequem in ihrem Sessel zurück und Morgenstern konnte den Stein von ihrem Herz fallen hören. „Wie kam nun Mansoor nach Deutschland?", traute er sich nachzufragen.

„Weil er mir doch die ganze Zeit so hilfreich zur Seite gestanden hatte, habe ich ihm angeboten, mich in Deutschland zu besuchen. Noch im selben Jahr kam er mit seiner älteren Schwester nach Rostock. Es war seine erste Reise überhaupt. Total beeindruckt, wie die Menschen hier leben, entwickelte sich bei ihm der Wunsch, hierherzukommen."

„Wie sollte das funktionieren? Mansoor war doch minderjährig", fragte Morgenstern dazwischen.

„Es war jedenfalls nicht einfach. Erst als ich mit meiner Mutter nach Berlin umgezogen war und die Patenschaft übernommen hatte, bekam er eine befristete Aufenthaltsgenehmigung und konnte somit auch zur Schule gehen." Mareike nippte noch einmal an ihrer Tasse, in der sich inzwischen kaum noch Tee befand. „So, mein Lieber, das war es für heute. Den Rest gibt es, wenn du dir über uns klar geworden bist." Sie stand auf und brachte ihre Tasse in die Küche. Morgenstern folgte ihr. „Da brauche ich nicht lange nachdenken. Natürlich werden wir uns wiedersehen, schon morgen sogar, und uns weiter kennenlernen." Morgenstern zupfte zuerst an Mareikes viel zu großem T-Shirt, bevor er sie in seine Arme nahm und fest an sich drückte. Sie schloss dabei ihre Augen und gab ihm einen Kuss auf den Hals.

„Auch in dieser Hinsicht gibt es heute nicht mehr. Doch das sollte eine Ausnahme bleiben", betonte sie. „Ich hoffe, du kommst dennoch gut über den Tag und falls du später noch arbeitest, auch gut durch die Nacht." Morgenstern rückte ein Stück von ihr ab, um direkten Blickkontakt zu haben. „Es war richtig, dass du mir das alles erzählt hast. Doch wie ich bereits sagte, es ist schon sehr lange her und wird keinen Einfluss auf unser heutiges Leben haben." Mareike war von der kurzen Ansprache gerührt und küsste Morgenstern nun doch leidenschaftlich auf den Mund. Wenige Minuten später standen beide im Flur, um sich zu verabschieden. „Ich werde heute kein Taxi mehr fahren. Vielleicht gehe ich ins Kino oder bleibe einfach zu Hause und schaue, was es in der Glotze gibt. Da habe ich echten Nachholbedarf. Auf jeden Fall werde ich gut ausgeschlafen zu unserem Date erscheinen, um mit der kleinen Finia Wettlaufen zu können." Mareike wollte dem nichts mehr hinzufügen. Sie strahlte Morgenstern nur noch an und warf ihm einen Handkuss hinterher, als er die Wohnung verließ.

Auf dem Weg nach Hause ließ Morgenstern sein gelbes Taxischild ausgeschaltet, um nicht verleitet zu werden, dem Handzeichen am Straßenrand nachzugeben und einen Fahrgast aufzunehmen. Er hielt nur noch kurz am Zoo-Palast an, um sich über die aktuellen Kinofilme zu informieren. Doch weder *Der Hobbit* noch *Die Tribute von Panem* oder die französische Komödie *Monsieur Claude und seine Töchter* konnten ihn begeistern. Seinen nächsten Halt widmete Morgenstern dem Späti schräg gegenüber vom Theater des Westens. Mit einem Sixpack Kindl-Bock kehrte er wieder in seine Wohnung zurück. Der Gewohnheit folgend, wärmte er sich ein Paar Wiener Würstchen auf und öffnete die erste Flasche Bier. Dass beim Essenszubereiten auch getrunken werden sollte, hatte er sich vor Jahren in einer Kochsendung von Alfred Biolek abgeschaut und diesen Ratschlag seitdem stets befolgt. Noch bevor Morgenstern von seinem Bier probieren konnte, klingelte das Handy. Auf dem Display stand eine unbekannte Nummer.

„Ja, bitte", meldete er sich zaghaft.

„Hallo Olaf, wundere dich nicht. Ich rufe wieder vom Kiosk an. Herrmann hat mein Handy mitgenommen." Es war Barbara, die außer Atem und aufgewühlt wirkte. „Du erinnerst dich vielleicht noch an Henry aus dem Schützenverein, von dem ich sagte, dass er der einzige Mann ist, vor dem Herrmann Respekt hat. Die beiden Männer haben gestern gesoffen und sich dabei das Ganze ausgedacht."

„Barbara", unterbrach Morgenstern, „wovon redest du? Wer hat sich was ausgedacht?" Barbara schluchzte und brauchte einen Moment, um weiterreden zu können.

„Henry ist auf dich angesetzt und soll dir eine Lektion verpassen." Ihre Worte gingen im Tränenfluss fast unter.

„Woher weißt du das? Und wann soll das geschehen?" Nun war auch Morgenstern von Barbaras Aufgeregtheit erfasst, die sich bemühte, besonnen zu antworten.

„Als Herrmann heute Morgen noch stark angetrunken nach Hause kam, hat er sich damit gebrüstet. Er und Henry wären ein Dreamteam, hat er wörtlich gesagt und dass du nie wieder eine verheiratete Frau …“ Morgenstern hatte den Rest des Satzes verstanden, auch wenn sie ihn nicht zu Ende bringen konnte.

„Aber wir haben doch gar nicht miteinander geschlafen. Das musst du ihm sagen“, drängte er Barbara.

„Meinst du wirklich, ich hätte nicht alles versucht, ihn davon abzubringen? Sogar mit der Polizei habe ich gedroht oder dass ich Richard verrate, wer für die Razzia in seinem Laden verantwortlich war. Ich habe mir dafür nur eine eingefangen und obendrein wurde ich noch ausgelacht, weil ich mich mit so einem Schlappschwanz abgeben würde.“ Barbaras Angst, ihm könnte Schlimmes passieren, nahm Morgenstern sogar durchs Telefon wahr. Sein Angebot, sie sofort zu besuchen, lehnte sie aus Furcht vor ihren Mann ab. Jeglicher Versuch, sie zu beruhigen, scheiterte bereits im Ansatz. Letztendlich bedankte er sich für die Warnung und versicherte ihr, heute besonders vorsichtig zu sein. „Neuerdings geht er immer samstags pokern“, sagte sie noch und legte dann weinend auf.

In den nächsten zwei Stunden lief Morgenstern in seiner Wohnung auf und ab und verglich sich mit einem Raubtier in einem viel zu kleinen Käfig. Nur mit dem entscheidenden Unterschied, dass das Raubtier, würde man es freilassen, wüsste, was als Nächstes zu tun wäre. Im Augenblick konnte er sich sicher fühlen. Doch ewig in der Wohnung bleiben, war Morgenstern klar, würde auch nicht gehen. Mit einem Mal kamen ihm wieder Barbaras Worte in den Sinn. Sie hatte von der Polizei gesprochen und von Richard, dem Betreiber der *Destiny*-Bar. Die Polizei würde nach Beweisen für eine Bedrohung fragen und die gab es definitiv nicht. Lediglich Barbaras Aussage. Doch sie wollte er auf keinen Fall da mit hineinziehen. Es müsste erst etwas passieren, damit die Damen und Herren Ordnungshüter tätig würden. Bliebe also nur noch der Barbesitzer, so jedenfalls Morgensterns Schlussfolgerung. Er lief weiter hin und her, schaute alle drei Minuten aus dem Fenster, um auszumachen, ob er auf der gegenüberliegenden Seite eine verdächtige Person sehen konnte, und landete schließlich auf der Couch.

Gegen zweiundzwanzig Uhr wurde Morgenstern durch kräftiges Klopfen an eine Tür auf seiner Etage geweckt. Er schlich auf Zehenspitzen durch den Flur und schob die Klappe zum Guckloch behutsam zur Seite. Vor der Mittelwohnung schwankte der Nachbar und bat auf diese Weise bei seiner Frau um Einlass. Morgenstern holte tief Luft und machte sich bewusst, dass er so in Ungewissheit nicht mehr weiterleben wollte. Eine Entscheidung musste her. Zehn Minuten später saß er am Steuer seines Taxis und fuhr Richtung Mitte. Als Morgenstern in die Oranienburger Straße einbog, sah er schon von weitem auf der rechten Straßenseite eine Taxe stehen. Die schwarze Nummer auf gelbem Grund konnte er unter dem Laternenlicht gut erkennen. Es war die 3423. Morgenstern parkte seinen Wagen und ging schnellen Schrittes auf den Türsteher zu. „Ich bin mit Herrmann verabredet. Ist er hier?“ Seine Worte vermittelten Souveränität. Der Türsteher nickte und machte einen Schritt zur Seite.

Die Bar war gut besucht. Bis auf die Animationsdamen saßen nur Männer an den kleinen Tischen mit roten Schirmchenlampen oder in großer Runde, wo auch Essen serviert und kräftig gefeiert wurde. Morgenstern interessierte das alles nicht. Er steuerte geradewegs auf die unscheinbare Tür im Toilettengang zu und drückte den Knopf. Sekunden später wurde er von dem ihm bekannten Mann abgetastet und befragt. „Wer bist du? Ich kenne dich nicht.“

„Ich kenne aber dich“, war Morgensterns karge Antwort.

„Und was willst du hier?“

„Ich will deinem Boss sagen, wer die Ratte ist. Mehr musst du nicht wissen. Und jetzt mach die verdammte Tür auf.“ In diesem Moment waren Schwarzenegger, Stallone und Willis in Morgenstern vereint. Als er die Pokerrunde betrat, wurde es schlagartig still im Raum. Es waren ungefähr zwölf Personen um den großen Tisch versammelt. Herrmann saß direkt neben Richard, der Morgenstern als Erster ansprach.

„Wer bist du? Kennen wir uns? Was suchst du hier?"

„Ich bin niemand, den du kennen musst. Nur was ich zu sagen habe, wird dich interessieren."

„Richard, warum hörst du dir von diesem Wicht etwas an? Der hat nichts zu sagen, rein gar nichts", mischte sich Herrmann hitzig ein.

„Lass ihn sagen, was er zu sagen hat. Und wenn er mich langweilt, wird er mir nie wieder etwas sagen können. Also Kleiner, leg los und beeile dich, bei uns ist Zeit Geld." Richards Ansage war klar und verständlich. Morgenstern verspürte dennoch weder Angst noch Zweifel, das Richtige zu tun.

„Als ich das letzte Mal hier war, fragtest du dich, welche Ratte den Bullen den Tipp für die Wundtritze gegeben hatte."

„Ja, und? Willst du mir etwa sagen, du kennst sie? Dann nur raus damit." Nach Richards Aufforderung, den Namen des Verräters zu nennen, ließ sich Morgenstern viel Zeit, in der er für alle sichtbar mit grinsender Miene zu Herrmann herüberschaute.

„Die Ratte sitzt neben dir. Herrmann ist für den Anruf verantwortlich", schleuderte Morgenstern den Namen heraus. Herrmann sprang wutentbrannt von seinem Sitz hoch und zeigte mit dem Finger auf Morgenstern.

„Nicht genug, dass du meine Frau fickst, jetzt verbreitest du vor meinen Freunden diese unverschämte Lüge! Ich hätte dich schon früher kaltmachen sollen." In dieser Sekunde holte Herrmann seinen Revolver heraus und zielte damit auf Morgenstern, der reflexartig beide Arme zur Abwehr nach vorne streckte. „Nein, Herrmann, tu das nicht. Es war nicht so, wie …" Zwei Kugeln aus Herrmanns Revolver bohrten sich in Morgensterns Oberkörper und ließen ihn wie einen Stein zu Boden stürzen.

„Werner“, rief Morgensterns Mutter aufgeregt ihrem Mann zu, „hol schnell den Arzt. Ich glaube, unser Junge wacht auf!“ Eilig verließ der Vater das Krankenzimmer, um sich auf dem Flur nach einem Arzt umzusehen. Zusätzlich drückte die Mutter den Alarmknopf für das Schwesternzimmer. Als Arzt und Schwester gemeinsam mit dem Vater das Krankenzimmer betraten, hatte Morgenstern bereits die Augen geöffnet. Seine Mutter hielt seine Hand und weinte vor Freude.

„Guten Tag, junger Mann, und willkommen zurück im Leben. Ich bin Dr. Matrisch und Sie befinden sich schon eine ganze Weile hier bei uns“, erklärte der Arzt mit wohltuend ruhiger Stimme. Morgensterns Augen sahen, wie vier Menschen um ihn herum ihn anstarrten.

„Olaf“, fragte der Vater mit aller gebotenen Vorsicht, „weißt du, wer wir sind?“

„Euch kenne ich schon und jetzt auch den Doktor. Nur die Frau noch nicht“, kam die trockene Antwort.

„Ich bin Oberschwester Yvonne und war sieben Wochen gemeinsam mit meinem Team der gute Engel an Ihrer Seite.“

„Gehört Hannah auch zu Ihrem Team?“ Morgensterns Frage irritierte insbesondere Dr. Matrisch, der auch gleich nachfragte. „Sie können sich also an eine Schwester Hannah erinnern. War das vor oder nach Ihrem Unfall?“

„Ich kann mich an gar keinen Unfall erinnern, nur dass ich hier im Bett lag und mich eine Schwester Hannah im Klinikum Westend versorgte. Mehr weiß ich nicht.“

„Sie leiden unter einer Amnesie. Dennoch sehr seltsam, denn Sie befinden sich nicht im Westend, sondern in der Schlosspark-Klinik.“ Der Arzt bemerkte die Irritation, die er mit seinen Worten bei Morgensterns Eltern ausgelöst hatte, und versuchte, sie zu beruhigen.

„Doch das ist nach dieser langen Zeit im Koma nichts Ungewöhnliches. Ereignisse vor dem Unfall können vom Gehirn nach wie vor abgerufen werden. Deshalb sind Ihnen Ihre Eltern auch nicht fremd. Mit etwas Übung und Glück werden die meisten Gedächtnislücken wieder aufgefüllt. Wir sollten alle nur ein wenig Geduld haben und dem Patienten nun ein kleines bisschen Ruhe gönnen." Der freundliche Appell des Doktors war für die Eltern eine klare Ansage, der sie bereitwillig nachkommen wollten. Denn nichts war ihnen wichtiger als die Genesung ihres Sohnes.

In den folgenden Tagen bekam Morgenstern keinen Besuch. Sein Gesundheitszustand verbesserte sich zusehends. Er durfte nun schon wieder fast alles essen und Oberschwester Yvonne spendierte ihm zum Nachtisch eine Extraportion Zeit, um sich mit ihm zu unterhalten. Sie nannte dies *Therapiesitzungen*, die angeblich vom Doktor abgesegnet worden waren und nur während ihrer Spätschicht stattfanden. Dabei fiel ihm auf, dass sie, immer wenn sie sich auf einen Stuhl neben das Bett setzte, die unteren zwei Knöpfe ihres weißen Kittels geöffnet hatte, was ansonsten nicht der Fall war. So konnte er, bei übereinandergeschlagenen Beinen, ihr freigelegtes Knie sehen.

„Schwester Yvonne, wie haben Sie eigentlich meine Eltern aus Spanien hierherbekommen?", fragte Morgenstern anlässlich einer dieser Sitzungen.

„Ich habe sie von Ihrem Handy aus angerufen. Sie hatten die Nummer unter *Papa* gespeichert", gab sie zur Antwort. Morgenstern grübelte. „Ich war der Meinung, mein Handy wäre verloren gegangen …"

„Nein, war es nicht. Die Polizei hat es uns zusammen mit den anderen Sachen gegeben. Liegt alles im Spind." Yvonne hatte es für ihr junges Alter schnell zur Oberschwester gebracht. Sie war ein hübsches Menschenkind mit hohem medizinischen Fachwissen. Ihre Sprache war einfach und direkt, mitunter etwas vorlaut.

„Wenn Sie mich jetzt fragen, wie ich Ihre PIN geknackt habe, ganz einfach: Mein Azubi Michel hat mir empfohlen, dass ich es zuerst mit dem Geburtsjahr versuchen soll. 1978 stimmt doch, oder?" Morgenstern brachte vor Staunen kein Wort heraus.

„Ich glaube, wir machen für heute Schluss. Es war vielleicht ein bisschen viel auf einmal. Sie können übrigens Yvonne zu mir sagen, außer Dr. Matrisch ist im Raum.“ Sie stand auf, stellte den Stuhl an seine ursprüngliche Stelle und schloss die beiden Knöpfe an ihrem Kittel, bevor sie das Krankenzimmer verließ.

Morgenstern fühlte sich tatsächlich überfordert. Er fragte sich, woher die gegenteiligen Vorstellungen kamen. Erst die Krankenschwester, die es hier nicht gab und dann das verschwundene Handy, welches die ganze Zeit im Schrank gelegen hatte. Über all diesen Dingen fiel es ihm schwer, einzuschlafen, sodass er sich von der Nachtschwester ein leichtes Beruhigungsmittel geben ließ.

Am nächsten Tag bekam Morgenstern Besuch von seinen Eltern. Sie berichteten, was Ihnen die Polizei über den Unfall und den Verbleib des Wagens erzählt hatte sowie von dem Anruf aus der Klinik. „Wir sind dann natürlich gleich mit dem nächsten Flieger von Malaga nach Berlin zu dir gekommen und haben uns mit allen Verwandten täglich an deinem Bett abgewechselt. Selbst Onkel Kurt hat bei dir Nächte verbracht und mit dir gesprochen, so wie es alle anderen auch taten. Dr. Matrisch meinte, es könnte nicht schaden, wenn du unsere Stimmen hörst.“ Morgensterns Mutter musste kurz unterbrechen, um sich die Tränen aus ihrem Gesicht zu wischen. „Papa konnte sogar einen alten Kassettenrecorder besorgen, auf dem er dein Lieblingslied *Morning Has Broken* abgespielt hat.“ „Manchmal habe ich auch mitgesungen“, ergänzte der Vater.

Morgensterns Gedanken flogen wie Pfeile durch seinen Kopf. Obwohl er nicht in der Lage war, das Erzählte zuzuordnen, so wollte etwas in ihm, dass er sich daran erinnerte. Doch so sehr er sich auch bemühte, ihm blieb lediglich die Zuhörerrolle. „Es tut mir wirklich sehr leid“, bedauerte Morgenstern, „aber ich kann mich im Augenblick an nichts erinnern. Was für einen Tag haben wir heute?“

„Es ist der 9. Juli 2014, und wir haben gestern 7:1 gegen Brasilien gewonnen. Damit stehen wir am Sonntag im Endspiel gegen Argentinien“, berichtete Morgensterns Vater stolz. „Es wäre großartig, wenn du da schon nach Hause könntest.“ Bei der Mutter flossen wieder die Tränen.

„Mama, du musst jetzt nicht mehr weinen. Mir geht es gut“, versuchte Morgenstern seine Mutter zu beruhigen, die ihm freundlich zunickte und weiter mit den Papiertaschentüchern zu tun hatte. Für einen kurzen Moment kehrte Ruhe ins Zimmer ein.

„Der Arzt meinte, wir sollten es am Anfang mit den Besuchen langsam angehen lassen und werden deshalb jetzt wieder gehen, zumal heute auch noch eine weitere Besucherin zu dir kommt“, sprach der Vater und machte eine kleine Pause. „Die Sache ist die: Tante Ursula, die mir auch den Kassettenrecorder geliehen hatte, wird dich besuchen. Du sollst wissen, wir haben auch sie über deinen Unfall informiert, und sie ist sofort ins Krankenhaus gekommen. Angesichts deines ungewissen Zustandes haben wir uns ausgesprochen und versöhnt. Schließlich sind wir immer noch Familie.“ Morgenstern spürte, dass seinem Vater der wiederhergestellte Kontakt mit der Stiefschwester gutgetan hatte. Auch Morgenstern freute sich über die Familienzusammenführung und bemerkte eine innere Vorfreude darüber, seine Tante bald wiedersehen zu können.

„Na gut, wenn Herr Doktor es für richtig hält, dann macht euch mal auf den Weg. Ihr könnte ja, wenn es euch passt, bei Gelegenheit wieder vorbeikommen.“ Morgensterns beschleunigte Verabschiedung seiner Eltern war bestimmt durch die Aussicht auf den Besuch seiner Tante. Er genoss den Moment des Alleinseins und schloss die Augen.

Kurz darauf klopfte es an der Tür. Für Morgenstern war klar, dass es seine Tante sein musste. Freudestrahlend richtete er sich in seinem Bett auf, um sie entsprechend begrüßen zu können. Das „Herein“ auf seinen Lippen war noch nicht ausgesprochen, da stand Oberschwester Yvonne im Zimmer. Sie blickte ihn froh gestimmt an und schritt auffallend beschwingt auf ihn zu. Morgenstern erkannte sofort, dass etwas an ihr anders war als sonst. Die unteren Knöpfe ihres Kittels waren um einen Knopf mehr geöffnet und die Strümpfe hatten sich schwarz gefärbt. Sie setzte sich auf die rechte Seite seines Bettes und legte gleichzeitig ihre Hand auf die Mitte der Zudecke. Genau auf dieser Höhe, nur unter der Decke, befand sich Morgensterns Genitalbereich.

„Ich wollte doch einmal sehen, ob ich Ihnen noch etwas Gutes tun kann.“ Yvonne hauchte ihre Worte im Marlene-Dietrich-Stil. So sexy und so gelassen. Mit ihrem unzweideutigen Auftritt brachte sie Morgenstern in größte Verlegenheit. Einerseits, sollte es wirklich so von Yvonne gemeint sein, wonach es aussah, wäre er ein Narr, das Angebot nicht anzunehmen. Andererseits erwartete er jeden Moment Tante Ursula, die er mit dieser Nummer verprellen könnte. Ach, was soll's, entschied Morgenstern, lieber den Spatz in der Hand als die Taube auf dem Dach, und begann, begleitend von leisem Seufzen, seine Hose abzustreifen.

„Herr Morgenstern, Herr Morgenstern“, schallte es in seinem Ohr. „Was tun Sie da?“, erkundigte sich Oberschwester Yvonne. Morgenstern war eingeschlafen und hatte geträumt. Die kleine Peinlichkeit stand ihm im Gesicht geschrieben. Die Oberschwester überspielte die unangenehme Situation mit einem verständnisvollen Lächeln. „Ich wollte mich nur noch von Ihnen verabschieden. Heute ist mein letzter Arbeitstag, bevor ich morgen für zwei Wochen nach L.A. fliege. Wenn ich zurückkomme, werden Sie wahrscheinlich schon entlassen sein, so zumindest mein Kenntnisstand.“ Morgenstern, immer noch beschämt, brachte der Oberschwester lediglich ein knappes „Gute Reise“ entgegen. „Ihnen noch gute Besserung“, war ihr letzter Satz, bevor sie das Zimmer verließ.

In seinem Ärger hatte Morgenstern fast den angekündigten Besuch seiner Tante untergehen lassen. Anderthalb Stunden später stand sie mitten in seinem Krankenzimmer vor ihm. Das Anklopfen hatte sie sich, der größeren Überraschung wegen, gespart.

„Tante Ursula!“, rief er ihr laut entgegen, als wenn sie eine Meile entfernt wäre.

„Warum musst du mich so strafen? Du weißt doch, dass ich diese Anrede hasse. Es reicht mir, wenn mich dein Vater so nennt. Von mir aus sage Uschi zu mir oder sonst wie.“ Ungeachtet der Kritik an der Nennung ihres Namens lächelte Ursula ihren Neffen gutherzig an. „Ich bin überglücklich, dass du wieder unter den Lebenden bist.“

„Das hat der Doktor auch gesagt“, fiel Morgenstern ins Wort.

„Hör mir bloß mit dem Doktor auf. Gleich bei meiner ersten Nachtschicht bei dir hat er mich angebaggert – *ob ich nicht auf einen Pausentee mit zu ihm ins Arztzimmer kommen wolle. Denkste*, habe ich gesagt, *ich rühre mich nicht vom Fleck und bleib am Bett meines Hübschen.* Du bist doch immer noch mein Hübscher, oder?“ Wie attraktiv sie auch mit über sechzig noch war, machte sich Morgenstern in diesem Moment klar. Der Rock immer noch so kurz wie früher und das Outfit auffallend und provokant. Kein Wunder, dass die Mama damit ihre Probleme hatte.

„Natürlich bin ich noch dein Hübscher. Vielleicht nicht mehr so hübsch wie mit fünfzehn Jahren.“

„Apropos fünfzehn Jahre. Kannst du dich noch an den Fotofuzzi erinnern, der mich andauernd fotografieren wollte?“ Morgenstern machte sich keine Mühe nachzudenken, sondern antwortete nur kurz mit „Weiß nicht“.

„Jedenfalls waren nicht alle seine Fotos Schrott, und eines hat auch dir besonders gefallen. Erinnerst du dich wirklich nicht mehr daran? Oder ist es dir einfach nur peinlich?“ Tante Ursulas Hartnäckigkeit verunsicherte Morgenstern. Was sollte das für ein Foto sein?, fragte er sich und Neugierde überkam ihn. „Ich weiß nicht, welches spezielle Foto du meinst. Es ist schon so lange her. Kannst du es mir vielleicht beschreiben?“ Tante Ursula musste sich die Hand vor den Mund halten, um nicht gleich loszulachen. „Beschreiben ist nicht notwendig. Ich kann es dir sofort zeigen, so wie ich es dir in den letzten Wochen an deinem Bett gezeigt habe. Als eine Art Therapie. Damals wie heute dasselbe Bild. Du warst gerade fünfzehn geworden und hattest mich gebeten, es dir zu schenken. Keine zwei Wochen später hat deine Mutter das Foto beim Saubermachen in deinem Schrank gefunden. Sie sprach von Pornografie und hat mir die schlimmsten Vorwürfe gemacht.“ Langsam dämmerte Morgenstern, von welchem Bild seine Tante sprach. „Ich würde es gerne noch einmal sehen“, bat er verschüchtert.

„Was weiß deine Mutter schon von Pornografie? Ich könnte mich heute noch darüber aufregen. Auf jeder Fernsehzeitschrift siehst du Frauen, die weniger anhaben als ich auf dem Bild. Hier, schau selbst.“ Tante Ursula kramte kurz in ihrer Tasche und überreichte Morgenstern das Objekt der Begierde. „Na, erinnerst du dich jetzt?“, fragte sie mit der Selbstsicherheit eines Trapezkünstlers. Und wie sich Morgenstern daran erinnerte. Für eine viel zu kurze Zeit hatte das Foto zu den wichtigsten Utensilien in seinem Leben gehört. Träume und verbotene Wünsche waren damit verbunden, die umgehend wieder Einzug in Morgensterns Kopf hielten. Die Vergangenheit zeigte sich so gegenwärtig, als wäre sie erst gestern geschehen. Unterdessen hatte Tante Ursula ihren Stuhl näher an Morgensterns Bett gerückt und umfasste seine Hand.

„Weißt du, Olaf, ich war noch nie ein gläubiger Mensch. Aber hier an deinem Bett habe ich dem lieben Gott versprochen, dass, wenn er dich leben lässt, ich wenigstens einmal im Monat in die Kirche gehe und versuche, ein besserer Mensch zu werden.“ Der Griff an Morgensterns Hand wurde fester und eine Träne lief ihr das Gesicht herunter. Ohne anzuklopfen betrat Dr. Matrisch das Zimmer.

„Sie haben Besuch. Das ist gut, allerdings auch schon recht spät dafür.“ Seine klare Ansage wurde von einem entsprechend strengen

Blick über den Brillenrand begleitet. Tante Ursula drehte sich halbseitig um und blickte in ihrer ganz eigenen Art zurück.

„Geben Sie uns noch ein paar Minuten, Herr Doktor. Vielleicht kann ich Sie nachher in eigener Sache noch unter vier Augen etwas fragen? Sie kennen sich doch sicher auch bei diesem Frauenzeug aus“, schmeichelte sie ihm und wandte sich wieder Morgenstern zu.

„Ich wollte Herrn Morgenstern nur mitteilen, dass wir vorhaben, ihn am Wochenende zu entlassen. Jetzt lasse ich sie aber wieder alleine. Sie wissen ja, wo ich zu finden bin.“ Schmalzig quälte er sich zu einem Lächeln und stolzierte, mit der festen Überzeugung, eine Eroberung gemacht zu haben, aus dem Zimmer. Tante Ursula bemerkte den befremdeten Gesichtsausdruck ihres Neffen.

„Jetzt schau nicht so“, erhob sie leicht ihre Stimme, „Ärzte sind auch nur Männer und manchmal leicht zu begeistern, dann begnügen sie sich schon mit Kleinigkeiten. Du musst ihnen nur das Gefühl lassen, dass alles, was passiert, *ihrem* Geist entsprungen ist.“ Der kleine Ausflug seiner Tante in die Psyche des Mannes flog an Morgenstern vorbei. Seine Gedanken kreisten bereits jetzt um die Zeit nach dem Krankenhausaufenthalt.

„Wenn ich entlassen werde, kommst du uns dann auch wieder zu Hause besuchen?“ Morgensterns Frage war mit so viel Vorsicht formuliert, als wenn er die Antwort ahnen würde.

„Ich habe gern bei dir gesessen, und wenn es irgendwie geholfen haben sollte, so wäre ich sehr froh darüber. Doch jetzt sind erst einmal deine Eltern für dich da. Sie werden sich um dich kümmern, so wie sie es getan haben, als du noch ein kleiner Junge warst. Deine Gesundung braucht noch einige Tage. Und irgendwann kommen auch wir wieder zusammen, da bin ich mir sicher.“ Erklärende Worte, die ihn nicht wirklich trösten konnten. So freudig das überraschende Wiedersehen mit ihr auch gewesen war, so sicher musste er annehmen, dass es wieder eine lange Zeit dauern würde, bis er seine Tante das nächste Mal in die Arme schließen konnte.

„Ich werde jetzt gehen, sonst kriegen wir noch mal ungebetenen Besuch. Das Bild kannst du behalten, nur lass es dir nicht wieder von deiner Mutter abnehmen.“ Die Tante stand auf, beugte sich tief über Morgenstern und gab ihm einen Kuss auf die Wange. „Und wegen des Doktors mach dir keine unnötigen Gedanken. Ich kenne meinen Preis.“ Den letzten Satz wollte Morgenstern nicht verstanden wissen, weshalb er nicht weiter darüber nachgrübelte.

Am nächsten Morgen wurde Morgenstern durch den diensthabenden Arzt offiziell über seine bevorstehende Entlassung informiert. Man sagte ihm, dass die Fertigung der entsprechenden Papiere noch bis Mittag dauern würde und bat ihn, seine Eltern zwecks Abholung selbst zu benachrichtigen. Das war ihm ganz recht, so hatte er genügend Zeit, sich das erste Mal seinem Spind zu widmen. Neben den Sachen zum Anziehen lagen dort Brieftasche, Auto- und Wohnungsschlüssel sowie sein Handy. Des Weiteren fand er die Durchschrift eines Anzeigenauftrages. Schlagartig erinnerte er sich, dass er eine Kontaktanzeige aufgegeben und daraufhin eine Vielzahl von Briefen erhalten hatte, die sich noch alle in seiner Wohnung befinden mussten. In den nächsten neunzig Minuten füllten sich seine Gedächtnislücken. So konnte er sich zurückbesinnen, einen Mitbewohner gehabt zu haben, der ihm in einem der Zimmer irgendwelche Sportgeräte aufgestellt hatte. An den Namen mochte er sich allerdings nicht mehr erinnern. Morgenstern fragte sich, wie seine Eltern das alles aufgenommen hatten und griff zum Telefon. Nachdem ihm sein Vater in dieser Hinsicht keine weiteren Fragen gestellt hatte, teilte Morgenstern ihm lediglich seine heutige Entlassung mit. Alle restlichen Erklärungen und neuen Erkenntnisse wollte er mit den Eltern persönlich besprechen.

Da noch niemand Anspruch auf das Zimmer erhob und das Warten in der Empfangshalle weitaus ungemütlicher sein würde als hier, legte sich Morgenstern aufs Bett. Dabei hoffte er, nicht zuletzt wegen der entspannten Lage, noch weitere Mosaiksteine aus der Vergangenheit in seinen Kopf zurückbringen zu können. Doch trotz angestrengten Nachdenkens blieb es bei dem aktuellen Wissensstand. Kurz vor Mittag kam eine Schwester, um ihm Bescheid zu sagen, dass der Entlassungsbrief nun fertig sei. Gleichzeitig erschien sein Vater, um ihn abzuholen.

„Deine Mutter hat für dich eingekauft, als wenn morgen alle Geschäfte für immer schließen würden. Aber so sind Mütter eben. Und noch etwas: Ich habe bereits vor Wochen deine Taxe von einer Sammelstelle für abgeschleppte Autos abgeholt. Das Schild ist natürlich abmontiert. Ich hoffe, das war dir recht, dass ich damit umherfahre." Morgenstern nickte.

„Konntest du dich inzwischen an den Unfall erinnern?", fragte der Vater, während er mit ihm ins Auto stieg.

„An den Unfall nicht, aber ihr müsst in der Wohnung einen Berg geöffneter Briefe gefunden haben und wahrscheinlich war auch euer Schlafzimmer bewohnt gewesen und mit irgendeinem Sportzeug belegt. Dafür möchte ich mich entschuldigen. Ich hatte …" Der Vater stoppte Morgensterns Geständnis in der Annahme, dass er noch unter dem Einfluss der Medikamente stand.

„Olaf, es ist, wie ihr jungen Menschen immer sagt: Alles gut! Wir haben es uns, wie in den Malen zuvor, in deiner, unserer Wohnung gut gehen lassen. Mag sein, dass ich die Wohnungstür etwas nachziehen und deine Mutter dem Bad eine Grundreinigung zukommen lassen musste. Aber ansonsten keine Briefe, außer denen, die der Postbote in den sieben Wochen brachte. Aber das waren weniger als ein Dutzend. Ich habe sie fast alle geöffnet, damit mögliche Rechnungen überwiesen werden konnten. Auf einem Brief stand *persönlich*, da fehlten auch die Briefmarke und der Absender. Ich habe ihn im Wohnzimmer neben den Fernseher gelegt."

Morgenstern nahm die Worte als gegeben hin. Sein Vater war, da bestand für ihn kein Zweifel, viel zu sehr Kopfmensch, als dass er sich eine Lügengeschichte ausdenken würde. Er war nun davon überzeugt, dass es nur noch eine Möglichkeit gab, die Wahrheit herauszufinden, um Fantasie und Wirklichkeit voneinander unterscheiden zu können: Er musste zur Anzeigenannahmestelle!

Den Rest des Tages verbrachte Morgenstern gemeinsam mit seinen Eltern in der Wohnung, die tatsächlich nicht danach aussah, als ob noch jemand anderes darin gewohnt hätte. Auch seine Suche nach den Antwortbriefen verlief ergebnislos.

„Dein Vater sagte mir, dass du mit Heimsport angefangen hättest. Das war doch noch nie deine Sache, und nötig hast du es nach dem Krankenhausaufenthalt sowieso nicht. Dein kleines Bäuchlein ist schon gar nicht mehr zu sehen. Aber das bekommen wir schon wieder hin." Dabei strich seine Mutter ihm liebevoll von der Brust hinunter bis zum Bauchnabel. „Bei mir sieht es da schon ganz anders aus. Deshalb habe ich mich seit Jahresbeginn einer Deutsch-Lateinamerikanischen Zumba-Gruppe angeschlossen", verkündete sie stolz.

Als Morgenstern am nächsten Morgen sagte, dass er noch einige dringende Dinge zu erledigen hätte, hagelte es vonseiten der Eltern Protest. Sie erinnerten ihn daran, dass der Arzt empfohlen hatte, Aktivitäten jeglicher Art in den nächsten Tagen zu unterlassen, um die vollständige Genesung nicht zu gefährden. „Und ins Auto setzen geht überhaupt nicht", mahnte die Mutter. „Doch", widersprach Morgenstern, „wenn Papa am Steuer sitzt." Diese schelmische Antwort gefiel allen und entspannte die Situation. „Was ist denn nur so unaufschiebbar, und wohin geht die Fahrt?", wollte der Vater wissen.

„Ich bin auf Spurensuche." Morgenstern nahm den Anzeigenauftrag heraus und las die Adresse laut vor. „Reichsstraße 54, ist nicht weit von hier."

Eine halbe Stunde später parkte der Vater unweit der Anzeigenannahmestelle der Berliner Tageszeitung und blieb im Wagen sitzen. Als Morgenstern den Laden betrat, erkannte die Verkäuferin ihren Kunden sofort, ließ sich jedoch zunächst nichts anmerken.

„Guten Tag, mein Name ist Olaf Morgenstern. Ich habe hier vor einigen Wochen wohl eine Anzeige aufgegeben und hätte dazu eine Frage", erklärte Morgenstern und legte dabei den Anzeigenauftrag auf den Tresen. Die Verkäuferin lächelte freundlich und antwortete in einem ruhigen Ton. „Ich kann mich noch gut an Sie erinnern, was auch an Ihrem besonderen Text lag."

„Was war an dem Text so besonders?"

Das Lächeln der Verkäuferin verstärkte sich. „Sie können sich ihn gerne noch einmal durchlesen. Ich habe das Formular aufgehoben, für den Fall, dass Sie die Anzeige tatsächlich schalten wollen." Morgenstern öffnete seinen Mund und war baff. Inzwischen war die Verkäuferin in die hinteren Räume verschwunden, um nach dem Formular zu suchen. Keine Minute danach präsentierte sie Morgenstern seinen Text. „Bitte, schauen Sie selbst." Dabei blieb sie ihrem sehr freundlichen Gesichtsausdruck treu.

„Und warum", fragte er, während er die Zeilen überflog, „haben Sie die Anzeige nicht in Ihrer Zeitung veröffentlicht?"

„Das hätte Ihnen allerdings schon etwas früher auffallen müssen, denn auf diese Anzeige, davon ging ich bereits vor über sieben Wochen aus, wären jede Menge Zuschriften gekommen." Morgenstern hielt seine Frage für noch nicht beantwortet und hakte nach. „Jetzt weiß ich immer noch nicht, warum sie nicht erschienen ist."

„Sehen Sie noch mal genau auf das Adressfeld des Formulars. Meine Kollegin musste mich auch erst darauf aufmerksam machen." Der deutliche Hinweis der Verkäuferin lief ins Leere. Letztendlich hatte sie ein Einsehen mit ihrem Kunden und zeigte mit dem Finger auf das unbeschriebene Feld. „Hier hätte Ihre Adresse stehen müssen." Morgenstern brauchte nur eine Sekunde, um den Schuldigen auszumachen. „Wäre es nicht Ihre Aufgabe gewesen, mich darauf hinzuweisen? Und außerdem – ", Morgenstern nahm sich noch mal das Formular vor, „hier steht meine Telefonnummer. Sie hätten mich leicht anrufen können. Warum haben Sie das nicht getan?" Seine Vorhaltungen trafen die Verkäuferin. Sie fühlte sich ungerecht behandelt und trat hinter dem Tresen einen Schritt zurück. Ihr freundlicher Gesichtsausdruck hatte sich in eine Eiswüste verwandelt. „Wenn Sie Ihre Mailbox einmal abgehört hätten, würden Sie nicht so reden. Ich habe noch in der gleichen Stunde versucht, Sie anzurufen. Sogar noch an den Tagen danach." Morgenstern, der sein Handy zu Hause zum Aufladen liegen gelassen hatte, war nicht bereit, Einsicht zu zeigen, sondern sah das Versäumnis ganz bei der Verkäuferin, die kurz davor war, sich in Tränen aufzulösen.

„Das hätte ich auch gesagt. Doch anstatt den Fehler zuzugeben, setzen Sie auf mein Mitgefühl. Da sind Sie allerdings bei mir an der falschen Adresse. Was ich in den letzten Wochen durchgemacht habe, *das* verdient Mitgefühl." Morgensterns letzte Worte stießen auf taube Ohren. Zu sehr schmerzte die Verkäuferin der verbale Angriff des Mannes, den sie bis vor ein paar Minuten für ihren Traumprinzen gehalten hatte. „Bitte gehen Sie jetzt", wimmerte sie und zog sich zurück.

Morgenstern stand nun alleine im Verkaufsraum und fragte sich, wie die Situation derart hatte ausarten können. Anfänglich spielte er sich die Dramatik des Geschehenen herunter und reduzierte es auf ein ganz normales Reklamationsgespräch, bei dem die unterschiedlichen Positionen ausgetauscht wurden. Doch schon bald stellte sich bei ihm ein mulmiges Gefühl in der Magengegend ein. Da er das Zurückrufen der Verkäuferin als aussichtslos einschätzte, verließ er das Geschäft und kehrte zu seinem Vater in den Wagen zurück.

„Na, wie war es? Gibt es neue Erkenntnisse?"

Morgensterns Zweifel an seinem schroffen Verhalten wurden immer größer. Vielleicht verhielt es sich so, wie die Verkäuferin gesagt hatte, und es gab überhaupt keine Anzeige. Damit wäre auch das Fehlen der Briefe erklärt. Morgenstern wurde klar, dass die Wahrheit auf der Mailbox seines Handys zu finden sei.

„Nein, nicht wirklich. Lass uns bitte nach Hause fahren", war Morgensterns kurze Antwort an seinen Vater, der verständnisvoll auch nicht weiter nachfragte. Nach Ankunft in der Wohnung ging Morgenstern wortlos in sein Zimmer und hörte die Mailbox seines Handys ab. Gleich bei der ersten Sprachnachricht wurde er fündig.

Guten Tag, mein Name ist Ulrike Hahn. Sie waren gerade bei mir wegen der Anzeigenaufgabe in der Reichsstraße. Damit dieser wunderbare Text auch erscheinen kann, benötigen wir noch Ihre Adresse, um die Rechnung und die Post der Damen dorthin senden zu können. Wenn Sie es heute nicht mehr schaffen vorbeizukommen, ich bin Donnerstag bis Samstag hier. An den anderen Tagen werden Sie von meiner Kollegin bedient. Das geht natürlich auch. Also bis bald, ich würde mich jedenfalls freuen.

Es waren über die gesamte Abwesenheitszeit insgesamt neun Sprachnachrichten, von denen sieben auf das Konto von Ulrike Hahn gingen.

Morgenstern wollte nur noch in seinem Zimmer bleiben und bat seine Eltern, ihn für die nächsten Stunden in Ruhe zu lassen. Er fühlte sich schlecht und schuldig, einem lieben Menschen gegenüber so ungerecht gewesen zu sein und fragte sich, wie er das jemals wieder richten sollte. Am liebsten wäre er sofort zu der Frau hingefahren und hätte aufrichtig um Verzeihung gebeten. Doch fehlte es ihm im Augenblick an Mut dazu. Mitten in seinen Gedanken platzte der Vater in sein Zimmer.

„Sorry Olaf, doch ich weiß nicht, wem von euch beiden es schlechter geht. Deine Mutter heult sich die Augen aus, weil sie glaubt, dass du einen Tumor im Kopf hast, und du vergräbst dich hier, ohne mit uns zu reden." Morgenstern konnte die Ansprache seines Vaters nicht ignorieren. „Und was schlägst du vor, lieber Papa?" Die Antwort kam wie aus der Pistole geschossen. „Doppio Passo, ein Primitivo aus Puglia mit 13,5 Umdrehungen."

„Du meinst Prozente, und in welchem Supermarkt gibt es den?" Morgenstern tat gelangweilt, weil es zu seiner Stimmungslage passte und er sich damit selbst bestrafen wollte. Nichts sollte ihm jetzt Freude bereiten. Das hätte er nicht verdient.

„Das ist nun wieder die schlechte Nachricht daran. Diesen vorzüglichen Wein vertreibt nur unser Griesgram Ermano in seiner Pizzeria. Die gute Nachricht kommt gleich hinterher: Seine wunderschöne Frau darf seit vier Wochen, nachdem der etatmäßige Kellner gekündigt hatte, durchweg die Gäste bedienen." Morgenstern musste sich zwingen, weiterhin ernst und uninspiriert zu schauen. Erst als seine Mutter bereits voll in Ausgehgarderobe in der Tür stand, wurde ihm klar, dass er gerade von beiden verarscht worden war. „Dass Eltern sich so etwas ausdenken, unglaublich", rief Morgenstern in die Welt hinaus und ließ ein übermütiges Lachen folgen.

Es war noch früh am Abend, und die Pizzeria war nur mäßig besucht. Ermano stand, wie gewohnt, hinter der Theke und füllte die

Gläser mit den gewünschten Getränken. Seine Frau, die er *Babs* rief, war für die Aufnahme der Bestellung und das Servieren zuständig. Es kam vor, dass Ermano sie öffentlich zurechtwies, das leere Geschirr von den Tischen zu räumen. Es schien, als würde ihr das nichts ausmachen, zumindest hinderte sie es nicht daran, jedem Gast zuvorkommend und mit ausgesprochener Höflichkeit zu begegnen.

„Wenn diese Schönheit einmal auf den Richtigen trifft, dann war es das mit den beiden. So, wie der mit ihr umgeht, will doch keine Frau behandelt werden."

Morgensterns Mutter wollte das nicht unkommentiert stehen lassen. „Man sollte sich da erst gar nicht einmischen. Wer weiß, wie es bei denen zu Hause zugeht? Hier macht sie sich schick für die anderen Kerle und lässt sich von denen noch etwas ins Ohr flüstern, und bei ihm zieht sie womöglich die ältesten Klamotten an und verweigert …" Nein, das wollte sie nicht aussprechen und ruderte zurück. „Wir sind alle nicht dabei, und ich habe auch nichts gesagt."

Morgensterns Mutter war schon immer von einem klassischen Mann-und-Frau-Bild geprägt, wie es in den sechziger und siebziger Jahren vorgeherrscht hatte. Obwohl von seinem Vater nie gefordert, übernahm sie vollständig alle Aufgaben rund um Wohnung und Familie. Lediglich das Geldverdienen überließ sie ihrem Mann. Zwar konnte sich Morgenstern der konservativen Erziehung seiner Mutter nicht gänzlich entziehen, doch halfen ihm gelegentliche Einflüsse von außen, ihn darauf aufmerksam zu machen, dass es noch etwas anderes gab, als nur braver Sohn zu sein. Als er kurz darüber nachdachte, suchte er nach dem Namen eines Jungen, mit dem er als Jugendlicher gelegentlich abgehangen hatte. Doch er fiel ihm nicht ein.

„Ich meine", beteiligte sich Morgenstern an der Diskussion über die Frau des Wirts, „sie hat ja alle Möglichkeiten selbst in der Hand. Wenn es ihr gar nicht mehr bei ihm gefällt, kann sie jederzeit gehen, wohin sie will. In einem Punkt gebe ich Papa allerdings recht, sie ist eine attraktive Frau, die sicher schnell wieder von jemanden aufgefangen wird." Morgenstern konnte nicht verhindern, sie von diesem

Moment an so unauffällig wie nur möglich bei ihrem Tun zu beobachten.

Der Abend endete wie so viele davor. Zwei Flaschen von dem guten Rotwein und ein Absacker vom Haus sorgten für eine fröhliche Stimmung und ein schnelles Einschlafen von Vater, Mutter und Kind.

Bereits während des Frühstücks kündigte Morgenstern an, dass er gleich noch einmal in die Reichsstraße fahren müsse, um etwas sehr Wichtiges zu erledigen. Den Fahrdienst durch seinen Vater lehnte er ab, weil er vorher noch andere Dinge besorgen wollte und der eigentliche Besuch zeitlich nicht zu kalkulieren wäre. Möglicherweise beeinflusst durch den unbeschwerten gestrigen Abend stellten sich die Eltern nicht quer und segneten den Wunsch ihres Sohnes ab.

Gegen elf Uhr dreißig betrat Morgenstern wieder die Anzeigenannahmestelle in der Reichsstraße. In seiner Hand hielt er einen mächtigen Blumenstrauß. Die Verkäuferin verharrte gespannt hinter ihrem Verkaufstresen.

„Es fiel mir unsäglich schwer hierherzukommen", begann er seine Ansprache, „doch es fällt mir leicht, mich zu entschuldigen, denn ich lag total verkehrt, und sie waren im Recht. Bitte verzeihen sie mir diese Grobheiten von gestern … Ich weiß nicht, was mich dazu getrieben hat. Das war auf jeden Fall nicht ich!"

Gut gebrüllt, kleiner Löwe, dachte die Verkäuferin und wartete noch einen Moment ab, um zu entscheiden, den Kerl entweder rauszuschmeißen oder seine Entschuldigung anzunehmen. Sie entschied sich für letzteres.

„Ihre Abbitte war fast so überzeugend wie Ihre Anzeige. Soll heißen, ich nehme die Entschuldigung an, aber nur aus einem einzigen Grund: Ich möchte gerne wissen, warum Sie erst nach einer so langen Zeit kommen und mich zu einer nicht erschienenen Anzeige befragen. Dazu noch in einer Art, die gar nicht zu Ihnen passt."

Zum einen war Morgenstern froh, mit seiner Entschuldigung nicht abgeblitzt worden zu sein und zum anderen hoffte er, durch die Darlegung der ungewöhnlichen Umstände für sein ungebührliches

Benehmen entlastet zu werden. Gegebenenfalls, ging es ihm durch den Kopf, würden sich durch das Erzählen noch weitere Gedächtnislücken schließen.

„Es freut mich, dass Sie mir die Chance zu meiner Rehabi– … na, Sie wissen schon, Wiedergutmachung, geben. Allerdings braucht es dazu Zeit. Die Angelegenheit ist nicht im Galopp zu erledigen."

„Wieder eine schöne Formulierung. Das gefällt mir, auch wenn Ihnen das Wort *Rehabilitation* nicht gleich eingefallen ist. Und was die Zeit angeht? Heute ist Samstag und um zwölf Uhr Feierabend." Morgenstern schaute sofort auf seine Uhr. Kurz vor zwölf, das passt, dachte er. Aber nicht nur das passte, bemerkte er plötzlich. Dieses frische und unbekümmerte Temperament gefiel ihm.

„Darf ich Sie, bevor ich mit meiner Geschichte beginne, noch etwas zu unserer ersten Begegnung fragen?"

„Na klar, ich heiße übrigens Ulrike. Wollen Sie mir vorher die Blumen geben?" Morgenstern blickte aufgeschreckt wie ein junges Reh, als er den Strauß noch in seinen Händen sah.

„Entschuldigung … Mein Name ist Olaf, aber das wissen Sie wohl schon." Eine Maus hätte nicht leiser piepsen können. „Ich wollte nur wissen, ob Sie sich an unser Gespräch erinnern können und es dabei etwas Ungewöhnliches gab?"

„Ich kann mich noch sehr gut daran erinnern. Sie pfiffen leise vor sich hin, als Sie den Laden betraten, waren freundlich, genau wie ich, und fast ein wenig scheu. Aber das ist nichts Ungewöhnliches bei Kunden, die das erste Mal auf diesem Weg einen Partner oder eine Partnerin suchen. Manche drehen sich sogar noch hier um, weil sie befürchten, jemand könnte sie bei einer verbotenen Tat beobachten." Ulrike konnte sich ein kurzes Kichern nicht verkneifen.

„Ich kann mich leider an gar nichts mehr erinnern. Aber es wird so gewesen sein wie Sie sagen, denn es war tatsächlich das erste Mal, dass ich bewusst auf Partnersuche gegangen bin."

„Das ist schon okay", kam die rasche Reaktion von Ulrike. „Es ist nicht so einfach jemanden kennenzulernen. Als Frau ist man quasi darauf angewiesen, von einem Mann angesprochen zu werden.

Wenn die Frau die Initiative ergreift, wird sie schnell als Flittchen abgestempelt.“ Ulrikes Mundwinkel richteten sich zum ersten Mal nach unten. „Und was den Arbeitsbereich angeht, die Partnerschmiede schlechthin, da habe ich wohl mit nur einer Kollegin den Hauptgewinn gezogen.“ Morgenstern folgte ihren freudlosen und ironischen Ausführungen, ohne etwas zu erwidern. Derweil brachte Ulrike die Blumen in die hinteren Räume. „Womit verdienst du eigentlich deine Brötchen?“, fragte die nun sichtlich wieder belebte Ulrike nach zwei Minuten Auszeit. „Das mit dem *Du* ist doch in Ordnung, wenn wir hier schon unsere Lebensbeichte ablegen, oder?“ Morgenstern stimmte mit ein. „Das sehe ich genauso, *du*, Ulrike. Noch eine Frage: Bleiben wir hier, oder …?“

„Ich habe vorhin nicht nur den Blumen Wasser gegeben, sondern uns auch etwas hingestellt“, fiel sie ihm ins Wort und verließ ihren Platz, um die Ladentür abzuschließen. Hatte Morgenstern vielleicht angenommen, dass Ulrike hinter dem Tresen auf einem Podest stehen würde, so musste er spätestens jetzt erkennen, dass sie eine gertenschlanke und großgewachsene Frau war, die ihn um einige Zentimeter überragte. „Komm mit, wir gehen nach hinten“, gab sie vor und führte ihn an der Hand um den Tresen in den Aufenthaltsraum mit angeschlossener Küche. Auf dem Tisch standen eine Flasche Mezzo Mix und ein Tetra-Pak mit Orangensaft. Morgenstern hätte sich auch andere Getränke vorstellen können. „Ich hole uns gleich noch zwei Gläser. Aber bitte fang schon an zu erzählen“, forderte sie ihn auf. Morgenstern wartete noch ab, bis die Gläser auf dem Tisch standen und Ulrike Platz nahm.

„Du hattest mich gefragt, was ich beruflich mache: Ich bin Taxifahrer.“

Ulrike war verblüfft. „Darauf wäre ich nie gekommen. Jemand, der so schreibt und solche gepflegten Hände hat …“ Morgenstern konnte vor Erstaunen den Rest des Satzes nicht abwarten. „Du hast dir meine Hände angesehen? Jetzt oder bereits bei unserer ersten Begegnung?“

„Das ist nicht Ungewöhnliches, dass Frauen den Männern zuerst auf die Hände schauen; machen nicht alle, manche Frauen haben anderes im Blick, ich gelegentlich auch." Ulrike legte ein erhabenes Lächeln auf, während sie sich Mezzo Mix ins Glas eingoss. „Du bist also Taxifahrer. Da gab es doch einmal den Film …"

„Der hieß *Taxi Driver* mit Robert de Niro", mischte sich der Filmkenner ein. „Doch der Typ ist zum Schluss Amok gelaufen, so etwas tue ich nicht." Nun schenkte sich auch Morgenstern vom Orangensaft ein.

„Dabei lernst du ja sehr viele Leute kennen. Auch sicher jede Menge Frauen, war da nie die Richtige dabei?"

Morgenstern hielt kurz inne. Ähnliches hatte er schon einmal von jemandem gehört. Doch auch hier versagte sein Gedächtnis. „Diese Ansicht wird überbewertet. Den meisten Fahrgästen geht es darum, von A nach B gefahren zu werden, und in Ausnahmefällen lassen sie auch etwas aus ihrem Leben heraus." Ulrike gab sich mit der Antwort zufrieden und war nun bereit, die eigentliche Geschichte zu hören. „Also, warum hast du dich erst so spät gemeldet?" Morgenstern bediente sich noch einmal an seinem Glas und fing an zu erzählen.

„Ich habe, kurz nachdem ich bei dir war, einen Unfall gehabt und lag danach fast sieben Wochen im Koma. Erst vor zwei Tagen bin ich aus dem Krankenhaus entlassen worden. Wenn ich nicht den Auftragszettel in meiner Tasche gefunden hätte, wüsste ich nicht einmal, dass ich hier gewesen bin."

Ulrike erhob Protest. „Aber es gab ja noch meine Nachrichten auf deiner Mailbox. Die hätten dich auf jeden Fall hierhergeführt."

„Stimmt", musste Morgenstern zugeben.

„Wie war die Zeit im Krankenhaus? Ich habe gelesen, dass man im Koma, wenn überhaupt, nur wirres Zeug von sich gibt, aber was um einen herum passiert, man schon zum Teil mitbekommt. Wie war das bei dir?" Ulrike schaute ihr Gegenüber erwartungsvoll an.

„Hattest du schon einmal einen Traum, in dem du sicher warst, dass die Dinge auch wirklich geschehen?" Ulrike blieb keine Zeit zu antworten. Morgenstern musste loswerden, was ihn schon die letzten Tage beschäftigt hatte. „Ich erinnere mich an Antwortbriefe der Frauen. Nach und nach erscheinen mir Details von den Treffen mit ihnen. Es sind mal zarte, mal wilde und versponnene Begegnungen mit den unterschiedlichsten Menschen, auch mit Männern." Morgenstern stand auf, ging um den Tisch und setzte sich wieder. „Die Dinge kommen mir erlebt vor, dass ich sie greifen möchte. Ich frage mich, ob es die Adresse, die mir im Kopf umgeht, tatsächlich gibt, und die Person, die ich dort besucht habe, wirklich existiert. Solange ich das nicht herausgefunden habe, sind diese Geschichten ein Mix aus Realität und Fiktion." Morgensterns Körperhaltung verriet eine gewisse Hilflosigkeit. Er stützte beide Ellbogen auf den Tisch und legte seinen Kopf dazwischen.

Ulrike betrachtete ihre neue Bekanntschaft mit Sorge. Ihr war bewusst, dass Morgenstern mit purer Leichtigkeit nicht geholfen war. Verständnis und eine große Portion Einfühlungsvermögen waren gefragt. „Olaf", sprach sie ihn verhalten an, „wenn du willst, begleite ich dich zu dieser Adresse." Morgenstern hob den Kopf und blickte Ulrike ungläubig in die Augen. „Hört sich das Ganze für dich nicht ziemlich abgefahren an?" Die Frage blieb einen Moment im Raum stehen. „Wie kannst du sicher sein, dass ich nicht irgendein Spinner bin, der auf dein Mitleid spekuliert und letztendlich nichts Gutes mit dir im Sinn hat?" Ulrike hatte für Morgensterns Bedenken nur ein schmeichelhaftes Lächeln übrig, was ihn nur noch mehr in Rage brachte. Er wollte sich damit nicht zufriedengeben und bohrte nach. „Nenne mir bitte nur einen Grund, warum du mich begleiten willst." Ulrike kapitulierte vor Morgensterns Hartnäckigkeit und outete sich. „Ich habe mich in dich verliebt. Gleich vom ersten Moment an, als du wie ein Schuljunge vor mir gestanden und diesen wundervollen Text abgegeben hast, den ich allerdings wegen seines Inhalts verflucht und am liebsten in den Mülleimer geworfen hätte." „Was ja in gewisser Weise auch geschehen ist", fügte Morgenstern hinzu.

„Ich hatte mich schon damit abgefunden, dich nie wiederzusehen, weil ich mir auch sicher war, dass zumindest eine von den vielen Frauen dein Herz erobern würde." Ulrike genehmigte sich nach diesem Geständnis sofort einen Schluck Orangensaft und fasste den Mut, die alles entscheidende Frage zu stellen. „Und, Olaf, könntest du dir vorstellen, es mit dieser Bohnenstange zu versuchen?" Mit dieser Offenheit war Morgenstern sichtlich überfordert. Seine Augen wandelten durch den Raum, nur um Ulrike nicht direkt ansehen zu müssen, und seine Hände verschwanden unter dem Tisch. Nicht genug, dachte er, dass ihn die Vergangenheit plagte, jetzt wollte ein Mädchen noch wissen, ob er sie lieben könnte. Es war wieder eine dieser Situationen, in denen er am liebsten aufstehen und den Ausgang suchen würde. Doch Morgenstern musste sich eingestehen, dass diese junge Frau, die nun gar nicht seinen Idealen entsprach – zu groß und zu dünn – eine ordentliche Antwort verdient hatte.

„Ulrike, zuerst bedanke ich mich für dein Angebot, mir zu helfen. Das würde nicht jeder tun. Was die andere Sache angeht, so bewundere ich deinen Mut und fühle mich geschmeichelt. Mehr kann ich, wenn ich ganz ehrlich sein soll, im Augenblick dazu nicht sagen. Ich hoffe, du schmeißt mich jetzt nicht gleich raus und lässt mich noch meinen Saft austrinken." Ulrike wartete keinen weiteren Moment ab, sondern stand von ihrem Stuhl auf und ging auf die andere Seite des Tisches. Sie machte einen großen Schritt über Morgensterns Beine und setzte sich frontal Brust an Brust auf seine Oberschenkel.

„In meinen Träumen habe ich mir immer wieder vorgestellt, dass wir miteinander Sex haben. Jedes Mal auf eine andere Art. Du hast sicher Verständnis dafür, dass ich mir jetzt diese Gelegenheit nicht entgehen lassen kann", sagte sie und begann zuerst ihren und danach seinen Oberkörper zu entkleiden. Zu Morgensterns Überraschung blieb der Rest der Kleidung unberührt. Ulrike rieb kreisförmig ihre kleinen, nackten Brüste über Morgensterns Gesicht und ließ ihn mit seiner Zunge daran kosten. Während sie ihre Fingerkuppen fest in seinen Rücken drückte, umfasste er ihren Po. Nach gut fünf Minuten stieg sie, verbunden mit einem tiefen Seufzer, von ihm ab. In wenigen Sekunden war sie wieder angezogen und lächelte Morgenstern in vertrauter Art an. „Das hat mir gutgetan, und es war wichtig, denn jetzt weiß ich auch, dass ich dich gut riechen kann." Morgensterns Unverständnis hatte seinen Höhepunkt erreicht. Er schaute Ulrike entgeistert an, als wollte er ihr mitteilen, dass diese Nummer mit Sex genauso wenig zu tun hatte wie ein Westernfilm mit der Sesamstraße. Doch es auszusprechen und sie womöglich damit zu verletzen, konnte er nicht. Er fragte nach: „Was schlägst du als Nächstes vor?"

Ulrike brauchte nur einen Atemzug, um zu antworten. „Nachdem ich dir meine Liebe gestanden habe und wir uns körperlich nähergekommen sind, müssten wir gemeinsame Zeit verbringen, um uns weiter kennenzulernen. Vielleicht ein Tagesausflug oder ein Wochenende an der Ostsee. Was hältst du davon?" Jetzt lag die Last zu antworten wieder bei Morgenstern, der immer noch keinen Plan hatte, wie er sich aus dieser Situation befreien sollte. Sein Schweigen ließ Ulrike noch einmal zurückkommen. „Doch zuerst besuchen wir die Adresse und lösen dein Rätsel." Sie machte eine Pause, um ihm Gelegenheit zu geben, sich zu äußern. Als Morgenstern weiter auf Dichter und Denker setzte und lediglich seinen Kopf leicht hin- und herbewegte, übernahm Ulrike das Frage- und Antwortspiel selbst. „Wie wäre es mit morgen? Ja, morgen ist gut. Da wären die Eindrücke von heute noch frisch und wir könnten darauf aufbauen." Eine brillante Steilvorlage, dachte er und reagierte umgehend. „Morgen ist Sonntag und unter normalen Umständen sind Sonntage ideal geeignet für Kennenlerntreffen, doch gerade dieser Sonntag ist es nicht." Ulrike runzelte die Stirn und fragte nach. „Was ist an diesem Sonntag nicht normal?"

„Da spielt Deutschland um die Fußballweltmeisterschaft, und ich habe meinem Vater versprochen, dass wir uns das Spiel gemeinsam anschauen", schoss es blitzschnell aus Morgenstern heraus. Es hatte den Anschein, als würde Ulrike darüber nachdenken und eine passende Antwort suchen. Jedenfalls blieb sie still. Bevor sie mit Einwänden und weiteren Vorschlägen kommen konnte, wollte Morgenstern ihr etwas anbieten. „Wenn wir wollen, dann kann es für uns noch unzählige Sonntage geben, dabei sind die Tage dazwischen noch gar nicht mitgerechnet.“ Während Morgenstern sich für seinen Einfall selbst beglückwünschte, grübelte Ulrike immer noch nach einer Möglichkeit, zumindest einen Teil des kommenden Sonntages mit ihm zu verbringen. „Wie wäre es“, begann sie zaghaft zu fragen, „wenn wir uns vor oder meinetwegen auch erst nach dem Spiel kurz auf eine Cola sehen würden?“ Ein Dutzend Dackelwelpen hätte nicht treuherziger blicken können, als Ulrike es in diesem Moment tat. Morgenstern war nicht bereit, klein beizugeben, wusste nur nicht, wie er es ihr sagen könnte. Ulrike dagegen wertete sein Schweigen fast schon als Zustimmung und wurde entschlossener. „Solltest du ein Treffen vor dem Spiel besser finden, so könnten wir vielleicht das Spiel zu dritt schauen, natürlich nur, wenn dein Vater nichts dagegen hat.“ Das letzte Mal, erinnerte sich Morgenstern, dass ein Mädchen ihn so hartnäckig bedrängt hatte, war in der Berufsschule gewesen, und das war für beide nicht gut ausgegangen. Nein, sagte er sich, das durfte sich nicht noch einmal wiederholen.

„Liebe Ulrike“, sprach Morgenstern mit ernster Miene und zog sich dabei sein Hemd an, „ich werde meinen Vater nicht fragen, und wir werden uns auch morgen nicht treffen. Über dein Angebot, mich zu der Adresse zu begleiten, werde ich nachdenken, genauso wie über alles andere, was uns angeht. Doch jetzt fahre ich wieder nach Hause, wo mich meine Eltern sicher schon erwarten, denn eigentlich hätte ich, laut Arzt, nicht aus der Wohnung gehen und schon gar nicht Auto fahren dürfen.“ Von Ulrikes Dackelwelpenblick war nun nicht mehr viel übriggeblieben. Zu streng und direkt waren Morgensterns Worte. Trotz weniger Männerbekanntschaften konnte sie die Entstehungschance für eine Liebesbeziehung mit Morgenstern realistisch einschätzen. Aussagen wie *Ich denke darüber nach* oder *Ich melde mich später* hatten für Ulrike schon lange ihren Wahrheitsgehalt verloren.

„Du bist nicht der erste Mann, der mich zum Weinen gebracht hat, aber der erste, dem es an zwei Tagen hintereinander gelungen ist, gratuliere, Olaf." Unmittelbar danach verließ Ulrike den Raum und zog sich heulend auf die Toilette zurück. Morgenstern überlegte kurz, ob er ihr folgen sollte, entschied sich jedoch, beladen mit einem Sack schlechtem Gewissen, für den Weg nach draußen.

Als Morgenstern nach Hause kam, warteten seine Eltern schon ungeduldig im Wohnzimmer auf die Rückkehr ihres Sohnes.

„Wo bist du so lange geblieben?“, legte die Mutter gleich los. „Wir haben uns Sorgen gemacht. Der Doktor hat extra gesagt, dass du es langsam angehen sollst.“ Morgenstern nickte verständnisvoll und ging an den beiden vorbei in die Küche. „Ich war noch einmal einkaufen und habe dir frische Wiener von der Fleischtheke mitgebracht“, rief die Mutter ihm nach. Plötzlich dröhnten laute Geräusche und Geschrei aus der Nachbarwohnung. „Erwin ist von seinem Saufzug zurück; heute etwas später als sonst. Gleich meldet sich Maria, dann wird es noch einmal heftiger“, klärte der Vater auf und ging ebenfalls in die Küche, um sich aus dem Kühlschrank ein Bier zu holen. Es dauerte keine Minute und die Stimme der Frau war, trotz des dicken Mauerwerks, deutlich zu hören: „Jedes Wochenende das Gleiche. Glaubst du vielleicht, wenn du säufst, dann kommen sie wieder?“ Auf einmal war Ruhe und Morgenstern blickte verstört. „Willst du auch ein Bier?“, fragte der Vater. Morgenstern wollte kein Bier, sondern wissen, was da gerade abgelaufen war. „Wie lange geht das schon?“

„Das hat angefangen, da haben wir hier noch gewohnt. Wir hatten das alles schon vergessen, doch nun mussten wir feststellen, dass sich kaum etwas geändert hat.“

„Weißt du, wovon Papa spricht?“, wandte sich Morgenstern an seine Mutter.

„Ihre beiden Kinder sind ihnen weggelaufen, und über diesen Schmerz kommen sie heute immer noch nicht hinweg. Jeder Mensch verarbeitet das eben anders.“

„Was heißt das? Ihr redet in Rätseln.“

„Er ist ein fleißiger Mann und manchmal lange auf Montage. Wenn er nach Hause kommt, holt ihn das Ganze wieder ein. Dann betrinkt er sich regelmäßig und sie …“ Seine Mutter druckste herum. „Was ist mit ihr?“, wollte Morgenstern wissen.

„Sie bringt fremde Kerle mit nach Hause, doch so ungeschickt, dass es fast jeder im Haus mitbekommt“, plauderte der Vater aus. Beide Männer kehrten wieder ins Wohnzimmer zurück und setzten sich. „Willst du wirklich kein Bier?“, wiederholte der Vater die Frage an seinen Sohn. Morgenstern war immer noch in Gedanken bei den Nachbarn. „Was war mit den Kindern? Wieso sind sie weggelaufen?“ Die Eltern sahen sich gegenseitig an und hofften, dass der jeweils andere antworten würde. Schließlich rang sich die Mutter durch, den Anfang zu machen.

„Wir wissen es nicht genau. Nur, dass die Tochter Probleme in der Schule hatte und um bessere Zensuren zu bekommen, etwas mit ihrem Lehrer angefangen hat. Beide wurden nach dem Unterricht in der Schule erwischt. Er verlor seine Arbeit und musste sich noch vor Gericht wegen Verführung einer Minderjährigen verantworten. Die Eltern machten ihrer Tochter die größten Vorwürfe, gaben ihr kein Taschengeld mehr und ließen sie abends auch nicht mehr ausgehen. Und das mit sechzehn Jahren, wie sollte das gutgehen? Obwohl sie danach in eine andere Schule kam, wurde sie von Lehrern und Schülern mit Gehässigkeiten überschüttet. Einmal sollen ihr drei Jungs aufgelauert haben und … ich kann das nicht erzählen.“ Die Mutter legte beide Hände auf ihr Gesicht und verließ das Wohnzimmer in Richtung Bad. Der Vater übernahm.

„Kurze Zeit später ist sie nicht mehr nach Hause gekommen. Anfangs hat sie regelmäßig ein Lebenszeichen von sich gegeben, indem sie etwas in den Briefkasten geworfen hat: ein paar Zeilen auf einem Blatt oder eine Süßigkeit mit einem Gruß von ihr darauf. Die letzte Nachricht war ein Foto, auf dem sie kaum wiederzuerkennen war, geschminkt wie ein Model und mit teuren Klamotten. Die Nachbarin hatte uns damals das Foto gezeigt, das war vor mehr als sechs Jahren.“ Der Vater schüttelte nur den Kopf und nahm einen Schluck aus seinem Glas. Morgenstern wollte nun die ganze Geschichte hören. „Und was ist mit dem zweiten Kind passiert?“

„Das war der ältere Bruder, aber an den musst du dich doch erinnern“, drängte der Vater seinen Sohn. Morgenstern reagierte nicht.

Die Mutter kam wieder aus dem Bad. „Kennst du noch den Namen von dem Nachbarsjungen, mit dem Olaf unterwegs war?", fragte der Vater seine Frau. „Ich bin mir nicht sicher … Ewald, Edgar, oder so ähnlich. Jedenfalls mochte ich Olaf nicht gerne mit ihm sehen. Irgendwie erschien er mir für sein Alter schon zu erwachsen. Einmal habe ich ihn in unserem Hausflur mit einer Frau in eindeutiger Körperstellung erwischt", berichtete die Mutter. Vater und Sohn konnten sich ein unterschwelliges Lachen nicht verkneifen. „Ich fand es gut, wenn er Olaf auf seine Tour mitnahm. Da kam unser Sohn mal unter Leute und lernte fürs Leben. Außerdem war Olaf bei ihm sicher, denn an diesen Kraftprotz traute sich so schnell niemand heran. Ich meine sogar, er war für kurze Zeit auch in deiner Klasse, muss wohl einmal hängengeblieben sein. Wenn mir nur sein Name einfallen würde." Während Morgensterns Vater nach dem Namen grübelte, war seine Mutter in die Küche gegangen, um die Wiener zu erwärmen. Morgenstern folgte ihr. „Warum ist dieser Edgar, Ewald, oder wie immer er heißen mag, von seinen Eltern weg?"

„Er hat *ihr* ein Kind gemacht", war die knackige Antwort der Mutter.

„Wer ist bitte *ihr*?"

„Weiß ich doch auch nicht. Die Nachbarin und ich haben uns einmal bei unserem Italiener verabredet, unsere Männer waren an diesem Abend nicht in der Stadt. Ermano war ungewöhnlich freundlich und spendierte uns eine Flasche Wein zum Essen. Nachdem wir beide noch zwei Limoncello getrunken hatten, erzählte sie mir, dass ihr Sohn eine Touristin kennengelernt hätte. *Nichts Ernstes*, hätte er gesagt, *nur eine flüchtige Urlaubsbekanntschaft*, zumal die Dame wesentlich älter und verheiratet sei. Doch fünf Monate danach war er von einem auf den anderen Tag weg. Niemand kann sich vorstellen, wie das ist, beide Kinder innerhalb kürzester Zeit zu verlieren." Bevor die Mutter ihre Aufgebrachtheit weiter ausleben konnte, fiel ihr Morgenstern ins Wort. „Was ist nun mit dem Kind?"

„Ein halbes Jahr später erhielten die Nachbarn einen Brief von ihrem Sohn, in dem er sich für die überstürzte Abreise entschuldigte und versprach, sie bald mit seiner kleinen Familie zu besuchen. Kein Foto und kein Absender dabei. Nach dem Poststempel kam der Brief aus einer Stadt im Norden." Die Mutter schaute zu ihrem Mann herüber. „Werner, weißt du noch, wie die Stadt hieß?"

„Erwin hat mir nur erzählt, dass sie in der Nähe von Hamburg liegt. Einmal sind beide Eltern auf Verdacht dort hingefahren und haben gehofft, ihren Sohn dort zu treffen. Doch wie sollte das gehen, ohne Adresse? Zu dieser Zeit wohnten wir schon in Spanien und waren nur zu Besuch in Berlin." Der Vater füllte sein Bierglas nach. „Olaf, *mi hijo*, möchtest du jetzt ein Bier?"

„No, padre, no quiero cerveza", antwortete Morgenstern. Beim Vater leuchteten die Augen. „Das klang zwar etwas eingerostet, doch von der Grammatik her war es *correcto*." Er prostete seinem Sohn zu und strahlte. Die Mutter war wieder in die Küche gegangen, um nach den Wienern zu sehen. Morgenstern nutzte ihre Abwesenheit und flüsterte mit seinem Vater. „Papa, ich werde euch gleich verlassen und Taxi fahren. Der Tag war für mich heute so voll mit Dingen, die ich erst einmal verarbeiten muss. Und das kann ich am besten während meiner Arbeit. Es wird nur eine kurze Nachtschicht, und morgen sehen wir uns das Spiel an, versprochen. Doch jetzt noch weiter mit euch in der Vergangenheit wühlen, wo ich mich an nichts erinnern kann, macht mich nicht gesünder. Bitte hab wenigstens du dafür Verständnis und beruhige Mama, wenn ich gleich fort bin." Der letzte Satz war noch nicht verklungen, da war Morgenstern schon aus der Tür verschwunden. Sein Vater blickte verdattert ins Leere und hörte nur seine Frau aus der Küche rufen: „Olaf, die Wiener sind fertig! Es ist schon nach sechs, Abendbrotzeit!"

Morgenstern saß wie benebelt in seinem Taxi und ließ den Motor aus. Die Geschichten, die seine Eltern über die Nachbarskinder erzählt hatten, beschäftigten ihn so sehr, dass er sich nicht in der Lage sah, auch nur einen Kunden zu übernehmen. Dazu gesellte sich eine innere Stimme, die ihn wegen seines Verhaltens Ulrike gegenüber in Unruhe versetzte. Er war drauf und dran, zu ihr zu fahren, um sich der Angelegenheit zu stellen, machte sich allerdings gleichzeitig klar, dass sie den Laden sicher längst verlassen hatte und nach Hause gegangen war. Schließlich beruhigte er sich damit, dass Montag immer noch früh genug sein würde, um mit ihr ein klärendes Gespräch zu führen. Im Radio spielten sie Oldies und Morgenstern summte bei den ihm bekannten Liedern mit. Bei *Nights In White Satin* von den Moody Blues schloss er die Augen und gab sich den seichten Harmonien hin. Der Samstagabendverkehr hatte nachgelassen und die Autos fuhren mit Licht. Aus dem Radio dröhnten inzwischen Heavy-Metal-Töne, die Morgenstern mit einem Knopfdruck verstummen ließ. Er startete den Motor, schaltete sein Taxischild ein und war begierig, seit langer Zeit wieder seine erste Schicht fahren zu können. Die Halteplätze im Citybereich waren gut belegt, sodass Morgenstern auf Greifen fuhr und sich in Richtung Außenbezirke orientierte. Dabei spekulierte er darauf, dass es immer jemanden gab, der seinen Bus verpasst hatte oder dessen Auto nicht angesprungen war und der jetzt dringend ein Taxi brauchte, um nur mit einer leichten Verspätung zum angestrebten Ziel zu gelangen. Im bürgerlichen Friedenau, Laubacher Straße Ecke Südwestkorso, stoppte ihn eine winkende Person am Straßenrand. Beim Anhalten erkannte Morgenstern einen älteren Mann mit Glatzkopf.

„Guten Abend“, grüßte der Mann beim Öffnen der hinteren Wagentür. „Bitte fahren Sie mich zur Motzstraße ins *Nebraska*.“ Morgenstern stutzte einen Moment, bevor er den Gruß erwiderte und nachfragte. „Mir ist der Laden leider unbekannt. Können Sie mir bitte sagen, in welcher Höhe er liegt? Sonst müsste ich nachsehen.“

„Kein Problem“, antwortete der Mann gelassen, „der Laden ist ein Restaurant zwischen Martin-Luther-Straße und Nollendorfplatz. Es wundert mich allerdings, dass er unbekannt ist. Ich habe ihn bereits vor über zwei Jahren aufgemacht. Da muss ich wohl noch mehr an meiner Werbung arbeiten.“ Morgenstern empfand die Art und Weise des Mannes, wie dieser mit seiner Unwissenheit umgegangen war, als besonders und sah sich veranlasst, eine Erklärung nachzuliefern. „Der Fehler liegt eher bei mir. Gelegentlich fallen mir die einfachsten Dinge nicht gleich ein. Darf ich Sie fragen, was für ein Restaurant es ist?“ Spätestens jetzt war Morgensterns Unkenntnis bei dem Mann vergessen, der sich leicht nach vorne beugte und sogleich loslegte. „Wir servieren Burger. Doch nicht, wie so oft, aus irgendwelchen Resten gepresst, sondern ausschließlich nur aus hochmarmoriertem Muskelfleisch geformt. Als Topping verwenden wir, je nach Burger, Blauschimmel, Preiselbeeren, Spiegelei oder einen Sauerkraut-Karotten-Mix. Sollte der Kunde darüber hinaus noch weitere Wünsche haben, so ist unser Koch in der Lage, diese uneingeschränkt zu erfüllen.“ Der Mann legte eine zufriedene Miene auf und lehnte sich wieder bequem in den Sitz zurück. Morgensterns Mission, mit einer Frage die Best-Off-Stimmung zwischen Fahrgast und Fahrer herzustellen, war 1-a erfüllt. Somit stand, nach Morgensterns Erfahrungen, einem ordentlichen Trinkgeld nichts mehr im Wege.

Von der Martin-Luther-Straße bogen sie rechts in die Motzstraße ein. Keine hundert Meter entfernt leuchtete auf der linken Straßenseite das Werbeschild mit dem Schriftzug *Nebraska.* Als wenn Morgenstern einen Geist gesehen hätte, stoppte er vor Schreck sein Taxi. Das Schild nicht, aber der Laden war ihm nur allzu gut bekannt. Es war das ehemalige Momo. Die Bar, in der vor vielen Jahren seine große Liebe Regine gearbeitet hatte.

„Ich kann auch hier aussteigen, wenn Sie die letzten fünfzig Meter nicht mehr fahren wollen“, warf der Mann, immer noch sehr gefällig, eine Spitze.

„Nein, natürlich nicht“, riss sich Morgenstern zusammen, „ich war nur für einen Moment woanders.“ Das Taxi hielt auf der gegenüberliegenden Seite in Höhe des Restaurants. Der Mann, scheinbar an Morgensterns merkwürdigem Verhalten interessiert, stieg nicht sofort aus. „Wissen Sie, junger Mann, ich war nicht immer Restaurantbesitzer, sondern hatte mein halbes Leben einen ganz anderen Auftrag, den ich im Namen unseres Herrn sehr gerne geleistet habe. Umstände, die ich hier nicht weiter erläutern möchte, führten mich zu dem, was ich heute bin. Ungeachtet dessen habe ich immer noch einen Blick für Menschen und zwei Ohren, um ihnen zuzuhören.“ Morgenstern hatte die Botschaft verstanden und wollte auch nicht gleich eine ablehnende Haltung einnehmen. Er fragte sich, ob es reiner Zufall war, an diesen Ort zurückgekommen zu sein oder ob es doch so etwas wie Schicksal gab, dem man sich nicht entziehen konnte. Wie auch immer es sein sollte, einfach weiterfahren, ohne nachzufragen, ging für ihn nun nicht mehr. „Haben Sie eine Mitarbeiterin oder ist Ihnen eine Dame mit Namen Regine bekannt?“ Der Mann gab bereitwillig Auskunft. Er schien ohnehin sehr viel Wert auf Freundlichkeit zu legen. „Ich muss Sie leider enttäuschen. Bei mir arbeiten fast nur Männer, außer meine Lohnbuchhalterin, die das Geschäft von der kaufmännischen Seite her führt.“ Morgensterns Ernüchterung hielt sich in Grenzen, denn er akzeptierte die Unmöglichkeit, Regine hier noch anzutreffen.

„Die ganze Angelegenheit ist schon sehr lange her, und es wäre unwahrscheinlich, dass jemand über diese Zeit in dem gleichen Betrieb arbeitet, zumindest nicht in der Gastronomie.“

Der Mann schmunzelte auffallend deutlich. „Unwahrscheinlich mag sein, da mögen Sie recht haben, aber unmöglich, da liegen Sie falsch. Unser Koch zum Beispiel, den alle nur Mr. Spock nennen, arbeitet schon immer hier.“ Eine ganze Lichtfabrik ging in Morgensterns Kopf an. Regine hatte ihm diesen Namen bereits bei ihrem ersten Zusammentreffen genannt. Wenn also jemand etwas über sie wissen konnte, machte er sich klar, dann dieser Koch.

„Wäre es möglich, mit Mr. Spock zu sprechen?“, fragte Morgenstern freiheraus. Der Mann zuckte mit den Achseln und nickte. „Warum nicht? Noch ein Tipp: Reden Sie ihn nicht mit Mr. Spock an und schauen Sie ihm bitte auch nicht auf seine Ohren. Für Fremde ist er nur der Koch, ohne Namen.“ Morgenstern wäre auf alle Bedingungen dieser Welt eingegangen, nur um die Chance zu wahren, Regines Spur wiederaufnehmen zu können. „Ich schlage vor, während Sie sich einen Parkplatz suchen, informiere ich unseren Koch, dass jemand ihn sprechen möchte und suche Ihnen für das Gespräch ein ruhiges Plätzchen aus“, bot der Mann in gewohnt gefälliger Weise an und verließ das Taxi. Morgenstern war von der Hilfsbereitschaft des Mannes so angetan, dass es ihm im Nachhinein fast schon unangenehm war, den vollen Fahrpreis verlangt zu haben.

Trotz zweimaligen Umfahrens des Häuserblocks war kein geeigneter Parkplatz auszumachen. Ungeduldig hinsichtlich des bevorstehenden Treffens, parkte Morgenstern seinen Wagen verkehrswidrig vor einer Feuerwehrzufahrt. Als er durch die schwere Eingangstür des *Nebraska* trat, wurde er bereits von einem Mann in schmucker Uniform erwartet.

„Sie sind der Gentleman, der das Date mit Mr. Spock hat, richtig? Wir dachten schon, dass Sie es sich anders überlegt haben.“ Dabei wurde Morgenstern von dem Mann in Uniform in einer Art und Weise begutachtet, als wenn dieser bei ihm eine Leibesvisitation vornehmen wollte.

„Es ging leider nicht schneller, die Parkplatzsituation … Sie wissen schon.“ Morgenstern kam ohne ersichtlichen Grund ins Stocken. Das Restaurant war, soweit Morgenstern es erkennen konnte, nur mit Zweier-Tischen ausgestattet, die in diesem Moment gut zur Hälfte belegt waren.

„Ich bringe Sie in unseren kleinen Nebenraum für ungestörte Zusammenkünfte“, erklärte der Mann und schritt voraus. Sie kamen in einen abgedunkelten Raum, in dem schwere Plüschmöbel mit geschwungenen Lehnen den Besucher erwarteten. „Ich hole jetzt unseren Koch, einen Moment noch, bitte.“ Bevor der Mann in Uniform das Zimmer verließ, warf er Morgenstern noch ein auffälliges Lächeln zu. Morgenstern blieb in der Mitte des Raumes stehen und betrachtete die Einrichtung, die ihn an das schön altmodische Kaffeehaus am Spandauer Damm erinnerte, wo er als Jugendlicher mit seiner Tante Ursula Apfelstrudel und Vanillesoße geschlemmt hatte. An besonderen Tagen hatte es noch Schokoladeneis mit Mandelsplitter hinterher gegeben.

„Guten Tag, Sie wollten mich sprechen", holte es Morgenstern aus seinen Gedanken zurück. Ein ohne Zweifel asiatischstämmiger kleiner runder Mann stand plötzlich vor ihm. Morgenstern benötigte einen Augenblick, um sich zu finden.

„Erst einmal danke ich Ihnen für Ihre Zeit. Man hat mir gesagt, dass Sie der Mitarbeiter sind, der hier am längsten beschäftigt ist und somit vieler Menschen Kommen und Gehen erlebt haben. Es ist auch nur eine einfache Frage, die ich habe: Ist Ihnen jemals eine Kollegin mit dem Namen Regine begegnet?" Der Koch antwortete blitzschnell: „Nein." Morgenstern wollte nicht akzeptieren, was er gerade gehört hatte. „Wie können Sie sich so sicher sein? Es hat nicht einmal drei Sekunden gedauert, und Ihre Antwort kam wie aus der Pistole geschossen."

„Manuel, unser Chef, hatte mir den Namen bereits gesagt, und dann habe ich nachgesehen, keine Regine vorhanden." Morgenstern spürte in sich eine Mischung aus Ungeduld und Ärgernis aufkommen. „Wo haben Sie nachgesehen? Führen Sie etwa Buch über jeden, der hier arbeitet? Dürfen Sie das überhaupt?" Der Koch fühlte sich gemaßregelt. Das gefiel ihm nicht. „Gibt es noch etwas? Ansonsten würde ich gerne wieder an meine Arbeit gehen."

„Es tut mir leid. Das war dumm von mir, und es geht mich auch gar nichts an. Ich habe keine weitere Frage mehr und danke noch einmal für Ihre Mühe." Während der Koch Richtung Tür ging, ließ sich Morgenstern in einen der roten Plüschsessel gleiten. Plötzlich raffte er sich gedanklich auf und sprach den Koch in allerletzter Sekunde noch einmal an. „Können Sie mir sagen, was aus den beiden Geschäftsführern des Momo, Mitri und Pavel, geworden ist?" Der

Koch, die Türklinke schon in der Hand, drehte sich verdutzt um. „Woher kennen Sie die beiden?“, klang es misstrauisch von ihm. Morgenstern war klar, dass er sich schnell eine Geschichte ausdenken musste. Also mogeln, so gut es ging, und vor allem dabei nicht das Gesicht zeigen. „Ich war hier vor Jahren Gast und habe des Öfteren Freunde mitgebracht. Wir sind dann gemeinsam noch ins Chez-elle gegangen. So wurde ich ein gern gesehener Stammgast.“ Durch die roten Sessel musste Morgensterns Rötung nicht aufgefallen sein, jedenfalls fing der Koch an zu erzählen.

„Pavel ist über die Geschichte mit seinem Mädchen nie hinweggekommen. Erst verliebt sie sich in so einen hergelaufenen Typen, Pavel hat ihn immer *Patient* genannt, und dann wird sie auch noch schwanger von dem. Pavel hat ihr gleich geraten, nach Holland zu fahren, um das Kind wegmachen zu lassen. Zuerst hatte sie eingewilligt und war tatsächlich für zwei Tage fort. Doch nicht in Holland. Sie hat nur ihre Sachen gepackt und ist dann verschwunden.“

„Woher wissen Sie das so genau?“

„Sie hat mich angerufen, und wir haben uns in einer Kneipe gegenüber ihrer Wohnung getroffen. Ich war so etwas wie ein Ersatzpapa für sie.“

„Und Pavel?“

Der Koch rang nach Luft. „Das konnte kein Mann aushalten, nicht einmal so einer wie er.“

„Was ist passiert?“

„Was passiert ist?“ Der Koch geriet beinahe aus der Fassung. „Pavel hat sich die Kugel, die eigentlich für diesen Patienten bestimmt war, selbst gegeben. Das ist passiert!“ Der Koch drehte sich wieder ab und wollte nur noch zur Tür hinaus.

„Noch eine letzte Frage: Wie hieß dieses Mädchen?“ Morgenstern zitterte vor der Antwort.

„Ihr Name war Marlene, die schönste Frau, die je hier gearbeitet hat. Und mit den Jahren wurde sie immer hübscher, meine Marlene.“ Während der Koch kurz ins Schwärmen geriet, fühlte Morgenstern einen Stromschlag durch seinen Körper ziehen.

„Soll das heißen, Sie haben sie gesehen?"

„Ja, sie kommt jedes Jahr zu Pavels Todestag am 18. Mai und bringt Blumen an sein Grab. Dieses Mal wollte sie noch jemanden besuchen. Für den Fall, dass er nicht da wäre, hat sie gesagt, würde sie ihm einen Brief einwerfen. Keine Ahnung, wen sie damit gemeint hat." Morgenstern fiel sofort der unfrankierte Brief ein, von dem sein Vater gesprochen hatte.

„War sie alleine unterwegs?"

„Ich habe sie noch bis an ihr Auto begleitet. Ein Golf 6, doch keine weitere Person. Ihre Tochter wird wohl nicht mitgefahren und zu Hause geblieben sein. Mädchen haben in diesem Alter ihren eigenen Willen."

„Wo ist ihr Zuhause?" Diese Frage ging dem Koch nun doch zu weit, und so etwas wie Entrüstung stieg in ihm auf. „Sie fragen und fragen, wer sind Sie denn eigentlich? Der Chef bat mich, ich solle freundlich zu Ihnen sein, aber von Ausfragen hat er nichts gesagt." Morgenstern lächelte vielsagend. Jetzt fehlte nur noch der Wohnort, dachte er, und bereits morgen könnte er sich zu Regine auf den Weg machen. Vorher wollte er jedoch noch nach dem Brief sehen. Der Koch hatte sich inzwischen mit dem Rücken zur Tür gestellt und seine Arme ausgebreitet.

„Ich will jetzt wissen, wem ich das alles erzählt habe. Sonst hole ich unsere Männer, und die können gut zulangen, auch wenn man sie für Schwuchteln hält." Morgenstern war klar, dass er nun keine Extraschleife mehr fliegen konnte. Jede Ausrede wäre zum Scheitern verurteilt. Die Stimmung war zu explosiv. Alles andere als die Wahrheit würde das Fass zum Überlaufen bringen und dem redseligen Koch seine guten Manieren vergessen lassen.

„Ich bin der Patient und Vater von Marlenes Kind. Übrigens, bevor Sie mich ins Jenseits befördern, möchte ich Ihnen noch ein Geheimnis verraten. Haben Sie Interesse?" Morgensterns Geständnis hielt den Koch, zumindest für den Moment, von einer Überreaktion ab und ließ ihn kopfnickend zustimmen.

„Marlene heißt gar nicht Marlene. Ihr wahrer Name ist Regine Weidmann, und sie hat in Pavels Wohnung gewohnt, alleine versteht sich. Pavel und ich haben uns am Tag ihres Verschwindens in ihrer Wohnung getroffen, um zu reden. Er hätte jederzeit Gelegenheit gehabt, mich zu beseitigen, doch wir haben Frieden geschlossen, weil wir beide von ihr verlassen worden sind. So etwas schweißt manchmal zusammen, habe ich jedenfalls gehört." Morgensterns Munition war verbraucht, und es hatte auch den Anschein, dass die Schlacht geschlagen war. Der Koch rückte von der Tür ab und zeigte ihm den Weg nach draußen. „Schade, dass Sie mir bei Regines, ich meine, Marlenes, Wohnort nicht helfen konnten …"

„Ihr Nummernschild begann mit DÜW. Das liegt in Rheinland-Pfalz", knurrte der Koch vor sich hin und ging zurück in den Laden. Morgenstern hauchte noch „*Gracias*" und hüpfte, wie ein Kind nach der ersten Schulstunde, die Straße hinunter. Das Blut rauschte ihm durch die Adern und sein Puls stieg in die Höhe.

Außer Atem und mit einem Zahnpastalächeln im Gesicht ließ er sich in den Sitz seines Wagens fallen. Es war für ihn unmöglich, jetzt nach Hause zu fahren, und so verharrte er eine Weile in derselben Stellung, ohne sich zu rühren. Lediglich sein Kopf begann emsig, das eben Erfahrene zu verarbeiten und den daraus folgerichtigen Schluss zu ziehen. Plötzlich bekam alles, von der ersten Begegnung mit Regine bis zu diesem Augenblick, einen Sinn. Morgenstern erkannte darin einen vorgezeichneten Plan und dass das Ziel, seine große Liebe wiederzusehen, nur noch einen Schritt entfernt war. Er war nun bereit, alles hinter sich zu lassen. Seine Geburtsstadt, die er bislang nie länger als zwei, drei Wochen im Jahr alleingelassen hatte. Das Taxi, ein Ort von Begegnungen mit Menschen, die mit der Gewissheit, ihn nie wiederzusehen, ihre Bekenntnisse und Beichten bei ihm zurückließen. Und nicht zuletzt die elterliche Wohnung, denn obwohl Mama und Papa schon seit Jahren nicht mehr dort lebten, war sie doch ein Ort der vertrauten Gewohnheiten geblieben, flankiert von Wiener Würstchen und Kindl-Bockbier. Fest entschlossen, das alles Geschichte werden zu lassen, startete er den Motor. Ein letztes Mal sollte ihn das Taxi, welches all die Jahre Begegnungsstätte und Zufluchtsort gewesen war, durch die dunkelgraue Berliner Nacht begleiten.

Er fuhr den Ku'damm gen Westen, durchkreuzte auf der Königsallee den Grunewald und erreichte nach zwanzig Minuten den Halteplatz Zehlendorf-Mitte. Obwohl dieser nur von einem Kollegen besetzt war, setzte Morgenstern seine Fahrt Unter den Eichen entlang in Richtung Steglitz fort. Der Funk war abgeschaltet und das Taxischild erloschen. Heute würde er keinen Fahrgast mehr befördern. Heute ging es nur noch darum, Abschied zu nehmen von Straßen und Plätzen, Sehenswürdigkeiten, Theatern und Diskotheken sowie den wohlbekannten Imbissbuden. Morgen könnte Deutschland Fußball-Weltmeister werden, doch dann wäre er schon nicht mehr in der großen Stadt, sondern auf dem Weg in den Südwesten der Republik.

Morgenstern würde den Eltern die Entscheidung über seinen Fortgang gleich morgen früh mitteilen. Ihm war klar, dass sie, allen voran seine Mutter, kein Verständnis dafür aufbringen und vergeblich versuchen würden, ihn davon abzuhalten. Plötzlich schoss ihm ein merkwürdiger Gedanke durch den Kopf, der für Unruhe sorgte. Was, wenn das Kind gar nicht von ihm wäre? Das würde auch Regines jährliche Besuche an Pavels Grab erklären. Doch so schnell wie der Gedanke gekommen war, verflog er auch wieder. Zu stark war bereits jetzt die Vorstellung in Morgensterns Kopf verankert, sie zu finden und mit ihr den Rest seines Lebens zu verbringen. Seine Euphorie und Vorfreude auf das, was noch kommen würde, überwogen und stellten jeglichen Zweifel in den Schatten. Getragen durch diese Aufbruchstimmung, durchquerte er die halbe Stadt und parkte sein Taxi gegen vier Uhr morgens in der Kantstraße, nur wenige Meter von seinem Hauseingang entfernt. Er befürchtete, dass ein Aufschließen der Tür und die damit verbundenen anderen Geräusche seine Eltern wecken würden und sie ihn dann womöglich in ein Gespräch verwickeln könnten, welches er zu dieser Uhrzeit nicht führen wollte. So entschied Morgenstern, es sich noch für die nächsten zwei, drei Stunden im Wagen bequem zu machen und erst zur Frühstückszeit in der Wohnung zu erscheinen. Er stellte den Sitz zurecht, legte sich in gewohnter Weise auf die Seite und schloss die Augen.

Es war Sonntagmorgen und selbst in der ansonsten stark befahrenen Hauptstraße störte kein Autoverkehr mehr das Einschlafen von Olaf Morgenstern, dessen Wahrnehmungen wie in einer surrealen Fantasiewelt gerne zwischen Wahrheit und Illusion wandelten.

Ralf
Peter
Paul

Ralf Peter Paul wurde 1954 in Berlin geboren. Nach dem Abitur begann er eine Ausbildung für den gehobenen Dienst im Finanzamt, die er nach zwei Jahren abbrach und Taxiunternehmer wurde. Mit seinem Umzug nach Rheinland-Pfalz wechselte er in die Finanzdienstleistungsbranche, wo er als Referent und Vertriebstrainer tätig war.
Seine schriftstellerische Tätigkeit wurde von Hermann Kant inspiriert. Die frühe Begegnung mit dem großen DDR-Autor war für Ralf Peter Paul prägend. Doch erst nach Beendigung seiner beruflichen Tätigkeit und dem Umzug an die Ostsee erschien 2021 sein Debütroman „Die letzte gute Tat“.

Weitere Informationen zu dem Autor finden Sie unter:
www.ralf-peter-paul.de

Leser und Leserinnen dieses Buches können zudem Ihre persönliche Leseerfahrung mit Ralf Peter Paul via E-Mail teilen.
lehmann.ralf54@gmail.com